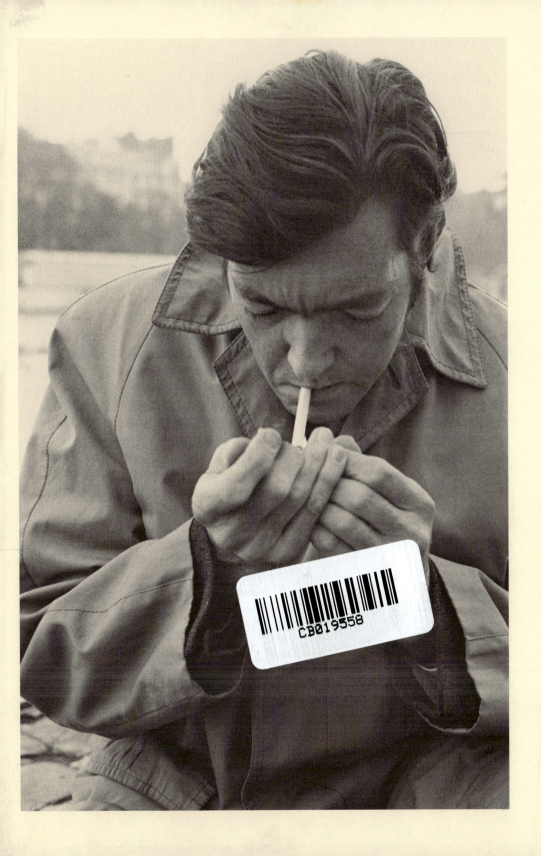

JULIO CORTÁZAR

O jogo da amarelinha

Tradução
Eric Nepomuceno

6ª reimpressão

Copyright © 1963 by Julio Cortázar e herdeiros de Julio Cortázar
Copyright © 2003 by Ivan de Campos
Copyright © 2019 by Julio Ortega
Copyright © 1991, 2019 by Mario Vargas Llosa

Grafia atualizada segundo o Acordo Ortográfico da Língua Portuguesa de 1990, que entrou em vigor no Brasil em 2009.

Título original
Rayuela

Capa
Richard McGuire

Foto da página 1
© Sara Facio

Tradução dos textos complementares
Livia Deorsola

Edição de texto
Heloisa Jahn

Preparação
Cristina Yamazaki

Revisão
Dan Duplat
Huendel Viana

Dados Internacionais de Catalogação na Publicação (CIP)
(Câmara Brasileira do Livro, SP, Brasil)

Cortázar, Julio, 1914-1984
  O jogo da amarelinha / Julio Cortázar ; tradução Eric Nepo-muceno. — 1ª ed. – São Paulo : Companhia das Letras, 2019.

  Título original: Rayuela.
  ISBN 978-85-359-3218-8

  1. Ficção argentina I. Título.

19-25035   CDD-Ar863

Índice para catálogo sistemático:
1. Ficção : Literatura argentina Ar863

Maria Paula C. Riyuzo – Bibliotecária – CRB-8/7639

Todos os direitos desta edição reservados à
EDITORA SCHWARCZ S.A.
Rua Bandeira Paulista, 702, cj. 32
04532-002 — São Paulo — SP
Telefone: (11) 3707-3500
www.companhiadasletras.com.br
www.blogdacompanhia.com.br
facebook.com/companhiadasletras
instagram.com/companhiadasletras
twitter.com/cialetras

Sumário

O JOGO DA AMARELINHA

Tabuleiro de leitura, 7

Do lado de lá, 11
Do lado de cá, 205
De outros lados (*Capítulos prescindíveis*), 325

TEXTOS COMPLEMENTARES

A história de O *jogo da amarelinha* nas cartas de Julio Cortázar, 539
O jogo de amarelinha — Haroldo de Campos, 562
A atualidade de O *jogo da amarelinha* — Julio Ortega, 568
O trompete de Deyá — Mario Vargas Llosa, 578
Sobre o autor, 589

Tabuleiro de leitura

Este livro é, à sua maneira, muitos livros, mas é acima de tudo dois livros. O leitor está convidado a *escolher* uma das duas possibilidades seguintes:

O primeiro livro se deixa ler na forma comum e corrente, e termina no capítulo 56, ao pé do qual há três vistosas estrelinhas que equivalem à palavra "fim". Com isso, o leitor dispensará, sem remorsos, o que vem depois.

O segundo livro se deixa ler começando pelo capítulo 73 e depois na ordem indicada ao pé de cada capítulo. Em caso de confusão ou esquecimento, basta consultar a seguinte lista:

73 – 1 – 2 – 116 – 3 – 84 – 4 – 71 – 5 – 81 – 74 – 6 – 7 – 8 – 93 – 68 – 9 – 104 – 10 – 65 – 11 – 136 – 12 – 106 – 13 – 115 – 14 – 114 – 117 – 15 – 120 – 16 – 137 – 17 – 97 – 18 – 153 – 19 – 90 – 20 – 126 – 21 – 79 – 22 – 62 – 23 – 124 – 128 – 24 – 134 – 25 – 141 – 60 – 26 – 109 – 27 – 28 – 130 – 151 – 152 – 143 – 100 – 76 – 101 – 144 – 92 – 103 – 108 – 64 – 155 – 123 – 145 – 122 – 112 – 154 – 85 – 150 – 95 – 146 – 29 – 107 – 113 – 30 – 57 – 70 – 147 – 31 – 32 – 132 – 61 – 33 – 67 – 83 – 142 – 34 – 87 – 105 – 96 – 94 – 91 – 82 – 99 – 35 – 121 – 36 – 37 – 98 – 38 – 39 – 86 – 78 – 40 – 59 – 41 – 148 – 42 – 75 – 43 – 125 – 44 – 102 – 45 – 80 – 46 – 47 – 110 – 48 – 111 – 49 – 118 – 50 – 119 – 51 – 69 – 52 – 89 – 53 – 66 – 149 – 54 – 129 – 139 – 133 – 140 – 138 – 127 – 56 – 135 – 63 – 88 – 72 – 77 – 131 – 58 – 131

Com o objetivo de facilitar a rápida localização dos capítulos, a numeração vai se repetindo no alto das páginas correspondentes a cada um deles.

E animado pela esperança de ser particularmente útil à juventude e de contribuir para a reforma dos costumes em geral, formei a presente coleção de máximas, conselhos e preceitos, que são a base daquela moral universal que é tão adequada à felicidade espiritual e temporal de todos os homens de qualquer idade, estado e condição, e à prosperidade e à boa ordem, não apenas da república civil e cristã em que vivemos, mas de qualquer outra república ou governo sobre o qual os filósofos mais especulativos e profundos do orbe queiram discorrer.

Espírito da Bíblia e Moral Universal,
tirada do Velho e do Novo Testamento.
Escrita em toscano pelo abade Martini
com as citações ao pé da página;
Traduzida para o castelhano
por um Clérigo da Regra da Congregação
de São Caetano desta Corte.
Com licença.
Madri: Por Aznar, 1797.

Sempre que chega o tempo fresco, ou seja, no meio do outono, me dá a louca de pensar ideias de tipo essêntrico e ezótico, como por ezemplo que eu gostaria de virar andorinha para agarrar e voar aos paíz onde tem calor, ou de ser furmiga para me enfiar bem fundo num burcado e comer os produtos guardados no verão ou de ser uma víbura como as do zolójico, que estão bem guardadas numa gaiola de vidro com calefassão para que não fiquem duras de frio, que é o que acontece com os pobres seres umanos, que não têm com quê comprar roupa de tão cara que está, nem podem se aquecer por causa da falta de querosene, da falta de carvão, da falta de lenha, da falta de petróliu, e também da falta de dinheiro, porque quando a gente anda com bufunfa no bolso pode entrar em qualquer buteco e mandar ver uma boa cachassa que esquenta que só vendo, só que convem não abuzar, porque do abuzo sai o víciu e do víciu a dejenerassão tanto do corpo como das taras moral de cada um, e quando se despenca pela ladeira fatal da falta de boa conducta em todu sentido, ninguém nem ninguéns salva a gente de acabar na mais orrível lata de licho do desprestíjio umano, e nunca vão estender uma mão para tirar a gente do lodu imundu no meio do qual a gente xafurda, igualzinho como si a gente fosse uma águiA que quando jovem sabia correr e voar pela ponta das altas montanha, mas que ao ser velha caiu prabaicho feito bombardeiru caindu de bicu quando falha o motor morau. E tomara que o que estou escrevendo sirva para alguem olhar bem seu comportamento e não searrepender depois qui é tarde e qui tudo já foi pro caralhu por culpa sua!

César Bruto, *O que eu gostaria de ser se não fosse o que sou*
(capítulo: "Cão de São Bernardu")

DO LADO DE LÁ

*Rien ne vous tue un homme comme d'être
obligé de représenter un pays.*

Jacques Vaché, carta a André Breton

1.

Encontraria a Maga? Tantas vezes tinha bastado aparecer, vindo pela Rue de Seine, no arco que dá para o Quai de Conti, e assim que a luz cinza e oliva que flutua sobre o rio me deixava distinguir as formas, sua silhueta delgada aparecia na Pont des Arts, às vezes andando de um lado para outro, às vezes debruçada na balaustrada de ferro, inclinada sobre a água. E era tão natural atravessar a rua, subir os degraus, entrar na cintura delgada da ponte e me aproximar da Maga, que sorria sem surpresa, convencida, como eu, de que um encontro casual era a coisa menos casual em nossas vidas, e que as pessoas que marcam encontros exatos são as mesmas que precisam de papel pautado para escrever ou que apertam de baixo para cima o tubo da pasta de dentes.

Mas agora ela não estaria na ponte. Seu fino rosto de pele translúcida surgiria em velhos portais no gueto do Marais, talvez estivesse conversando com uma vendedora de batatas fritas ou comendo salsicha no Boulevard de Sébastopol. Ainda assim, subi até a ponte, e a Maga não estava lá. Agora a Maga não estava em meu caminho, e embora um soubesse o endereço do outro, conhecesse cada recanto de nossos dois quartos de falsos estudantes em Paris, cada cartão-postal abrindo uma janelinha Braque ou Ghirlandaio ou Max Ernst contra as molduras baratas e os papéis de parede extravagantes, ainda assim não nos procuraríamos em nossas casas. Preferíamos nos encontrar na ponte, na varanda de um café, num cineclube ou agachados ao lado de um gato num pátio qualquer do bairro latino. Andávamos sem nos procurar, mas sabendo que andávamos só para nos encontrar. Ó Maga, em cada mulher parecida com você se acumulava uma espécie de silêncio ensurdecedor, uma pausa cortante e cristalina que acabava por murchar tristemente, como um guarda-chuva molhado que se fecha. Isso mesmo: um guarda-chuva, Maga, você talvez se lembre daquele guarda-chuva velho que sacrificamos num barranco do Parc Montsouris, num entardecer gelado de março. Jogamos fora porque você o havia encontrado na Place de la Concorde, já meio mambembe, e usou muitíssimo esse guarda-chuva, principalmente para espetá-lo nas costelas das pessoas no metrô e nos ônibus, sempre avoada e distraída e pensando em pássaros coloridos ou no desenhinho que duas moscas faziam no teto do vagão, e aquela tarde caiu um aguaceiro e você quis abrir seu guarda-chuva toda orgulhosa quando entrávamos no parque, e em sua mão se armou uma catástrofe de relâmpagos frios e nuvens negras, tiras de tecido destroçado caindo entre lampejos de varetas desencaixadas, e ríamos feito loucos enquanto nos empapávamos, pensando que um guarda-chuva encontrado numa praça devia morrer dignamente num parque, não podia entrar no ciclo nada nobre da lata de lixo ou do meio-fio da sarjeta; então eu enrolei o guarda-chuva da melhor forma possível, e o levamos até o alto do parque, lá perto da pequena ponte sobre os trilhos do trem, e de lá atirei com todas as minhas forças o guarda-chuva até o fundo do barranco de capim molhado enquanto você soltava um grito em que tive a impressão de reconhecer vagamente uma maldição de valquíria. E no fundo do barranco ele afundou como um barco que sucumbe à água verde, à água verde e enfurecida, a *la mer qui est plus félonesse en été qu'en hiver*, à onda pérfida, Maga, segundo enumerações que detalhamos durante um tempão, apaixonados os dois por Joinville e pelo parque, abraçados e parecendo árvores molhadas ou atores de cinema de algum péssimo filme húngaro. E o guarda-chuva ficou lá no meio do capim, mínimo e negro, feito um inseto pisoteado. E não se movia, nenhuma de suas molas se esticava como antes. Finito. Acabou-se. Ó Maga, e não estávamos contentes.

1.

O que eu tinha vindo fazer na Pont des Arts? Acho que naquela quinta-feira de dezembro eu havia pensado em atravessar para a margem direita do Sena e tomar vinho no pequeno café da Rue des Lombards onde madame Léonie examina a palma da minha mão e anuncia viagens e surpresas. Nunca levei você para madame Léonie ler a palma da sua mão, vai ver que tive medo que lesse na sua mão alguma verdade a meu respeito, porque você sempre foi um espelho terrível, uma tremenda máquina de repetições, e isso que chamamos nosso amor talvez tenha sido eu estar de pé na sua frente, com uma flor amarela na mão, e você segurando duas velas verdes, e o tempo soprava contra nossos rostos uma lenta chuva de renúncias e despedidas e bilhetes de metrô. Por isso nunca levei você até madame Léonie, Maga; e sei, porque você me disse, que você não gostava que eu visse você entrar na pequena livraria da Rue de Verneuil, onde um ancião angustiado escreve milhares de fichas e sabe tudo o que é possível saber sobre historiografia. Você ia até lá brincar com um gato, e o velho deixava você entrar e não fazia perguntas, contente porque de vez em quando você alcançava para ele algum livro nas estantes mais altas. E você se aquecia na estufa que tinha um grande cano negro e não gostava que eu soubesse que você ia se colocar ao lado daquela estufa. Mas tudo isso tinha de ser dito na hora certa, só que era difícil determinar o momento de uma coisa, e mesmo agora, debruçado na ponte, vendo passar uma barcaça cor de vinho, belíssima como uma grande barata reluzente de limpeza, com uma mulher de avental branco que pendura roupa num varal da proa, olhando as janelinhas pintadas de verde com cortinas Hansel e Gretel, mesmo agora, Maga, eu me perguntava se dar toda aquela volta fazia sentido, já que para chegar à Rue des Lombards teria sido melhor cruzar a Pont Saint Michel e a Pont au Change. Mas se você tivesse estado lá naquela noite, como em tantas outras vezes, eu teria sabido que dar aquela volta toda tinha um sentido, e agora, em vez disso, eu aviltava meu fracasso chamando-o de dar voltas. Era questão, depois de levantar a gola do meu blusão grosso, de ir em frente pelo cais até entrar naquela zona das grandes lojas que vai dar no Chatelet, passar debaixo da sombra violeta da Tour Saint Jacques e subir minha rua pensando que não tinha encontrado você e pensando em madame Léonie.

1.

Sei que um dia cheguei a Paris, sei que passei um tempo morando de favor, fazendo o que os outros fazem e vendo o que os outros veem. Sei que você saía de um café da Rue du Cherche-Midi e que nos falamos. Naquela tarde tudo deu errado, porque meus hábitos argentinos me proibiam de atravessar continuamente de uma calçada para outra para olhar as coisas mais insignificantes nas vitrines mal iluminadas de umas ruas das quais já não me lembro. Então eu seguia você de má vontade, achando você petulante e malcriada, até que você se cansou de não estar cansada e nos enfiamos num café do Boul'Mich e de repente, entre dois croissants, você me contou um grande pedaço da sua vida.

Como eu poderia suspeitar que aquilo que parecia tão mentira fosse verdade, um Figari com violetas de anoitecer, com rostos lívidos, com fome e pancadas nos cantos? Mais tarde acreditei em você, mais tarde houve motivos, houve madame Léonie, que olhando minha mão que tinha adormecido em seus seios me repetiu quase as suas mesmas palavras. "Ela sofre em algum lugar. Sempre sofreu. É muito alegre, adora amarelo, seu pássaro é o melro, sua hora é a noite, sua ponte a Pont des Arts." (Uma barcaça cor de vinho, Maga, e por que não fomos embora nela enquanto ainda havia tempo?)

1. E veja só, mal nos conhecíamos e a vida já urdia o necessário para desencontrar-nos minuciosamente. Como você não sabia disfarçar, percebi em seguida que para ver você como eu queria era necessário começar por fechar os olhos, e então primeiro apareciam coisas como estrelas amarelas (movendo-se numa geleia de veludo), depois saltos rubros de humor e das horas, ingresso paulatino no mundo-Maga, que era a falta de jeito e a confusão mas também samambaias com a assinatura da aranha Klee, o circo Miró, os espelhos cor de cinza Vieira da Silva, um mundo onde você se movia como um cavalo de xadrez que se movesse como uma torre que se movesse como um peão. E então naqueles dias íamos aos cineclubes ver filmes mudos, porque eu, com a minha cultura, não é mesmo?, e você, coitadinha, não entendia absolutamente nada daquela estridência amarela convulsa anterior ao seu nascimento, aquela emulsão estriada onde corriam os mortos; mas de repente Harold Lloyd passava por ali e então você sacudia a água do sono e no fim se convencia de que tudo tinha sido ótimo, e que Pabst, e que Fritz Lang. Você me exauria um pouco com sua mania de perfeição, com seus sapatos rotos, com sua recusa a aceitar o aceitável. Comíamos hambúrgueres no Carrefour de l'Odéon, e íamos de bicicleta até Montparnasse, até qualquer hotel, até qualquer travesseiro. Mas outras vezes íamos em frente até a Porte d'Orléans, conhecíamos cada vez melhor a zona de terrenos baldios que fica para lá do Boulevard Jourdan, onde às vezes à meia-noite o pessoal do Clube da Serpente se reunia para falar com um vidente cego, paradoxo estimulante. Deixávamos as bicicletas na rua e entrávamos pouco a pouco, parando para olhar o céu, porque essa é uma das poucas zonas de Paris onde o céu vale mais do que a terra. Sentados num monte de lixo fumávamos um tempinho, e a Maga acariciava meus cabelos ou cantarolava melodias que nem tinham sido inventadas, melopeias absurdas entrecortadas de suspiros ou recordações. Eu aproveitava para pensar em coisas inúteis, método que tinha começado a praticar anos antes num hospital e que cada vez me parecia mais fecundo e necessário. Com um esforço enorme, reunindo imagens auxiliares, pensando em cheiros e rostos, conseguia extrair do nada um par de sapatos marrons que tinha usado em Olavarría em 1940. Tinha saltos de borracha, solas muito finas, e quando chovia a água me entrava até a alma. Com esse par de sapatos nas mãos da memória, o resto vinha sozinho: o rosto de dona Manuela, por exemplo, ou o poeta Ernesto Morroni. Mas eu rejeitava isso, porque a brincadeira consistia em recuperar apenas o que fosse insignificante, o inostentoso, o perecido. Tremendo por não conseguir me lembrar, atacado pela traça que sugere a prorrogação, imbecil à força de beijar o tempo, eu terminava vendo ao lado dos sapatos uma latinha de Chá Sol que minha mãe tinha me dado em Buenos Aires. E a colherinha para o chá, a colher-ratoeira onde os ratinhos negros queimavam vivos na xícara de água lançando borbulhas gemedoras. Convencido de que as recordações guardam tudo e não apenas as Albertinas e as grandes efemérides do coração e dos rins, eu me obstinava em reconstruir o conteúdo da minha mesa de trabalho em Floresta, o rosto de uma moça irrecordável chamada Gekrepten, o número de canetas-tinteiro em meu estojo do quinto ano, e acabava tremendo tanto e me desesperando (porque nunca consegui me lembrar daquelas canetas, sei que estavam no estojo, num compartimento especial, mas não me lembro quantas eram nem posso dizer com precisão o momento exato em que devem ter sido duas ou seis), até que a Maga, me beijando e soprando a fumaça do cigarro e seu hálito quente na minha cara, me socorria e ríamos, e começávamos a andar de novo entre os montões de lixo à procura do pessoal do Clube. Àquela altura eu já tinha percebido que procurar era a minha sina, emblema dos que saem à noite sem propósito fixo, razão dos assassinos de bússolas. A Maga e eu falávamos de patafísica até cansar, porque com ela também acontecia (e nosso encontro era isso, e tantas coisas misteriosas como o fósforo) cair o tempo todo nas exceções, e ir parar em escaninhos que não eram os de todo mundo, e isso sem desprezar ninguém, sem achar que éramos Maldorores em liquidação nem Melmoths privilegiadamente errantes. Não acho que o vaga-lume extraia maior orgulho do fato inegável de ser uma das maravilhas mais fenomenais deste circo, e no entanto basta supor que tenha alguma consciência para compreender que toda vez que relampagueia sua barriguinha o bicho de luz deve sentir uma espécie de cosquinha de privilégio. Da mesma maneira, a Maga se encantava com as confusões inverossímeis em que sempre andava metida por causa do fracasso das leis na sua vida. Era dessas pessoas que quebram pontes só de fazer a travessia, ou das que se lembram, chorando aos berros, de ter visto numa vitrine a fração da loteria que acaba de ganhar cinco milhões. Eu, de minha parte, já tinha me acostumado a que me acontecessem coisas modestamente excepcionais, e não achava assim tão horrível que, ao entrar num quarto escuro para pegar um disco, sentisse bulir na palma da mão o corpo vivo de uma centopeia gigante que escolhera o lombo da capa do disco para dormir. Isso, e encontrar grandes taturanas cinza ou verdes dentro de um maço de cigarros, ou ouvir o apito de uma locomotiva exatamente no momento e no tom necessários para se incorporar *ex officio* a uma passagem de uma sinfonia de Ludwig van, ou entrar numa *pissotière* da Rue de Médicis e ver um homem urinar aplicadamente até o momento em que, afastando-se de seu cubículo, se virava para mim e me mostrava, segurando na palma da mão, como se fosse um objeto litúrgico e precioso, um membro de dimensões e cores incríveis, e no mesmo instante perceber que esse homem era exata-

1.

mente igual a outro (embora não fosse o outro) que vinte e quatro horas antes, na Salle de Géographie, havia dissertado sobre totens e tabus e havia mostrado ao público, segurando preciosamente na palma da mão, bastõezinhos de marfim, plumas de pássaro menura, essa ave de cauda infinita que é capaz de cantar imitando qualquer outro som, e moedas rituais, fósseis mágicos, estrelas-do-mar, peixes secos, fotografias de concubinas reais, oferendas de caçadores, enormes escaravelhos embalsamados que faziam tremer de assustada delícia as infalíveis senhoras da plateia.

1.

Enfim, não é fácil falar da Maga, que a estas horas com certeza está andando por Belleville ou Pantin, olhando aplicadamente para o chão até encontrar um pedaço de alguma coisa vermelha. Se não encontrar, vai continuar assim a noite inteira, vai revirar as latas de lixo, os olhos vidrosos, convencida de que alguma coisa horrível vai acontecer se não encontrar essa prenda de resgate, o sinal do perdão ou do adiamento. Sei bem o que é isso porque também obedeço a esses sinais, há vezes em que também tenho de encontrar um pedaço de pano vermelho. Desde pequeno, assim que deixo alguma coisa cair no chão, tenho de apanhar, seja lá o que for, porque se não fizer isso vai acontecer alguma desgraça, não comigo mas com alguém que eu amo e cujo nome começa com a inicial do objeto que caiu. O pior é que nada é capaz de me deter quando deixo alguma coisa cair no chão, e não vale outra pessoa pegar o que deixei cair, porque o malefício aconteceria do mesmo jeito. Muitas vezes passei por louco por causa disso e na verdade eu talvez esteja louco quando faço isso, quando me precipito para apanhar um lápis ou um pedacinho de papel que resvalaram da minha mão, como na noite do torrão de açúcar no restaurante da Rue Scribe, um restaurante de bacanas com montões de executivos, putas com estolas de raposa prateada e casais bem organizados. Estávamos com Ronald e Etienne e deixei cair um torrão de açúcar que foi parar debaixo de uma mesa bem longe da nossa. A primeira coisa que me chamou a atenção foi a maneira como o torrão tinha se afastado, porque em geral os torrões de açúcar ficam plantados assim que tocam o chão, por razões paralelepípedas evidentes. Mas aquele se comportava como se fosse uma bola de naftalina, o que aumentou minha apreensão, e cheguei a achar que na verdade ele tinha sido arrancado da minha mão. Ronald, que me conhece, olhou para o lugar onde o torrão tinha ido parar e começou a rir. Isso me deu ainda mais medo, misturado com raiva. Um garçom se aproximou pensando que eu tinha deixado cair alguma coisa preciosa, uma Parker ou uma dentadura postiça, e na verdade a única coisa que ele conseguia fazer era me importunar, então sem pedir licença me joguei no chão e comecei a procurar o torrão entre os sapatos das pessoas que estavam cheias de curiosidade achando (e com razão) que se tratava de alguma coisa importante. Na mesa havia uma ruiva gorda, outra menos gorda mas igualmente putona, e dois executivos ou coisa parecida. A primeira coisa que fiz foi perceber que o torrão não estava à vista, apesar de eu ter visto como ele saltava até os sapatos (que se moviam inquietos como galinhas). Para piorar as coisas, o chão estava coberto por um tapete, e embora ele estivesse um nojo de tão usado, o torrão tinha se escondido entre os pelos e eu não conseguia encontrá-lo. O garçom se atirou no chão da outra ponta da mesa, e já éramos dois quadrúpedes nos movendo entre os sapatos-galinha que, lá em cima, começavam a cacarejar feito loucas. O garçom continuava convencido da Parker ou da moeda de ouro, e quando estávamos bem enfiados debaixo da mesa, numa espécie de grande intimidade e na penumbra, e ele me perguntou e eu respondi, fez uma cara que valia a pena aspergir com laquê, mas eu não estava com vontade de rir, o medo me dava uma chave dupla na boca do estômago e no fim me deu um verdadeiro desespero (o garçom tinha se levantado furioso) e comecei a agarrar os sapatos das mulheres para ver se o açúcar não estaria clandestino debaixo do arco da sola, e as galinhas cacarejavam, os galos executivos bicavam meu lombo, eu ouvia as gargalhadas de Ronald e de Etienne enquanto me movia de uma mesa para outra até encontrar o açúcar escondido atrás de um pé de cadeira ou de mesa segundo império. E todo mundo enfurecido, até eu, com o açúcar apertado na palma da mão e sentindo como ele se misturava ao suor da minha pele, como asquerosamente se desmanchava numa espécie de vingança pegajosa, esse tipo de episódio todos os dias.

1.

(-2)

2.

Aqui tinha sido primeiro como uma sangria, uma sova de uso interno, uma necessidade de sentir o estúpido passaporte de capa azul no bolso do paletó, a chave do hotel bem segura no prego do tabuleiro da portaria. O medo, a ignorância, o deslumbramento: isso se chama assim, isto se pede assim, agora aquela mulher vai sorrir, um pouquinho depois desta rua começa o Jardin des Plantes. Paris, um cartão-postal com um desenho de Klee ao lado de um espelho sujo. A Maga tinha aparecido uma tarde na Rue du Cherche-Midi, quando subia para o meu quarto da Rue de la Tombe Issoire levava sempre uma flor, um cartão de Klee ou de Miró, e quando não tinha dinheiro escolhia uma folha de carvalho no parque. Naquele tempo eu recolhia de madrugada arames e caixotes vazios pelas ruas e fabricava móbiles, perfis que giravam em cima das chaminés, máquinas inúteis que a Maga me ajudava a pintar. Não estávamos apaixonados, fazíamos amor com um virtuosismo desapegado e crítico, mas depois caíamos em silêncios terríveis e a espuma dos copos de cerveja ia ficando que nem estopa, ficava morna e se contraía enquanto nos olhávamos e sentíamos que aquilo era o tempo. A Maga acabava se levantando e dava voltas inúteis pelo quarto. Mais de uma vez vi como ela admirava seu corpo no espelho, pegava os seios com as mãos, como as estatuetas sírias, e passava os olhos pela pele numa carícia lenta. Não consegui nunca resistir ao desejo de chamá-la para meu lado, senti-la cair pouco a pouco em cima de mim, desdobrar-se outra vez depois de ter estado por um momento tão sozinha e tão apaixonada diante da eternidade do seu corpo.

Naquela época não falávamos muito de Rocamadour, o prazer era egoísta e nos encontrava gemendo e com sua fronte estreita, nos atava com suas mãos cheias de sal. Cheguei a aceitar a desordem da Maga como a condição natural de cada instante, passávamos da evocação de Rocamadour a um prato de macarrão requentado, misturando vinho e cerveja e limonada, descendo às carreiras para que a velha da esquina abrisse duas dúzias de ostras para nós, tocando no piano descascado de madame Noguet melodias de Schubert e prelúdios de Bach, ou tolerando *Porgy and Bess* com bifes na chapa e pepinos em conserva. A desordem em que vivíamos, ou seja, a ordem na qual um bidê vai se transformando por obra natural e paulatina em depósito de discos e arquivo da correspondência a ser respondida, me parecia uma disciplina necessária, embora eu não quisesse dizer isso para a Maga. Precisei de muito pouco tempo para compreender que com a Maga não se devia tratar da realidade em termos metódicos, o elogio da desordem a teria escandalizado tanto como a sua denúncia. Para ela não havia desordem, soube disso no mesmo momento em que descobri o conteúdo da sua bolsa (era num café da Rue Réaumur, chovia e começávamos a nos desejar), enquanto eu aceitava e até favorecia depois de ter identificado isso; dessas desvantagens estava feita minha relação com quase todo mundo, e quantas vezes, deitado numa cama que não era arrumada havia vários dias, ouvindo a Maga chorar porque no metrô um menino tinha feito com que ela se lembrasse de Rocamadour, ou vendo como ela se penteava depois de ter passado a tarde na frente do retrato de Leonor da Aquitânia e ter morrido de vontade de se parecer com ela, me ocorria, como uma espécie de arroto mental, que todo esse abecê da minha vida era uma penosa estupidez, porque não passava de simples movimento dialético, da escolha de uma inconduta em vez de uma conduta, de uma módica indecência em vez de uma decência gregária. A Maga se penteava, se despenteava, tornava a se pentear. Pensava em Rocamadour, cantava alguma coisa de Hugo Wolf (mal), me beijava, me perguntava pelo penteado, começava a desenhar num papelzinho amarelo, e tudo isso era indissoluvelmente ela, enquanto eu, ali, numa cama deliberadamente suja, bebendo uma cerveja deliberadamente morna, era sempre eu e minha vida, eu com minha vida diante da vida dos outros. Mas fosse como fosse, eu estava bastante orgulhoso de ser um vagabundo consciente e debaixo de luas e luas, e das incontáveis peripécias em que a Maga e Ronald e Rocamadour, e o Clube e as ruas e minhas enfermidades morais e outras piorreias, e Berthe Trépat e a fome às vezes e o velho Trouille que me tirava de apuros, debaixo de noites vomitadas de música e tabaco e vilezas miúdas e permutas de todo tipo, debaixo ou por cima de tudo isso não tinha querido fingir, como os boêmios da moda, que aquele caos portátil era uma ordem superior do espírito

2.

ou qualquer outra etiqueta igualmente podre, e tampouco tinha querido aceitar que bastava um mínimo de decência (decência, jovem!) para escapar de tanto algodão manchado. E assim eu tinha me encontrado com a Maga, que sem saber era minha testemunha e minha espiã, e a irritação por estar pensando em tudo isso e sabendo que como sempre me custava muito menos pensar do que ser, que no meu caso o *ergo* da frasezinha não era tão ergo nem coisa parecida, e com isso passeávamos pela margem esquerda, a Maga sem saber que era minha espiã e minha testemunha, admirando enormemente meus conhecimentos diversos e meu domínio da literatura e até do *cool* jazz, para ela mistérios enormíssimos. E por todas essas coisas eu me sentia antagonicamente próximo da Maga, gostávamos um do outro numa dialética de ímã e limalha, de ataque e defesa, de bola e parede. Suponho que a Maga tivesse ilusões a meu respeito, devia achar que eu estava curado de preconceitos ou que estava aderindo aos dela, sempre mais leves e poéticos. Em plena alegria precária, em plena falsa trégua, estendi a mão e toquei o novelo chamado Paris, sua matéria infinita enrolando-se em si mesma, o magma do ar e do que se desenhava na janela, nuvens e águas-furtadas; então não havia desordem, então o mundo continuava sendo uma coisa petrificada e estabelecida, um jogo de elementos girando em suas dobradiças, uma madeixa de ruas e árvores e nomes e meses. Não havia uma desordem que abrisse portas para o resgate, havia somente sujeira e miséria, copos com restos de cerveja, meias num canto, uma cama que cheirava a sexo e a cabelo, uma mulher que passava a mão fina e transparente pelas minhas coxas, retardando a carícia que me arrancaria por um instante daquela vigilância em pleno vazio. Tarde demais, sempre, porque embora fizéssemos amor tantas vezes, a felicidade tinha que ser outra coisa, talvez algo mais triste que aquela paz e aquele prazer, um ar de unicórnio ou ilha, uma queda interminável na imobilidade. A Maga não sabia que meus beijos eram como olhos que começavam a se abrir para além dela, e que eu andava meio alheio, debruçado sobre outra figura do mundo, piloto vertiginoso numa proa negra que cortava a água do tempo e a negava.

Naqueles dias de cinquenta e tantos comecei a me sentir encurralado entre a Maga e uma noção diferente do que deveria ter acontecido. Era idiotice se rebelar contra o mundo-Maga e o mundo-Rocamadour, quando tudo me dizia que assim que recobrasse a independência eu deixaria de me sentir livre. Hipócrita como poucos, me incomodava uma espionagem rente à minha pele, minhas pernas, minha maneira de gozar com a Maga, minhas tentativas de papagaio na gaiola lendo Kierkegaard através das grades, e creio que acima de tudo me incomodava que a Maga não tivesse consciência de ser minha testemunha e que, ao contrário, estivesse convencida da minha soberana autarquia; mas não, o que verdadeiramente me exasperava era saber que nunca tornaria a estar tão perto da minha liberdade como naqueles dias em que me sentia encurralado pelo mundo-Maga, e que a ansiedade por me libertar era uma admissão de derrota. Doía em mim reconhecer que a golpes sintéticos, fugacidades maniqueístas ou estúpidas dicotomias ressecadas eu não conseguia abrir caminho pelas escadarias da Gare de Montparnasse, aonde a Maga me arrastava para visitar Rocamadour. Por que não aceitar o que estava acontecendo sem pretender explicar o que estava acontecendo, sem determinar as noções de ordem e de desordem, de liberdade e Rocamadour, como quem distribui vasos de gerânios num quintal da Calle Cochabamba? Talvez fosse necessário cair no mais profundo da estupidez para encontrar o trinco da latrina ou a chave do Jardim das Oliveiras. No momento, me assombrava que a Maga tivesse sido capaz de assumir a fantasia a ponto de chamar o filho de Rocamadour. No Clube, tínhamos cansado de buscar motivos, e a Maga se limitava a dizer que o filho tinha o nome do pai, mas que, desaparecido o pai, tinha sido muito melhor chamá-lo Rocamadour e mandá-lo para o campo para que o criassem *en nourrice*. Às vezes a Maga passava semanas sem falar de Rocamadour, e isso coincidia sempre com suas esperanças de vir a ser cantora de *lieder*. Então Ronald vinha sentar-se ao piano com sua cabeçona vermelha de caubói, e a Maga vociferava Hugo Wolf com tal ferocidade que madame Noguet estremecia, enquanto, no quarto ao lado, enfieirava bolinhas de plástico para fazer colares que depois vendia numa banca do Boulevard de Sébastopol. Gostávamos bastante da Maga cantando Schumann, mas tudo dependia da lua e do que fôssemos fazer naquela noite, e também de Rocamadour, porque assim que a Maga se lembrava de Rocamadour o canto ia para o diabo, e Ronald, sozinho no piano, tinha todo o tempo do mundo para trabalhar suas ideias sobre o bebop ou matar-nos docemente à força do blues.

2.

Não quero escrever sobre Rocamadour, pelo menos hoje não, eu precisaria tanto me aproximar melhor de mim mesmo, deixar de lado tudo o que me separa do centro. Acabo sempre aludindo ao centro sem a menor garantia de saber o que estou dizendo, acabo cedendo à armadilha fácil da geometria com a qual se pretende organizar nossa vida de ocidentais: Eixo, centro, razão de ser, Omphalos, nomes da nostalgia indo-europeia. Inclusive essa existência que às vezes procuro descrever, essa Paris onde me movo como uma folha seca, não seriam visíveis se por trás não latejasse a ansiedade axial, o reencontro com a raiz. Quantas palavras, quantas nomenclaturas para um mesmo desconcerto. Às vezes me convenço de que a estupidez se chama triângulo, e que oito vezes oito é a loucura ou um cachorro. Abraçado à Maga, essa concreção de nebulosa, penso que tem tanto sentido fazer um bonequinho de miolo de pão como escrever o romance que nunca escreverei ou defender com a vida as ideias que redimem os povos. O pêndulo cumpre seu vaivém instantâneo e mais uma vez me instalo nas categorias tranquilizadoras: bonequinho insignificante, romance transcendente, morte heroica. Coloco-os em fila, do menor para o maior: bonequinho, romance, heroísmo. Penso nas hierarquias de valores tão bem exploradas por Ortega, por Scheler: o estético, o ético, o religioso. O religioso, o estético, o ético. O ético, o religioso, o estético. O bonequinho, o romance. A morte, o bonequinho. A língua da Maga me faz cócegas. Rocamadour, a ética, o bonequinho, a Maga. A língua, as cócegas, a ética.

(-116)

2.

3.

O terceiro cigarro da insônia queimava na boca de Horacio Oliveira sentado na cama; uma ou duas vezes ele havia passado a mão de leve pelos cabelos da Maga, adormecida contra o corpo dele. Era a madrugada da segunda-feira, tinham deixado ir embora a tarde e a noite do domingo lendo, ouvindo discos, levantando-se ora um ora outro para esquentar café ou cevar o mate. No final de um quarteto de Haydn a Maga tinha adormecido e Oliveira, sem vontade de continuar escutando, arrancou o fio da tomada sem sair da cama; o disco continuou girando umas poucas vezes, já sem som algum a brotar do alto-falante. Não sabia por quê, mas aquela inércia estúpida o fizera pensar nos movimentos aparentemente inúteis de alguns insetos, de algumas crianças. Não conseguia dormir, fumava olhando a janela aberta, a água-furtada onde às vezes um violinista corcunda estudava até bem tarde. Não estava fazendo calor, mas o corpo da Maga esquentava sua perna e seu flanco direito; se afastou pouco a pouco, pensou que a noite ia ser longa.

Sentia-se muito bem, como acontecia sempre que a Maga e ele conseguiam chegar ao fim de um encontro sem brigar e sem se exasperar. Não dava a menor importância à carta do irmão, rotundo advogado de Rosário, que produzira quatro páginas de papel para correio aéreo sobre os deveres filiais e cidadãos malbaratados por Oliveira. A carta era uma verdadeira delícia e já tinha sido presa com durex na parede, para ser saboreada pelos amigos. A única coisa importante era a confirmação de uma remessa de dinheiro pelo câmbio negro, que seu irmão chamava delicadamente de "o intermediário". Oliveira pensou que poderia comprar uns livros que andava querendo ler, e que daria três mil francos à Maga para que ela fizesse o que lhe desse na telha, provavelmente comprar um elefante de pelúcia de tamanho quase natural, para estupefação de Rocamadour. Pela manhã teria de ir encontrar o velho Trouille para pôr em dia a correspondência com a América Latina. Sair, fazer, pôr em dia, não eram coisas que ajudassem a dormir. Pôr em dia, que expressão. Fazer. Fazer alguma coisa, fazer o bem, fazer xixi, fazer tempo, a ação em todas as suas reviravoltas. Mas por trás de cada ação havia um protesto, porque todo fazer significava sair de para chegar a, ou mover alguma coisa para que estivesse aqui e não ali, ou entrar naquela casa em vez de entrar ou não entrar na casa ao lado, quer dizer que em todo ato havia a admissão de uma carência, de algo ainda não feito e que era possível fazer, o protesto tácito diante da contínua evidência da falta, da perda, da pequeneza do presente. Acreditar que a ação podia preencher, ou que a soma das ações podia realmente ser o equivalente a uma vida digna desse nome, era uma ilusão de moralista. Melhor renunciar, porque a renúncia à ação era o protesto em si, e não sua máscara. Oliveira acendeu outro cigarro, e esse mínimo fazer obrigou-o a sorrir ironicamente e debochar de si mesmo no ato. Para ele, pouco importavam as análises superficiais, quase sempre viciadas pela distração e pelas armadilhas filológicas. De certo, só o peso na boca do estômago, a suspeita física de que alguma coisa ia mal, de que quase nunca tinha ido bem. Não chegava nem a ser um problema, a questão era ter se negado desde cedo às mentiras coletivas ou à solidão rancorosa de quem se dedica a estudar os isótopos radioativos ou a presidência de Bartolomé Mitre. Se havia alguma coisa que tinha escolhido desde jovem era não se defender por meio da rápida e ansiosa acumulação de uma "cultura", truque por excelência da classe média argentina para tirar o corpo fora da realidade nacional e de qualquer outra, e achar-se a salvo do vazio que a rodeava. Talvez graças a essa espécie de preguiça sistemática, como a definia seu camarada Traveler, tinha se livrado de ingressar naquela ordem farisaica (na qual militavam muitos amigos seus, em geral de boa-fé, porque a coisa era possível, havia exemplos) que evitava chegar ao fundo dos problemas recorrendo a uma especialização de qualquer tipo, cujo exercício conferia ironicamente os mais altos desempenhos da argentinidade. Além disso achava enganoso e fácil misturar problemas históricos, como o fato de ser argentino ou esquimó, com problemas como o da ação ou da renúncia. Tinha vivido o suficiente para vislumbrar aquilo que, a um palmo do nariz das pessoas, quase sempre passa despercebido: o peso do sujeito na noção do objeto. A Maga era das poucas que não esqueciam jamais que a cara de um sujeito sempre influía no que ele achasse que era o comunismo ou a civilização creto-micênica, e que a forma de suas mãos estava presente naquilo que o dono delas pudesse sentir diante de Ghirlandaio ou Dostoiévski. Por isso Oliveira tendia a admitir que seu grupo sanguíneo, o fato de ter passado a infância cercado de tios majestosos, uns amores contrariados na adolescência e uma facilidade para a astenia podiam ser fatores de primeira ordem em sua cosmovisão. Era classe média, era portenho, era colégio nacional, e essas coisas não se ajeitam fácil, não. O problema era que, à força de temer a excessiva localização dos pontos de vista, havia acabado por pesar e até aceitar além da conta o sim e o não de tudo, a olhar para os pratos da balança a partir da posição do fiel. Em Paris tudo para ele era Buenos Aires, e vice-versa; no mais profundo do amor padecia e acatava a perda e o esquecimento. Atitude perniciosamente cômoda e até fácil, mais um pouco e virava um reflexo e uma técnica; a lucidez terrível do paralítico, a cegueira do atleta perfeitamente estúpido. Começa-se a andar pela vida com o passo pachorrento do filósofo e do *clochard*, resumindo cada vez mais os gestos vitais ao mero instinto de conservação, ao exercício de uma consciência mais atenta a não se deixar enganar que a aprender a verdade. Quietismo laico, ataraxia moderada, atenta desatenção. O importante, para Oliveira, era assistir sem esmorecer ao espetáculo dessa fragmentação Tupac-Amaru, não incorrer no pobre egocentrismo (criolicentrismo, suburcentrismo, cultucentrismo, folclocentrismo) que cotidianamente se proclamava a seu redor de todas as formas possíveis. Aos dez anos, numa tarde de tios e pontificantes homilias histórico-políticas à sombra de trepadeiras, manifestara timidamente sua primeira reação contra o tão hispano-ítalo-argentino "Estou te dizendo!", acompanhado de um murro categórico que devia servir de ratificação iracunda. *Glielo dico io!* Eu estou te dizendo, caralho! Aquele *eu*, Oliveira tinha conseguido pensar, qual era o seu valor probatório? O *eu* dos adultos, que onisciência abrigava? Aos quinze anos tinha tomado conhecimento do "só sei que nada sei"; a cicuta concomitante havia parecido inevitável, não se desafia as pessoas dessa forma, é o que eu estou te dizendo. Mais tarde achou graça em comprovar como nas formas superiores de cultura o peso das autoridades e das influências, a confiança oferecida pelas boas leituras e pela inteligência, produziam também seu "estou te dizendo" finamente dissimulado, inclusive para quem o proferia: agora se sucediam os "eu sempre achei isso", "se há uma coisa da qual eu tenho certeza", "é evidente que", quase nunca compensado por uma apreciação desapaixonada do ponto de vista oposto. Como se a espécie velasse no indivíduo para não deixá-lo avançar demais pelo caminho da tolerância, da dúvida inteligente, do vaivém sentimental. Num determinado ponto nascia o calo, a esclerose, a definição: negro ou branco, radical ou conservador, homossexual ou heterossexual, figurativo ou abstrato,

3.

San Lorenzo ou Boca Juniors, carne ou verdura, os negócios ou a poesia. E estava muito bem, porque a espécie não podia se fiar em tipos como Oliveira; a carta do irmão dele era exatamente a expressão desse repúdio.

"O ruim de tudo isso", pensou, "é que desemboca inevitavelmente no *animula vagula blandula*. O que fazer? Com essa pergunta é que comecei a não dormir. Oblómov, *cosa facciamo*? As grandes vozes da história instam à ação: *Hamlet, revenge!* Nos vingamos, Hamlet, ou tranquilamente Chippendale e pantufas e um bom fogo? O sírio, afinal, no fim das contas elogiou Marta escandalosamente, como se sabe. Darás combate, Árjuna? Você não pode negar os valores, rei indeciso. A luta pela própria luta, viver perigosamente, pense em Mario o Epicurista, em Richard Hillary, em Kyo, em T. E. Lawrence... Felizes os que escolhem, os que aceitam ser escolhidos, os heróis formosos, os formosos santos, os escapistas perfeitos."

3.

Talvez. Por que não? Mas também podia ser que seu ponto de vista fosse o da raposa olhando as uvas. E também podia ser que tivesse razão, mas uma razão mesquinha e lamentável, uma razão de formiga contra cigarra. Se a lucidez desembocava na inação, com isso ela não se tornava suspeita, não encobria uma forma particularmente diabólica de cegueira? A estupidez do herói militar que vai pelos ares com o paiol, Cabral soldado heroico cobrindo-se de glória, talvez insinuassem uma supervisão, uma aproximação instantânea a algo absoluto, fora de toda consciência (não se pede isso a um sargento), diante do que a clarividência ordinária, a lucidez de gabinete, de três da manhã na cama e na metade de um cigarro, fossem menos eficazes que a de uma toupeira.

Falou disso tudo com a Maga, que tinha despertado e se enroscava contra ele, ronronando sonolenta. A Maga abriu os olhos, ficou pensando.

— Você não conseguiria — disse. — Você pensa demais antes de fazer qualquer coisa.

— Parto do princípio de que a reflexão deve preceder a ação, bobona.

— Você parte do princípio — disse a Maga. — Que complicado. Você é uma espécie de testemunha, é aquele que vai ao museu e olha os quadros. Quero dizer que os quadros estão lá e você no museu, perto e longe ao mesmo tempo. Eu sou um quadro. Rocamadour é um quadro. Etienne é um quadro, este quarto é um quadro. Você acha que está neste quarto mas não está. Você está olhando o quarto, mas não está no quarto.

— Essa moça deixaria são Tomás desnorteado — disse Oliveira.

— Por que são Tomás? — disse a Maga. — Aquele idiota que queria ver para crer?

— Sim, querida — disse Oliveira, pensando que no fundo a Maga tinha acertado o verdadeiro santo. Feliz dela, que podia crer sem ver, que estava fundida à duração, ao contínuo da vida. Feliz dela, que estava dentro do quarto, que tinha direito à cidade em tudo que tocava e convivia, peixe rio abaixo, folha na árvore, nuvem no céu, imagem no poema. Peixe, folha, nuvem, imagem: exatamente isso, a menos que...

(-84)

3.

4.

Assim tinham começado a andar por uma Paris fabulosa, deixando-se levar pelos signos da noite, acatando itinerários nascidos de uma frase de *clochard*, de uma água-furtada iluminada no fundo de uma rua negra, parando em pracinhas confidenciais para beijar-se nos bancos ou olhar os jogos da amarelinha, os ritos infantis das pedrinhas e do pulo sobre um pé só, para entrar no Céu. A Maga falava de suas amigas de Montevidéu, dos anos da infância, de um tal Ledesma, de seu pai. Oliveira escutava sem vontade, lamentando um pouco não conseguir se interessar; Montevidéu era a mesma coisa que Buenos Aires e ele precisava consolidar uma ruptura precária (o que estaria fazendo Traveler, aquele tremendo vagabundo, em que confusões majestosas teria se metido desde sua partida? E a pobre tonta da Gekrepten, e os cafés do centro), por isso escutava displicente e fazia desenhos nos pedregulhos com um graveto enquanto a Maga explicava por que Chempe e Graciela eram boas meninas, e como tinha doído Luciana não ter ido se despedir dela no barco, Luciana era uma esnobe, e isso era uma coisa que ela não conseguia aguentar em ninguém.

— O que você entende por esnobe? — perguntou Oliveira, mais interessado.

— Bom — disse a Maga, abaixando a cabeça com o ar de quem pressente que vai dizer uma bobagem —, eu vim de terceira classe, mas acho que se tivesse vindo de segunda Luciana teria ido se despedir de mim.

— A melhor definição que já ouvi — disse Oliveira.

— Além do mais, tinha Rocamadour — disse a Maga.

Foi assim que Oliveira ficou sabendo da existência de Rocamadour, que em Montevidéu se chamava modestamente Carlos Francisco. A Maga não parecia disposta a proporcionar muitos detalhes sobre a gênese de Rocamadour, a não ser que tinha se negado a fazer um aborto e que agora começava a lamentar sua decisão.

— Mas no fundo não lamento, o problema é como vou viver. O aluguel que madame Irène me cobra é muito alto, preciso fazer aulas de canto, tudo isso custa dinheiro.

A Maga não sabia ao certo por que tinha vindo para Paris, e Oliveira foi percebendo que com uma ligeira confusão em matéria de passagens, agências de viagem e vistos, ela também poderia ter rumado para Singapura ou para a Cidade do Cabo; a única coisa importante era ter saído de Montevidéu, e ter encarado aquilo que ela chamava modestamente de "a vida". A grande vantagem de Paris era que sabia muito bem francês (*more* Pitman) e que era possível ver os melhores quadros, os melhores filmes, a Kultur em suas formas mais ilustres. Oliveira se enternecia com esse panorama (embora Rocamadour tivesse sido uma ducha fria bastante desagradável, não sabia bem por quê), e pensava em algumas de suas brilhantes amigas de Buenos Aires, incapazes de ir mais longe do que Mar del Plata, apesar de tantas metafísicas ansiedades de experiência planetária. Aquela pirralha, e para piorar com um filho nos braços, se metia numa terceira classe de navio e se mandava para estudar canto em Paris sem um vintém no bolso. E, como se fosse pouco, já lhe dava lições sobre a maneira de olhar e ver; lições que ela nem desconfiava que estava dando, eram só sua maneira de parar de repente na rua para espiar um saguão onde não havia nada, porém mais adiante um vislumbre verde, um reflexo, e em seguida entrar furtivamente para que a zeladora não se zangasse, deslizar até o grande pátio onde às vezes havia uma velha estátua ou uma pérgola com hera, ou nada, só o pavimento gasto de velhos paralelepípedos, mofo esverdeado nas paredes, um resto de relógio, um velhinho à sombra num canto, e os gatos, sempre inevitavelmente os minouche gatinhos miaumiau kitten kat chat cat gatto cinzentos e brancos e negros e imundos, donos do tempo e das lajotas mornas, invariáveis amigos da Maga, que sabia fazer cosquinhas na barriga deles e falava com eles numa linguagem entre boba e misteriosa, com encontros com prazo determinado, conselhos e advertências. De repente Oliveira se achava estranho andando com a Maga, não adiantava nada se irritar porque a Maga sempre derrubava copos de cerveja ou tirava o pé de debaixo de uma mesa bem em tempo de fazer o garçom tropeçar e começar a amaldiçoar; era feliz apesar de estar o tempo inteiro exasperado por causa daquela maneira de não fazer

4.

as coisas como as coisas devem ser feitas, de ignorar resolutamente as grandes cifras da conta porém estacar deslumbrada diante da traseira de um modesto Citroën 3 cavalos, ou parada no meio da rua (o Renault negro freava a dois metros e o motorista punha a cabeça para fora e xingava com o sotaque da Picardia), parada à toa para olhar do meio da rua uma vista do Panthéon ao longe, sempre muito melhor que a vista que se tinha da calçada. E coisas do tipo.

4. Oliveira já conhecia Perico e Ronald. A Maga o apresentou a Etienne e Etienne os apresentou a Gregorovius; o Clube da Serpente foi se formando nas noites de Saint-Germain-des-Prés. Todo mundo aceitava a Maga na hora como uma presença inevitável e natural, embora se irritassem por precisarem explicar tudo o que estava sendo dito, ou porque ela fazia voar um quarto de quilo de batatas fritas pelo ar simplesmente por ser incapaz de manejar decentemente um garfo e as batatas fritas acabavam quase sempre no cabelo dos sujeitos da outra mesa, e era preciso pedir desculpas ou dizer à Maga que ela era uma sem noção. No grupo, a Maga funcionava muito mal, Oliveira percebia que ela preferia ver todos os membros do Clube um de cada vez e em particular, sair pela rua com Etienne ou com Babs, incluí-los em seu mundo sem pretender jamais incluí-los em seu mundo mas incluindo, porque era gente que não queria outra coisa senão sair do percurso ordinário dos ônibus e da história, e assim, de uma forma ou de outra, todos os do Clube eram gratos à Maga, embora a cobrissem de insultos na primeira oportunidade. Etienne, seguro de si como um cão ou uma caixa postal, ficava lívido quando a Maga largava uma das dela diante de seu último quadro, e até Perico Romero condescendia em admitir que-para-uma-fêmea-a-Maga-até--que-levava-jeito. Durante semanas ou meses (a conta dos dias era difícil para um Oliveira feliz, ergo sem futuro), andaram e andaram por Paris olhando coisas, deixando que acontecesse o que tinha que acontecer, amando-se e brigando e tudo isso à margem das notícias dos jornais, das obrigações de família e de qualquer tipo de imposto fiscal ou moral.

Toc, toc.

— Vamos acordar — dizia Oliveira de quando em vez.

— Para quê? — respondia a Maga, olhando as *péniches* que passavam debaixo da Pont Neuf. — Toc, toc, você tem um passarinho na cabeça. Toc, toc, bica o tempo inteiro, quer que você dê de comer comida argentina. Toc, toc.

— Está bem — resmungava Oliveira. — Não me confunda com Rocamadour. Vamos acabar falando em glíglico para o quitandeiro ou a zeladora, vai dar uma confusão danada. Olha só esse sujeito seguindo a negrinha.

— Conheço ela, trabalha num café da Rue de Provence. Ela gosta de mulheres, o pobre coitado está perdido.

— Cantou você, a negrinha?

— Claro. Mas acabamos ficando amigas, dei de presente meu ruge e ela me deu um livrinho de um tal de Retef, não... espera... Retif...

— Está bem, entendo, está bem. Mas você não foi mesmo para a cama com ela? Deve ser curioso, para uma mulher como você.

— Você já foi para a cama com um homem, Horacio?

— Claro. A experiência, você sabe.

A Maga olhava para ele de viés, desconfiando que ele estava caçoando dela, que aquilo tudo era porque estava com raiva por causa do passarinho na cabeça toc toc, do passarinho que pedia comida argentina. Então se jogava para cima dele para grande surpresa de um casal que passeava pela Rue Saint-Sulpice, o despenteava rindo, Oliveira tinha que agarrar seus braços, começavam a rir, o casal olhava para eles e o homem mal se animava a sorrir, sua mulher estava demasiado escandalizada por causa daquele comportamento.

— Você tem razão — Oliveira acabava confessando. — Sou incurável, che. Falar em acordar quando, afinal, estamos tão bem assim, dormindo.

Paravam na frente de uma vitrine para ler o título dos livros. A Maga desandava a perguntar, guiando-se pelas cores e pelas formas. Era preciso situá-la em relação a Flaubert, dizer a ela que Montesquieu, explicar a ela como Raymond Radiguet, informar sobre quando Théophile Gautier. A Maga escutava, desenhando com o dedo na vitrine. "Um passarinho na cabeça, quer que você dê de comer comida argentina", pensava Oliveira, ouvindo-se falar. "Pobre de mim, santa mãe."

— Mas será que você não percebe que desse jeito não vai aprender nada? — acabava dizendo a ela. — Você pretende ficar culta na rua, querida, e isso não dá. Se for para isso, é melhor fazer uma assinatura do *Reader's Digest*.

— Ah, não, essa porcaria não.

Um passarinho na cabeça, se dizia Oliveira. Não ela, e sim ele. Mas e ela, o que tinha na cabeça? Ar ou farinha, alguma coisa pouco receptiva. Não era na cabeça o centro dela.

"Fecha os olhos e acerta o alvo", pensava Oliveira. "Exatamente o sistema zen de disparar o arco. Mas dá no alvo simplesmente porque não sabe que esse é o sistema. Já eu... Toc toc. E vamos em frente."

Quando a Maga perguntava por questões como filosofia zen (eram coisas que podiam acontecer no Clube, onde sempre se falava em nostalgias, em sapiências remotas o suficiente para parecerem fundamentais, em reversos de medalhas, no outro lado da lua sempre), Gregorovius se esforçava para explicar a ela os rudimentos da metafísica enquanto Oliveira sorvia seu pernod e olhava para os dois, desfrutando. Era insensato querer explicar alguma coisa à Maga. Fauconnier tinha razão, para gente como ela o mistério começava justamente com a explicação. A Maga ouvia falar de imanência e transcendência e abria uns olhos bonitos que cortavam a metafísica de Gregorovius. No fim, ela até se convencia de que tinha compreendido o zen e suspirava cansada. Só Oliveira percebia que a Maga atingia a todo momento aqueles grandes terraços sem tempo que todos eles procuravam dialeticamente.

— Não vá guardar esses ensinamentos idiotas — aconselhava a ela. — Para que pôr óculos se você não precisa deles?

4. A Maga desconfiava um pouco. Admirava Oliveira e Etienne imensamente, capazes de discutir três horas sem parar. Ao redor de Etienne e Oliveira havia uma espécie de círculo de giz, ela queria entrar no círculo, compreender por que o princípio de indeterminação era tão importante na literatura, por que Morelli, de quem tanto falavam, a quem tanto admiravam, pretendia fazer de seu livro uma bola de cristal onde o micro e o macrocosmo se unissem numa visão aniquiladora.

— Impossível explicar — respondia Etienne. — Isso é um jogo de armar, o Meccano número 7, e você mal chegou ao 2.

A Maga ficava triste, apanhava uma folhinha na beira da calçada e falava com ela um pouco, passeava a folhinha pela palma da mão, a deitava de costas ou de bruços, a penteava, acabava por tirar sua polpa e deixar suas nervuras a descoberto, um delicado fantasma verde que ia se desenhando contra sua pele. Etienne arrancava a folhinha com um movimento brusco e a colocava contra a luz. Por coisas como essa a admiravam, um pouco envergonhados por terem sido tão rudes com ela, e a Maga aproveitava para pedir outro meio litro e se fosse possível algumas batatas fritas.

(-71)

5.

A primeira vez tinha sido num hotel da Rue Valette, zanzavam à toa parando nos portais, a chuvinha fina depois do almoço é sempre amarga e era preciso fazer alguma coisa contra aquela poeira gelada, contra aquelas capas de chuva que cheiravam a borracha, e de repente a Maga se apertou contra Oliveira e se olharam como dois tontos, HOTEL, a velha atrás da recepção decadente e um tanto imunda cumprimentou-os compreensiva, o que mais dava para fazer com aquele tempo horroroso? Arrastava uma perna, era angustiante vê-la subir parando em cada degrau para puxar a perna enferma muito mais grossa que a outra, repetir a manobra até o quarto andar. Cheirava a macio, a sopa, no tapete do corredor alguém tinha derramado um líquido azul que desenhava uma coisa que lembrava um par de asas. O quarto tinha duas janelas com cortinas vermelhas, cerzidas e cheias de retalhos; uma luz úmida se filtrava feito um anjo até a cama de colcha amarelada.

A Maga tinha pretendido inocentemente fazer literatura, ficar ao lado da janela fingindo olhar a rua enquanto Oliveira conferia a tranca da porta. Ela devia ter um esquema pré-fabricado para essas coisas, ou talvez sempre acontecessem da mesma maneira, primeiro deixar a bolsa na mesa, depois procurar os cigarros, depois olhar para a rua, depois fumar aspirando profundamente a fumaça, fazer um comentário sobre o papel de parede, esperar, evidentemente esperar, executar todos os gestos necessários para dar ao homem seu melhor papel, deixar a ele todo o tempo necessário para a iniciativa. Em algum momento tinham começado a rir, era bobo demais. Jogada a um canto, a colcha amarela ficou feito um boneco informe contra a parede.

Habituaram-se a comparar as colchas, as portas, os lustres, as cortinas; para eles, os quartos dos hotéis do *cinquième arrondissement* eram melhores que os do *sixième*, no *septième* não tinham sorte, sempre acontecia alguma coisa, pancadas no quarto ao lado ou encanamentos que faziam um ruído lúgubre, àquela altura Oliveira já havia contado para a Maga a história de Troppmann, a Maga escutava grudando-se nele, teria que ler o conto de Turguêniev, era incrível tudo o que ela precisaria ler naqueles dois anos (não se sabia por que eram dois), outro dia foi Petiot, outra vez Weidmann, outra vez Christie, quase sempre o hotel acabava por dar vontade de falar de crimes, mas também a Maga era invadida de repente por uma maré de seriedade, perguntava com os olhos fixos no teto se a pintura de Siena era tão enorme como Etienne afirmava, se não seria necessário economizar para comprar um toca-discos e as obras de Hugo Wolf, que às vezes cantarolava interrompendo-se no meio, esquecida e furiosa. Oliveira gostava de fazer amor com a Maga porque nada podia ser mais importante para ela e, ao mesmo tempo, de uma forma difícil de compreender, era como se ela estivesse por baixo de seu prazer, encontrava-se nele por um momento e por isso aderia desesperadamente a ele e o prolongava, era como um despertar e então conhecer seu verdadeiro nome, e depois ela recaía numa zona sempre um pouco crepuscular que encantava um Oliveira temeroso de perfeições, mas a Maga sofria de verdade quando regressava às suas lembranças e a tudo aquilo em que obscuramente precisava pensar e não conseguia pensar, então era preciso beijá-la profundamente, incitá-la a novos jogos, e ela, a outra, a reconciliada, crescia debaixo dele e o arrebatava, dava-se então feito uma fera frenética, os olhos perdidos e as mãos viradas para dentro, mítica e atroz como uma estátua rolando por uma montanha, arrancando o tempo com as unhas, entre soluços e um ronronar queixoso interminável. Certa noite cravou-lhe os dentes, mordeu seu ombro até arrancar sangue porque ele se deixava cair de lado, já um pouco perdido, e houve um confuso pacto sem palavras, Oliveira sentiu como se a Maga esperasse dele a morte, algo nela que já não era seu eu desperto, uma obscura forma reclamando uma aniquilação, a lenta punhalada para o alto que rasga as estrelas da noite e devolve o espaço às perguntas e aos terrores. Aquela vez, só aquela vez, fora de si como um matador mítico para quem matar é devolver o touro ao mar e o mar ao céu, vergou a Maga numa longa noite da qual pouco falaram depois, fez dela Pasífae, dobrou-a e usou-a como um adolescente, conheceu-a e exigiu dela servidões da mais triste puta, magnificou-a em constelação, teve-a entre os braços cheirando a sangue, fez com que bebesse o sêmen que corre pela boca como o desafio ao Logos, sugou-lhe a sombra do ventre e das ancas e ergueu-a até seu rosto para untá-la de si mesma nessa última operação de conhecimento que só o homem pode dar à mulher, exasperou-a com pele e cabelo e baba e queixas, esvaziou-a até o final de sua força magnífica, jogou-a contra um travesseiro e um lençol e sentiu-a chorar de felicidade contra o rosto dele, que um novo cigarro devolvia à noite do quarto e do hotel.

Mais tarde, Oliveira se preocupou com a possibilidade de que ela se sentisse repleta, de que aqueles jogos tentassem ser uma espécie de sacrifício. Temia acima de tudo a forma mais sutil da gratidão, a que se transforma em carinho canino; não queria que a liberdade, a única roupa que caía bem na Maga, se perdesse numa feminilidade diligente. Tranquilizou-se porque a volta da Maga ao estilo café puro sem açúcar e visita ao bidê coincidiu e foi marcada por uma recaída na pior das confusões. Maltratada de forma absoluta durante aquela noite, aberta a uma porosidade de espaço que lateja e se expande, suas primeiras palavras, já de volta à terra, tinham que açoitá-la feito chibata, e sua volta à beira da cama, imagem de uma consternação progressiva que busca se neutralizar com sorrisos e uma vaga esperança, deixou Oliveira particularmente satisfeito. Já que não a amava, já que o desejo cessaria (porque não a amava, e o desejo cessaria), era necessário evitar como à peste toda sacralização daqueles jogos. Durante dias, durante semanas, durante alguns meses, cada quarto de hotel e cada praça, cada posição amorosa e cada amanhecer num café do mercado: circo feroz, operação sutil e balanço lúcido. Assim veio a saber que a Maga esperava verdadeiramente que Horacio a matasse, e que essa morte devia ser de fênix, o ingresso ao concílio dos filósofos, quer dizer, às conversas no Clube da Serpente: a Maga queria aprender, queria ins-tru-ir-se. Horacio era exaltado, chamado, convocado à função de sacrificador purificador, e como quase nunca se encontravam porque em pleno diálogo eram tão diferentes e se dedicavam a coisas tão opostas (e isso ela sabia, compreendia muito bem), então a única possibilidade de encontro era que Horacio a matasse no amor, onde ela podia conseguir se encontrar com ele, no céu dos quartos de hotel, onde se enfrentavam iguais e nus, e ali era onde era possível consumar-se a ressurreição da fênix depois que ele a tivesse estrangulado deliciosamente, deixando cair um fio de baba em sua boca aberta, olhando-a estático como se começasse a reconhecê-la, a fazê-la sua de verdade, a trazê-la para o seu lado.

5.

(-81)

6.

A técnica consistia em marcar vagamente um encontro num bairro em determinada hora. Gostavam de desafiar o perigo de não se encontrar, de passar o dia sozinhos, enfurnados em algum café ou num banco de praça, lendo-um-livro-a-mais. A teoria do livro-a-mais era de Oliveira, que a Maga tinha aceitado por pura osmose. Para ela, na verdade, quase todos os livros eram livros-a-menos, e bem que gostaria de se encher de uma imensa sede e durante um tempo infinito (calculável entre três e cinco anos) ler a *opera omnia* de Goethe, Homero, Dylan Thomas, Mauriac, Faulkner, Baudelaire, Roberto Arlt, Santo Agostinho e outros autores cujos nomes a sobressaltavam nas conversas do Clube. A tudo isso Oliveira respondia com um desdenhoso dar de ombros, e falava das deformações rio-platenses, de uma raça de leitores em tempo integral, de bibliotecas pululantes de marias-sabichonas infiéis ao sol e ao amor, de casas onde o cheiro de tinta de imprensa acaba com a alegria do alho. Naqueles tempos lia pouco, ocupadíssimo em olhar as árvores, os barbantes que encontrava pelo chão, os filmes amarelados da Cinemateca e as mulheres do bairro latino. Suas vagas tendências intelectuais eram resolvidas em meditações sem proveito, e quando a Maga lhe pedia ajuda, uma data ou uma explicação, ele a fornecia sem vontade, como algo inútil. "Mas é que você já sabe", dizia a Maga, ressentida. Então ele se dava ao trabalho de mostrar a ela a diferença entre conhecer e saber, e propunha exercícios de indagação individual que a Maga não fazia e que a desesperavam.

Concordando que nesse terreno não concordariam jamais, marcavam encontros por aí e quase sempre se encontravam. Às vezes os encontros eram tão incríveis que Oliveira propunha uma vez mais para si mesmo o problema das probabilidades e o examinava por todos os lados, desconfiadamente. Não era possível que a Maga tivesse decidido dobrar aquela esquina da Rue de Vaugirard exatamente no momento em que ele, cinco quarteirões abaixo, renunciava a subir pela Rue de Buci e tomava o rumo da Rue Monsieur le Prince sem razão alguma, deixando-se levar, até vê-la de repente, parada na frente de uma vitrine, absorta na contemplação de um macaco embalsamado. Sentados num café, reconstruíam minuciosamente os itinerários, as mudanças bruscas, procurando explicá-las telepaticamente, fracassando sempre, e no entanto tinham se encontrado em pleno labirinto de ruas, quase sempre acabavam se encontrando e riam feito loucos, seguros de um poder que os enriquecia. Oliveira ficava fascinado com os devaneios da Maga, com seu tranquilo desprezo pelos cálculos mais elementares. O que para ele fora análise de probabilidades, escolha ou simplesmente confiança na rabdomancia ambulante, tornava-se para ela simples fatalidade. "E se você não tivesse me encontrado?", perguntava ela. "Não sei, mas você está aqui…" Inexplicavelmente a resposta invalidava a pergunta, mostrava seus medíocres mecanismos lógicos. Depois disso, Oliveira se sentia mais capaz de lutar contra seus preconceitos bibliotecários, e paradoxalmente a Maga se rebelava contra seu desprezo pelos conhecimentos escolares. Assim andavam, Punch e Judy, atraindo-se e rejeitando-se, como convém quando não se quer que o amor termine numa foto ou num livro sem palavras. Mas o amor, essa palavra…

6.

(-7)

7.

Toco sua boca, com um dedo toco o contorno da sua boca, vou desenhando essa boca como se saísse da minha mão, como se pela primeira vez sua boca se entreabrisse, e para mim basta fechar os olhos para desfazer tudo e recomeçar, a cada vez faço nascer a boca que desejo, a boca que minha mão escolhe e desenha no seu rosto, uma boca escolhida entre todas, com soberana liberdade escolhida por mim para ser desenhada com minha mão no seu rosto, e que por um acaso que não tento compreender coincide exatamente com sua boca, que sorri por baixo da que minha mão desenha em você.

Você me olha, de perto você me olha, cada vez mais de perto e então brincamos de ciclope, nos olhamos cada vez de mais perto e os olhos crescem, se aproximam um do outro, se superpõem e os ciclopes se olham, respirando confundidos, as bocas se encontram e lutam calidamente, mordendo-se com os lábios, apoiando levemente a língua nos dentes, brincando em seus recintos, onde um ar pesado vai e vem com um perfume antigo e um silêncio. Então minhas mãos procuram afundar-se em seus cabelos, acariciar lentamente a profundidade de seus cabelos enquanto nos beijamos como se tivéssemos a boca cheia de flores ou de peixes, de movimentos vivos, de fragrância obscura. E se nos mordemos a dor é doce, e se nos afogamos num breve e terrível absorver simultâneo de fôlego, essa instantânea morte é bela. E há uma só saliva e um só sabor de fruta madura, e sinto você tremer contra mim como uma lua na água.

(-8)

8.

À tarde íamos ver os peixes do Quai de la Mégisserie, em março, o mês leopardo, o mês esquivo, o agachado mas já com um sol amarelo em que o vermelho entrava um pouco mais a cada dia. Da calçada que dava para o rio, indiferentes aos *bouquinistes* que não nos dariam nada sem dinheiro, esperávamos o momento em que veríamos os aquários (andávamos devagar, retardando o encontro), todos os aquários ao sol, e como se suspensos no ar centenas de peixes cor-de-rosa e negros, pássaros quietos em seu ar redondo. Uma alegria absurda nos tomava pela cintura, e você cantava me arrastando para atravessar a rua, para entrar no mundo dos peixes dependurados no ar.

Retiram os aquários, os grandes bocais para a rua, e no meio de turistas e meninos ansiosos e senhoras que colecionam variedades exóticas (*550 fr. pièce*) ficam os aquários debaixo do sol, com seus baldes, suas esferas de água que o sol mistura com o ar, e os pássaros cor-de-rosa e negros giram dançando docemente numa pequena porção de ar, lentos pássaros frios. Olhávamos para eles, brincando de aproximar os olhos do vidro, grudando o nariz, encolerizando as velhas vendedoras armadas de redes de caçar borboletas aquáticas, e compreendíamos cada vez menos o que é um peixe, e por esse caminho de não compreender íamos nos aproximando deles, que não se compreendem, transpúnhamos os aquários e estávamos tão perto deles quanto nossa amiga, a vendedora da segunda loja de quem vem da Pont-Neuf, que disse a você: "A água fria mata os peixes, é triste a água fria…". E eu pensava na camareira do hotel que me dava conselhos sobre uma samambaia:

"Não regue, ponha um prato com água debaixo do vaso, e quando ela quiser beber, bebe, e quando não quiser não bebe…". E pensávamos naquela coisa incrível que tínhamos lido, que um peixe sozinho em seu aquário se entristece e então basta colocar um espelho na frente do vidro para que o peixe volte a ficar contente…

8. Entrávamos nas lojas onde as variedades mais delicadas tinham aquários especiais com termômetro e minhoquinhas vermelhas. Descobríamos, entre exclamações que enfureciam as vendedoras — tão convencidas de que não compraríamos nada a *550 fr. pièce* —, os comportamentos, os amores, as formas. Era o tempo deliquescente, algo como chocolate muito fino ou doce de laranja da Martinica, em que nos embebedávamos de metáforas e analogias, sempre procurando entrar. E aquele peixe era perfeitamente Giotto, você se lembra, e aqueles dois brincavam como cães de jade, ou um peixe era a exata sombra de uma nuvem violeta… Descobríamos como a vida se instala em formas privadas de terceira dimensão, que *desaparecem* quando postas de viés, ou deixam apenas um rabisco rosado imóvel e vertical na água. Um golpe de barbatana e monstruosamente o peixe está de novo ali com olhos bigodes barbatanas, e do ventre às vezes sai e flutua uma fita de excremento que não acaba de se soltar, um lastro que de repente os põe entre nós, arranca-os de sua perfeição de imagens puras, compromete-os, para usar uma das grandes palavras que tanto empregávamos por lá naqueles dias.

(-93)

9.

Pela Rue de Varennes entraram na Rue Vaneau. Chuviscava, e a Maga se pendurou ainda mais no braço de Oliveira, apertou-se contra sua capa, que cheirava a sopa fria. Etienne e Perico discutiam uma possível explicação do mundo pela pintura e pela palavra. Entediado, Oliveira passou o braço pela cintura da Maga. Isso também podia ser uma explicação, um braço apertando uma cintura fina e quente, ao caminhar sentia-se o jogo leve dos músculos como uma linguagem monótona e persistente, uma Berlitz obstinada, te a-mo, te a-mo, te a-mo. Não uma explicação: puro verbo, a-mar, a-mar. "E depois, a cópula, sempre", pensou gramaticalmente Oliveira. Se a Maga tivesse conseguido compreender como de repente a obediência ao desejo o exasperava, *inútil obediência solitária*, havia dito um poeta, tão morna a cintura, aquele cabelo molhado contra sua face, o ar Toulouse-Lautrec da Maga caminhando encolhida contra ele. No princípio foi a cópula, violar é explicar mas nem sempre vice-versa. Descobrir o método antiexplicatório, que esse te a-mo te-amo fosse o cubo da roda. E o Tempo? Tudo recomeça, não há um absoluto. Depois, é preciso comer ou descomer, tudo volta a entrar em crise. O desejo a cada tantas horas, nunca demasiado diferente e toda vez outra coisa: armadilha do tempo para criar ilusões. "Um amor como o fogo, arder eternamente na contemplação do Todo. Mas em seguida se cai numa linguagem desaforada."

— Explicar, explicar — grunhia Etienne. — Vocês, se não derem nome às coisas, nem sequer as veem. E isto se chama cão e isto se chama casa, como dizia o de Duíno. Perico, é preciso mostrar, e não explicar. Pinto, ergo sou.

— Mostrar o quê? — disse Perico Romero.

— As únicas justificativas de estarmos vivos.

— Esse animal acha que nosso único sentido é o da visão e suas consequências — disse Perico.

— A pintura é outra coisa, diferente de um produto visual — disse Etienne. — Eu pinto com o corpo inteiro, nesse sentido não sou tão diferente do seu Cervantes ou do seu Tirso sei lá de quê. O que me dá nos nervos é a mania das explicações, o Logos entendido exclusivamente como verbo.

9. — Et cetera — disse Oliveira, mal-humorado. — E por falar em sentidos, o de vocês parece um diálogo de surdos.

A Maga se apertou ainda mais contra o corpo dele. "Agora esta aqui vai dizer alguma de suas besteiras", pensou Oliveira. "Precisa primeiro se esfregar, se decidir epidermicamente." Sentiu uma espécie de ternura rancorosa, algo tão contraditório que devia ser a verdade propriamente dita. "Seria preciso inventar a bofetada doce, o pontapé de abelhas. Mas neste mundo as sínteses definitivas ainda estão por ser descobertas. Perico tem razão, o grande Logos vigia e vela. Lástima: está faltando o amoricídio, por exemplo, a verdadeira luz negra, a antimatéria que tanto dá que pensar a Gregorovius."

— Escuta, Gregorovius vem para a festa ouvir discos com a gente? — perguntou Oliveira.

Perico achava que sim, e Etienne achava que Mondrian.

— Preste um pouco de atenção em Mondrian — dizia Etienne. — Diante dele, se encerram os signos mágicos de um Klee. Klee brincava com o acaso, com os benefícios da cultura. A sensibilidade pura pode ficar satisfeita com Mondrian, enquanto para Klee é preciso um punhado de outras coisas. Um refinado para refinados. Um chinês, realmente. Por outro lado, Mondrian pinta absoluto. Você fica na frente, nu, bem nu, e então acontece de duas uma: você vê, ou não vê. O prazer, a comichão, as alusões, os terrores ou as delícias não fazem a menor falta.

— Você entende o que ele diz? — perguntou a Maga. — Acho que ele está sendo injusto com Klee.

— Justiça ou Injustiça não têm nada a ver com isso — disse Oliveira, entediado. — O que ele está querendo dizer é outra coisa. Não faça disso uma questão pessoal.

— Mas é porque ele disse que todas essas coisas tão bonitas não servem para Mondrian.

— Quer dizer que no fundo uma pintura como a de Klee exige um diploma *ès lettres*, ou pelo menos *ès poésie*, enquanto Mondrian se conforma com que a pessoa se modrianize e acabou-se.

— Não é isso — disse Etienne.

— Claro que é isso — disse Oliveira. — Pelo que você diz, uma tela de Mondrian se basta a si mesma. Ergo, necessita da sua inocência mais do que da sua experiência. Quero dizer inocência edênica, e não estupidez. Veja que até mesmo sua metáfora sobre estar nu diante do quadro cheira a pré-adâmico. Paradoxalmente, Klee é muito mais modesto, porque exige a múltipla cumplicidade do espectador, não se basta a si mesmo. No fundo Klee é história e Mondrian atemporalidade. E você adora o absoluto. Expliquei?

— Não. *C'est vache comme il pleut.*

— *Tu parles*, caralho — disse Perico. — E Ronald e sua punheta, que vive graças ao demônio.

— Vamos apertar o passo — imitou-o Oliveira —, o negócio é tirar o corpo fora dessa chuva gelada.

— Lá vem você de novo. Quase prefiro a sua juva e a sua gajinha, porra. Como jove em Buenos Aires. O tal Pedro de Mendoza, veja só que ideia ir colonizar vocês.

— O absoluto — dizia a Maga, chutando uma pedrinha de poça em poça. — O que é um absoluto, Horacio?

— Olha só — disse Oliveira —, vem a ser aquele momento em que alguma coisa alcança sua máxima profundidade, seu máximo alcance, seu máximo sentido, e deixa completamente de ser interessante.

— Aí vem o Wong — disse Perico. — O chinês está que nem uma sopa de algas.

Quase ao mesmo tempo viram Gregorovius, que desembocava na esquina da Rue de Babylone, carregando, como de costume, uma pasta abarrotada de livros. Wong e Gregorovius pararam debaixo do poste de luz (e pareciam estar tomando juntos um banho de chuveiro), cumprimentando-se com certa solenidade. No portal do prédio do Ronald houve um interlúdio de fecha-guarda-chuvas comment ça va e quem é que vai acender um fósforo o interruptor está quebrado que noite asquerosa ah oui c'est vache, e uma subida um tanto confusa interrompida no primeiro andar por um casal sentado num degrau e mergulhado profundamente no ato de beijar-se.

— Allez, c'est pas une heure pour faire les cons — disse Etienne.

— Ta gueule — respondeu uma voz abafada. — Montez, montez, ne vous génez pas. Ta bouche, mon trésor.

— Salaud, va — saudou Etienne. — É o Guy Monod, um grande amigo meu.

No quinto andar, Ronald e Babs esperavam por eles, cada um com uma vela na mão e cheirando a vodca barata. Wong fez um gesto, todo mundo parou na escada, e na voz de todos brotou, a cappella, o hino profano do

Clube da Serpente. Depois entraram correndo no apartamento, antes que os vizinhos aparecessem.

Ronald se apoiou na porta. Ruivamente, em sua camisa xadrez.

— A casa está rodeada de lunetas, damn it. Às dez da noite, se instala aqui o deus Silêncio, e ai de quem comete sacrilégio. Ontem mesmo um empregado subiu para reclamar. Babs, o que diz o digno senhor?

— Ele diz: "Reiteradas queixas".

9.   — E o que é que a gente faz? — disse Ronald, entreabrindo a porta para que Guy Monod entrasse.

— Fazemos isto — disse Babs, dando uma banana perfeita e um violento peido oral.

— E a sua garota? — perguntou Ronald.

— Sei lá, errou o caminho — disse Guy. — Acho que ela foi embora, estávamos muito bem na escada, e de repente... Mais acima ela não estava. Mas não importa: ela é suíça.

(-104)

10.

As nuvens achatadas e vermelhas sobre o bairro latino à noite, o ar ainda úmido com algumas gotas de água que um vento indolente jogava contra a janela mal iluminada, os vidros sujos, um deles trincado e remendado com um pedaço de esparadrapo cor-de-rosa. Mais acima, debaixo das calhas de chumbo, dormiriam as pombas também de chumbo, enfiadas em si mesmas, exemplarmente antigárgulas. Protegido pela janela, o paralelepípedo musgoso cheirando a vodca e a velas de cera, a roupa molhada e a restos de ensopadinho, o vago ateliê da Babs ceramista e do Ronald músico, sede do Clube, cadeiras de vime, espreguiçadeiras desbotadas, pedaços de lápis e de arame pelo chão, coruja embalsamada com a metade da cabeça podre, um tema vulgar, mal tocado, um disco velho com um ruído áspero da agulha do toca-discos, um raspar ranger crepitar incessantes, um sax lamentável que em alguma noite de 28 ou 29 havia tocado como se tivesse medo de se perder, acompanhado por uma percussão de colégio de senhoritas, por um piano qualquer. Mas depois entrava uma guitarra incisiva que parecia anunciar a passagem para outra coisa, e de repente (Ronald havia prevenido erguendo um dedo) um trompete se desgarrou do resto e deixou cair as duas primeiras notas do tema, apoiando-se nelas como se fossem um trampolim. Bix deu o salto em pleno alvo, o desenho nítido se delineou no silêncio com a pompa de uma unhada de fera. Dois mortos se batiam fraternalmente, enroscando-se e desentendendo-se, Bix e Eddie Lang (que se chamava Salvatore Massaro) faziam uma tabelinha em "I'm Coming, Virginia", e onde estaria enterrado Bix?, pensou Oliveira, e onde Eddie Lang?, a quantas milhas um do outro, de seus dois nadas que numa noite futura de Paris se enfrentavam guitarra contra trompete, gim contra má sorte, o jazz.

— Estamos bem, aqui. Quentinho, escuro.

— Bix, que louco formidável. Põe aí "Jazz me Blues", velho.

— A influência da técnica na arte — disse Ronald, mergulhando as mãos numa pilha de discos olhando vagamente as capas. — Esses sujeitos de antes do long-play tinham menos de três minutos para tocar. Agora vem um malandrinho qualquer, como o Stan Getz, e se planta vinte e cinco minutos na frente do microfone, pode se soltar à vontade, dar o que tiver de melhor para dar. O coitado do Bix tinha que se virar com um coro e um até-logo, passar bem assim que esquentavam, e zás, se acabou. O que eles devem ter ficado furiosos quando gravavam discos…

— Nem tanto — disse Perico. — Era como fazer sonetos em vez de odes, e isso que eu não entendo nada dessas firulas. Vim porque estou cansado de ler no meu quarto um estudo de Julián Marías que não acaba nunca.

(-65)

11.

Gregorovius deixou que enchessem seu copo de vodca e começou a beber em goles delicados. Duas velas ardiam na estante da lareira onde Babs guardava as meias sujas e as garrafas de cerveja. Através do copo cristalino, Gregorovius admirou o desapegado arder das duas velas, tão alheias a eles e tão anacrônicas como o trompete de Bix entrando e saindo, vindo de algum outro tempo. Os sapatos de Guy Monod, que dormia no divã ou escutava com os olhos fechados, o incomodavam um pouco. A Maga veio se sentar no chão com um cigarro na boca. Em seus olhos brilhavam as chamas das velas verdes. Gregorovius contemplou-a extasiado, lembrando-se de uma rua de Morlaix ao anoitecer, um viaduto altíssimo, nuvens.

— Essa luz é tão você, uma coisa que vem e que vai, que se move o tempo inteiro.

— Como a sombra de Horacio — disse a Maga. — Que faz o nariz dele crescer e encolher, é extraordinário.

— Babs é a pastora das sombras — disse Gregorovius. — De tanto trabalhar a argila, essas sombras concretas... Aqui tudo respira, um contato perdido se restabelece; a música ajuda, a vodca, a amizade. Essas sombras na cornija; o quarto tem pulmões, uma coisa que pulsa. Sim, a eletricidade é eleática, petrificou as nossas sombras. Agora elas fazem parte dos móveis e dos rostos. Mas aqui, em compensação... Olhe só esta moldura, a respiração da sua sombra, a voluta que sobe e desce. O homem vivia, naquele tempo, numa noite macia, permeável, num diálogo contínuo. Os terrores, que luxo para a imaginação...

Juntou as mãos, separando apenas os polegares: um cão começou a abrir a boca na parede e a mexer as orelhas. A Maga ria. Então Gregorovius perguntou a ela como era Montevidéu, o cão se dissolveu de repente, porque ele não estava muito convencido de que ela fosse uruguaia; Lester Young e os Kansas City Six. Psiu… (Ronald dedo na boca).

— Para mim, o Uruguai é meio esquisito. Montevidéu deve estar cheia de torres, de sinos fundidos depois das batalhas. Não me diga que em Montevidéu não existem lagartos enormes na beira do rio.

— Claro — disse a Maga. — São coisas que a gente visita tomando o ônibus que vai para Pocitos.

— E as pessoas conhecem bem Lautréamont, em Montevidéu?

— Lautréamont? — perguntou a Maga.

Gregorovius suspirou e bebeu mais vodca. Lester Young, sax-tenor, Dickie Wells, trombone, Joe Bushkin, piano, Bill Coleman, trompete, John Simmons, contrabaixo, Jo Jones, bateria. "Four O'Clock Drag". Sim, lagartos enormes, trombones na beira do rio, *blues* se arrastando, provavelmente *drag* queria dizer lagarto de tempo, o arrastar interminável das quatro da manhã. Ou outra coisa totalmente diferente. "Ah, Lautréamont", dizia a Maga lembrando-se de repente. "Sim, acho que é conhecido, muitíssimo conhecido."

— Era uruguaio, embora não pareça.

— Não parece — disse a Maga, reabilitando-se.

— Na verdade, Lautréamont… Mas Ronald está ficando zangado, pôs um dos seus ídolos. Temos que calar a boca, é uma pena. Vamos falar bem baixinho, e você me conta de Montevidéu.

— *Ah, merde alors* — disse Etienne olhando furioso para os dois. O vibrafone tateava o ar, iniciando escalas equívocas, deixando um degrau em branco saltava cinco de uma vez e reaparecia no mais alto, Lionel Hampton equilibrava "Save it Pretty Mamma", se soltava e caía rolando entre vidros, girava na ponta de um pé, constelações instantâneas, cinco estrelas, três estrelas, dez estrelas, ia apagando uma a uma com a ponta do escarpim, se balançava com uma sombrinha japonesa girando vertiginosamente na mão, e a orquestra inteira entrou na queda final, um trompete bronco, a terra, cambalhota, acrobata no chão, *finibus*, se acabou. Gregorovius ouvia num sussurro Montevidéu através da Maga, e talvez conseguisse saber alguma coisa mais sobre ela, da sua infância, se realmente se chamava Lucía ou quem sabe Mimí, estava naquela altura da vodca em que a noite começa a ficar magnânima, tudo lhe jurava fidelidade e esperança, Guy Monod havia encolhido as pernas e os sapatos duros já não se cravavam nas costelas de Gregorovius, a Maga se apoiava um pouco nele, levemente sentia a calidez de seu corpo, cada movimento que fazia para falar ou acompanhar a música. Com os olhos quase fechados, Gregorovius conseguia distinguir o canto onde Ronald e Wong escolhiam e punham os discos, Oliveira e Babs no chão, apoiados em uma manta esquimó pregada na parede, Horacio oscilando cadencioso na fumaça do cigarro, Babs perdida de vodca e aluguel vencido e certas tintas que falhavam a trezentos graus, um azul que se dissolvia em rombos alaranjados, uma coisa insuportável. No meio da fumaça, os lábios de Oliveira se moviam em silêncio, ele falava para dentro, para trás, para outra coisa que retorcia imperceptivelmente as tripas de Gregorovius, não sabia por quê, vai ver porque aquela espécie de ausência de Horacio era uma farsa, deixava a Maga solta para que brincasse um tempinho, mas ele continuava ali, movendo os lábios em silêncio, falando com a Maga entre fumaça e jazz, rindo para dentro e dá-lhe Lautréamont e dá-lhe Montevidéu.

11.

(-136)

12.

Gregorovius sempre gostou das reuniões do Clube, porque na verdade aquilo não tinha nada de clube e por isso mesmo correspondia ao seu mais alto conceito do gênero. Gostava de Ronald por causa da sua anarquia, por causa de Babs, pela forma como estavam se matando minuciosamente sem se importar com nada, entregues à leitura de Carson McCullers, de Miller, de Raymond Queneau, ao jazz como um modesto exercício de libertação, ao reconhecimento sem disfarce de que os dois haviam fracassado nas artes. Gostava, por assim dizer, de Horacio Oliveira, com quem tinha uma espécie de relação persecutória, ou seja, Gregorovius se exasperava com a presença de Oliveira no momento exato em que o encontrava, depois de ter andado procurando por ele sem admitir o fato, e Horacio achava graça nos mistérios baratos com que Gregorovius envolvia suas origens e seu modo de vida, se divertia sabendo que Gregorovius estava apaixonado pela Maga e achava que ele não sabia, e os dois se acolhiam e se rejeitavam ao mesmo tempo, como uma espécie de tourear cerrado que era, afinal de contas, um dos tantos exercícios que justificavam o Clube. Brincavam muito de bancar os inteligentes, de organizar séries de alusões que desesperavam a Maga e deixavam Babs furiosa, para eles bastava mencionar qualquer coisa, como agora, que Gregorovius achava que verdadeiramente entre ele e Horacio havia uma espécie de perseguição desiludida, e na hora um deles citava o mastim do céu, *I fled Him* etc., e enquanto a Maga olhava para eles com uma espécie de humilde desespero, o outro já estava no voei tão alto, tão alto que alcancei a caça, e acabavam rindo deles mesmos mas aí já era tarde, porque Horacio sentia asco daquele exibicionismo da memória associativa, e Gregorovius se sentia aludido por esse asco que ajudava a suscitar, e entre os dois se instalava uma espécie de ressentimento de cúmplices, e dois minutos depois reincidiam, e aquilo, entre tantas outras coisas, eram as sessões do Clube.

12.

— Poucas vezes se bebeu aqui uma vodca tão ruim — disse Gregorovius enchendo o copo. — Lucía, a senhora estava a ponto de me contar da sua infância. Não que seja difícil imaginá-la na beira do rio, de tranças e com bochechas rosadas, como minhas compatriotas da Transilvânia, antes que elas fossem ficando pálidas com esse maldito clima luteciano.

— Luteciano? — perguntou a Maga.

Gregorovius suspirou. Começou a explicar, e a Maga escutava humildemente, aprendendo, coisa que sempre fazia com grande intensidade até que a distração viesse salvá-la. Agora Ronald tinha posto um velho disco de Hawkins, e a Maga parecia ressentida com aquelas explicações que atrapalhavam a música e não eram o que ela sempre esperava de uma explicação, uma cócega na pele, uma necessidade de respirar fundo como Hawkins devia respirar antes de atacar outra vez a melodia, e como às vezes ela respirava quando Horacio se dignava a explicar para valer um verso obscuro, acrescentando aquela outra escuridão fabulosa onde agora, se ele estivesse explicando a questão dos lutecianos em vez de Gregorovius, tudo teria se fundido numa mesma felicidade, a música de Hawkins, os lutecianos, a luz das velas verdes, a cócega, a profunda respiração que era sua única certeza irrefutável, uma coisa comparável apenas a Rocamadour ou à boca de Horacio ou às vezes a um adágio de Mozart que quase não dava mais para escutar, de tão estragado que estava o disco.

— Não seja assim — disse humildemente Gregorovius. — O que eu queria era entender um pouco melhor a sua vida, isso que é você e que tem tantas facetas.

— Minha vida — disse a Maga. — Nem bêbada eu contaria. E mesmo que eu contasse, por exemplo, a minha infância, você não ia me entender melhor. Além do mais, não tive infância.

— Nem eu. Na Herzegovina.

— Eu, em Montevidéu. E vou dizer uma coisa: às vezes sonho com a escola primária, e é tão horrível que acordo aos gritos. E meus quinze anos, não sei se você alguma vez teve quinze anos.

— Acho que sim — disse Gregorovius inseguro.

— Eu tive, numa casa com quintal e vasos com plantas onde meu pai tomava mate e lia revistas asquerosas. Seu pai volta para você? Quero dizer, o fantasma dele.

— Não, na verdade quem volta é a minha mãe — disse Gregorovius. — Principalmente a de Glasgow. Minha mãe em Glasgow volta às vezes, mas não é um fantasma. É uma lembrança molhada demais, só isso. Some com um Alka-Seltzer, é fácil. Então, para você...?

12. — Sei lá — disse a Maga, impaciente. — É essa música, são essas velas verdes, Horacio ali naquele canto, feito um índio. Por que eu iria contar a você como é que meu pai volta? Mas faz alguns dias eu tinha ficado em casa esperando o Horacio, já tinha anoitecido, eu estava sentada perto da cama e chovia lá fora, um pouco feito esse disco aí. Sim, era meio assim, eu olhava para a cama esperando o Horacio, não sei como a colcha da cama tinha ficado daquele jeito, só sei que de repente vi papai de costas e de rosto tampado, como acontecia sempre que ele se embebedava e ia dormir. Dava para ver as pernas, a forma da mão em cima do peito. Senti meu cabelo ficar em pé, queria gritar, enfim, essas coisas que a gente sente, vai ver que alguma vez na vida você já sentiu medo... Eu queria sair correndo, a porta estava tão longe, no fundo de corredores e mais corredores, a porta cada vez mais longe e dava para ver a colcha cor-de-rosa subindo e descendo, dava para ouvir os roncos de papai, de um momento para outro ia aparecer a mão, os olhos, e depois o nariz em forma de gancho, não, não vale a pena contar tudo isso, no final gritei tanto que a vizinha de baixo veio e me deu um chá, e depois Horacio me chamou de histérica.

Gregorovius acariciou seus cabelos, e a Maga abaixou a cabeça. "Pronto", pensou Oliveira, renunciando a acompanhar as brincadeiras de Dizzy Gillespie sem rede no trapézio mais alto, "pronto, tinha que ser. Ele está louco por essa mulher, e diz isso assim, com os dez dedos. Como as brincadeiras se repetem... Calçamos formas mais do que usadas, aprendemos feito idiotas cada papel mais do que conhecido. Mas se sou eu mesmo acariciando os cabelos dela e ela está me contando sagas do Rio da Prata e sentimos pena dela, então é preciso levá-la para casa, todos um pouco bêbados, deitá-la devagar, acariciando-a, soltando sua roupa, devagarinho, cada botão devagarinho, cada zíper, e ela não quer, quer, não quer, se ergue, tampa a cara, chora, nos abraça como se fosse para nos propor alguma coisa sublime, nos ajuda a baixar as calcinhas, solta um sapato com um pontapé que nos parece um protesto e nos excita até o último dos arrebatos, ah, é indigno, indigno. Vou ter que arrebentar a sua cara, Ossip Gregorovius, meu pobre amigo. Sem vontade, sem pena, como isso que Dizzy está soprando, sem pena, sem vontade, tão absolutamente sem vontade feito isso que Dizzy está soprando."

— Um asco perfeito — disse Oliveira. — Tire essa porcaria do toca-discos. Eu não venho mais no Clube se aqui a gente precisa escutar esse macaco sabichão.

— O senhor aqui não gosta de bop — disse Ronald, sarcástico. — Espere um momento, que num instante a gente põe alguma coisa de Paul Whiteman.

— Solução de compromisso — disse Etienne. — Coincidência de todos os sufrágios: vamos ouvir Bessie Smith, Ronald do meu coração, a pomba na gaiola de bronze.

12.

Ronald e Babs desataram a rir, não se sabia bem por quê, e Ronald foi vasculhar a pilha de discos velhos. A agulha do toca-discos crepitava horrivelmente, alguma coisa começou a se mover no fundo, como camadas e mais camadas de algodão entre a voz e os ouvidos, Bessie cantando de rosto vendado, dentro de um cesto de roupa suja, e a voz saía cada vez mais afogada, saía agarrando-se nos trapos e clamava sem cólera nem esmola, *"I wanna be somebody's baby doll"*, se encolhia à espera, uma voz de esquina e de casa lotada de avós, *"to be somebody's baby doll"*, mais quente e ansiosa, e agora arfando *"I wanna be somebody's baby doll"*...

Queimando a boca com um prolongado gole de vodca, Oliveira passou o braço pelos ombros de Babs e se apoiou em seu corpo confortável. "Os intercessores", pensou, afundando suavemente na fumaça do cigarro. A voz de Bessie ficava mais frágil no fim do disco, e agora Ronald dava voltas na placa de baquelita (se é que era baquelita) e daquele pedaço de matéria gasta renasceria uma vez mais *Empty Bed Blues*, uma noite dos anos 1920 em algum recanto dos Estados Unidos. Ronald havia fechado os olhos, as mãos apoiadas nos joelhos marcavam levemente o ritmo. Wong e Etienne também haviam fechado os olhos, a sala estava quase no escuro e se ouvia o chiado da agulha no disco velho, Oliveira mal acreditava que tudo aquilo estivesse acontecendo. Por que ali, por que o Clube, aquelas cerimônias estúpidas, por que era assim aquele blues quando cantado por Bessie? "Os intercessores", pensou outra vez, balançando suavemente com Babs, que estava completamente bêbada e chorava em silêncio ouvindo Bessie, estremecendo ao compasso ou no contratempo, soluçando para dentro para não se afastar de jeito nenhum do blues da cama vazia, na manhã seguinte, os sapatos nas poças, o aluguel atrasado, o medo da velhice, imagem cinzenta do amanhecer no espelho ao pé da cama, os blues, o cafard infinito da vida. "Os intercessores, uma irrealidade nos mostrando outra, como os santos pintados que mostram o céu com o dedo. Não é possível que isto exista, que a gente realmente esteja aqui, que eu seja alguém que se chama Horacio. Esse fantasma aí, essa voz de uma negra que morreu faz vinte anos num acidente de automóvel: elos de uma corrente inexistente, como nos mantemos aqui, como podemos estar reunidos esta noite se não for por um mero jogo de ilusões, de regras aceitas e consentidas, de puro baralho nas mãos de um crupiê inconcebível..."

— Não chora — disse Oliveira para Babs, falando no ouvido dela. — Não chora não, Babs, que nada disso é verdade.

— Ah, é verdade sim, é verdade sim — disse Babs assoando o nariz. — Ah, é verdade sim.

12. — Pode até ser — disse Oliveira, beijando seu rosto —, mas não é a verdade.

— Como essas sombras — disse Babs, fungando o nariz entupido e movendo a mão de um lado para o outro —, e eu estou tão triste, Horacio, porque tudo é tão bonito.

Mas tudo aquilo, o canto de Bessie, o arrulho de Coleman Hawkins, não eram ilusões?, e não eram uma coisa ainda pior, a ilusão de outras ilusões, uma cadeia vertiginosa para trás, para um macaco se olhando na água no primeiro dia do mundo? Mas Babs chorava, Babs havia dito: "Ah, é verdade sim, é verdade sim", e Oliveira, também um pouco bêbado, agora sentia que a verdade estava nisso, em que Bessie e Hawkins fossem ilusões, porque somente as ilusões eram capazes de mover seus fiéis, as ilusões, e não as verdades. E havia mais que isso, havia a intercessão, o acesso, por meio das ilusões, a um plano, a uma zona inimaginável que teria sido inútil pensar porque todo pensamento o destruía mal tentava aproximar-se. Uma mão de fumaça o levava pela mão, o iniciava numa decida, se é que era uma descida, mostrava para ele um centro, se é que era um centro, punha em seu estômago, onde a vodca fervilhava docemente cristais e borbulhas, algo que outra ilusão infinitamente bela e desesperada denominara em algum momento imortalidade. Fechando os olhos conseguiu dizer para si mesmo que se um pobre ritual era capaz de tirá-lo do centro daquele jeito só para mostrar-lhe melhor um centro, de tirá-lo do centro para levá-lo até um centro não obstante inconcebível, talvez nem tudo estivesse perdido e algum dia, em outras circunstâncias, depois de outras provas, o acesso seria possível. Mas acesso a quê, para quê? Estava demasiado bêbado para se propor uma hipótese de trabalho que fosse, fazer uma ideia da rota possível. Não estava bêbado o bastante para deixar de pensar consecutivamente, e lhe bastava esse pobre pensamento para que sentisse que se afastava cada vez mais de algo demasiado distante, demasiado precioso para se mostrar através daquelas névoas ineptamente propícias, a névoa vodca, a névoa Maga, a névoa Bessie Smith. Começou a ver círculos verdes que giravam vertiginosamente, abriu os olhos. Em geral depois dos discos sentia vontade de vomitar.

(-106)

13.

Envolto em fumaça Ronald punha um disco atrás do outro, quase sem se dar ao trabalho de averiguar as preferências alheias, e de quando em quando Babs se levantava do chão e também começava a fuçar nas pilhas de velhos discos de 78 rotações, escolhia cinco ou seis que deixava em cima da mesa ao alcance de Ronald que se dobrava para a frente e acariciava Babs que se retorcia rindo e sentava em seus joelhos, mas só por um momento porque Ronald queria ficar tranquilo para escutar "Don't Play me Cheap".
Satchmo cantava:

Don't you play me cheap
Because I look so meek

e Babs se contorcia nos joelhos de Ronald, excitada pela maneira de cantar de Satchmo, o tema era suficientemente vulgar para que se permitisse liberdades que Ronald não teria admitido quando Satchmo cantava "Yellow Dog Blues", e porque no hálito que Ronald estava soprando em sua nuca havia uma mistura de vodca e sauerkraut que fazia Babs tremelicar espantosamente. De seu altíssimo ponto de mira, numa espécie de admirável pirâmide de fumaça e música e vodca e sauerkraut e mãos de Ronald permitindo-se excursões e contramarchas, Babs condescendia em olhar para baixo por entre as pálpebras semicerradas e via Oliveira no chão, costas apoiadas na parede contra a pele esquimó, fumando e já perdidamente bêbado, com uma cara sul-americana ressentida e amarga em que a boca às vezes sorria entre uma tragada e outra, os lábios de Oliveira que Babs já tinha desejado (não agora) mal se encurvavam enquanto o resto da cara parecia lavado e ausente. Por mais que gostasse de jazz, Oliveira nunca entraria na jogada como Ronald, para ele o jazz seria bom ou ruim, hot ou cool, branco ou negro, antigo ou moderno, Chicago ou New Orleans, nunca o jazz, nunca aquilo que agora eram Satchmo, Ronald e Babs, *"Baby don't you play me cheap because I look so meek"*, e depois a labareda do trompete, o falo amarelo rompendo o ar e gozando com avanços e retrocessos, e já no final três notas ascendentes, hip-noticamente de ouro puro, uma perfeita pausa na qual todo o swing do mundo palpitava por um instante intolerável, e em seguida a ejaculação de um sobreagudo deslizando e caindo feito um foguete na noite sexual, a mão de Ronald acariciando o pescoço de Babs e a crepitação da agulha enquanto o disco continuava girando e o silêncio que havia em toda música verdadeira se desencostava lentamente das paredes, saía de debaixo do sofá, se abria como lábios ou botões de flor.

13.

— *Ça alors* — disse Etienne.

— Sim, a grande época de Armstrong — disse Ronald, examinando a pilha de discos que Babs tinha escolhido. — Como o período do gigantismo em Picasso, se você quiser. Agora estão os dois feito uns porcos. Pensar que os médicos inventam curas de rejuvenescimento... Vão continuar ferrando a gente mais vinte anos, você vai ver.

— Nós, não — disse Etienne. — Nós já demos um tiro neles no momento certo, e tomara que deem outro em mim quando chegar a hora.

— Na hora certa, olha só o que você está pedindo, garoto — disse Oli-veira, bocejando. — Mas é verdade que já demos neles o tiro de misericórdia. Com uma rosa em vez de uma bala, por assim dizer. O que veio depois é cos-tume e papel-carbono, pensar que só agora Armstrong foi pela primeira vez a Buenos Aires, você não imagina os milhares de cretinos convencidos de que estavam escutando uma coisa do outro mundo, e Satchmo mais cheio de tru-ques do que um boxeador velho, se esquivando da tarefa, cansado e endinhei-rado e sem se importar a mínima com o que faz, rotina pura, enquanto alguns amigos que estimo, e que há vinte anos tampavam os ouvidos se você pusesse "Mahogany Hall Stomp" para tocar, agora pagam sei lá quanta grana por um lugar na plateia só para ouvir aquelas coisas requentadas. Claro que meu país é todo requentado, é preciso dizer isso com todo o carinho.

— A começar por você — disse Perico de detrás de um dicionário. — Você veio para cá seguindo a forminha de todos os seus compatriotas que se mandavam para Paris para fazer sua educação sentimental. Pelo menos na Espanha isso se aprende no bordel e nas touradas, caralho.

— E na condessa de Pardo Bazán — disse Oliveira, bocejando de novo. — Mas você tem toda a razão, rapaz. Eu na verdade deveria estar jogando truco com o Traveler. Você não conhece o Traveler, é verdade. Não conhece nada de tudo isso. Para que falar?

(-115)

13.

14.

Saiu do canto onde tinha se enfiado, pôs um pé num pedaço do chão depois de examiná-lo como se fosse necessário escolher exatamente o lugar onde pôr o pé, depois aproximou o outro com a mesma cautela, e a dois metros de Ronald e Babs começou a se encolher até ficar impecavelmente instalado no chão.

— Está chovendo — disse Wong, mostrando com o dedo a claraboia da água-furtada.

Dissolvendo a nuvem de fumaça com uma mão lenta, Oliveira contemplou Wong com amistosa satisfação.

— Ainda bem que alguém decide se posicionar no nível do mar, só se veem sapatos e joelhos por todos os lados. Onde está o seu copo, che?

— Por aí — disse Wong.

Acaba que o copo estava cheio e ao lado dele. Começaram a beber, apreciativos, e Ronald largou um John Coltrane que fez Perico bufar. E depois um Sidney Bechet época Paris merengue, um pouco como gozação com as fixações hispânicas.

— É verdade que você está preparando um livro sobre a tortura?

— Ah, não é exatamente isso — disse Wong.

— O que é, então?

— Na China as pessoas tinham um outro conceito da arte.

— Eu sei, todos nós lemos o chinês Mirbeau. É verdade que você tem fotos de torturas, feitas em Pequim em mil novecentos e vinte ou coisa parecida?

— Ah, não — disse Wong sorrindo. — Estão muito borradas, não vale a pena mostrar a vocês.

— É verdade que você anda sempre com a pior delas na carteira?

— Ah, não — disse Wong.

— E que a mostrou a umas mulheres num café?

— Elas insistiram tanto — disse Wong. — E o pior é que não entenderam nada.

— Deixe ver — disse Oliveira, estendendo a mão.

14.

Wong ficou olhando para a mão dele, sorrindo. Oliveira estava demasiado bêbado para insistir. Bebeu mais vodca e mudou de posição. Puseram na mão dele uma folha de papel dobrada em quatro. Em vez de Wong, havia um sorriso de gato de Cheshire e uma espécie de reverência no meio da fumaça. O poste devia medir uns dois metros, mas havia oito postes, só que era o mesmo poste repetido oito vezes em quatro séries de duas fotos cada uma, que deviam ser vistas da esquerda para a direita e de cima para baixo, o poste era exatamente o mesmo apesar das diferenças de ângulo, a única coisa que ia mudando era o condenado amarrado no poste, os rostos da plateia (havia uma mulher à esquerda) e a posição do verdugo, sempre um pouco à esquerda por gentileza para com o fotógrafo, algum etnólogo norte-americano ou dinamarquês com bom pulso mas com uma Kodak dos anos vinte, instantâneos bem ruins, de maneira que exceto a segunda foto, quando a sorte dos punhais havia decidido orelha direita e o resto do corpo nu aparecia perfeitamente nítido, as outras fotos, devido ao sangue que ia cobrindo o corpo e à má qualidade do filme ou da revelação, eram bastante decepcionantes, principalmente a partir da quarta, em que o condenado não passava de uma massa enegrecida da qual sobressaíam a boca aberta e um braço muito branco, as três últimas fotos eram praticamente idênticas, a não ser pela atitude do verdugo, que na sexta foto estava agachado ao lado da cesta de punhais, sorteando o seguinte (mas devia trapacear, porque se começassem pelos cortes mais profundos...), e olhando melhor dava para ver que o torturado estava vivo, porque um dos pés estava virado para fora apesar da pressão das cordas, e a cabeça estava jogada para trás, a boca sempre aberta, no chão a gentileza chinesa devia ter amontoado bastante serragem porque a poça não aumentava, fazia um oval quase perfeito ao redor do poste. "A sétima é a crítica", a voz de Wong vinha lá de trás, de muito além da vodca e da fumaça, era preciso olhar com atenção, porque o sangue jorrava dos dois medalhões dos mamilos profundamente removidos (entre a segunda e a terceira foto), mas dava para ver que na sétima houvera uma punhalada decisiva porque a forma das coxas ligeiramente abertas para fora parecia mudar, e aproximando bastante o rosto da foto dava para ver que a mudança não era nas coxas, mas entre as virilhas, no lugar da mancha borrada da primeira foto parecia haver um buraco derramado, uma espécie de sexo de menina violada, de onde o sangue saltava em fios que escorriam pelas coxas. E se Wong desdenhava a oitava foto devia ter razão, porque o condenado já não poderia estar vivo, ninguém deixa cair a cabeça de lado daquela maneira. "De acordo com meus informes, a operação toda durava uma hora e meia", observou cerimoniosamente Wong. A folha de papel se dobrou em quatro, uma carteira de couro preto se abriu feito um pequeno jacaré para comê-la no meio da fumaça. "Claro que Pequim já não é a mesma de antes. Lamento ter mostrado uma coisa bastante primitiva a você, mas não é possível carregar outros documentos no bolso, pedem explicações, uma iniciação…" A voz chegava de tão longe que parecia um prolongamento das imagens, uma glosa de bacharel cerimonioso. Por cima ou por baixo, Big Bill Broonzy começou a cantarolar "See, See, Rider", como sempre tudo convergia a partir de dimensões inconciliáveis, um grotesco *collage* que era preciso ajustar com vodca e categorias kantianas, esses tranquilizantes contra qualquer coagulação demasiado brusca da realidade. Ou, como quase sempre, fechar os olhos e dar meia-volta, rumo ao mundo algodoado de qualquer outra noite escolhida atentamente no baralho aberto. *"See, see, rider"*, cantava Big Bill, outro morto, *"see what you have done."*

(-114)

15.

Então era natural que se lembrasse da noite no Canal Saint-Martin, do convite que lhe haviam feito (mil francos) para ver um filme na casa de um médico suíço. Nada, um operador do Eixo que tinha conseguido filmar um enforcamento em todos os detalhes. No total, dois rolos, mas mudos. Com uma fotografia admirável, garantiam. Podia pagar na saída.

No minuto necessário para decidir dizer não e se mandar do café com a negra haitiana amiga do médico suíço, havia tido tempo de imaginar a cena e se situar, como não?, do lado da vítima. Que enforcassem alguém já era-o-que-era, não eram necessárias palavras, mas se esse alguém tivesse sabido (e o refinamento podia ter estado em contar a esse alguém) que uma câmera registraria cada instante de suas caretas e suas contorções, para deleite de diletantes do futuro... "Por mais que me incomode, nunca serei um indiferente como Etienne", pensou Oliveira. "Acontece que insisto na ideia inaudita de que o homem foi criado para outra coisa. Então, claro... Que pobres ferramentas para encontrar uma saída deste buraco." O pior era que tinha olhado friamente as fotos de Wong, só porque o torturado não era seu pai, além de já terem se passado quarenta anos daquela operação em Pequim.

— Olha só — disse Oliveira a Babs, que tinha voltado para ele depois de brigar com Ronald que insistia em ouvir Ma Rainey e se estranhava com Fats Waller —, é incrível como é possível ser tão canalha. O que Cristo pensava na cama antes de dormir? De repente, no meio de um sorriso, sua boca se transforma numa aranha peluda.

— Ah — disse Babs. — Nada de delirium tremens, hein? A esta hora...

— Tudo é superficial, mocinha, tudo é e-pi-dér-mi-co. Olha só, quando eu era garoto implicava com as mulheres da família, irmãs e essas coisas, todo o lixo genealógico, e sabe por quê? Bem, por um monte de besteira, mas entre elas porque para as senhoras qualquer falecimento, como elas dizem, qualquer luto que aconteça no quarteirão é muitíssimo mais importante do que uma frente de guerra, do que um terremoto que liquida dez mil sujeitos, coisas assim. É preciso ser verdadeiramente cretino, cretino a um ponto que você não consegue nem imaginar, Babs, porque para isso teria sido preciso ler Platão inteiro, vários pais da Igreja, os clássicos sem faltar nenhum, e além disso saber tudo o que há para saber sobre tudo o que é cognoscível, e é exatamente nesse momento que se chega a uma cretinice tão incrível que se é capaz de pegar a pobre mãe analfabeta no começo da manhãzinha e se irritar porque ela está aflitíssima por causa da morte do ruivinho da esquina ou da sobrinha da fulana do terceiro andar. E aí fala para ela do terremoto de Bab el-Mandreb ou da ofensiva de Vardar Ingh, e quer que a infeliz se compadeça em abstrato da aniquilação de três turmas do exército iraniano...

— Take it easy — disse Babs. — Have a drink, sonny, don't be such a murder to me.

— E na verdade tudo se reduz à tal história de que o que os olhos não veem... Qual é a necessidade, me diga, de dar porrada no coco das velhotas com nossa puritana adolescência de cretinos de merda? Che, que porre... Vou para casa.

Mas era difícil renunciar à manta esquimó tão quentinha, à contemplação distante e quase indiferente de Gregorovius em pleno entrevero sentimental com a Maga. Arrancando-se daquilo tudo como se desplumasse um velho galo cadavérico que resiste como o macho que foi, suspirou aliviado ao reconhecer o tema de *Blue Interlude*, um disco que alguma vez chegou a ter, em Buenos Aires. Já nem se lembrava do pessoal da orquestra, mas sabia que Benny Carter e talvez Chu Berry faziam parte dela, e ouvindo o solo dificilmente simples de Teddy Wilson decidiu que era melhor ficar até o final da sessão de discos. Wong havia dito que estava chovendo, o dia inteiro tinha chovido. Esse devia ser Chu Berry, a menos que fosse Hawkins em pessoa, mas não, não era Hawkins. "Incrível como estamos todos empobrecendo", pensou Oliveira olhando para a Maga que olhava para Gregorovius que olhava para o espaço. "Vamos acabar indo à Bibliothèque Mazarine fazer fichas sobre as mandrágoras, os colares dos bantos ou a história comparada das tesouras de unha." Imaginar um repertório de insignificâncias, o enorme trabalho de investigá-las e conhecê-las a fundo. História das tesouras de unha, dois mil livros para ter certeza de que até 1675 ninguém mencionara esse utensílio.

De repente, na Mogúncia alguém estampa a imagem de uma senhora cortando uma unha. Não é exatamente uma tesoura, mas parece. No século XVIII, um tal Philip McKinney patenteia em Baltimore as primeiras tesouras com mola: problema resolvido, os dedos podem pressionar em cheio para cortar as unhas dos pés, incrivelmente córneas, e a tesoura torna a se abrir automaticamente. Quinhentas fichas, um ano de trabalho. E se passássemos agora à invenção do parafuso ou ao uso do verbo *gond* na literatura páli do século VIII? Qualquer coisa podia ser mais interessante que adivinhar o diálogo entre a Maga e Gregorovius. Encontrar uma barricada, qualquer coisa, Benny Carter, as tesouras de unha, o verbo *gond*, outro copo, um empalamento cerimonial refinadamente conduzido por um verdugo atento aos menores detalhes, ou Champion Jack Dupree perdido nos blues, mais bem protegido que ele porque (e a agulha do toca-discos fazia um ruído horrível)

15.

> *Say goodbye, goodbye to whiskey*
> *Lordy, so long to gin,*
> *Say goodbye, goodbye to whiskey*
> *Lordy, so long to gin.*
> *I just want my reefers,*
> *I just want to feel high again —*

Portanto, com toda a certeza Ronald voltaria a Big Bill Broonzy, guiado por associações que Oliveira conhecia e respeitava, e Big Bill falaria a eles de outra barricada com a mesma voz com que a Maga estaria contando a Gregorovius sua infância em Montevidéu, Big Bill sem amargura, matter of fact,

> *They said if you white, you all right,*
> *If you brown, stick aroun',*
> *But as you black*
> *Mm, mm, brother, get back, get back, get back.*

— Já sei que não se ganha nada — disse Gregorovius. — As lembranças só conseguem mudar o passado menos interessante.

— Pois é, não se ganha nada — disse a Maga.

— Por isso, se pedi que me falasse de Montevidéu, foi porque para mim você é como uma rainha de baralho, toda de frente mas sem volume. Digo assim para que me compreenda.

— E Montevidéu é o volume… Bobagem, bobagem, bobagem. O que é que você chama de velhos tempos? Para mim, tudo o que aconteceu comigo aconteceu ontem, no mais tardar ontem à noite.

— Melhor — disse Gregorovius. — Agora você é uma dama, mas não de baralho.

— Para mim, então não faz tempo. Então é longe, muito longe, mas não faz tempo. As barraquinhas da praça Independência, você também conhece, Horacio, aquela praça tão triste com as churrascarias, com certeza à tarde houve algum assassinato e os jornaleiros estão gritando as manchetes nas bancas.

15. — A loteria e todos os prêmios — disse Horacio.

— A esquartejada de Salto, a política, o futebol...

— O vapor noturno, a cachaça da Ancap. Tudo muito típico, che.

— Deve ser tão exótico — disse Gregorovius, buscando uma posição que lhe permitisse cobrir a visão de Oliveira e ficar mais sozinho com a Maga enquanto olhava as velas e acompanhava o ritmo com o pé.

— Naquele tempo, em Montevidéu não existia tempo — disse a Maga. — Morávamos muito perto do rio, numa casa enorme com quintal. Eu tinha sempre treze anos, me lembro muito bem. Um céu azul, treze anos, a professora do quinto ano era vesga. Um dia me apaixonei por um menino louro que vendia jornais na praça. Tinha uma maneira de dizer "jornal" que me fazia sentir uma espécie de buraco aqui... Usava calça comprida mas não tinha mais do que doze anos. Meu pai não trabalhava, passava as tardes tomando mate no quintal. Perdi minha mãe quando tinha cinco anos, fui criada por umas tias que depois foram embora para o interior. Eu tinha treze anos e éramos só papai e eu, na casa. Era um cortiço e não uma casa. Havia um italiano, duas velhas, e um negro e sua mulher que brigavam à noite mas depois tocavam violão e cantavam. O negro tinha uns olhos vermelhos, pareciam uma boca molhada. Eu sentia um pouco de nojo deles, preferia brincar na rua. Se meu pai me encontrasse brincando na rua me fazia entrar e batia em mim. Um dia, enquanto ele estava me batendo, vi que o negro estava espiando pela porta entreaberta. No começo não percebi direito, parecia que estava coçando a perna, fazia alguma coisa com a mão... Papai estava ocupado demais, me batendo de cinto. É estranho como se pode perder a inocência de repente, sem nem saber que está começando outra vida. Naquela noite, na cozinha, a negra e o negro cantaram até bem tarde, e eu estava no meu quarto e tinha chorado tanto que estava com uma sede horrível, mas não queria sair. Papai tomava mate na porta. Fazia um calor que você não tem ideia, não pode saber, vocês todos são de países frios. É a umidade, acima de tudo, perto do rio, parece que em Buenos Aires é pior, Horacio diz que é muito pior, eu não sei. Naquela noite eu sentia a roupa grudada, todo mundo tomando mate e mais mate, saí duas ou três vezes e fui beber água numa torneira que havia no quintal entre os gerânios. Parecia que a água daquela torneira era mais fresca. Não havia nem uma estrela, os gerânios tinham um cheiro áspero, são umas plantas grosseiras, belíssimas, você precisa acariciar uma folha de gerânio. Os outros quartos já tinham apagado a luz, papai tinha ido ao botequim do Ramos Zarolho, eu pus para dentro o banquinho, a cuia e a chaleira que ele sempre deixava na porta e que os vagabundos do terreno baldio ao lado roubavam. Lembro que quando atravessei o pátio a lua apareceu um pouco e parei para olhar, a lua sempre me dava uma espécie de frio, espichei o rosto para que lá das estrelas pudessem me ver, eu acreditava nessas coisas, tinha só treze anos. Depois bebi mais um pouco de água na torneira e voltei para o meu quarto, que ficava lá em cima, subindo uma escada de ferro onde uma vez aos nove anos desloquei o tornozelo. Quando ia acender a vela da mesinha de cabeceira, uma mão quente me agarrou pelo ombro, senti que fechavam a porta, outra mão tapou a minha boca e comecei a cheirar a catinga, o negro me apalpava e me apertava por todos os lados, e dizia coisas no meu ouvido, babava na minha cara, arrancava a minha roupa e eu não conseguia fazer nada, nem mesmo gritar porque sabia que ele ia me matar se eu gritasse e não queria que ele me matasse, qualquer coisa era melhor do que isso, morrer era a pior ofensa, a estupidez mais completa. Por que você está me olhando com essa cara, Horacio? Estou contando para ele como o negro do cortiço me estuprou, Gregorovius tem tanta vontade de saber como eu vivia no Uruguai.

15.

— Conte para ele com todos os detalhes — disse Oliveira.

— Ah, uma ideia geral já é suficiente — disse Gregorovius.

— Não existem ideias gerais — disse Oliveira.

(-120)

16.

— Quando ele saiu do quarto era quase de madrugada e eu já não sabia nem chorar.

— O nojento — disse Babs.

— Ah, a Maga merecia amplamente essa homenagem — disse Etienne. — A única coisa curiosa, como sempre, é o divórcio diabólico entre formas e conteúdos. Em tudo o que você contou, o mecanismo é quase exatamente idêntico ao de dois namorados, exceto a menor resistência e provavelmente a menor agressividade.

— Capítulo oito, seção quatro, parágrafo A — disse Oliveira. — Presses Universitaires Françaises.

— Ta gueule — disse Etienne.

— Em suma — disse Ronald —, já está mais que na hora de ouvir alguma coisa como "Hot and Bothered".

— Título apropriado para as circunstâncias rememoradas — disse Oliveira enchendo o copo. — O negro foi um valente, che.

— Não é assunto para brincadeiras — disse Gregorovius.

— Foi você quem começou, amigão.

— E você está bêbado, Horacio.

— Claro que estou. É o grande momento, a hora lúcida. Você, mocinha, devia trabalhar numa clínica gerontológica. Olha só o Ossip: suas lembranças amenas tiraram pelo menos vinte anos de cima dele.

— Ele que começou — disse a Maga, ressentida. — Ele que não venha dizer que não gostou. Vodca, Horacio.

Mas Oliveira não parecia disposto a continuar se imiscuindo entre a Maga e Gregorovius, que murmurava explicações que ninguém ouvia. Bem mais escutada foi a voz de Wong, se oferecendo para fazer café. Muito forte e quente, segredo aprendido no cassino de Menton. O Clube aprovou por unanimidade, aplausos. Ronald beijou carinhosamente o sclo de um disco, girou-o, aproximou dele, cerimoniosamente, a agulha. Por um instante a máquina Ellington os arrasou com o fabuloso improviso do trompete e Baby Cox, a entrada sutil e como que distraída de Johnny Hodges, o crescendo (mas o ritmo já começava a se enrijecer passados trinta anos, um tigre velho embora ainda elástico) entre riffs ao mesmo tempo tensos e livres, pequeno difícil milagre: *Swing, ergo sou.* Apoiando-se na manta esquimó, olhando as velas verdes através do copo de vodca (íamos ver os peixes no Quai de la Mégisserie), era quase simples pensar que talvez isso que chamavam realidade merecia a frase depreciativa de Duke, "*It don't mean a thing if it ain't that swing*", mas por que a mão de Gregorovius tinha deixado de acariciar o cabelo da Maga?, lá estava o pobre Ossip mais lambido que uma foca, tristíssimo com a defloração arquipretérita, dava pena senti-lo rígido naquela atmosfera em que a música afrouxava as resistências e tecia uma espécie de respiração comum, a paz de um só coração pulsando para todos, assumindo todos eles. E agora uma voz quebrada abria passagem vinda de um disco gasto, propondo sem saber o velho convite renascentista, a velha tristeza anacreôntica, um *carpe diem* Chicago 1929.

16.

You so beautiful but you gotta die some day,
You so beautiful but you gotta die some day,
All I want's a little lovin' before you pass away.

De vez em quando acontecia de as palavras dos mortos coincidirem com o que os vivos estavam pensando (já que uns estavam vivos e os outros mortos). You so beautiful. Je ne veux pas mourir sans avoir compris pourquoi j'avais vécu. Um blues, René Daumal, Horacio Oliveira, but you gotta die some day, you so beautiful but. E por isso Gregorovius insistia em conhecer o passado da Maga, para morrer um pouco menos dessa morte para trás, que é toda ignorância das coisas arrastadas pelo tempo, para fixá-la em seu próprio tempo, you so beautiful but you gotta, para não amar um fantasma que se deixa acariciar o cabelo debaixo da luz verde, pobre Ossip, e como a noite estava acabando mal, tudo tão incrivelmente tão, os sapatos de Guy Monod, but you gotta die some day, o negro Ireneo (depois, quando ganhasse confiança, a Maga contaria a ele a história do Ledesma, a dos sujeitos da noite de Carnaval, a saga montevideana completa). E de repente, com uma desapaixonada perfeição, Earl Hines propunha a primeira variação de "I Ain't Got Nobody", e até Perico, perdido numa leitura remota, erguia a cabeça e ficava escutando, a Maga tinha aquietado a cabeça contra a coxa de Gregorovius e olhava o soalho, o pedaço de tapete turco, um fiapo vermelho que se perdia no teto, um copo vazio ao lado do pé de uma mesa. Queria fumar mas não ia pedir um cigarro a Gregorovius, sem saber por que não ia pedir, nem a ele nem a Horacio, mas sabia por que não ia pedir a Horacio, não queria olhá-lo nos olhos para que ele risse outra vez vingando-se dela por estar grudada em Gregorovius e não ter chegado perto dele nenhuma vez a noite inteira. Desvalida, tinha pensamentos sublimes, citações de poemas dos quais se apropriava para se sentir em pleno coração da alcachofra, por um lado "*I ain't got nobody, and nobody cares for me*", o que não era verdade já que pelo menos dois dos presentes estavam mal-humorados por causa dela, e ao mesmo tempo um verso de Perse, algo assim como "*Tu est là, mon amour, et je n'ai lieu qu'en toi*", no qual a Maga se refugiava apertando-se contra o som de *lieu*, de "*Tu est là, mon amour*", a suave aceitação da fatalidade que exigia fechar os olhos e sentir o corpo como uma oferenda, algo que qualquer um podia pegar e manchar e exaltar como Ireneo, e que a música de Hines coincidisse com manchas vermelhas e azuis que dançavam no interior de suas pálpebras e que se chamavam, não se sabia por quê, Volaná e Valené, à esquerda Volaná ("*and nobody cares for me*") girando enlouquecidamente, no alto Valené, suspensa como uma estrela de um azul pierodellafrancesca, "*et je n'ai lieu qu'en toi*", Volaná e Valené, Ronald jamais conseguiria tocar piano como Earl Hines, na verdade Horacio e ela deveriam ter esse disco e escutá-lo à noite no escuro, aprender a se amar com aquelas frases, aquelas longas carícias nervosas, "I Ain't Got Nobody" nas costas, nos ombros, os dedos atrás do pescoço, enterrando as unhas no cabelo e retirando-as pouco a pouco, um turbilhão final e Valené se fundia com Volaná, "*tu est là, mon amour and nobody cares for me*", Horacio estava ali mas ninguém cuidava dela, ninguém acariciava sua cabeça, Valené e Volaná tinham desaparecido e suas pálpebras doíam de tanto que as apertava, ouvia-se Ronald falar e então o cheiro do café, ah, o maravilhoso cheiro do café, Wong querido, Wong Wong Wong.

Ergueu o corpo, piscando, olhou para Gregorovius, que parecia desgastado e sujo. Alguém lhe estendeu uma xícara.

(–137)

17.

— Não gosto de falar dele só por falar — disse a Maga.

— Está bem — disse Gregorovius. — Eu estava só perguntando.

— Posso falar de outra coisa, se o que você quer é ouvir alguém falar.

— Não seja malvada.

— Horacio é como doce de goiaba — disse a Maga.

— O que é doce de goiaba?

— Horacio é como um copo d'água na tormenta.

— Ah — disse Gregorovius.

— Ele devia ter nascido naquela época de que fala madame Léonie quando está meio bêbada. Um tempo no qual ninguém se impacientava, os bondes eram puxados por cavalos e as guerras ocorriam no campo. Não havia remédio para insônia, diz madame Léonie.

— A bela idade de ouro — disse Gregorovius. — Em Odessa também me falaram de tempos assim. Minha mãe, tão romântica, de cabelo solto... Eles cultivavam os abacaxis nas varandas, à noite não havia necessidade de escarradeira, uma coisa extraordinária. Mas eu não vejo Horacio enfiado nessa geleia real.

— Nem eu, mas ele estaria menos triste. Aqui, para ele, tudo dói, até a aspirina dói. É mesmo, ontem à noite fiz ele tomar uma aspirina porque estava com dor de dente. Ele pegou e ficou olhando para ela, não havia jeito de ele resolver engolir a aspirina. Me disse umas coisas muito estranhas, que era infecto usar coisas que na verdade não conhecemos, coisas que outros inventaram para acalmar outras coisas que também não conhecemos... Você sabe como ele é quando começa a enrolar.

— Você repetiu várias vezes a palavra "coisa" — disse Gregorovius. — Não é elegante, mas ao mesmo tempo mostra bem o que acontece com Horacio. Uma vítima da coisidade, é evidente.

— O que é coisidade? — disse a Maga.

17. — A coisidade é esse sentimento desagradável de que ali onde acaba nossa presunção começa nosso castigo. Lamento usar uma linguagem abstrata e quase alegórica, mas quero dizer que Oliveira é patologicamente sensível à imposição de tudo que o rodeia, do mundo em que vive, do que coube a ele no sorteio da vida, para dizer de maneira amável. Numa palavra, a circunstância torra a paciência de Oliveira. Em resumo: para ele o mundo dói. Você percebeu isso, Lucía, e com uma inocência deliciosa imagina que Oliveira seria mais feliz em qualquer das Arcádias de bolso que as madames Léonie deste mundo inventam, sem falar da minha mãe em Odessa. Porque você não deve ter acreditado na história dos abacaxis, suponho.

— Nem na das escarradeiras — disse a Maga. — Difícil acreditar.

Guy Monod teve a ideia de despertar quando Ronald e Etienne estavam entrando em acordo para escutar Jelly Roll Morton; abrindo um olho, decidiu que aquelas costas que se recortavam contra a luz das velas verdes eram de Gregorovius. Estremeceu violentamente, as velas verdes vistas de uma cama lhe causavam má impressão, a chuva na claraboia misturando-se estranhamente com um resto de imagens de sonho, tinha sonhado com um lugar absurdo mas cheio de sol, onde Gaby andava nua atirando migalhas de pão para umas pombas do tamanho de patos e completamente estúpidas. "Estou com dor de cabeça", disse Guy para si mesmo. Não estava nem um pouco interessado em Jelly Roll Morton, embora fosse divertido ouvir a chuva na claraboia enquanto Jelly Roll cantava: "*Stood in a corner, with her feet soaked and wet...*", sem dúvida Wong teria criado na hora uma teoria sobre o tempo real e o poético, mas será que Wong tinha mesmo falado em fazer café? Gaby dando migalhas para as pombas e Wong, a voz de Wong se enfiando entre as pernas de Gaby nua num jardim com flores violentas, dizendo: "Um segredo aprendido no cassino de Menton". Era bem possível que Wong, afinal, aparecesse com um bule cheio.

Jelly Roll estava ao piano marcando suavemente o compasso com o sapato na falta de melhor percussão, Jelly Roll podia cantar "Mamie's Blues" gingando um pouco, os olhos fixos numa moldura do teto, ou era uma mosca que ia e vinha ou uma mancha que ia e vinha nos olhos de Jelly Roll.

"*Two-nineteen done took my baby away...*" A vida havia sido isso, trens que partiam levando e trazendo gente enquanto eu ficava na esquina com os pés molhados, ouvindo um piano mecânico e gargalhadas tamborilando nas vitrines amareladas da sala onde nem sempre eu tinha dinheiro para entrar. "*Two-nineteen done took my baby away...*" Babs havia tomado tantos trens na vida, gostava de viajar de trem quando no fim da viagem havia algum amigo esperando por ela, se Ronald passava a mão docemente por seu quadril como agora, desenhando a música em sua pele, "*Two-seventeen'll bring her back some day...*", claro que algum dia outro trem a traria de volta, mas quem sabe se Jelly Roll ia estar naquela plataforma de estação, naquele piano, naquela hora em que havia cantado o blues de Mamie Desdume, a chuva sobre uma claraboia de Paris à uma da madrugada, os pés molhados e a puta que murmura "*If you can't give a dollar, gimme a lousy dime*", Babs havia dito coisas assim em Cincinnati, todas as mulheres tinham dito coisas assim alguma vez em algum lugar, até nas camas dos reis, Babs tinha uma ideia muito especial das camas dos reis, mas seja como for alguma mulher teria dito uma coisa assim, "*If you can't give a million, gimme a lousy grand*", questão de proporções, e por que o piano de Jelly Roll era tão triste, tão essa chuva que havia despertado Guy, que estava fazendo a Maga chorar, e Wong que não aparecia com o café.

17.

— É demais — disse Etienne, suspirando. — Não sei como consigo aguentar esse lixo. É emocionante mas é um lixo.

— Claro que não é uma medalha de Pisanello — disse Oliveira.

— Nem um opus qualquer coisa de Schoenberg — disse Ronald. — Por que você me pediu para tocar isso? Além de inteligência, falta caridade em você. Alguma vez você já ficou com os sapatos enfiados na água à meia-noite? Jelly Roll ficou, dá para ver quando ele canta, isso é uma coisa que se sabe, velho.

— Eu pinto melhor com os pés secos — disse Etienne. — E não me venha com argumentos do Salvation Army. Você faria coisa melhor pondo aí alguma coisa mais inteligente, como aqueles solos do Sonny Rollins. Pelo menos os sujeitos da West Coast fazem pensar em Jackson Pollock ou em Tobey, dá para ver que eles já saíram da idade da pianola e da caixa de aquarelas.

— Ele é capaz de acreditar no progresso da arte — disse Oliveira, bocejando. — Não dê confiança a ele, Ronald, com a mão livre que sobrou pegue o disquinho do "Stack O'Lee Blues", afinal de contas tem um solo de piano que me parece meritório.

— Esse negócio de progresso na arte é uma arquissabida besteira — disse Etienne. — Mas no jazz, como em qualquer arte, sempre tem um montão de chantagistas. Uma coisa é a música capaz de se traduzir em emoção e outra a emoção que pretende passar por música. Dor paterna em fá sustenido, gargalhada sarcástica em amarelo, roxo ou negro. Não, meu filho, a arte começa mais para cá ou mais para lá, mas nunca é isso.

Ninguém parecia disposto a contradizê-lo, porque Wong aparecia esmeradamente com o café e Ronald, dando de ombros, havia soltado os Waring's Pennsylvanians e saindo de um chiado terrível chegava o tema que Oliveira adorava, um trompete anônimo e depois o piano, tudo em meio a uma névoa de vitrola velha e péssima gravação, de orquestra barata e parecendo anterior ao jazz, afinal de contas desses velhos discos, dos show boats e das noites de Storyville nascera a única música universal do século, algo que aproximava os homens mais e melhor que o esperanto, a Unesco ou as linhas aéreas, uma música suficientemente primitiva para alcançar a universalidade e suficientemente boa para fazer sua própria história, com cismas, renúncias e heresias, seu charleston, seu black bottom, seu shimmy, seu foxtrot, seu stomp, seu blues, para admitir as classificações e os rótulos, o estilo isso e aquilo, o swing, o bebop, o cool, o ir e vir do romantismo e do classicismo, hot e jazz cerebral, uma música-homem, uma música com história, diferentemente da estúpida música para dançar, da polca, da valsa, do samba, uma música que se deixava reconhecer e estimar em Copenhague ou Mendoza ou na Cidade do Cabo, que aproximava os adolescentes com seus discos debaixo do braço, que lhes fornecia nomes e melodias como senhas para se reconhecerem e mergulharem em si mesmos e se sentirem menos sós rodeados de chefes burocratas, famílias e amores infinitamente amargos, uma música que permitia todas as imaginações e gostos, a coleção de afônicos 78 com Freddie Keppard ou Bunk Johnson, a exclusividade reacionária do Dixieland, a especialização acadêmica em Bix Beiderbecke ou o salto para a grande aventura de Thelonious Monk, Horace Silver ou Thad Jones, a pieguice de Erroll Garner ou Art Tatum, os arrependimentos e abandonos, a predileção pelos pequenos conjuntos, as misteriosas gravações com pseudônimos e denominações impostas por marcas de discos ou caprichos do momento, e toda essa franco-maçonaria de sábado à noite no quartinho de estudante ou no porão da peña, com moças que preferem dançar ouvindo "Star Dust" ou "When Your Man Is Going to Put You Down", e cheiram lenta e docemente a perfume e a pele e a calor, se deixam beijar quando fica tarde e alguém pôs "Blues with a Feeling" e quase não se dança, apenas se fica em pé, balançando o corpo, e tudo é turvo e sujo e canalha e cada homem gostaria de arrancar aqueles sutiãs mornos enquanto as mãos acariciam costas e as moças com a boca entreaberta vão se entregando ao medo delicioso e à noite, então se ergue um trompete que as possui por todos os homens, tomando-as com uma única frase quente que as deixa cair como uma planta cortada entre os braços dos companheiros, e há uma corrida imóvel, um salto para o ar da noite, por sobre a cidade, até que um piano minucioso as devolve a si mesmas, exaustas e reconciliadas e ainda virgens até o sábado seguinte, tudo isso numa música que espanta os engomados da plateia, os que acreditam que nada é para valer se não houver programas impressos e lanterninhas para acomodá-los em seus lugares, e assim vai o mundo, e o jazz é como um pássaro que migra ou emigra ou imigra ou transmigra, salta-barreiras, fura-alfândegas, algo que corre e se difunde e esta noite em Viena Ella Fitzgerald está cantando enquanto em Paris Kenny Clarke inaugura uma *cave* e em Perpignan saltam os dedos de Oscar Peterson, e Satchmo em todo lugar com o dom de ubiquidade que o Senhor concedeu a ele, em Birmingham, em Varsóvia, em Milão, em Buenos Aires, em Genebra, no mundo inteiro, é inevitável, é a chuva e o pão e o sal, algo absolutamente indiferente aos ritos nacionais, às tradições invioláveis, ao idioma e ao folclore: uma nuvem sem fronteiras, um espião do ar e da água, uma forma arquetípica, uma coisa de antes, de baixo, que reconcilia mexicanos com noruegueses e russos com espanhóis, que os reincorpora ao obscuro fogo central esquecido, e que tosca e mal e precariamente os devolve a uma origem traída, mostra a eles que talvez existam outros caminhos e que o que escolheram não era o único nem o melhor, ou que talvez houvesse outros caminhos e que o que escolheram era o melhor, mas que talvez houvesse outros caminhos doces de percorrer e que eles não os escolheram, ou escolheram em parte, e que um homem é sempre mais que um homem e sempre menos que um homem, mais que um homem porque encerra isso a que o jazz alude e que vislumbra e até antecipa, e menos que um homem porque dessa liberdade fez um jogo estético ou moral, um tabuleiro de xadrez onde reserva para si o lugar do bispo ou do cavalo, uma definição de liberdade que é ensinada nas escolas, justamente nas escolas onde jamais se ensinou e jamais se ensinará às crianças o primeiro compasso de um ragtime e a primeira frase de um blues et cetera et cetera.

17.

I could sit right here and think a thousand miles away,
I could sit right here and think a thousand miles away,
Since I had the blues this bad, I can't remember the day...

(-97)

18.

Não ganhava nada perguntando-se o que fazia ali àquela hora e com aquela gente, os queridos amigos tão desconhecidos ontem e amanhã, as pessoas que não eram nada além de uma insignificante incidência no lugar e no momento. Babs, Ronald, Ossip, Jelly Roll, Akhenatón: que diferença fazia? As mesmas sombras para as mesmas velas verdes. A bebedeira em seu momento mais acentuado. Vodca duvidosa, terrivelmente forte.

Se tivesse sido possível pensar numa extrapolação de tudo aquilo, entender o Clube, entender "Cold Wagon Blues", entender o amor da Maga, entender cada fiozinho que saía das coisas e chegava aos seus dedos, cada títere ou cada titereiro, como uma epifania; entendê-los não como símbolos de outra realidade talvez inatingível, mas como potenciadores (que linguagem, que despudor!), exatamente como linhas de fuga para uma corrida à qual deveria ter se lançado naquele momento mesmo, desgrudando da pele esquimó que era maravilhosamente cálida e quase perfumada e tão esquimó que dava até medo, sair para o patamar da escada, descer, descer sozinho, sair para a rua, sair sozinho, começar a caminhar, caminhar sozinho até a esquina, a esquina sozinha, o café de Max, Max sozinho, a luz do poste da Rue de Bellechase onde... onde sozinho. E talvez a partir desse momento.

Mas tudo num nível me-ta-fí-si-co. Porque Horacio, as palavras... Ou seja, que as palavras, para Horacio... (Questão já mastigada em muitos momentos de insônia.) Andar com a Maga de mãos dadas, andar com ela debaixo da chuva como se fosse a fumaça do cigarro, uma coisa que é parte da gente, debaixo da chuva. Tornar a fazer amor com ela mas um pouco por ela, não mais para aprender um desapego demasiado fácil, uma renúncia que talvez esteja encobrindo a inutilidade do esforço, o fantoche que ensina algoritmos numa vaga universidade para cães sábios ou filhas de coronéis. Se tudo isso, a tapioca da madrugada começando a grudar na claraboia, o rosto tão triste da Maga olhando Gregorovius olhando a Maga olhando Gregorovius, *Struttin' with some barbecue*, Babs chorando de novo para si mesma, escondida de Ronald que não chorava mas estava com o rosto encoberto por uma fumaça grudada, por vodca transformada em auréola absolutamente hagiográfica, Perico fantasma hispânico empoleirado numa banqueta de desdém e vulgar estilística, se tudo isso fosse extrapolável, se tudo isso *não fosse*, no fundo não fosse mas estivesse ali para que alguém (qualquer um, mas agora ele, porque era o que estava pensando, era em todo caso o que podia saber com certeza que estava pensando, ô Cartesius fodido de guerra!), para que alguém, de tudo aquilo que estava ali, apertando ou mordendo e sobretudo arrancando não se sabia o quê, mas arrancando até o osso, de tudo aquilo se saltasse para uma cigarra de paz, para um grilinho de contentamento, se passasse por uma porta qualquer para um jardim qualquer, um jardim alegórico para os outros, como os mandalas são alegóricos para os outros, e nesse jardim fosse possível cortar uma flor e que essa flor fosse a Maga, ou Babs, ou Wong, mas explicados e explicando-o, restituídos, fora de suas figuras do Clube, devolvidos, saídos, aparecidos, vai ver que tudo aquilo não passava de uma nostalgia do paraíso terrestre, de um ideal de pureza, só que a pureza vinha a ser um produto inevitável da simplificação, fim do bispo, fim das torres, fora o cavalo, caem os peões, e no meio do tabuleiro, imensos como leões de antracite restam os reis flanqueados pelo que há de mais limpo e final e puro do exército, ao amanhecer se partirão as lanças fatais, se conhecerá o destino, haverá paz. Pureza como a do coito de crocodilos, não a pureza da oh maria minha mãe de pés sujos; pureza de teto de ardósia com pombas que naturalmente cagam na cabeça das senhoras frenéticas de fúria e de punhados de rabanetes, pureza de... Horacio, Horacio, por favor.

18.

Pureza.

(Basta. Vá embora. Vá para o hotel, tome um banho, leia *Nossa Senhora de Paris* ou *As lobas de Machecoul*, saia dessa bebedeira. Extrapolação, pura e simplesmente.)

Pureza. Palavra horrível. Purê, e depois za. Pense bem. O molho que Brisset teria extraído disso. Por que você está chorando? Quem está chorando, che?

Entender o purê como uma epifania. Damn the language. *Entender*. Não inteligir: entender. Uma sombra de paraíso recuperável: não é possível que estejamos aqui para não poder ser. Brisset? O homem descende das rãs...

Blind as a bat, drunk as a butterfly, foutu, royalement foutu devant les portes que peut-être… (Um pedaço de gelo na nuca, ir dormir. Problema: Johnny Dodds ou Albert Nicholas? Dodds, quase com certeza. Nota: perguntar a Ronald.) Um verso ruim, adejando junto à claraboia: "Antes de cair no nada com a última diástole…". Que puta porre! The Doors of Perception, by Aldley Huxdous. Get yourself a tiny bit of mescalina, brother, the rest is bliss and diarrhoea. Mas sejamos sérios (sim, era Johnny Dodds, a gente chega à comprovação por via indireta. O baterista só pode ser Zutty Singleton, ergo o clarinete é Johnny Dodds, jazzologia, ciência dedutiva, facílima depois das quatro da manhã. Desaconselhável para senhores e clérigos). Sejamos sérios, Horacio, antes de nos erguermos devagar e tomarmos o rumo da rua, vamos nos perguntar com a alma na ponta da mão (na ponta da mão? Na palma da língua, che, ou coisa parecida. Toponomia, anatologia descriptológica, dois tomos i-lus-tra-dos), vamos nos perguntar se devemos empreender a tarefa a partir do alto ou a partir de baixo (mas que ótimo, estou pensando clarinho, clarinho, a vodca espeta as coisas feito borboletas na cartolina, A é A, a rose is a rose is a rose, April is the cruellest month, cada coisa no seu lugar e um lugar para cada rosa é uma rosa é uma rosa…).

18.

Uf. Beware of the Jabberwocky my son.

Horacio escorregou um pouquinho mais e viu muito claramente tudo o que queria ver. Não sabia se a tarefa devia ser empreendida a partir do alto ou a partir de baixo, com a concentração de todas as suas forças ou quem sabe como agora, esparramado e líquido, aberto para a claraboia, para as velas verdes, para o rosto de ovelhinha triste da Maga, para Ma Rainey cantando "Jelly Beans Blues". Melhor assim, melhor esparramado e receptivo, esponjoso como tudo era esponjoso quando se olhava muito para as coisas e com os verdadeiros olhos. Não estava tão bêbado que não pudesse sentir que havia despedaçado sua casa, que dentro dele nada estava no devido lugar, mas que ao mesmo tempo — era verdade, era maravilhosamente verdade —, no chão ou no teto, debaixo da cama ou flutuando numa bacia, havia estrelas e pedaços de eternidade, poemas como sóis e enormes caras de mulheres e de gatos onde ardia a fúria de suas espécies, na mistura de lixo e placas de jade de sua língua, em que as palavras lutavam umas contra as outras noite e dia em furiosas batalhas de formigas contra lacraias, a blasfêmia coexistia com a pura menção das essências, a clara imagem com o pior lunfardo. A desordem triunfava e corria pelos aposentos com o cabelo pendente em grandes mechas astrosas, os olhos de vidro, as mãos carregadas de baralhos sem sequência, mensagens desprovidas de assinaturas e cabeçalhos, sobre as mesas pratos de sopa esfriavam, o chão estava cheio de calças jogadas, de maçãs podres, de ataduras manchadas. E tudo isso de repente crescia e era uma música atroz, era mais que o silêncio felpudo das casas em ordem de seus parentes irrepreensíveis, no meio da confusão onde o passado era incapaz de encontrar um botão de camisa e o presente se barbeava com cacos de vidro na falta de uma navalha enterrada em algum vaso, na metade de um tempo que se abria como um cata-vento a qualquer aragem, um homem respirava até não poder mais, sentia-se viver até o delírio no próprio ato de contemplar a confusão que o rodeava e perguntar-se se ali alguma coisa fazia sentido. Toda desordem se justificava se tendesse a sair de si mesmo, pela loucura talvez fosse possível chegar a uma razão que não fosse aquela razão cuja falência é a loucura. "Ir da desordem à ordem", pensou Oliveira. "Sim, mas que ordem pode ser essa que não pareça a mais nefanda, a mais terrível, a mais insanável das desordens? A ordem dos deuses se chama ciclone ou leucemia, a ordem do poeta se chama antimatéria, espaço duro, flores de lábios trêmulos, realmente que porre, puta merda, preciso ir agora mesmo para a cama." E a Maga estava chorando, Guy havia desaparecido, Etienne se retirava no rastro de Perico, e Gregorovius, Wong e Ronald olhavam para um disco que girava lentamente, trinta e três rotações e meia por minuto, nem uma a mais nem uma a menos, e nessas rotações "Oscar's Blues", claro que pelo próprio Oscar ao piano, um tal Oscar Peterson, um tal pianista com um pouco de tigre e de pelúcia, um tal pianista triste e gordo, um sujeito ao piano e a chuva sobre a claraboia, enfim, literatura.

18.

(-153)

19.

— Acho que entendo você — disse a Maga, acariciando o cabelo dele.
— Você está em busca de uma coisa que não sabe o que é. Eu também, e
também não sei o que é. Mas são duas coisas diferentes. Aquilo de que vocês
falavam na outra noite… Sim, você é mais Mondrian e eu, Vieira da Silva.

— Ah — disse Oliveira. — Quer dizer que eu sou um Mondrian.

— É, Horacio.

— Você quer dizer um espírito cheio de rigor.

— Eu digo um Mondrian.

— E não passa pela sua cabeça que por trás desse Mondrian pode começar uma realidade Vieira da Silva?

— Ah, claro — disse a Maga. — Mas até agora você não saiu da realidade Mondrian. Você tem medo, quer ter certeza. Não sei do quê… Você
parece um médico, não um poeta.

— Vamos esquecer os poetas — disse Oliveira. — E não faça Mondrian
ficar mal com a comparação.

— Mondrian é uma maravilha, mas sem ar. Fico meio sufocada lá dentro. E quando você começa a dizer que seria preciso encontrar a unidade,
então eu vejo coisas muito belas porém mortas, flores dissecadas, coisas assim.

— Vejamos, Lucía: você sabe direito o que é unidade?

— Me chamo Lucía mas não é para você me chamar assim — disse a
Maga. — Unidade, claro que sei o que é unidade. Você está dizendo que quer
que tudo se junte na sua vida para você poder ver tudo ao mesmo tempo. É
isso, não é?

— Mais ou menos — concedeu Oliveira. — É incrível a dificuldade que você tem para captar as noções abstratas. Unidade, pluralidade… Você não é capaz de sentir, sem precisar de exemplos? Não, não é. Enfim, vamos ver: sua vida, para você, é uma unidade?

— Não, não creio. São pedaços, eoisas que foram acontecendo comigo.

— Mas você do seu lado passava por essas coisas como o fio por essas pedras verdes. E já que estamos falando em pedras, de onde saiu esse colar?

— O Ossip me deu — disse a Maga. — Era da mãe dele, a de Odessa. **19.**

Oliveira chupou devagar o mate. A Maga foi até a cama baixa que Ronald tinha emprestado aos dois, para que pudessem ficar com Rocamadour no quarto. Com a cama e Rocamadour e a fúria dos vizinhos quase não restava espaço onde viver, mas não havia quem convencesse a Maga de que Rocamadour seria mais bem atendido no hospital infantil. Tinha sido preciso ir com ela ao interior no dia mesmo em que chegara o telegrama de madame Irène, embrulhar Rocamadour em panos e mantas, instalar uma cama de qualquer jeito, abastecer a salamandra, aguentar o berreiro de Rocamadour quando chegava a hora do supositório ou da mamadeira na qual nada dava jeito de dissimular o gosto dos remédios. Oliveira pôs água na cuia, olhando de viés para a capa de um *Deutsche Grammophon Gessellschaft* que Ronald havia emprestado para ele, e que sabe lá quando poderia escutar sem que Rocamadour uivasse e se contorcesse. Ficava horrorizado com a falta de jeito da Maga para trocar as fraldas de Rocamadour, suas insuportáveis cantorias para distraí-lo, o cheiro que a cada tanto vinha da cama de Rocamadour, os algodões, os berros, a estúpida segurança que a Maga parecia sentir de que não era nada sério, de que estava fazendo pelo filho o que precisava ser feito, e de que Rocamadour estaria curado em dois ou três dias. Tudo tão insuficiente, tão a mais ou a menos. O que ele estava fazendo ali? Um mês antes cada um deles ainda tinha o próprio canto, depois haviam decidido viver juntos. A Maga tinha dito que desse jeito economizariam bastante dinheiro, que comprariam um só jornal, que não sobrariam pedaços de pão, que ela passaria a roupa de Horacio, e que a calefação, a eletricidade… Oliveira tinha estado a um passo de admirar esse brusco ataque de bom senso. Acabou aceitando, porque o velho Trouille andava em dificuldades e devia a ele quase trinta mil francos, naquele momento dava no mesmo viver com a Maga ou sozinho, andava retraído e o mau hábito de ruminar longamente todas as coisas estava se tornando inevitável para ele, mesmo ele resistindo. Chegou a achar que a contínua presença da Maga o resgataria de divagações excessivas, mas claro que não suspeitava o que ia acontecer com Rocamadour. Mesmo assim conseguia se isolar por alguns momentos, até o choro de Rocamadour o devolver saudavelmente ao mau humor. "Vou acabar como os personagens de Walter Pater", pensava Oliveira. "Um solilóquio atrás do outro, puro vício. Mário, o epicurista, vício purista. A única coisa que tem me salvado é o cheiro de xixi desse menino."

— Sempre achei que você acabaria indo para a cama com Ossip — disse Oliveira.

— Rocamadour está com febre — disse a Maga.

19. Oliveira encheu de novo a cuia com água quente. Era preciso economizar a erva, em Paris ela custava quinhentos francos o quilo nas farmácias e era uma erva perfeitamente horrorosa que a drogaria da estação Saint-Lazare vendia com a vistosa classificação de "maté sauvage, cueilli par les indiens", diurética, antibiótica e emoliente. Por sorte o advogado da cidade de Rosário — que aliás era irmão dele — tinha despachado cinco quilos de Cruz de Malta, mas já estava no fim. "Se a erva acaba, estou frito", pensou Oliveira. "Meu único diálogo verdadeiro é com esse potinho verde." Estudava o comportamento extraordinário do mate, a respiração da erva fragrantemente erguida pela água e que com a sucção desce até pousar sobre si mesma, perdendo todo o brilho e todo o perfume a menos que um pequeno jato de água a estimule outra vez, pulmão argentino sobressalente para solitários e tristes. Fazia algum tempo que Oliveira se importava com coisas sem importância, e a vantagem de meditar com a atenção fixa no potinho verde era que jamais ocorreria a sua pérfida inteligência atribuir ao potinho verde noções como as que maldosamente provocam as montanhas, a lua, o horizonte, uma garota púbere, um pássaro ou um cavalo. "Até que esse matezinho poderia me apontar um centro", pensava Oliveira (e a ideia de que a Maga e Ossip estivessem saindo juntos encolhia e perdia consistência, por um momento o potinho verde era mais forte, propunha seu pequeno vulcão petulante, sua cratera espumosa e uma fumacinha hesitante no ar bastante frio do quarto, apesar do aquecedor, que seria preciso abastecer lá pelas nove). "E esse centro que não sei o que é, não funciona como expressão topográfica de uma unidade? Ando por um quarto enorme com chão de lajotas e uma dessas lajotas é o ponto exato onde eu deveria parar para que tudo se ordenasse em sua justa perspectiva." "O ponto exato", enfatizou Oliveira, já meio debochando de si mesmo para se sentir mais seguro de que não desandava em puras palavras. "Um quadro anamórfico, no qual é preciso procurar o ângulo justo (e o importante desse hexemplo é que o hângulo é terrivelmente hagudo, é preciso praticamente hencostar o nariz na tela para que de repente o montão de traços sem sentido se transforme no retrato de Francisco I ou na batalha de Sinigaglia, uma coisa hinqualificavelmente hassombrosa)." Mas essa unidade, a soma dos atos que define uma vida, parecia se esquivar a toda manifestação antes que a própria vida acabasse como um mate lavado, ou seja que apenas os outros, os biógrafos, veriam a unidade, e isso realmente não tinha a menor importância para Oliveira. O problema estava em apreender sua unidade sem ser um herói, sem ser um santo, sem ser um criminoso, sem ser um campeão de boxe, sem ser um pró-homem, sem ser um pastor. Apreender a unidade em plena pluralidade, que a unidade fosse como o vórtice de um turbilhão e não a sedimentação da erva-mate lavada e fria.

— Vou dar um quarto de aspirina a ele — disse a Maga.

— Se você conseguir que ele engula, você é mais incrível do que Ambroise Paré — disse Oliveira. — Venha tomar um mate, acabei de fazer.

A questão da unidade o preocupava, porque para ele parecia muito fácil cair nas piores armadilhas. Em seus tempos de estudante, lá pela Calle Viamonte e lá pelo ano trinta, havia comprovado (primeiro) com surpresa e (depois) com ironia que um monte de sujeitos se instalava confortavelmente numa suposta unidade da pessoa que não passava de uma unidade linguística e de um prematuro esclerosamento do caráter. Essa gente montava um sistema de princípios jamais referendados intimamente e que não eram outra coisa além de uma cessão à palavra, à noção verbal de forças, repulsas e atrações avassaladoramente desalojadas e substituídas por seu correlato verbal. E assim o dever, a moral, o imoral e o amoral, a justiça, a caridade, o europeu e o americano, o dia e a noite, as esposas, as namoradas e as amigas, o exército e o sistema bancário, a bandeira e o ouro ianque ou moscovita, a arte abstrata e a batalha de Caseros passavam a ser como dentes ou cabelos, algo aceito e fatalmente incorporado, algo que não se vive nem se analisa porque *é assim* e nos integra, completa e fortalece. A violação do homem pela palavra, a soberba vingança do verbo contra seu pai, enchiam de amarga desconfiança toda meditação de Oliveira, forçado a se valer do próprio inimigo para abrir caminho até um ponto no qual talvez pudesse dispensá-lo e seguir — como e com que meios, em que noite branca ou em que tenebroso dia? — até uma reconciliação total consigo mesmo e com a realidade que habitava. Sem palavras chegar à palavra (que longe, que improvável!), sem consciência pensante apreender uma unidade profunda, algo que fosse enfim como que um sentido daquilo que agora nada mais era que estar ali tomando mate e olhando a bundinha de Rocamadour ao léu e os dedos da Maga indo e vindo com algodões, ouvindo o berreiro de Rocamadour que não gostava nem um pouco que mexessem em seu traseiro.

19.

(-90)

20.

— Sempre achei que você acabaria indo para a cama com ele — disse Oliveira.

A Maga cobriu o filho, que berrava um pouco menos, e esfregou as mãos com um algodão.

— Por favor, lave as mãos como Deus manda — disse Oliveira. — E tire toda essa porcaria daqui.

— Agora mesmo — disse a Maga.

Oliveira sustentou o olhar dela (coisa que para ele sempre custava bastante) e a Maga trouxe um jornal, abriu-o em cima da cama, botou os algodões, fez um embrulho e saiu do quarto para jogá-lo no banheiro do andar. Quando voltou, com as mãos vermelhas e brilhantes, Oliveira estendeu o mate para ela. Ela se sentou numa poltrona baixa, sorveu aplicadamente. Sempre estragava o mate, puxando a bomba de um lado para outro, remexendo-a como se estivesse fazendo polenta.

— Enfim — disse Oliveira, soltando a fumaça pelo nariz. — Seja como for, bem que vocês podiam ter me avisado. Agora vão ser seiscentos francos para levar minhas coisas de táxi para outro lugar. E conseguir um quarto, coisa que não é fácil nesta época.

— Você não tem por que ir embora — disse a Maga. — Até quando vai continuar imaginando falsidades?

— Imaginando falsidades — disse Oliveira. — Você fala como nos diálogos dos melhores romances rio-platenses. Agora só falta você rir a velas despregadas da minha atitude grotesca e teremos o arremate perfeito.

— Parou de chorar — disse a Maga, olhando para a cama. — Vamos falar baixo, ele vai dormir muito bem com a aspirina. Não é verdade, não fui para a cama com Gregorovius.

— Ah, claro que foi.

— Não, Horacio. Por que eu não contaria? Desde que conheci você, não tive nenhum outro amante. Não me importa se não sei dizer isso direito e se minhas palavras fazem você rir. Eu falo do jeito que posso, não sei dizer o que sinto.

20.

— Está bem, está bem — disse Oliveira entediado, estendendo outro mate. — Então deve ser seu filho que modifica você. Faz dias que você se transformou nisso que chamam de mãe.

— Mas Rocamadour está doente.

— Ou melhor — disse Oliveira. — É que na minha opinião as mudanças foram de outra categoria. A verdade é que já não nos suportamos tanto.

— É você que não me suporta. É você que não suporta o Rocamadour.

— Isso é verdade, a criança não estava nos meus planos. Três num quarto é demais. Pensar que com Ossip já somos quatro, aí fica insuportável.

— O Ossip não tem nada a ver.

— Se você esquentasse a chaleirinha — disse Oliveira.

— Não tem nada a ver — repetiu a Maga. — Por que você me faz sofrer, seu bobo? Já sei que está cansado, que não gosta mais de mim. Nunca gostou, era outra coisa, um jeito de sonhar. Vai embora, Horacio, você não tem por que ficar. Já me aconteceu tantas vezes...

Olhou para a cama. Rocamadour dormia.

— Tantas vezes — disse Oliveira, trocando a erva. — Para a autobiografia sentimental, você é de uma franqueza admirável. Ossip que o diga. Conhecer você e ouvir logo depois a história do negro é de lascar.

— Preciso contar, você não entende.

— Posso não entender, mas é de lascar.

— Eu acho que preciso contar mesmo sendo de lascar. É justo que se diga a um homem como foi a vida da gente, quando se gosta dele. Estou falando de você, não de Ossip. Você podia me contar ou não sobre suas amigas, mas eu precisava contar tudo. Sabe, é a única maneira de afastá-los antes de começar a gostar de outro homem, a única maneira de pô-los para fora da porta para ficarmos sozinhos no quarto.

— Uma espécie de cerimônia expiatória e, por que não?, propiciatória. Primeiro o negro.

— Isso — disse a Maga, olhando para ele. — Primeiro, o negro. Depois, Ledesma.

— Depois Ledesma, claro.

— E os três do beco, na noite de Carnaval.

— Pela frente — disse Oliveira, cevando o mate.

— E Monsieur Vincent, o irmão do hoteleiro.

— Por trás.

— E um soldado que chorava num parque.

— Pela frente.

— E você.

20.   — Por trás. Mas isso de me pôr na lista comigo presente é como uma confirmação das minhas premonições mais lúgubres. Na verdade, a lista completa você deve ter recitado para o Gregorovius.

A Maga remexia a bomba. Inclinara a cabeça e o cabelo todo caiu de repente sobre seu rosto, apagando a expressão que Oliveira tinha espiado com ar indiferente.

Después fuiste la amiguita
de un viejo boticario,
y el hijo de un comisario
todo el vento te sacó…

Oliveira cantarolava o tango. A Maga chupou a bomba e deu de ombros, sem olhar para ele. "Pobrezinha", pensou Oliveira. E puxou o cabelo dela com brutalidade, jogando-o para trás como se abrisse uma cortina. A bomba fez um ruído seco entre os dentes.

— É quase como se você tivesse batido em mim — disse a Maga, tocando a boca com dois dedos que tremiam. — Não tem importância, mas…

— Ainda bem que para você importa, sim — disse Oliveira. — Se você não estivesse me olhando desse jeito, eu desprezaria você. Você é maravilhosa, com Rocamadour e tudo.

— E de que adianta você me dizer isso?

— Para mim, adianta.

— É, para você, adianta. Para você, tudo adianta, tudo serve para o que está procurando.

— Querida — disse Oliveira em tom gentil —, as lágrimas estragam o gosto do mate, como todos sabem.

— Vai ver que para você também serve que eu chore.

— Serve, sim, na medida em que me reconheço culpado.

— Vai embora, Horacio, é melhor.

— Pode ser. Mas, note, de todo modo, que se eu for embora agora cometo algo bem próximo ao heroísmo, quer dizer, deixo você sozinha, sem dinheiro e com um filho doente.

— Pois é — disse a Maga sorrindo homericamente entre as lágrimas. — É quase heroico, é verdade.

— E como estou longe de ser herói, acho melhor ficar até que a gente saiba aonde isso tudo vai nos levar, como diz meu irmão em seu belo estilo.

— Pois então fique.

— Mas você entende como e por que renuncio a esse heroísmo?

— Claro que sim.

— Vamos ver, me explique por que não vou embora.

20.

— Você não vai embora porque é bastante burguês e se preocupa com o que vão pensar Ronald e Babs e os outros amigos.

— Exatamente. É bom que você saiba que não tem nada a ver com a minha decisão. Não fico por solidariedade nem por pena nem porque é preciso dar mamadeira a Rocamadour. E muito menos porque você e eu ainda tenhamos alguma coisa em comum.

— Às vezes você é tão engraçado — disse a Maga.

— Claro que sou — disse Oliveira. — Comparado comigo, Bob Hope é um merda.

— Quando você diz que já não temos nada em comum faz uma boca tão esquisita...

— Meio assim, não é mesmo?

— Pois é, incrível.

Tiveram que pegar lenços e cobrir os rostos com as duas mãos, davam tanta gargalhada que Rocamadour ia acordar, era horrível. E embora Oliveira fizesse o possível para segurá-la enquanto mordia o lenço e chorava de rir, a Maga deslizou pouco a pouco da poltrona, que tinha os pés dianteiros mais curtos e contribuía para sua queda, até ficar enredada entre as pernas de Oliveira, que ria com um soluço entrecortado e acabou cuspindo o lenço com uma gargalhada.

— Mostre de novo como eu faço com a boca quando digo essas coisas — suplicou Oliveira.

— Assim — disse a Maga, e mais uma vez os dois se contorceram até que Oliveira se dobrou ao meio apertando a barriga, e a Maga viu o rosto dele contra o dela, os olhos que a fitavam brilhando entre as lágrimas. E se beijaram ao contrário, ela virada para cima e ele com o cabelo pendurado como uma franja, se beijaram mordendo-se um pouco porque as bocas não se reconheciam, estavam beijando bocas diferentes, procurando-se com as mãos num emaranhado infernal de cabelo pendurado e o mate que tinha derramado na beirada da mesa e escorria para a saia da Maga.

— Conte como o Ossip faz amor — murmurou Oliveira, apertando os lábios contra os da Maga. — Depressa, porque o sangue está me subindo à cabeça, não consigo continuar assim, é assustador.

87

— Faz muito bem — disse a Maga, mordendo o lábio dele. — Muitíssimo melhor que você, e mais vezes.

— Mas ele retila a murta? Não vale mentir. Ele retila de verdade?

— Muitíssimo. Por todos os lados, às vezes até demais. É uma sensação maravilhosa.

— E faz você ficar com os plíneos no meio das argustas?

20. — Faz, e depois nos revezamos nos porcios até ele dizer chega, chega, e eu também não aguentar mais, temos que ser rápidos, você sabe. Mas você não consegue entender isso, fica sempre na gúnfia menor.

— Eu e todo mundo — resmungou Oliveira, levantando-se. — Che, esse mate é uma porcaria, vou dar um pulo na rua.

— Você não quer que eu continue contando do Ossip? — disse a Maga. — Em glíglico.

— O glíglico me cansa muito. Além do mais, você não tem imaginação, diz sempre as mesmas coisas. A gúnfia, tremenda novidade. E não se diz "contando de".

— Eu que inventei o glíglico — disse a Maga, ressentida. — Você diz qualquer coisa e se exibe, mas não sabe falar o verdadeiro glíglico.

— Voltando ao Ossip...

— Não seja bobo, Horacio, eu já disse que não fui para a cama com ele. Será que preciso fazer o grande juramento dos sioux?

— Não, estou achando que vou ter de acreditar em você.

— E além do mais — disse a Maga —, o mais provável é que eu acabe indo para a cama com o Ossip, mas vai ser porque você quis.

— Você é mesmo capaz de gostar daquele sujeito?

— Não. Acontece que preciso pagar a farmácia. De você não quero nem um centavo, e não posso pedir dinheiro ao Ossip e deixá-lo a ver navios.

— Está bem, já sei — disse Oliveira. — É seu lado samaritano. Você também não podia deixar o soldadinho do parque chorar.

— Isso, Horacio. Veja só como somos diferentes.

— Pois é, piedade não é o meu forte. Mas numa dessas eu também podia chorar, e aí você...

— Não imagino você chorando — disse a Maga. — Para você, ia ser uma espécie de desperdício.

— Pois já chorei algumas vezes.

— De raiva, e só. Você não sabe chorar, Horacio, essa é uma das coisas que você não sabe.

Oliveira puxou a Maga para perto e sentou-a em seus joelhos. Pensou que o cheiro da Maga, da nuca da Maga, o entristecia. O mesmo cheiro de antes... "Procurar através de", pensou confusamente. "Sim, é uma das coisas que não sei fazer, isso e chorar e me compadecer."

— Nunca nos amamos — disse beijando o cabelo dela.

— Não fale por mim — disse a Maga fechando os olhos. — Você não consegue saber se eu amo você ou não. Nem isso você consegue saber.

— Sou tão cego assim?

— Ao contrário, ficar um pouco cego até que faria bem a você.

— Ah, sim, o tato que substitui as definições, o instinto que vai além da inteligência. A via mágica, a noite escura da alma.

— Faria bem a você — teimou a Maga, como fazia sempre que não entendia e queria disfarçar.

20.

— Olha aqui, o que eu tenho já é suficiente para saber que cada um pode ir para o seu lado. Acho que preciso ficar sozinho, Lucía. Realmente não sei o que vou fazer. Com você e com Rocamadour, que aliás acho que está acordando, cometo a injustiça de tratar mal os dois, e não quero que isso continue.

— Você não precisa se preocupar nem comigo nem com Rocamadour.

— Não me preocupo, mas nós três estamos nos enroscando um nos tornozelos do outro, é incômodo e antiestético. Não devo ser cego que chegue, querida, mas basta o nervo ótico para eu ver que você vai se arrumar perfeitamente sem mim. Nenhuma amiga minha se suicidou até hoje, embora meu orgulho sangre ao dizer isso.

— Sim, Horacio.

— De modo que se eu conseguir reunir heroísmo suficiente para deixar você plantada hoje mesmo ou amanhã, tudo bem?

— Tudo bem — disse a Maga.

— Você leva seu menino de novo para madame Irène e volta para Paris para tocar sua vida.

— É isso.

— Você irá muito ao cinema, continuará lendo romances, vai arriscar a vida passeando pelos piores bairros nas piores horas.

— Tudo isso.

— Vai encontrar muitíssimas coisas estranhas pela rua, e vai trazer todas elas, e vai fabricar objetos. Wong vai lhe ensinar truques com malabares, e Ossip vai seguir você a dois metros de distância, com as mãos postas em uma atitude de humilde reverência.

— Por favor, Horacio — disse a Maga, abraçando-o e escondendo o rosto.

— Claro que nos encontraremos magicamente nos lugares mais estranhos, como naquela noite na Bastille, você lembra.

— Na Rue Daval.

— Eu estava bastante bêbado e você apareceu na esquina e ficamos nos olhando como dois idiotas.

— Porque eu achava que naquela noite você ia a um concerto.

89

— E você tinha me dito que tinha um encontro com madame Léonie.

— Por isso achamos tanta graça quando nos encontramos na Rue Daval.

— Você estava de pulôver verde e tinha parado na esquina para consolar um pederasta.

— Ele tinha sido posto para fora de um café debaixo de pancadas e chorava tanto.

20. — Lembro daquela outra vez em que nos encontramos perto do Quai de Jemmapes.

— Fazia calor — disse a Maga.

— Você nunca me explicou direito o que é que estava procurando no Quai de Jemmapes.

— Ah, eu não estava procurando nada.

— Você tinha uma moeda na mão.

— Encontrei no meio-fio. Brilhava tanto.

— E depois fomos até a Place de la République, onde estavam os saltimbancos, e ganhamos uma caixa de balas.

— Eram horríveis.

— E teve aquela vez em que eu vinha saindo do metrô Mouton-Duvernet e você estava sentada no terraço de um café com um negro e um filipino.

— E você nunca me disse o que tinha ido fazer lá para os lados de Mouton-Duvernet.

— Ia a uma pedicure — disse Oliveira. — Tinha uma sala de espera com papel de parede com cenas entre roxo e bordô: gôndolas, palmeiras e uns amantes abraçados ao luar. Imagine isso repetido quinhentas vezes, em tamanho doze por oito.

— Você ia lá por isso, não por causa dos calos.

— Não eram calos, senhorita. Era uma autêntica verruga na sola do pés Avitaminose, parece.

— E curou direito? — perguntou a Maga, erguendo a cabeça e olhando para ele com grande concentração.

Na primeira gargalhada Rocamadour acordou e começou a choramingar. Oliveira suspirou, agora a cena ia se repetir, durante um bom tempo ele só veria a Maga de costas, inclinada sobre a cama, as mãos indo e vindo. Começou a cevar um mate, a enrolar um cigarro. Não queria pensar. A Maga foi lavar as mãos e voltou. Tomaram dois mates cada um quase sem se olhar.

— O bom disso tudo — disse Oliveira — é que não damos chance para a radionovela. Não me olhe desse jeito, se você pensar um pouco vai entender o que estou querendo dizer.

— Estou entendendo — disse a Maga. — Não é por causa disso que estou olhando você desse jeito.

— Ah, você acha que...

— Um pouco, acho. Mas é melhor não falar mais nada.

— Você tem razão. Bom, acho que vou dar uma volta.

— Não volte — disse a Maga.

— Ora, não vamos exagerar — disse Oliveira. — Onde você quer que eu vá dormir? Uma coisa são os nós górdios e outra o vento oeste que sopra na rua, deve estar fazendo uns cinco abaixo de zero.

— Vai ser melhor que você não volte, Horacio — disse a Maga. — Agora está sendo fácil, para mim, dizer isso a você. Entenda.

20.

— Enfim — disse Oliveira. — Acho que nos precipitamos ao nos felicitar por nosso *savoir-faire*.

— Tenho tanta pena de você, Horacio.

— Ah, não, isso não. Devagar aí.

— Você sabe que às vezes eu vejo. Vejo com tanta clareza. Pensar que faz uma hora me ocorreu que o melhor que eu tinha a fazer seria me jogar no rio.

— A desconhecida do Sena... Mas você nada feito um cisne.

— Tenho pena de você — insistiu a Maga. — Agora percebo. Na noite em que nos encontramos atrás da Notre-Dame também vi que... Mas não quis acreditar. Você vestia uma camisa azul tão bonita. Foi a primeira vez que fomos juntos a um hotel, não foi?

— Não, mas dá no mesmo. E você me ensinou a falar glíglico.

— Pois se eu contar que fiz tudo isso de pena.

— O quê? — disse Oliveira, olhando-a sobressaltado.

— Naquela noite você corria perigo. Dava para ver, era como uma sirene ao longe... não dá pra explicar.

— Meus perigos são apenas metafísicos — disse Oliveira. — Pode acreditar, ninguém vai me tirar da água com ganchos. Vou morrer de oclusão intestinal, de gripe asiática ou de um Peugeot 403.

— Sei não — disse a Maga. — Às vezes penso em me matar, mas depois vejo que não. Não vá pensar que é só por causa do Rocamadour, antes dele já era assim. A ideia de me matar sempre me faz bem. Mas você, que não pensa nisso... Por que você diz: perigos metafísicos? Também há rios metafísicos, Horacio. Você vai se jogar num desses rios.

— Vai ver — disse Oliveira — que isso é o Tao.

— Achei que podia proteger você. Não diga nada. Depois percebi que você não precisava de mim. Fazíamos amor como dois músicos que se reúnem para tocar sonatas.

— É bonito, o que você está dizendo.

— Era assim, o piano ia pelo lado dele e o violino pelo dele e disso saía a sonata, mas veja que no fundo não nos encontrávamos. Percebi em seguida, Horacio, mas as sonatas eram tão bonitas.

— Eram, querida.

— E o glíglico.

— Nem me fale.

— E tudo, o Clube, aquela noite no Quai de Bercy debaixo das árvores, quando caçamos estrelas até de madrugada e contamos histórias de príncipes e você estava com sede e compramos uma garrafa de um espumante caríssimo e bebemos na beira do rio.

20.

— E nisso chegou um clochard — disse Oliveira — e demos metade da garrafa para ele.

— E o clochard sabia um monte de coisas, latim e coisas orientais, e você discutiu com ele um pouco de...

— Averróis, acho.

— Isso, Averróis.

— E aquela noite que um soldado tocou meu traseiro na Foire du Trône, e você deu um soco na cara dele e fomos todos presos.

— Que Rocamadour não nos ouça — disse Oliveira rindo.

— Por sorte Rocamadour nunca se lembrará de você, ele ainda não tem nada por trás dos olhos. Como os pássaros que comem as migalhas que a gente joga. Olham, comem, voam... Não fica nada.

— Não — disse Oliveira. — Não fica nada.

No vestíbulo a mulher do terceiro andar berrava, como sempre bêbada àquela hora. Oliveira lançou um olhar vago para a porta, mas a Maga o apertou contra si, foi deslizando até agarrar-se em seus joelhos, tremendo e chorando.

— Por que você sofre desse jeito? — disse Oliveira. — Os rios metafísicos passam por qualquer lugar, não é preciso ir muito longe para encontrá-los. Olhe só, ninguém terá se afogado com mais direito que eu, bonitinha. Prometo uma coisa: me lembrar de você no último instante para que ele seja mais amargo ainda. Um verdadeiro folhetim, de capa em três cores.

— Não vá embora — murmurou a Maga, apertando as pernas de Oliveira.

— Só vou dar uma volta por aí.

— Não, não vá.

— Me deixe ir. Você sabe muito bem que vou voltar, pelo menos esta noite.

— Vamos juntos — disse a Maga. — Veja, Rocamadour está dormindo, vai ficar tranquilo até a hora da mamadeira. Temos duas horas, vamos até o café do bairro árabe, aquele café triste onde a gente gosta tanto de ficar.

Mas Oliveira queria sair sozinho. Começou a livrar pouco a pouco as pernas do abraço da Maga. Acariciava seu cabelo, passou os dedos por seu colar, beijou sua nuca, atrás da orelha, ouvindo-a chorar com o rosto inteiro coberto pelo cabelo. "Chantagem, não", pensava. "Vamos chorar cara a cara, mas não esse soluço barato que se aprende no cinema." Levantou o rosto dela, obrigou-a a olhar para ele.

— O canalha sou eu — disse Oliveira. — Deixe a conta comigo. Chore por seu filho, que talvez morra, mas não desperdice suas lágrimas comigo. Santa mãe, desde os tempos de Zola não se via uma cena como esta. Por favor, me deixe sair.

— Por quê? — disse a Maga, sem se mover do chão, olhando para ele   20. feito um cão.

— Por que o quê?

— Por quê?

— Ah, você quer dizer por que tudo isso. Vai saber, eu acho que a culpa não é tanto sua nem minha. Não somos adultos, Lucía. Esse é um mérito que se paga caro. As crianças puxam o cabelo uma da outra depois de brincar juntas. Deve ser algo do tipo. Precisamos pensar nisso.

(-126)

21.

Acontece a mesma coisa com todo mundo, a estátua de Jano é um desperdício inútil, *na verdade* depois dos quarenta anos nosso verdadeiro rosto está na nuca, olhando desesperadamente para trás. É o que se chama adequadamente de *lugar-comum*. Não há nada a fazer, é preciso dizer desse jeito, com as palavras que entortam de tédio os lábios dos adolescentes monofaciais. Rodeado de rapazes de pulôver e de garotas deliciosamente encardidas debaixo do vapor dos *cafés crème* de Saint-Germain-des-Prés, que leem Durrell, Beauvoir, Duras, Douassot, Queneau, Sarraute, estou eu, um argentino afrancesado (horror, horror), já fora da moda adolescente, do *cool*, com as mãos anacronicamente *Êtes-vous fous?*, de René Crevel, com o surrealismo inteiro na memória, com o signo de Antonin Artaud na pélvis, com as *Ionisations* de Edgar Varèse nas orelhas, com Picasso nos olhos (mas parece que sou um Mondrian, me disseram).

— *Tu sèmes des syllabes pour récolter des étoiles* — diz Crevel debochando de mim.

— A gente vai fazendo o que pode — respondo.

— E essa fémina, *n'arrêtera-t-elle donc pas de secouer l'arbre à sanglots?*

— Você é injusto — digo. — Ela está só chorando, só se queixando.

É triste chegar a um momento da vida em que é mais fácil abrir um livro na página 96 e dialogar com o autor, de café a túmulo, de aborrecido a suicida, enquanto nas mesas ao lado falam da Argélia, de Adenauer, de Mijanou Bardot, de Guy Trébert, de Sidney Bechet, de Michel Butor, de Nabokov, de

Zao Wu-ki, de Louison Bobet, e no meu país a rapaziada fala, do que fala a rapaziada no meu país? Já não sei, ando tão longe, mas não falam mais de Spilimbergo, não falam de Justo Suárez, não falam do Tubarão de Quillá, não falam de Bonini, não falam de Leguisamo. *Como é natural.* O problema é que a naturalidade e a realidade viram, sem que se saiba por quê, inimigas, tem uma hora em que o natural soa espantosamente falso, em que a realidade dos vinte anos se acotovela com a realidade dos quarenta e em cada cotovelo há uma gilete retalhando nosso paletó. Descubro novos mundos simultâneos e estranhos uns aos outros, cada vez suspeito mais que estar de acordo é a pior das ilusões. Por que essa sede de ubiquidade, por que essa luta contra o tempo? Eu também leio Sarraute e olho a foto de Guy Trébert algemado, mas são *coisas que me acontecem,* enquanto que quando sou eu quem decide, quase sempre é na direção do que já passou. Minha mão tateia a estante da biblioteca, puxa Crevel, puxa Roberto Arlt, puxa Jarry. Me apaixona o hoje, mas sempre a partir do ontem (eu disse me hapaixona?), e é assim que na minha idade o passado se torna presente e o presente é um estranho e confuso futuro no qual rapazes de pulôver e garotas de cabelo solto tomam seus *cafés crème* e se acariciam com a graça lenta de gatos ou de plantas.

21.

É preciso lutar contra isso.

É preciso reinstalar-se no presente.

Parece que sou um Mondrian, ergo...

Mas Mondrian pintava seu presente há quarenta anos.

(Uma foto de Mondrian, igualzinho a um maestro de orquestra de tango ((Julio de Caro, ecco!)), de óculos e cabelo passado a ferro e colarinho duro, um ar de vulgaridade abominável e se achando o tal, dançando com uma moça animadinha. Que tipo de presente Mondrian sentia enquanto dançava? Aqueles quadros dele, aquela foto dele... Habismos.)

Você está velho, Horacio. Quinto Horacio Oliveira, você está velho, magro. Você está velho e magro, Oliveira.

— *Il verse son vitriol entre les cuisses des faubourgs* — zomba Crevel.

O que vou fazer? No meio da grande desordem continuo me achando um cata-vento, no final de tanta volta é preciso apontar um norte, um sul. Dizer que alguém é um cata-vento é prova de pouca imaginação: dá para ver as voltas mas não a intenção, a ponta da flecha que procura se fincar e permanecer no rio do vento.

Há rios metafísicos. Sim, querida, claro. E você deve estar cuidando do seu filho, chorando de vez em quando, e aqui já é outro dia e um sol amarelo que não aquece. *J'habite à Saint-Germain-des-Prés, et chaque soir j'ai rendez-vous avec Verlaine./ Ce gros pierrot n'a pas changé, et pour courir le guilledou...* Por vinte francos na ranhura Leo Ferré canta seus amores para você, ou Gilbert Bécaud, ou Guy Béart. Lá na minha terra: *"Si quiere ver la vida color de rosa/ Eche veinte centavos en la ranura..."*. Vai ver você ligou o rádio (o aluguel vence segunda que vem, vou ter de lembrar você) e está ouvindo música de câmara, provavelmente Mozart, ou pôs um disco bem baixinho para não acordar Rocamadour. E acho que você não percebe direito que Rocamadour está muito doente, terrivelmente fraco e doente, e que no hospital estaria mais bem cuidado. Mas já não posso falar dessas coisas com você, digamos que está tudo acabado e que ando vagando por aí, dando voltas, procurando o norte, o sul, se é que procuro. Se é que procuro. Mas se não procurasse, o que é isso? Oh, meu amor, sinto saudades, você me dói na pele, na garganta, cada vez que respiro é como se o vazio me entrasse no peito, onde você já não está.

21.

— *Toi* — diz Crevel — *toujours prêt à grimper les cinc étages des pythonisses faubouriennes, qui ouvrent grandes les portes du futur...*

E por que não, por que não haveria de procurar a Maga?, tantas vezes tinha bastado aparecer, vindo pela Rue de Seine, no arco que dá para o Quai de Conti, e assim que a luz de cinza e verde-oliva que flutua sobre o rio me deixava distinguir as formas, já sua silhueta delgada aparecia na Pont des Arts, e saíamos à toa à caça de sombras, para comer batata frita no Faubourg Saint-Denis, beijar-nos junto às barcaças do Canal Saint-Martin. Com ela eu sentia crescer um ar novo, os sinais fabulosos do entardecer ou aquela maneira como as coisas se desenhavam quando estávamos juntos e nas grades da Cour de Rohan os vagabundos se elevavam ao reino medroso e aluado das testemunhas e dos juízes... Por que não haveria de amar a Maga e possuí-la debaixo de dezenas de tetos de quartos a seiscentos francos a diária, em camas com cobertores desfiados e rançosos, se nesse vertiginoso jogo da amarelinha, nessa corrida de sacos, eu me reconhecia e me nomeava, finalmente e até quando retirado do tempo e de suas gaiolas com macacos e etiquetas, de suas vitrines Omega Electron Girard Perregaud Vacheron & Constantin marcando as horas e os minutos das sacrossantas obrigações castradoras, num ar onde as últimas ataduras iam caindo e o prazer era espelho de reconciliação, espelho para cotovias mas espelho, algo como um sacramento de um ser para outro ser, dança ao redor da arca, aproximação do sono boca contra boca, às vezes sem desligar-nos, os sexos unidos e mornos, os braços como guias vegetais, as mãos acariciando aplicadamente uma coxa, um pescoço...

— *Tu t'accroches à des histoires* — diz Crevel. — *Tu étreins des mots...*

— Não, velho, na verdade isso se faz lá do outro lado do mar, que você não conhece. Faz tempo que não me deito com as palavras. Continuo usando as palavras, como você e como todo mundo, mas as escovo muitíssimo antes de vesti-las.

Crevel desconfia e eu o entendo. Entre a Maga e mim cresce um canavial de palavras, mal umas horas e uns quarteirões nos separam e já minha pena *se chama* pena, meu amor *se chama* meu amor... Irei sentindo menos e recordando mais a cada vez, mas o que é a lembrança senão o idioma dos sentimentos, um dicionário de rostos e dias e perfumes que voltam como os verbos e os adjetivos no discurso, adiantando-se sobrepostos rumo à coisa em si, o presente puro, entristecendo-nos ou ensinando-nos vicariamente até que o próprio ser se torna vicário, o rosto que olha para trás arregala os olhos, o verdadeiro rosto se apaga pouco a pouco como nas velhas fotos, e Jano é de repente qualquer um de nós. Tudo isso vou dizendo a Crevel mas é com a Maga que falo, agora que estamos tão distantes. E não falo com as palavras que só serviram para não nos entendermos, agora que já é tarde começo a escolher outras, as dela, as embrulhadas naquilo que ela compreende e que não tem nome, auras e tensões que crispam o ar entre dois corpos ou enchem de pó de ouro um quarto ou um verso. Mas não foi assim que vivemos, o tempo todo, lacerando-nos docemente? Não, não vivemos assim, ela bem que teria querido mas uma vez mais eu tornei a impor a falsa ordem que dissimula o caos, a fingir que me entregava a uma vida profunda da qual só tocava a água terrível com a ponta do pé. Há rios metafísicos, a Maga nada neles como essa andorinha está nadando no ar, girando alucinada ao redor do campanário, deixando-se cair para subir melhor com o impulso. Eu descrevo e defino e desejo esses rios, ela nada neles. Eu os procuro, encontro, contemplo da ponte, ela nada neles. E não sabe disso, igualzinha à andorinha. Não é como eu, que preciso saber, ela pode viver na desordem sem que nenhuma consciência de ordem a retenha. Essa desordem que é sua ordem misteriosa, essa boemia do corpo e da alma, que abre para ela de par em par as verdadeiras portas. Sua vida só é desordem para mim, afundado em preconceitos que desprezo e respeito ao mesmo tempo. Eu, condenado a ser irremediavelmente absolvido pela Maga, que me julga sem saber. Ah, me deixe entrar, algum dia me deixe ver como seus olhos veem.

Inútil. Condenado a ser absolvido. Volte para casa e leia Espinosa. A Maga não sabe quem é Espinosa. A Maga lê intermináveis romances russos e alemães e Pérez Galdós e esquece tudo em seguida. Nunca suspeitará que me condena a ler Espinosa. Juiz inaudito, juiz por si mesma, por sua corrida em plena rua, juiz só em me olhar e me deixar nu, juiz por ser tonta e infeliz e desconcertada e obtusa e menos que nada. Por tudo isso que sei graças a meu amargo saber, com meus critérios podres de universitário e homem esclarecido, por tudo isso, juiz. Deixe-se cair, andorinha, com essas tesouras afiadas que recortam o céu de Saint-Germain-des-Prés, arranque esses olhos que olham sem ver, estou condenado sem apelação, pronto para esse cadafalso azul para o qual me içam as mãos da mulher a cuidar de seu filho, em breve a pena, em breve a ordem mentida de ficar só e recobrar a autossuficiência, a egociência, a consciência. E com tanta ciência um inútil anseio de sentir pena de alguma coisa, de que chova aqui dentro, de que enfim comece a chover, a cheirar a terra, a coisas vivas, sim, por fim a coisas vivas.

(-79)

21.

22.

As opiniões eram de que o velho havia escorregado, de que o carro havia "furado" o sinal vermelho, de que o velho quisera se suicidar, de que tudo andava de mal a pior em Paris, de que o trânsito era monstruoso, de que o velho não tinha culpa, de que a culpa era do velho, de que os freios do automóvel estavam ruins, de que o velho fora de uma imprudência temerária, de que a vida andava cada vez mais cara, de que em Paris havia demasiados estrangeiros que não entendiam as leis do trânsito e roubavam o trabalho dos franceses.

O velho não parecia muito contundido. Sorria vagamente, passando a mão pelo bigode. Chegou uma ambulância, içaram-no para a maca, o motorista do automóvel continuou agitando as mãos e explicando o acidente ao guarda e aos curiosos.

— Mora na Rue Madame número trinta e dois — disse um rapaz louro que tinha trocado algumas frases com Oliveira e os outros curiosos. — É um escritor, conheço ele. Escreve livros.

— O para-choque acertou as pernas dele, mas o carro já estava freando.

— Acertou o peito — disse o rapaz. — O velho escorregou num monte de merda.

— Acertou as pernas — disse Oliveira.

— Depende do ponto de vista — disse um senhor extremamente baixo.

— Bateu no peito — disse o rapaz. — Vi com estes olhos.

— Nesse caso... Não seria bom avisar a família?

— Ele não tem família, é escritor.

— Ah — disse Oliveira.

— Tem um gato e muitíssimos livros. Uma vez subi para entregar a ele um pacote a pedido da porteira e ele me fez entrar. Tinha livro por todo lado. Isso aí tinha de acabar acontecendo, os escritores são distraídos. Eu, não: para que um automóvel me acerte...

22. Caíam umas poucas gotas que num minuto dissolveram a rodinha de testemunhas. Erguendo a gola do blusão, Oliveira enfiou o nariz no vento frio e saiu a caminhar sem rumo. Estava certo de que o velho não tinha sofrido maiores danos, mas continuava vendo seu rosto quase plácido, na verdade perplexo, enquanto o instalavam na maca entre frases de estímulo e cordiais *"Allez, pépère, c'est rien, ça!"* do maqueiro, um ruivo que devia dizer a mesma coisa a todo mundo. "A total ausência de comunicação", pensou Oliveira. "Não é que estejamos sozinhos, isso já se sabe e não adianta chiar. Afinal estar sozinho é estar sozinho dentro de um determinado plano no qual outras solidões poderiam se comunicar conosco caso fosse possível. Mas qualquer conflito, um acidente na rua ou uma declaração de guerra provocam a brutal interseção de planos diferentes, e um homem que talvez seja uma eminência do sânscrito ou da física quântica se transforma num *pépère* para o maqueiro que o atende num acidente. Edgar Poe enfiado num carrinho de mão, Verlaine nas mãos de médicos de meia-tigela, Nerval e Artaud enfrentando os psiquiatras. O que poderia saber de Keats o galeno italiano que o sangrava e matava de fome? Se homens como esses guardam silêncio, como é mais provável, os outros triunfam cegamente, claro que sem má intenção, sem saber que esse operado, que esse tuberculoso, que esse ferido nu sobre uma cama está duplamente sozinho, rodeado de seres que se movem como se estivessem por trás de um vidro, em outro tempo..."

Entrando num vestíbulo, acendeu um cigarro. Caía a tarde, grupos de moças saíam das lojas, precisando rir, falar aos gritos, empurrar-se, espojar-se numa porosidade de um quarto de hora antes de recair no bife e na revista semanal. Oliveira continuou andando. Sem necessidade de dramatizar, a mais modesta objetividade era uma abertura para o absurdo de Paris, da vida gregária. E já que havia pensado nos poetas, era fácil lembrar-se de todos os que haviam denunciado a solidão do homem ao lado do homem, a irrisória comédia dos cumprimentos, o "com licença" ao cruzar com outro na escada, o assento cedido às senhoras no metrô, a confraternidade na política e nos esportes. Só um otimismo biológico e sexual podia dissimular para alguns sua insularidade, malgrado John Donne. Os contatos na ação e na raça e no ofício e na cama e no campo eram contatos de ramos e folhas que se entrecruzam e se acariciam de árvore a árvore, enquanto os troncos erguem desdenhosos suas paralelas inconciliáveis. "*No fundo* poderíamos ser como na superfície", pensou Oliveira, "mas seria preciso viver de outra maneira. E o que significa viver de outra maneira? Talvez viver absurdamente para acabar com o absurdo, jogar-se em si mesmo com tamanha violência que o salto acabasse nos braços de outro. Sim, talvez o amor, mas a *otherness* dura para nós o que dura uma mulher, e além disso somente no que se refere a essa mulher. No fundo não existe otherness, apenas a agradável *togetherness*. Verdade que não deixa de ser alguma coisa..." Amor, cerimônia ontologizante, doadora de ser. E por isso lhe ocorria agora aquilo que teria sido melhor que tivesse lhe ocorrido no início: sem possuir-se não havia possessão da outridade, e quem é que se possuía de verdade? Quem estava de volta de si mesmo, da solidão absoluta que representa não contar sequer com a própria companhia, ter que se enfiar no cinema ou no prostíbulo ou na casa dos amigos ou numa profissão exigente ou no casamento para estar pelo menos sozinho-entre-os-demais? Assim, paradoxalmente, o cúmulo da solidão conduzia ao cúmulo do gregarismo, à grande ilusão da companhia alheia, ao homem só na sala dos espelhos e dos ecos. Mas pessoas como ele e como tantos outros, que se aceitavam a si mesmos (ou que se rejeitavam, mas conhecendo-se de perto), caíam no pior dos paradoxos, o de estar talvez no umbral da outridade e não conseguir entrar. A verdadeira outridade feita de delicados contatos, de maravilhosos ajustes com o mundo, não podia se cumprir a partir de um termo só, à mão estendida deveria responder outra mão, de fora, vinda do outro.

22.

(-62)

23.

Parado numa esquina, farto da falta de consistência de sua reflexão (e isso que a todo momento, não sabia por quê, pensava que o velhinho ferido devia estar numa cama de hospital cercado por médicos e estudantes e enfermeiras amavelmente impessoais, que perguntariam seu nome e sua idade e sua profissão, diriam que não era nada, o aliviariam sem demora com injeções e curativos), Oliveira tinha começado a olhar o que acontecia à sua volta e que como qualquer esquina de qualquer cidade era a ilustração perfeita do que estava pensando e quase o poupava da tarefa. No café, protegidos do frio (seria o caso de entrar e beber um copo de vinho?), um grupo de pedreiros conversava com o dono no balcão. Dois estudantes liam e escreviam numa mesa, e Oliveira os via erguer os olhos e olhar para o grupo de pedreiros, voltar ao livro ou caderno, olhar de novo. De uma caixa de cristal para outra, olhar-se, isolar-se, olhar-se: isso era tudo. No alto do terraço do café, uma senhora do primeiro andar parecia estar costurando ou cortando um vestido ao lado da janela. Seu penteado alto se movia cadenciado. Oliveira imaginava seus pensamentos, as tesouras, os filhos que voltariam da escola a qualquer momento, o marido terminando a jornada num escritório ou num banco. Os pedreiros, os estudantes, a senhora, e agora um clochard desembocava de uma rua transversal com uma garrafa de vinho tinto saindo do bolso, empurrando um carrinho de bebê cheio de jornais velhos, latas, roupas esfarrapadas e imundas, uma boneca sem cabeça, um pacote de onde saía um rabo de peixe. Os pedreiros, os estudantes, a senhora, o clochard, e no guichê que parecia destinado aos condenados à prisão, LOTERIE NATIO-NALE, uma velha de mechas rebeldes brotando de uma espécie de boina cinza, as mãos enfiadas em luvas azuis, TIRAGE MERCREDI, esperando sem esperar o cliente, com um braseiro de carvão junto aos pés, encaixada em seu ataúde vertical, quieta, quase congelada, oferecendo a sorte grande e pensando sabe lá o quê, pequenos coágulos de ideias, repetições senis, a professora da infância que dava doces para ela, um marido morto na batalha do Somme, um filho caixeiro-viajante, à noite a mansarda sem água corrente, a sopa para três dias, o *boeuf bourguignon* que é mais barato que um bife, TIRAGE MERCREDI. Os pedreiros, os estudantes, o clochard, a vendedora de bilhetes de loteria, cada grupo, cada um em sua caixa de vidro, mas bastava um velho cair debaixo de um carro e na hora haveria uma correria geral para o local do acidente, uma veemente troca de impressões, de críticas, disparidades e coincidências até que começasse a chover outra vez e os pedreiros voltassem para o balcão do café, os estudantes para sua mesa, os X para os X, os Z para os Z.

"Só vivendo absurdamente seria possível romper um dia esse absurdo infinito", repetiu Oliveira para si mesmo. "Caramba, vou ficar ensopado, preciso entrar em algum lugar." Viu os cartazes da Salle de Géographie e se refugiou na entrada. Uma conferência sobre a Austrália, continente desconhecido. Reunião dos discípulos do Cristo de Montfavet. Concerto de piano de madame Berthe Trépat. Inscrições abertas para um curso sobre meteoros. Torne-se um judoca em cinco meses. Conferência sobre a urbanização de Lyon. O concerto de piano começaria em seguida e a entrada era barata. Oliveira olhou o céu, deu de ombros e entrou. Tinha pensado vagamente em ir até a casa de Ronald ou ao ateliê de Etienne, mas era melhor deixar para a noite. Não sabia por quê, achava graça no fato de a pianista se chamar Berthe Trépat. Também achava graça em se refugiar num concerto para escapar por um tempo de si mesmo, ilustração irônica de muito daquilo que vinha ruminando pela rua. "Não somos nada, che", pensou enquanto depositava cento e vinte francos na altura dos dentes da velha engaiolada no guichê. Ficou na fileira dez, pura maldade da velha, porque o concerto já ia começar e não havia quase ninguém além de alguns anciãos calvos, outros barbudos e outros as duas coisas, com jeito de serem do bairro ou da família, duas mulheres de uns quarenta, quarenta e cinco anos, de casacos vetustos e guarda-chuvas escorrendo água, uns poucos jovens, em sua maioria casais, e discutindo violentamente, em meio a empurrões, barulho de papel de bala e rangidos das péssimas cadeiras vienenses. No total, umas vinte pessoas. Cheirava a tarde de chuva, a grande sala estava gelada e úmida, ouvia-se um falar confuso atrás do tecido do fundo do palco. Um velho havia acendido o cachimbo e Oliveira puxou depressa um Gauloise. Não se sentia muito bem, havia entrado água em um dos seus sapatos, o cheiro de mofo e de roupa molhada o enjoava um pouco. Tragou aplicadamente até esquentar o cigarro e estropiá-lo. Do lado de fora soou uma campainha gaga, e um dos jovens aplaudiu com ênfase. A velha lanterninha, boina atravessada e maquiagem com a qual certamente dormia, fechou a cortina da entrada. Só então Oliveira se lembrou de que haviam lhe dado um programa. Era uma página mal mimeografada, onde com algum esforço dava para decifrar que madame Berthe Trépat, medalha de ouro, tocaria os "Três movimentos descontínuos" de Rose Bob (primeira audição), a "Pavana para o general Leclerc", de Alix Alix (primeira audição civil), e a "Síntese Delibes-Saint-Saëns", de Delibes, Saint-Saëns e Berthe Trépat.

"Caralho", pensou Oliveira. "Que merda de programa."

Sem que se soubesse exatamente de onde ele havia saído, apareceu atrás do piano um senhor de papada balançante e cabeleira branca. Estava vestido de preto e acariciava com uma mão rosada a corrente que cruzava seu colete de fantasia. Oliveira achou que o colete estava bastante seboso. Ouviram-se aplausos secos vindos de uma senhorita de capa de chuva roxa e óculos com armação de ouro. Esgrimindo uma voz extraordinariamente semelhante à de uma arara, o ancião da papada deu início a uma introdução ao concerto, graças à qual o público ficou sabendo que Rose Bob era ex-aluna de piano de madame Berthe Trépat, que a "Pavana" de Alix Alix havia sido composta por um distinto oficial do Exército que se ocultava sob aquele modesto pseudônimo, e que as duas composições mencionadas utilizavam resumidamente os mais modernos procedimentos da escrita musical. Quanto à "Síntese Delibes-Saint-Saëns" (e aqui o ancião ergueu os olhos com enlevo), essa representava, na música contemporânea, uma das mais profundas inovações que a autora, madame Trépat, qualificara como "sincretismo fatídico". A caracterização era adequada na medida em que o gênio musical de Delibes e Saint-Saëns tendia à osmose, à interfusão e à interfonia, paralisadas pelo excesso individualista do Ocidente e condenadas a não desembocar numa criação superior e sintética não fora a mediação da intuição genial de madame Trépat. E, efetivamente, sua sensibilidade havia captado afinidades que escapavam aos ouvintes comuns, assumindo a nobre embora árdua missão de transformar-se na ponte mediúnica através da qual viesse a consumar-se o encontro dos dois grandes filhos da França. Era hora de destacar que madame Berthe Trépat, paralelamente a suas atividades de professora de música, não tardaria em completar suas bodas de prata a serviço da composição. O orador não se atrevia, numa mera introdução a um concerto que, sabia muito bem, era esperado com viva impaciência pelo público, a desenvolver como teria sido necessário a análise da obra musical de madame Trépat. De todo modo, e com o objetivo de oferecer um pentagrama mental àqueles que escutariam pela primeira vez as obras de Rose Bob e de madame Trépat, podia resumir sua estética na menção de construções antiestruturais, ou seja, de células sonoras autônomas, fruto da pura inspiração, concatenadas na intenção geral da obra mas totalmente livre dos moldes clássicos, dodecafônicos ou atonais (as duas últimas palavras foram repetidas enfaticamente). Assim, por exemplo, os "Três movimentos descontínuos", de Rose Bob, aluna dileta de madame Trépat, partiam da reação provocada no espírito da artista pelo golpe de uma porta fechando-se com violência, e os trinta e dois acordes que formavam o primeiro movimento eram outras tantas repercussões desse golpe no plano estético; o orador não pensava estar violando um segredo quando confiava a seu culto auditório que a técnica de composição da "Síntese Delibes-Saint-Saëns" ia somar-se às forças mais primitivas e esotéricas da criação. Jamais esqueceria o grande privilégio de ter assistido a uma fase da "Síntese" e ajudado madame Trépat a manipular um pêndulo rabdomântico sobre as partituras dos dois mestres com o objetivo de escolher as passagens cuja influência sobre o pêndulo corroborasse a assombrosa intuição original da artista. E embora muito pudesse ser acrescentado ao dito até ali, o orador acreditava ser seu dever retirar-se após saudar em madame Berthe Trépat um dos faróis do espírito francês e exemplo patético do gênio incompreendido pelos grandes públicos.

23.

A papada agitou-se violentamente e o ancião, engasgado de emoção e catarro, desapareceu nos bastidores. Quarenta mãos descarregaram alguns secos aplausos, vários fósforos perderam a cabeça, Oliveira se esticou o mais que pôde na cadeira e sentiu-se melhor. O velho do acidente também devia estar se sentindo melhor na cama do hospital, mergulhado já na sonolência que vem depois do choque, aquele interregno feliz no qual se renuncia a ser dono de si mesmo e a cama é como um navio, como férias remuneradas, como qualquer ruptura com a vida cotidiana. "Estou quase indo visitá-lo um dia desses", disse Oliveira para si mesmo. "Mas e se eu estrago a ilha deserta dele, me transformo na pegada do pé na areia... Caramba, che, como você está ficando delicado!"

Os aplausos o fizeram abrir os olhos e assistir à penosa inclinação com a qual madame Berthe Trépat os agradecia. Antes de ver direito o rosto dela, foi paralisado pelos sapatos, uns sapatos tão de homem que saia alguma teria o poder de dissimulá-los. Quadrados e sem salto alto, com tiras inutilmente femininas. O que vinha em seguida era rígido e largo ao mesmo tempo, uma espécie de gorda enfiada num corsete implacável. Mas Berthe Trépat não era gorda, mal poderia ser definida como robusta. Devia ter ciática ou lumbago, alguma coisa que a obrigava a se mover em bloco, agora frontalmente, fazendo o cumprimento com certo esforço, e depois de perfil, deslizando entre o banquinho e o piano e dobrando-se geometricamente até ficar sentada. Dali a artista girou bruscamente a cabeça e cumprimentou outra vez, embora ninguém mais a aplaudisse. "Lá em cima deve ter alguém puxando os cordéis", pensou Oliveira. Ele gostava das marionetes e dos autômatos, e esperava maravilhas do tal sincretismo fatídico. Berthe Trépat olhou de novo para o público, seu rosto redondo de aspecto enfarinhado deu a impressão de condensar de repente todos os pecados da lua, e sua boca, como uma cereja violentamente rubra, dilatou-se até assumir o formato de uma barca egípcia. Outra vez de perfil, seu narizinho em forma de bico de papagaio analisou por um momento o teclado enquanto as mãos pousavam do dó ao si como dois saquinhos de camurça já gastos. Começaram a soar os trinta e dois acordes do primeiro movimento descontínuo. Entre o primeiro movimento e o segundo transcorreram cinco segundos, entre o segundo e o terceiro, quinze segundos. Ao chegar ao décimo quinto acorde, Rose Bob tinha decretado uma pausa de vinte e cinco segundos. Oliveira, que num primeiro momento havia apreciado o bom uso weberiano que Rose Bob fazia dos silêncios, notou que a reincidência o degradava rapidamente. Entre os acordes 7 e 8 estalaram tosses, entre o 12 e o 13 alguém riscou energicamente um fósforo, entre o 14 e o 15 deu para ouvir claramente a expressão *"Ah, merde alors!"* proferida por uma jovenzinha loura. Lá pelo vigésimo acorde, uma das damas mais vetustas, um verdadeiro picles virginal, empunhou energicamente um guarda-chuva e abriu a boca para dizer alguma coisa que o acorde 21 misericordiosamente esmagou. Divertido, Oliveira olhava para Berthe Trépat desconfiado de que a pianista os estudava com aquilo que chamavam de rabo do olho. Por esse rabo de olho o perfil minúsculo e ganchudo de Berthe Trépat deixava filtrar um olhar cinza-celeste, e Oliveira imaginou que talvez a infeliz tivesse começado a calcular o número de ingressos vendidos. No acorde 23 um senhor de rotunda calva endireitou o corpo indignado e, depois de bufar e soprar, saiu da sala cravando os saltos dos sapatos no silêncio de oito segundos confeccionado por Rose Bob. A partir do acorde 24 as pausas começaram a diminuir, e do 28 ao 32 estabeleceu-se um ritmo de marcha fúnebre que não deixava de ter sua graça. Berthe Trépat retirou os sapatos dos pedais, pôs a mão esquerda sobre o regaço, e se lançou ao segundo movimento. Esse movimento durava apenas quatro compassos, cada um deles com três notas de igual valor. O terceiro movimento consistia principalmente em sair dos registros extremos do teclado e avançar cromaticamente para o centro, repetindo a operação de dentro para fora, tudo isso em meio a contínuas tercinas e outros adornos. Num dado momento, que nada permitia prever, a pianista parou de tocar e se ergueu bruscamente, saudando com um ar quase desafiador mas no qual Oliveira teve a impressão de discernir uma ponta de insegurança e mesmo de medo. Um casal aplaudiu com raiva, Oliveira se pegou aplaudindo também mas sem saber por quê (e quando soube se irritou e parou de aplaudir). Berthe Trépat recuperou quase instantaneamente seu perfil e passeou um dedo indiferente pelo teclado, esperando que fizessem silêncio. Começou a tocar a "Pavana para o general Leclerc".

Nos dois ou três minutos seguintes, Oliveira dividiu com algum esforço sua atenção entre a extraordinária lavagem que Berthe Trépat desfechava a todo vapor, e a forma furtiva ou decidida com que velhos e jovens se retiravam do concerto. Mistura de Liszt e Rachmaninov, a "Pavana" repetia incansavelmente dois ou três temas para depois se perder em infinitas variações, retalhos de bravura (bastante mal tocados, com buracos e cerzidos por toda parte) e solenidades de catafalco montado sobre carretinha, interrompidas por bruscas pirotecnias às quais o misterioso Alix Alix se entregava com deleite. Uma ou duas vezes Oliveira suspeitou que o alto penteado à la Salambô de Berthe Trépat se desmancharia de repente, mas vai saber quantos grampos o mantinham armado no meio do fragor e do tremor da "Pavana". Vieram os arpejos orgiásticos que anunciavam o final, repetiram-se sucessivamente os três temas (um dos quais saía direto do *Don Juan* de Strauss), e Berthe Trépat despejou uma chuva de acordes cada vez mais intensos arrematados por uma citação histérica do primeiro tema e dois acordes nas notas mais graves, o último dos quais soou acentuadamente em falso pelo lado da mão direita, mas eram coisas que podiam acontecer com qualquer um, e Oliveira aplaudiu com entusiasmo, realmente divertindo-se.

A pianista ficou de frente com um de seus estranhos movimentos de mola e cumprimentou o público. Como parecia contá-lo com os olhos, não podia deixar de comprovar que restavam apenas oito ou nove pessoas. Digna, Berthe Trépat saiu pela esquerda e a lanterninha correu a cortina e ofereceu balas.

Por um lado era o caso de ir embora, mas em todo aquele concerto havia uma atmosfera que encantava Oliveira. Afinal, a coitada da Trépat se esforçara para apresentar obras em primeira audição, o que sempre era um mérito neste mundo de grande polonesa, sonata ao luar e dança do fogo. Havia algo comovedor naquela cara de boneca de estopa, de tartaruga de feltro, de tremenda bocó perdida num mundo rançoso de bules lascados, velhas que ouviram Risler tocar, saraus de arte e de poesia em salas com papéis de parede vetustos, de orçamentos de quarenta mil francos mensais e furtivas súplicas aos amigos para chegar ao fim do mês, de culto à arte ver-da-dei-ra estilo Akademia Raymond Duncan, e não era difícil imaginar a pinta de Alix Alix e

Rose Bob, os sórdidos cálculos antes de alugar a sala para o concerto, o programa mimeografado por algum aluno de boa vontade, as listas infrutíferas de convites, a desolação nos bastidores ao ver a sala vazia e ter de se apresentar mesmo assim, medalha de ouro e tudo e ter de se apresentar mesmo assim. Era quase um capítulo para Céline, e Oliveira sabia-se incapaz de imaginar algo além da atmosfera geral, da derrotada e inútil sobrevivência dessas atividades artísticas para grupos igualmente derrotados e inúteis.

23. "Claro que tinha de ser eu a me meter nesse leque comido de traças", irritou-se Oliveira. "Um velho debaixo de um carro, e agora Trépat. E não vamos falar do tempo infernal que faz lá fora, e nem de mim. Principalmente, não vamos falar de mim."

Na sala restavam quatro pessoas, e ele achou que o melhor era ir sentar na primeira fila para acompanhar um pouco mais a intérprete. Achou graça nessa espécie de solidariedade, mas mesmo assim se instalou na frente e esperou fumando. Inexplicavelmente uma senhora decidiu sair no exato momento em que reaparecia Berthe Trépat, que cravou os olhos na outra antes de se dobrar com esforço para cumprimentar a plateia quase deserta. Oliveira pensou que a senhora que acabava de sair merecia um tremendo chute na bunda. De repente comprovava que todas as suas reações derivavam de uma certa simpatia por Berthe Trépat, apesar da "Pavana" e de Rose Bob. "Fazia tempo que não acontecia isso comigo", pensou. "Vai ver que com os anos começo a amolecer." Tantos rios metafísicos e de repente se surpreendia com vontade de ir ao hospital visitar o velho, ou aplaudindo aquela maluca encorsetada. Estranho. Devia ser o frio, a água nos sapatos.

A "Síntese Delibes-Saint-Saëns" já soava havia uns três minutos ou coisa parecida quando o casal que constituía o principal reforço do público restante se levantou e saiu ostensivamente. De novo Oliveira teve a sensação de perceber o olhar de soslaio de Berthe Trépat, mas agora era como se de repente suas mãos começassem a entortar, tocava dobrando-se sobre o piano e com enorme esforço, aproveitando todas as pausas para olhar de viés para a plateia onde Oliveira e um senhor de ar plácido escutavam com todas as manifestações de concentrada atenção. O sincretismo fatídico não tinha demorado em revelar seu segredo, mesmo para um leigo como Oliveira: a quatro compassos de "Le Rouet d'Omphale" seguiam-se outros quatro de "Les Filles de Cadix", depois a mão esquerda proferia "Mon cœur s'ouvre à ta voix", a direita intercalava espasmodicamente o tema dos sinos de *Lakmé*, as duas juntas passavam sucessivamente por "Danse macabre" e "Coppélia", até que outros temas que o programa atribuía ao "Hymne à Victor Hugo", "Jean de Nivelle" e "Sur les Bords du Nil" passavam a alternar-se vistosamente com outros mais conhecidos, e como fatalmente era impossível imaginar algo mais bem-sucedido, quando o senhor de ar plácido começou a rir baixinho e adequadamente cobriu a boca com uma luva, Oliveira teve que admitir que o sujeito tinha esse direito, não dava para exigir que se calasse, e Berthe Trépat devia ter a mesma impressão porque cada vez errava mais notas, parecia que suas mãos estavam ficando paralisadas, ia em frente sacudindo os antebraços e abrindo os cotovelos com um ar de galinha que se ajeita no ninho, "Mon cœur s'ouvre à ta voix", de novo "Où va la jeune hindoue?", dois acordes sincréticos, um arpejo mal-ajambrado, "*Les filles de Cadix, tra-la-la*", como um soluço, várias notas juntas à la (surpreendentemente) Pierre Boulez, e o senhor de ar plácido soltou uma espécie de bramido e saiu correndo com as luvas grudadas na boca, justo quando Berthe Trépat baixava as mãos, olhando fixamente para o teclado, e transcorria um longo segundo, um segundo sem fim, uma coisa desesperadamente vazia entre Oliveira e Berthe Trépat sozinhos na sala.

— Bravo — disse Oliveira, compreendendo que o aplauso teria sido incongruente. — Bravo, madame.

Sem se levantar, Berthe Trépat girou um pouco no banquinho e apoiou o cotovelo em um lá natural. Os dois se olharam. Oliveira se levantou e se aproximou da beira do palco.

— Muito interessante — disse. — Creia, senhora: escutei seu concerto com verdadeiro interesse.

Que filho da puta.

Berthe Trépat olhava a sala vazia. Uma pálpebra tremia um pouco. Parecia perguntar-se alguma coisa, estar à espera de alguma coisa. Oliveira sentiu que devia continuar falando.

— Uma artista como a senhora conhecerá de sobra a incompreensão e o esnobismo do público. No fundo eu sei que a senhora toca para si mesma.

— Para mim mesma — repetiu Berthe Trépat com uma voz de arara espantosamente parecida com a do cavalheiro que a havia apresentado.

— E para quem mais? — disse Oliveira, subindo ao palco com a desenvoltura de quem estivesse sonhando. — Um artista conta somente com as estrelas, como disse Nietzsche.

— Quem é o senhor, cavalheiro? — sobressaltou-se Berthe Trépat.

— Ah, alguém que se interessa pelas manifestações... — Podia continuar enfileirando palavras, as de sempre. Se alguma coisa contava era estar ali, acompanhando um pouco. Sem saber bem por quê.

Berthe Trépat escutava, ainda um tanto ausente. Endireitou-se com dificuldade e olhou a sala, os bastidores.

— Sim — disse. — Está tarde, preciso voltar para casa. — Disse isso para si mesma, como se fosse um castigo ou coisa parecida.

— Posso ter o prazer de acompanhá-la um pouco? — disse Oliveira, inclinando-se. — Quer dizer, se não houver alguém esperando pela senhora no camarim ou na saída.

— Não há ninguém. Valentin foi embora depois de fazer minha apresentação. O que o senhor achou da apresentação?

— Interessante — disse Oliveira, cada vez mais convencido de que estava sonhando e de que achava bom continuar sonhando.

23. — Valentin pode fazer coisas melhores — disse Berthe Trépat. — E acho repugnante da parte dele... isso, repugnante... ir embora assim, como se eu fosse um trapo.

— Ele falou da senhora e da sua obra com grande admiração.

— Por quinhentos francos aquele lá é capaz de falar com admiração até de um peixe morto. Quinhentos francos! — repetiu Berthe Trépat, perdendo-se em suas reflexões.

"Estou bancando o idiota", disse Oliveira para si mesmo. Caso se despedisse e voltasse para a plateia, talvez a artista não se lembrasse de seu oferecimento. Mas a artista havia começado a olhar para ele, e Oliveira viu que ela estava chorando.

— Valentin é um canalha. Todos... Havia mais de duzentas pessoas, o senhor viu, mais de duzentas. Para um concerto de primeiras audições é extraordinário, o senhor não acha? E todos compraram ingresso, não vá pensar que mandamos convites de graça. Mais de duzentas, e agora só ficou o senhor, Valentin foi embora, eu...

— Há ausências que representam um verdadeiro triunfo — articulou Oliveira, sem acreditar que estava dizendo aquilo.

— Mas por que eles foram embora? O senhor viu as pessoas indo embora? Mais de duzentas, acredite, e pessoas notáveis, tenho certeza de ter visto madame de Roche, o dr. Lacour, Montellier, o professor do último grande prêmio de violino... Tenho a impressão de que não gostaram muito da "Pavana" e de que foram embora por causa disso, o senhor não acha? Porque saíram antes da minha "Síntese", isso com certeza eu mesma vi.

— Claro que sim — disse Oliveira. — É preciso reconhecer que a "Pavana"...

— Não é, de jeito nenhum, uma pavana — disse Berthe Trépat. — É uma bela merda. Culpa do Valentin, já tinham me dito que Valentin estava indo para a cama com Alix Alix. E por que eu é que tenho de pagar por um pederasta, jovem? Eu, medalha de ouro, daqui a pouco lhe mostro minhas críticas, meus sucessos em Grenoble, no Puy...

As lágrimas lhe escorriam pelo pescoço, desapareciam entre as rendas puídas e a pele cinzenta. Segurou Oliveira pelo braço, sacudiu-o. Estava prestes a ter uma crise histérica.

— Por que a senhora não vai buscar seu casaco para irmos embora? — disse Oliveira, apressado. — O ar da rua vai lhe fazer bem, poderíamos tomar alguma coisa, para mim será um verdadeiro...

— Tomar alguma coisa — repetiu Berthe Trépat. — Medalha de ouro.

— O que a senhora quiser — disse Oliveira incongruente. Fez um movimento para se soltar, mas a artista apertou seu braço e se aproximou ainda mais. Oliveira sentiu o cheiro do suor do concerto misturado com alguma coisa entre a naftalina e o benjoim (e também xixi e loções baratas). Primeiro Rocamadour e agora Berthe Trépat, não dava para acreditar. "Medalha de ouro", repetia a artista, chorando e engolindo. De repente um grande soluço a sacudiu como se ela tivesse desfechado um acorde no ar. "E tudo é o mesmo de sempre...", Oliveira conseguiu entender, lutando em vão para se esquivar das sensações pessoais, para se refugiar, naturalmente, em algum rio metafísico. Sem resistir, Berthe Trépat se deixou levar até os bastidores, onde a lanterninha olhava para eles de lanterna na mão e chapéu de plumas.

— A senhora está passando mal?

— É a emoção — disse Oliveira. — Já vai passar. Onde está o casaco dela?

Entre cenários vagos, mesas capengas, uma harpa e um cabide havia uma cadeira onde estava pendurada uma capa de chuva verde. Oliveira ajudou Berthe Trépat, que tinha curvado a cabeça mas já não chorava. Por uma portinha e um corredor tenebroso saíram para a noite do bulevar. Chuviscava.

— Não vai ser fácil conseguir um táxi — disse Oliveira, que só tinha trezentos francos. — A senhora mora longe?

— Não, perto do Panthéon, e na verdade prefiro ir caminhando.

— É, vai ser melhor.

Berthe Trépat avançava devagar, balançando a cabeça de um lado para outro. Com o capuz da capa de chuva tinha um ar meio guerreiro, meio Ubu Rei. Oliveira se embrulhou na jaqueta e ergueu bem a gola. O ar estava fino, começava a sentir fome.

— O senhor é tão amável — disse a artista. — Não precisava se incomodar. O que achou da minha "Síntese"?

— Senhora, sou só um ouvinte amador. Para mim a música, por assim dizer...

— O senhor não gostou — disse Berthe Trépat.

— Uma primeira audição...

— Trabalhamos meses, Valentin e eu. Noites e dias, em busca da conciliação dos gênios.

— Enfim, a senhora há que reconhecer que Delibes...

— Um gênio — repetiu Berthe Trépat. — Erik Satie afirmou isso um dia, na minha presença. E por mais que o dr. Lacour diga que Satie estava me... como dizer... O senhor deve saber, sem dúvida, como era aquele velho... Mas eu sei ler nos homens, jovem, e sei perfeitamente que Satie estava convencido, sim, convencido. De que país é o senhor, jovem?

— Da Argentina, senhora, e aliás não sou nada jovem.

— Ah, a Argentina. Os pampas... E o senhor acha que lá alguém se interessaria pela minha obra?

— Tenho certeza de que sim, senhora.

23. — Quem sabe o senhor poderia conseguir uma entrevista minha com o embaixador. Se Thibaud ia à Argentina e a Montevidéu, por que não eu, que toco minha própria música? O senhor deve ter prestado atenção nesse ponto, que é fundamental: minha própria música. Quase sempre primeiras audições.

— A senhora compõe muito? — perguntou Oliveira, que se sentia um nojo.

— Estou em minha opus oitenta e três... não, deixe ver... Agora que penso nisso, acho que deveria ter falado com madame Nolet antes de sair... Claro, há uma questão de dinheiro a acertar. Duzentas pessoas, ou seja...

Perdeu-se num murmúrio, e Oliveira se perguntou se não seria mais piedoso dizer a ela a verdade sem rodeios, mas ela sabia a verdade, claro que sabia.

— É um escândalo — disse Berthe Trépat. — Há dois anos, toquei nessa mesma sala, Poulenc havia prometido assistir... Está entendendo? Nada menos que Poulenc. Eu estava inspiradíssima naquela tarde, uma pena que ele tenha sido retido por um compromisso de última hora... mas é sempre assim, com esses músicos da moda... E naquela vez a Nolet me descontou a metade — acrescentou com raiva. — Exatamente a metade. Claro que acaba dando na mesma, calculando duzentas pessoas...

— Senhora — disse Oliveira, segurando o cotovelo dela com delicadeza para fazê-la entrar pela Rue de Seine —, a sala estava praticamente às escuras e talvez a senhora tenha se enganado quando calculou o público.

— Ah, não! — disse Berthe Trépat. — Tenho certeza de não estar enganada, mas o senhor me fez perder a conta. Espere, vamos calcular... — Tornou a se perder num murmúrio compenetrado, movia continuamente os lábios e os dedos, de todo desatenta ao itinerário que Oliveira a fazia seguir, e talvez até mesmo à presença dele. Poderia estar dizendo para si mesma tudo o que dizia em voz alta, Paris estava lotada de pessoas falando sozinhas pela rua, o próprio Oliveira não era nenhuma exceção, na verdade só o que havia de excepcional era ele estar bancando o cretino ao lado da velha, acompanhando até em casa aquela boneca desbotada, aquele pobre balão inflado em que a estupidez e a loucura dançavam a verdadeira pavana da noite. "É repugnante, seria preciso jogá-la de encontro a um degrau e enfiar o pé na cara dela, esmagá-la como se ela fosse um percevejo, deixá-la arrebentada como um piano que despenca do décimo andar. A verdadeira caridade seria tirá-la do meio musical, impedir que continue sofrendo feito um cão, mergulhada em suas ilusões, nas quais nem ela mesma acredita, que inventa para não sentir a água nos sapatos, a casa vazia ou com aquele velho imundo do cabelo branco. Tenho asco, na próxima esquina me mando e ela nem vai perceber. Que dia, meu Deus, que dia!"

Se entrasse depressa pela Rue Lobineau ninguém o apanhava, de todo jeito a velha saberia encontrar o caminho de casa. Oliveira olhou para trás, esperou o momento certo balançando um pouco o braço como se um peso o incomodasse, alguma coisa sub-repticiamente dependurada em seu cotovelo. Mas era a mão de Berthe Trépat, o peso se afirmou com decisão, Berthe Trépat se apoiava com todo o seu peso no braço de Oliveira, que olhava para a Rue Lobineau e ao mesmo tempo ajudava a artista a atravessar a rua, seguia com ela pela Rue de Tournon.

— Na certa ele acendeu a lareira — disse Berthe Trépat. — Não é que esteja tão frio, na verdade, mas o fogo é o amigo dos artistas, não acha? O senhor vai subir para tomar alguma coisa com Valentin e comigo.

— Ah, não, senhora — disse Oliveira. — De maneira nenhuma, para mim já é honra suficiente acompanhá-la até sua casa. Além do mais...

— Não seja tão modesto, jovem. Porque o senhor é jovem, não é mesmo? Nota-se que o senhor é jovem. Seu braço, por exemplo... — Os dedos se fincavam um pouco no tecido da jaqueta. — Eu pareço mais velha do que sou, o senhor sabe, a vida de artista...

— De maneira nenhuma — disse Oliveira. — Quanto a mim, já deixei os quarenta para trás há muito tempo, de modo que a senhora está sendo amável.

As frases iam saindo daquele jeito, não havia nada a fazer, era absolutamente o cúmulo. Pendurada em seu braço, Berthe Trépat falava de outros tempos, de vez em quando interrompia uma frase na metade e parecia retomar mentalmente um cálculo. Em alguns momentos enfiava um dedo no nariz, furtivamente e olhando Oliveira com o rabo do olho; para enfiar o dedo no nariz tirava a luva com um gesto rápido, fingindo que estava com coceira na palma da mão, coçava a palma com a outra mão (depois de desprendê-la com delicadeza do braço de Oliveira) e a levantava com um movimento sumamente pianístico para cavoucar por uma fração de segundo um buraco do nariz. Oliveira fazia de conta que olhava para o outro lado, e quando girava a cabeça Berthe Trépat estava outra vez pendurada em seu braço e com a luva posta. E assim iam debaixo da chuva falando de coisas variadas. Ao dar a volta no Luxemburgo discorriam sobre a vida em Paris, cada dia mais difícil, sobre a competição impiedosa de jovens tão insolentes quanto carentes de experiência, sobre o público incuravelmente esnobe, sobre o preço do bife no Marché Saint-Germain ou na Rue de Buci, lugares de elite para encontrar um bom bife a preços razoáveis. Duas ou três vezes Berthe Trépat havia interrogado amavelmente Oliveira quanto a sua profissão, suas esperanças e sobretudo seus fracassos, mas antes que ele pudesse responder tudo se deslocava bruscamente para a inexplicável desaparição de Valentin, o equívoco de ter tocado a "Pavana" de Alix Alix só por causa de sua fraqueza diante de Valentin, mas era a última vez que isso aconteceria. "Um pederasta", murmurava Berthe Trépat, e Oliveira sentia a mão dela se crispar no tecido da jaqueta. "Por causa dessa porcaria de indivíduo, eu, nada menos que eu, tendo que tocar uma merda sem pé nem cabeça enquanto quinze obras minhas ainda esperam a estreia…" Depois ela se detinha debaixo da chuva, muito tranquila dentro de sua capa (mas a água começava a entrar pela gola da jaqueta de Oliveira, a gola de pele de coelho ou de rato e que cheirava horrivelmente a jaula de jardim zoológico, toda vez que chovia era a mesma coisa, não havia o que fazer), e ficava olhando para ele como à espera de uma resposta. Oliveira sorria amavelmente para ela, puxando um pouco para arrastá-la na direção da Rue de Médicis.

— O senhor é modesto demais, reservado demais — dizia Berthe Trépat. — Me fale do senhor, vamos ver. O senhor deve ser poeta, não é? Ah, Valentin também, quando éramos jovens… A "Ode crepuscular", um êxito no *Mercure de France*… Um bilhete de Thibaudet, me lembro como se tivesse chegado hoje de manhã. Valentin chorava na cama, para chorar ele sempre ficava de bruços na cama, era comovente.

Oliveira tratava de imaginar Valentin chorando de bruços na cama, mas a única coisa que conseguia era ver um Valentin pequenino e vermelho feito um caranguejo, na verdade via Rocamadour chorando de bruços na cama e a Maga tentando aplicar um supositório nele, e Rocamadour resistindo e encurvando o corpo, tirando a bundinha das mãos desajeitadas da Maga. No hospital, também deviam ter aplicado algum supositório no velho do acidente, era incrível como supositório estava na moda, seria preciso analisar filosoficamente essa surpreendente reivindicação do ânus, sua exaltação a uma segunda boca, a algo que já não se limita a excretar mas que absorve e deglute os perfumados e aerodinâmicos pequenos obuses verdes e rosa e brancos. Mas Berthe Trépat não o deixava se concentrar, de novo queria saber da vida de Oliveira e apertava seu braço com uma mão e às vezes com as duas, virando-se um pouco para ele com um gesto de menina que mesmo em plena noite o fazia estremecer. Bom, ele era um argentino que estava havia algum tempo em Paris, tentando… Vamos ver, o que ele estava tentando? Era complicado explicar assim de uma hora para outra. O que ele estava tentando era...

— A beleza, a exaltação, o ramo de ouro — disse Berthe Trépat. — Não me diga nada, adivinho perfeitamente. Eu também vim de Pau para Paris já há alguns anos em busca do ramo de ouro. Mas fui fraca, meu jovem, fui... Mas como é que o senhor se chama?

— Oliveira — disse Oliveira.

— Oliveira... *Des olives*, o Mediterrâneo... Eu também sou do Sul, jovem, viemos do deus Pan, somos filhos de Pan, nós dois somos filhos de Pan. Não somos como Valentin, que é de Lille. Os do Norte, frios feito peixes, completamente mercuriais. O senhor acredita na Grande Obra? Fulcanelli, o senhor me entende... Não precisa dizer nada, estou vendo que o senhor é um iniciado. Talvez ainda não tenha alcançado as realizações que contam de verdade, enquanto eu... Olhe só a "Síntese", por exemplo. O que Valentin disse é verdade, a radiestesia me mostrava as almas gêmeas, acho que isso transparece na obra. Não?

— Ah, sim.

— O senhor tem muito *karma*, logo se vê... — a mão apertava com força, a artista ascendia à meditação e para isso precisava se apertar contra Oliveira, que mal resistia, limitando-se a fazê-la atravessar a praça e entrar pela Rue Soufflot. "Se Etienne ou Wong me virem, vai haver uma confusão dos demônios", pensava Oliveira. Por que ele ainda precisava se importar com o que Etienne ou Wong pudessem achar, como se depois dos rios metafísicos misturados com algodões sujos o futuro tivesse alguma importância? "Já é como se eu não estivesse em Paris e no entanto estupidamente atento ao que acontece comigo, me incomoda que essa pobre velha comece a vir com o lance da tristeza, o aceno do afogado depois da pavana e do zero absoluto do concerto. Sou pior que um pano de cozinha, pior que os algodões sujos, na verdade não tenho nada a ver comigo mesmo." Porque naquela hora e debaixo da chuva e grudado a Berthe Trépat, restava-lhe aquilo, restava-lhe sentir, como uma última luz que vai se apagando numa casa enorme onde todas as luzes se extinguem uma a uma, restava-lhe a noção de que ele não era aquilo, de que em algum lugar ele estava por assim dizer esperando-se, de que aquele que andava pelo bairro latino arrastando uma velha histérica e talvez ninfomaníaca era apenas um *doppelgänger* enquanto o outro, o outro... "Você ficou lá no seu bairro, em Almagro? Ou se afogou na viagem, nas camas das putas, nas grandes experiências, na famosa desordem necessária? Para mim tudo tem jeito de consolo, é cômodo acreditar-se recuperável embora a esta altura a crença seja muito tênue, o sujeito que é enforcado deve continuar acreditando que no último minuto vai acontecer alguma coisa, um terremoto, a corda que arrebenta duas vezes e então será preciso perdoá-lo, o telefonema do governador, o motim que vai libertá-lo. E agora sim, falta muito pouco para essa velha começar a pôr a mão na minha braguilha."

Mas Berthe Trépat se perdia em circunvoluções e didascálias, o entusiasmo a fizera contar seu encontro com Germaine Tailleferre na Gare de Lyon e como Tailleferre havia dito que o "Prelúdio para losangos alaranjados" era sumamente interessante e que diria a Marguerite Long que o incluísse num concerto.

— Teria sido um sucesso, sr. Oliveira, uma consagração. Mas os empresários, o senhor sabe, a tirania mais desavergonhada, mesmo os melhores intérpretes são vítimas... Valentin acha que um dos pianistas jovens, que não têm escrúpulos, poderia talvez... Mas estão todos perdidos, são como os velhos, todos a mesma corja.

— Quem sabe a senhora mesma, em outro concerto...

— Não quero mais tocar — disse Berthe Trépat, escondendo o rosto embora Oliveira evitasse olhar para ela. — É uma vergonha eu ter que continuar me apresentando num palco para estrear minha música, quando na verdade eu deveria ser a musa, entende, a inspiradora dos intérpretes, todos deveriam vir me pedir permissão para tocar minhas coisas, suplicar, sim, suplicar. E eu consentiria, porque acho que minha obra é uma centelha que deve incendiar a sensibilidade dos públicos, aqui e nos Estados Unidos, na Hungria... Sim, eu consentiria, mas antes eles teriam que vir me pedir a honra de interpretar minha música.

Apertou com veemência o braço de Oliveira, que sem saber por que havia decidido entrar pela Rue Saint-Jacques e caminhava arrastando gentilmente a artista. Um vento gelado batia de frente, fazendo a água entrar nos olhos e na boca de ambos, mas Berthe Trépat parecia alheia a qualquer meteoro, dependurada no braço de Oliveira tinha começado a resmungar alguma coisa que a cada tantas palavras terminava com um soluço ou uma breve gargalhada de despeito ou de troça. Não, não morava na Rue Saint-Jacques. Não, mas também não tinha a menor importância onde morava. Para ela dava no mesmo continuar caminhando daquele jeito a noite inteira, mais de duzentas pessoas para a estreia da "Síntese".

— Valentin vai ficar preocupado se a senhora não voltar — disse Oliveira, tateando mentalmente o que dizer, um timão para encaminhar aquela bola encorsetada que se movia feito um ouriço debaixo da chuva e do vento. A partir de um longo discurso entrecortado parecia depreender-se que Berthe Trépat morava na Rue de l'Estrapade. Meio perdido, Oliveira tirou a água dos olhos com a mão livre e se orientou como um herói de Conrad na proa da embarcação. De repente sentia muita vontade de rir (o que fazia mal a seu estômago vazio, sentia cãibras nos músculos, era extraordinário e penoso e quando contasse a Wong ele mal acreditaria). Não de Berthe Trépat, que prosseguia num relato de honrarias em Montpellier e Pau, mencionando aqui e ali a medalha de ouro. Nem de ter feito a estupidez de oferecer-lhe sua companhia. Não entendia direito de onde vinha a vontade de rir, era por alguma coisa anterior, que acontecera antes, não pelo concerto em si, embora o concerto tivesse sido a coisa mais risível do mundo. Alegria, algo assim como uma forma física da alegria. Embora custasse a acreditar, alegria. Teria rido de contentamento, de puro e encantador e inexplicável contentamento. "Estou ficando louco", pensou. "E de braço dado com essa maluca, deve ser contagioso." Não havia o menor motivo para que se sentisse alegre, a água estava entrando pela sola de seus sapatos e pelo colarinho, Berthe Trépat pendurava-se cada vez mais em seu braço e de repente estremecia inteira, como que arrasada por um grande soluço, toda vez que falava em Valentin estremecia e soluçava, era uma espécie de reflexo condicionado que de maneira alguma poderia provocar alegria em alguém, nem num louco. E Oliveira teria querido gargalhar, amparava Berthe Trépat com o maior cuidado, levando-a devagar para a Rue de l'Estrapade número quatro, e não havia motivo para pensá-lo e menos ainda para entendê-lo mas tudo estava bem do jeito que estava, levar Berthe Trépat para o número quatro da Rue de l'Estrapade evitando na medida do possível que ela se enfiasse nas poças d'água ou que passasse exatamente debaixo das cataratas vomitadas pelos beirais da esquina da Rue Clotilde. A remota menção a beber alguma coisa em casa (com Valentin) não parecia tão ruim assim a Oliveira, seria preciso subir cinco ou seis andares rebocando a artista, entrar num aposento onde provavelmente Valentin não teria acendido a calefação (mas sim, haveria uma salamandra maravilhosa, uma garrafa de conhaque, poderiam tirar os sapatos e pôr os pés perto do fogo, falar de arte, da medalha de ouro). E quem sabe numa outra noite ele pudesse voltar à casa de Berthe Trépat e de Valentin levando uma garrafa de vinho, e fazer companhia aos dois, dar-lhes ânimo. Era quase como ir visitar o velho no hospital, ir a qualquer lugar onde até aquele momento não tinha lhe ocorrido ir, ao hospital ou à Rue de l'Estrapade. Antes da alegria, daquilo que lhe dava cãibras horrorosas no estômago, uma mão acesa por dentro da pele como uma tortura deliciosa (teria que perguntar ao Wong, uma mão acesa por dentro da pele).

23.

— Número quatro, não é?

— Sim, aquele prédio com terraço — disse Berthe Trépat. — Uma mansão do século dezoito. Segundo Valentin, Ninon de Lenclos morou no quarto andar. Ele mente tanto. Ninon de Lenclos. Ah, sim, Valentin mente o tempo todo. Já quase não chove, não é mesmo?

— Chove um pouco menos — concedeu Oliveira. — Vamos atravessar agora, se quiser.

— Os vizinhos — disse Berthe Trépat, olhando para o café da esquina. — Claro, a velha do número oito... O senhor nem imagina como ela bebe. Está vendo, na mesa do canto? Ela está olhando para nós, amanhã vai ser a maior maledicência...

— Por favor, senhora — disse Oliveira. — Cuidado com essa poça.

23. 　— Ah, mas eu conheço ela, e conheço também o dono do café. É por causa do Valentin que eles me odeiam. Valentin, devo dizer, aprontou cada uma com eles... Ele não suporta a velha do oito, e uma noite em que voltou para casa caindo de bêbado besuntou a porta dela com cocô de gato, de alto a baixo, fez desenhos... Nunca vou esquecer, um escândalo... Valentin na banheira tirando o cocô do corpo porque de tanto entusiasmo artístico ele também tinha se besuntado, e eu tendo de aguentar a polícia, a velha, o bairro inteiro... O senhor não tem ideia do que passei, eu, com toda a minha fama... Valentin é terrível, parece criança.

Oliveira tornava a ver o senhor de cabelos brancos, a papada, a corrente de ouro. Era como um caminho que de repente se abrisse no meio da parede: bastava estender um pouco o ombro e entrar, abrir caminho pela pedra, atravessar a espessura, sair em outra coisa. A mão apertava seu estômago até a náusea. Era inconcebivelmente feliz.

— Se antes de subir eu tomasse uma *fine à l'eu* — disse Berthe Trépat, detendo-se na porta e olhando para ele. — Esse agradável passeio me deu um pouco de frio, e além disso a chuva...

— Com muito gosto — disse Oliveira, decepcionado. — Mas talvez fosse melhor subir e tirar logo os sapatos, a senhora está com os tornozelos ensopados.

— Bem, o café tem boa calefação — disse Berthe Trépat. — Não sei se Valentin voltou, é capaz de estar por aí procurando os amigos. Em noites como esta ele se apaixona terrivelmente por qualquer um, parece um cachorrinho, pode acreditar.

— Provavelmente ele já voltou e ligou o aquecedor — inventou Oliveira habilmente. — Um bom ponche, umas meias de lã... A senhora precisa se cuidar.

— Ah, eu sou que nem uma árvore. Só que tem um detalhe: eu não trouxe dinheiro para pagar a conta do café. Amanhã vou ter que voltar à sala do concerto para receber meu *cachet*... À noite não é seguro andar com tanto dinheiro no bolso, este bairro, infelizmente...

— Terei o maior prazer em oferecer o que a senhora quiser beber — disse Oliveira. Tinha conseguido enfiar Berthe Trépat no vão da porta, e do corredor do prédio saía um ar morno e úmido com cheiro de mofo e talvez de molho de cogumelos. O contentamento ia desaparecendo pouco a pouco como se continuasse andando sozinho pela rua em vez de ficar com ele debaixo do portal. Mas era preciso lutar contra aquilo, a alegria havia durado apenas uns momentos mas tinha sido tão nova, tão outra coisa, e aquele momento em que a menção a Valentin na banheira besuntado de cocô de gato suscitara uma sensação de poder dar um passo à frente, um passo de verdade, algo sem pés e nem pernas, um passo para o meio de uma parede de pedra, e de ser capaz de entrar por ali e ir em frente e se salvar da outra coisa, da chuva no rosto e da água nos sapatos. Impossível compreender tudo aquilo, como sempre que teria sido tão necessário compreender alguma coisa. Uma alegria, uma mão por baixo da pele apertando seu estômago, uma esperança, se uma tal palavra pudesse ser pensada, se para ele fosse possível que algo evasivo e confuso se amontoasse debaixo de uma noção de esperança, era demasiado idiota, era incrivelmente belo e já sumia, se afastava debaixo da chuva porque Berthe Trépat não o convidava a subir até a casa dela, o devolvia ao café da esquina, reintegrando-o à Ordem do Dia, a tudo o que tinha acontecido ao longo do dia, Crevel, os cais do Sena, a vontade de ir para um lugar qualquer, o velho na maca, o programa mimeografado, Rose Bob, a água nos sapatos. Com um gesto tão lento que era como se tirasse uma montanha dos ombros, Oliveira apontou para os dois cafés que rompiam a escuridão da esquina. Mas Berthe Trépat não parecia ter uma preferência especial, de repente se esquecia de suas intenções, murmurava alguma coisa sem soltar o braço de Oliveira, mirava furtivamente o corredor em sombras.

— Voltou — disse bruscamente, cravando em Oliveira uns olhos que brilhavam de lágrimas. — Sinto que ele está lá em cima. E está com algum deles, com certeza. Toda vez que ele me apresentou num concerto foi correndo se deitar com algum dos seus amiguinhos.

Arfava, afundando os dedos no braço de Oliveira e virando-se a todo instante para olhar a escuridão. Lá do alto chegou até eles um miado sufocado, uma corrida aveludada ressoando no caracol da escadaria. Oliveira não sabia o que dizer e esperou, tirando um cigarro e o acendendo com muito esforço.

— Estou sem a chave — disse Berthe Trépat numa voz tão baixa que ele quase não escutou. — Ele nunca me deixa a chave quando vai para a cama com alguém.

— Mas a senhora precisa descansar…

— Ele não está nem aí se eu descanso ou arrebento. Devem ter acendido o fogo, gastando o pouco carvão que o sr. Lemoine me deu de presente. E devem estar nus, nus. Sim, na minha cama, pelados, nojentos. E amanhã vou ter que arrumar tudo, e Valentin deve ter vomitado na colcha, sempre… Amanhã, como sempre. Eu. Amanhã.

— Será que por aqui não mora nenhum amigo, alguém onde a senhora possa passar a noite? — disse Oliveira.

— Não — disse Berthe Trépat, olhando para ele com o rabo do olho. — Acredite, jovem, a maioria dos meus amigos mora em Neuilly. Aqui só tem essas velhas imundas, os argelinos do oito, a pior ralé.

23. — Se a senhora quiser, posso subir e pedir a Valentin que abra a porta para a senhora — disse Oliveira. — Talvez a senhora possa esperar no café, e tudo vai dar certo.

— Que dar certo, que nada — disse Berthe Trépat arrastando a voz como se tivesse bebido. — Ele não vai abrir para o senhor, conheço ele muito bem. Vão ficar calados, no escuro. Para que precisam de luz, agora? Vão acender a luz mais tarde, quando Valentin tiver certeza de que fui passar a noite num hotel ou num café.

— Se eu bater na porta eles vão se assustar. Não acredito que Valentin queira armar um escândalo.

— Ele não se importa com nada, quando está desse jeito não se importa com absolutamente nada. Seria capaz de vestir a minha roupa e ir parar na delegacia da esquina cantando a Marselhesa. Uma vez quase fez isso e o Robert do armazém segurou ele a tempo e trouxe para casa. Robert era um bom homem, também tinha tido seus caprichos e entendia.

— Me deixe subir — insistiu Oliveira. — A senhora vai para o café da esquina e me espera. Eu vou dar um jeito nas coisas, a senhora não pode passar a noite inteira assim.

A luz do corredor se acendeu no momento em que Berthe Trépat começava uma resposta veemente. Ela deu um pulo e saiu para a rua, afastando-se ostensivamente de Oliveira, que ficou sem saber o que fazer. Um casal descia às carreiras, passou ao seu lado sem olhar para ele, tomou o rumo da Rue Thouin. Com uma olhadela nervosa para trás, Berthe Trépat tornou a se abrigar na porta. Chovia a cântaros.

Sem a menor vontade, mas dizendo para si mesmo que era a única coisa que podia fazer, Oliveira entrou à procura da escada… Não havia dado nem três passos quando Berthe Trépat agarrou seu braço e o puxou na direção da porta. Ruminava negativas, ordens, súplicas, tudo misturado numa espécie de cacarejo alternado que confundia as palavras e as interjeições. Oliveira deixou-se levar, entregando-se ao que viesse. A luz tinha se apagado, mas tornou a se acender alguns segundos depois, e ouviram-se vozes de despedida à altura do segundo ou do terceiro andar. Berthe Trépat soltou Oliveira e se apoiou na porta, fingindo abotoar a capa de chuva como se estivesse prestes a sair. Não se moveu enquanto os dois homens que desciam não passaram ao seu lado, olhando para Oliveira sem curiosidade e murmurando o usual *pardon* dos encontros nos corredores. Oliveira pensou por um segundo em subir a escada sem mais delongas, mas não sabia em qual andar morava a artista. Fumou com raiva, de novo envolto na escuridão, esperando que acontecesse alguma coisa ou que não acontecesse nada. Apesar da chuva, os soluços de Berthe Trépat chegavam cada vez mais claramente até ele. Aproximou-se dela, pôs a mão em seu ombro.

— Por favor, madame Trépat, não se aflija assim. Me diga o que podemos fazer, tem que haver uma solução.

— Me deixe, me deixe — murmurou a artista.

— A senhora está esgotada, precisa dormir. Seja como for, vamos para algum hotel, também não tenho dinheiro mas me entendo com o dono, amanhã pago. Conheço um hotel na Rue Valette, não é longe daqui.

— Um hotel — disse Berthe Trépat, virando-se e olhando para ele.

— É ruim, mas é só para passar a noite.

— E o senhor tem a intenção de me levar para um hotel.

— Senhora, eu a acompanho até o hotel e falo com o dono para que lhe deem um quarto.

— Um hotel, o senhor tem a intenção de me levar para um hotel.

— Não tenho nenhuma intenção — disse Oliveira perdendo a paciência. — Não posso lhe oferecer minha casa pela simples razão de que não tenho uma. A senhora não me deixa subir para fazer Valentin abrir a porta. Prefere que eu vá embora? Nesse caso, passe bem.

Mas vai saber se estava dizendo tudo isso ou só o pensava. Nunca estivera mais distante dessas palavras, que em outro momento teriam sido as primeiras a saltar de sua boca. Não era assim que precisava agir. Não sabia como se safar, mas assim, não. E Berthe Trépat olhava para ele, grudada na porta. Não, não havia dito nada, tinha ficado imóvel ao lado dela, e embora fosse incrível, ainda queria ajudar, fazer alguma coisa por Berthe Trépat, que olhava implacável para ele e levantava a mão pouco a pouco, e de repente a descarregou sobre o rosto de Oliveira, que retrocedeu desnorteado, evitando a maior parte do bofetão mas sentindo a chibatada de uns dedos muito finos, o roçar passageiro das unhas.

— Um hotel — repetiu Berthe Trépat. — Mas vocês estão ouvindo isso que ele acaba de me propor?

Olhava para o corredor às escuras, revirando os olhos, a boca violentamente pintada retorcendo-se como uma coisa independente, dotada de vida própria, e em seu desconcerto Oliveira acreditou ver de novo as mãos da Maga tentando aplicar o supositório em Rocamadour, e Rocamadour se contorcendo e apertando as nádegas entre urros pavorosos, e Berthe Trépat retorcia a boca de um lado para outro de olhos cravados num público invisível na escuridão do corredor, o absurdo penteado se agitando com os estremecimentos cada vez mais intensos da cabeça.

— Por favor — murmurou Oliveira, passando uma das mãos sobre o arranhão que sangrava um pouco. — Como pode achar uma coisa dessas?

23. Mas sim, ela podia achar, porque (e disse isso aos gritos, e a luz do corredor tornou a se acender) sabia muito bem que tipo de depravados a seguiam pelas ruas, como aliás faziam com todas as senhoras decentes, mas ela não iria permitir (e a porta do apartamento da zeladora começou a se abrir e Oliveira viu surgir uma cara que lembrava uma gigantesca ratazana, uns olhinhos que olhavam ávidos) que um monstro, que um tarado babão a atacasse na porta da sua própria casa, para isso existia a polícia e a justiça — e alguém descia correndo as escadas, um rapaz de cabelo encaracolado e jeito de cigano se apoiava no corrimão para olhar e ouvir à vontade —, e se os vizinhos não a protegiam ela sabia muito bem como se fazer respeitar, porque não era a primeira vez que um viciado, que um exibicionista imundo...

Na esquina da Rue Tournefort, Oliveira reparou que ainda estava com o cigarro entre os dedos, apagado pela chuva e meio desfeito. Apoiando-se num poste, ergueu o rosto e deixou que a chuva o encharcasse inteiro. Assim ninguém perceberia, com o rosto coberto de água ninguém poderia perceber. Depois se pôs a andar devagar, encolhido, com a gola da jaqueta abotoada contra o queixo; como sempre, a pele da gola cheirava horrivelmente a coisa podre, a curtume. Não pensava em nada, sentia-se caminhar como quem olha um grande cão negro debaixo da chuva, uma coisa de patas pesadas, de pelagem balouçante e emaranhada se movendo debaixo da chuva. De vez em quando levantava a mão e a passava pelo rosto, mas acabou deixando que chovesse em cima dele, às vezes esticava o lábio e bebia algo salgado que lhe escorria pela pele. Quando, muito mais tarde e perto do Jardin des Plantes, voltou à lembrança do dia, a um relato aplicado e minucioso de todos os minutos daquele dia, disse para si mesmo que afinal de contas não fora tão idiota sentir-se contente enquanto acompanhava a velha até em casa. Mas, como de costume, havia pagado caro por esse contentamento insensato. Agora começaria a recriminar-se por sua atitude, a desmontá-la pouco a pouco até que não restasse nada além do mesmo de sempre, um buraco onde soprava o tempo, um contínuo impreciso sem bordas definidas. "Não façamos literatura", pensou, puxando um cigarro depois de secar um pouco as mãos no calor dos bolsos da calça. "Nada de exibições brandindo as putas das palavras, as proxenetas reluzentes. Aconteceu desse jeito e acabou-se. Berthe Trépat... uma tremenda idiota, mas teria sido tão bom subir para tomar alguma coisa com ela e com Valentin, tirar os sapatos ao lado do fogo. Na verdade era por isso e só por isso que eu estava contente, pela ideia de tirar os sapatos e secar as meias. Não deu, garoto, fazer o quê. Deixemos as coisas como estão, é preciso ir dormir. Não havia nenhuma outra razão, não podia haver outra razão. Se me deixo levar sou capaz de voltar para aquele quarto e passar a noite bancando o enfermeiro do menino." De onde estava até a Rue du Sommerard teria uns bons vinte minutos de marcha debaixo d'água, o melhor a fazer era se enfiar no primeiro hotel e dormir. Os fósforos começaram a falhar, um atrás do outro. Só rindo.

23.

(-124)

24.

— Eu não sei me expressar — disse a Maga, enxugando a colherinha com um pano nada limpo. — Vai ver, outras poderiam explicar melhor, mas sempre fui assim, é muito mais fácil falar das coisas tristes que das alegres.

— Uma lei — disse Gregorovius. — Enunciado perfeito, verdade profunda. Elevado ao plano da astúcia literária, dá naquela história de que dos bons sentimentos nasce a má literatura e coisas do gênero. Não se explica a felicidade, Lucía, provavelmente por ser o momento mais bem-sucedido do véu de Maya.

A Maga olhou para ele, perplexa. Gregorovius suspirou.

— O véu de Maya — repetiu. — Mas não vamos misturar as coisas. Você percebeu muito bem que a desgraça é, digamos, mais tangível, talvez porque dela nasce o desdobramento em objeto e sujeito. Por isso ela fica tão gravada na memória, por isso as catástrofes podem ser tão bem contadas.

— O que acontece — disse a Maga, mexendo o leite sobre o aquecedor — é que a felicidade é só de um, enquanto a desgraça parece ser de todos.

— Corolário justíssimo — disse Gregorovius. — E além disso, chamo sua atenção para o fato de que não sou de ficar perguntando. Na outra noite, na reunião do Clube... Bem, o Ronald tem uma vodca destrava-línguas demais. Não vá me achar uma espécie de diabo coxo, eu só queria entender melhor os meus amigos. Você e o Horacio... Sei lá, têm uma coisa inexplicável, uma espécie de mistério central. Ronald e Babs dizem que vocês dois são o casal perfeito, que se complementam. Eu não acho que se complementem tanto.

— E que importância tem isso?

— Não é que tenha importância, mas você estava me dizendo que o Horacio foi embora.

— Não tem nada a ver — disse a Maga. — Não sei falar da felicidade, mas isso não quer dizer que eu não tenha sido feliz. Se quiser, posso continuar contando por que o Horacio foi embora, por que eu é que podia ter ido embora, se não fosse o Rocamadour. — Fez um gesto vago apontando as malas, a enorme confusão de papéis e recipientes e discos que atulhava o quarto. — Tudo isso precisa ser guardado, é preciso procurar aonde ir... Não quero ficar aqui, é triste demais.

— Etienne pode conseguir um quarto pequeno e bem iluminado para você. Quando Rocamadour voltar para o campo. Coisa de uns sete mil francos por mês. Se não houver inconveniente, nesse caso eu ficaria com este quarto. Gosto dele, tem bons fluidos. Aqui dá para pensar, a gente se sente bem.

— Não é bem assim — disse a Maga. — Lá pelas sete da manhã a moça de baixo começa a cantar "Les Amants du Havre". É uma linda canção, mas depois de um tempo...

Puisque la terre est ronde,
Mon amour t'en fais pas,
Mon amour t'en fais pas.

— Bonito — disse Gregorovius indiferente.

— É, tem muita filosofia, como diria Ledesma. Não, você não o conheceu. Foi antes do Horacio, lá no Uruguai.

— O negro?

— Não, o negro se chamava Ireneo.

— Então a história do negro era verdade?

A Maga olhou para ele assombrada. Gregorovius era mesmo um estúpido. A não ser Horacio (e de vez em quando...), todos os que a haviam desejado sempre se comportavam como uns cretinos. Sempre mexendo o leite foi até a cama e tentou fazer Rocamadour tomar umas colheradas. Rocamadour gemeu e recusou, o leite escorria por seu pescoço. "Topitopitopi", dizia a Maga com voz de hipnotizadora de distribuição de prêmios. "Topitopitopi", tentando acertar uma colherada na boca de Rocamadour, que estava vermelho e não queria tomar, mas de repente afrouxava sabe-se lá por quê, escorregava um pouco para o fundo da cama e se punha a engolir uma colherada atrás da outra, para enorme satisfação de Gregorovius, que abastecia o cachimbo e se sentia meio pai.

24.

— Tim-tim — disse a Maga, largando a panela ao lado da cama e cobrindo Rocamadour, que já começava a adormecer. — Ele ainda está com muita febre, pelo menos trinta e nove e meio.

— Você não põe o termômetro nele?

— É muito difícil pôr o termômetro, depois ele passa vinte minutos chorando, o Horacio não suporta. Percebo pelo calor da testa. Deve estar com mais de trinta e nove, não entendo como é que essa febre não baixa.

24.
— Muito empírico, me parece — disse Gregorovius. — E o leite não faz mal, com toda essa febre?

— Não é tanta para um bebê — disse a Maga acendendo um Gauloise. — Seria melhor apagar a luz, assim ele dorme num instante. Ali, ao lado da porta.

Do aquecedor saía um clarão que foi se afirmando quando os dois se sentaram frente a frente e ficaram um momento fumando sem falar. Gregorovius via o cigarro da Maga subir e descer, por um segundo seu rosto curiosamente plácido se acendia feito uma brasa, os olhos brilhavam olhando para ele, tudo se voltava para uma penumbra na qual os gemidos e arrulhos guturais de Rocamadour iam diminuindo até cessar, seguidos de um soluço leve que se repetia a cada tanto. Um relógio deu onze horas.

— Ele não volta — disse a Maga. — Quer dizer, vai acabar tendo que passar por aqui para recolher as coisas dele, mas dá no mesmo. Acabou, *kaputt*.

— Não sei não — disse Gregorovius, cauteloso. — Horacio é tão sensível, se movimenta com tanta dificuldade em Paris... Ele acha que faz o que quer, que é muito livre aqui, mas fica se batendo contra as paredes. Basta vê-lo andar pela rua, uma vez eu o segui de longe durante algum tempo.

— Espião — disse a Maga em tom quase amável.

— Observador, digamos.

— Na verdade era a mim que você estava seguindo, mesmo eu não estando com ele.

— Pode ser, na hora isso não me ocorreu. Me interesso muito pelo comportamento dos meus conhecidos, é sempre mais apaixonante que os problemas de xadrez. Descobri que Wong se masturba e que Babs pratica uma espécie de caridade jansenista, com a cara voltada para a parede enquanto a mão larga um pedaço de pão com alguma coisa dentro. Houve uma época em que eu me dedicava a estudar minha mãe. Foi na Herzegovina, faz muito tempo. Adgalle me fascinava, insistia em usar uma peruca loura quando eu sabia muito bem que tinha cabelo preto. No castelo, ninguém sabia, tínhamos nos instalado lá depois da morte do conde Rossler. Quando eu a interrogava (na época tinha apenas dez anos, era um tempo muito feliz), minha mãe ria e me fazia jurar que jamais revelaria a verdade. Eu me impacientava com essa verdade que era preciso esconder e que era mais simples e bonita que a peruca loura. A peruca era uma obra de arte, minha mãe podia se pentear com toda a naturalidade na presença da camareira sem que ela desconfiasse de nada. Mas quando ela ficava sozinha eu teria querido, não sabia bem por quê, estar escondido debaixo de um sofá ou atrás das cortinas roxas. Então resolvi fazer um furo na parede da biblioteca, que dava para o toucador de minha mãe, trabalhei à noite, quando todo mundo achava que eu estava dormindo. Foi assim que consegui ver como Adgalle tirava a peruca loura, soltava o cabelo preto que dava a ela um ar tão distinto, tão belo, e depois tirava a outra peruca e aparecia a perfeita bola de bilhar, uma coisa tão asquerosa que naquela noite vomitei boa parte do gulash no travesseiro.

24.

— Sua infância é um pouco parecida com o prisioneiro de Zenda — disse a Maga pensativa.

— Era um mundo de perucas — disse Gregorovius. — Me pergunto o que Horacio teria feito no meu lugar. Na verdade íamos falar de Horacio, você ia me contar alguma coisa.

— Esse soluço é esquisito — disse a Maga olhando para a cama de Rocamadour. — É a primeira vez que ele tem isso.

— Deve ser a digestão.

— Por que insistem tanto para que eu o leve para o hospital? Uma vez mais, esta tarde, o médico com aquela cara de formiga. Não quero levar, ele não gosta. Faço tudo o que é preciso fazer. Babs passou por aqui esta manhã e disse que não era tão grave. Horacio também achava que não era tão grave.

— Horacio não vai voltar?

— Não. Horacio vai zanzar por aí, procurando coisas.

— Não chore, Lucía.

— Estou assoando o nariz. O soluço dele já passou.

— Me conte, Lucía, se lhe faz bem.

— Não me lembro de nada, não vale a pena. Ah, lembro sim. Para quê? Que nome mais esquisito, Adgalle.

— É, vai saber se era o verdadeiro... Me disseram...

— Como a peruca loura e a peruca preta — disse a Maga.

— Como tudo — disse Gregorovius. — É verdade, o soluço passou. Agora ele vai dormir até amanhã. Quando foi que você e Horacio se conheceram?

(-134)

25.

Teria sido preferível que Gregorovius se calasse ou que falasse apenas de Adgalle, deixando-a fumar tranquila no escuro, longe do aspecto do quarto, dos discos e dos livros que era preciso empacotar para que Horacio levasse quando conseguisse lugar para morar. Mas era inútil, ele se calaria um momento, à espera de que ela dissesse alguma coisa, e acabaria perguntando, todos sempre tinham alguma coisa que perguntar, era como se ficassem incomodados por ela preferir cantar "Mon p'tit voyou" ou fazer desenhinhos com fósforos usados ou acariciar os gatos mais vira-latas da Rue du Sommerard ou dar a mamadeira a Rocamadour.

— *Alors, mon p'tit voyou* — cantarolou a Maga —, *la vie, qu'est-ce qu'on s'en fout...*

— Eu também adorava aquários — disse Gregorovius rememorativo. — Mas perdi todo afeto por eles quando me iniciei nos labores próprios do meu sexo. Em Dubrovnik, num prostíbulo aonde me levou um marinheiro dinamarquês que na época era amante da minha mãe, a de Odessa. Aos pés da cama havia um aquário maravilhoso e a cama também tinha um quê de aquário, com sua colcha azul-clara um pouco irisada, que a ruiva gorda afastou cuidadosamente antes de me agarrar pelas orelhas feito um coelho. Ninguém imagina o medo, Lucía, o terror daquilo tudo. Estávamos deitados de costas, um ao lado do outro, e ela me acariciava maquinalmente, eu com frio e ela me falando sei lá do quê, da briga de pouco antes no bar, dos temporais de março... Os peixes passavam para lá e para cá, havia um, preto, um peixe enorme, muito maior que os outros. Passava para lá e para cá como a mão dela pelas minhas pernas, subindo, descendo… Então fazer amor era aquilo, um peixe preto passando para lá e para cá, com determinação. Uma imagem como outra qualquer, aliás bastante adequada. A repetição ao infinito de uma ânsia de fuga, de atravessar o vidro e entrar em outra coisa.

— Quem sabe? — disse a Maga. — Tenho a sensação de que os peixes não querem mais sair do aquário, eles quase nunca encostam o nariz no vidro.

Gregorovius pensou que em algum lugar Chestov havia mencionado aquários com uma divisória removível, que num momento dado podia ser retirada sem que o peixe habituado ao compartimento jamais se decidisse a passar para o outro lado. Chegar até um ponto da água, girar, dar a volta, sem saber que já não havia obstáculo, que era só continuar avançando…

— Mas o amor também poderia ser isso — disse Gregorovius. — Que maravilha estar admirando os peixes no aquário e de repente vê-los passar para o ar livre, partir feito pombas. Uma esperança idiota, é claro. Todos retrocedemos com medo de dar com o nariz em algo desagradável. O nariz como limite do mundo: tema de dissertação. Sabe como se ensina um gato a não se aliviar nos quartos? Técnica da esfregação oportuna. Sabe como se ensina um porco a não comer a trufa? Uma varada no focinho, é horrível. Acho que Pascal era mais especializado em narizes do que deixa supor sua famosa reflexão egípcia.

— Pascal? — disse a Maga. — Que reflexão egípcia?

Gregorovius suspirou. Todos suspiravam quando ela fazia alguma pergunta. Horacio e sobretudo Etienne, porque Etienne não apenas suspirava mas também grunhia, bufava e a chamava de burra. "É tão violeta ser ignorante", pensou a Maga, ressentida. Toda vez que alguém se escandalizava com suas perguntas, uma sensação violeta, uma massa violeta a envolvia por um momento. Era preciso inspirar profundamente, e o violeta se desfazia, se afastava como os peixes, se dividia numa infinidade de losangos violeta, as pipas nos terrenos baldios de Pocitos, o verão nas praias, manchas violeta cobrindo o sol e o sol se chamava Ra e era egípcio feito Pascal. Quase já não a incomodava mais o suspiro de Gregorovius, depois de Horacio pouco poderiam incomodá-la os suspiros de quem quer que fosse quando fazia uma pergunta, mas de todo modo a mancha violeta sempre ficava por um momento, vontade de chorar, uma coisa que durava o tempo de sacudir o cigarro com aquele gesto que estropiava irremediavelmente os tapetes, supondo que estes existam.

25.

(-141)

26.

— No fundo — disse Gregorovius —, Paris é uma enorme metáfora.

Bateu o cachimbo, socou um pouco o fumo. A Maga havia acendido outro Gauloise e cantarolava. Estava tão cansada que nem chegou a sentir raiva por não entender a frase. Como não se precipitou a perguntar, como era seu costume, Gregorovius resolveu se explicar. A Maga escutava de longe, ajudada pela escuridão do quarto e pelo cigarro. Ouvia coisas soltas, a menção repetida a Horacio, à perplexidade de Horacio, às andanças sem rumo de quase todos os membros do Clube, às razões para acreditar que tudo aquilo poderia acabar fazendo algum sentido. Por momentos alguma frase de Gregorovius se desenhava na sombra, verde ou branca, às vezes era um Atlan, outras um Estève, depois um som qualquer girava e se aglutinava, crescia como um Manessier, como um Wifredo Lam, como um Piaubert, como um Etienne, como um Max Ernst. Era divertido, Gregorovius dizia: "... e estão todos olhando para os rumos babilônicos, por assim dizer, e então...", a Maga via nascer das palavras um resplandecente Deyrolle, um Bissière, mas Gregorovius já falava da inutilidade de uma ontologia empírica e de repente era um Friedländer, um delicado Villon que reticulava a penumbra e a fazia vibrar, *ontologia empírica*, azuis como uma fumaça, rosas, *empírica*, um amarelo-pálido, uma cavidade onde tremulavam centelhas esbranquiçadas.

— Rocamadour dormiu — disse a Maga, batendo o cigarro. — Eu também precisaria dormir um pouco.

— Horacio não vai voltar esta noite, suponho.

— Sei lá. Horacio é como um gato, vai ver está sentado no chão ao lado da porta, vai ver pegou um trem para Marselha.

— Eu posso ficar — disse Gregorovius. — Você pode dormir, eu cuido de Rocamadour.

— Mas estou sem sono. O tempo inteiro, enquanto você fala, vejo coisas no ar. Você disse "Paris é uma enorme metáfora", e foi como um desses signos de Sugai, com muito vermelho e negro.

26.

— Eu estava pensando no Horacio — disse Gregorovius. — É curioso como ele foi mudando nestes meses, desde que o conheço. Você não percebeu, imagino, está perto demais e é responsável por essa mudança.

— Por que uma enorme metáfora?

— Ele anda por aqui como outros fazem suas iniciações em qualquer fuga, o vodu ou a maconha, Pierre Boulez ou as máquinas de pintar de Tinguely. Ele adivinha que em algum lugar de Paris, em algum dia ou alguma morte ou algum encontro existe uma chave; procura essa chave como um louco. Repare que digo "como um louco". Ou seja, na realidade ele não tem consciência de que está procurando a chave, nem de que a chave existe. Desconfia de suas aparências, de seus disfarces. Por isso falo em metáfora.

— Por que você diz que Horacio mudou?

— Pergunta pertinente, Lucía. Quando conheci Horacio, eu o classifiquei como intelectual aficionado, ou seja, intelectual sem rigor. Vocês são meio assim por lá, não é? Em Mato Grosso, esses lugares.

— Mato Grosso fica no Brasil.

— Então, no Paraná. Muito inteligentes e alertas, informadíssimos sobre tudo. Muito mais que nós. Literatura italiana, por exemplo, ou inglesa. E o Século de Ouro espanhol inteiro, e naturalmente as letras francesas na ponta da língua. Horacio era muito assim, dava para perceber na hora. Acho admirável que em tão pouco tempo ele tenha mudado desse jeito. Agora virou um verdadeiro tosco, basta olhar para ele. Bom, ainda não virou tosco, mas faz o possível.

— Não diga besteira — resmungou a Maga.

— Entenda, estou dizendo que ele está em busca da luz negra, da chave, e que está começando a se dar conta de que coisas assim não estão na biblioteca. Na verdade foi você que ensinou isso a ele, e se ele se afasta é porque não vai perdoá-la jamais.

— Não é por isso que Horacio está indo embora.

— Também nisso há uma imagem. Ele não sabe por que está indo e você, que é a razão de ele ir, não tem como saber, a menos que resolva acreditar em mim.

— Não acredito — disse a Maga, deslizando da poltrona e se deitando no chão. — E além disso, não acredito em nada. E não venha falar da Pola. Não quero saber da Pola.

— Continue observando o que se delineia no escuro — disse Gregorovius amavelmente. — Podemos falar de outras coisas, claro. Você sabia que os índios chirkin, de tanto pedir tesouras aos missionários, têm tamanhas coleções delas que proporcionalmente a seu número são o grupo humano mais munido desse instrumento? Li num artigo de Alfred Métraux. O mundo está cheio de coisas extraordinárias.

— Mas por que Paris é uma enorme metáfora?

— Quando eu era pequeno — disse Gregorovius —, as babás faziam amor com os ulanos em atividade na zona de Bozsok. Como eu as estorvava nesses misteres, elas me deixavam brincar num enorme salão cheio de tapeçarias e tapetes que teriam feito as delícias de Malte Laurids Brigge. Uma das tapeçarias representava o mapa da cidade de Ofir, do jeito que chegou ao Ocidente pela via da fábula. Ajoelhado, eu empurrava uma bola amarela com o nariz ou com as mãos acompanhando o curso do rio Shan-Ten, atravessava as muralhas guardadas por guerreiros negros armados de lanças e, depois de muitíssimos perigos e de dar com a cabeça nas pernas da mesa de mogno que ocupava o centro do tapete, chegava aos aposentos da rainha de Sabá e adormecia feito uma lagarta sobre a representação de um triclínio. Sim, Paris é uma metáfora. Agora que penso nisso, me dou conta de que você também está jogada num tapete. O que representa seu desenho? Ah, infância perdida, proximidade, proximidade! Estive neste quarto vinte vezes e sou incapaz de lembrar como é o desenho desse tapete...

— Está tão encardido que não resta muito desenho — disse a Maga. — Acho que ele representa dois pavões-reais se beijando com o bico. É tudo assim meio verde.

Ficaram calados, ouvindo os passos de alguém que subia.

(-109)

27.

— Ah, a Pola — disse a Maga. — Sei mais sobre ela que o Horacio.

— Sem jamais ter visto, Lucía?

— Mas se eu a vi tantas vezes… — disse a Maga impaciente. — Horacio chegava com ela no cabelo, no sobretudo, tremia dela, se lavava dela.

— Etienne e Wong me falaram dessa mulher — disse Gregorovius. — Viram os dois um dia na varanda de um café em Saint-Cloud. Só os astros sabem o que aquela gente toda podia estar fazendo em Saint-Cloud, mas foi o que aconteceu. Parece que o Horacio olhava para ela como se ela fosse um formigueiro. Wong aproveitou para, mais tarde, edificar uma complicada teoria sobre as saturações sexuais: segundo ele, se poderia avançar no conhecimento sempre que num dado momento se obtivesse um coeficiente tal de amor (são palavras dele, perdoe o linguajar chinês) que o espírito bruscamente se cristalizasse em outro plano, se instalasse numa surrealidade. Você tem fé, Lucía?

— Suponho que busquemos alguma coisa desse tipo, mas quase sempre nos enganam, ou enganamos alguém. Paris é um amor às cegas, estamos todos perdidamente apaixonados mas há algo verde, uma espécie de musgo, sei lá. Em Montevidéu era a mesma coisa, a gente não podia amar alguém de verdade que imediatamente aconteciam coisas estranhas, histórias de lençóis ou de cabelos, e, para uma mulher, tantas outras coisas, Ossip, os abortos, por exemplo. Enfim.

— Amor, sexualidade. Estamos falando da mesma coisa?

— Sim — disse a Maga. — Quando falamos de amor, falamos de sexualidade. O oposto, não tanto. Mas sexualidade é uma coisa e sexo outra, eu acho.

— Nada de teorias — disse Ossip de repente. — Essas dicotomias, assim como esses sincretismos... Provavelmente Horacio buscava em Pola algo que não recebia de você, suponho. Para colocar as coisas em território prático, digamos.

27. — Horacio está sempre buscando um montão de coisas — disse a Maga. — Ele se cansa de mim porque não sei pensar, só isso. Imagino que Pola pense o tempo inteiro.

— Pobre amor, esse que de pensamentos se alimenta — citou Ossip.

— Temos que ser justos — disse a Maga. — Pola é muito bonita, sei por causa dos olhos com que Horacio me olhava depois de ter estado com ela, ele voltava como um fósforo quando a gente o acende e de repente toda a sua cabeleira se inflama, dura só um segundo mas é maravilhoso, uma espécie de chiado, um cheiro muito forte de fósforo, e aquela chama enorme que depois esmorece. Ele voltava assim e era porque Pola o enchia de beleza. Eu dizia isso a ele, Ossip, e era justo dizer. Já estávamos um pouco distantes, embora continuássemos nos amando. Essas coisas não acontecem de repente, Pola foi chegando como o sol na janela, sempre preciso pensar em coisas assim para saber que estou dizendo a verdade. Entrava aos poucos, retirando minha sombra, e Horacio se bronzeava como se estivese no convés do navio, se queimava, era tão feliz.

— Eu nunca teria acreditado. Achava que você... Enfim, que Pola passaria, como algumas outras. Porque também seria o caso de mencionar Françoise, por exemplo.

— Sem importância — disse a Maga, jogando a cinza no chão. — Seria como se eu citasse sujeitos como o Ledesma, por exemplo. É verdade, você não sabe do que eu estou falando. Assim como não sabe como acabou a história de Pola...

— Não.

— Pola vai morrer — disse a Maga. — Não por causa dos alfinetes, aquilo foi brincadeira embora eu tenha feito a sério, acredite, fiz muito a sério. Ela vai morrer de câncer de mama.

— E Horacio...

— Não seja asqueroso, Ossip. Horacio não sabia de nada quando acabou com a Pola.

— Por favor, Lucía, eu...

— Você sabe muito bem o que está dizendo e o que está querendo aqui esta noite, Ossip. Não seja canalha, nem insinue uma coisa dessas.

— Mas o quê, faça o favor?

— Que Horacio sabia quando acabou com ela.

— Por favor — repetiu Gregorovius. — Eu nem...

— Não seja asqueroso — disse monotonamente a Maga. — O que você ganha, querendo caluniar o Horacio? Então não sabe que nós dois estamos separados, que ele saiu por aí com toda essa chuva?

— Não estou querendo nada — disse Ossip, como quem se encolhe na poltrona. — Eu não sou assim, Lucía, você fica o tempo todo me entendendo mal. Eu teria que ficar de joelhos, como naquela vez do capitão do *Graffin*, e implorar para você acreditar em mim, e...

— Me deixa em paz — disse a Maga. — Primeiro a Pola, agora você. Todas essas manchas nas paredes e esta noite que não acaba. Você seria capaz de imaginar que estou matando a Pola.

— Isso jamais me passaria pela imaginação...

— Chega, chega. Horacio nunca vai me perdoar, mesmo não estando apaixonado pela Pola. Só mesmo rindo, uma bonequinha de nada, feita com cera de vela de Natal, uma linda cera verde, me lembro.

— Lucía, não consigo acreditar que você tenha sido capaz...

— Ele nunca vai me perdoar, embora a gente não toque no assunto. Ele sabe porque viu a bonequinha e viu os alfinetes. Jogou a bonequinha no chão, esmagou com o pé. Não se dava conta de que era pior, que o perigo aumentava. Pola mora na Rue Dauphine, ele ia visitá-la quase todas as tardes. Será que contou a ela sobre a bonequinha verde, Ossip?

— Muito provavelmente — disse Ossip, hostil e ressentido. — Vocês todos estão loucos.

— Horacio falava de uma nova ordem, da possibilidade de encontrar outra vida. Sempre se referia à morte quando falava da vida, era fatal, e a gente ria muito. Me disse que estava indo para a cama com a Pola e então entendi que para ele não parecia necessário que eu me aborrecesse ou armasse uma cena. Na verdade eu não estava muito aborrecida, Ossip, eu também poderia ir para a cama com você agora mesmo, se tivesse vontade. É muito difícil de explicar, não se trata de traição ou coisa parecida, Horacio ficava furioso com a palavra "traição", com a palavra "engano". Preciso reconhecer que desde o momento em que nos conhecemos ele disse que não se considerava obrigado a nada. Fiz a bonequinha porque Pola tinha se enfiado no meu quarto, isso era demais, eu sabia que ela seria capaz de roubar minha roupa, de calçar minhas meias, de usar meu ruge, de dar a mamadeira a Rocamadour.

— Mas você disse que não a conhecia.

— Ela estava em Horacio, seu idiota. Idiota, idiota, Ossip. Coitado do Ossip, tão idiota. Na jaqueta dele, na pele da gola, você sabe que o Horacio tem uma pele na gola da jaqueta. E a Pola estava nessa gola quando ele entrava, no jeito de ele olhar, e quando Horacio se despia, ali, naquele canto, e quando tomava banho em pé naquela bacia, está vendo a bacia, Ossip?, então a Pola ia saindo da pele dele, eu via a Pola como um ectoplasma, e segurava a vontade de chorar pensando que na casa da Pola eu não estaria daquele jeito, a Pola jamais teria suspeitado de mim no cabelo ou nos olhos ou nos pelos de Horacio. Não sei por quê, ao fim e ao cabo nos quisemos bem. Não sei por quê. Porque não sei pensar e ele me despreza, por coisas assim.

27.

(-28)

28.

Alguém vinha subindo a escada.

— Vai ver é o Horacio — disse Gregorovius.

— Vai ver — disse a Maga. — Mas está com jeito de ser o relojoeiro do sexto andar, ele sempre volta tarde. Você não quer ouvir música?

— A esta hora? O menino vai acordar.

— Não, vamos pôr um disco bem baixinho, seria perfeito ouvir um quarteto. Vamos pôr tão baixo que só nós dois vamos escutar, você vai ver.

— Não era o Horacio — disse Gregorovius.

— Não sei — disse a Maga, acendendo um fósforo e examinando alguns discos empilhados num canto. — Vai ver que está sentado ali fora, às vezes ele dá de fazer isso. Às vezes vem até a porta e muda de ideia. Ligue o toca-discos, esse botão branco na beirada da lareira.

Havia uma caixa parecida com uma caixa de sapatos e a Maga ajoelhada pôs o disco para tocar tateando no escuro e a caixa de sapatos zumbiu de leve, um acorde distante se instalou no ar ao alcance das mãos. Gregorovius começou a abastecer o cachimbo, ainda um pouco escandalizado. Não gostava de Schoenberg mas era outra coisa, a hora, o menino doente, uma espécie de transgressão. Isso, uma transgressão. Idiota, além do mais. Mas às vezes tinha ataques daquele tipo, em que uma ordem qualquer se vingava do abandono a que havia sido relegada. Jogada no chão, com a cabeça quase enfiada na caixa de sapatos, a Maga parecia dormir.

De vez em quando se ouvia um leve ronco de Rocamadour, mas Gregorovius foi se perdendo na música, descobriu que podia ceder e deixar-se levar sem protesto, entregar-se por um momento a um vienense morto e enterrado. A Maga fumava jogada no chão, seu rosto se destacava uma e outra vez na sombra, de olhos fechados e o cabelo caído no rosto, bochechas brilhantes como se estivesse chorando, mas não devia estar chorando, era estúpido imaginar que pudesse estar chorando, na verdade contraía os lábios com raiva ao ouvir a pancada seca no teto, a segunda pancada, a terceira. Gregorovius se sobressaltou e quase gritou ao sentir uma mão apertar

28. seu tornozelo.

— Não ligue, é o velho aí de cima.

— Mas se nem nós conseguimos ouvir direito.

— É o encanamento — disse a Maga misteriosamente. — Entra de tudo, já nos aconteceu antes.

— A acústica é uma ciência surpreendente — disse Gregorovius.

— Daqui a pouco ele cansa — disse a Maga. — Imbecil.

As pancadas no teto continuavam. A Maga se ergueu furiosa e baixou ainda mais o volume do amplificador. Depois de oito ou nove acordes e um pizzicato as pancadas recomeçaram.

— Não pode ser — disse Gregorovius — É absolutamente impossível que esse sujeito esteja ouvindo alguma coisa.

— Ele ouve mais alto que a gente, esse é que é o problema.

— Este prédio é como a orelha de Dionísio.

— De quem? Esse desgraçado, justo no adágio. E continua batendo, Rocamadour vai acordar.

— Talvez fosse melhor...

— Não, não quero. Ele que arrebente o teto. Ainda vou pôr um disco do Mario del Monaco para ver se ele aprende, pena que não tenho nenhum. Que cretino, que idiota de merda.

— Lucía — disse docemente Gregorovius. — Já passa de meia-noite.

— Sempre a hora — resmungou a Maga. — Vou embora deste quarto. Não dá para pôr o disco mais baixo ainda, já não se ouve nada. Espere aí, vamos repetir o último movimento. Não ligue para ele.

As pancadas cessaram, por um tempo o quarteto se encaminhou para o final sem que se ouvissem sequer os roncos leves e espaçados de Rocamadour. A Maga suspirou, com a cabeça quase enfiada no alto-falante. As pancadas recomeçaram.

— Que imbecil — disse a Maga. — E é tudo assim, sempre.

— Não seja teimosa, Lucía.

— Deixe de ser bobo. Vocês me cansam, eu seria capaz de expulsar vocês todos aos empurrões. Se me dá vontade de ouvir Schoenberg, se por um momento...

Tinha começado a chorar, com um gesto brusco ergueu o braço do toca-discos ao soar o último acorde e como estava ao lado de Gregorovius, inclinada sobre o amplificador para desligá-lo, foi fácil para Gregorovius segurá-la pela cintura e sentá-la sobre um de seus joelhos. Começou a passar a mão pelo cabelo dela, deixando seu rosto livre. A Maga chorava de maneira entrecortada, tossindo e jogando no rosto dele o hálito carregado de tabaco.

— Coitadinha, coitadinha — repetia Gregorovius, acompanhando a palavra com suas carícias. — Ninguém gosta dela, ninguém. Todo mundo é muito mau com a coitada da Lucía.

28.

— Sua besta — disse a Maga, fungando com verdadeira devoção. — Estou chorando porque estou com vontade, e principalmente para não ser consolada. Santo Deus, que joelhos mais pontudos, espetam como tesouras.

— Fique assim só um pouquinho — suplicou Gregorovius.

— Não estou com vontade — disse a Maga. — E por que é que esse idiota continua batendo?

— Não ligue para ele, Lucía. Coitadinha...

— Estou dizendo que ele não parou de bater, é inacreditável.

— Deixe que bata — aconselhou Gregorovius incongruente.

— Antes você é que estava preocupado — disse a Maga, soltando uma risada na cara dele.

— Por favor, se você soubesse...

— Ah, eu sei de tudo, mas pare quieto. Ossip — disse a Maga de repente, compreendendo —, o sujeito não estava batendo por causa do disco. Podemos pôr outro, se quisermos.

— Não, pelo amor de Deus.

— Mas você não está ouvindo como ele continua batendo?

— Vou subir e arrebentar a cara dele — disse Gregorovius.

— Neste mesmo instante — apoiou a Maga, levantando-se de um salto e abrindo caminho para ele. — Diga a ele que não se pode acordar as pessoas à uma da manhã. Ande, suba, é a porta da esquerda, com um sapato pregado.

— Um sapato pregado na porta?

— É, o velho é completamente maluco. Um sapato e um pedaço de acordeão verde. Por que você não sobe?

— Acho que não vale a pena — disse Gregorovius cansado. — Tudo é tão diferente, tão inútil. Lucía, você não entendeu que... Enfim, seja como for, esse sujeito bem que podia parar de bater.

A Maga foi até um canto, pegou alguma coisa que na sombra parecia um espanador, e Gregorovius ouviu uma tremenda pancada no teto. Em cima se fez silêncio.

— Agora podemos escutar o que a gente quiser — disse a Maga.

"Será?", pensou Gregorovius, cada vez mais cansado.

— Por exemplo — disse a Maga — uma sonata de Brahms. Que maravilha, ele cansou de bater. Espere eu encontrar o disco, deve estar por aqui. Não dá para ver nada.

"Horacio está ali fora", pensou Gregorovius. "Sentado no patamar, com as costas apoiadas na porta, ouvindo tudo. Como uma figura de tarô, alguma coisa tem que se resolver, um poliedro no qual cada aresta e cada face tem seu sentido imediato, o falso, até fundir-se ao sentido mediato, a revelação. E assim Brahms, eu, as pancadas no teto, Horacio: algo que lentamente se encaminha para a explicação. Tudo inútil, aliás." Perguntou-se o que aconteceria se tentasse outra vez abraçar a Maga no escuro. "Mas ele está aí, ouvindo. Seria capaz de gozar ouvindo a gente, às vezes é repugnante." Além disso tinha medo dele, tinha dificuldade em reconhecer isso.

— Deve ser este aqui — disse a Maga. — Sim, é o selo com uma parte prateada e dois passarinhos. Quem está falando ali fora?

"Um poliedro, algo cristalino que coagula pouco a pouco na escuridão", pensou Gregorovius. "Agora ela vai dizer isso e lá fora vai acontecer aquilo e eu... Mas não sei o que é isso e o que é aquilo."

— É o Horacio — disse a Maga.

— Horacio com uma mulher.

— Não, com certeza é o velho aí de cima.

— O do sapato na porta?

— É, ele tem voz de velha, parece uma gralha. Anda sempre com um gorro de astracã.

— É melhor não pôr o disco — aconselhou Gregorovius. — Vamos esperar para ver o que acontece.

— E no fim não vamos poder ouvir a sonata de Brahms — disse a Maga, furiosa.

"Ridícula subversão de valores", pensou Gregorovius. "Os caras a ponto de se pegar na porrada no patamar, em plena escuridão ou coisa parecida, e ela só pensa no fato de que não vai conseguir ouvir a sonata dela." Mas a Maga tinha razão, era como sempre a única a ter razão. "Tenho mais preconceitos do que pensava", disse Gregorovius para si mesmo. "A gente acha que só porque leva uma vida de *affranchi*, porque aceita os parasitismos materiais e espirituais de Lutécia, já está do lado pré-adamita. Pobre coitado, francamente."

— The rest is silence — disse Gregorovius com um suspiro.

— Silence my foot — disse a Maga, que sabia inglês bastante bem. — Você vai ver como num minuto começam tudo de novo. O primeiro a falar vai ser o velho. Está vendo? Mais qu'est-ce que vous foutez? — arremedou a

Maga com voz anasalada. — Vamos ver o que o Horacio responde. Acho que está rindo baixinho, quando ele começa a rir não encontra as palavras, é incrível. Vou lá ver o que é que há.

— A gente estava tão bem — murmurou Gregorovius como quem assiste à chegada do anjo da expulsão. Gérard David, Van der Weiden, o Mestre de Flemalle, naquela hora nenhum anjo sabia por que era malditamente fla-mengo, de rosto gordo e tolo mas ornado e resplandecente e burguesamente condenatório (Daddy-ordered-it, so-you-better-beat-it-you-lousy-sinners). O aposento inteiro cheio de anjos, I looked up to heaven and what did I see/ A band of angels comin' after me, o final de sempre, anjos policiais, anjos cobradores, anjos anjos. Podridão das podridões, como o jato de ar gelado que subia por dentro das suas calças, as vozes iracundas no patamar, a silhueta da Maga no vão da porta.

28.

— C'est pas des façons, ça — dizia o velho. — Empêcher les gens de dormir à cette heure c'est trop con. J'me plaindrai à la Police, moi, et puis qu'est-ce que vous foutez là, vous planqué par terre contre la porte? J'aurais pu me casser la gueule, merde alors.

— Vai dormir, velhinho — dizia Horacio, comodamente jogado no chão.

— Dormir, moi, avec le bordel que fait votre bonne femme? Ça alors comme culot, mais je vous préviens, ça ne passera pas comme ça, vous aurez de mes nouvelles.

— *Mais de mon frère le Poète on a eu des nouvelles* — disse Horacio, boce-jando. — Você percebe como esse cara é?

— Um idiota — disse a Maga. — A gente põe um disco baixinho e ele bate no chão. A gente tira o disco e ele bate do mesmo jeito. Então o que é que ele quer?

— Bom, é a história do sujeito que deixou cair um sapato só.

— Não conheço essa história — disse a Maga.

— Era previsível — disse Oliveira. — Enfim, os idosos me inspiram um respeito misturado com outros sentimentos, mas para esse aí eu compraria um frasco de formol para ele ficar lá dentro e parar de nos infernizar.

— Et en plus ça m'insulte dans son charabia de sales métèques — disse o velho. — On est en France, ici. Des salauds, quoi. On devrait vous mettre à la porte, c'est une honte. Q'est-ce que fait de Gouvernement, je me demande. Des Arabes, tous des fripouilles, bande de tueurs.

— Vamos acabar com essa história de sales métèques, você sabe quantos francesinhos de merda ganham a maior grana na Argentina? — disse Oliveira.

— O que vocês estavam ouvindo, che? Acabo de chegar, estou ensopado.

— Um quarteto de Schoenberg. E agora eu gostaria de escutar bem baixinho uma sonata de Brahms.

— Melhor deixar para amanhã — contemporizou Oliveira, apoiando-se num dos cotovelos para acender um Gauloise. — Rentrez chez vous, monsieur, on vous emmerdera plus pour ce soir.

— Des fainéants — disse o velho. — Des tueurs, tous.

À luz do fósforo dava para ver o gorro de astracã, uma túnica sebosa, uns olhinhos raivosos. O gorro projetava sombras gigantescas na caixa da escada, a Maga estava fascinada. Oliveira levantou-se, apagou o fósforo com um sopro e entrou no aposento fechando suavemente a porta.

— Salve — disse Oliveira. — Não dá pra ver nada, caramba.

— Salve — disse Gregorovius. — Ainda bem que você deu um jeito nele.

— Per modo di dire. Na verdade o velho tem razão, e além disso é velho.

— Ser velho não é motivo — disse a Maga.

— Talvez não seja motivo mas é um salvo-conduto.

— Você disse uma vez que o drama da Argentina é ser governada por velhos.

— Já caiu o pano sobre esse drama — disse Oliveira. — De Perón para cá é o oposto, quem manda são os jovens e é quase pior, fazer o quê? As razões de idade, de geração, de títulos e de classe são uma bobagem sem tamanho. Suponho que se estamos todos cochichando desse jeito incômodo é porque Rocamadour dorme o sono dos justos.

— Sim, ele adormeceu antes de começarmos a ouvir música. Você está empapado, Horacio.

— Fui a um concerto de piano — explicou Oliveira.

— Ah — disse a Maga. — Bom, tire essa jaqueta que vou preparar um mate bem quente para você.

— Com um copo de aguardente, ainda deve ter sobrado meia garrafa por aí.

— O que é aguardente? — perguntou Gregorovius. — É a tal grapa?

— Não, é mais tipo barack. Muito bom para depois dos concertos, principalmente quando houve primeiras audições e sequelas indescritíveis. E se acendêssemos uma luzinha mínima e tímida que não atingisse os olhos de Rocamadour?

A Maga acendeu um abajur que pôs no chão, fabricando uma espécie de Rembrandt que Oliveira achou apropriado. Volta do filho pródigo, imagem de regresso embora momentâneo e fugidio, embora não soubesse muito bem por que razão tinha tornado a subir pouco a pouco as escadas e se jogado na frente da porta para ouvir de longe o final do quarteto e os cochichos de Ossip e da Maga. "Eles já devem ter feito amor feito gatos", pensou, olhando para eles. Mas não, impossível que tivessem adivinhado sua volta naquela noite, que estivessem tão vestidos e com Rocamadour instalado na cama. Se Rocamadour instalado entre duas cadeiras, se Gregorovius sem sapatos e em mangas de camisa... Além do mais, que merda importava, se quem estava sobrando era ele, a jaqueta gotejando, feito um trapo?

— A acústica — disse Gregorovius. — Que coisa extraordinária o som que se enfia na matéria e sobe pelos andares acima, passa de uma parede para a cabeceira de uma cama, não dá para acreditar. Vocês nunca tomaram banho de imersão?

28.

— Já aconteceu comigo — disse Oliveira, jogando a jaqueta num canto e sentando-se num tamborete.

— Dá para ouvir tudo o que os vizinhos de baixo dizem, é só mergulhar a cabeça na água e escutar. Os sons são transmitidos pelos canos, suponho. Uma vez, em Glasgow, fiquei sabendo que os vizinhos eram trotskistas.

— Glasgow soa a mau tempo, a porto cheio de gente triste — disse a Maga.

— Cinema demais — disse Oliveira. — Mas este mate é como um indulto, che, uma coisa incrivelmente conciliatória. Mãe do céu, quanta água nos meus sapatos. Olha só, um mate é como um ponto parágrafo. A gente bebe e em seguida pode começar um parágrafo novo.

— Vou ignorar para sempre essas delícias dos pampas — disse Gregorovius. — Mas também foi mencionada uma bebida, se não me engano.

— Traz a aguardente — ordenou Oliveira. — Acho que ainda tinha mais de meia garrafa.

— Vocês compram aqui? — perguntou Gregorovius.

"Por que demônios ele fala no plural?", pensou Oliveira. "Com certeza passaram a noite inteira trepando, é um sinal inequívoco. Enfim."

— Não, che, meu irmão manda para mim. Tenho um irmão em Rosário que é uma maravilha. Aguardente e recriminações, tudo chega em abundância.

Passou a cuia de mate vazia para a Maga, que tinha se encolhido aos pés dele com a chaleira entre os joelhos. Começava a se sentir bem. Sentiu os dedos da Maga num tornozelo, nos cadarços do sapato. Deixou que ela os tirasse, suspirando. A Maga descalçou sua meia encharcada e embrulhou seu pé numa folha dupla do *Figaro Littéraire*. O mate estava muito quente e muito amargo.

Gregorovius gostou da aguardente, não era como o barack mas parecia. Houve um catálogo minucioso de bebidas húngaras e tchecas, algumas nostalgias. Ouvia-se chover baixinho, todos estavam bem, principalmente Rocamadour, que fazia mais de uma hora não soltava um pio. Gregorovius falava da Transilvânia, de umas aventuras que tinha tido em Salônica. Oliveira se lembrou de que na mesa de cabeceira havia um maço de Gauloises e pantufas. Tateando se aproximou da cama. "Para quem está em Paris, toda menção a um local mais distante que Viena soa a literatura", dizia Gregorovius no tom de quem pede desculpas. Horacio encontrou os cigarros e abriu a porta da parte de baixo da mesa de cabeceira para pegar as pantufas. Na penumbra percebia vagamente o perfil de Rocamadour deitado de costas Sem saber muito bem por quê, passou de leve o dedo pela testa do bebê.

28. "Minha mãe não tinha coragem de mencionar a Transilvânia, tinha medo de que a associassem a histórias de vampiros, como se isso... E o tokay, você sabe..." De joelhos ao lado da cama, Horacio olhou melhor. "Imagine que está em Montevidéu", dizia a Maga. "A pessoa acha que a humanidade é uma coisa só, mas quando se mora perto do Cerro... O tokay é um pássaro?" "Bem, de certa maneira." A reação natural, nesses casos. Vejamos: primeiro... ("O que quer dizer de certa maneira? É um pássaro ou não é um pássaro?") Mas era suficiente passar um dedo pelos lábios, a ausência de reação. "Me permiti uma imagem pouco original, Lucía. Em todo bom vinho dorme um pássaro." A respiração artificial, uma idiotice. Outra idiotice, que suas mãos tremessem daquela forma, estava descalço e com a roupa molhada (seria preciso massageá-lo com álcool, melhor ainda energicamente). "Un soir, l'âme du vin chantait dans les bouteilles", escandia Ossip. "Já Anacreonte, me parece..." E quase dava para apalpar o silêncio ressentido da Maga, sua anotação mental: Anacreonte, autor grego jamais lido. Todo mundo conhece menos eu. E de quem seriam aqueles versos, un soir, l'âme du vin? A mão de Horacio deslizou entre os lençóis, para ele era um esforço enorme tocar o diminuto ventre de Rocamadour, as coxas frias, mais acima parecia haver um resto de calor, mas não, ele estava tão frio. "Fazer o que é correto", pensou Horacio. "Gritar, acender a luz, armar a normal e obrigatória confusão de mil demônios. Por quê?" Mas quem sabe ainda... "Então quer dizer que esse instinto não tem a menor utilidade para mim, isso que estou sabendo desde que estava lá embaixo. Se dou o alarme é de novo Berthe Trépat, de novo a tentativa boba, a lástima. Calçar a luva, fazer o que se deve fazer nesses casos. Ah, não, chega. Para que acender a luz e gritar se eu sei que não adianta nada? Comediante, um perfeito filho da puta comediante. O máximo que se pode fazer é..." Ouvia-se o tilintar do copo de Gregorovius contra a garrafa de aguardente. "Sim, é muito parecido com o barack." Com um Gauloise na boca, riscou um fósforo olhando fixamente. "Você vai acordá-lo", disse a Maga, que estava trocando a erva. Horacio soprou brutalmente o fósforo. É um fato conhecido que se as pupilas, submetidas a um raio luminoso etc. Quod erat demostrandum. "Como o barack, mas um pouco menos perfumado", dizia Ossip.

— O velho está batendo outra vez — disse a Maga.

— Deve ser uma veneziana — disse Gregorovius.

— Neste prédio não tem venezianas. Na certa ficou maluco.

Oliveira calçou as pantufas e voltou para a poltrona. O mate estava estupendo, quente e muito amargo. De cima vieram duas pancadas, sem muita força.

— Ele está matando baratas — propôs Gregorovius.

— Que nada, ficou de cabeça quente e não quer deixar a gente dormir. **28.** Vá até lá falar com ele, Horacio.

— Vá você — disse Oliveira. — Não sei por quê, mas ele tem mais medo de você do que de mim. Pelo menos não apela para a xenofobia, o apartheid e outras segregações.

— Se eu subir vou dizer tanta coisa que ele vai chamar a polícia.

— Chove demais. Trabalhe o velho pelo lado moral, elogie as decorações que ele pôs na porta. Mencione seus sentimentos de mãe, essas coisas. Vá até lá, ouça o que estou dizendo.

— Não estou com a menor vontade — disse a Maga.

— Vai lá, bonitinha — disse Oliveira em voz baixa.

— Mas por que você acha que eu é que devo ir?

— Para me dar esse gosto. Você vai ver como acaba a bateção.

Vieram duas pancadas, depois uma. A Maga se levantou e saiu do quarto. Horacio foi atrás e quando a ouviu subir a escada acendeu a luz e olhou para Gregorovius. Com um dedo, mostrou a cama. Depois de um minuto, apagou a luz enquanto Gregorovius voltava para a poltrona.

— É incrível — disse Ossip, apanhando a garrafa de aguardente no escuro.

— Claro. Incrível, inelutável, tudo isso. Nada de necrologias, velho. Neste quarto, bastou eu ficar fora por um dia para que acontecessem as coisas mais extremas. Enfim, uma coisa servirá de consolo para a outra.

— Não entendi — disse Gregorovius.

— Entendeu redondamente bem. Ça va, ça va. Não me importo nem um pouco, você nem imagina.

Gregorovius se deu conta de que Oliveira o estava tuteando, e que isso mudava as coisas, como se ainda fosse possível... Disse alguma coisa sobre a cruz vermelha, as farmácias de plantão.

— Faça o que você quiser, por mim tanto faz — disse Oliveira. — O que é hoje... Que dia, meu irmão.

Se tivesse podido se jogar na cama, dormir uns dois anos. "Covarde", pensou. Sua imobilidade havia contaminado Gregorovius, que acendia o cachimbo com muito esforço. Ouviam-se pessoas falando muito longe, a voz da Maga no meio da chuva, o velho respondendo aos guinchos. Em algum outro andar alguém bateu uma porta, pessoas saindo para reclamar do barulho.

— No fundo você tem razão — admitiu Gregorovius. — Mas existe uma responsabilidade legal, acho.

— Com o que aconteceu, já estamos envolvidos até o pescoço — disse Oliveira. — Principalmente vocês dois, porque eu sempre posso provar que cheguei tarde demais. Mãe deixa bebê morrer enquanto atende amante no tapete.

28.

— Se você quer dar a entender…

— Não tem a menor importância, che.

— Mas acontece que é mentira, Horacio.

— Para mim tanto faz, a consumação é um fato acessório. Não tenho mais nada a ver com isso tudo, só subi porque estava molhado e queria um mate. Che, aí vem gente.

— Seria preciso chamar a assistência social — disse Gregorovius.

— Então chame. Não é a voz do Ronald?

— Não vou ficar aqui — disse Gregorovius, levantando-se. — É preciso fazer alguma coisa, acredite, é preciso fazer alguma coisa.

— Mas se já estou mais que convencido, che. A ação, sempre a ação. *Die Tätigkeit*, velho. Zás, como se fôssemos poucos, a avó resolveu parir. Falem baixo, che, vocês vão acabar acordando o bebê.

— Salve — disse Ronald.

— Alô — disse Babs, lutando para fazer o guarda-chuva entrar.

— Falem baixo — disse a Maga, que chegava atrás deles. — Por que você não fecha o guarda-chuva para entrar?

— Você tem razão — disse Babs. — Sempre acontece isso em todos os lugares. Não faça barulho, Ronald. Viemos só dar uma passadinha para contar a vocês o que aconteceu com o Guy, é incrível. Vem cá, queimou o fusível?

— Não, é por causa do Rocamadour.

— Fale baixo — disse Ronald. — E enfie esse guarda-chuva de merda em algum canto.

— É tão difícil de fechar — disse Babs. — E tão fácil de abrir.

— O velho me ameaçou com a polícia — disse a Maga, fechando a porta. — Quase me bateu, gritava feito louco. Ossip, você precisava ver o que ele tem no quarto, da escada já dá para ver alguma coisa. Uma mesa cheia de garrafas vazias e no meio um moinho de vento tão grande que parece de tamanho natural, como os que há no campo, no Uruguai. O moinho girava por causa da corrente de ar, eu não conseguia deixar de espiar pela fresta da porta, o velho babava de raiva.

— Não consigo fechar — disse Babs. — Vou deixar neste canto.

— Parece um morcego — disse a Maga. — Dá aqui, eu fecho. Está vendo como é fácil?

— Ela quebrou duas varetas — disse Babs a Ronald.

— Pare de chatear — disse Ronald. — Inclusive estamos de saída, era só para contar a vocês que Guy tomou um tubo de gardenal.

— Pobre anjo — disse Oliveira, que não simpatizava com Guy.

— Etienne o encontrou semimorto, Babs e eu tínhamos ido a um vernissage (preciso falar disso com você, é fabuloso), e Guy foi lá para casa e se envenenou na cama, pense bem!

28.

— He has no manners at all — disse Oliveira. — C'est regrettable.

— Etienne foi até lá em casa para nos ver, por sorte todo mundo tem a chave — disse Babs. — Ouviu alguém vomitando, entrou e era o Guy. Estava morrendo, Etienne saiu voando em busca de ajuda. Agora levaram ele para o hospital, seu estado é gravíssimo. E com essa chuva — acrescentou Babs consternada.

— Sentem — disse a Maga. — Aí não, Ronald, está faltando uma perna. A escuridão é por causa do Rocamadour. Falem baixo.

— Faça um café para eles — disse Oliveira. — Que tempo, che.

— Eu precisaria ir embora — disse Gregorovius. — Não sei onde enfiei a capa de chuva. Não, aí não. Lucía…

— Fique e tome um café — disse a Maga. — De todo modo não tem mais metrô, e estamos tão bem aqui. Você bem que podia moer café fresco, Horacio.

— Que cheiro de ambiente fechado — disse Babs.

— Ela sempre sente falta do ozônio da rua — disse Ronald, furioso. — Parece um cavalo, só adora as coisas puras e sem mistura. As cores primárias, a escala de sete notas. Não é humana, acredite.

— A humanidade é um ideal — disse Oliveira, tateando em busca do moedor de café. — Até o ar tem sua história, che. Passar da rua molhada e com muito ozônio, como você diz, para uma atmosfera onde cinquenta séculos prepararam a temperatura e a qualidade… Babs é uma espécie de Rip van Winkle da respiração.

— Oh, Rip van Winkle — disse Babs, encantada. — Minha avó me contava.

— Em Idaho, já sabemos — disse Ronald. — Bom, aí acontece que o Etienne telefona para a gente no bar da esquina há meia hora para nos dizer que é melhor a gente passar a noite fora, pelo menos até sabermos se o Guy vai morrer ou vomitar o gardenal. Seria bastante complicado os flics subirem e nos encontrarem, eles gostam de brincar de dois mais dois e ultimamente andam sem o menor saco com a história do Clube.

— O que há de errado com o Clube? — disse a Maga, secando xícaras com uma toalha.

— Nada, mas por isso mesmo a gente fica indefeso. Os vizinhos já se queixaram tanto do barulho, das reuniões para ouvir discos, reclamaram que entramos e saímos a todo momento... E além disso Babs brigou com a zeladora e com todas as mulheres do prédio, que são umas cinquenta ou sessenta.

28.

— They are awful — disse Babs, mastigando uma bala que tinha tirado da bolsa. — Sentem cheiro de maconha mesmo que eu esteja preparando um gulash.

Oliveira tinha se cansado de moer café e passou o moedor para Ronald. Falando em voz muito baixa, Babs e a Maga discutiam as razões do suicídio de Guy. Depois de tanto chatear com a capa de chuva, Gregorovius tinha se esparramado na poltrona e estava muito quieto, com o cachimbo apagado na boca. Ouvia-se a chuva na janela. "Schoenberg e Brahms", pensou Oliveira, puxando um Gauloise. "Nada mal, quase sempre nessas circunstâncias surge um Chopin ou a *Todesmusik* para Siegfried. O tornado de ontem matou entre duas e três mil pessoas no Japão. Estatisticamente falando..." Mas as estatísticas não retiravam o gosto de sebo que sentia no cigarro. Examinou-o o melhor que pôde, acendendo outro fósforo. Era um Gauloise perfeito, branquíssimo, com suas finas letras e seus fiapos de áspero caporal escapando pela ponta umedecida. "Sempre molho os cigarros quando estou nervoso", pensou. "Quando penso na história de Rose Bob... É, foi um dia dos diabos, e o que nos espera..." A melhor coisa seria contar ao Ronald para que o Ronald transmitisse a Babs com um daqueles seus sistemas quase telepáticos que assombravam Perico Romero. Teoria da comunicação, um desses temas fascinantes que a literatura ainda não havia sacado por conta própria, à espera de que surgissem os Huxley ou os Borges da nova geração. Agora Ronald se somava ao sussurro da Maga e de Babs, fazendo girar o moedor ao ralenti, o café só ia ficar pronto no dia de são nunca. Oliveira deixou-se escorregar da horrível cadeira art nouveau e se acomodou no chão com a cabeça apoiada numa pilha de jornais. No teto havia uma curiosa fosforescência que devia ser mais subjetiva que outra coisa. Fechando os olhos, a fosforescência durava um momento e depois começava a explodir grandes esferas violetas, uma atrás da outra, vuf, vuf, vuf, evidentemente cada esfera correspondia a uma sístole ou a uma diástole, vai saber. E em algum lugar do prédio, provavelmente no terceiro andar, soava um telefone. Àquela hora, em Paris, coisa extraordinária. "Outro morto", pensou Oliveira. "Ninguém liga se não for por isso, nesta cidade que respeita o sono." Lembrou-se da vez em que um amigo argentino recém-desembarcado tinha achado muito natural telefonar para ele às dez e meia da noite. Vai saber como ele deu um jeito de consultar a lista telefônica, achar um telefone qualquer naquele mesmo prédio e lascar um telefonema sem pensar duas vezes. A cara do bom senhor do quinto andar em robe de chambre, batendo na sua porta, uma cara glacial, quelqu'un vous demande au téléphone, Oliveira confuso se enfiando num pulôver, subindo até o quinto andar, dando com uma senhora francamente irritada, sendo informado de que o garoto Hermida estava em Paris e então quando nos vemos, che, trago notícias de todo mundo, de Traveler e da rapaziada do Bidú et cetera, e a senhora dissimulando a irritação à espera de que Oliveira começasse a chorar ao ficar sabendo do falecimento de alguém muito querido, e Oliveira sem saber o que fazer, vraiment je suis tellement confus, madame, monsieur, c'est un ami qui vient d'arriver, vous comprenez, il n'est pas du tout au courant des habitudes… Oh, Argentina, horários generosos, casa aberta, tempo para jogar fora, o futuro inteiro, inteiríssimo, pela frente, vuf, vuf, vuf, mas dentro dos olhos daquilo que estava ali a três metros não haveria nada, não podia haver nada, vuf, vuf, toda a teoria da comunicação aniquilada, nem mamãe nem papai, nem batata gostosa nem pipi nem vuf vuf nem nada, só rigor mortis e ao redor umas pessoas que não eram nem sequer saltenhos e mexicanos para continuar ouvindo música, montar o velório do anjinho, sair como eles por uma das pontas da meada, pessoas nunca suficientemente primitivas para superar aquele escândalo por meio da aceitação ou da identificação, nem suficientemente realizadas para negar todo escândalo e pensar em one little casualty entre, por exemplo, os três mil varridos pelo tufão Verônica. "Mas tudo isso é antropologia barata", pensou Oliveira, consciente de uma espécie de frio no estômago que ia se transformando em cãibra. No fim, sempre, o plexo. "Essas são as verdadeiras comunicações, os avisos debaixo da pele. E para isso não há dicionário, che." Quem teria apagado a lâmpada Rembrandt? Não lembrava, um minuto antes tinha havido uma espécie de pó de ouro velho à altura do chão, por mais que tratasse de reconstruir o que se passara desde a chegada de Ronald e Babs, nada a fazer, em algum momento a Maga (porque certamente tinha sido a Maga) ou talvez Gregorovius, alguém tinha apagado a lâmpada.

— Como você vai conseguir fazer café no escuro?

— Sei lá — disse a Maga, movimentando algumas xícaras. — Antes havia um pouco de luz.

— Acenda, Ronald — disse Oliveira. — É essa, embaixo da sua cadeira. Precisa girar a pantalha, é o sistema clássico.

— Tudo isso é idiota — disse Ronald, sem que ninguém soubesse se falava da maneira de acender a lâmpada. A luz extinguiu as esferas violeta e Oliveira começou a apreciar mais o cigarro. Agora sim estavam realmente bem, havia calor, iam tomar café.

28.

— Chegue aqui — disse Oliveira a Ronald. — Você vai estar melhor do que nessa cadeira, ela tem uma espécie de bico no meio que espeta a bunda. Wong a incluiria em sua coleção chinesa, tenho certeza.

— Estou muito bem aqui — disse Ronald —, mesmo que se preste a mal-entendidos.

— Você está muito mal. Venha. E vamos ver se esse café sai de uma vez, senhoras.

28.   — Como ele está machinho esta noite — disse Babs. — Ele é sempre assim com você?

— Quase sempre — disse a Maga sem olhar para ele. — Me ajude a secar esta bandeja.

Oliveira esperou que Babs desse início aos imagináveis comentários sobre a tarefa de fazer café, e quando Ronald se afastou de sua cadeira e se pôs de joelhos perto dele, disse-lhe algumas palavras ao ouvido. Escutando os dois, Gregorovius intervinha na conversa sobre o café, e a réplica de Ronald se perdeu no elogio ao moca e na decadência da arte de prepará-lo. Depois, Ronald tornou a empoleirar-se em sua cadeira a tempo de receber a xícara que a Maga estendia para ele. Começaram a bater suavemente no teto, duas, três vezes. Gregorovius estremeceu e tomou o café de uma vez só. Oliveira se continha para não cair na gargalhada que aliás poderia ter aliviado sua cãibra. A Maga estava meio surpresa, na penumbra olhava para todos sucessivamente e depois foi atrás de um cigarro sobre a mesa, tateando, como se quisesse sair de uma coisa que não compreendia, uma espécie de sonho.

— Ouço passos — disse Babs com um marcado sotaque Blavatsky. — Esse velho deve estar maluco, é bom tomar cuidado. Em Kansas City, uma vez... Não, é alguém subindo.

— A escada vai se desenhando no ouvido — disse a Maga. — Tenho muita pena dos surdos. Neste momento é como se eu estivesse com uma mão sobre a escada e a passasse pelos degraus, um por um. Quando eu era pequena tirei dez em uma redação, escrevi a história de um barulhinho. Era um barulhinho simpático, que ia e vinha, aconteciam coisas com ele...

— Já eu... — disse Babs. — O.k., o.k., não precisa me beliscar.

— Alma minha — disse Ronald —, veja se cala a boca só um pouquinho para a gente poder identificar os passos. Sim, é o rei dos pigmentos, é Etienne, é a grande besta apocalíptica.

"Ela encarou com calma", pensou Oliveira. "A colherada de remédio era às duas, acho. Temos uma hora e pouco de tranquilidade." Não entendia nem queria entender o porquê daquele adiamento, daquela espécie de negação de algo já sabido. Negação, negativo... "Sim, isto é como o negativo da realidade tal-como-deveria-ser, ou seja... Mas não venha com metafísica, Horacio. Alas, poor Yorick, ça suffit. Não consigo evitar, acho que estamos melhor assim do que se acendêssemos a luz e soltássemos a notícia como uma pomba. Um negativo. A inversão total... O mais provável é que ele esteja vivo e todos nós mortos. Proposição mais modesta: ele nos matou porque somos culpados de sua morte. Culpados, ou seja, defensores de um estado de coisas... Ai, querido, para onde você está se levando, você é o burro com a cenoura pendurada entre os olhos. E era Etienne, só isso, era a grande besta pictórica."

— Se salvou — disse Etienne. — Filho da puta, tem mais vidas que César Bórgia. Agora, o que ele vomitou... **28.**

— Explique, explique — disse Babs.

— Lavagem de estômago, enemas de sei lá o quê, agulhadas por todos os lados, uma cama com umas tiras para mantê-lo de cabeça para baixo. Vomitou todo o menu do restaurante Orestias, onde parece que havia almoçado. Uma monstruosidade, até folhas de uva recheadas. Vocês percebem como estou encharcado?

— Tem café quente — disse Ronald — e uma bebida chamada aguardente que é uma porcaria.

Etienne bufou, pôs a capa de chuva num canto e se aproximou do aquecedor.

— Como está o menino, Lucía?

— Dormindo — disse a Maga. — Dormindo há um tempão, ainda bem.

— Vamos falar baixo — disse Babs.

— Lá pelas onze da noite recobrou a consciência — explicou Etienne, com uma espécie de ternura. — Estava feito um trapo, claro. O médico me deixou chegar perto da cama e Guy me reconheceu. "Seu cretino", falei. "Vá à merda", ele respondeu. O médico disse no meu ouvido que aquilo era um bom sinal. Na sala havia outras pessoas, acabei me divertindo, e isso que para mim os hospitais...

— Você voltou para casa? — perguntou Babs. — Precisou ir à delegacia?

— Não, já está tudo resolvido. De todo modo seria mais prudente vocês ficarem aqui esta noite. Se você visse a cara da zeladora quando desceram com o Guy...

— The lousy bastard — disse Babs.

— Adotei um ar virtuoso e ao passar ao lado dela ergui a mão e disse: "Madame, a morte é sempre respeitável. Esse jovem se suicidou por causa das penas de amor de Kreisler". Ela ficou dura, acreditem, me encarava com uns olhos que pareciam ovos duros. E justo quando a maca ia passando pela porta Guy se endireita, apoia uma pálida mão na face como nos sarcófagos etruscos, e dirige à zeladora um vômito verde bem em cima do capacho. Os maqueiros se contorciam de tanto rir, foi uma coisa inacreditável.

— Mais café — pediu Ronald. — E você, venha sentar aqui no chão, que é a parte mais quente do aposento. Um café dos bons para o pobre Etienne.

— Não dá para ver nada — disse Etienne. — E por que preciso sentar no chão?

— Para fazer companhia ao Horacio e a mim, que estamos fazendo uma espécie de velada de armas — disse Ronald.

28.   — Não seja idiota — disse Oliveira.

— Faça o que estou dizendo, sente aqui que vai tomar conhecimento de coisas que nem o Wong sabe. Livros fulgurais, instâncias mânticas. Hoje de manhã, justamente, me diverti muito lendo o *Bardo*. Os tibetanos são criaturas extraordinárias.

— E quem foi que iniciou você? — perguntou Etienne, esparramando-se entre Oliveira e Ronald e engolindo o café de uma vez só. — Bebida — disse Etienne, estendendo a mão imperativamente para a Maga, que depositou a garrafa de aguardente entre os dedos dele. — Um nojo — disse Etienne, depois de tomar um gole. — Produto argentino, suponho. Que terra, Deus meu.

— Não se meta com a minha pátria — disse Oliveira. — Você está parecendo o velho aí de cima.

— Wong me submeteu a vários testes — explicava Ronald. — Diz que tenho inteligência suficiente para começar a destruí-la para o meu bem. Combinamos que vou ler o *Bardo* com atenção, e que daí passaremos às fases fundamentais do budismo. Existirá mesmo um corpo sutil, Horacio? Parece que quando a gente morre… Uma espécie de corpo mental, entende?

Mas Horacio estava falando ao ouvido de Etienne, que grunhia e se agitava com cheiro de rua molhada, de hospital e de ensopado de repolho. Babs explicava a Gregorovius, perdido numa espécie de indiferença, os incontáveis vícios da zeladora. Engasgado de erudição recente, Ronald precisava explicar o *Bardo* a alguém, e escolheu a Maga, que se delineava diante dele como um Henry Moore na penumbra, uma giganta vista do chão, primeiro os joelhos a ponto de furar a massa negra da saia, depois um torso que subia na direção do teto, por cima uma massa de cabelos ainda mais negros que o escuro, e em toda aquela sombra entre sombras a luz do abajur no chão fazia brilharem os olhos da Maga encaixada na poltrona e lutando de tempos em tempos para não escorregar e cair no chão por causa das pernas dianteiras mais curtas da poltrona.

— Que merda isso — disse Etienne, tomando outro gole.

— Pode ir, se quiser — disse Oliveira —, mas não acredito que aconteça alguma coisa grave, neste bairro essas coisas acontecem a todo momento.

— Fico — disse Etienne. — Esta bebida, como é mesmo que você disse que ela se chamava?, até que não é tão ruim. Tem cheiro de fruta.

— Wong diz que o Jung andava entusiasmado com o *Bardo* — disse Ronald. — Dá para entender, e os existencialistas também deveriam lê-lo a fundo. Veja só, na hora do julgamento do morto, o Rei põe um espelho na frente dele, mas esse espelho é o Karma. A soma dos atos do morto, entende? E o morto vê todas as suas ações refletidas ali, o bom e o mau, mas o reflexo não corresponde a nenhuma realidade porque é a projeção de imagens mentais... Então como é que o velho Jung não ia ficar estupefato, me diga? O Rei dos mortos olha para o espelho, mas o que está fazendo na verdade é olhar para a memória da pessoa. Dá para imaginar uma descrição melhor para a psicanálise? E tem uma coisa mais extraordinária ainda, querida. É que a sentença que o Rei pronuncia não é dele, mas da pessoa. A própria pessoa se julga sem saber. Você não acha que na verdade Sartre deveria se mudar para Lhasa?

— Incrível — disse a Maga. — Mas esse livro... É de filosofia?

— É um livro para mortos — disse Oliveira.

Ficaram calados, ouvindo chover. Gregorovius sentiu pena da Maga, que parecia esperar por uma explicação e já não se animava a perguntar nada.

— Os lamas fazem certas revelações aos moribundos — disse. — Para guiá-los no além, para ajudá-los a se salvar. Por exemplo...

Etienne tinha apoiado o ombro no de Oliveira. Ronald, sentado de pernas cruzadas, cantarolava "Big Lip Blues" pensando em Jelly Roll, que era seu morto favorito. Oliveira acendeu um Gauloise e como num La Tour o fogo tingiu por um segundo o rosto dos amigos, arrancou Gregorovius da sombra conectando o murmúrio de sua voz a uns lábios que se moviam, instalou brutalmente a Maga na poltrona, seu rosto sempre ávido na hora da ignorância e das explicações, banhou suavemente Babs, a plácida, Ronald, o músico perdido em suas improvisações lamentosas. Então se ouviu uma pancada no teto justamente quando o fósforo se apagou.

"*Il faut tenter de vivre*", recordou Oliveira. "Pourquoi?"

O verso havia saltado da memória como os rostos à luz do fósforo, instantâneo e provavelmente gratuito. O ombro de Etienne o aquecia, transmitia uma presença enganosa, uma proximidade que a morte, esse fósforo que se apaga, ia aniquilar como aniquilava agora os rostos, as formas, como o silêncio se fechava outra vez ao redor da pancada lá em cima.

— E assim é — concluía Gregorovius, sentencioso — que o *Bardo* nos devolve à vida, à necessidade de uma vida pura, justamente quando não há mais escapatória e estamos pregados numa cama com um câncer em lugar do travesseiro.

28.

— Ah — disse a Maga, suspirando. Havia entendido boa parte, algumas peças do puzzle iam se pondo em seu lugar embora nunca viesse a ser como a perfeição do caleidoscópio em que cada pedaço de vidro, cada raminho, cada grão de areia se apresentavam perfeitos, simétricos, aborrecidíssimos, mas sem problemas.

— Dicotomias ocidentais — disse Oliveira. — Vida e morte, o aquém e o além. Não é isso o que o seu *Bardo* ensina, Ossip, embora pessoalmente eu não tenha a mais remota ideia do que exatamente o seu *Bardo* ensina. Seja como for, deve ser algo mais plástico, menos categorizado.

— Veja só — disse Etienne, que se sentia maravilhosamente bem, embora as notícias de Oliveira passeassem por suas tripas como caranguejos e nada disso fosse contraditório. — Veja só, argentino do caralho, o Oriente não é tão diferente quanto pretendem os orientalistas. Basta entrar um pouco a fundo nos textos deles que você começa a sentir o de sempre, a inexplicável tentação de suicídio da inteligência pela via da própria inteligência. O escorpião que se crava o ferrão, farto de ser escorpião mas necessitado de escorpionice para dar cabo do escorpião. Em Madras ou em Heidelberg, o fundo da questão é o mesmo: há uma espécie de equivocação inefável no princípio dos princípios, do qual resulta o fenômeno que lhes fala neste momento e vocês que o escutam. Toda tentativa de explicação fracassa por uma razão que qualquer um entende, e é que para definir e entender seria preciso estar fora do definido e do inteligível. Ergo, Madras e Heidelberg se consolam fabricando posições, algumas com base discursiva, outras com base intuitiva, embora as diferenças entre discurso e intuição estejam longe de ser claras, como sabe todo bom bacharel. E assim ocorre que o homem só parece estar seguro nas áreas que não o tocam a fundo: quando joga, quando conquista, quando monta suas diferentes carapaças históricas à base de éthos, quando delega o mistério central *a cura* de alguma revelação. E por cima e por baixo, a curiosa noção de que a principal ferramenta, o logos que nos arranca vertiginosamnente da escala zoológica, é um perfeito engodo. E o corolário inevitável, o refúgio no infuso e no balbucio, a noite escura da alma, as entrevisões estéticas e metafísicas. Madras e Heidelberg são diferentes dosagens da mesma receita, às vezes prevalece o Yin e às vezes o Yang, mas nas duas pontas do sobe e desce há dois homo sapiens igualmente inexplicados, dando grandes pisões no chão para que um triunfe graças ao fracasso do outro.

— É estranho — disse Ronald. — De todo modo, seria burrice negar uma realidade, mesmo que ignoremos o que ela é. O eixo do sobe e desce, digamos. Como é possível que esse eixo ainda não tenha servido para que se entenda o que acontece nas pontas? Desde o homem de Neandertal...

— Você está jogando com as palavras — disse Oliveira, apoiando-se melhor em Etienne. — Elas adoram quando alguém as tira do armário e as faz dar voltas pelo ambiente. Realidade, homem de Neandertal, olhe só como elas dançam, como se enfiam por nossas orelhas e escorregam pelos tobogãs.

— É verdade — disse secamente Etienne. — Por isso prefiro meus pigmentos, me sinto mais seguro.

— Seguro do quê?

— Do seu efeito.

— Pode até ser do efeito em você, mas não na zeladora do Ronald. Suas cores não são mais seguras do que minhas palavras, velho.

— Pelo menos minhas cores não pretendem explicar nada.

— E você se conforma com a ausência de explicação?

— Não — disse Etienne —, mas ao mesmo tempo faço coisas que diminuem um pouco em mim o gosto ruim desse vazio. E essa é, no fundo, a melhor definição do homo sapiens.

— Não é uma definição, mas um consolo — disse Gregorovius, suspirando. — Na verdade somos como as comédias quando chegamos ao teatro no segundo ato. Tudo é muito bonito mas não dá para entender nada. Os atores falam e atuam não se sabe por quê, com que propósito. Projetamos neles nossa própria ignorância e eles nos parecem uns loucos que entram e saem muito decididos. Já o disse Shakespeare, aliás, e se não disse tinha o dever de dizer.

— Acho que ele disse — falou a Maga.

— Disse sim — falou Babs.

— Viu só? — disse a Maga.

— Ele também falou das palavras — disse Gregorovius —, e Horacio não faz mais do que apresentar o problema em sua forma dialética, digamos. À maneira de um Wittgenstein, que eu admiro muito.

— Não conheço — disse Ronald —, mas vocês vão concordar comigo que o problema da realidade não pode ser enfrentado com suspiros.

— Vai saber — disse Gregorovius. — Vai saber, Ronald.

— Vamos, deixe a poesia para a próxima. Tudo bem que não devemos nos fiar nas palavras, mas na verdade as palavras vêm depois dessa outra questão, de que esta noite alguns de nós estejamos aqui, sentados ao redor de uma lamparina.

— Fale mais baixo — pediu a Maga.

— Sem palavra alguma eu sinto, eu sei que estou aqui — insistiu Ronald.
— É o que chamo de realidade. Mesmo que não seja mais do que isso.

— Perfeito — disse Oliveira. — Só que essa realidade não é nenhuma garantia, nem para você nem para ninguém, a menos que você a transforme

28.

em conceito, e depois em convenção, em esquema útil. O mero fato de você estar à minha esquerda e eu à sua direita faz da realidade pelo menos duas realidades, e fique registrado que não quero me aprofundar lembrando-lhe que você e eu somos dois entes absolutamente incomunicados entre si a não ser por intermédio dos sentidos e da palavra, coisas das quais é preciso desconfiar quando se é sério.

— Nós dois estamos aqui — insistiu Ronald. — À direita ou à esquerda, pouco importa. Nós dois estamos vendo a Babs, todos ouvem o que estou dizendo.

— Mas esses exemplos são para meninos de calça curta, meu filho — lamentou-se Gregorovius. — Horacio tem razão, você não pode simplesmente aceitar isso que acredita ser a realidade. O máximo que pode dizer é que você é, isso não se pode negar sem escândalo evidente. O que está incorreto é o ergo, e o que vem depois do ergo é notório.

— Não transforme o assunto numa questão de escolas — disse Oliveira. — Limitemo-nos a ter uma conversa de aficionados, que é o que somos. Limitemo-nos a isso que Ronald chama, comovedoramente, de realidade, e que ele acha que é uma só. Você continua achando que ela é uma só, Ronald?

— Continuo. Admito que minha maneira de senti-la ou entendê-la é diferente da de Babs, e que a realidade de Babs difere da de Ossip, e assim por diante. Mas é como as diferentes opiniões sobre a Gioconda ou sobre a salada de escarola. A realidade está aqui e nós estamos nela, entendendo-a à nossa maneira, mas nela.

— Só o que conta é essa questão de entendê-la à nossa maneira — disse Oliveira. — Você acha que existe uma realidade postulável porque nós dois estamos falando neste quarto e esta noite, e porque você e eu sabemos que dentro de uma hora, mais ou menos, vai acontecer aqui determinada coisa. Tudo isso dá a você uma grande segurança ontológica, eu acho; você se sente bem seguro em você mesmo, bem plantado em você mesmo e nisso que o rodeia. Mas se ao mesmo tempo você pudesse assistir a essa realidade a partir de mim, ou a partir de Babs, se lhe fosse dado o dom da ubiquidade, entende?, e se você pudesse estar agora mesmo neste mesmo aposento a partir de onde estou e com tudo o que sou e fui, e com tudo o que é e foi Babs, talvez você compreendesse que seu egocentrismo barato não lhe fornece nenhuma realidade válida. Fornece apenas uma crença fundada no terror, uma necessidade de afirmar o que o rodeia para que você não caia no funil e saia pelo outro lado sabe lá onde.

— Somos muito diferentes — disse Ronald —, sei disso muito bem. Mas nos encontramos em alguns pontos exteriores a nós mesmos. Você e eu olhamos esse abajur, pode até ser que vejamos a mesma coisa, mas tampouco podemos ter certeza de não estar vendo a mesma coisa. Tem um abajur ali, que diabo.

— Não grite — disse a Maga. — Vou fazer mais café para vocês.

— A impressão que se tem — disse Oliveira — é a de andar sobre antigas pegadas. Estudantes medíocres, repisamos argumentos empoeirados e nada interessantes. E tudo isso, Ronald querido, porque falamos dialeticamente. Dizemos: você, eu, o abajur, a realidade. Dê um passo para trás, por favor. Anime-se, não é tão difícil. As palavras desaparecem. Esse abajur é um estímulo sensorial, nada mais. Agora dê outro passo para trás. O que você chama de seu ponto de vista e esse estímulo sensorial se transformam numa relação inexplicável, porque para explicá-la seria preciso dar de novo um passo para a frente e tudo iria para o diabo.

— Mas esses passos para trás são como desandar o caminho da espécie — protestou Gregorovius.

— Pois é — disse Oliveira. — E aí está o grande problema, saber se o que você chama de espécie andou para a frente ou se, como pensava Klages, creio, em determinado momento enveredou por um beco.

— Sem linguagem não há homem. Sem história não há homem.

— Sem crime não há assassino. Nada prova que o homem não pudesse ter sido diferente.

— Até que não nos demos tão mal — disse Ronald.

— Qual é seu ponto de referência para acreditar que não nos demos tão mal? Por que precisamos inventar o Éden, viver mergulhados na nostalgia do paraíso perdido, fabricar utopias, propor-nos um futuro? Se uma minhoca fosse capaz de pensar, pensaria que até que não se deu tão mal. O homem se agarra na ciência como naquilo que chamam tábua de salvação e que eu nunca soube direito o que é. Por intermédio da linguagem, a razão segrega uma arquitetura satisfatória, como a preciosa, rítmica composição dos quadros renascentistas, e nos planta no centro. Apesar de toda a sua curiosidade e insatisfação, a ciência, ou seja, a razão, começa por nos tranquilizar. "Você está aqui neste aposento com seus amigos, na frente desse abajur. Não se assuste, tudo está muito bem. Agora, vejamos: qual será a natureza desse fenômeno luminoso? Você se informou sobre o que seja urânio enriquecido? Você, que aprecia os isótopos, sabe que já transmutamos o chumbo em ouro?" Tudo muito instigante, muito vertiginoso, mas sempre a partir da poltrona onde estamos comodamente sentados.

— Eu estou no chão — disse Ronald — e não estou nada cômodo, para falar a verdade. Escute, Horacio: negar esta realidade não faz sentido. Ela está aqui, nós a estamos compartilhando. A noite transcorre para nós dois, lá fora está chovendo para nós dois. Sei lá o que é a noite, o tempo e a chuva, mas eles estão aí e fora de mim, são coisas que me acontecem e não há o que fazer.

— Mas claro — disse Oliveira. — Ninguém nega isso, che. O que não entendemos é por que isso tem de acontecer assim, por que estamos aqui e lá fora está chovendo. O absurdo não são as coisas, o absurdo é que as coisas estejam aí e que as percebamos como absurdas. Não consigo ver a relação que há entre mim e o que me acontece neste momento. Não nego que esteja acontecendo. Puxa, e como acontece. E o absurdo é isso.

28.

— Não está muito claro — disse Etienne.

— Não pode estar claro, se estivesse seria falso, seria talvez cientificamente verdadeiro, mas falso como absoluto. A clareza é uma exigência intelectual e ponto. Oxalá pudéssemos saber claramente, entender claramente, à margem da ciência e da razão. E quando digo "oxalá", vá saber se não estou dizendo uma idiotice. Provavelmente a única tábua de salvação seja a ciência, o urânio 235, essas coisas. E além do mais, é preciso viver.

— Pois é — disse a Maga, servindo o café. — Além do mais, é preciso viver.

— Entenda, Ronald — disse Oliveira, apertando o joelho dele. — Você é muito mais que sua inteligência, todo mundo sabe. Esta noite, por exemplo, isso que está nos acontecendo agora, aqui, é como um desses quadros de Rembrandt em que mal brilha um pouco de luz num canto, e não é uma luz física, não é isso que você tranquilamente chama e descreve como lâmpada, com seus watts e suas velas. O absurdo é acreditar que podemos apreender a totalidade do que nos constitui neste momento, ou em qualquer momento, e intuí-lo como algo coerente, algo aceitável, se você quiser. Toda vez que entramos numa crise é o absurdo total, compreenda que a dialética só pode ordenar os armários nos momentos de calma. Você sabe muito bem que no ponto culminante de uma crise sempre procedemos por impulso, de modo oposto ao previsível, fazendo a barbaridade mais inesperada. E nesse exato momento poderíamos dizer que havia uma espécie de saturação de realidade, você não acha? A realidade se precipita, mostra-se com toda a sua força, e justamente então nossa única maneira de enfrentá-la consiste em renunciar à dialética, é a hora em que damos um tiro num sujeito, que saltamos pela janela, que tomamos um tubo de gardenal como o Guy, que soltamos o cachorro da corrente, sinal verde para qualquer coisa. Para nós, a razão só serve para dissecar a realidade com calma ou para analisar suas futuras tormentas, nunca para resolver uma crise momentânea. Mas essas crises são como demonstrações metafísicas, che, um estado que talvez, se não tivéssemos tomado a via da razão, fosse o estado natural e corrente do pitecantropo ereto.

— Está muito quente, cuidado — disse a Maga.

— E essas crises que a maioria das pessoas considera escandalosas, absurdas, eu pessoalmente tenho a impressão de que servem para mostrar o verdadeiro absurdo, o absurdo de um mundo ordenado e posto em sossego, com um aposento onde diversas pessoas tomam café às duas da manhã sem que nada disso realmente faça o menor sentido além do hedônico, o de como estamos bem ao lado desta pequena lareira que queima tão meritoriamente. Os milagres nunca me pareceram absurdos; o absurdo é o que os precede e o que vem depois.

— E no entanto — disse Gregorovius, se espreguiçando — *il faut tenter de vivre*.

"Voilà", pensou Oliveira. "Outra prova que me guardarei de mencionar. De milhões de versos possíveis, ele escolhe o que eu havia pensado faz dez minutos. Aquilo que as pessoas chamam de casualidade."

— Bom — disse Etienne com voz sonolenta —, não que seja preciso tentar viver, posto que a vida nos é fatalmente dada. Faz tempo que muita gente suspeita que a vida e os seres vivos são duas coisas à parte. A vida vive-se a si própria, gostemos ou não. Hoje Guy tratou de desmentir essa teoria, mas estatisticamente falando ela é incontestável. Que o digam os campos de concentração e as torturas. É provável que de todos os nossos sentimentos o único que não é verdadeiramente nosso é a esperança. A esperança pertence à vida, é a própria vida se defendendo. Et cetera. E com isso eu deveria ir dormir, porque as confusões do Guy me desmontaram. Ronald, você precisa passar no ateliê amanhã pela manhã, acabei uma natureza-morta que vai deixar você louco.

— Horacio não me convenceu — disse Ronald. — Concordo que muito do que me rodeia é absurdo, mas provavelmente damos esse nome ao que ainda não compreendemos. Algum dia ficaremos sabendo.

— Otimismo encantador — disse Oliveira. — Também poderíamos pôr o otimismo na conta da vida pura. O que faz sua força é que para você não há futuro, como é lógico quanto à maioria dos agnósticos. Você está sempre vivo, sempre no presente, tudo se ordena satisfatoriamente, como num quadro de Van Eyck. Mas se você passasse por essa coisa horrível que é não ter fé e ao mesmo tempo projetar-se em direção à morte, você armaria o maior doo oooândalos, seu espelho ficaria bastante embaçado.

— Vamos, Ronald — disse Babs. Já é tarde, estou com sono.

— Espere, espere. Eu estava pensando na morte do meu pai, sim, em parte o que você diz é verdade. Nunca consegui encaixar essa peça no quebra-cabeça, era uma coisa tão inexplicável. Um homem jovem e feliz, no Alabama. Ia andando pela rua e caiu uma árvore nas suas costas. Eu tinha quinze anos, foram me buscar no colégio. Mas há tantas outras coisas absurdas, Horacio, tantas mortes ou erros... Não é uma questão de número, suponho. Não é um absurdo total como você imagina.

— Absurdo é não parecer um absurdo — disse sibilinamente Oliveira. — Absurdo é você sair pela porta de manhã e encontrar a garrafa de leite na entrada e ficar tranquilo porque ontem aconteceu a mesma coisa e amanhã acontecerá de novo. É esse estancamento, esse assim-seja, essa suspeita carência de exceções. Não sei, che, seria preciso inventar outro caminho.

28. — Renunciando à inteligência? — disse Gregorovius desconfiado.

— Não sei, pode ser. Usando a inteligência de outra maneira. Estará mesmo provado que os princípios lógicos são unha e carne com nossa inteligência? Afinal, há povos capazes de sobreviver de acordo com uma ordem mágica... É verdade que os pobres comem lagartos crus, mas também isso é uma questão de valores.

— Lagarto, que nojo — disse Babs. — Ronald, querido, está tão tarde.

— No fundo — disse Ronald —, o que incomoda você é a legalidade em todas as suas formas. Assim que alguma coisa começa a funcionar bem, você se sente preso. Mas todos nós somos um pouco assim, um bando do que se costuma chamar de fracassados, porque não temos carreira feita, títulos e tudo o mais. Por isso estamos em Paris, irmão, e seu famoso absurdo se resume, afinal, a uma espécie de vago ideal anárquico que você não consegue concretizar.

— Você tem tanta, tanta razão — disse Oliveira. — Que bom seria ir para a rua pregar cartazes a favor da Argélia livre. Com tudo o que falta fazer na área da luta social.

— A ação pode servir para dar um sentido à sua vida — disse Ronald. — Você já leu sobre isso em Malraux, suponho.

— Éditions NRF — disse Oliveira.

— Em compensação, você fica se masturbando que nem um macaco, revirando falsos problemas, esperando sei lá o quê. Se tudo isso é absurdo, é necessário fazer alguma coisa para mudar as coisas.

— Conheço as suas frases — disse Oliveira. — Assim que imagina que a discussão avança para alguma coisa que você considera mais concreta, como sua famosa ação, fica todo eloquente. Não quer perceber que é preciso merecer a ação, tal como a inação. Como atuar sem uma atitude central prévia, uma espécie de aquiescência ao que acreditamos ser bom e verdadeiro? Suas noções sobre a verdade e a bondade são meramente históricas, têm como fundamento uma ética herdada. Mas, para mim, a história e a ética são altamente duvidosas.

— Algum dia — disse Etienne, levantando-se —, eu gostaria de ouvir você discorrer com mais detalhe sobre isso que chama de atitude central. Vai ver no próprio centro existe um vazio perfeito.

— Não vá pensar que essa hipótese nunca me ocorreu — disse Oliveira. — Mas até mesmo por razões estéticas, que você está muito capacitado para apreciar, você há de admitir que entre situar-se num centro e andar voejando pela periferia existe uma diferença qualitativa que dá o que pensar.

— O Horacio — disse Gregorovius — está fazendo um belo uso dessas palavras que há pouco nos desaconselhava enfaticamente. Você é um homem a quem não se pedem discursos, mas outras coisas, coisas nebulosas e inexplicáveis, como sonhos, coincidências, revelações, e principalmente humor negro.

28.

— O sujeito aí de cima bateu outra vez — disse Babs.

— Não, é a chuva — disse a Maga. — Está na hora de dar o remédio a Rocamadour.

— Você ainda tem tempo — disse Babs inclinando o corpo num impulso até colar o relógio de pulso na lâmpada. — Dez para as três. Vamos, Ronald, é muito tarde.

— Às três e cinco a gente vai — disse Ronald.

— Por que às três e cinco? — perguntou a Maga.

— Porque o primeiro quarto de hora sempre é venturoso — explicou Gregorovius.

— Me dê mais um pouco de aguardente — pediu Etienne. — Merde, está quase no fim.

Oliveira apagou o cigarro. "A velada de armas", pensou agradecido. "São amigos de verdade, até o Ossip, o pobre coitado. Agora vamos ter um quarto de hora de reações em cadeia que ninguém vai conseguir evitar, ninguém, nem mesmo pensando que no ano que vem a esta mesma hora a mais precisa e detalhada das recordações não será capaz de alterar a produção de adrenalina ou de saliva, o suor na palma das mãos... Essas são as provas que Ronald nunca vai querer entender. O que fiz naquela noite? Levemente monstruoso, a priori. Talvez pudéssemos ter tentado o balão de oxigênio ou algo assim. Idiota, na verdade; teríamos prolongado a vida à maneira de monsieur Valdemar."

— Seria bom prepará-la — disse Ronald no ouvido dele.

— Não fale besteira, por favor. Então não percebe que ela já está preparada, que o cheiro paira no ar?

— Agora vocês começam a falar tão baixo — disse a Maga —, justo quando não precisa mais.

"Tu parles", pensou Oliveira.

— O cheiro? — murmurava Ronald. — Eu não sinto cheiro nenhum.

— Bom, são quase três — disse Etienne sacudindo-se como se estivesse com frio. — Ronald, faça um esforço, Horacio pode não ser nenhum gênio, mas é fácil perceber o que ele está querendo dizer. A única coisa que a gente pode fazer é ficar um pouco mais e aguentar o que vier. E você, Horacio, pensando bem, o que você falou hoje sobre o quadro de Rembrandt foi muito bom. Há uma metapintura assim como há uma metamúsica, e o velho enfiava os braços até o cotovelo no que fazia. Só os cegos de lógica e de bons costumes são capazes de parar diante de um Rembrandt e não sentir que ali existe uma janela para outra coisa, um signo. Muito perigoso para a pintura, mas em compensação...

28.   — A pintura é um gênero como tantos outros — disse Oliveira. — Não tem por que protegê-la demais como gênero. Além do mais, para cada Rembrandt existem cem pintores e ponto, portanto a pintura está perfeitamente a salvo.

— Ainda bem — disse Etienne.

— Ainda bem — aceitou Oliveira. — Ainda bem que tudo vai muito bem no melhor dos mundos possíveis. Acenda a luz de cima, Babs, o interruptor está atrás da sua cadeira.

— Onde será que tem uma colher limpa? — perguntou a Maga, levantando-se.

Com um esforço que lhe pareceu repugnante, Oliveira se conteve para não olhar para o fundo do quarto. A Maga esfregava os olhos, ofuscada, e Babs, Ossip e os outros olhavam dissimuladamente, viravam a cabeça e olhavam outra vez. Babs havia iniciado o gesto de segurar a Maga por um braço, mas alguma coisa no rosto de Ronald a deteve. Lentamente, Etienne se endireitou, alisando a calça ainda úmida. Ossip tratava de se desencaixar da poltrona, falava em encontrar sua capa de chuva. "Agora deveriam bater no teto", pensou Oliveira fechando os olhos. "Várias pancadas seguidas e depois mais três, solenes. Mas tudo sai ao contrário, em vez de apagar as luzes nós as acendemos, o cenário está do lado de cá, não tem jeito." Levantou-se por sua vez, sentindo os ossos, a caminhada do dia inteiro, as coisas daquele dia inteiro. A Maga havia encontrado a colher sobre a prateleira da lareira, atrás de uma pilha de discos e livros. Começou a limpá-la com a orla do vestido, esquadrinhou-a debaixo da lâmpada. "Agora ela vai derramar o remédio na colher e depois vai deixar cair a metade antes de chegar à beira da cama", disse Oliveira para si mesmo apoiando-se na parede. Estavam todos tão calados que a Maga olhou para eles estranhando, mas estava tendo dificuldade para destampar o frasco, Babs queria ajudá-la, segurar a colher para ela, e ao mesmo tempo estava com o rosto crispado como se o que a Maga estava fazendo fosse um horror indizível, até que a Maga derramou o líquido na colher e pôs o frasco de qualquer jeito na beirada da mesa onde ele mal cabia, entre os cadernos e os papéis, e segurando a colher como Blondin segurava a pértiga, como um anjo segura o santo que cai num precipício, começou a andar arrastando as pantufas e foi se aproximando da cama, flanqueada por Babs que fazia caretas e se continha para olhar e não olhar e depois olhar para Ronald e para os outros que se aproximavam às suas costas, Oliveira encerrando a marcha com o cigarro apagado na boca.

— Eu sempre derramo a mer... — disse a Maga, detendo-se ao lado da cama.

— Lucía — disse Babs, aproximando as duas mãos dos ombros dela, mas sem tocá-la.

28.

O líquido caiu sobre o cobertor, e a colher em cima. A Maga gritou e desabou na cama, de frente e depois de lado, com o rosto e as mãos grudados num boneco indiferente e cinzento que tremia e sacudia sem convicção, inutilmente maltratado e acariciado.

— Que merda, devíamos ter preparado a Maga — disse Ronald. — Isso não está certo, é uma infâmia. Todo mundo falando bobagem, e isso aí, isso aí...

— Não fique histérico — disse Etienne, sombrio. — De todo modo faça como o Ossip, que não perde a cabeça. Vá buscar água-de-colônia ou coisa parecida. Ouça o velho aí de cima, ele já começou de novo.

— Não é para menos — disse Oliveira olhando para Babs que lutava para arrancar a Maga da cama. — Que noite estamos proporcionando a ele, irmão.

— Ele que vá para a casa do caralho — disse Ronald. — Vou lá arrebentar a cara dele! Velho filho da puta. Não respeita a dor dos outros...

— Take it easy — disse Oliveira. — Aqui está sua água-de-colônia, pegue meu lenço, embora sua brancura deixe a desejar. Bom, vai ser preciso ir até a delegacia.

— Eu posso ir — disse Gregorovius, que estava com a capa de chuva no braço.

— Mas claro, você é da família — disse Oliveira.

— Se você conseguisse chorar — dizia Babs, acariciando a testa da Maga, que tinha apoiado o rosto no travesseiro e olhava fixamente para Rocamadour. — Um lenço com álcool, por favor, alguma coisa para que ela reaja.

Etienne e Ronald começavam a se agitar ao redor da cama. As pancadas no teto se repetiam ritmicamente, e Ronald olhava para cima a cada uma delas e em uma ocasião agitou o punho histericamente. Oliveira recuara até o aquecedor e dali olhava e escutava. Sentia que o cansaço tinha montado em seus ombros, o puxava para baixo, custava a respirar, a se mover. Acendeu outro cigarro, o último do maço. As coisas estavam começando a ir para a frente, no momento Babs havia explorado um canto do aposento e depois de montar uma espécie de berço com duas cadeiras e uma manta, confabulava com Ronald (era curioso ver seus gestos por cima da Maga perdida num delírio frio, num monólogo veemente porém seco e espasmódico), em determinado momento cobriram os olhos da Maga com um lenço ("se for o da água-de-colônia vão deixá-la cega", pensou Oliveira), e com uma rapidez extraordinária ajudaram Etienne a erguer Rocamadour e transportá-lo até o berço improvisado, enquanto arrancavam o cobertor de debaixo da Maga e a cobriam com ele, falando com ela em voz baixa, acariciando-a, fazendo com que respirasse no lenço. Gregorovius tinha ido até a porta e ali ficara, sem se decidir a sair, olhando furtivamente para a cama e depois para Oliveira, que estava de costas mas sentia que estava sendo olhado por ele. Quando decidiu sair, o velho já estava no corredor armado com uma bengala, e Ossip tornou a entrar de um salto. A bengala explodiu contra a porta. "As coisas poderiam continuar se amontoando assim", disse Oliveira para si mesmo, dando um passo na direção da porta. Ronald, que tinha adivinhado, investiu enfurecido enquanto Babs gritava alguma coisa para ele em inglês. Gregorovius quis preveni-lo, mas já era tarde. Saíram Ronald, Ossip e Babs, seguidos de Etienne, que olhava para Oliveira como se ele fosse o único a conservar um pouco de bom senso.

— Cuide para que eles não façam uma besteira — disse-lhe Oliveira. — O velho tem uns oitenta anos e está fora de si.

— Tous des cons! — gritava o velho no patamar. — Bande de tueurs, si vous croyez que ça va se passer comme ça! Des fripouilles, des fainéants. Tas d'enculés!

Curiosamente, ele não gritava tão alto. Da porta entreaberta, a voz de Etienne voltou como uma carambola de bilhar: "Ta gueule, pépère". Gregorovius havia agarrado Ronald pelo braço, mas graças à pouca luz que saía da peça Ronald percebera que o velho era realmente muito velho e que se limitava a movimentar diante de seu rosto um punho cada vez menos convencido. Uma ou duas vezes Oliveira olhou para a cama, onde a Maga tinha ficado muito quieta debaixo do cobertor. Chorava aos solavancos, com a boca enfiada no travesseiro, exatamente no lugar onde antes estivera a cabeça de Rocamadour. "Faudrait quand même laisser dormir le gens", dizia o velho. "Qu'est-ce que ça me fait, moi, un gosse qu'a claqué? C'est pas une façon d'agir, quand même, on est à Paris, pas en Amazonie." A voz de Etienne se elevou engolindo a outra, convencendo-a. Oliveira disse para si mesmo que não seria tão difícil chegar até a cama e agachar-se para dizer algumas palavras ao ouvido da Maga. "Mas seria uma coisa que eu faria por mim", pensou. "Ela está muito longe de tudo. Eu é que dormiria melhor, depois, embora isso não passe de modo de dizer. Eu, eu, eu. Eu dormiria melhor depois de beijá-la e consolá-la e repetir tudo o que os outros já disseram."

— Eh bien, moi, messieurs, je respecte la douleur d'une mère — disse a voz do velho. — Allez, bonsoir messieurs, dames.

A chuva golpeava a janela a chibatadas, Paris devia ser uma enorme bolha cinzenta onde pouco a pouco se ergueria o amanhecer. Oliveira aproximou-se do canto onde sua jaqueta parecia o torso de um esquartejado, transpirando umidade. Vestiu-a devagar, sempre olhando para a cama como se esperasse alguma coisa. Pensava no braço de Berthe Trépat no seu, na caminhada debaixo d'água. "De que te serviu o verão, ó rouxinol na neve?", citou ironicamente. "Bosta, che, uma perfeita bosta. E para completar, meu cigarro acabou, caralho." Teria de ir até o café do Bébert, afinal a madrugada seria tão horrorosa lá quanto em qualquer outro lugar.

— Que velho idiota — disse Ronald, fechando a porta.

— Voltou para o quarto dele — informou Etienne. — Acho que Gregorovius desceu para avisar a polícia. Você fica por aqui?

— Não, para quê? Eles não vão gostar de encontrar tanta gente aqui a esta hora. Seria melhor Babs ficar, duas mulheres são sempre um bom argumento nesses casos. Mais íntimo, entende?

Etienne olhou para ele.

— Eu gostaria de saber por que sua boca treme tanto — disse.

— Tiques nervosos — disse Oliveira.

— Tiques e ar cínico não combinam muito. Eu acompanho você, vamos.

— Vamos.

Sabia que a Maga estava se erguendo na cama e que olhava para ele. Enfiando as mãos nos bolsos da jaqueta, foi até a porta. Etienne fez um gesto como se quisesse detê-lo, depois o seguiu. Ronald viu os dois saírem e deu de ombros, irritado. "Que absurdo isso tudo", pensou. A ideia de que tudo fosse absurdo fez com que ele se sentisse incomodado, mas não percebia por quê. Pôs-se a ajudar a Babs, a ser útil, a molhar as compressas. Começaram a bater no teto.

28.

(-130)

29.

— *Tiens* — disse Oliveira.

Gregorovius estava grudado no aquecedor, envolto num robe de chambre preto, lendo. Tinha pendurado uma lâmpada com um prego na parede e um cone de papel de jornal organizava esmeradamente a luz.

— Eu não sabia que você tinha uma chave.

— Sobrevivências — disse Oliveira, jogando a jaqueta no canto de sempre. — Vou devolver para você, agora que é o dono da casa.

— É só por um tempo. Aqui faz frio demais, e além disso é preciso levar em conta o velho aí em cima. Hoje de manhã, ele bateu durante cinco minutos, vai saber por quê.

— Inércia. Tudo sempre dura um pouco mais do que deveria. Eu, por exemplo, subir esses andares, pegar a chave, abrir... Este quarto cheira a ambiente fechado.

— Um frio tenebroso — disse Gregorovius. — Foi preciso deixar a janela aberta por quarenta e oito horas depois das fumigações.

— E você ficou aqui o tempo todo? *Caritas.* Que sujeito.

— Não era por isso, fiquei com medo de que alguém do prédio aproveitasse para entrar no quarto e não saísse mais. Lucía me disse uma vez que a proprietária é uma velha louca e que vários inquilinos não pagam nada há anos. Em Budapeste eu era grande leitor do código civil, e esse tipo de coisa fica na gente...

— Seja como for, você chegou e se instalou feito um bacana. Chapeau, mon vieux. Espero que não tenha jogado a erva no lixo.

— Ah, não, está ali na mesa de cabeceira, entre as meias. Agora há muito espaço livre.

— Pelo jeito — disse Oliveira. — A Maga teve um ataque de organização, não se veem nem os discos nem os romances. Che, agora que eu penso nisso...

— Ela levou tudo — disse Gregorovius.

Oliveira abriu a gaveta do criado-mudo e pegou a erva e a cuia. Começou a cevar o mate devagar, olhando para um lado e para outro. A letra de "Mi noche triste" dançava na sua cabeça. Contou nos dedos. Quinta, sexta, sábado. Não. Segunda, terça, quarta. Não, terça à noite, Berthe Trépat, *me amuraste/ en lo mejor de la vida*, quarta (um porre como poucos, N.B. não misturar vodca com vinho tinto), *dejándome el alma herida/ y espina en el corazón*, quinta, sexta, Ronald num carro emprestado, visita a Guy Monod feito luva do avesso, litros e litros de vômito verde, fora de perigo, *sabiendo que te quería/ que vos eras mi alegría/ mi esperanza y mi ilusión*, sábado, onde?, onde?, em algum lugar pelos lados de Marly-le-Roi, no total cinco dias, não, seis, no total uma semana mais ou menos, e o quarto ainda gelado apesar do aquecedor. Ossip, que sujeito malandro, o rei da folga.

— Quer dizer que ela foi embora — disse Oliveira, se espalhando na poltrona com a chaleirinha ao alcance da mão.

Gregorovius confirmou. Estava com o livro aberto sobre os joelhos e dava a impressão de querer (educadamente) continuar lendo.

— E deixou o quarto para você.

— Ela sabia que eu estava passando por uma situação delicada — disse Gregorovius. — Minha tia-avó parou de me enviar a pensão, provavelmente faleceu. Miss Babington mantém silêncio, mas considerando a situação em Chipre... Como se sabe ela sempre repercute em Malta: censura e essas coisas. Lucía me perguntou se eu queria dividir o quarto depois que você anunciou que ia embora. Eu não sabia se devia aceitar, mas ela insistiu.

— Não combina muito com a partida dela.

— Mas tudo isso foi antes.

— Antes das fumigações?

— Exatamente.

— Você ganhou na loteria, Ossip.

— É muito triste — disse Gregorovius. — Tudo podia ter sido tão diferente.

— Não se queixe, velho. Um aposento de quatro metros por três e meio a cinco mil francos por mês, com água corrente...

— Eu gostaria — disse Gregorovius — de esclarecer a situação com você. Este quarto...

29.

— Não é meu, durma tranquilo. E a Maga se foi.

— Mesmo assim...

— Para onde?

— Falou em Montevidéu.

— Não tem dinheiro para isso.

— Falou em Perugia.

— Você deve estar querendo dizer Lucca. Desde que ela leu *Sparkenbroke*, ficou louca por essas coisas. Me diga direitinho onde ela está.

— Não faço a menor ideia, Horacio. Na sexta-feira ela encheu uma mala com livros e roupa, empacotou um monte de coisas, e depois apareceram dois negros e levaram tudo. Disse que eu podia ficar aqui, e como chorava o tempo todo não pense que era fácil falar.

— Tenho vontade de quebrar a sua cara — disse Oliveira, cevando um mate.

— Que culpa eu tenho?

— Não é uma questão de culpa, che. Você é dostoievskianamente asqueroso e simpático ao mesmo tempo, uma espécie de puxa-saco metafísico. Quando você sorri desse jeito a gente entende que não há nada a fazer.

— Ah, estou de volta — disse Gregorovius. — A mecânica do *challenge and response* fica para os burgueses. Você é como eu, por isso não vai me bater. Não me olhe assim, não sei nada sobre Lucía. Um dos negros vai quase sempre ao café Bonaparte, eu vi. Vai ver ele sabe informar. Mas para que você está atrás dela agora?

— Explique isso de "agora".

Gregorovius deu de ombros.

— Foi um velório muito digno — disse. — Principalmente depois que nos livramos da polícia. Socialmente falando, sua ausência provocou comentários contraditórios. O Clube defendia você, mas os vizinhos e o velho aí de cima...

— Não me diga que o velho foi ao velório.

— Não se pode chamar de velório; nos deixaram velar o corpinho até o meio-dia, depois apareceu o pessoal de um órgão nacional. Eficazes e rápidos, devo dizer.

— Imagino a cena — disse Oliveira. — Mas não é razão para a Maga se mudar sem dizer nada.

— Ela imaginava o tempo todo que você estava com a Pola.

— Ça alors — disse Oliveira.

— Ideias que as pessoas inventam. Agora que você e eu estamos mais íntimos graças a você, ficou mais difícil para mim dizer algumas coisas... Paradoxo, evidentemente, mas assim é. Talvez por ser uma proximidade cem por cento falsa. Você a provocou, na outra noite.

— Pode-se muito bem ter intimidade com o sujeito que andou levando sua mulher para a cama.

— Já cansei de dizer que não era verdade. Está vendo como não há nenhuma razão para sermos íntimos? Se fosse verdade que a Maga se afogou, eu compreenderia que na dor do momento, enquanto a gente está se abraçando e se consolando... Mas não é o caso, pelo menos não parece.

— Você leu alguma coisa no jornal? — disse Oliveira.

— A filiação não corresponde de jeito nenhum. Podemos continuar nos tratando com cerimônia. Está ali em cima da lareira.

29.

Efetivamente, não correspondia de jeito nenhum. Oliveira jogou o jornal de lado e cevou outro mate. Lucca, Montevidéu, *la guitarra en el ropero/ para siempre está colgada...* E quando a pessoa enfia tudo numa mala e faz pacotes, é possível deduzir que (cuidado: nem toda dedução é uma prova) *nadie en ella toca nada/ ni hace sus cuerdas sonar.* Nem tira som de suas cordas.

— Bem, já descubro onde ela se enfiou. Não deve andar longe.

— Esta será sempre a casa dela — disse Gregorovius —, mesmo que Adgalle venha passar a primavera comigo.

— Sua mãe?

— É. Um telegrama comovedor, com menção ao tetragrama. Eu estava justamente lendo o *Sêfer Yetzirá,* tratando de identificar as influências neoplatônicas. Adgalle é muito forte em cabalística; haverá tremendas discussões.

— A Maga fez alguma insinuação de que ia se matar?

— Bom, as mulheres, você sabe...

— Concretamente.

— Acho que não — disse Gregorovius. — Falava mais na história de Montevidéu.

— Maluquice, ela não tem um centavo.

— Na questão de Montevidéu e na da boneca de cera.

— Ah, a boneca. E ela achava...

— Estava convencida. Adgalle vai se interessar pelo caso. Por isso que você chama de coincidência... Lucía não achava que fosse coincidência. E no fundo você também não. Lucía me contou que quando você descobriu a boneca verde, jogou no chão e pisoteou.

— Detesto ignorância — disse virtuosamente Oliveira.

— Ela havia cravado todos os alfinetes no peito e só um no sexo. Você já sabia que Pola estava doente quando pisoteou a boneca verde?

— Sabia.

— Adgalle vai se interessar muitíssimo. Você conhece o sistema do retrato envenenado? Mistura-se o veneno nas tintas e se espera a lua favorável para pintar o retrato. Adgalle tentou com o pai dela, mas houve interferências… De todo modo o velho morreu três anos depois, de uma espécie de difteria. Estava sozinho no castelo, tínhamos um castelo naquela época, e quando começou a se asfixiar quis tentar uma traqueostomia na frente do espelho, cravar nele mesmo uma pena de ganso ou algo assim. Foi encontrado ao pé da escada, mas não sei por que estou contando isso a você.

— Porque sabe que não me interessa, suponho.

— Sim, pode ser — disse Gregorovius. — Vamos fazer café, a esta hora a gente sente a noite, mesmo que não a veja.

29.

Oliveira pegou o jornal. Enquanto Ossip punha a panela na lareira, começou a ler a notícia outra vez. Loura, de uns quarenta e dois anos. Que estupidez pensar que. Embora, é claro. *Les travaux du grand barrage d'Assouan ont commencé. Avant cinq ans, la vallée moyenne du Nil sera transformée en un inmense lac. Des édifices prodigieux, qui comptent parmi les plus admirables de la planète…*

(-107)

30.

— Um mal-entendido como qualquer outro, che. Mas o café é digno da ocasião.

— Você sabe, o velório...

— O corpinho, claro.

— Ronald bebeu como um animal. Estava realmente aflito, ninguém sabia por quê. Babs, ciumenta. Até Lucía olhava surpresa para ele. Mas o relojoeiro do sexto andar trouxe uma garrafa de aguardente, que deu para todos.

— Veio muita gente?

— Vamos ver, estávamos nós, do Clube, você não estava ("Não, eu não estava"), o relojoeiro do sexto andar, a porteira e a filha, uma senhora que parecia uma traça, o carteiro dos telegramas ficou um pouco, e os polícias farejando infanticídio, essas coisas.

— Fico assombrado por não terem falado em autópsia.

— Falaram. Babs armou uma confusão das boas, e Lucía... Veio uma mulher, ficou olhando, tocando... Nem cabíamos na escada, todo mundo lá fora e um frio. Alguma coisa fizeram, mas acabaram nos deixando em paz. Não sei como a certidão de óbito foi parar na minha carteira, se você quiser ver.

— Não, continue contando. Estou ouvindo, mesmo que não pareça. Conte, che. Estou muito comovido. Não dá para perceber, mas pode acreditar. Estou ouvindo, continue, velho. Imagino perfeitamente a cena. Não vá me dizer que Ronald não ajudou a descê-lo escada abaixo.

— Ajudou. Ele, Perico e o relojoeiro. Eu acompanhava Lucía.

— Iam na frente.

— E Babs fechava a marcha com Etienne.

— Iam atrás.

— Entre o terceiro e o quarto andar ouvimos uma batida terrível. Ronald disse que era o velho do quinto andar, que se vingava. Quando mamãe chegar vou pedir a ela que se aproxime do velho.

— Sua mãe? Adgalle?

30.   — Afinal ela é minha mãe, sim, a da Herzegovina. Ela vai gostar desta casa, ela é profundamente receptiva, e aqui aconteceram coisas... Não me refiro apenas à boneca verde.

— Vamos ver, me explique por que sua mãe é receptiva e por que esta casa. Vamos conversar, che, é preciso encher os travesseiros. Dá-lhe estopa.

(-57)

31.

Fazia muito tempo que Gregorovius tinha renunciado à ilusão de entender, mas ainda assim gostava que os mal-entendidos guardassem uma certa ordem, uma razão. Por mais que as cartas do tarô se embaralhassem, pôr as cartas era sempre uma operação consecutiva, que acontecia no retângulo de uma mesa ou sobre a colcha de uma cama. Conseguir que o bebedor de beberagens dos pampas aceitasse revelar a ordem de suas deambulações. Na pior das hipóteses, que inventasse na hora; depois teria dificuldade para escapar de sua própria teia. Entre um mate e outro, Oliveira condescendia em recordar algum momento do passado, ou em responder perguntas. De seu lado, perguntava, ironicamente interessado nos detalhes do enterro, no comportamento das pessoas. Raramente se referia diretamente à Maga, mas notava-se que suspeitava de alguma mentira. Montevidéu, Lucca, um recanto de Paris. Gregorovius disse para si mesmo que Oliveira teria disparado atrás dela se tivesse alguma ideia do paradeiro de Lucía. Parecia especializar-se em causas perdidas. Perdê-las primeiro e depois correr atrás delas feito um louco.

— Adgalle vai apreciar sua estadia em Paris — disse Oliveira trocando a erva da cuia. — Se ela está atrás de um acesso aos infernos, você só precisa mostrar a ela algumas dessas coisas. Num nível modesto, claro, mas até o inferno também ficou mais barato. As *nekias* de agora: uma viagem de metrô às seis e meia ou ir até a polícia renovar a *carte de séjour*.

— Você bem que teria gostado de encontrar a grande entrada, não é mesmo? Diálogo com Ájax, com Jacques Clément, com Keitel, com Troppmann.

— Pois é, mas até hoje o maior buraco que encontrei é o da privada. E nem o Traveler entende; percebe a dimensão da coisa? O Traveler é um amigo que você não conhece.

— Você — disse Gregorovius, olhando para o chão — esconde o jogo.

— Por exemplo?

— Não sei, é só um palpite. Desde que eu te conheço, a coisa que você mais faz é procurar, mas a sensação que se tem é de que você já traz no bolso o que procura.

31.

— Os místicos se referiram a isso, embora não tenham mencionado os bolsos.

— E enquanto isso, você arrebenta com a vida de um monte de gente.

— O pessoal deixa, velho, o pessoal deixa. Só estava faltando um empurrãozinho, e eu passo e pronto. Nenhuma má intenção.

— Mas o que você quer com isso, Horacio?

— Direito de cidadania.

— Aqui?

— É uma metáfora. E como Paris é outra metáfora (ouvi você dizer isso alguma vez), me parece natural ter vindo para isso.

— Mas e Lucía? E Pola?

— Quantidades heterogêneas — disse Oliveira. — Você imagina que por serem mulheres dá para somá-las na mesma coluna. E elas, também não estão atrás de sua satisfação? E você, de repente tão puritano, não se introduziu aqui graças a uma meningite ou seja o que for que encontraram no bebê? Ainda bem que nem você nem eu somos cafajestes, porque senão um saía daqui morto e o outro algemado. Coisa para Cholokov, vai por mim. Mas nós dois não chegamos nem a nos detestar, e este quarto aqui é tão acolhedor.

— Você — disse Gregorovius, olhando outra vez para o chão — esconde o jogo.

— Explique-se, irmão, me faça esse favor.

— Você — insistiu Gregorovius — tem uma ideia imperial no fundo da cabeça. O seu direito de cidadania? Um domínio da cidade. Seu ressentimento: uma ambição mal curada. Você veio aqui para encontrar a estátua de si mesmo esperando por você na beirada da Place Dauphine. O que não entendo é a sua técnica. Ambição? Por que não? Você é bastante extraordinário em alguns aspectos. Mas até agora só o que vi você fazer foi o oposto do que outros ambiciosos teriam feito. Etienne, por exemplo, e isso sem mencionar o Perico.

— Ah — disse Oliveira —, parece que seus olhos servem para alguma coisa.

— Exatamente o oposto — disse Ossip —, mas sem renunciar à ambição. E é isso que eu não entendo.

— Ah, as explicações, você sabe... Tudo é muito confuso, irmão. Digamos que isso que você chama de ambição não possa frutificar a não ser na renúncia. Gosta da fórmula? Não é bem isso, mas o que eu gostaria de dizer é justamente indizível. É preciso dar voltas e mais voltas como um cão que tenta morder o próprio rabo. Com isso e com o que eu disse sobre o direito de cidadania, você já devia ter o suficiente, montenegrino do caralho.

— Entendo obscuramente. Então você... Não será uma coisa tipo vedanta ou algo do gênero, espero...

— Não, não.

— Uma renúncia laica, digamos?

— Também não. Não renuncio a nada, simplesmente faço tudo o que posso para que as coisas renunciem a mim. Você não sabia que para abrir um buraquinho é preciso ir tirando a terra e ir jogando longe?

— Mas então o direito de cidadania...

— Exatamente, agora você está tocando a questão. Lembre-se do dictum: *"Nous ne sommes pas au monde"*. E agora vá puxando o fio devagarinho.

— Uma ambição de tábula rasa e começa de novo, então?

— Um pouquinho, só um nadinha disso, umas gotinhas, uma insignificância, ó transilvano adusto, ladrão de mulheres em apuros, filho de três necromantes.

— Você e os outros — murmurou Gregorovius, procurando o cachimbo.

— Que quadrilha, minha mãe. Ladrões de eternidade, funis de éter, mastins de Deus, nefelibatas. Ainda bem que a gente é culto e pode enumerá-los. Porcos astrais.

— Você me honra com essas qualificações — disse Oliveira. — É a prova de que está entendendo direitinho.

— Ah, eu prefiro respirar o oxigênio e o hidrogênio nas doses que o Senhor manda. Minhas alquimias são bem menos sutis que as de vocês; a única coisa que me interessa é a pedra filosofal. Uma bobagem comparada a seus funis e suas latrinas e suas subtrações ontológicas.

— Fazia tanto tempo que não tínhamos uma boa conversa metafísica, não é mesmo? Já não se usa mais entre amigos, parece coisa de gente esnobe. O Ronald, por exemplo, tem horror. E Etienne não sai do espectro solar. É bom estar aqui com você.

— Na verdade, podíamos ter sido amigos — disse Gregorovius —, se houvesse alguma coisa de humano em você. Desconfio que a Lucía deve ter dito isso a você mais de uma vez.

— A cada cinco minutos, para ser exato. Você precisa ver quanto a palavra "humano" rende para as pessoas. Mas por que a Maga não ficou com você, que transpira humanidade?

— Porque ela não gosta de mim. Se vê de tudo na humanidade.

— E agora vai voltar para Montevidéu, vai recair naquela vida de...

— Vai ver foi para Lucca. Onde quer que esteja, estará melhor que com você. A mesma coisa vale para Pola, para mim, para todo mundo. Perdoe a franqueza.

— Mas se é isso mesmo, Ossip Ossipovich. Pra que nos enganarmos? Não dá para viver perto de um titereiro de sombras, de um domador de traças. Não dá para aceitar um sujeito que passa o dia desenhando com os anéis furta-cor produzidos pelo óleo na água do Sena. Eu, com meus cadeados e minhas chaves de ar, eu, que escrevo com fumaça. Poupo você da réplica que adivinho: não há substâncias mais letais do que essas que se infiltram por todo lado, que se respiram sem saber, nas palavras ou no amor ou na amizade. Já é hora de me deixarem só, sozinho e só. Você há de admitir que não ando por aí puxando o saco de ninguém. Cai fora, filho da Bósnia. Na próxima vez que me encontrar na rua, finja que não me conhece.

— Você ficou louco, Horacio. Está louco de pedra, simplesmente porque está a fim.

Oliveira tirou do bolso um pedaço de jornal que estava ali desde sabe lá quando: uma lista de farmácias de plantão. Abertas das oito de segunda-feira até a mesma hora de terça.

— Primeira seção — leu. — Reconquista 446 (31-5488), Córdoba 366 (32-8845), Esmeralda 599 (31-1700), Sarmiento 581 (32-2021).

— O que é isso?

— Instâncias de realidade. Explico: Reconquista, uma coisa que fizemos aos ingleses. Córdoba, a douta. Esmeralda, cigana enforcada pelo amor de um diácono. Sarmiento, soltou um peido que o vento levou. Segunda leitura: Reconquista, rua de rameiras e restaurantes libaneses. Córdoba, alfajores estupendos. Esmeralda, um rio colombiano. Sarmiento, nunca faltou à escola. Terceira leitura: Reconquista, uma farmácia. Esmeralda, outra farmácia. Sarmiento, outra farmácia. Quarta leitura...

— E quando insisto em dizer que você está louco é porque não vejo saída para sua famosa renúncia.

— Florida 620 (31-2200).

— Você não foi ao enterro porque embora renuncie a muita coisa já não é capaz de olhar seus amigos no rosto.

— Hipólito Yrigoyen 749 (34-0936).

— E Lucía está melhor no fundo do rio do que na sua cama.

— Bolívar 800. O telefone está meio apagado. Se um bebê ficar doente no bairro, ninguém vai conseguir terramicina.

— Isso mesmo, no fundo do rio.

— Corrientes 1117 (35-1468).

— Ou em Lucca, ou em Montevidéu.

— Ou na Rivadavia 1301 (38-7841).

— Guarde essa lista para a Pola — disse Gregorovius, levantando-se. — Vou embora, você que faça o que quiser. Não está na sua casa, mas como nada tem realidade e é preciso partir ex nihil et cetera... Fique à vontade com todas essas ilusões. Vou descer para comprar uma garrafa de aguardente.

Oliveira alcançou-o ao lado da porta e pôs a mão aberta sobre seu ombro.

— Lavalle 2099 — disse, olhando para a cara dele e sorrindo. — Cangallo 1501. Pueyrredón 53.

— Faltam os telefones — disse Gregorovius.

— Você está começando a compreender — disse Oliveira retirando a mão. — No fundo sabe que já não posso dizer mais nada a você, nem a você nem a ninguém.

31.

Na altura do segundo andar os passos se detiveram. "Vai voltar", pensou Oliveira. "Está com medo de que eu ponha fogo na cama dele ou corte os seus lençóis. Coitado do Ossip." Mas depois de um momento os sapatos prosseguiram escada abaixo.

Sentado na cama, olhou os papéis na gaveta do criado-mudo. Um romance de Pérez Galdós, uma conta da farmácia. Era a noite das farmácias. Uns papéis com rabiscos feitos a lápis. A Maga tinha levado tudo, restava o cheiro de antes, o papel de parede, a cama coberta pela colcha listrada. Um romance de Galdós, que ideia. Quando não era Vicki Baum era Roger Martin du Gard, e a partir daí o salto inexplicável para Tristão, o Eremita, horas inteiras repetindo por qualquer motivo *les rêves de l'eau qui songe*, ou uma plaqueta com pantungs, ou os relatos de Schwitters, uma espécie de resgate, de penitência no mais refinado e sigiloso, até de repente recair em John Dos Passos e passar cinco dias engolindo rações consideráveis de letra impressa.

Os papéis com rabiscos eram uma espécie de carta.

(-32)

32.

Bebê Rocamadour, bebê bebê, Rocamadour:

Rocamadour, já sei que é como um espelho. Você está dormindo ou olhando os pés. Eu aqui seguro um espelho e acho que é você. Mas não acredito, escrevo para você porque você não sabe ler. Se você soubesse, eu não escreveria para você, ou escreveria coisas importantes. Algum dia terei de escrever dizendo para você se portar bem ou se agasalhar. Parece incrível que algum dia, Rocamadour. Agora só escrevo para você no espelho, de vez em quando tenho de secar o dedo porque fica molhado de lágrimas. Por quê, Rocamadour? Não estou triste, sua mãe é uma bobona, derramou no fogo o borsch que tinha feito para Horacio; você sabe quem é Horacio, Rocamadour, é o senhor que no domingo trouxe para você o coelhinho de veludo e que se chateava muito porque você e eu estávamos dizendo tantas coisas um para o outro e ele queria voltar para Paris; aí você começou a chorar e ele mostrou como o coelhinho mexia as orelhas; naquele momento ele estava bonito, quero dizer, o Horacio, algum dia você vai entender, Rocamadour.

Rocamadour, é uma idiotice chorar desse jeito só porque o borsch foi parar no fogo. O quarto está cheio de beterraba, Rocamadour, você ia se divertir se visse os pedaços de beterraba e o creme, tudo pelo chão. Ainda bem que quando Horacio chegar eu já terei limpado tudo, mas primeiro precisava escrever para você, chorar desse jeito é tão bobo, as panelas amolecem, aparecem uns clarões nos vidros da janela e já não se ouve mais cantar a moça do andar de cima que todo dia canta "Les Amants du Havre". Quando estivermos juntos vou cantar para você, você vai ver. *Puisque la terre est ronde, mon amour t'en fais pas, mon amour, t'en fais pas...* Horacio assovia isso à noite, quando está escrevendo ou desenhando. Você ia gostar, Rocamadour. Você ia gostar, Horacio fica furioso porque gosto de falar como o Perico, tudo no "tu", mas no Uruguai é diferente. Perico é aquele senhor que não levou nada para você naquele dia, mas que falava tanto de crianças e de comida de criança. Ele sabe muitas coisas, um dia você terá muito respeito por ele, Rocamadour, e será bobinho se o respeitar. Se você sentir, se você sentir respeito por ele, Rocamadour.

Rocamadour, madame Irène não gosta que você seja tão lindo, tão alegre, tão chorão e gritão e mijão. Ela diz que tudo vai muito bem e que você é um menino encantador, mas enquanto fala esconde as mãos nos bolsos do avental como fazem alguns animais malignos, Rocamadour, e isso me dá medo. Quando falei isso para o Horacio ele riu muito, mas é que não entende o que eu sinto, e embora não exista nenhum animal maligno que esconda as mãos, eu sinto, não sei o que sinto, não consigo explicar. Rocamadour, eu queria saber ler nos seus olhinhos o que aconteceu com você nesses quinze dias, minuto por minuto. Estou achando que vou procurar outra *nourrice*, embora Horacio fique furioso e diga, mas você não vai se interessar pelo que ele diz de mim. Outra *nourrice* que fale menos, não importa se disser que você é malvado ou que chora de noite ou que não quer comer, não importa se quando me disser essas coisas eu sentir que ela não é maligna, que o que está me contando é uma coisa que não pode fazer mal a você. Tudo é tão esquisito, Rocamadour, por exemplo gosto de dizer e escrever o seu nome, toda vez que faço isso parece que toco a ponta do seu nariz e você ri, só que madame Irène nunca chama você pelo seu nome, ela diz *l'enfant*, veja você, nem mesmo diz *le gosse*, diz *l'enfant*, é como se pusesse luvas de borracha para falar, vai ver ela usa sempre essas luvas, por isso mete as mãos nos bolsos e diz que você é tão bom e tão bonito.

Existe uma coisa que se chama tempo, Rocamadour, e que é como um bicho que anda sem parar. Não consigo explicar para você, porque você é muito pequeno, mas quero dizer que Horacio vai chegar daqui a pouco. Será que deixo ele ler esta minha carta para que ele também diga alguma coisa a você? Não, eu também não ia querer que alguém lesse uma carta que é só para mim. Um grande segredo entre nós dois, Rocamadour. Eu já não choro mais, estou contente, mas é tão difícil entender as coisas, preciso de tanto tempo para entender um pouco do que Horacio e os outros entendem na mesma hora, mas eles que entendem tudo tão bem não conseguem me entender nem te entender, não entendem que não posso ficar com você, lhe dar de comer e trocar suas fraldas, fazer você dormir ou brincar, não entendem e na verdade não se importam com isso, e eu, que me importo tanto, só sei que não posso ficar com você, que é ruim para os dois, que preciso ficar sozinha com Horacio, viver com Horacio, quem sabe até quando, ajudando-o a procurar o que ele procura e que você também vai procurar, Rocamadour, porque você vai ser um homem e também vai procurar como um bobão.

Assim é, Rocamadour: Em Paris somos como cogumelos, crescemos nos corrimões das escadarias, em quartos escuros que cheiram a sebo, onde as pessoas fazem amor o tempo todo e depois fritam ovos e põem discos de Vivaldi, acendem cigarros e falam como Horacio e Gregorovius e Wong e eu, Rocamadour, e como Perico e Ronald e Babs, todos nós fazemos amor e fritamos ovos e fumamos, ah, você não tem ideia do tanto que fumamos, do tanto que fazemos amor, de pé, deitados, de joelhos, com as mãos, com as bocas, chorando ou cantando, e lá fora há de tudo, as janelas dão para o ar e isso começa com um pardal ou uma goteira, chove muitíssimo aqui, Rocamadour, muito mais do que no campo, e as coisas enferrujam, as calhas, as patas das pombas, os arames com que Horacio fabrica esculturas. Quase não temos roupa, a gente se ajeita com tão pouco, um bom casaco, uns sapatos em que não entre água, somos muito sujos, todo mundo é muito sujo e muito belo em Paris, Rocamadour, as camas têm cheiro de noite e de sono pesado, debaixo delas há poeira e livros, Horacio adormece e o livro vai parar debaixo da cama, há brigas terríveis porque os livros não aparecem e Horacio fica achando que Ossip os roubou, até que um dia eles aparecem e damos muita risada, e quase não tem lugar para pôr nada, nem mesmo outro par de sapatos, Rocamadour, para pôr uma bacia no chão é preciso tirar o toca-discos, mas onde é que a gente vai pôr o toca-discos se a mesa está cheia de livros? Eu não teria como ficar com você, mesmo você sendo tão pequeno você não ia caber em nenhum lugar, ia ficar batendo contra as paredes. Quando penso nisso me ponho a chorar, Horacio não entende, acha que sou má, que estou errada em não ficar com você, embora eu saiba que ele não aguentaria você por muito tempo. Aqui ninguém se aguenta por muito tempo, nem mesmo você e eu, é preciso viver lutando uns com os outros, é a lei, é a única maneira que vale a pena mas dói, Rocamadour, e é sujo e amargo, você não ia gostar, você que às vezes vê os cordeirinhos no campo, que ouve os passarinhos pousados no cata-vento do telhado da casa. Horacio diz que eu sou uma sentimental, diz que eu sou materialista, diz que eu sou um monte de coisas porque não quero ficar com você, ou porque quero ficar, porque desisto, porque quero ir visitar você, porque de repente vejo que não posso ir, porque sou capaz de caminhar uma hora debaixo de chuva se em algum bairro que não conheço haverá uma sessão do *Potemkin* e é preciso ir assistir nem que o mundo caia, Rocamadour, porque o mundo não tem importância se a gente não tiver forças para continuar escolhendo o que é verdadeiro, se a gente se organiza como se fosse uma gaveta da cômoda e põe você de um lado, o domingo do outro, o amor de mãe, o brinquedo novo, a Gare de Montparnasse, o trem, a visita que é preciso fazer. Fico sem vontade de ir, Rocamadour, e você sabe que tudo bem e não fica triste. Horacio tem razão, às vezes não me importo nem um pouco com você e acho que um dia você vai me agradecer por isso, quando entender, quando vir que valia a pena eu ser como sou. Mas eu choro mesmo assim, Rocamadour, e escrevo esta carta para você porque não sei, porque vai ver eu estou enganada, porque vai ver eu sou ruim ou estou doente ou sou um pouco idiota, não muito, um pouco, mas isso é terrível, a mera ideia já me dá cólicas, estou com os dedos dos pés completamente virados para dentro, vou arrebentar os sapatos se não tirar os pés de dentro deles, e amo tanto você, Rocamadour, bebê Rocamadour, dentinho de alho, amo tanto você, nariz de açúcar, arvorezinha, cavalinho de brinquedo...

32.

(-132)

33·

"Ele me deixou sozinho de propósito", pensou Oliveira, abrindo e fechando a gaveta da mesinha de cabeceira. "Delicadeza ou sacanagem, depende do ângulo. Vai ver está na escada, escutando como um sádico de meia-tigela. À espera da grande crise karamazófica, do ataque celinesco. Ou está tendo uma de suas crises herzegovinas agudas e no segundo copo de kirsch no bar do Bébert arma um tarô mental e planeja as cerimônias para a chegada de Adgalle. O suplício pela esperança: Montevidéu, o Sena ou Lucca. Variantes: o Marne, Perugia. Mas, então, você realmente..."

Acendendo um Gauloise na brasa de outro, olhou de novo a gaveta, tirou o romance, pensando vagamente na pena, esse tema de tese. Pena de si mesmo: ficava ainda melhor. "Nunca pleiteei a felicidade", pensou folheando vagamente o romance. "Não é desculpa nem justificativa. Nous ne sommes pas au monde. Donc, ergo, dunque... Por que vou sentir pena dela? Porque encontro uma carta dela para o filho que na verdade é uma carta para mim? Eu, autor das cartas completas a Rocamadour. Nenhuma razão para pena. Onde quer que ela esteja terá os cabelos ardendo feito uma torre e me queima de longe, me despedaça com a sua mera ausência. E patati-patatá. Vai se arrumar perfeitamente sem mim e sem Rocamadour. Uma mosca azul, bela, voando ao sol, batendo algumas vezes contra o vidro, zás, o nariz sangra, uma tragédia. Dois minutos depois toda contente comprando uma pequena estampa numa papelaria e correndo para botá-la num envelope e mandar para uma de suas vagas amigas com nomes nórdicos, esparramadas pelos países mais incríveis. Como é que você pode sentir pena de uma gata, de uma leoa? Máquinas de viver, relâmpagos perfeitos. Minha única culpa é não ter tido combustível suficiente para que ela aquecesse à vontade as mãos e os pés. Me escolheu como uma sarça ardente e constata que não passo de uma jarrinha d'água em seu pescoço. Coitadinha, caralho."

(-67)

33.

34.

Em setembro de 80, poucos meses depois do falecimento do meu pai,
resolvi me afastar dos negócios, cedendo-os a outra vinícola de Jerez tão prestigiosa quanto a minha; recolhi os dividendos que consegui obter, aluguei as instalações, transferi os depósitos e os estoques neles existentes e fui morar em Madri. Meu tio (primo-irmão de meu pai), dom Rafael Bueno de Guzmán y Ataide, quis me receber em sua casa; mas resisti ao convite para não perder a independência. Por fim consegui encontrar uma solução intermediária, conciliando minha confortável liberdade com a disposição hospitaleira de meu parente; e, alugando um quarto próximo à moradia dele, fiquei em posição mais propícia a estar sozinho sempre que quisesse ou gozar do aconchego familiar quando me apetecesse. O bom senhor vivia, ou melhor,

E as coisas que ela lê, um romance, mal escrito, e para piorar uma edição infecta, a gente se pergunta como ela pode se interessar por uma coisa dessas. Pensar que passou horas a fio devorando aquela baboseira desabrida, tantas outras leituras incríveis, *Elle* e *France Soir*, as tristes revistas que a Babs lhe emprestava. *E fui morar em Madri*, imagino que depois de traçar cinco ou seis páginas a pessoa acaba engrenando e não consegue mais parar de ler, um pouco como não consegue parar de dormir ou de mijar, servidões ou látegos ou babas. *Por fim consegui encontrar uma solução intermediária*, uma língua formada por frases pré-cunhadas para transmitir ideias arquibatidas, as moedas de mão em mão, de geração degeneração, te voilà en pleine écholalie. *Gozar do aconchego familiar*, essa é boa, caralho, boa demais. Ah,

nós vivíamos no bairro construído no local onde antes ficava o Pósito. O
Maga, como é que você conseguia engolir essa baboseira, e que diabos é o
quarto de meu tio era um principal de dezoito mil reais, bonito e alegre,
Pósito, che? Quantas horas você passou lendo essas coisas, provavelmente
embora um pouco apertado para tanta família. Eu fiquei com o térreo, um
convencida de que eram a vida, e você tinha razão, elas são a vida, por isso
pouco menor que o principal, mas que dava e sobrava para mim, e o deco-
seria preciso acabar com elas. (O principal, o que seria isso?) E algumas tar-
rei com luxo e o muni de todas as comodidades a que estava habituado. Grades em que me dediquei a percorrer vitrine por vitrine toda a seção egípcia
ças a Deus, minha fortuna me proporcionava os meios para isso com folga.
do Louvre e voltava seco por um mate e pão com geleia, para encontrar você

Minhas primeiras impressões foram de grata surpresa no que se referia
grudada à janela com um romanção pavoroso na mão e às vezes até cho-
ao aspecto de Madri, onde não estivera desde os tempos de González Brabo.
rando, isso mesmo, não tente negar, chorando porque haviam acabado de
Assombravam-me a beleza e a amplidão dos bairros novos, a agilidade dos
cortar a cabeça de alguém, e você me abraçava com toda a sua força e que-
meios de transporte, a evidente melhora no aspecto das edificações, das ruas
ria saber onde eu havia estado, mas eu não lhe dizia porque você era um
e mesmo das pessoas; os belíssimos jardins plantados nas antes poeirentas
estorvo no Louvre, impossível andar com você ao lado, sua ignorância era do
pracinhas, as galhardas construções dos ricos, os variados e aparatosos esta-
tipo que estraga todo o prazer, pobrezinha, e na verdade era eu o culpado de
belecimentos comerciais, não inferiores, a julgar pelo que se vê da rua, aos
você ler romanções, por ser egoísta (*poeirentas pracinhas* é adequado, penso
de Paris ou Londres, e, finalmente, os muitos e elegantes teatros para todos
nas praças dos povoados do interior, ou nas ruas de la Rioja em quarenta e
os gostos, classes e meios. Isso e outras coisas que depois observei em socie-
dois, nas montanhas lilases ao escurecer, nessa felicidade de estar sozinho
dade me fizeram compreender os bruscos avanços operados em nossa capi-
numa ponta do mundo, assim como *elegantes teatros*). Do que o cara está
tal de 68 em diante, avanços esses mais semelhantes a saltos caprichosos do
falando? E isso que acaba de mencionar Paris e Londres, fala de gostos e for-
que ao andar progressivo e firme dos que sabem aonde vão; mas nem por isso
tunas, está vendo, Maga, está vendo, agora estes olhos se arrastam irônicos
eram menos reais. Em uma palavra, vinha-me ao nariz certo cheirinho de
pelos lugares onde você andava emocionada, convencida de estar ficando
cultura europeia, de bem-estar e mesmo de riqueza e trabalho.
superculta por ler um romancista espanhol com foto na quarta capa, mas

34.

Meu tio é um negociante muito conhecido em Madri. Em outros tem-
justamente o sujeito fala de cheirinho de cultura europeia, e você conven-
pos desempenhou cargos importantes na Administração: primeiro foi cônsul;
cida de que essas leituras lhe dariam a possibilidade de compreender o micro
depois, adido de embaixada; mais tarde o casamento o obrigou a estabele-
e o macrocosmo, quase sempre bastava eu chegar para que você tirasse da
cer-se na corte; serviu durante algum tempo na Fazenda, protegido e incen-
gaveta da sua mesa — porque você tinha uma mesa de trabalho, isso não
tivado por Bravo Murillo, e por fim as necessidades de sua família o
podia faltar nunca embora eu jamais tenha sabido que tipo de trabalho você
estimularam a trocar a mesquinha segurança de um salário pelas aventuras
podia fazer naquela mesa — pois é, você tirava da gaveta a plaquete com poe-
e esperanças do trabalho livre. Tinha moderada ambição, lisura, espírito
mas de Tristão, o Eremita, por exemplo, ou uma dissertação de Boris de
empreendedor, inteligência, muitas relações; dedicou-se a agenciar assuntos
Schloezer, e os mostrava para mim com o ar indeciso e ao mesmo tempo
diversos, e pouco depois de abraçar essas atividades felicitava-se por elas e
orgulhoso de quem comprou grandes coisas e vai começar a lê-las imediata-
por haver dado andamento a tais expedientes. Não obstante, era deles que
mente. Não havia jeito de fazer você entender que daquela maneira nunca
vivia, despertando os que dormiam nos arquivos, impulsionando os que esta-
chegaria a lugar nenhum, que era tarde demais para algumas coisas e cedo
vam estacionados nas mesas, endireitando como fosse possível o rumo de
demais para outras, e você estava sempre tão à beira do desespero no exato
alguns que avançavam um tanto desaprumados. Favoreciam-no suas amiza-
centro da alegria e da despreocupação, havia tanta névoa em seu coração
des com pessoas deste ou daquele partido e a estima de que gozava em todas
desconcertado. *Impulsionando os que estavam estacionados nas mesas*, não,
as dependências do Estado. Para ele, nenhuma porta estava fechada. Até
para essas coisas você não podia contar comigo, sua mesa era sua mesa e eu
poderia parecer que os porteiros dos ministérios deviam seus destinos a ele,
não punha nem tirava você de lá, simplesmente olhava você ler seus roman-
pois o saudavam com certo afeto filial e lhe franqueavam a entrada, conside-
ces e examinar as capas e as ilustrações das suas plaquetes, e você esperava
rando-o gente da casa. Ouvi dizer que em certas épocas ganhara muito
que eu me sentasse ao seu lado e te explicasse, te estimulasse, fizesse o que toda
dinheiro pondo mão ativa em conhecidos expedientes de minas e ferrovias;
mulher espera que um homem faça com ela, que enrole devagarinho um
mas que em outras sua tímida honradez lhe tinha sido desfavorável. Quando
barbante em sua cintura e zás, a faça sair zunindo e girando, lhe dê o impulso

34.

me estabeleci em Madri, sua posição devia ser, pelas aparências, confortável
que a arranque de sua tendência a tricotar pulôveres ou falar, falar, intermi-
mas sem muita folga. Nada lhe faltava, mas não dispunha de economias, o
navelmente falar das muitas matérias do nada. Repare como sou monstruoso,
que na verdade era pouco lisonjeiro para um homem que, depois de traba-
não tenho do que me gabar, eu que já nem você tenho mais porque estava
lhar tanto, aproximava-se do término da vida mal contando com algum
bem decidido que era preciso que a perdesse (nem mesmo que a perdesse,
tempo para conquistar o território perdido.

34.

pois antes seria preciso que a ganhasse), *o que na verdade era pouco lisonjeiro*
    Por essa época era um senhor menos velho do que aparentava, vestido
para um homem que... Lisonjeiro, sabe-se lá desde quando eu não ouvia essa
sempre como os jovens elegantes, pulcro e distintíssimo. Barbeava o rosto
palavra, a que ponto nossa linguagem nativa vai se empobrecendo, quando
inteiro, o que era uma espécie de declaração de fidelidade à geração ante-
garoto eu dispunha de um número muito maior de palavras do que agora,
rior, da qual procedia. Sua fineza e jovialidade, equilibradas no fiel da
lia esses mesmos romances, me assenhoreava de um imenso vocabulário per-
balança, nunca tendiam nem para o lado da familiaridade impertinente nem
feitamente inútil, aliás, *pulcro e distintíssimo*, isso sim. Me pergunto se ver-
para o da petulância. Na conversação estavam seu principal mérito e tam-
dadeiramente você entrava na trama desse romance ou se ele lhe servia de
bém seu defeito, pois, ciente do que valia falando, deixava-se vencer pelo pru-
trampolim para sair por aí, visitar seus países misteriosos que eu invejava inu-
rido de fornecer pormenores e diluir afanosamente seus relatos. Às vezes os
tilmente enquanto você invejava minhas idas ao Louvre, que sem dúvida
encetava desde o início e os adornava com tamanhas minúcias pueris que
intuía mesmo não dizendo nada. E assim íamos nos aproximando disso que
era preciso pedir a Deus que fosse breve. Sempre que narrava um incidente
forçosamente nos aconteceria um dia, quando você tivesse plena com-
de caça (exercício pelo qual alimentava grande paixão), tanto tempo trans-
preensão de que eu não lhe daria mais do que uma parte de meu tempo e
corria entre o exórdio e o momento do estampido que o ouvinte perdia o fio
de minha vida, e *diluir afanosamente seus relatos*, exatamente isso, fico chato
da meada distraindo-se do assunto, e ao soar o *bum* levava um belo de um
até quando me dedico a uma memória. Mas que linda você estava à janela,
susto. Não sei se devo apontar como defeito físico sua irritação crônica do
com o cinza do céu apoiado em uma das faces e as mãos segurando o livro,
aparelho lacrimal, que às vezes, principalmente no inverno, deixava-lhe os
a boca sempre um pouco ávida, os olhos duvidando. Havia em você tanto

olhos úmidos e injetados como se houvesse chorado lágrimas de sangue.
tempo perdido, você era a tal ponto o molde do que poderia ter sido sob
Nunca conheci homem que possuísse estoque maior ou mais rico de lenços
outras estrelas, que tomá-la nos braços e fazer amor com você se tornava
de linho. Por isso, e por seu hábito de ostentar a todo momento o alvo tecido
uma tarefa terna demais, limítrofe demais com a obra pia, e nesse ponto
na mão direita ou em ambas as mãos, um amigo meu, andaluz, zombeteiro
quem se enganava era eu, deixava-me tomar pelo orgulho imbecil do inte-
e boa pessoa, de quem falarei mais adiante, chamava meu tio de *a Verônica*.
lectual que se imagina equipado para entender (*chorado lágrimas de sangue?*,
   Ele demonstrava para comigo um afeto sincero, e nos primeiros dias de
mas essa expressão é simplesmente asquerosa). Equipado para entender, que
minha residência em Madri não se afastava de mim, desejoso de assesso-
vontade de rir, Maga. Ouça, agora só entre nós, não conte para ninguém.
rar-me em tudo o que dissesse respeito a minha instalação e ajudar-me em
Maga, o molde oco era eu, você tremia, pura e livre como uma chama, como
mil coisas. Quando falávamos da família e eu buscava sei lá onde lembran-
um rio de mercúrio, como o primeiro canto de um pássaro ao romper da
ças de minha infância ou histórias acontecidas com meu pai, o bom tio era
aurora, e é doce dizer isso a você com as palavras que a fascinavam porque
tomado por uma espécie de desvario nervoso, um entusiasmo febril pelas
você não acreditava que elas existissem fora dos poemas, ou que tivéssemos
grandes personalidades que ilustraram o sobrenome Bueno de Guzmán, e
o direito de usá-las. Onde estarás, onde estaremos a partir de hoje, dois pon-
brandindo o lenço me contava histórias desprovidas de conclusão. Para ele
tos num universo inexplicável, perto ou longe, dois pontos criando uma
eu era o último representante masculino de uma raça fecunda em figuras
linha, dois pontos que se afastam e se aproximam arbitrariamente (*persona-*
notáveis, e me acarinhava e mimava como se eu fosse um menino pequeno,
lidades que ilustraram o sobrenome Bueno de Guzmán, mas olhe só as cafo-
apesar dos meus trinta e seis anos. Pobre tio! Nessas demonstrações de afeto
nices desse indivíduo, Maga, como é que você conseguia passar da página
que aumentavam consideravelmente o manancial de seus olhos, eu desco-
cinco...), mas não lhe explicarei isso que denominam movimentos brownoi-
bria uma pena secreta e agudíssima, um espinho cravado no coração daquele
des, claro que não explicarei, mas ainda assim nós dois, Maga, estamos com-
excelente homem. Não sei como fui capaz dessa descoberta: mas estava tão
pondo uma figura, você um ponto em algum lugar, eu outro ponto em algum
seguro da existência da dissimulada ferida quanto se a tivesse visto com meus
lugar, deslocando-nos, você agora talvez na Rue de la Huchette, eu agora

34.

olhos e tocado com meus dedos. Era um desconsolo profundo, sufocante, o
descobrindo esse romance em seu quarto vazio, você amanhã na Gare de
pesar de não me ver casado com uma de suas três filhas; contrariedade irre-
Lyon (isso se você for a Lucca, meu amor) e eu na Rue du Chemin Vert,
mediável, porque suas três filhas, ai, dor!, já eram casadas.
onde descobri um vinhozinho extraordinário, e pouquinho a pouquinho,
Maga, vamos compondo uma figura absurda, desenhamos com nossos movimentos uma figura idêntica à que as moscas desenham ao voar em um apo- **34.**
sento, daqui pra lá, bruscamente dão meia-volta, de lá para cá, isso é o que
chamam movimento brownoide, entende agora?, um ângulo reto, uma linha
que sobe, daqui para lá, do fundo para a frente, para cima, para baixo, espasmodicamente, freando em seco e arrancando no mesmo instante em outra
direção, e tudo isso vai tramando um desenho, uma figura, algo tão inexistente quanto você e eu, quanto os dois pontos perdidos em Paris que vão
daqui para lá, de lá para cá, fazendo seu desenho, dançando para ninguém,
nem sequer para eles mesmos, uma interminável figura sem sentido.

(- 87)

35.

Sim Babs sim. Sim Babs sim. Sim Babs, vamos apagar a luz, darling, até amanhã, sleep well, um carneirinho atrás do outro, já passou, menina, já passou. Todos tão malvados com a pobre Babs, vamos sumir do Clube para castigá-los. Todos tão malvados com a pobrezinha da Babs, Etienne malvado, Perico malvado, Oliveira malvado, Oliveira o pior de todos, esse inquisidor como disse muito bem a linda, linda Babs. Sim Babs sim. Rock-a-bye baby. Tura-lura-lura. Sim Babs sim. De algum modo alguma coisa tinha de acontecer, não dá pra viver com essa gente e não acontecer nada. Sh, baby, sh. Assim, dormindo direitinho. Acabou-se o Clube, Babs, com certeza. Nunca mais vamos ver Horacio, o perverso Horacio. O Clube dançou esta noite como uma panqueca que vai parar no teto e fica lá, grudada. Pode guardar a frigideira, Babs, ela não vai descer de lá, não se mate aí esperando. Sh, darling, não chore mais, que porre tomou essa mulher, até a alma dela cheira a conhaque.

Ronald deslizou um pouco, acomodou-se contra Babs, foi adormecendo. Clube, Ossip, Perico, vamos recapitular: tudo havia começado porque tudo tinha que acabar, os deuses ciumentos, o ovo frito combinado com Oliveira, a culpa concreta era do maldito ovo frito, de acordo com Etienne não havia a menor necessidade de jogar o ovo no lixo, uma preciosidade com aqueles verdes metálicos, e Babs tinha se encrespado no melhor estilo Hokusai: o ovo soltava um cheiro de túmulo que era de matar, como realizar uma sessão do Clube com aquele ovo logo ali?, e de repente Babs desatou a chorar, exalava conhaque até pelas orelhas, e Ronald compreendeu que enquanto eles discutiam coisas imortais Babs havia bebido sozinha mais de meia garrafa de conhaque, a história do ovo era uma forma de transpirá-lo, e ninguém estranhou e Oliveira menos que todos os outros que do ovo Babs passasse pouco a pouco a ruminar a história do enterro, a se preparar entre soluços e uma espécie de bater de asas para falar da criança, o filme completo. Foi inútil Wong instalar um biombo de sorrisos, interposições entre Babs e Oliveira distraído, e referências laudatórias à edição de *La Rencontre de la langue d'oïl, de la langue d'oc et du franco-provençal entre Loire et Allier — Limites phonétiques et morphologiques*, sublinhava Wong — de S. Escoffier, livro do mais alto interesse, dizia Wong empurrando Babs amanteigadamente para projetá-la na direção do corredor, nada poderia impedir que Oliveira escutasse a história de inquisidor e erguesse as sobrancelhas com um ar entre admirado e perplexo, olhando de viés e ao mesmo tempo para Gregorovius, como se este pudesse esclarecer o epíteto. O Clube sabia que quando Babs soltava o verbo Babs era uma catapulta, já tinha acontecido outras vezes; única solução, a roda em torno da redatora das atas e encarregada do buffet, à espera de que o tempo desempenhasse seu papel, nenhum pranto é eterno, as viúvas se casam de novo. Nada a fazer, Babs bêbada ondulava entre os capotes e os cachecóis do Clube, voltava atrás do corredor, queria acertar as contas com Oliveira, era o momento exato de dizer a Oliveira aquela coisa do inquisidor, de afirmar lacrimejantemente que nunca na merda da vida dela conhecera alguém mais infame, desalmado, filho da puta, sádico, maligno, verdugo, racista, incapaz da menor decência, lixo, podre, montão de merda, asqueroso e sifilítico. Notícias acolhidas com delícia infinita por Perico e Etienne, e expressões contraditórias por parte dos outros, entre eles o recipiendário.

35.

Era o ciclone Babs, o tornado do sexto distrito: purê de casas. O Clube baixava a cabeça, afundava nas capas de chuva agarrando-se com todas as suas forças aos cigarros. Quando Oliveira conseguiu dizer alguma coisa, fez-se um grande silêncio teatral. Oliveira disse que achava o quadrinho de Nicolas de Staël muito bonito e que Wong, que tanto enchia o saco com a obra de Escoffier, deveria lê-la e resumi-la em outra sessão do Clube. Babs chamou-o outra vez de inquisidor, e Oliveira deve ter pensado em alguma coisa engraçada, porque sorriu. A mão de Babs cruzou o rosto dele. O Clube tomou medidas rápidas, e Babs desatou a chorar aos gritos, contida delicadamente por Wong, que se interpunha entre ela e um Ronald enfurecido. O Clube foi se fechando ao redor de Oliveira, de modo a excluir Babs, que tinha aceitado: a) sentar-se numa poltrona e b) o lenço de Perico. Os detalhes sobre a Rue Monge devem ter começado naquele momento, e também a história da Maga samaritana, e Ronald achava — estava vendo grandes fosfenos verdes, um entressonho recapitulador da vela — que Oliveira tinha perguntado a Wong se era verdade que a Maga estava morando num *meublé* da Rue Monge, e talvez nesse momento Wong tivesse dito que não sabia, ou que era aquilo mesmo, e alguém, provavelmente Babs lá de sua poltrona e com grandes soluços, tornou a insultar Oliveira esfregando em sua cara a abnegação da Maga samaritana à cabeceira de Pola enferma, e provavelmente também àquela altura Oliveira tenha começado a rir olhando especialmente para Gregorovius e pedindo mais detalhes sobre a abnegação da Maga enfermeira e se era verdade que ela estava morando na Rue Monge, e em que número, esses detalhes cadastrais inevitáveis. Agora Ronald estava propenso a estender a mão e enfiá-la entre as pernas de Babs, que resmungava como se estivesse longe dali, Ronald gostava de dormir com os dedos perdidos nesse vago território morno, Babs agente provocadora precipitando a dissolução do Clube, seria preciso repreendê-la na manhã seguinte: há-coisas-que-não-se-fazem. Mas o Clube inteiro tinha ficado de alguma maneira rodeando Oliveira, como num julgamento embaraçoso, e Oliveira havia percebido isso antes que o próprio Clube, e no centro da roda tinha desandado a rir com o cigarro na boca e as mãos no fundo da jaqueta, e depois havia perguntado (a ninguém em particular, olhando um pouco por cima do círculo de cabeças) se o Clube esperava uma *amende honorable* ou coisa parecida, e num primeiro momento o Clube não entendeu ou preferiu não entender, exceto Babs, que da poltrona onde Ronald a continha voltara a gritar a história do inquisidor, que soava quase sepulcral àquela-hora-avançada-da-noite. Então Oliveira havia parado de rir, e, como se aceitasse bruscamente o julgamento (embora ninguém o estivesse julgando, porque o Clube não estava ali para isso), havia jogado o cigarro no chão, esmagando-o com o sapato, e depois de um momento, afastando de leve um ombro para evitar a mão de Etienne, que se adiantava indecisa, havia falado em voz muito baixa, anunciando irrevogavelmente que sumia do Clube e que o Clube, a começar por ele e prosseguindo com todos os outros, podia ir à puta que o pariu.

Dont acte.

(-121)

36.

A Rue Dauphine não ficava longe, talvez valesse a pena dar um pulo até lá para verificar o que Babs havia dito. Claro que Gregorovius soubera desde o primeiro momento que a Maga, louca como de costume, iria visitar a Pola. Caritas. Maga samaritana. Leia "O Cruzado". Deixou o dia passar sem ter feito sua boa ação? Era risível. Tudo era risível. Ou melhor, havia uma espécie de grande risada à qual chamavam História. Chegar à Rue Dauphine, bater devagarzinho no quarto do último andar e a Maga aparecer, a nurse Lucía em pessoa, não, era realmente demais. Com uma escarradeira na mão, ou um regador. Não é possível visitar a doentinha, já está muito tarde e ela está dormindo. Vade retro, Asmodeu. Ou que o deixassem entrar e lhe servissem café, não, pior ainda, e numa dessas começassem a chorar, porque com certeza seria contagioso, iam chorar os três até se perdoarem, e então qualquer coisa poderia acontecer, mulheres desidratadas são terríveis. Ou o fariam contar vinte gotas de beladona, uma por uma.

— Na verdade, eu teria a obrigação de ir — disse Oliveira para um gato preto da Rue Danton. — Uma certa obrigação estética, completar a figura. O três, a Cifra. Mas não podemos esquecer Orfeu. Quem sabe se eu raspar a cabeça, se cobrir o crânio com cinzas, se chegar com o cesto das esmolas. Não sou mais o que conhecestes, ó mulheres. Histrião. Mímico. Noite de empusas, lâmias, sombra malévola, fim do grande jogo. Como cansa ser você mesmo o tempo todo. Irremissivelmente. Não as verei nunca mais, está escrito. Ô *toi que voilà, qu'as-tu fait de ta jeunesse?* Um inquisidor, francamente, essa moça tem cada tirada... Em todo caso um autoinquisidor, et encore... Epitáfio justíssimo: *Mole demais*. Mas a inquisição mole é terrível, torturas de sêmola, fogueiras de tapioca, areias movediças, a medusa sugando chumbada. A medusa chugando sumbada. E no fundo demasiada piedade, eu que me julgava impiedoso. Não se pode amar tanto quanto eu amo, e na forma como amo, e de lambuja repartir a vida com os outros. Era preciso saber estar sozinho e que tanto amor fizesse a sua obra, que me salvasse ou me matasse, mas sem a Rue Dauphine, sem o menino morto, sem o Clube e sem todo o resto. Você não acha, che?

36.

O gato não disse nada.

Fazia menos frio junto ao Sena do que nas ruas, e Oliveira levantou a gola da jaqueta e foi olhar a água. Como não era dos que se atiram, procurou uma ponte para se meter debaixo dela e pensar um pouco no assunto do kibutz, fazia tempo que a ideia do kibutz o rondava, um kibutz do desejo. "É curioso que de repente uma expressão brote assim e não faça sentido, um kibutz do desejo, até que na terceira vez começa a clarear devagarzinho e de repente se percebe que não era uma expressão absurda, que por exemplo uma expressão como: 'A esperança, essa Palmira gorda' é completamente absurda, um borborigmo sonoro, enquanto que o kibutz do desejo não tem nada de absurdo, é um resumo, isso sim bastante hermético, de andar às voltas por aí, de corso em corso. Kibutz; colônia, settlement, assentamento, rincão eleito onde armar a última tenda, onde sair para o ar da noite com a cara lavada pelo tempo e unir-se ao mundo, à Grande Loucura, à Imensa Burrada, abrir-se à cristalização do desejo, ao encontro. Holho, Horacio", hanotou Holiveira sentando-se no parapeito debaixo da ponte, ouvindo os roncos dos *clochards* debaixo de seus montões de jornais e de sacos de estopa.

Por uma vez não lhe era penoso ceder à melancolia. Com um novo cigarro que o aquecia, entre os roncos que pareciam vir do fundo da terra, consentiu em deplorar a distância intransponível que o separava de seu kibutz. Posto que a esperança não era mais que uma Palmira gorda, nenhuma razão para entregar-se à fantasia. Ao contrário, aproveitar a refrigeração noturna para sentir lucidamente, com a precisão descarnada do sistema de estrelas sobre sua cabeça, que sua busca incerta era um fracasso e que vai ver era precisamente nisso que residia sua vitória. Primeiro por ser digno dele (de vez em quando Oliveira tinha um bom conceito de si mesmo como espécime humano), por ser a busca de um kibutz desesperadamente longínquo, cidadela só alcançável com armas fabulosas, não com a alma do Ocidente, com o espírito, essas potências desgastadas por sua própria mentira, como tão bem fora dito no Clube, esses pretextos do animal homem depois de enveredar por um caminho irreversível. Kibutz do desejo, não da alma, não do espírito. E embora desejo fosse também uma vaga definição de forças incompreensíveis, ele o sentia presente e ativo, presente em cada erro e também em cada salto à frente, isso era ser homem, já não um corpo e uma alma e sim essa totalidade inseparável, esse encontro incessante com as carências, com tudo o que haviam roubado do poeta, a nostalgia veemente de um território onde a vida pudesse balbuciar a partir de outras bússolas e outros nomes. Embora a morte estivesse na esquina com sua vassoura erguida, embora a esperança não fosse mais que uma Palmira gorda. E um ronco, e de quando em quando um peido.

36.

Enganar-se então já não importava tanto como se a busca de seu kibutz tivesse sido organizada com mapas da Sociedade Geográfica, bússolas certificadas como autênticas, o Norte ao norte, o Oeste a oeste; bastava, apenas, compreender, vislumbrar fugazmente que no fim das contas seu kibutz já não era impossível àquela hora e com aquele frio e depois daqueles dias, que se o tivesse perseguido de acordo com as regras da tribo, meritoriamente e sem receber o vistoso epíteto de inquisidor, sem que tivessem feito sua cara virar com um tabefe cruzado, sem pessoas chorando e má consciência e vontade de mandar tudo para o diabo e recorrer a seu documento de identidade militar e a um buraco protegido em qualquer premissa espiritual ou temporal. Morreria sem chegar ao seu kibutz mas seu kibutz estava lá, longe mas estava lá, e ele sabia que estava porque seu kibutz era filho de seu desejo, era seu desejo assim como ele era seu desejo e o mundo ou a representação do mundo eram desejo, eram seu desejo ou o desejo, não importava muito àquela hora. E então podia cobrir a cara com as mãos, deixando apenas o espaço para a passagem do cigarro, e ficar ao lado do rio, entre os vagabundos, pensando em seu kibutz.

A clocharde despertou de um sonho no qual alguém tinha dito a ela repetidamente: "Ça suffit, conâsse", e soube que Célestin tinha ido embora em plena noite levando o carrinho de bebê cheio de latas de sardinha (em mau estado) que à tarde haviam ganhado no gueto do Marais. Toto e Lafleur dormiam feito toupeiras debaixo dos sacos de estopa, e o novo estava sentado em um poial, fumando. Amanhecia.

A clocharde retirou delicadamente as sucessivas edições do *France-Soir* que a abrigavam, e durante um tempo coçou a cabeça. Às seis havia uma sopa quente na Rue du Jour. Tinha quase certeza de que Célestin iria à sopa, e poderia tomar dele as latas de sardinha, se é que ele já não tivesse vendido todas para Pipon ou para La Vase.

— Merde — disse a clocharde, iniciando a complicada tarefa de se erguer. — Y a la bise, c'est cul.

Embrulhando-se em um capote negro que chegava até os seus tornozelos, aproximou-se do novo. O novo também achava que o frio era quase pior que a polícia. Quando ele lhe estendeu um cigarro e o acendeu, a clocharde achou que o conhecia de algum lugar. O novo disse que também a conhecia de algum lugar, e os dois ficaram muito felizes de se reconhecer àquela hora da madrugada. Sentando-se no poial ao lado, a clocharde disse que ainda era cedo para ir até a sopa. Falaram de sopas por um tempo, embora na realidade o novo não soubesse nada de sopas, era preciso explicar a ele onde ficavam as melhores, era realmente um novo mas se interessava muito por tudo e talvez se animasse a tirar as sardinhas de Célestin. Falaram das sardinhas e o novo prometeu que assim que encontrasse Célestin as pediria de volta.

— Ele vai sacar o gancho — preveniu a clocharde. — É preciso ser rápido e bater com alguma coisa na cabeça dele. Tiveram que dar cinco pontos no Tonio, que gritava tanto que dava para ouvir até Pontoise. C'est cul, Pontoise — acrescentou a clocharde entregando-se à nostalgia.

O novo olhava o dia nascer sobre a ponta do Vert-Galant, o salgueiro que ia retirando suas finas aranhas da bruma. Quando a clocharde lhe perguntou por que estava tremendo com uma jaqueta daquelas, deu de ombros e ofereceu a ela outro cigarro. Fumavam e fumavam, falando e olhando-se com simpatia. A clocharde explicava a ele os costumes de Célestin e o novo se lembrava das tardes em que a tinham visto abraçada a Célestin em todos os bancos e parapeitos da Pont des Arts, na esquina do Louvre diante dos plátanos, como tigres, debaixo dos portais da Saint-Germain l'Auxerrois, e uma noite na Rue Gît-le-Coeur, beijando-se e empurrando-se alternadamente, caindo de bêbados, Célestin com uma blusa de pintor e a clocharde como sempre debaixo de quatro ou cinco vestidos e algumas capas e capotes, abraçada a uma trouxa vermelha de pano de onde saíam pedaços de manga e uma corneta quebrada, tão apaixonada por Célestin que era admirável, enchendo o rosto dele de ruge e de alguma coisa semelhante a graxa, espantosamente perdidos em seu idílio público, enveredando afinal pela Rue de Nevers, e aí a Maga havia dito: "Ela é que está apaixonada, ele não dá a mínima pra porra nenhuma", e olhara para ele por um instante antes de se agachar para apanhar um barbantinho verde e enrolá-lo no dedo.

— A esta hora não faz frio — dizia a clocharde para animá-lo. — Vou ver se o Lafleur ainda tem um pouco de vinho. Vinho assenta a noite. Célestin levou dois litros que eram meus, além das sardinhas. Não, não sobrou nada. O senhor, que está bem-vestido, podia ir comprar um litro no Habeb.

E pão, se o dinheiro der. — Gostava muito do novo, embora no fundo soubesse que ele não era novo, que estava bem-vestido e que podia pôr o cotovelo no balcão do Habeb e tomar um pernod atrás do outro sem que ninguém protestasse por causa do mau cheiro e essas coisas. O novo continuava fumando, fazendo que sim com um gesto vago, com a cabeça em outro lugar. Cara conhecida. Célestin teria acertado em seguida porque Célestin, em matéria de cara... — Às nove começa o frio de verdade. Vem da lama, lá do fundo. Mas podemos ir à sopa, é bem boa.

36.

(E quando já quase não dava para vê-los no fundo da Rue de Nevers, quando estivessem talvez chegando ao ponto exato onde um caminhão tinha atropelado Pierre Curie ("Pierre Curie?", perguntou a Maga, estranhadíssima e pronta para aprender), eles tinham se virado devagar para a margem alta do rio, apoiando-se contra a caixa de um bouquiniste, embora Oliveira achasse as caixas dos bouquinistes sempre fúnebres à noite, fileira de ataúdes de emergência pousados na balaustrada de pedra, e numa noite de nevasca tinham se divertido escrevendo RIP com um pauzinho em todas as caixas de latão, e apareceu um guarda que não achou a menor graça e disse isso a eles, mencionando coisas como respeito e turismo, sem que se soubesse o que o turismo tinha a ver com a história. Naqueles dias tudo ainda era kibutz, ou pelo menos a possibilidade de kibutz, e andar pela rua escrevendo RIP nas caixas dos bouquinistes e admirando a clocharde apaixonada fazia parte de uma confusa lista de exercícios na contramão que era preciso fazer, superar, ir deixando para trás. E assim era, e fazia frio, e não havia kibutz. A não ser pela mentira de ir comprar vinho tinto no Habeb e criar para si mesmo um kibutz igualzinho ao de Kubla Khan, salvo as distâncias entre o láudano e o vinhozinho tinto do velho Habeb.)

In Xanadu did Kubla Khan
A *stately pleasure-dome decree.*

— Estrangeiro — disse a clocharde, com menos simpatia pelo novo. — Espanhol, hein? Italiano.

— Uma mistura — disse Oliveira, fazendo um esforço viril para suportar o cheiro.

— Mas você trabalha, dá para ver — acusou a clocharde.

— Ah, não. Enfim, eu cuidava das contas de um velho, mas faz tempo que não nos vemos.

— Não é nenhuma vergonha, desde que não se abuse. Eu, quando jovem...

— Emmanuèle — disse Oliveira, apoiando a mão no lugar onde, muito lá embaixo, devia haver um ombro. A clocharde se sobressaltou ao ouvir o nome, olhou para ele de esguelha e depois tirou um espelhinho do bolso do capote e observou a própria boca. Oliveira se perguntou que cadeia inconcebível de circunstâncias poderia ter permitido que a clocharde tivesse os cabelos oxigenados. A operação de untar a boca com um toco de batom escarlate a ocupava profundamente. Ele teve tempo de sobra para declarar uma vez mais para si mesmo que era um imbecil. A mão no ombro, depois do assunto Berthe Trépat. Com resultados que eram de domínio público. Um autopontapé no rabo que o virasse do avesso feito uma luva. Cretinaccio, furfante, babaca infecto. RIP, RIP. *Malgré le tourisme*.

36.

— Como é que você sabe que eu me chamo Emmanuèle?

— Já não lembro. Alguém me disse.

Emmanuèle puxou uma lata de pastilhas Valda cheia de pó rosa e começou a esfregar uma das bochechas. Se Célestin estivesse ali, certamente que. É claro que. Célestin: incansável. Dúzias de latas de sardinhas, le salaud. De repente, lembrou.

— Ah — disse.

— Provavelmente — consentiu Oliveira, envolvendo-se o máximo possível na fumaça.

— Eu vi vocês juntos muitas vezes — disse Emmanuèle.

— A gente andava por aí.

— Mas ela só falava comigo quando estava sozinha. Uma menina muito boa, um pouco louca.

"Assino embaixo", pensou Oliveira. Ouvia Emmanuèle, que se lembrava cada vez melhor, um saco de amendoins caramelizados, um pulôver branco muito usável ainda, uma menina excelente que não trabalhava nem perdia tempo atrás de um diploma, bastante louca de vez em quando e jogando os francos fora para alimentar as pombas da ilha Saint-Louis, às vezes tão triste, às vezes morrendo de rir. Às vezes travessa.

— A gente brigou — disse Emmanuèle — porque ela me aconselhou a deixar o Célestin em paz. Não apareceu mais, eu gostava muito dela.

— Ela veio conversar com você tantas vezes assim?

— Você acha chato, não é mesmo?

— Não é isso — disse Oliveira, olhando para a outra margem.

Mas era isso sim, porque a Maga não tinha confiado a ele nada mais do que um pedaço de sua história com a clocharde, e uma generalização elementar o levava a etc. Ciúme retrospectivo, ver Proust, tortura sutil and so on. Provavelmente ia chover, o salgueiro estava como que suspenso no ar úmido. Em compensação faria menos frio, um pouco menos de frio. Talvez tenha acrescentado alguma coisa do tipo: "Ela nunca me falou muito de você", porque Emmanuèle soltou uma risadinha satisfeita e maligna, e continuou se untando de pó rosa com um dedo enegrecido; de vez em quando levantava a mão e dava um golpe seco no próprio cabelo estufado, envolto por uma fita de lã de listras vermelhas e verdes que na verdade era um cachecol tirado de uma lata de lixo. Enfim, era preciso ir embora, subir para a cidade, tão perto, logo ali, seis metros acima, começando exatamente do outro lado do parapeito do Sena, atrás das caixas RIP de latão onde as pombas dialogavam espojando-se à espera do primeiro sol brando e sem força, a pálida sêmola das oito e meia que desce de um céu esmagado, que não desce porque certamente ia chuviscar, como sempre.

36.

Quando ele já ia se afastando, Emmanuèle gritou alguma coisa. Ele ficou esperando por ela, subiram a escada juntos. No bar do Habeb compraram dois litros de tinto, pela Rue de l'Hirondelle foram se abrigar na galeria coberta. Emmanuèle condescendeu em extrair de entre dois de seus capotes um pacote de jornais, e fizeram um excelente tapete num canto que Oliveira explorou com fósforos desconfiados. Do outro lado dos portais vinha um ronco que parecia de alho e couve-flor e esquecimento barato; mordendo os lábios Oliveira foi escorregando até ficar muito bem instalado no canto junto à parede, grudado em Emmanuèle, que já estava bebendo da garrafa e arfava satisfeita entre um gole e outro. Deseducação dos sentidos, abrir fundo a boca e as narinas e aceitar o pior dos odores, a imundície humana. Um minuto, dois, três, cada vez mais fácil, como todo aprendizado. Contendo a náusea, Oliveira pegou a garrafa, e mesmo sem poder ver sabia que o gargalo estava untado de ruge e de saliva, a escuridão apurava seu olfato. Fechando os olhos para se proteger não sabia bem do quê, bebeu de um trago um quarto de litro de tinto. Depois se puseram a fumar ombro contra ombro, satisfeitos. A náusea retrocedia, não vencida mas humilhada, esperando de cabeça encurvada, e dava para começar a pensar em qualquer coisa. Emmanuèle falava o tempo todo, dirigia a si mesma discursos solenes entre um soluço e outro, recriminava maternalmente um Célestin fantasma, inventariava as sardinhas, seu rosto se acendia a cada tragada no cigarro e Oliveira via as placas de sujeira em sua testa, os grossos lábios manchados de vinho, nos cabelos a faixa triunfal de deusa síria pisoteada por algum exército inimigo, uma cabeça criselefantina revolvida no pó, com placas de sangue e sujeira mas conservando o diadema eterno de franjas vermelhas e verdes, a Grande Mãe jogada no pó e pisoteada por soldados bêbados que se divertiam em mijar sobre os seios mutilados, até que o mais palhaço se ajoelhava, entre as aclamações dos outros, o falo ereto sobre a deusa caída, masturbando-se de encontro ao mármore e deixando que o esperma lhe entrasse pelos olhos dos quais as mãos dos oficiais já haviam arrancado as pedras preciosas, na boca entreaberta que aceitava a humilhação como uma última oferenda antes de rolar para o esquecimento. E era tão natural que na sombra a mão de Emmanuèle tateasse o braço de Oliveira e pousasse confiante, enquanto a outra mão procurava a garrafa e se ouvia o glu-glu e um bufo satisfeito, tão natural que tudo fosse assim absolutamente anverso ou reverso, o signo oposto como possível forma de sobrevivência. E ainda que Holiveira desconfiasse da hebriedade, hastuta cúmplice do Grande Hengano, algo lhe dizia que também ali havia kibutz, que por trás, sempre por trás havia esperança de kibutz. Não uma certeza metódica, ah não, querido velho, isso não, por mais que você queira, nem um in vino veritas nem uma dialética a la Fichte ou outros lapidários espinosianos, somente como uma aceitação na náusea, Heráclito se fizera sepultar num montão de esterco para se curar da hidropisia, alguém tinha dito isso naquela mesma noite, alguém que já parecia ser de uma outra vida, alguém como Pola ou Wong, pessoas que ele tinha constrangido pelo simples fato de querer estabelecer contato com elas pelo lado bom, reinventar o amor como a única maneira de algum dia entrar em seu kibutz. Na merda até o pescoço, Heráclito, o Obscuro, exatamente como eles mas sem o vinho, e também para se curar da hidropisia. Então talvez fosse isso, estar na merda até o pescoço e ao mesmo tempo esperar, porque com certeza Heráclito precisou passar dias inteiros na merda, e Oliveira estava se lembrando de que também Heráclito havia dito que quem não espera jamais encontra o inesperado, torça o pescoço do cisne, havia dito Heráclito, mas não, claro que ele não tinha dito semelhante coisa, e enquanto bebia outro gole longo e Emmanuèle ria na penumbra ao ouvir o glu-glu e acariciava o braço dele como para lhe mostrar que apreciava a sua companhia e a promessa de ir tomar as sardinhas de Célestin, em Oliveira subia, como um arroto vinhoso, o duplo sobrenome do cisne estrangulável, e sentia uma enorme vontade de rir e contar a Emmanuèle, mas em vez disso devolveu a ela a garrafa quase vazia, e Emmanuèle começou a cantar com toda a emoção "Les Amants du Havre", uma canção que a Maga cantava quando estava triste, mas que Emmanuèle cantava com uma entonação trágica, desafinando e esquecendo a letra enquanto acariciava Oliveira, que continuava pensando que só quem espera pode encontrar o inesperado, e semicerrando os olhos para não deixar entrar a vaga luz que subia dos portais, imaginava, num lugar muito distante (do outro lado do mar, ou era um ataque de patriotismo?), a paisagem tão pura que quase não existia no seu kibutz. Evidentemente era preciso torcer o pescoço do cisne, mesmo que Heráclito não tivesse mandado. Estava ficando sentimental, *puisque la terre est ronde, mon amour t'en fais pas, mon amour, t'en fais pas* com o vinho e a voz pegajosa estava ficando sentimental, tudo acabaria em pranto e autocomiseração, como Babs, coitadinho do Horacio ancorado em Paris, como estarão mudadas suas ruas Corrientes, Suipacha, Esmeralda, e o velho arrabalde. Mas ainda que aplicasse toda a sua raiva a acender outro Gauloise, muito longe no fundo dos olhos continuava vendo seu kibutz, não do outro lado do mar ou quem sabe do outro lado do mar, ou ali fora na Rue Galande ou em Puteaux ou na Rue de la Tombe Issoire, fosse como fosse seu kibutz estava sempre ali e não era uma miragem.

— Não é uma miragem, Emmanuèle.

— Ta gueule, mon pote — disse Emmanuèle manobrando entre suas inúmeras saias até encontrar a outra garrafa.

36. Depois se perderam em outras coisas, Emmanuèle contou a ele sobre uma afogada que Célestin avistara à altura de Grenelle e Oliveira quis saber qual era a cor do cabelo dela, mas Célestin não tinha visto nada além das pernas, que naquele momento saíam um pouco da água, e tinha se mandado antes que a polícia começasse com seu maldito costume de interrogar todo mundo. E depois de beberem quase toda a segunda garrafa, quando estavam mais alegres do que nunca, Emmanuèle recitou um fragmento de "La Mort du loup" e Oliveira apresentou a ela sem mais delongas as sextinas do *Martín Fierro*. Um ou outro caminhão já passava pela praça, começavam a se ouvir os rumores que Delius, certa vez... Mas teria sido em vão falar de Delius a Emmanuèle, apesar de ela ser uma mulher sensível que não se limitava à poesia e se expressava manualmente, esfregando-se em Oliveira para tirar o frio do corpo, acariciando-lhe o braço, ronronando trechos de ópera e obscenidades contra Célestin. Apertando o cigarro entre os lábios até senti-lo quase parte da boca, Oliveira a escutava, deixava que ela fosse se apertando contra ele, repetia-se friamente que não era melhor que ela e que no pior dos casos sempre poderia recorrer ao tratamento de Heráclito, talvez a mensagem mais penetrante do Obscuro fosse a que ele não escrevera, deixando que as narrativas, a voz dos discípulos a transmitisse para que algum ouvido fino algum dia entendesse. Achava graça em que amistosamente e muito matter of fact a mão de Emmanuèle o estivesse desabotoando, e poder pensar ao mesmo tempo que talvez o Obscuro tivesse se afundado na merda até o pescoço sem estar doente, sem ter absolutamente nenhuma hidropisia, simplesmente desenhando uma figura que seu mundo não lhe teria perdoado, sob a forma de sentença ou lição e que atravessara a linha do tempo de contrabando até chegar, de mistura com a teoria, não mais que um detalhe desagradável e penoso ao lado do diamante estremecedor do panta rhei, uma terapêutica bárbara que Hipócrates já teria condenado, como por razões de higiene elementar também teria condenado que Emmanuèle se debruçasse pouco a pouco sobre o amigo bêbado e com uma língua manchada de tanino lambesse humildemente sua pica, amparando seu compreensível abandono com os dedos e murmurando a linguagem inspirada pelos gatos e os bebês de peito, completamente indiferente à meditação que acontecia um pouco mais acima, dedicada a um mister que pouco proveito poderia lhe dar, procedendo por alguma obscura comiseração, para que o novo ficasse contente em sua primeira noite de clochard e quem sabe se apaixonasse um pouco por ela para castigar Célestin, esquecesse as coisas esquisitas que estivera ruminando em seu idioma de selvagem americano enquanto escorregava um pouco mais junto à parede e se deixava ir com um suspiro, enfiando a mão no cabelo de Emmanuèle e acreditando por um segundo (mas aquilo devia ser o inferno) que era o cabelo de Pola, que ainda uma vez Pola tinha se jogado em cima dele entre ponchos mexicanos e cartões-postais de Klee e o Quarteto de Durrell para fazê-lo gozar e gozar a partir de fora, atenta e analítica e alheia, antes de exigir sua parte e estender-se contra ele tremendo, pedindo-lhe que a tomasse e a machucasse, com a boca manchada como a deusa síria, como Emmanuèle, que se endireitava puxada pela polícia, sentava-se bruscamente e dizia: *On faisait rien, quoi*, e de repente debaixo do cinza que sem que ele soubesse como enchia os portais Oliveira abria os olhos e via as pernas do guarda encostadas nas suas, ridiculamente desabotoado e com a garrafa vazia rolando depois do pontapé do guarda, o segundo pontapé em sua coxa, a bofetada feroz em plena cabeça de Emmanuèle, que se agachava e gemia, e sem saber como de joelhos, a única posição lógica para enfiar o quanto antes na calça o corpo de delito reduzindo-se prodigiosamente com grande espírito de colaboração para se deixar guardar e abotoar, e realmente não havia acontecido nada mas como explicar ao policial que os arrastava até o camburão na praça, como explicar a Babs que a inquisição era outra coisa, e a Ossip, principalmente a Ossip, como explicar que tudo estava por ser feito e a única coisa decente era voltar atrás para tomar um bom impulso, deixar-se cair para depois poder quem sabe levantar-se, Emannuèle para depois, talvez…

— Deixe ela ir — Oliveira pediu ao guarda. — A coitada está mais bêbada que eu.

Abaixou a cabeça a tempo de evitar a porrada. Outro guarda agarrou-o pela cintura, e num único movimento jogou-o para dentro do camburão. E em cima dele arremessaram Emmanuèle, que cantava alguma coisa parecida com "Le Temps des cérises". Deixaram os dois sozinhos dentro do camburão, e Oliveira esfregou a coxa, que doía atrozmente, e uniu sua voz à dela para cantar "Le Temps des cérises", se é que era isso. O camburão arrancou como se tivesse sido catapultado.

— *Et tous nos amours* — vociferou Emmanuèle.

— Et tous nos amours — disse Oliveira, se jogando no banco e procurando um cigarro. — Isso, minha cara, nem Heráclito.

— *Tu me fais chier* — disse Emmanuèle, desandando a chorar aos gritos. — *Et tous nos amours* — cantou entre soluços. Oliveira ouviu os guardas rindo e olhando através das grades. "Bom, se eu queria tranquilidade, agora vou ter de sobra. Tem de aproveitar, che, nada de fazer o que você está pensando." Telefonar para contar um sonho divertido tudo bem, mas chega, nada de insistir. Cada um por seu lado, hidropisia se cura com paciência, com merda e com solidão. E além do mais o Clube estava liquidado, tudo felizmente estava liquidado e o que ainda restava por liquidar era questão de tempo. O camburão freou numa esquina e quando Emmanuèle gritava *Quand il reviendra, le temps des cérises*, um dos guardas abriu a janelinha e avisou que se os dois não calassem a boca ele arrebentaria a cara deles a pontapés. Emmanuèle se deitou no fundo do camburão de barriga para baixo e chorando aos berros, e Oliveira pôs os pés sobre o traseiro dela e se instalou comodamente no banco. No jogo da amarelinha usa-se uma pedrinha que é preciso empurrar com a ponta do sapato. Ingredientes: uma calçada, uma pedrinha, um sapato e um belo desenho feito a giz, de preferência colorido. No alto está o Céu, embaixo está a Terra, é muito difícil chegar ao Céu com a pedrinha, quase sempre se calcula mal e a pedrinha sai do desenho. Pouco a pouco, porém, vai-se adquirindo a habilidade necessária para transpor as diferentes casas (amarelinha caracol, amarelinha retangular, amarelinha de fantasia, pouco usada) e um dia se aprende a sair da Terra e ir levando a pedrinha até o Céu, até entrar no Céu (*Et tous nos amours*, soluçou Emmanuèle de bruços), o problema é que justamente a essa altura, quando quase ninguém aprendeu a levar a pedrinha até o Céu, a infância se acaba de repente e caímos nos livros, na angústia sem razão de ser, na especulação de outro Céu ao qual também é preciso aprender a chegar. E porque saímos da infância (*Je n'oublierai pas le temps des cérises*, esperneou Emmanuèle no chão) esquecemos que para chegar ao Céu são necessárias, como ingredientes, uma pedrinha e a ponta de um sapato. Que era o que Heráclito sabia, enfiado na merda, e quem sabe soubesse Emmanuèle, que limpava o ranho esfregando as mãos no rosto no tempo das cerejas, ou os dois pederastas que não se sabia como estavam sentados no camburão (mas claro, a porta tinha sido aberta e fechada entre rangidos e risinhos e um soprar de apito) e que rindo feito loucos olhavam para Emmanuèle no chão e para Oliveira querendo fumar mas sem cigarros e sem fósforos embora não se lembrasse de que o guarda tivesse revistado seus bolsos, *et tous nos amours, et tous nos amours*. Uma pedrinha e a ponta de um sapato, isso que a Maga entendera tão bem e ele muito menos bem, e o Clube mais ou menos bem e que desde a infância em Burzaco ou nos subúrbios de Montevidéu mostrava o reto caminho do Céu, sem necessidade de vedanta ou de zen ou de escatologias variadas, sim, chegar ao Céu a pontapés, chegar com a pedrinha (carregar a sua cruz? Pouco manejável, esse artefato) e num último pontapé projetar a pedra contra l'azur

36.

l'azur l'azur, plaf vidro quebrado, já para a cama sem sobremesa, menino levado, e que diferença fazia se atrás do vidro quebrado estava o kibutz, se o Céu não era nada mais do que um nome infantil para o seu kibutz?

— Por tudo isso — disse Horacio —, cantemos e fumemos, Emmanuèle, levanta, velha chorona.

— *Et tous nos amours* — bramiu Emmanuèle.

— Il est beau — disse um dos pederastas, olhando para Horacio com ternura. — Il a l'air farouche.

36. O outro pederasta tinha tirado um tubo de metal do bolso e olhava por um furinho, sorrindo e fazendo caretas. O pederasta mais jovem tirou dele o tubo e começou a olhar. "Não dá para ver nada, Jo", disse ele. "Dá sim, benzinho", disse Jo. "Não, não, não, não." "Dá sim, dá sim. LOOK THROUGH THE PEEPHOLE AND YOU'LL SEE PATTERNS PRETTY AS CAN BE." "Está de noite, Jo." Jo tirou uma caixa de fósforos e acendeu um na frente do caleidoscópio. Gritinhos de entusiasmo, patterns pretty as can be. *Et tous nos amours*, declarou Emmanuèle sentando-se no fundo do camburão. Tudo ia tão bem, tudo chegando a sua hora, o jogo da amarelinha e o caleidoscópio, o pequeno pederasta olhando e olhando, oh, Jo, não estou vendo nada, mais luz, mais luz, Jo. Emborcado no banco, Horacio saudou o Obscuro, a cabeça do Obscuro assomando da pirâmide de bosta com dois olhos que eram estrelas verdes, patterns pretty as can be, o Obscuro tinha razão, um caminho até o kibutz, talvez o único caminho até o kibutz, aquilo não podia ser o mundo, as pessoas seguravam o caleidoscópio pelo lado errado, então era preciso virá-lo com a ajuda de Emannuèle e de Pola e de Paris e da Maga e de Rocamadour, atirar-se no chão como Emmanuèle e dali começar a olhar a partir da montanha de bosta, olhar o mundo pelo olho do cu, and you'll see patterns pretty as can be, a pedrinha tinha que passar pelo olho do cu, enfiada a pontapés pela ponta do sapato, e da Terra ao Céu as casas estariam abertas, o labirinto se desenrolaria como uma corda de relógio arrebentada fazendo partir-se em mil pedaços o tempo dos empregados, e pelo ranho e pelo sêmen e pelo cheiro de Emmanuèle e a bosta do Obscuro se tomaria o caminho que leva ao kibutz do desejo, já não subir ao Céu (subir, palavra hipócrita, Céu, flatus vocis), e sim avançar a passos de homem por uma terra de homens na direção do kibutz ao longe mas no mesmo plano, como o Céu estava no mesmo plano que a Terra na calçada suja das brincadeiras, e um dia talvez se entrasse num mundo onde dizer Céu não seria um trapo manchado de graxa, e um dia alguém veria a verdadeira figura do mundo, patterns pretty as can be, e talvez, empurrando a pedrinha, acabasse por entrar no kibutz.

(-37)

DO LADO DE CÁ

Il faut voyager loin en aimant sa maison.
Appolinaire, *Les Mamelles de Tirésias*

37.

Tinha raiva de se chamar Traveler, logo ele, que nunca tinha saído da Argentina a não ser para cruzar o rio até Montevidéu e na vez em que fora para Assunção do Paraguai, metrópoles recordadas com soberana indiferença. Aos quarenta anos, continuava grudado à Calle Cachimayo, e o fato de trabalhar como gestor e mais um pouco no circo Las Estrellas não dava a ele a menor esperança de percorrer os caminhos do mundo *more* Barnum; a área de operações do circo se estendia de Santa Fe a Carmen de Patagones, com prolongadas escalas na capital federal, La Plata e Rosário. Quando Talita, leitora de enciclopédias, se interessava pelos povos nômades e as culturas transumantes, Traveler grunhia e fazia um elogio insincero do pátio com gerânios, do catre e do nem pensar em sair do rincão onde começou sua existência. Entre um mate e outro, fazia reluzir uma sapiência que impressionava sua mulher, mas o esforço que fazia para convencer era evidente. No sono às vezes deixava escapar expressões de desterro, desenraizamento, trânsitos ultramarinos, passagens por alfândegas e alidades imprecisas. Se quando acordava Talita fizesse troça dele, começava por lhe dar palmadinhas no traseiro para em seguida rirem feito loucos e era como se a autotraição de Traveler fizesse bem aos dois. Uma coisa era preciso reconhecer e era que, à diferença de quase todos os seus amigos, Traveler não culpava a vida ou o destino por não ter conseguido viajar à vontade. Simplesmente bebia uma genebra de um só gole e se declarava um cretinão.

— Claro que eu sou a melhor das suas viagens — dizia Talita sempre que surgia uma oportunidade —, mas ele é tão bobo que não percebe. Eu, senhora, o levei nas asas da fantasia até o próprio limite do horizonte.

A senhora assim interpelada achava que Talita falava a sério, e respondia na seguinte linha:

— Ah, senhora, os homens são tão incompreensíveis (*sic* no sentido de desprovidos de compreensão).

37.
Ou:

— Acredite em mim, comigo e meu Juan Antonio é igualzinho. Sempre digo isso a ele, mas ele nem ouve.

Ou:

— Ah, compreendo a senhora muito bem. A vida é uma luta.

— Não azede a vida, senhora. Tendo saúde, se vai levando.

Depois Talita contava a Traveler, e os dois rolavam de rir no chão da cozinha até descompor a roupa inteira. Para Traveler não havia nada mais prodigioso do que se esconder no lavabo com um lenço ou uma camiseta enfiados na boca para ouvir o que Talita fazia as senhoras da pensão "Sobrales" dizerem, mais algumas outras que moravam no hotel em frente. Nos momentos de otimismo, que não duravam muito, planejava uma radionovela para debochar daquelas gordas sem que elas percebessem, forçando-as a chorar copiosamente e a sintonizar o programa todos os dias. Mas fosse como fosse, ele não tinha viajado, e isso era uma espécie de pedra negra no meio da sua alma.

— Um verdadeiro tijolo — explicava Traveler, tocando a barriga.

— Nunca vi um tijolo negro — dizia o Diretor do circo, seu confidente eventual de tanta nostalgia.

— Ele ficou desse jeito graças ao sedentarismo. E pensar que houve poetas que se queixavam de ser *heimatlos*, Ferraguto!

— Fale em língua de gente, che — dizia o Diretor, a quem o invocativo dramaticamente personalizado produzia um certo sobressalto.

— Não consigo, Dire — murmurava Traveler, desculpando-se tacitamente por tê-lo chamado pelo nome. — As belas palavras estrangeiras são como um oásis, como escalas. Nunca iremos à Costa Rica? Ao Panamá, onde em tempos de antanho os galeões imperiais...? Gardel morreu na Colômbia, Dire, na Colômbia!

— É que falta numerário, che — dizia o Diretor, tirando o relógio. — Vou para o hotel, que a minha Cuca deve estar uma fúria.

Traveler ficava sozinho no escritório e se perguntava como seriam os entardeceres em Connecticut. Para se consolar, passava em revista as coisas boas da sua vida. Por exemplo, uma das coisas boas da sua vida tinha sido entrar certa manhã de 1940 no escritório do seu chefe, no departamento da Arrecadação, com um copo d'água na mão. Tinha saído desempregado, enquanto o chefe secava o rosto com um papel absorvente. Essa tinha sido uma das coisas boas da sua vida, porque justo naquele mês iam promovê-lo, da mesma forma que casar-se com Talita tinha sido outra boa coisa (embora os dois garantissem que era o contrário), já que Talita estava condenada por seu diploma de farmacêutica a envelhecer inapelavelmente no esparadrapo, e Traveler tinha aparecido para comprar uns supositórios contra bronquite, e da explicação que havia pedido a Talita o amor soltara suas espumas como o xampu debaixo do chuveiro. Traveler inclusive assegurava que havia se apaixonado por Talita no exato instante em que ela, baixando os olhos, lhe explicava por que o supositório era mais eficaz depois e não antes de uma boa evacuação.

37.

— Desgraçado — dizia Talita na hora das recordações. — Você bem que estava entendendo as instruções, mas bancava o sonso para que eu tivesse que explicar.

— Uma farmacêutica está a serviço da verdade, mesmo que a verdade se localize nos lugares mais íntimos. Se você soubesse com que emoção apliquei o primeiro supositório naquela tarde, depois de deixar você lá na farmácia... Era um supositório enorme e verde.

— Eucalipto — dizia Talita. — Pois se dê por satisfeito por eu não ter vendido a você um desses que cheiram a alho a vinte metros de distância.

Mas a cada tanto ficavam tristes e compreendiam vagamente que uma vez mais haviam se divertido como recurso extremo contra a melancolia portenha e uma vida sem muito (O que acrescentar a "muito"? Vago mal-estar na boca do estômago, o tijolo negro como sempre).

Talita explicando as melancolias de Traveler à senhora de Gutusso:

— Vem na hora da sesta, é como uma coisa que sobe da pleura.

— Deve ser alguma inflamação lá dentro — diz a senhora de Gutusso. — O lado escuro, como se diz por aí.

— É da alma, senhora. Meu marido é poeta, acredite.

Trancado no lavabo, com uma toalha no rosto, Traveler chora de rir.

— Não será alguma alergia, como se diz? Meu menorzinho, o Vitor, que a senhora vê por aí brincando entre os gerânios e que é uma verdadeira flor, acredite, quando começa com a alergia a aipo fica que nem um quasímodo. Veja, aqueles olhinhos muito negros dele vão se fechando, a boca incha tanto que ele fica parecendo um sapo, e em pouco tempo ele não consegue mais nem abrir os dedos dos pés.

— Abrir os dedos dos pés não é tão necessário assim — diz Talita.

Dá para ouvir os rugidos sufocados de Traveler no lavabo, e Talita muda depressa de assunto para despistar a senhora de Gutusso. Em geral Traveler

37. abandona seu esconderijo sentindo-se muito triste, e Talita compreende. Será preciso falar da compreensão de Talita. É uma compreensão irônica, terna, um pouco distante. Seu amor por Traveler é feito de panelas sujas, de longas vigílias, de uma suave aceitação de suas fantasias nostálgicas e de seu gosto pelos tangos e pelo truco. Quando Traveler está triste e pensa que nunca viajou (e Talita sabe que isso não importa, que suas preocupações são mais profundas), é preciso acompanhá-lo sem falar muito, cevar um mate para ele, cuidar para que não lhe falte tabaco, cumprir o ofício de mulher ao lado do homem mas sem cobrir sua sombra, e isso é difícil. Talita é muito feliz com Traveler, com o circo, escovando o gato calculador antes de ele entrar em cena, cuidando das contas do Diretor. Às vezes ela pensa modestamente que está muito mais próxima do que Traveler das profundezas elementares que o preocupam, mas toda alusão metafísica a assusta um pouco e ela acaba por se convencer de que ele é o único capaz de fazer a perfuração e provocar o jorro negro e oleoso. Tudo isso flutua um pouco, se recobre de palavras ou figuras, se chama o outro, se chama o riso ou o amor, e também é o circo e a vida, para empregar seus nomes mais exteriores e fatais, e por aí vai a coisa.

À falta de outra coisa, Traveler é um homem de ação. Que classifica de ação restrita porque afinal não é o caso de andar se matando. No decorrer de quatro décadas passou por etapas concretas: futebol (no Colegiales, um centroavante bastante bom), pedestrianismo, política (um mês na prisão de Devoto em 1934), cunicultura e apicultura (granja em Manzanares, falência no terceiro mês, coelhos contaminados e abelhas indômitas), automobilismo (copiloto de Marimón, capotamento em Resistencia, três costelas quebradas), carpintaria fina (reforma de móveis que voltam para o sótão uma vez usados, fracasso absoluto), casamento e ciclismo na Avenida General Paz aos sábados, em bicicleta alugada. A urdidura dessa ação é uma biblioteca mental sortida, dois idiomas, pluma fácil, interesse irônico pela soteriologia e pelas bolas de cristal, tentativa de criação de uma mandrágora plantando uma batata numa bacia com terra e esperma, a batata crescendo ao modo estentóreo das batatas, invadindo a pensão, saindo pelas janelas, sigilosa intervenção de Talita armada de tesouras, Traveler explorando o talo da batata, desconfiando de alguma coisa, renúncia humilhada à mandrágora fruto de forca, Alraune, rêmoras de infância. Às vezes Traveler faz alusões a um duplo que tem mais sorte do que ele, e Talita, não se sabe por quê, não gosta disso, o abraça e o beija inquieta, faz o que pode para arrancá-lo dessas ideias. E então o leva para ver Marilyn Monroe, a grande favorita de Traveler, e-tasca-o-freio em uns ciúmes puramente artísticos no escurinho do cine Presidente Roca.

(-98)

38.

Talita não tinha muita certeza de que a repatriação de um amigo de juventude alegrasse Traveler, porque a primeira coisa que Traveler fez ao ficar sabendo que o tal Horacio regressava violentamente à Argentina no transatlântico *Andrea C* foi acertar um pontapé no gato calculador do circo e proclamar que a vida era uma merda. Ainda assim, foi até o porto esperar o amigo com Talita e com o gato calculador dentro de um cesto. Oliveira saiu do pavilhão da alfândega com uma única mala leve, e ao reconhecer Traveler ergueu as sobrancelhas com um ar entre surpreso e enfastiado.

— Diga lá, che.

— Salve — disse Traveler, apertando a mão dele com uma emoção que não havia esperado.

— Escute — disse Oliveira —, vamos a uma das churrascarias do porto comer umas linguiças.

— Apresento minha mulher — disse Traveler.

Oliveira disse: "Muito prazer" e estendeu a mão quase sem olhar para ela. Em seguida perguntou quem era o gato e por que o levavam num cestinho até o porto. Talita, ofendida com a recepção, achou-o positivamente desagradável e anunciou que ia voltar para o circo levando o gato.

— Está bem — disse Traveler. — Mas deixe o gato do lado da janela no bonde, você sabe que ele não gosta nada do corredor.

Na churrascaria, Oliveira começou a tomar vinho tinto e a comer linguiças e chinchulines. Como não falava muito, Traveler contou a ele do circo

38.

e de como tinha se casado com Talita. Fez um resumo da situação política e esportiva do país, detendo-se especialmente na grandeza e decadência de Pascualito Pérez. Oliveira contou que em Paris havia cruzado com Fangio e que o maluco parecia estar dormindo. Traveler começou a sentir fome e pediu miúdos. Gostou de ver Oliveira aceitar com um sorriso o primeiro cigarro crioulo e fumá-lo apreciativamente. Encararam juntos outro litro de tinto, e Traveler falou de seu trabalho, de não ter perdido a esperança de encontrar coisa melhor, ou seja, com menos trabalho e mais grana, o tempo todo esperando que Oliveira dissesse alguma coisa, não sabia o quê, uma direção qualquer que os firmasse naquele encontro passado tanto tempo.

— E aí, conte alguma coisa — sugeriu.

— O tempo — disse Oliveira — era muito variável, mas de vez em quando havia dias bonitos. Outra coisa: como disse César Bruto com muita propriedade, se você for a Paris em outubro não deixe de visitar o Louvre. Que mais? Ah, sim, uma vez até fui a Viena. A cidade tem uns cafés fenomenais, com gordas que levam o cachorro e o marido para comer strudel.

— Está bem, está bem — disse Traveler. — Você não tem a menor obrigação de falar, se não tem vontade.

— Um dia deixei cair um torrão de açúcar debaixo da mesa de um café. Em Paris, não em Viena.

— Para falar tanto dos cafés não valia a pena atravessar o oceano.

— Para bom entendedor — disse Oliveira, cortando com muitas precauções uma tira de chinchulines. — Isto aqui sim você não tem na Cidade Luz, che. A quantidade de argentinos que me disseram isso... Choram por um bife, cheguei inclusive a conhecer uma senhora que se lembrava com saudade do vinho crioulo. De acordo com ela, não dá para tomar vinho francês com soda.

— Que barbaridade — disse Traveler.

— E claro que o tomate e a batata são mais saborosos aqui que em qualquer outro lugar.

— Está na cara — disse Traveler — que você só se enturmou com a nata.

— Uma vez ou outra. Em geral achavam que eu não era da turma, para aproveitar sua delicada metáfora. Que umidade, irmão.

— Ah, isso... — disse Traveler. — Você vai ter que se reaclimatar.

E assim prosseguiram por uns vinte e cinco minutos.

(-39)

39.

É claro que Oliveira não ia contar a Traveler que na escala de Montevidéu tinha andado pelos bairros baixos, perguntando e olhando, tomando uma ou outra pinga para ganhar a confiança de algum moreno. E que não descobrira nada, exceto que havia um monte de edifícios novos e que no porto, onde havia passado a última hora antes que o *Andrea C* zarpasse, a água estava cheia de peixes mortos flutuando de barriga para cima e que no meio dos peixes havia um ou outro preservativo ondulando devagarinho na água gordurosa. Não havia mais nada a fazer senão voltar para o navio, pensando que talvez Lucca, que talvez de fato tivesse sido Lucca ou Perugia. E tudo tão sem sentido.

Antes de desembarcar na mãe-pátria, Oliveira havia decidido que tudo o que se passara não era passado e que somente uma falácia mental como tantas outras podia permitir o fácil expediente de imaginar um futuro abonado pelos jogos já jogados. Entendeu (sozinho na proa, ao amanhecer, na névoa amarela da enseada), que nada teria mudado caso decidisse fincar pé, rejeitar as soluções de facilidade. A maturidade, supondo que tal coisa existisse, era em última instância uma hipocrisia. Nada estava maduro, nada podia ser mais natural que aquela mulher com um gato num cesto, esperando por ele ao lado de Manolo Traveler, se parecesse um pouco com aquela outra mulher que (mas de que havia servido andar pelos bairros baixos de Montevidéu, tomar um táxi até o pé do Cerro, consultando velhos endereços reconstruídos por uma memória indócil?). Era preciso prosseguir, ou recomeçar, ou terminar: ainda não havia ponte. De mala na mão, rumou para uma churrascaria do porto onde certa noite uma pessoa meio alta tinha contado para ele histórias do payador Betinoti e de como ele cantava aquela valsa: *Mi diagnóstico es sencillo:/ Sé que no tengo remedio.* A ideia da palavra "diagnóstico" enfiada numa valsa tinha parecido irresistível a Oliveira, mas agora ele repetia os versos para si mesmo com ar sentencioso, enquanto Traveler contava do circo, de K.O. Lausse e até de Juan Perón.

39.

(-86)

40.

Percebeu que em mais de um sentido a volta na verdade era a ida. Já vegetava com a pobre e abnegada da Gekrepten num quartinho do hotel na frente da pensão Sobrales, onde residiam os Traveler. Tudo ia muito bem com os dois, Gekrepten estava encantada, cevava um mate impecável, e embora fosse péssima em matéria de fazer amor e de pasta asciutta, tinha outras relevantes qualidades domésticas e o deixava com todo o tempo necessário para pensar no problema da ida e da volta, que o preocupava nos intervalos de uma corretagem de cortes de gabardina. No começo Traveler havia criticado sua mania de pôr defeito em tudo em Buenos Aires, de chamar a cidade de puta emperiquitada, mas Oliveira explicou a ele e a Talita que nessas críticas havia tamanha quantidade de amor que só mesmo um casal de idiotas como eles não era capaz de compreender seus desabafos. Acabaram vendo que ele tinha razão, que Oliveira não podia se reconciliar hipocritamente com Buenos Aires, e que agora estava muito mais longe do país do que quando andava pela Europa. Só as coisas simples e um pouco velhas o faziam sorrir: o mate, os discos de De Caro, às vezes o porto à tarde. Os três andavam muito pela cidade, aproveitando que Gekrepten trabalhava numa loja, e Traveler vislumbrava em Oliveira os traços do pacto cidadão, adubando nesse meio-tempo o terreno com enormes quantidades de cerveja. Mas Talita era mais intransigente (característica própria da indiferença) e exigia adesões a curto prazo: a pintura de Clorindo Testa, por exemplo, ou os filmes de Torre Nilsson. Surgiam discussões terríveis sobre Bioy Casares, David Viñas, o padre Castellani, Manauta e a política da YPF. Talita acabou entendendo que para Oliveira dava exatamente no mesmo estar em Buenos Aires ou em Bucareste, e que na verdade ele não tinha voltado, havia sido trazido. Por baixo dos temas de discussão circulava sempre um ar patafísico, a tripla coincidência numa histriônica procura de pontos de olhar que tirassem do centro o observador ou o observado. À força de discutir, Talita e Oliveira começavam a se respeitar. Traveler se lembrava do Oliveira dos vinte anos e seu coração doía, embora talvez tudo não passasse dos gases da cerveja.

— O que acontece com você é que você não é poeta — dizia Traveler. — Não sente a cidade como nós, como uma enorme barriga que oscila lentamente sob o céu, uma aranha enormíssima com as patas em San Vicente, em Burzaco, em Sarandí, em El Palomar, e as outras enfiadas na água, pobre animal, com este rio sujo do jeito que é.

— O Horacio é um perfeccionista — dizia Talita penalizada, ela que já não fazia cerimônia com ele. — Um borrachudo sobre o nobre cavalo. Você devia aprender conosco, que somos uns portenhos humildes e ainda assim sabemos quem é Pieyre de Mandiargues.

— E pelas ruas — dizia Traveler, revirando os olhos — passam moças de olhos meigos e rostinhos em que o arroz-doce e a rádio El Mundo foram deixando uma espécie de pó de amável besteira.

— Isso sem contar as mulheres emancipadas e intelectuais que trabalham nos circos — dizia modestamente Talita.

— E os especialistas em folclore canyengue, como este humilde servidor. Em casa me lembre de ler para você a confissão de Ivonne Guitry, velho, é um portento.

— A propósito, a senhora de Gutusso manda dizer que se você não devolver a antologia de Gardel ela vai arrebentar um vaso de flor no seu crânio — informou Talita.

— Primeiro eu preciso ler a confissão para o Horacio. Ela que espere, velha de merda.

— A senhora de Gutusso é aquela espécie de catoblepas que fica o tempo todo falando com a Gekrepten? — perguntou Oliveira.

— É. Esta semana está na vez de elas serem amigas. Você vai ver, daqui a alguns dias, nosso bairro é assim.

— Prateado pela lua — disse Oliveira.

— Muito melhor que o seu Saint-Germain-des-Prés — disse Talita.

— Claro que sim — disse Oliveira, olhando para ela. Quem sabe revirando um pouco os olhos… E aquela maneira de pronunciar o francês, aquela maneira, e se ele entrecerrasse os olhos. (Farmacêutica, que pena.)

Como eles gostavam muito de brincar com as palavras, por aqueles dias inventaram os jogos no cemitério, abrindo por exemplo o Julio Casares na página 558 e brincando com a hallulla, o hámago, o halieto, o haloque, o hamez, o harambel, o harbullista, a harca e a harija. No fundo ficavam um pouco tristes pensando nas possibilidades malogradas pelo espírito argentino e o passo-implacável-do-tempo. A propósito de farmacêutica, Traveler insistia se tratar do gentílico de uma nação sumamente merovíngia, e ele e Oliveira dedicaram a Talita um poema épico em que as hordas farmacêuticas invadiam a Catalunha semeando o terror, a piperina e o heléboro. A nação farmacêutica, de ingentes cavalos. Meditação na estepe farmacêutica. Ó imperatriz dos farmacêuticos, tende piedade dos afofados, dos afrontalizados, dos alabançados e dos aforados que se atufam.

Enquanto Traveler trabalhava pouco a pouco o Diretor para que ele introduzisse Oliveira no circo, o objeto desses desvelos tomava mate no quarto e se punha desanimadamente em dia em matéria de literatura nacional. Nessas tarefas estava quando se desencadearam os grandes calores, e a venda de cortes de gabardine mermou consideravelmente. Começaram as reuniões no pátio de d. Crespo, que era amigo de Traveler e alugava quartos para a senhora de Gutusso e outras damas e cavalheiros. Favorecido pela ternura de Gekrepten, que o mimava como a um menino, Oliveira dormia até não poder mais e nos intervalos lúcidos às vezes dava uma olhada num livrinho de Crevel que havia aparecido no fundo da mala, e assumia ares de personagem de romance russo. Dessa preguiça tão metódica não podia sair nada bom, e ele confiava vagamente nisso, em que entrecerrando os olhos se vissem algumas coisas mais bem desenhadas, confiava em que dormindo as meninges se desanuviam. O assunto do circo não ia nada bem, o Diretor não queria nem pensar em outro empregado. À noitinha, antes de entrar no emprego, os Traveler desciam para tomar mate com d. Crespo, e Oliveira também aparecia e juntos escutavam discos velhos numa vitrola que funcionava por milagre, que é como se devem escutar discos velhos. Às vezes Talita se sentava na frente de Oliveira para o jogo do cemitério, ou para o desafio das perguntas-balança, que era outro jogo que ela e Traveler haviam inventado e que os divertia muito. D. Crespo achava que eram loucos e a senhora de Gutusso, estúpidos.

— Você nunca fala daquilo — dizia Traveler às vezes, sem olhar para Oliveira. Era mais forte do que ele; quando se decidia a interrogá-lo tinha que desviar os olhos, e tampouco sabia por quê, mas não conseguia dizer o nome da capital da França, dizia "aquilo" como uma mãe que queima os miolos inventando nomes inofensivos para as partes pudendas das crianças, coisinhas de Deus.

— Nenhum interesse — respondia Oliveira. — Vá lá ver, se não acredita no que eu digo.

Era a melhor maneira de deixar Traveler, nômade fracassado, com raiva. Em vez de insistir, ele afinava seu horrível violão da Casa América e revidava com os tangos. Talita olhava de esguelha para Oliveira, um pouco ressentida. Sem nunca dizê-lo muito claramente, Traveler enfiara na cabeça dela que Oliveira era um tipo meio esquisito, e embora isso estivesse na cara, a esquisitice devia ser outra, estar em outro lugar. Havia noites em que todo mundo parecia esperar alguma coisa. Sentiam-se muito bem juntos, mas eram como uma cabeça de tormenta. Nessas noites, se abriam o cemitério, apareciam-lhes coisas como cisco, cisticerco, cito, cisma, cístico e cisão. Acabavam indo para a cama com um mau humor latente e sonhavam a noite inteira com coisas divertidas e agradáveis, o que na verdade era um contrassenso.

(-59)

41.

A partir das duas da tarde o sol dava no rosto de Oliveira. Para piorar, com aquele calor ficava muito difícil para ele endireitar pregos martelando-os sobre uma laje (todos sabem como é perigoso endireitar um prego a marteladas, há um momento em que o prego está quase reto, mas ao receber mais uma martelada faz uma pirueta e espeta violentamente os dedos que o seguram; algo de uma perversidade fulminante), martelando-os obstinadamente sobre uma laje (mas todos sabem que) obstinadamente sobre uma laje (mas todos) obstinadamente.

"Não tem mais nenhum reto", pensava Oliveira, olhando os pregos esparramados pelo chão. "E a esta hora a loja de ferragens está fechada, vão me expulsar a pontapés se eu bater na porta querendo comprar uns pregos. A única saída é desentortar estes aqui, não tem outro jeito."

Toda vez que conseguia desentortar mais ou menos um prego, erguia a cabeça na direção da janela aberta e assoviava para que Traveler aparecesse. Do seu quarto via muito bem uma parte do dormitório dele, e algo lhe dizia que Traveler estava lá dentro, provavelmente deitado com Talita. Os Traveler dormiam muito durante o dia, não tanto pelo cansaço do circo mas por um princípio de preguiça que Oliveira respeitava. Era penoso acordar Traveler às duas e meia da tarde, mas os dedos com que Oliveira segurava os pregos já estavam arroxeados, o sangue pisado começava a extravasar, dando aos dedos um aspecto de chouriços malfeitos que era realmente repugnante. Quanto mais olhava para eles, mais sentia necessidade de acordar Traveler.

E para piorar, estava com vontade de tomar mate e a erva havia acabado: quer dizer, só havia erva para meio mate, e era conveniente que Traveler ou Talita jogassem para ele a quantidade restante embrulhada num papel e com alguns pregos servindo de lastro para conseguir acertar a janela. Com pregos retos e erva a sesta seria mais tolerável.

41.   "É incrível como eu assovio forte", pensou Oliveira deslumbrado. No andar de baixo, onde funcionava um puteiro clandestino com três mulheres mais uma garota para os mandados, alguém o parodiava com um contra-assovio lamentável, uma mistura de chaleira fervente com silvo desdentado. Oliveira ficava encantado com a admiração e a rivalidade que seu assovio era capaz de suscitar; não o desperdiçava, reservando-o para as ocasiões importantes. Em suas horas de leitura, que aconteciam entre uma e cinco da madrugada, mas não todas as noites, havia chegado à desconcertante conclusão de que o assovio não era um tema de destaque na literatura. Poucos autores faziam seus personagens assoviar. Nenhum, praticamente. Condenavam-nos a um repertório bastante monótono de elocuções (dizer, responder, cantar, gritar, balbuciar, gaguejar, proferir, sussurrar, exclamar e declamar), mas nunca acontecia de um herói ou heroína coroar um grande momento de suas epopeias com um verdadeiro assovio, desses de rachar os vidros. Os fidalgos ingleses assoviavam para chamar seus sabujos, e alguns personagens dickensianos assoviavam para conseguir um cab. Já a literatura argentina assoviava pouco, o que era uma vergonha. Por isso Oliveira, mesmo nunca tendo lido Cambaceres, tendia a considerá-lo um mestre só por causa de seus títulos, e às vezes imaginava uma continuação na qual o assovio ia se adentrando na Argentina visível e invisível, a envolvia em seu barbante reluzente e oferecia à estupefação universal aquele matambre enrolado que pouco tinha a ver com a versão áulica das embaixadas e o conteúdo da rotogravura dominical e digestiva dos Gainza Mitre Paz, e menos ainda com os altos e baixos do Boca Juniors e os cultos necrófilos da baguala e do bairro de Boedo. "Puta que pariu" (para um prego), "vocês não me deixam nem pensar em paz, caralho." Além do mais, aquelas imaginações o enojavam por serem fáceis, embora estivesse convencido de que era preciso agarrar a Argentina pelo lado da vergonha, buscar nela o rubor escondido por um século de usurpações de todo tipo, como tão bem explicavam seus ensaístas, e para isso o melhor era demonstrar a ela, de alguma maneira, que não dava para levá-la a sério como ela pretendia. Quem se animaria a ser o bufão que desmontasse tanta soberania para porra nenhuma? Quem riria na cara dela para vê-la enrubescer e talvez, por uma vez que fosse, sorrir como quem encontra e reconhece? Mas che, cara, que maneira de estragar o dia. Vamos ver se este preguinho resiste menos que os outros, ele tem um ar bastante dócil.

"Que frio horroroso este", disse Oliveira para si mesmo, acreditando na eficácia da autossugestão. O suor lhe escorria do cabelo para os olhos, era impossível segurar um prego com a parte torta para cima porque a menor martelada o fazia escorregar pelos dedos encharcados (de frio) e o prego tornava a beliscá-lo e a tingir de roxo (de frio) os seus dedos. Para completar, o sol começava a bater em cheio no aposento (era a lua sobre as estepes cobertas de neve, e ele assoviava para açular os cavalos que impulsavam seu fiacre), às três não restaria um só recanto sem neve, ele ia congelar lentamente até ser tomado pela sonolência tão bem descrita e mesmo provocada nos relatos eslavos, e seu corpo ficaria sepultado na brancura homicida das lívidas flores do espaço. Bonito, isso: as lívidas flores do espaço. Nesse exato momento acertou uma martelada em cheio no polegar. O frio que o invadiu foi tão intenso que ele foi obrigado a se contorcer no chão para lutar contra a rigidez do congelamento. Quando enfim conseguiu se sentar, sacudindo a mão em todas as direções, estava encharcado da cabeça aos pés, provavelmente de neve derretida ou daquela chuvinha leve que se alterna com as lívidas flores do espaço e refresca a pele dos lobos.

41.

Traveler estava amarrando a calça do pijama e de sua janela via muito bem a luta de Oliveira contra a neve e a estepe. Esteve a ponto de se virar e contar para Talita que Oliveira estava se contorcendo no chão sacudindo uma mão, mas entendeu que a situação se revestia de certa gravidade e que era preferível continuar sendo uma testemunha adusta e impassível.

— Até que enfim você apareceu, porra — disse Oliveira. — Passei meia hora assoviando para você. Olha como a minha mão está machucada!

— Não deve ser de tanto vender cortes de gabardine — disse Traveler.

— É de tanto endireitar pregos, che. Preciso de alguns pregos retos e de um pouco de erva.

— Isso é fácil — disse Traveler. — Espera.

— Embrulhe e jogue.

— Está bem — disse Traveler. — Mas pensando bem vai me dar trabalho ir até a cozinha.

— Por quê? — disse Oliveira. — Não fica tão longe assim.

— Não, mas é que tem um monte de corda com roupa estendida, essas coisas.

— Passe por baixo — sugeriu Oliveira. — Ou então corte os varais. A chicotada de uma camisa molhada nas lajotas é uma coisa inesquecível. Se você quiser, eu jogo o canivete daqui. Aposto que cravo o canivete na janela. Quando menino eu cravava um canivete em qualquer coisa e a dez metros de distância.

— O problema com você — disse Traveler — é que tudo que acontece faz você recuar até a infância. Já cansei de dizer para você ler um pouco de

Jung, che. E veja que esse canivete dá caldo: qualquer um diria que se trata de uma arma interplanetária. Não se pode dizer nada a você que logo puxa o canivete. Me diz o que é que isso tem a ver com um pouco de erva e uns pregos.

— Você não acompanhou o raciocínio — disse Oliveira, ofendido. — Primeiro mencionei a mão machucada e depois passei para os pregos. Aí você retrucou que não tinha como ir até a cozinha por causa de umas cordinhas, e era bastante lógico que as cordinhas me fizessem pensar no canivete. Você devia ler o Edgar Poe, che. Apesar das cordinhas você carece de amarrações, seu problema é esse.

41. Traveler se debruçou na janela e olhou para a rua. A pouca sombra se esborrachava sobre o calçamento e à altura do primeiro piso começava a matéria solar, um arrebatamento amarelo que se espraiava para todos os lados e literalmente esborrachava o rosto de Oliveira.

— À tarde esse sol pega você em cheio — disse Traveler.

— Não é sol — disse Oliveira. — Você bem que podia perceber que aquilo é a lua e que está fazendo um frio tremendo. Fiquei com esta mão roxa desse jeito por excesso de congelamento. Agora vai começar a gangrena, e daqui a algumas semanas você estará levando gladíolos para mim na derradeira morada.

— A lua? — disse Traveler, olhando para cima. — O que vou precisar levar para você em Vieytes é toalhas molhadas.

— Lá o que a gente mais agradece são Particulares leves — disse Oliveira. — Você é todo incongruências, Manú.

— Já lhe falei cinquenta vezes pra você não me chamar de Manú.

— A Talita chama você de Manú — disse Oliveira, agitando a mão como se quisesse soltá-la do braço.

— As diferenças entre você e Talita — disse Traveler — são do tipo que se vê palpavelmente. Não entendo por que você precisa assimilar o vocabulário dela. Sinto repugnância de caranguejos-ermitães, de simbiose em todas as suas formas, de líquen e os demais parasitas.

— Você é de uma delicadeza que literalmente me parte a alma — disse Oliveira.

— Obrigado. Estávamos no capítulo erva e pregos. Para que você quer pregos?

— Não sei ainda — disse Oliveira, confuso. — Na verdade peguei a lata de pregos e descobri que todos estavam tortos. Comecei a endireitá-los, e com esse frio, entende… Tenho a impressão de que quando meus pregos estiverem bem retinhos, vou descobrir para que preciso deles.

— Interessante — disse Traveler, olhando fixamente para ele. — Às vezes acontecem coisas curiosas com você. Primeiro os pregos, depois a finalidade dos pregos. Muita gente precisaria aprender isso, velho.

— Você sempre me entende — disse Oliveira. — E a erva, como você bem imagina, é para eu cevar uns amargos.

— Está bem — disse Traveler. — Espere aí. Se eu demorar muito, pode assoviar, Talita se diverte com seus assovios.

Sacudindo a mão, Oliveira foi até a pia e jogou água no rosto e no cabelo. Continuou se molhando até empapar a camiseta, e voltou à janela para aplicar em si mesmo a teoria segundo a qual o sol que bate num pano molhado provoca uma violenta sensação de frio. "E pensar que vou morrer", disse Oliveira para si mesmo, "sem ter visto na primeira página do jornal a notícia das notícias: CAIU A TORRE DE PISA! É triste, pensando bem."

Começou a compor manchetes, coisa que sempre ajudava a passar o tempo. ENROSCOU-SE NA LÃ DO TECIDO E ACABOU ASFIXIADA EM LANÚS OESTE. Contou até duzentos sem que lhe ocorresse nenhuma outra manchete aceitável.

— Vou ter que mudar — murmurou Oliveira. — Este quarto é imensamente pequeno. Na verdade eu devia entrar no circo de Manú e morar com eles. A erva!!

Ninguém respondeu.

— A erva — disse Oliveira suavemente. — A erva, che. Não faça isso comigo, Manú. E pensar que a gente poderia conversar de janela para janela, eu, você e a Talita, e quem sabe aparecesse a senhora de Gutusso ou a garota de mandados, e a gente jogasse o jogo do cemitério, entre outros.

"Afinal de contas", pensou Oliveira, "o jogo do cemitério eu posso fazer sozinho."

Foi buscar o dicionário da Real Academia Española, em cuja capa a palavra "Real" tinha sido encarniçadamente destruída a golpes de gilete, abriu-o ao acaso e preparou para Manú o seguinte jogo do cemitério.

"Fartos do cliente e de seus cleonasmos, tiraram-lhe o clíbano e o clípeo e fizeram com que engolisse uma clica. Em seguida aplicaram nele um clístel clínico na cloaca, embora ele clocasse por tão clivosa assunção de água mesclada a clinopódio, revolvendo os clisos como cleição clorótica."

— Caralho! — disse Oliveira admirativo. Pensou que "caralho" também poderia funcionar como ponto de partida, mas se decepcionou ao descobrir que a palavra não constava do cemitério; em compensação, no conuco dois cobs estavam concobando, ansiosos por copar-se; o problema era que o corbim os havia comado, citando-os como cocós empestados.

"É realmente a necrópole", pensou. "O que eu não entendo é como a encadernação desta porcaria dura tanto."

Começou a escrever outro jogo, mas não saía nada. Decidiu tentar os diálogos típicos e procurou o caderno onde os escrevia depois de se inspirar

41.

no metrô, nos cafés e nos botecos. Tinha um diálogo típico de espanhóis quase pronto, e fez alguns retoques a mais, não sem antes jogar outra jarra de água na camiseta.

DIÁLOGO TÍPICO DE ESPANHÓIS

41.   *López* — Eu morei um ano inteiro em Madri. Veja só, foi em 1925, e...

Pérez — Em Madri? Pois ontem mesmo eu justamente dizia ao dr. García...

López — De 1925 a 1926, quando fui professor de literatura na universidade.

Pérez — Eu dizia o seguinte: "Hombre, todo aquele que já morou em Madri sabe o que é isso".

López — Uma cátedra criada especialmente para mim, para que eu pudesse dar minhas aulas de literatura.

Pérez — Exatamente, exatamente. Pois ontem mesmo eu dizia ao dr. García, de quem sou muito amigo...

López — E, claro, quem morou lá mais de um ano sabe muito bem que o nível dos estudos deixa muito a desejar.

Pérez — Ele é filho de Paco García, que foi ministro do Comércio e que criava touros.

López — Uma vergonha, acredite, uma verdadeira vergonha.

Pérez — Pois é, hombre, nem me fale. Pois esse dr. García...

Oliveira já estava meio cansado do diálogo e fechou o caderno. "Shiva", pensou bruscamente. "Ó bailarino cósmico, como brilharias, bronze infinito, debaixo deste sol. Por que penso em Shiva? Buenos Aires. Aqui se vive. Maneira tão estranha. A gente acaba tendo uma enciclopédia. De que te serviu o verão, ó rouxinol? Claro que seria pior especializar-se e passar cinco anos estudando o comportamento do acridiano. Mas veja que lista incrível, garoto, dê uma olhada nisto..."

Era um papelzinho amarelo, recortado de um documento de caráter vagamente internacional. Uma publicação da Unesco ou coisa parecida, com os nomes dos integrantes de um certo Conselho da Birmânia. Oliveira começou a se divertir com a lista e não pôde resistir à tentação de pegar um lápis e escrever a seguinte jitanjáfora:

U Nu,
U Tin,
Mya Bu,

Thado Thiri Thudama U E Maung,
Sithu U Cho,
Wunna Kyaw Htin U Khin Zaw,
Wunna Kyaw Htin U Thein Han,
Wunna Kyaw Htin U Myo Min,
Thiri Pyanchi U Thant,
Thado Maha Thray Sithu U Chan Htoon.

41.

"Os três Wunna Kyaw Htin são um pouco monótonos", disse para si mesmo ao observar os versos. "Deve querer dizer alguma coisa tipo Sua Excelência Excelentíssima. Che, que bom isso de Thiri Pyanchi U Thant, é o que soa melhor. E como será que se pronuncia Htoon?"

— Salve — disse Traveler.

— Salve — disse Oliveira. — Que frio, che.

— Desculpe se fiz você esperar. Sabe, os pregos…

— Claro — disse Oliveira. — Um prego é um prego, principalmente quando está reto. Você fez um pacote?

— Não — disse Traveler, coçando um mamilo. — Que barbaridade de dia, che, parece um fogo.

— Olha só — disse Oliveira tocando sua camiseta completamente seca. — Você é como a salamandra, vive num mundo de perpétua piromania. Trouxe a erva?

— Não — disse Traveler. — Esqueci completamente da erva. Só estou com os pregos.

— Bom, então vá lá buscar, faça um embrulhinho e jogue.

Traveler olhou para sua janela, depois para a rua, e por fim para a janela de Oliveira.

— Vai ser dureza — disse. — Você sabe que eu nunca emboco um tiro, nem que seja a dois metros. No circo debocharam de mim umas vinte vezes.

— Mas se é quase como se você me entregasse na mão — disse Oliveira.

— Você fica falando, falando, mas vai que os pregos caem na cabeça de alguém lá embaixo e a gente arruma encrenca…

— Jogue o embrulho e depois fazemos jogos de cemitério — disse Oliveira.

— É melhor você vir buscar.

— Mas será que você enlouqueceu, garoto? Descer três andares, atravessar o gelo e subir outros três andares, isso não se faz nem na cabana do Pai Tomás.

— Você não vai querer que seja eu a praticar esse andinismo vespertino.

— Longe de mim querer semelhante coisa — disse virtuosamente Oliveira.

— Nem que eu vá buscar uma tábua na copa para fabricar uma ponte.

— Essa ideia — disse Oliveira — até que não é tão ruim assim, e além do mais ia servir para a gente ir usando os pregos, você do seu lado e eu do meu.

— Certo, espere — disse Traveler, e desapareceu.

Oliveira ficou pensando num bom insulto para esmagar Traveler na primeira oportunidade. Depois de consultar o cemitério e jogar uma jarra de água na camiseta, posicionou-se em pleno sol na janela. Traveler não demorou a chegar, arrastando uma tábua enorme, que pouco a pouco foi projetando janela afora. Só então Oliveira se deu conta de que Talita também estava segurando a tábua e a cumprimentou com um assovio. Talita vestia uma saída de banho verde, suficientemente justa para que se visse que estava nua.

— Como você é chato — disse Traveler, bufando. — E mete a gente em cada confusão.

Oliveira viu sua oportunidade.

— Cale a boca, miriápodo de dez a doze centímetros de comprimento, com um par de patas em cada um dos vinte e um anéis em que está dividido seu corpo, quatro olhos e na boca mandibulinhas córneas e ganchudas que ao morder soltam um veneno muito ativo — disse numa rajada.

— Mandibulinhas — comentou Traveler. — Preste atenção nas palavras que você profere. Che, se eu continuar pondo a tábua para fora da janela vai chegar uma hora em que a força da gravidade vai mandar Talita e a mim para o diabo.

— Estou vendo — disse Oliveira —, mas considere que a ponta da tábua está longe demais para que eu possa agarrá-la.

— Estenda um pouco as mandibulinhas — disse Traveler.

— Não tenho tutano para isso, che. E além do mais você sabe muito bem que eu sofro de *horror vacui*. Sou um caniço pensante de boa linhagem.

— O único caniço que reconheço em você é a caninha paraguaia — disse Traveler furioso. — Eu realmente não sei o que vamos fazer, esta tábua está começando a pesar demais, você sabe muito bem que o peso é uma coisa relativa. Quando a gente trouxe a tábua ela era levíssima, mas claro que o sol não estava batendo como agora.

— Puxe a tábua de volta para dentro — disse Oliveira, suspirando. — Melhor a gente fazer o seguinte: tenho outra tábua, não tão comprida, mas em compensação mais larga. A gente passa uma corda fazendo um laço e amarra as duas tábuas pelo meio. Eu prendo a minha na cama, você faz o que achar melhor.

— A do nosso lado a gente prende numa gaveta da cômoda — disse Talita. — Enquanto você vai buscar a sua tábua, a gente vai se preparando.

"Como eles são complicados", pensou Oliveira ao buscar a tábua que estava de pé no patamar, entre a porta do seu quarto e a de um curandeiro turco. Era uma tábua de cedro, muito bem lixada mas com dois ou três nós que haviam caído. Oliveira passou um dedo por um dos buracos, observou como saía do outro lado e se perguntou se os buracos serviriam para passar a corda. O patamar estava quase escuro (mas era sobretudo a diferença entre o aposento ensolarado e a sombra) e na porta do turco havia uma cadeira na qual estava aboletada uma senhora de preto. Oliveira cumprimentou-a de detrás da tábua, que havia erguido e segurava como se fosse um imenso (e ineficaz) escudo.

— Boa tarde, senhor — disse a senhora de preto. — Que calor está fazendo.

— Ao contrário, senhora — disse Oliveira. — Na verdade está fazendo um frio terrível.

— Não banque o engraçadinho, senhor — disse a senhora. — Mais respeito com os doentes.

— Mas a senhora não tem nada.

— Nada? Como se atreve?

"Isto é a realidade", pensou Oliveira, segurando a tábua e olhando a senhora de preto. "Isto que aceito a cada momento como a realidade e que não pode ser, não pode ser."

— Não pode ser — disse Oliveira.

— Retire-se, atrevido — disse a senhora. — O senhor devia ter vergonha de sair de camiseta a esta hora.

— É uma Masllorens, senhora — disse Oliveira.

— Asqueroso — disse a senhora.

"Isso que penso ser a realidade", pensou Oliveira, acariciando a tábua, apoiando-se nela. "Essa vitrine arrumada, iluminada por cinquenta ou sessenta séculos de mãos, de imaginações, de compromissos, de pactos, de secretas liberdades."

— Parece mentira o senhor ter cabelos brancos — dizia a senhora de preto.

"Pretender ser o centro", pensou Oliveira, apoiando-se com maior comodidade na tábua. "Mas é incalculavelmente idiota. Um centro tão ilusório quanto seria pretender a ubiquidade. Não há centro, há uma espécie de confluência contínua, de ondulação da matéria. No decorrer da noite eu sou um corpo imóvel, e do outro lado da cidade um rolo de papel está se transformando no jornal da manhã, e às oito e quarenta eu sairei de casa e às oito e vinte o jornal terá chegado à banca da esquina, e às oito e quarenta e cinco minha mão e o jornal se unirão e começarão a mover-se juntos no ar, a um metro do solo, a caminho do bonde..."

— E o dr. Bunche que nunca acaba de atender o outro doente — disse a senhora de preto.

Oliveira ergueu a tábua e a pôs para dentro do quarto. Traveler lhe fazia sinais para que andasse logo, e para acalmá-lo respondeu com dois assovios estridentes. A corda estava em cima do guarda-roupa, era preciso aproximar uma cadeira e subir.

— Que tal ser um pouco mais rápido — disse Traveler.

41.   — Pronto, pronto — disse Oliveira, aparecendo na janela. — Sua tábua está bem presa, che?

— Calçamos ela numa gaveta da cômoda e Talita pôs em cima a Enciclopédia Autodidáctica Quillet.

— Nada mal — disse Oliveira. — Na minha vou pôr o relatório anual do Statens Psykologisk-Pedagogiska Institut, que mandam para a Gekrepten não se sabe por quê.

— O que eu não entendo é como vamos acoplar as duas tábuas — disse Traveler, começando a empurrar a cômoda para que a tábua pouco a pouco saísse pela janela.

— Vocês parecem dois chefes assírios com os aríetes que derrubavam muralhas — disse Talita, que não em vão era a dona da enciclopédia. — Esse livro que você falou aí é alemão?

— Sueco, sua burra — disse Oliveira. — Trata de coisas como a *Mental-hygieniska synpunkter i förskoleundervisning*. São palavras esplêndidas, dignas desse jovem Snorri Sturlusson tão mencionado na literatura argentina. Verdadeiros peitorais de bronze, com a imagem talismânica do falcão.

— Os lestos turbilhões da Noruega — disse Traveler.

— Você é mesmo um sujeito culto ou está só acertando um chute? — perguntou Oliveira com certo assombro.

— Não vou dizer que o circo não me tome tempo — disse Traveler —, mas sempre sobra um tempinho para pregar uma estrela na testa. Essa frase da estrela sai sempre que falo do circo, de pura contaminação. De onde será que fui tirar isso? Você faz alguma ideia, Talita?

— Não — disse Talita, testando a solidez da tábua. — Provavelmente de algum romance porto-riquenho.

— O que mais me incomoda é que, no fundo, eu sei onde foi que li isso.

— Num clássico? — insinuou Oliveira.

— Não lembro direito sobre o que era — disse Traveler —, mas era um livro inesquecível.

— Dá pra ver — disse Oliveira.

— Nossa tábua está perfeita — disse Talita. — Agora mesmo é que eu não sei como você vai fazer para prender na sua.

Oliveira terminou de desemaranhar a corda, partiu-a ao meio, e com uma das metades atou a tábua no estrado da cama. Apoiando a ponta da tábua na borda da janela, empurrou a cama e a tábua começou a funcionar como uma alavanca sobre o parapeito, descendo pouco a pouco até se apoiar na de Traveler, enquanto os pés da cama subiam uns cinquenta centímetros. "O problema é que a cama vai continuar subindo assim que alguém quiser passar pela ponte", pensou Oliveira preocupado. Aproximou-se do guarda--roupa e começou a empurrá-lo na direção da cama.

41.

— Você não tem apoio suficiente? — perguntou Talita, que tinha se sentado na borda de sua janela e olhava para o quarto de Oliveira.

— Exageremos nas precauções — disse Oliveira — para evitar algum sensível acidente.

Empurrou o guarda-roupa até deixá-lo ao lado da cama, e pouco a pouco o tombou. Talita admirava a força de Oliveira quase tanto quanto a astúcia e as invenções de Traveler. "Realmente eles são dois gliptodontes", pensava enternecida. Os períodos antediluvianos sempre tinham parecido a ela um refúgio de sapiência.

O guarda-roupa criou velocidade e caiu violentamente sobre a cama, fazendo o chão tremer. De baixo subiram gritos, e Oliveira pensou que o turco da porta ao lado devia estar armazenando uma tremenda pressão xamânica. Acabou de ajeitar o guarda-roupa e montou na tábua, claro que do lado de dentro do quarto.

— Agora isto vai aguentar qualquer peso — anunciou. — Não haverá tragédia, para desencanto das moças ali de baixo, que nos querem tão bem. Para elas, nada disso faz sentido enquanto alguém arrebentar a alma na rua. É a vida, dizem elas.

— Você não vai atrelar as tábuas com a sua corda? — perguntou Traveler.

— Veja — disse Oliveira. — Você sabe muito bem que a vertigem me impediu de escalar posições. A mera palavra "Everest" me faz sentir uma espécie de fisgada na virilha. Detesto muita gente, mas ninguém tanto quanto o sherpa Tenzing, acredite.

— Ou seja, nós é que vamos ter que prender as tábuas — disse Traveler.

— É isso — acedeu Oliveira, acendendo um 43.

— Está vendo? — disse Traveler a Talita. — Ele está querendo que você se arraste até o meio da ponte e amarre a corda.

— Eu? — disse Talita.

— Bom, você ouviu.

— Oliveira não disse que era eu que tinha de me arrastar até o meio da ponte.

— Não disse, mas se deduz. Além do quê, é mais elegante que você leve a erva para ele.

— Não vou saber amarrar a corda — disse Talita. — Oliveira e você sabem fazer nós, mas os meus se desatam em seguida. Não chegam nem a se atar.

— A gente passa as instruções para você — condescendeu Traveler.

Talita ajeitou a saída de banho e tirou um fiapo pendurado em um de seus dedos. Estava precisando suspirar, mas sabia que suspiros exasperavam Traveler.

41. — Você quer mesmo que eu seja a pessoa que vai levar a erva para Oliveira? — disse em voz baixa.

— Do que vocês estão falando, che? — disse Oliveira, tirando a metade do corpo pela janela e apoiando as duas mãos em sua tábua. A garota dos mandados tinha posto uma cadeira na calçada para observá-los. Oliveira cumprimentou-a com uma das mãos. "Dupla fatura do tempo e do espaço", pensou. "A coitada dá por certo que estamos loucos e se prepara para uma vertiginosa volta à normalidade. Se alguém cair, o sangue vai respingar nela, com certeza. E ela não sabe que o sangue vai respingar nela, não sabe que pôs a cadeira ali para que o sangue respingue nela, e não sabe que há dez minutos bateu-lhe uma crise de tedium vitae em plena copa, unicamente para veicular a transferência da cadeira para a calçada. E que o copo d'água que tomou às duas e vinte e cinco estava morno e repugnante só para que o estômago, centro do humor vespertino, preparasse nela o ataque de tedium vitae que três pílulas de leite de magnésia Phillips teriam debelado perfeitamente; mas isto ela não era obrigada a saber, certas coisas desencadeantes ou debelantes só podem ser conhecidas num plano astral, para usar essa terminologia inane."

— Não estamos falando de coisa nenhuma — dizia Traveler. — Prepare a corda.

— Já está pronta, é uma corda bacana. Vamos lá, Talita, alcanço ela para você daqui mesmo.

Talita montou na tábua e avançou uns cinco centímetros, apoiando as duas mãos e levantando o traseiro até pousá-lo um pouco mais adiante.

— Esta saída de banho é muito incômoda — disse. — Seria melhor uma calça sua ou algo assim.

— Não vale a pena — disse Traveler. — Vai que você cai e estraga a minha roupa.

— Vem com calma — disse Oliveira. — Um pouco mais e já consigo jogar a corda pra você.

— Como essa rua é larga — disse Talita, olhando para baixo. — Muito mais larga do que quando a gente olha para ela da janela.

— As janelas são os olhos da cidade — disse Traveler —, e naturalmente deformam tudo o que veem. Agora você está num ponto de grande pureza, e talvez veja as coisas como uma pomba ou um cavalo, que não sabem que têm olhos.

— Pare com essas ideias para a NRF e firme bem a tábua — aconselhou Oliveira.

— Claro que você fica fulo quando alguém diz alguma coisa que você adoraria ter dito antes. Sou perfeitamente capaz de firmar a tábua enquanto penso e falo.

— Já devo estar chegando no meio — disse Talita.

— Meio? Ora, você mal desgrudou da janela. Ainda faltam pelo menos dois metros.

— Um pouco menos — disse Oliveira, para animá-la. — Agora mesmo eu jogo a corda para você.

— Parece que a tábua está se dobrando para baixo — disse Talita.

— Dobrando nada — disse Traveler, que agora estava montado na tábua, só que do lado de dentro. — Está só vibrando um pouco.

— Além do mais, a ponta está apoiada na minha tábua — disse Oliveira. — Seria muito estranho as duas cederem ao mesmo tempo.

— Sim, mas eu peso cinquenta e seis quilos — disse Talita. — E quando chegar ao meio vou pesar pelo menos duzentos. Sinto que a tábua está baixando cada vez mais.

— Se ela estivesse baixando — disse Traveler —, eu estaria com os pés dependurados, e em vez disso estou com espaço de sobra para apoiá-los no chão. A única coisa que pode acontecer é que as duas tábuas se quebrem, mas seria muito estranho.

— A fibra é muito resistente no sentido longitudinal — acedeu Oliveira. — É o apólogo do feixe de juncos e de outros exemplos. Suponho que você esteja trazendo a erva e os pregos.

— Está tudo aqui no meu bolso — disse Talita. — Jogue essa corda de uma vez. Estou ficando nervosa, juro.

— É o frio — disse Oliveira, girando a corda no ar como um gaúcho dos pampas. — Cuidado, não vá perder o equilíbrio. É melhor eu laçar você, para termos certeza de que você consegue agarrar a corda.

"É curioso", pensou, vendo a corda passar acima da cabeça dela. "Tudo se encaixa perfeitamente quando a gente realmente tem vontade. A única coisa falsa nisso tudo é a análise."

— Você já está chegando — anunciou Traveler. — Fique de um jeito que possa amarrar bem as duas tábuas, que estão um pouco separadas.

— Olhe só como eu a lacei bem — disse Oliveira. — Aí está, Manú, não negue que eu poderia trabalhar com vocês no circo.

— Você machucou meu rosto — queixou-se Talita. — Essa corda pinica muito.

41.

— Ponho um chapéu texano, saio assoviando e laço todo mundo — propôs Oliveira entusiasmado. — A arquibancada me ovaciona, um sucesso poucas vezes registrado nos anais circenses.

— Você está tendo uma insolação — disse Traveler, acendendo um cigarro. — E eu já falei para você não me chamar de Manú.

— Não tenho força — disse Talita. — A corda é áspera, fica grudada nela mesma.

41.

— A ambivalência da corda — disse Oliveira. — Sua função natural sabotada por uma misteriosa tendência à neutralização. Creio que chamam a isso entropia.

— Está bem apertado — disse Talita. — Dou mais uma volta? Ainda tem um pedaço de corda pendurado.

— Sim, enrole bem a corda — disse Traveler. — Coisas que sobram e ficam penduradas me irritam; é diabólico.

— Um perfeccionista — disse Oliveira. — Agora passe para a minha tábua para testar a ponte.

— Tenho medo — disse Talita. — Sua tábua parece menos firme que a nossa.

— O quê? — disse Oliveira ofendido. — Então você não está vendo que é uma tábua de cedro puro? Nem pense em comparar com essa porcaria de pinho. Pode passar tranquila para a minha, pode vir.

— O que você acha, Manú? — perguntou Talita, virando o corpo.

Traveler, que ia responder, olhou para o ponto onde as duas tábuas se encontravam e para a corda mal posicionada. Montado na tábua, sentia que ela vibrava entre suas pernas de maneira ao mesmo tempo agradável e desagradável; Talita não tinha mais que apoiar-se nas mãos, tomar um leve impulso e entrar na zona da tábua de Oliveira. Claro que a ponte resistiria; estava muito bem-feita.

— Olhe, espere um momento — disse Traveler, meio na dúvida. — Você não consegue estender o embrulho para ele daí onde você está?

— Claro que não consegue — disse Oliveira, surpreso. — Que ideia é essa? Você está estragando tudo.

— Estender, estender, não consigo — admitiu Talita. — Mas dá para jogar, daqui é a coisa mais fácil do mundo.

— Jogar — disse Oliveira, ressentido. — Tanta confusão e no fim eles vêm me falar em jogar o embrulho.

— Se você esticar o braço vai estar a menos de quarenta centímetros do pacote — disse Traveler. — Não há necessidade de que Talita vá até aí. Ela atira o embrulho e tchau.

— Vai errar o tiro, como todas as mulheres — disse Oliveira —, e a erva vai acabar esparramada nos paralelepípedos, isso para não falar nos pregos.

— Pode ficar tranquilo — disse Talita, tirando apressadamente o embrulho do bolso do roupão. — Mesmo que não caia na sua mão, com certeza entra pela janela.

— Isso, e arrebenta no chão, que está sujo, e eu tomo um mate nojento, cheio de lanugem — disse Oliveira.

— Não dê bola pra ele — disse Traveler. — Jogue o embrulho de uma vez e volte.

Talita se virou e olhou para ele, duvidando de que estivesse falando sério. Traveler a olhava de um jeito que ela conhecia muito bem, e Talita sentiu uma espécie de carícia percorrer suas costas. Apertou o embrulho com força, calculou a distância.

41.

Oliveira tinha baixado os braços e parecia indiferente ao que Talita fizesse ou deixasse de fazer. Por cima de Talita, olhava fixamente para Traveler, que olhava fixamente para ele. "Esses dois estenderam outra ponte entre eles", pensou Talita. "Se eu despencar na rua nem vão notar." Olhou os paralelepípedos, viu a garota dos mandados contemplando-a com a boca aberta; duas quadras adiante vinha andando uma mulher que devia ser Gekrepten. Talita esperou, com o embrulho apoiado na ponte.

— Está vendo? — disse Oliveira. — Precisava acontecer, ninguém muda você. Chega até junto das coisas e a pessoa imagina que finalmente você vai entender, mas é inútil, che, você começa a enrolar, a ler os rótulos. Você fica nos prospectos, garoto.

— E daí? — disse Traveler. — Por que preciso jogar de acordo com as suas regras, irmão?

— Os jogos se criam sozinhos, você é que enfia um graveto para frear a roda.

— A roda fabricada por você, para sermos exatos.

— Acho que não — disse Oliveira. — Não fiz mais que suscitar as circunstâncias, como dizem os entendidos. Neste jogo era preciso jogar limpo.

— Frase de perdedor, velho.

— É fácil perder quando há truques no jogo.

— Você é adulto — disse Traveler. — Puro sentimento gaúcho.

Talita sabia que de alguma maneira estavam falando dela, e continuava olhando para a garota dos mandados imóvel na cadeira, com a boca aberta. "Eu daria qualquer coisa para não ouvir esses dois discutirem", pensou Talita. "Seja do que for que estão falando, no fundo eles estão sempre falando de mim, mas também não é isso, embora seja quase isso." De repente ocorreu a ela que seria divertido soltar o embrulho de maneira que ele caísse na boca da garota dos mandados. Mas não achava graça, sentia a outra ponte por cima, as palavras indo e vindo, os risos, os silêncios aquecidos.

"É como um julgamento", pensou Talita. "Como uma cerimônia."

Reconheceu Gekrepten, que chegava à outra esquina e começava a olhar para cima. "Quem é que está julgando você?", acabava de dizer Oliveira. Mas era ela que estava sendo julgada, e não Traveler. Um sentimento, algo pegajoso como o sol na nuca e nas pernas. Ia ter um ataque de insolação, talvez fosse essa a sentença. "Não creio que você seja alguém para me julgar", tinha dito Manú. Mas não era Manú, e sim a ela que estavam julgando. E representado nela, sabe lá o quê, enquanto a estúpida da Gekrepten agitava o braço esquerdo e fazia sinais para ela como se ela, por exemplo, estivesse a ponto de ter um ataque de insolação e fosse cair na rua, irremediavelmente condenada.

— Por que você está balançando desse jeito? — disse Traveler, segurando sua tábua com as duas mãos. — Che, você está fazendo a tábua vibrar demais. Desse jeito vamos todos para o diabo.

— Não estou me mexendo nadinha — disse Talita, infeliz. — Tudo o que eu queria era jogar o embrulho para ele e entrar em casa de novo.

— O sol está batendo na sua cabeça, coitada — disse Traveler. — Isso é mesmo uma barbaridade, che.

— A culpa é sua — disse Oliveira irritado. — Ninguém, na Argentina, sabe arrumar encrenca tão bem quanto você.

— Você está implicando comigo — disse Traveler, objetivo. — Ande logo, Talita. Jogue esse embrulho na cara dele para ele parar de nos aporrinhar de uma vez por todas.

— Agora ficou meio tarde — disse Talita. — Já não estou tão segura de acertar a janela.

— Eu falei — murmurou Oliveira, que murmurava muito pouco e só quando estava à beira de alguma barbaridade. — Aí vem a Gekrepten cheia de pacotes. Como se fôssemos poucos, a avó resolveu parir mais um.

— Não esquente e jogue a erva para ele — disse Traveler, impaciente. — Não se preocupe com a pontaria.

Talita inclinou a cabeça e o cabelo escorregou por sua testa, até a boca. Tinha que pestanejar continuamente porque o suor entrava em seus olhos. Sentia a língua cheia de sal e de alguma coisa que deviam ser centelhas, astros diminutos passando e colidindo com as gengivas e o céu da boca.

— Espere — disse Traveler.

— Está falando comigo? — perguntou Oliveira.

— Não. Espere, Talita. Se segure bem que vou lhe alcançar um chapéu.

— Não saia da tábua — pediu Talita. — Vou cair lá embaixo.

— A enciclopédia e a cômoda dão conta perfeitamente. Não se mova, que volto num minuto.

As tábuas se inclinaram um pouco para baixo e Talita se agarrou desesperadamente. Oliveira assoviou com todas as suas forças como se quisesse deter Traveler, mas já não havia ninguém na janela.

— Que animal — disse Oliveira. — Não se mexa, nem respire. É uma questão de vida ou morte, acredite.

— Eu sei — disse Talita, com um fio de voz. — Sempre foi assim.

— E para piorar as coisas, Gekrepten está subindo a escada. A bronca que ela vai nos dar, minha mãe. Não se mova.

41.

— Não estou me movendo — disse Talita. — Mas parece que...

— Pois é, mas só parece — disse Oliveira. — Não se mova, é só o que podemos fazer.

"Eles já me julgaram", pensou Talita. "Agora só me resta cair, que eles vão continuar com o circo, com a vida."

— Chorando por quê? — indagou Oliveira, interessado.

— Não estou chorando — disse Talita. — Estou suando, só isso.

— Olhe aqui — disse Oliveira ressentido —, posso ser muito idiota, mas nunca me aconteceu de confundir lágrimas com transpiração. É totalmente diferente.

— Eu não choro — disse Talita. — Não choro quase nunca, juro. Quem chora é gente como Gekrepten, que está subindo a escada carregada de pacotes. Eu sou como o cisne, que canta quando morre — disse Talita. — Ouvi num disco de Gardel.

Oliveira acendeu um cigarro. As tábuas haviam se equilibrado outra vez. Aspirou a fumaça satisfeito.

— Escute, enquanto esse idiota do Manú não volta com o chapéu, poderíamos aproveitar para brincar de perguntas-balança.

— Vamos lá — disse Talita. — Ontem mesmo preparei umas tantas, para você saber.

— Muito bem. Eu começo e cada um faz uma pergunta-balança. A operação que consiste em depositar sobre um corpo sólido uma capa de metal dissolvido num líquido, valendo-se de correntes elétricas, não é uma embarcação antiga, de vela latina, de umas cem toneladas de porte?

— Claro que é — disse Talita, jogando o cabelo para trás. — Andar daqui para lá, vagar, desviar o golpe de uma arma, perfumar com almíscar, e ajustar o pagamento do dízimo dos frutos verdes, não equivale a qualquer dos sucos vegetais destinados à alimentação, como vinho, azeite etc.?

— Muito bom — condescendeu Oliveira. — Os sucos vegetais, como vinho, azeite... Nunca tinha me ocorrido pensar no vinho como um suco vegetal. É esplêndido. Mas ouça esta: reverdecer, verdejar o campo, enroscar o cabelo, a lã, envolver-se numa rinha ou contenda, envenenar a água com verbasco ou outra substância análoga para atordoar os peixes e pescá-los, não é o desenlace do poema dramático, especialmente quando é doloroso?

— Que lindo — disse Talita, entusiasmada. — Lindíssimo, Horacio. Você realmente tira suco do cemitério.

— O suco vegetal — disse Oliveira.

A porta do quarto se abriu e Gekrepten entrou respirando agitadamente. Gekrepten era loura tingida, falava com muita facilidade, e já não se surpreendia com um guarda-roupa jogado numa cama e um homem montado numa tábua.

— Que calor — disse, largando os pacotes sobre uma cadeira. — Não tem hora pior para fazer compras, acredite. O que você está fazendo aí, Talita? Não sei por que sempre saio na hora da sesta.

— Está bem, está bem — disse Oliveira, sem olhar para ela. — Agora é a sua vez, Talita.

— Não me lembro de nenhuma outra.

— Pense bem, não é possível que você não se lembre.

— Ah, é por causa do dentista — disse Gekrepten. — Sempre me dão os piores horários para obturar os dentes. Contei que hoje precisava ir ao dentista?

— Agora estou me lembrando de uma — disse Talita.

— E veja só o que me acontece — disse Gekrepten. — Chego ao consultório do dentista, na Calle Warnes. Toco a campainha e aparece a empregada. Digo: "Boa tarde". Ela diz: "Boa tarde, entre, por favor". Eu entro, e ela me faz passar para a sala de espera.

— É assim — disse Talita. — Aquele que tem os carrilhos volumosos, ou a fileira de barris amarrados conduzidos à maneira de balsa, para um lugar povoado de carriços: o armazém de artigos de primeira necessidade, instalado para que nele se abasteçam determinadas pessoas de forma mais econômica do que nas lojas, e tudo o que diz respeito ou se relaciona à écloga, não é como aplicar o galvanismo a um animal vivo ou morto?

— Que maravilha — disse Oliveira deslumbrado. — Simplesmente fenomenal.

— Me diz: "Sente-se um momento, por favor". Eu me sento e espero.

— Tenho uma última — disse Oliveira. — Espere, não me lembro bem.

— Estavam lá duas senhoras e um senhor com um menino. Parecia que os minutos não passavam. Se eu disser que li três números inteiros de *Idílio*… O menino chorava, pobre criança, e o pai, um cara nervoso… Não quero inventar nada, mas se passaram mais de duas horas, e isso que cheguei às duas e meia. Quando enfim chega a minha vez e o dentista me diz: "Entre, senhora"; eu entro, e ele me diz: "O que coloquei no outro dia incomodou muito?". Digo: "Não, doutor, nem um pouco. Além disso, o todo esse tempo eu mastiguei de um lado só". Ele diz: "Muito bem, é isso mesmo que se deve fazer. Sente-se, senhora". Eu me sento, e ele me diz: "Abra a boca, por favor". É muito amável, esse dentista.

— Pronto — disse Oliveira. — Escute bem, Talita. Por que você está olhando para trás?

— Para ver se o Manú voltou.

— Voltou nada... Escute bem: a ação e o efeito de contrapassar ou, nos torneios e justas, agir um ginete de modo a fazer seu cavalo dar com os peitos nos do cavalo do adversário, não parece muito com o fastígio, momento mais grave e intenso de uma enfermidade?

41.

— É estranho — disse Talita, pensando. — Fala-se assim, em espanhol?

— Fala-se assim o quê?

— Isso de um ginete agir de modo a fazer seu cavalo dar com os peitos.

— Nos torneios, é — disse Oliveira. — Está no cemitério, che.

— Fastígio — disse Talita — é uma palavra muito bonita. Uma pena o significado.

— Ora, com mortadela e com tantas outras é igual — disse Oliveira. — Quem andou tratando desse tema foi o abade Bremond, mas não há grande coisa a fazer. As palavras são como nós, nascem com uma cara e não tem jeito. Pense na cara do Kant e me diga. Ou Bernardino Rivadavia, para não ir tão longe.

— Ele me fez uma obturação com material plástico — disse Gekrepten.

— Está fazendo um calor terrível — disse Talita. — Manú falou que ia me trazer um chapéu.

— Esse aí não traz coisa nenhuma — disse Oliveira.

— Se você estiver de acordo, jogo o embrulho e volto para casa — disse Talita.

Oliveira olhou a ponte, mediu a janela abrindo vagamente os braços, e moveu a cabeça.

— Quem sabe se você vai acertar — disse. — Por outro lado, me dá um não-sei-quê segurar você aí fora com esse frio glacial. Por acaso você sente a formação de carambinas de gelo no cabelo e nas fossas nasais?

— Não — disse Talita. — As carambinas vêm a ser como os fastígios?

— De certo modo, sim — disse Oliveira. — São duas coisas que se parecem a partir de suas diferenças, um pouco como Manú e eu, pensando bem. Você há de reconhecer que meu problema com Manú é sermos parecidos demais.

— Pois é — disse Talita. — E isso às vezes incomoda bastante.

— A manteiga derreteu — disse Gekrepten, untando uma fatia de pão preto. — A manteiga, com o calor, é uma luta.

— A pior diferença está nisso — disse Oliveira. — A pior das piores diferenças. Dois sujeitos de cabelo preto, com cara de farristas portenhos, com o mesmo desprezo por quase as mesmas coisas, e você...

— Bom, eu... — disse Talita.

— Não tem por que escapulir — disse Oliveira. — É um fato que você de alguma forma se soma a nós dois para aumentar a semelhança, e portanto a diferença.

41.   — Não acho que eu me some a vocês dois — disse Talita.

— E você sabe o quê? O que você pode saber, você? Fica ali no seu quarto, vivendo e cozinhando e lendo a enciclopédia autodidática, e à noite vai para o circo, e com isso tem a sensação de que só está onde está. Nunca reparou nas maçanetas das portas, nos botões de metal, nos pedacinhos de vidro?

— Sim, às vezes reparo — disse Talita.

— Pois se reparasse bem, veria que por toda parte, onde menos se espera, há imagens que copiam todos os seus movimentos. Eu sou muito sensível a essas idiotices, acredite.

— Venha cá, tome o seu leite que já criou nata — disse Gekrepten. — Por que vocês estão sempre falando de coisas esquisitas?

— Você está me dando importância demais — disse Talita.

— Ah, essas coisas a gente não decide — disse Oliveira. — Existe toda uma categoria de coisas que a gente não decide, e que são sempre aborrecidas, embora não sejam as mais importantes. Digo isso porque é um grande consolo. Por exemplo, eu pretendia tomar mate. E agora chega essa aqui e começa a preparar café com leite sem ninguém pedir. Resultado: se eu não tomar, cria nata no leite. Não é importante, mas chateia um pouco. Você percebe o que estou dizendo?

— Ah, percebo — disse Talita, olhando-o nos olhos. — É verdade, você se parece com o Manú. Vocês dois sabem falar tão bem do café com leite e do mate que a gente acaba entendendo que o café com leite e o mate, na realidade...

— Exato — disse Oliveira. — *Na realidade*. De modo que podemos voltar ao que eu estava dizendo. A diferença entre Manú e mim é que nós somos quase iguais. Nessa proporção, a diferença é como um cataclismo iminente. Somos amigos? Somos, claro, mas eu não me surpreenderia nem um pouco se... Veja bem, desde que nos conhecemos, e posso dizer porque você já sabe, não fazemos outra coisa além de nos machucarmos. Ele não gosta que eu seja como sou, mal me ponho a endireitar uns pregos e você viu a confusão que ele arma, e aliás põe você no rolo. Mas ele não gosta que eu seja do jeito que sou porque na verdade muitas das coisas que acontecem comigo, muitas das coisas que eu faço, é como se eu as escondesse a um palmo do nariz dele. Antes que ele pense nelas, zás, já fiz. Bang, bang, aparece na janela endireitando os pregos.

Talita olhou para trás e viu a sombra de Traveler, que escutava tudo, escondido entre a cômoda e a janela.

— Bom, não precisa exagerar — disse Talita. — O Traveler tem algumas ideias que você não teria.

— Por exemplo?

— Seu leite está esfriando — disse Gekrepten queixosa. — Quer que eu ponha mais um pouco no fogo, amor?

41.

— Prepare um pudim para amanhã — aconselhou Oliveira. — Prossiga, Talita.

— Não — disse Talita, suspirando. — Para quê? Estou com tanto calor, e parece que estou começando a ficar enjoada.

Sentiu a vibração da ponte quando Traveler montou, junto da janela. Esticando-se de bruços sem passar do nível do parapeito, Traveler pôs um chapéu de palha sobre a tábua. Com a ajuda de um cabo de espanador, começou a empurrá-lo centímetro a centímetro.

— Se houver um pequeno desvio — disse Traveler —, na certa ele cai lá embaixo e vai dar um trabalhão descer para buscar.

— O melhor seria eu voltar para casa — disse Talita, olhando penosamente para Traveler.

— Mas primeiro você precisa passar a erva para o Oliveira — disse Traveler.

— Não vale mais a pena — disse Oliveira. — Enfim, ela que jogue o embrulho, dá no mesmo.

Talita olhou para um depois para o outro, e ficou imóvel.

— É difícil entender você — disse Traveler. — Esse trabalhão todo e de repente dá no mesmo, com erva ou sem erva.

— O relógio andou, meu filho — disse Oliveira. — Você se move no contínuo tempo-espaço com uma lentidão de lesma. Pense só em tudo o que se passou a partir do momento em que você resolveu ir buscar esse chapéu todo ferrado. O ciclo do mate se fechou sem se consumar, e enquanto isso a sempre fiel Gekrepten fez sua chamativa entrada no local armada de utensílios culinários. Estamos no setor do café com leite, não tem mais jeito.

— Que argumentos — disse Traveler.

— Não são argumentos, são demonstrações perfeitamente objetivas. Você tem a tendência de se mover no contínuo, como dizem os físicos, enquanto eu sou sumamente sensível à descontinuidade vertiginosa da existência. Neste exato momento irrompe o café com leite, se instala, impera, se difunde, se reitera em centenas de milhares de lares. As cuias foram lavadas, guardadas, abolidas. Uma zona temporal de café com leite cobre este setor do continente americano. Pense em tudo o que isso supõe e acarreta. Mães diligentes ensinando seus párvulos sobre a dietética láctea, reuniões infantis em torno da mesa da copa, em cuja área superior tudo são sorrisos e na inferior um dilúvio de chutes e beliscões. Dizer café com leite a esta hora significa mutação, convergência amável rumo ao fim da jornada, evocação das boas ações, das ações ao portador, situações transitórias, vagos proêmios ao que às seis da tarde, hora terrível de chave nas portas e disparadas até o ônibus, se concretizará brutalmente. A essa hora quase ninguém faz amor, que é antes ou depois. A essa hora se pensa no chuveiro (que será tomado às cinco) e as pessoas começam a ruminar as possibilidades da noite, quer dizer, se verão Paulina Singerman ou Toco Tarántola (mas não temos certeza, ainda há tempo). O que isso tudo tem a ver com a hora do mate? Não me refiro ao mate mal tomado, sobreposto ao café com leite, mas ao autêntico, o que eu queria, na hora certa, no momento de frio mais intenso. E essas coisas, tenho a sensação de que você não as compreende direito.

41.

— A modista é uma larápia — disse Gekrepten. — Você manda fazer seus vestidos numa modista, Talita?

— Não — disse Talita. — Sei um pouco de corte e costura.

— Você faz muito bem, garota. Hoje à tarde eu saí do dentista e dei um pulo na modista que fica a um quarteirão do consultório para reclamar de uma saia que já devia estar pronta oito dias atrás. E ela me diz: "Ai, senhora, com a doença de mamãe não pude nem, como se diz, enfiar a linha na agulha". E eu digo: "Mas estou precisando da saia, senhora". E ela me diz: "Acredite, eu sinto muito. Uma cliente como a senhora. Mas vai ser preciso me desculpar". E eu digo: "Desculpar não resolve, senhora. Melhor seria a senhora cumprir com os compromissos que todos sairíamos lucrando". E ela me diz: "Já que é assim, por que não procura outra modista?". E eu digo a ela: "Não é que eu não tenha vontade, mas já que me comprometi com a senhora é melhor esperar, mesmo que me pareça uma irresponsabilidade".

— Tudo isso aconteceu com você? — disse Oliveira.

— Claro — disse Gekrepten. — Você não está vendo que estou contando para Talita?

— São duas coisas diferentes.

— Lá vem você, já vai começar.

— Está vendo? — disse Oliveira a Traveler, que olhava para ele de cenho franzido . — Está vendo como são as coisas? Cada um acha que está falando daquilo que compartilha com os outros.

— E não é bem isso, claro — disse Traveler. — Grande novidade.

— Convém repetir, che.

— Você repete tudo o que imagina ser uma sanção contra alguém.

— Deus me pôs sobre vossa cidade — disse Oliveira.

— Quando você não está me julgando, cai em cima da sua mulher.

— Para provocá-los e mantê-los despertos — disse Oliveira.

— Uma espécie de mania mosaica. Você fica o tempo todo descendo do Sinai.

— Eu gosto — disse Oliveira — que as coisas fiquem sempre o mais claro possível. Pelo jeito tanto faz para você que em plena conversa Gekrepten intercale uma história absolutamente fantasiosa sobre um dentista e uma saia qualquer. Parece que não percebe que essas irrupções, desculpáveis quando são belas ou pelo menos inspiradas, tornam-se repugnantes quando se limitam a contrapor-se a uma ordem, a torpedear uma estrutura. É bem como estou falando, irmão.

— Horacio é sempre o mesmo — disse Gekrepten. — Não dê confiança, Traveler.

— Somos de uma moleza insuportável, Manú. Consentimos a cada instante que a realidade nos escape por entre os dedos como uma aguinha qualquer. Estávamos com ela ali, quase perfeita, feito um arco-íris saltando do polegar ao mindinho. E quanto trabalho para obtê-la, o tempo empenhado, os méritos que é preciso conseguir... Zás, a rádio anuncia que o general Pisotelli fez declarações. Kaputt. Tudo kaputt. "Até que enfim um assunto sério", pensa a garota dos mandados, ou esta aqui, ou quem sabe você mesmo. E eu, porque não vá imaginar que me considero infalível. E eu lá sei onde é que está a verdade? Só sei que gostava tanto daquele arco-íris quanto de um sapinho entre meus dedos. E esta tarde... Veja só, apesar do frio, acho que estávamos começando a fazer algo a sério. Talita, por exemplo, executando a proeza extraordinária de não cair na rua, e você ali, e eu... Ora, o sujeito tem sensibilidade para certas coisas, que diabos!

— Não sei se entendo você — disse Traveler. — Essa coisa do arco-íris até que não está mal. Mas por que você é tão intolerante? Viva e deixe viver, irmão.

— Agora que já brincou bastante, venha tirar o armário de cima da cama — disse Gekrepten.

— Está vendo? — disse Oliveira.

— Hmm, estou — disse Traveler, convencido.

— Quod erat demostrandum, garoto.

— Quod erat — disse Traveler.

— E o pior é que na verdade a gente não tinha nem começado.

— Como é que é? — disse Talita, jogando o cabelo para trás e olhando para ver se Traveler tinha empurrado suficientemente o chapéu.

— Não fique nervosa — aconselhou Traveler — Se vire devagar, estenda essa mão, assim. Espere, agora eu empurro um pouco mais... Não falei? Pronto.

Talita segurou o chapéu e o pôs na cabeça num só movimento. Lá embaixo haviam se juntado dois meninos e uma senhora, que falavam com a garota dos mandados e olhavam para a ponte.

— Agora eu jogo o embrulho para o Oliveira e acabou-se — disse Talita sentindo-se mais segura com o chapéu na cabeça. — Segurem firme as tábuas, vejam lá o que vão fazer.

— Você vai jogar? — disse Oliveira. — Aposto que não acerta.

— Deixa ela tentar — disse Traveler. — Se o embrulho se esborrachar na rua, tomara que caia no coco da senhora de Gutusso, fofoqueira repelente.

— Ah, então você também não gosta dela — disse Oliveira. — Que bom, porque eu não consigo engolir essa mulher. E você, Talita?

— Eu preferia jogar o embrulho para você — disse Talita.

— Agora, agora, mas acho que você está muito afobada.

— Oliveira tem razão — disse Traveler. — Só falta você estragar tudo no fim, depois desse trabalhão.

— Mas é que estou com calor — disse Talita. — Quero voltar para casa, Manú.

— Você não está tão longe para se queixar desse jeito. Até parece que você está escrevendo do Mato Grosso.

— Ele se refere à erva — Oliveira informou Gekrepten, que olhava o armário.

— Vocês vão continuar brincando por muito tempo? — perguntou Gekrepten.

— Nã-nã-não — disse Oliveira.

— Ah — disse Gekrepten. — Menos mal.

Talita tinha tirado o embrulho do bolso da saída de banho e o balançava de trás para a frente. A ponte começou a vibrar, e Traveler e Oliveira a seguraram com todas as suas forças. Cansada de balançar o embrulho, Talita começou a girar o braço, segurando-se com a outra mão.

— Não faça bobagem — disse Oliveira. — Mais devagar! Está ouvindo? Mais devagar!

— Lá vai! — gritou Talita.

— Mais devagar, você vai despencar daí!

— Não importa — gritou Talita, soltando o embrulho que entrou a toda pela janela do quarto e se espatifou contra o armário.

— Esplêndido — disse Traveler, que olhava para Talita como se quisesse segurá-la na ponte apenas com a força do olhar. — Perfeito, querida. Mais certeiro, impossível. Isso sim foi um demostrandum.

Pouco a pouco a ponte ia se aquietando. Talita se segurou com as duas mãos e inclinou a cabeça. Oliveira só via o chapéu e o cabelo de Talita derramado sobre os ombros. Ergueu os olhos e olhou para Traveler.

— Se você acha — falou —, eu também acho que mais certeiro, impossível.

"Até que enfim", pensou Talita, olhando os paralelepípedos, as calçadas. "Qualquer coisa é preferível a estar deste jeito, entre as duas janelas."

— Das duas, uma — disse Traveler. — Você pode ir em frente, que é mais fácil, e entrar pela janela do Oliveira, ou voltar, que é mais difícil, e se safar das escadarias e de atravessar a rua.

— Coitada, deixe ela vir para cá — disse Gekrepten. — Está com o rosto pingando de suor.

— As crianças e os loucos — disse Oliveira.

— Me deixe descansar um momento — disse Talita. — Acho que estou meio enjoada.

Oliveira se apoiou de bruços na janela e estendeu o braço para ela. Talita só precisava avançar meio metro para tocar a mão dele.

— Trata-se de um perfeito cavalheiro — disse Traveler. — Vê-se que leu o conselheiro social do professor Maidana. É o que se chama um conde. Não perca isso, Talita.

— É o congelamento — disse Oliveira. — Descanse um pouco, Talita, e percorra o trecho remanescente. Não ligue para ele, todos nós sabemos que a neve faz delirar antes do sono inapelável.

Mas Talita havia se endireitado lentamente e, apoiando-se nas duas mãos, transferiu o traseiro vinte centímetros para trás. Outro apoio e mais vinte centímetros. Oliveira, sempre com a mão estendida, parecia o passageiro de um navio que começa lentamente a se afastar do cais.

Traveler estendeu os braços e encaixou as mãos nas axilas de Talita. Ela ficou imóvel e depois virou a cabeça para trás num movimento tão brusco que o chapéu caiu planando até a calçada.

— Como nas touradas — disse Oliveira. — A senhora de Gutusso vai querer sumir com ele.

Talita havia fechado os olhos e se deixou sustentar, arrancar da tábua, enfiar aos trancos pela janela. Sentiu a boca de Traveler grudada em sua nuca, a respiração quente e rápida.

— Você voltou — disse Traveler. — Você voltou, você voltou.

— Voltei — disse Talita, aproximando-se da cama. — Como não iria voltar? Joguei o maldito embrulho para ele e voltei, joguei o embrulho para ele e voltei, joguei...

Traveler sentou-se na beirada da cama. Pensava no arco-íris entre os dedos, essas coisas que o Oliveira inventava. Talita deslizou para o lado dele e começou a chorar em silêncio. "São os nervos", pensou Traveler. "Passou um mau bocado." Ia buscar para ela um grande copo de água com suco de limão, daria uma aspirina a ela, abanaria seu rosto com uma revista, a obrigaria a dormir um pouco. Mas antes era preciso retirar a enciclopédia autodidática, pôr a cômoda no lugar e recolher a tábua. "Este lugar está tão desarrumado", pensou, beijando Talita. Assim que ela parasse de chorar iria pedir que o ajudasse a arrumar o quarto. Começou a acariciá-la, a dizer-lhe coisas.

41.

— Enfim, enfim — disse Oliveira.

Afastou-se da janela e sentou-se na beirada da cama, aproveitando o espaço livre deixado pelo armário. Gekrepten havia terminado de juntar a erva com uma colher.

— Estava cheia de pregos — disse Gekrepten. — Que coisa mais estranha.

— Estranhíssima — disse Oliveira.

— Acho que vou precisar descer para buscar o chapéu da Talita. Você sabe como são esses meninos.

— Saudável ideia — disse Oliveira, erguendo um prego e girando-o entre os dedos.

Gekrepten desceu até a rua. Os meninos haviam apanhado o chapéu e discutiam com a garota dos mandados e com a senhora de Gutusso.

— Me deem isso aqui — disse Gekrepten com um sorriso comprido. — É da senhora que mora ali em frente, minha conhecida.

— Conhecida de todo mundo, filhinha — disse a senhora de Gutusso. — Tremendo espetáculo, a esta hora e com os meninos olhando.

— Não tinha mal nenhum — disse Gekrepten, sem muita convicção.

— Com as pernas de fora nessa tábua, veja só que exemplo para as crianças. A senhora não deve ter percebido, mas juro que daqui dava para ver tudo, tudo.

— Tinha muitíssimos pelos — disse o menorzinho.

— Está vendo só? — disse a senhora de Gutusso. — As crianças contam o que veem, pobres inocentes. E o que é que aquela lá tinha que fazer montada a cavalo na madeira, me diga? E bem na hora em que as pessoas decentes estão dormindo a sesta ou cuidando dos seus afazeres... A senhora montaria num pedaço de madeira, se não for perguntar demais?

— Eu, não — disse Gekrepten. — Mas Talita trabalha num circo, todos eles são artistas.

— Eles estavam ensaiando? — perguntou um dos meninos. — E em qual circo aquela lá trabalha?

— Não era ensaio — disse Gekrepten. — Acontece que ela queria dar um pouco de erva para o meu marido, e aí...

A senhora de Gutusso olhava para a garota dos mandados. A garota dos mandados apoiou um dedo na têmpora e o fez girar. Gekrepten segurou o chapéu com as duas mãos e entrou no vestíbulo. Os meninos se puseram em fila e começaram a cantar, com a melodia da "Cavalaria ligeira":

Meteram por trás, meteram por trás,
Enfiaram um pau no seu cuuuuuu
Coitado dele! Coitado deeeeele!
Não conseguiu tirar. (Bis)

41.

(-148)

42.

> *Il mio supplizio*
> *è quando*
> *non mi credo*
> *in armonia.*
> Ungaretti, *I Fiumi*

O trabalho consiste em impedir que as crianças passem por baixo da lona, dar uma mão se acontece alguma coisa com os animais, ajudar o projecionista, redigir anúncios e cartazes chamativos, cuidar da condigna impressão, entender-se com a polícia, indicar ao Diretor toda anomalia digna de nota, ajudar o sr. Manuel Traveler na parte administrativa, ajudar a sra. Atalía Donosi de Traveler na bilheteria (se for o caso) etc.

> *Ó coração meu, não te ergas para*
> *prestar testemunho contra mim!*
> (Livro dos Mortos, ou inscrição num escaravelho)

Enquanto isso, tinha morrido na Europa, aos trinta e três anos de idade, Dinu Lipatti. Do trabalho e de Dinu Lipatti foram falando até a esquina, porque Talita achava que também era bom acumular provas tangíveis da inexistência de Deus, ou pelo menos de sua incurável frivolidade. Tinha proposto a eles comprar imediatamente um disco de Lipatti e entrar no bar de d. Crespo para escutá-lo, mas Traveler e Oliveira queriam tomar uma cerveja no café da esquina e falar do circo, agora que eram colegas de trabalho e estavam satisfeitíssimos. Oliveira não-deixava-de-perceber que Traveler tinha precisado fazer um-esforço-heroico para convencer o Diretor, e que o convencera mais por casualidade que por outra coisa. Já haviam decidido que Oliveira daria a Gekrepten dois dos três cortes de casimira que ela não havia conseguido vender, e com o terceiro Talita faria um tailleur. Para festejar a contratação. Consequentemente Traveler pediu as cervejas enquanto Talita ia preparar o almoço. Era segunda-feira, dia de folga. Na terça haveria função às sete e às nove, com a apresentação de quatro ursos quatro, do malabarista recém-desembarcado de Colombo, e, óbvio, do gato calculador. No início o trabalho de Oliveira seria na verdade pura enrolação, até ele pegar o jeito. E aproveitava para assistir ao espetáculo, que até que não era dos piores. Tudo ia muito bem.

42.

Tudo ia tão bem que Traveler baixou os olhos e começou a tamborilar na mesa. O garçom, que os conhecia bem, aproximou-se para discutir sobre o Ferrocarril Oeste, e Oliveira apostou dez pesos no Chacarita Juniors. Marcando com os dedos um compasso de baguala, Traveler dizia para si mesmo que tudo estava perfeitamente bem do jeito que estava e que não havia outra saída, enquanto Oliveira concluía a parlamentação ratificadora da aposta e bebia sua cerveja. Naquela manhã dera para pensar em frases egípcias, em Toth, significativamente deus da magia e inventor da linguagem. Discutiram por um tempinho se seria ou não uma falácia ficar discutindo por um tempinho, uma vez que a linguagem, por mais que falassem lunfardo, talvez participasse de uma estrutura mântica nada tranquilizadora. Concluíram que o duplo mistério de Toth era ao fim e ao cabo uma garantia manifesta de coerência na realidade ou na irrealidade; e se alegraram por deixar bastante adiantada a resolução do sempre desagradável problema do correlato objetivo. Magia ou mundo tangível, sempre havia um deus egípcio para harmonizar verbalmente os sujeitos e os objetos. Tudo ia realmente muito bem.

(-75)

43.

No circo tudo ia perfeitamente bem, um engodo de lantejoulas e música raivosa, um gato calculador que reagia à prévia e secreta pulverização com valeriana de certos números de papelão, enquanto senhoras comovidas mostravam à prole aquele eloquente exemplo da evolução darwiniana. Quando na primeira noite Oliveira apareceu na pista ainda vazia e olhou para cima, para o orifício na parte mais alta da lona vermelha, aquela saída para talvez um contato, aquele centro, aquele olho que era como uma ponte entre o solo e o espaço aberto, parou de rir e pensou que talvez alguma outra pessoa tivesse ascendido com toda a naturalidade pelo mastro mais próximo do olho lá em cima, e que essa outra pessoa não era ele, que fumava olhando para o buraco lá no alto, essa outra pessoa não era ele, que ficava embaixo fumando em plena gritaria do circo.

Numa dessas primeiras noites compreendeu por que Traveler tinha arranjado o emprego para ele. Talita comentou sem rodeios, enquanto contavam dinheiro no quartinho de tijolo que servia de banco e administração do circo. Oliveira já sabia, mas de outra maneira, e foi preciso que Talita o informasse a partir de seu ponto de vista para que das duas coisas nascesse uma espécie de tempo novo, um presente pelo qual ele de repente se sentia envolvido e responsável. Quis protestar, dizer que eram invencionices de Traveler, quis sentir-se uma vez mais fora do tempo dos outros (ele, que morria de vontade de adentrar, de se imiscuir, de ser), mas ao mesmo tempo compreendeu que era verdade, que de uma forma ou de outra havia transgredido o mundo de Talita e Traveler, sem atos, até mesmo sem intenções, simplesmente cedendo a um capricho nostálgico. Entre uma palavra e outra de Talita viu desenhar-se o contorno mesquinho do Cerro, ouviu a ridícula frase lusitana que inventava sem saber um futuro de frigoríficos e cana queimada. A risada estourou na cara de Talita, como naquela mesma manhã diante do espelho, quando estava prestes a escovar os dentes.

Talita atou um maço de notas de dez pesos com uma linha de costura e mecanicamente os dois começaram a contar o resto.

43.

— O que você quer? — disse Talita. — Acho que o Manú tem razão.

— Claro que tem — disse Oliveira. — Mas mesmo assim é um idiota, e você está cansada de saber disso.

— Cansada de saber, não. Eu sei, ou melhor, soube quando estava montada na tábua. Vocês, sim, estão cansados de saber, e eu no meio, como aquela parte da balança que nunca sei como se chama.

— Você é a nossa ninfa Egéria, nossa ponte mediúnica. Pensando bem, quando você está presente, Manú e eu caímos numa espécie de transe. Até Gekrepten percebe, e me disse isso empregando exatamente essa vistosa palavra.

— Pode ser — disse Talita, registrando as entradas. — Se você quer saber minha opinião, Manú não sabe o que fazer com você. Gosta de você como de um irmão, suponho que até você tenha se dado conta disso, e ao mesmo tempo lamenta que você tenha voltado.

— Ele não tinha por que ir me buscar no porto. Não mandei postais para ele, che.

— Ficou sabendo pela Gekrepten, que tinha enchido a varanda de gerânios. Gekrepten ficou sabendo pelo ministério.

— Um processo diabólico — disse Oliveira. — Quando eu soube que a Gekrepten tinha sido informada por via diplomática, compreendi que minha única alternativa era permitir que ela se atirasse em meus braços feito uma bezerra louca. Veja só quanta abnegação, que penelopismo exacerbado.

— Se você não gosta de falar no assunto — disse Talita olhando para o chão —, podemos fechar o caixa e ir buscar Manú.

— Gosto muitíssimo, mas essas complicações do seu marido me põem diante de incômodos problemas de consciência. E isso, para mim... Numa palavra, não entendo por que você mesma não resolve o problema.

— Bom — disse Talita, olhando tranquila para ele —, acho que naquela tarde só um idiota não entendeu do que se tratava.

— Claro, mas aí vem o Manú e no dia seguinte vai falar com o Diretor e me arruma o trabalho. Justamente quando eu enxugava as lágrimas com um corte de tecido, antes de sair para vendê-lo.

— Manú é um homem bom — disse Talita. — Você nunca vai conseguir saber como ele é bom.

— Estranha bondade — disse Oliveira. — Deixando de lado esse negócio de que eu nunca vou conseguir saber, que afinal de contas deve ser verdade, permita-me insinuar que vai ver que o Manú está querendo brincar com fogo. Brincadeira de circo, pensando bem. E você — disse Oliveira, apontando para ela com o dedo — tem cúmplices.

— Cúmplices?

— É, cúmplices. Eu, em primeiro lugar, e uma outra pessoa que não está aqui. Você se acha o fiel da balança, para usar sua bonita figura de linguagem, mas não sabe que está inclinando o corpo para um dos lados. Convém ficar sabendo.

— Por que você não vai embora, Horacio? — disse Talita. — Por que não deixa o Manú em paz?

— Eu já expliquei, eu ia sair para vender os cortes de tecido e esse maluco me arranja o emprego. Não vou fazer uma desfeita com ele, seria muito pior, entende? Ele ficaria suspeitando de alguma idiotice.

— Quer dizer, então, que você fica por aqui e que o Manú vai continuar dormindo mal.

— Dê um Equanil, querida.

Talita atou as notas de cinco pesos. Na hora do gato calculador eles sempre espiavam para vê-lo trabalhar, o bicho era absolutamente inexplicável, já tinha resolvido duas vezes uma multiplicação antes que o truque da valeriana funcionasse. Traveler estava estupefato, e pedia aos íntimos que o vigiassem. Mas naquela noite o gato estava feito um tonto, mal conseguia fazer as somas até vinte e cinco, era trágico. Fumando num dos acessos para a pista, Traveler e Oliveira concluíram que provavelmente o gato precisava de alimentos fosfatados, seria preciso falar com o Diretor. Os dois palhaços, que odiavam o gato sem que se soubesse bem por quê, bailavam ao redor do estrado onde o felino alisava os bigodes debaixo de uma luz de mercúrio. Na terceira volta que deram entoando uma canção russa, o gato pôs as unhas de fora e se atirou na cara do mais velho. Como de costume, o público aplaudia o número loucamente. No carro de Bonetti pai e filho, palhaços, o Diretor recuperava o gato e aplicava uma multa em cada um, por provocação. Era uma noite estranha. Olhando para o alto, como sempre costumava fazer naquele horário, Oliveira via Sirius na metade do buraco negro e especulava sobre os três dias em que o mundo fica aberto, quando os manes ascendem e há uma ponte que vai do homem ao orifício lá em cima, ponte que vai do homem ao homem (porque quem há de subir até o orifício se não for para querer descer mudado e reencontrar, só que de outra maneira, sua raça?). Vinte e quatro de agosto era um dos três dias em que o mundo se abria; claro que para quê ficar pensando nisso se ainda estavam em fevereiro. Oliveira não recordava quais eram os outros dois dias, curioso lembrar-se apenas de uma data em três. Por que precisamente aquela? Talvez por ser um octossílabo, a memória tem desses truques. Mas vai ver, então, que a Verdade era um alexandrino ou um endecassílabo; talvez os ritmos, uma vez mais, marcassem o acesso e escandissem as etapas do caminho. Outros tantos temas de tese para filhinhos de papai. Era um prazer olhar o malabarista, sua incrível agilidade, a pista láctea em que a fumaça do tabaco pousava nas cabeças de centenas de crianças de Villa del Parque, bairro onde felizmente restavam muitos eucaliptos que equilibram a balança, para citar novamente esse instrumento de judicatura, essa casinha zodiacal.

43.

(-125)

44.

Era verdade que Traveler dormia pouco, no meio da noite suspirava como se tivesse um peso sobre o peito e se abraçava a Talita, que o recebia sem falar, apertando-se contra ele para que ele a sentisse profundamente próxima. No escuro se beijavam no nariz, na boca, sobre os olhos, e Traveler acariciava a face de Talita com uma mão que saía do meio dos lençóis e tornava a se esconder como se fizesse muito frio, embora os dois estivessem suando; depois Traveler murmurava quatro ou cinco números, velho costume para tornar a dormir, e Talita sentia como ele afrouxava os braços, respirava fundo, se aquietava. De dia andava contente e assoviava tangos enquanto cevava o mate ou lia, mas Talita não conseguia cozinhar sem que ele aparecesse quatro ou cinco vezes com variados pretextos e falasse sobre qualquer coisa, principalmente sobre o manicômio, agora que as tratativas pareciam bem encaminhadas e que o Diretor se animava cada vez mais com a perspectiva de comprar o hospício. Talita não achava muita graça na história do manicômio e Traveler sabia disso. Os dois se voltavam para o lado humorístico da coisa, prometendo-se espetáculos dignos de Samuel Beckett, desprezando da boca para fora o coitado do circo que chegava ao fim de suas apresentações em Villa del Parque e se preparava para debutar em San Isidro. Às vezes Oliveira aparecia para tomar mate, embora em geral ficasse em seu quarto, aproveitando o fato de que Gekrepten precisava sair para o emprego e ele podia ler e fumar à vontade. Quando fitava os olhos um pouco violeta de Talita enquanto a ajudava a depenar um pato, luxo quinzenal que a entusiasmava, fã que era do pato em todas as suas apresentações culinárias, Traveler dizia para si mesmo que afinal de contas as coisas não estavam tão mal quanto estavam, e até preferia que Horacio aparecesse para compartilhar um mate, porque nessa oportunidade os dois imediatamente davam início a um jogo cifrado que eles próprios mal compreendiam mas que era preciso jogar para que o tempo passasse e os três se sentissem dignos uns dos outros. Além disso, liam, porque de uma juventude coincidentemente socialista e um pouco teosófica pelo lado de Traveler, os três amavam, cada um à sua maneira, a leitura comentada, as polêmicas pelo gosto hispano-argentino de querer convencer e não aceitar jamais a opinião contrária, e as possibilidades inegáveis de rir feito loucos e sentir-se acima da humanidade doente sob o pretexto de ajudá-la a sair de sua medrosa situação contemporânea.

44·

Mas era verdade que Traveler dormia mal, Talita repetia isso retoricamente enquanto o observava fazer a barba, iluminado pelo sol da manhã. A navalha passava no rosto uma vez, outra, Traveler de camiseta e calça de pijama assoviava prolongadamente "La gayola" e depois proclamava aos berros: "Música, melancólico alimento para nós que vivemos de amor!", e dando meia-volta olhava agressivo para Talita que naquele dia depenava o pato e era uma pessoa feliz porque os cálamos saíam que era uma beleza e o pato tinha um ar benigno pouco frequente nesses cadáveres rancorosos, de olhinhos entreabertos e uma fenda imperceptível, que parecia de luz, entre as pálpebras, animais infelizes.

— Por que você dorme tão mal, Manú?

— *Música, me...!* Eu, mal? Simplesmente não durmo, amor meu, passo a noite meditando o *Liber poenitentialis*, edição Macrovius Basca, que subtraí no outro dia do dr. Feta, aproveitando um descuido da irmã dele. Claro que vou devolver, deve custar milhares de mangos. Um *liber poenitentialis*, veja você.

— E o que vem a ser isso? — disse Talita, que agora compreendia certas escamoteações e uma gaveta de fechadura dupla. — Você me esconde suas leituras, é a primeira vez que isso acontece desde que nos casamos.

— Ora, o livro está ali, examine o quanto quiser, desde que primeiro lave as mãos. Escondo porque é valioso e você anda sempre com raspas de cenoura e coisas do tipo nos dedos, é tão doméstica que estragaria qualquer incunábulo.

— Não estou nem aí para o seu livro — disse Talita ofendida. — Venha cortar a cabeça dele, eu não gosto, mesmo ele estando morto.

— Com a navalha — propôs Traveler. — Vai dar um ar truculento ao ato, e além disso sempre é bom a gente se exercitar, nunca se sabe.

— Não. Com esta faca.

— Com a navalha.

— Não. Com esta faca.

Traveler se aproximou do pato de navalha em punho e a cabeça voou longe.

— Vá aprendendo — disse. — Se a gente precisar tomar conta do manicômio, convém acumular experiência tipo os assassinatos da Rua Morgue.

— É assim que os loucos se matam?

44.
— Não, menina, mas de vez em quando tentam. Tal como os lúcidos, se você me permite a má comparação.

— É vulgar — admitiu Talita, organizando o pato numa espécie de paralelepípedo amarrado com barbante branco.

— Já essa coisa de eu não dormir bem — disse Traveler, limpando a navalha num papel higiênico —, você sabe perfeitamente do que se trata.

— Digamos que sim. Mas você também sabe que não há problema.

— Os problemas — disse Traveler — são como os aquecedores Primus, tudo vai muito bem até que explodem. Eu diria a você que neste mundo há problemas teleológicos. Parece que eles não existem, como neste momento, e o que acontece é que o relógio da bomba marca as doze horas de amanhã. Tic-tac, tic-tac, tudo vai muito bem. Tic-tac.

— O pior — disse Talita — é que o encarregado de dar corda no relógio é você mesmo.

— Minha mão, coelhinha, também está marcada para as doze horas de amanhã. Enquanto isso, vamos viver e deixar viver.

Talita untou o pato com manteiga, o que era um espetáculo degradante.

— Você tem algo a me censurar? — disse, como se falasse para o palmípede.

— Absolutamente nada, neste momento — disse Traveler. — Amanhã às doze horas veremos, para prolongar a imagem até seu desenlace zenital.

— Como você se parece com o Horacio — disse Talita. — É incrível como se parece.

— Tic-tac — disse Traveler procurando os cigarros. — Tic-tac, tic-tac.

— Parece, sim — insistiu Talita, soltando o pato, que se estabacou no chão com um ruído fofo que deu asco. — Ele também teria dito: tic-tac, ele também teria falado por imagens o tempo todo. Mas será que em algum momento vocês vão me deixar tranquila? Aliás, eu falo que você é parecido com ele de caso pensado, para que de uma vez por todas a gente deixe de absurdos. Não é possível que tudo mude assim com a volta de Horacio. Esta noite eu lhe disse, não aguento mais, vocês estão brincando comigo, parece uma partida de tênis, batem em mim dos dois lados, não está certo, Manú, não está certo.

Traveler tomou-a nos braços embora Talita resistisse, e depois de apoiar um pé no pato e dar um escorregão que quase os derruba, conseguiu dominá-la e beijar a ponta de seu nariz.

— Vai ver que não tem bomba para você, coelhinha — disse, sorrindo para ela com uma expressão que a desarmou e a fez procurar uma posição mais cômoda entre os braços dele. — Olhe, não é que eu ande atrás de um raio que me caia na cabeça, mas sinto que não devo me defender com um para-raios, que preciso sair com a cabeça descoberta até chegarem as doze horas de algum dia. Só depois dessa hora, desse dia, vou me sentir a mesma pessoa outra vez. Não é por causa do Horacio, amor, não é só por causa do Horacio, embora ele tenha chegado como uma espécie de mensageiro. Vai ver que se ele não tivesse chegado teria me acontecido outra coisa parecida. Teria lido algum livro desencadeador, ou teria me apaixonado por outra mulher... Essas voltas da vida, entende, essas inesperadas demonstrações de algo que não havíamos suspeitado e que de repente põem tudo em crise. Você deveria entender.

— Mas será que você realmente acredita que ele está dando em cima de mim, e que eu...?

— Ele não está dando em cima de você, de forma nenhuma — disse Traveler, soltando-a. — Horacio não está nem aí para você. Não se ofenda, conheço muito bem o seu valor e sempre terei ciúme de todo mundo que olha para você ou que fala com você. Mas mesmo que Horacio tentasse alguma coisa com você, inclusive neste caso, e mesmo que você ache que eu fiquei maluco eu insistiria que você não tem a menor importância para ele e que portanto não tenho com o que me preocupar. É outra coisa — disse Traveler elevando o tom de voz. — É uma merda de uma outra coisa, porra!

— Ah! — disse Talita, apanhando o pato e limpando-o do pisão com um pano de prato. — Você afundou as costelas dele. Quer dizer, então, que é outra coisa. Não entendo nada, mas vai ver que você tem razão.

— E se ele estivesse aqui — disse Traveler em voz baixa, fitando o cigarro —, era outro que não ia entender nada. Mas ele saberia muito bem que é outra coisa. É incrível, tenho a sensação de que quando ele está conosco há paredes que caem, montanhas de coisas que desaparecem do mapa, e de repente o céu fica fabulosamente belo, as estrelas se enfiam neste cesto de pão, se quiséssemos poderíamos descascá-las e comê-las, esse pato é na verdade o cisne de Lohengrin, e atrás, atrás...

— Incomodo? — perguntou a senhora de Gutusso espiando do patamar. — Pode ser que vocês estivessem falando de assuntos pessoais, e não gosto de me meter onde não sou chamada.

— Ora, ora… — disse Talita. — Entre, senhora, entre, veja que beleza de animal.

— Uma glória — disse a senhora de Gutusso. — Sempre digo que o pato pode ser duro, mas tem um sabor especial.

— Manú pisou em cima dele — disse Talita. — Vai estar macio que nem manteiga, juro.

— E não se esqueça de assinar embaixo — disse Traveler.

44·

(-102)

45.

Era natural pensar que ele estava esperando que ela aparecesse na janela. Era só acordar às duas da manhã com um calor pegajoso, com a fumaça acre da espiral mata-mosquitos, com duas estrelas enormes plantadas no fundo da janela, com a outra janela em frente, que também estaria aberta.

Era natural porque no fundo a tábua continuava no mesmo lugar e a recusa em pleno sol talvez pudesse ser outra coisa em plena noite, transformar-se numa aquiescência súbita, e então ele estaria ali na janela dele, fumando para espantar os mosquitos e esperando que Talita sonâmbula se desgarrasse suavemente do corpo de Traveler para aparecer e olhar para ele de escuridão para escuridão. Talvez com lentos movimentos da mão ele desenhasse signos com a brasa do cigarro. Triângulos, circunferências, instantâneos escudos de armas, símbolos do filtro fatal da difenilpropilamina, abreviaturas farmacêuticas que ela saberia interpretar, ou somente o vaivém luminoso da boca até o braço da poltrona, do braço da poltrona até a boca, da boca até o braço da poltrona, a noite inteira.

Não havia ninguém na janela, Traveler se aproximou do poço quente, olhou para a rua onde um jornal aberto deixava-se ler indefeso por um céu estrelado que parecia palpável. A janela do hotel em frente parecia ainda mais próxima de noite, um ginasta teria podido chegar lá num salto. Não, não teria conseguido. Talvez com a morte nos calcanhares, mas não de outra maneira. Já não restavam sinais da tábua, não havia passagem.

Suspirando, Traveler voltou para a cama. A uma pergunta sonolenta de Talita, acariciou o cabelo dela e murmurou alguma coisa. Talita beijou o ar, sua mão esvoaçou um pouco e se tranquilizou.

Se ele estivera em algum ponto do poço negro, enfurnado no fundo do quarto e dali olhando pela janela, forçosamente teria visto Traveler, sua camiseta branca feito um ectoplasma. Se estivera em algum ponto do poço negro esperando que Talita surgisse, a aparição indiferente de uma camiseta branca deve tê-lo mortificado minuciosamente. Agora coçaria devagar o antebraço, que nele é um gesto costumeiro de desconforto e ressentimento, esmagaria o cigarro entre os lábios, murmuraria alguma obscenidade adequada, provavelmente se jogaria na cama sem a menor consideração para com Gekrepten profundamente adormecida.

45.

Mas se ele não estivera em algum ponto do poço negro, o fato de levantar-se e sair para a janela àquela hora da noite era uma admissão de medo, quase um consentimento. Equivalia praticamente a dar como certo que nem Horacio nem ele haviam recolhido as tábuas. De uma forma ou de outra havia passagem, dava para ir ou vir. Qualquer dos três, sonâmbulo, podia passar de uma janela para a outra, pisando o ar espesso sem medo de cair para a rua. A ponte só desapareceria com a luz da manhã, com a reaparição do café com leite que devolve as construções sólidas e arranca a teia de aranha das altas horas a golpes de noticiário radiofônico e chuveiro frio.

Sonhos de Talita: Levavam-na a uma exposição de pintura num imenso palácio em ruínas, e os quadros pendiam a alturas vertiginosas, como se alguém houvesse transformado em museu as prisões de Piranesi. Sendo assim, para chegar aos quadros era preciso escalar arcos nos quais apenas os entalhes permitiam apoiar os dedos dos pés, avançar por galerias que se interrompiam às margens de um mar bravio, com ondas que pareciam de chumbo, subir por escadas em caracol para enfim ver, sempre mal, sempre de baixo ou de lado, os quadros nos quais a mesma mancha esbranquiçada, o mesmo coágulo de tapioca ou de leite se repetia ao infinito.

Despertar de Talita: Sentando-se de repente na cama, às nove da manhã, sacudindo Traveler que dorme de bruços, aplicando-lhe palmadas no traseiro para acordá-lo. Traveler estendendo uma mão e beliscando uma perna dela. Talita se jogando em cima dele e puxando seu cabelo. Traveler abusando de sua força, torcendo uma das mãos dela até Talita pedir perdão. Beijos, um calor terrível.

— Sonhei com um museu espantoso. Você me levava.

— Detesto a oniromancia. Prepare um mate, figura.

— Por que você se levantou esta noite? Não era para fazer xixi, quando você se levanta para fazer xixi antes me explica como se eu fosse boba, me diz: "Vou me levantar porque não aguento mais", e eu fico com pena de você porque eu aguento bem a noite inteira, não preciso nem fazer força, é um metabolismo diferente.

— Um o quê?

— Me diga por que você se levantou. Foi até a janela e suspirou.

— Não me atirei.

45·

— Idiota.

— Estava quente.

— Me diga por que você se levantou.

— Por nada, para ver se Horacio também estava com insônia, se estivesse a gente podia conversar um pouco.

— Àquela hora? Se vocês mal se falam de dia.

— Quem sabe teria sido diferente. Nunca se sabe.

— Sonhei com um museu horrível — diz Talita, começando a vestir uma calcinha.

— Você já me contou — diz Traveler, olhando o teto.

— Agora nós dois também não conversamos muito — diz Talita.

— É mesmo. É a umidade.

— Mas dá a impressão de que alguma coisa está falando, alguma coisa está nos utilizando para falar. Você não tem essa sensação? Não acha que é como se estivéssemos habitados? Quer dizer… É difícil, realmente.

— Transabitados, melhor dizendo. Olhe, isso não vai durar para sempre. *No te aflijas, Catalina* — cantarola Traveler —, *ya vendrán tiempos mejores/ y te pondré un comedor.*

— Seu bobo — diz Talita beijando-o na orelha. — Isto não vai durar para sempre, isto não vai durar para sempre… Isso não deveria durar nem um minuto mais.

— As amputações violentas são ruins, depois o cotoco dói a vida inteira.

— Se você quer que eu diga a verdade — diz Talita —, estou com a sensação de que estamos criando aranhas ou centopeias. Cuidamos delas, tratamos delas, elas vão crescendo, no início eram uns bichinhos de nada, quase bonitos, com aquelas patas todas, e de repente cresceram, pulam na cara da gente. Acho que também sonhei com aranhas, me lembro vagamente.

— Ouça só o Horacio — diz Traveler, vestindo a calça. — A esta hora, assovia feito louco para comemorar a partida de Gekrepten. Que sujeito.

(-80)

46.

— Música, melancólico alimento para nós que vivemos de amor —
citara Traveler pela quarta vez, afinando o violão antes de proferir o tango
"Cotorrita de la suerte".

D. Crespo se interessou pela referência, e Talita subiu para buscar para
ele os cinco atos na versão de Astrana Marín. A Calle Cachimayo estava rui-
dosa ao cair da noite, mas no pátio de d. Crespo, além do canário Cien Pesos
só se ouvia a voz de Traveler, chegando à parte *la obrerita juguetona y pizpi-
reta/ la que diera a su casita la alegría*. Para jogar canastra não é preciso falar,
e Gekrepten ganhava mão após mão de Oliveira, que se revezava com a
senhora de Gutusso na tarefa de soltar moedas de vinte. Enquanto isso a
caturrita da sorte (*que augura la vida o muerte*) havia tirado um papelzinho
cor-de-rosa: namorado, longa vida. O que não impedia que a voz de Traveler vacilasse ao descrever a rápida doença da heroína, *y la tarde en que moría
tristemente/ preguntando a su mamita: "¿No llegó?"*. Trrram.

— Quanto sentimento — disse a senhora de Gutusso. — Falam mal do
tango, mas o tango nem se compara com os calipsos e essas outras porcarias
que tocam no rádio. Me passe os feijões, d. Horacio.

Traveler apoiou o violão num vaso, sugou com força o mate e sentiu que
a noite lhe cairia mal. Quase teria preferido ter que trabalhar, ou sentir-se
adoentado, qualquer distração. Serviu-se de um copo de aguardente e bebeu
de um só trago, olhando para d. Crespo, que com os óculos na ponta do nariz
se internava desconfiado nos proêmios da tragédia. Vencido, privado de

oitenta centavos, Oliveira veio sentar-se ao lado dele e também tomou um copo de aguardente.

— O mundo é fabuloso — disse Traveler em voz baixa. — Ali, daqui a pouco haverá a batalha de Actium, se o velho aguentar até essa parte. E aqui ao lado essas duas loucas disputando feijões a golpes de sete de paus.

— São ocupações como qualquer outra — disse Oliveira. — Você se dá conta da palavra? Estar ocupado, ter uma ocupação. Me dá um frio na espinha, che. Mas veja só, para não ficarmos metafísicos quero dizer que minha ocupação no circo é pura enganação. Estou ganhando esses pesos sem fazer nada.

— Espere nossa estreia em San Isidro, vai ficar mais pesado. Em Villa del Parque estávamos com todos os problemas resolvidos, principalmente o de uma propina que preocupava o Diretor. Agora é preciso começar com gente nova, e você vai ficar bastante ocupado, já que gosta tanto do termo.

— Nem me fale. Que chato, che, na verdade eu estava fazendo gênero. Quer dizer que vou ter que trabalhar?

— Nos primeiros dias, depois tudo entra nos eixos. Diga uma coisa, você nunca trabalhou, em seus tempos de Europa?

— O mínimo necessário — disse Oliveira. — Era guarda-livros clandestino. O velho Trouille, que personagem para Céline. Algum dia preciso lhe contar, se é que vale a pena, e não vale.

— Eu bem que gostaria — disse Traveler.

— Sabe, está tudo tão no ar. Qualquer coisa que eu dissesse seria como um pedaço do desenho do tapete. Falta o coagulante, por assim dizer: zás, tudo se arruma em seu devido lugar e você vê nascer um lindo cristal com todas as suas facetas. O problema — disse Oliveira olhando para as próprias unhas — é que vai ver que já coagulou e não percebi, fiquei para trás, como os velhos que ouvem falar de cibernética e balançam a cabeça devagarinho pensando que já está quase na hora da sopa de macarrão fino.

O canário Cien Pesos produziu um trinado mais estridente que outra coisa.

— Enfim — disse Traveler. — Às vezes tenho a sensação de que você não devia ter voltado.

— Você pensa isso — disse Oliveira. — Eu vivo isso. Vai ver que no fundo é a mesma coisa, mas não vamos ceder a delíquios fáceis. O que nos mata, tanto a você quanto a mim, é o pudor, che. Passeamos pelados pela casa, para grande escândalo de algumas senhoras, mas quando se trata de falar... Entende, de vez em quando me ocorre que poderia dizer a você... Não sei, talvez na hora as palavras servissem para alguma coisa, nos servissem. Mas como não são as palavras da vida cotidiana e do mate no pátio, da conversa bem azeitada, a gente recua, justamente o melhor amigo é a pes-

46.

soa a quem menos se podem dizer coisas assim. Não acontece com você de às vezes se abrir muito mais com uma pessoa qualquer?

— Pode ser — disse Traveler afinando o violão. — O problema é que com esses princípios não se entende mais para que servem os amigos.

— Servem para estar por perto, e numa dessas vai saber.

— Como você quiser. Assim vai ser difícil a gente se entender como nos velhos tempos.

46. — Em nome dos velhos tempos se fazem as maiores cagadas nestes de agora — disse Oliveira. — Escute, Manolo, você fala de a gente se entender, mas no fundo percebe que eu também queria me entender com você, e *você* significa muito mais que você mesmo. A merda é que o verdadeiro entendimento é outra coisa. A gente se conforma com muito pouco. Quando os amigos se entendem bem entre si, quando os amantes se entendem bem um com o outro, quando as famílias se entendem bem, então acreditamos estar na maior harmonia. Ledo engano, pura balela. Às vezes sinto que entre dois sujeitos que se arrebentam a porrada há muito mais entendimento que entre os que estão ali olhando de fora. Por isso… Che, mas eu realmente poderia colaborar no *La Nación* de domingo.

— Você estava indo bem — disse Traveler afinando a prima —, mas no fim teve um desses ataques de pudor que mencionou antes. Me lembrou a senhora de Gutusso quando se acha na obrigação de mencionar as hemorroidas do marido.

— Esse Otávio César diz cada coisa — resmungou d. Crespo, olhando para eles por cima dos óculos. — Aqui ele fala que Marco Antônio havia comido uma carne muito estranha nos Alpes. O que ele quer dizer com essa frase? Cabrito, imagino.

— Mais provavelmente bípede implume — disse Traveler.

— Nesta obra quem não é louco está quase — disse respeitosamente d. Crespo. — Precisa ver as coisas que a Cleópatra faz.

— As rainhas são tão complicadas — disse a senhora de Gutusso. — Essa Cleópatra armava cada confusão, mostraram num filme. Claro que os tempos eram outros, não havia religião.

— Paus — disse Talita, recolhendo seis cartas numa só jogada.

— A senhora tem uma sorte…

— Mas no fim eu sempre perco. Manú, acabaram as minhas moedas.

— Troque com d. Crespo, quem sabe ele já entrou na época faraônica e lhe passa moedas de ouro puro. Olhe, Horacio, isso que você estava dizendo sobre harmonia…

— Enfim — disse Oliveira —, já que você quer mesmo que eu revire os bolsos e ponha os fiapos sobre a mesa…

— Não se trata de revirar os bolsos. Tenho a impressão de que você fica na maior tranquilidade vendo como os outros, nós, começamos a armar um rolo do cacete. Você está atrás disso que denomina harmonia, mas procura exatamente no lugar onde acaba de dizer que ela não está: entre os amigos, na família, na cidade. Por que você procura no interior dos quadros sociais?

— Não sei, che. Nem chego a procurar por ela. As coisas vão me acontecendo.

— Por que é preciso que lhe aconteça que por culpa sua os outros, nós, não consigamos dormir?

46.

— Eu também durmo mal.

— Por que, só para dar um exemplo, você se juntou com a Gekrepten? Por que vem me ver? Por acaso não é a Gekrepten, não somos nós que estamos acabando com a sua harmonia?

— Ela quer tomar mandrágora! — gritou d. Crespo estupefato.

— O quê? — disse a senhora de Gutusso.

— Mandrágora! Ela manda a escrava servir mandrágora para ela! Fala que quer dormir. Está completamente louca!

— Devia tomar Bromural — disse a senhora de Gutusso. — Claro que naquele tempo…

— Você tem toda a razão, meu velho — disse Oliveira, enchendo os copos com aguardente —, com a única ressalva de que atribui mais importância a Gekrepten do que a que ela realmente tem.

— E nós?

— Vocês, che, talvez sejam esse coagulante de que falávamos agora há pouco. Me pego pensando que nossa relação é quase química, um fato externo a nós mesmos. Uma espécie de desenho que vai se configurando. Você foi me esperar, não esqueça.

— E por que não? Nunca imaginei que você ia voltar com esse bico, com esse humor de cão, que teriam mudado você a esse ponto por lá, que você ia me deixar com tanta vontade de ser diferente… Não é isso, não é isso. Poxa, você não vive nem deixa viver.

O violão, entre os dois, vagabundeava por um cielito.

— É só você estalar os dedos assim — disse Oliveira muito baixinho — e nunca mais me veem. Seria injusto que por minha culpa você e Talita…

— Talita fica fora disso.

— Não — disse Oliveira. — Nem pensar em deixá-la fora disso. Nós somos Talita, você e eu, um triângulo sumamente trismegístico. Repito: é só fazer um sinal que me encarrego de desaparecer. Não pense que eu não percebo que você anda preocupado.

— Não é indo embora agora que você ajeita grande coisa.

— Ora, por que não? Vocês não precisam de mim.

Traveler preludiou "Malevaje", parou. Já era noite fechada e d. Crespo estava acendendo a luz do pátio para conseguir ler.

— Olhe — disse Traveler em voz baixa. — De todo jeito um dia você se manda e não é preciso eu ficar fazendo sinais. Posso não dormir à noite, como Talita deve ter contado a você, mas no fundo não lamento que você tenha vindo. Vai ver que eu estava precisando.

46. — Como você quiser, velho. As coisas acontecem assim, o melhor a fazer é ficar tranquilo. Até que eu não desgosto de vocês.

— Parece um diálogo de idiotas — disse Traveler.

— De mongoloides puros — disse Oliveira.

— A pessoa acha que vai explicar uma coisa e complica cada vez mais.

— A explicação é um erro bem-vestido — disse Oliveira. — Anote isso.

— Então está bem, é melhor mudar de assunto, falar do que está acontecendo no Partido Radical. Só que você... Mas é como nos carrosséis, sempre se volta ao mesmo ponto, o cavalinho branco, depois o vermelho, o branco de novo. Somos poetas, irmão.

— Uns vates bárbaros — disse Oliveira enchendo os copos. — Gente que dorme mal e toma ar fresco na janela, coisas assim.

— Então você me viu esta noite.

— Deixe eu pensar. Primeiro Gekrepten ficou chata e foi preciso contemporizar. Muito de leve, mas enfim... Depois dormi feito um tronco, para esquecer. Por que a pergunta?

— Nada não — disse Traveler, e espalmou a mão sobre as cordas. Tilintando seus lucros, a senhora de Gutusso puxou uma cadeira e pediu a Traveler que cantasse.

— Aqui um tal de Enobarbo diz que a umidade da noite é venenosa — informou d. Crespo. — Nesta obra todos são pirados, no meio de uma batalha começam a falar de coisas que não têm nada a ver.

— Bom — disse Traveler —, vamos satisfazer a senhora, se d. Crespo não se opuser. "Malevaje", tangaço de Juan de Dios Filiberto. Ah, garoto, me lembre de ler para você a confissão de Ivonne Guitry, um portento. Talita, pegue lá a antologia de Gardel. Está no criado-mudo, que é onde deve ficar uma coisa dessas.

— E aproveite para me devolver — disse a senhora de Gutusso. — Não é por nada não, mas eu gosto de ter meus livros por perto. Com meu esposo é a mesma coisa, juro.

(-47)

47.

Sou eu, sou ele. Somos, mas sou eu, primeiramente sou eu, defenderei ser eu até não poder mais. Atalía, sou eu. Ego. Eu. Educação superior, argentina, uma unha encravada, bonita de vez em quando, grandes olhos escuros, eu. Atalía Donosi, eu. Eu. Eu-eu, carretel e barbantinho. Cômico.

Manu, que doido, ir até a Casa América e alugar este aparelho só para se divertir. *Rewind*. Que voz, essa não é a minha voz. Falsa e forçada: "Sou eu, sou ele. Somos, mas sou eu, primeiramente sou eu, defenderei...". STOP. Um aparelho extraordinário, mas não serve para pensar em voz alta, vai ver que é preciso se acostumar, Manú fala em gravar sua famosa radionovela sobre as senhoras, não vai fazer nada. O olho mágico é realmente mágico, as estrias verdes que oscilam, se contraem, gato caolho me olhando. Melhor cobrir com um papelzinho. REWIND. A fita corre tão suavemente, tão igualzinha, VOLUME. Pôr em 5 ou 5 ½: "O olho mágico é realmente mágico, as estrias verdes que os...". Mas verdadeiramente mágico seria se minha voz dissesse: "O olho mágico brinca de esconde-esconde, as estrias vermelhas...". Muito eco, tem que aproximar o microfone e baixar o volume. Sou eu, sou ele. O que eu realmente sou é uma paródia ruim de Faulkner. Efeitos fáceis. Dita usando um magnetofone ou o uísque funciona como fita de gravar? Se diz gravador ou magnetofone? Horacio diz magnetofone, ficou assombrado quando viu o artefato, disse: "Rapaz, que magnetofone!". O manual diz gravador, o pessoal da Casa América deve saber. Mistério: Por que será que Manú compra tudo, até os sapatos, na Casa América. Uma fixação, uma idiotice. REWIND. Isso vai ser divertido: "... Faulkner. Efeitos fáceis". STOP. Não é muito divertido me ouvir de novo. Tudo isso deve levar tempo, tempo, tempo. Tudo isso deve levar tempo. REWIND. Vamos ver se o tom ficou mais natural: "... po, tempo, tempo. Tudo isso deve...". Está igual, voz de anã resfriada. A verdade é que eu sei lidar com ele, Manú vai ficar assombrado, desconfia tanto de mim com os aparelhos. De mim, uma farmacêutica, Horacio nem iria reparar, vê todo mundo como um purê que ele passa pela peneira, uma pasta zás que sai pelo outro lado, é sentar e comer. Rewind? Não, vamos em frente, vamos apagar a luz. Vamos falar na terceira pessoa, quem sabe... Então Talita Donosi apaga a luz e não há nada além do olhinho mágico com suas estrias vermelhas (quem sabe sai verde, quem sabe sai roxo) e a brasa do cigarro. Calor, e Manú que não volta de San Isidro, onze e meia. Lá está Gekrepten na janela, não enxergo mas não faz diferença, está na janela de camisola e Horacio na frente de sua mesinha com uma vela, lendo e fumando. O quarto de Horacio e Gekrepten não sei por quê é menos hotel que este. Bobalhona, é tão hotel que até as baratas devem ter o número escrito na casca, e ao lado aguentam d. Bunche com seus tuberculosos a vinte pesos a consulta, os manquinhos e os epilépticos. E embaixo o puteiro clandestino e os tangos desafinados da garota dos mandados. REWIND. Um bom tempo, para voltar até pelo menos meio minuto antes. Avança-se contra o tempo, Manú gostaria de falar disso. Volume 5: "... o número escrito na casca...". Mais para trás. REWIND. Agora: "... Horacio na frente de sua mesinha com uma vela verde...". STOP. Mesinha, mesinha. Nenhuma necessidade de dizer mesinha quando se é farmacêutica. Pura baboseira. Mesinha! Ternura mal aplicada. Tudo bem, Talita. Chega de besteira. REWIND. Tudo, até a fita quase se soltar, o defeito desta máquina é que é preciso calcular muito bem, se a fita se solta a gente perde meio minuto enganchando de novo. STOP. Quase, por dois centímetros. O que será que eu falei no começo? Já não me lembro, mas saía uma voz de ratinha assustada, o conhecido temor ao microfone. Vejamos, volume 5 ½ para que se ouça bem. "Sou eu, sou ele. Somos, mas sou eu, primeiramen...". E por quê, por que dizer isso? Sou eu, sou ele, e depois falar da mesinha, e depois ficar zangada. "Sou eu, sou ele. Sou eu, sou ele."

Talita desligou o gravador, cobriu-o com sua capinha, contemplou-o com profundo asco e serviu-se de um copo de limonada. Não queria pensar na história da clínica (o Diretor dizia "a clínica mental", o que era insensato), mas se renunciava a pensar na clínica (além do quê, isso de renunciar a pensar era antes uma esperança que uma realidade) imediatamente ingressava em outra ordem igualmente incômoda. Pensava em Manú e em Horacio ao mesmo tempo, num símile da balança que Horacio e ela haviam manipulado tão vistosamente na casinha do circo. Nesse momento a sensação de estar habitada se fazia então mais forte, pelo menos a clínica era uma ideia de medo, de desconhecido, uma visão horripilante de loucos furiosos de camisolão correndo uns atrás dos outros com navalhas e arvorando tamboretes e pés de cama, vomitando sobre os gráficos de temperatura e masturbando-se ritualmente. Seria muito divertido ver Manú e Horacio de guarda-pó branco tomando conta dos loucos. "Vou ganhar certa importância", pensou Talita modestamente. "Com certeza o Diretor vai me confiar a farmácia da clínica, se é que a clínica tem farmácia. Vai ver é uma caixinha de primeiros socorros. Manú vai debochar de mim, como sempre." Teria que rever algumas coisas, esquece-se tanto, o tempo com seu esmeril delicadinho, a batalha indescritível de cada dia daquele verão, o porto e o calor, Horacio descendo pela passarela do navio com cara de poucos amigos, a grosseria de despachá-la com o gato, tome o bonde de volta que nós precisamos conversar. E então começava um tempo que era como um terreno baldio coberto de latas retorcidas, ganchos que podiam machucar os pés, poças sujas, pedaços de pano enganchados nos cardos, o circo à noite com Horacio e Manú olhando para ela ou olhando um para o outro, o gato cada vez mais burro ou francamente genial, fazendo contas em meio ao alarido do público enlouquecido, os passeios a pé com paradas nos botecos para que Manú e Horacio tomassem cerveja, falando, falando de nada, ouvindo-se falar no meio daquele calor e daquela fumaça e daquele cansaço. *Sou eu, sou ele*, havia dito sem pensar, o que significa que aquilo estava mais que pensado, vinha de um território onde as palavras eram como os loucos da clínica, entes ameaçadores ou absurdos vivendo uma vida própria e isolada, pulando de repente sem que nada pudesse detê-los: *Sou eu, sou ele*, e ele não era Manú, ele era Horacio, o habitador, o atacante remendado, a sombra dentro da sombra de seu quarto à noite, a brasa do cigarro desenhando lentamente as formas da insônia.

Quando ficava com medo Talita saía da cama e fazia um chá de tília com hortelã fifty fifty. Fez, esperando desejosa que a chave de Manú arranhasse a porta. Manú tinha dito com palavras aladas: "Horacio não está nem aí para você". Era ofensivo mas tranquilizador. Manú tinha dito que mesmo que Horacio passasse uma cantada nela (e ele não passara, jamais sequer insinuara que)

uma de tília

uma de menta

a aguinha bem quente, primeira fervura, stop

nem mesmo naquele caso ele daria importância a ela. Mas então. Mas se ele não estava nem aí para ela, por que estar sempre ali no fundo do quarto, fumando ou lendo, *estar* (sou eu, sou ele) como que precisando dela de alguma forma, sim, verdade, precisando dela, dependurando-se nela de longe como numa sucção desesperada para conseguir alguma coisa, ver melhor alguma coisa, ser melhor alguma coisa. Então não era: sou eu, sou ele. Então era o oposto: Sou ele *porque* sou eu. Talita suspirou, levemente satisfeita de seu bom raciocínio e daquele chá saboroso.

47. Mas não era só isso, senão teria sido simples demais. Não podia ser (para isso serve a lógica) que Horacio se interessasse e ao mesmo tempo não se interessasse. Da combinação das duas coisas devia sair uma terceira, algo que não tinha nada a ver com o amor, por exemplo (era tão estúpido pensar no amor quando o amor era somente Manú, somente Manú até a consumação dos tempos), algo que estava do lado da caça, da busca, ou talvez uma espécie de expectativa terrível, como o gato olhando para o canário inalcançável, uma espécie de congelamento do tempo e do dia, uma espreita. Torrão e meio de açúcar, cheirinho de campo. Uma espreita sem explicações deste-lado-das-coisas, ou até que um dia Horacio se dignasse a falar, a partir, a se suicidar com um tiro, qualquer explicação ou matéria sobre a qual imaginar uma explicação. Não aquilo de andar por aí tomando mate e olhando para eles, fazendo Manú tomar mate e olhar para ele, que os três estivessem dançando uma lenta figura interminável. "Eu", pensou Talita, "deveria escrever romances, cada ideia gloriosa que eu tenho." Estava tão deprimida que tornou a ligar o gravador e cantou canções até Traveler chegar. Os dois concordaram que a voz de Talita não saía bem, e Traveler mostrou a ela como se cantava uma baguala. Aproximaram o gravador da janela para que Gekrepten pudesse julgar imparcialmente, e mesmo Horacio, se estivesse em seu quarto, mas não estava. Gekrepten achou que tudo estava perfeito e resolveram jantar juntos no quarto de Traveler juntando um churrasco frio de Talita com uma salada mista que Gekrepten iria produzir antes de se transferir para o quarto em frente. Talita considerou tudo aquilo perfeito e ao mesmo tempo com alguma coisa de cobre-leito ou de cobre-chaleira, de cobre qualquer coisa, assim como o gravador ou o ar satisfeito de Traveler, coisas feitas ou decididas para pôr por cima, mas em cima do quê, esse era o problema e a razão para que tudo no fundo continuasse como antes do chá de tília com hortelã fifty fifty.

(-110)

48.

Ao lado do Cerro — embora aquele Cerro não tivesse lado, chegava-se de repente e nunca se sabia direito se já se estava ou não, então melhor dizer perto do Cerro —, num bairro de casas baixas e crianças implicantes, as perguntas não haviam servido para nada, tudo ia se esboroando em sorrisos amáveis, mulheres que até que gostariam de ajudar mas não estavam informadas, as pessoas se mudam, senhor, aqui tudo se modificou muito, talvez se o senhor for até a polícia alguém tenha alguma informação. E não podia ficar muito tempo porque dali a pouco o navio ia partir, e mesmo que não tivesse partido no fundo estava tudo perdido de antemão, fazia as averiguações por via das dúvidas, como com um bilhete de loteria ou uma obediência astrológica. Outro bonde de regresso ao porto, e ficar estirado no beliche até a hora de comer.

Naquela mesma noite, lá pelas duas da manhã, tornou a vê-la pela primeira vez. Fazia calor e no "camerone", onde cento e tantos imigrantes roncavam e suavam, estava-se menos bem do que entre os rolos de corda debaixo do céu achatado do rio, com toda a umidade da maresia grudando na pele. Oliveira se pôs a fumar sentado contra uma balaustrada, estudando as poucas estrelas rugosas que se filtravam entre as nuvens. A Maga saiu de detrás de um ventilador, trazendo na mão alguma coisa que arrastava pelo chão, e quase no mesmo instante lhe deu as costas e avançou até uma das escotilhas. Oliveira não fez menção de segui-la, sabia muito bem que estava vendo alguma coisa que não se deixaria seguir. Pensou que devia ser alguma das dondocas da primeira classe que desciam até a imundície da proa, ávidas daquilo que chamavam experiência ou de vida, coisas assim. Era muito parecida com a Maga, óbvio, mas o que havia de mais parecido era contribuição dele, de modo que assim que seu coração deixou de bater feito um cachorro louco acendeu outro cigarro e admitiu que era um cretino incurável.

48.   Acreditar ter visto a Maga era menos amargo que a certeza de que um desejo incontrolável a havia arrancado do fundo daquilo que definiam como subconsciente e a projetado sobre a silhueta de qualquer das mulheres a bordo. Até aquele momento acreditara que podia se permitir o luxo de recordar melancolicamente certas coisas, evocar na hora propícia e na atmosfera adequada determinadas histórias, encerrando-as com a mesma tranquilidade com que esmagava a guimba no cinzeiro. Quando Traveler lhe apresentou Talita no porto, tão ridícula com aquele gato no cesto e um ar entre amável e Alida Valli, tornou a sentir que certas remotas semelhanças condensavam bruscamente uma absoluta semelhança falsa, como se da sua memória aparentemente tão bem compartimentada saltasse de repente um ectoplasma capaz de habitar e completar outro corpo e outro rosto, de olhar para ele de fora com um olhar que ele acreditara estar para sempre reservado às recordações.

Nas semanas que se seguiram, arrasadas pela abnegação irresistível de Gekrepten e pelo aprendizado da difícil arte de vender cortes de casimira de porta em porta, muitos foram os copos de cerveja e as temporadas nos bancos de praça dissecando episódios. As indagações no Cerro haviam assumido a aparência externa de um desencargo de consciência: encontrar, tratar de se explicar, dizer adeus para sempre. Essa tendência do homem a terminar limpamente o que faz, sem deixar fiapos ao vento. Agora percebia (uma sombra saindo de detrás de um ventilador, uma mulher com um gato) que não tinha ido ao Cerro por causa disso. A psicologia analítica o irritava, mas era verdade: não tinha ido ao Cerro por causa disso. De repente era um poço caindo infinitamente em si mesmo. Ironicamente, recriminava-se em voz alta em plena praça do Congresso. "E é isso que você chama de busca? E se achava livre? Como era aquilo do Heráclito? Vamos ver, repita os graus da libertação para que eu me divirta um pouco. Ora, mas você está no fundo do funil, irmão." Teria gostado de saber-se irremediavelmente aviltado em decorrência de sua descoberta, mas preocupava-o uma vaga satisfação na altura do estômago, aquela reação felina de contentamento produzida pelo corpo quando ri das hinquietações do hespírito e se aninha comodamente entre suas costelas, sua barriga e a sola dos seus pés. O problema era que no fundo ele estava bastante contente por sentir-se assim, por não ter voltado, por estar sempre de partida embora não soubesse para onde. Recobrindo esse contentamento queimava-o uma espécie de desespero do entendimento e ponto, um apelo de algo que teria querido encarnar-se e que aquele contentamento vegetativo rejeitava, pachorrento, mantinha à distância. Havia momentos em que Oliveira assistia como espectador a essa discórdia, sem querer tomar partido, debochadamente imparcial. E assim vieram o circo, os muitos mates no pátio de d. Crespo, os tangos de Traveler, e em todos esses espelhos Oliveira se olhava de esguelha. Chegou a escrever anotações soltas num caderno que Gekrepten guardava amorosamente na gaveta da cômoda sem se atrever a ler. Devagar foi se dando conta de que a visita ao Cerro tinha ido bem, justamente porque decorria de razões outras que não as supostas. Saber-se apaixonado pela Maga não era um fracasso nem uma fixação numa ordem caduca; um amor que podia prescindir de seu objeto, que encontrava seu alimento no nada, que talvez se somasse a outras forças, que articulava e fundia num impulso que algum dia destruiria aquele contentamento visceral do corpo estufado de cerveja e batatas fritas. Todas aquelas palavras que usava para encher o caderno entre gestos amplos no ar e assovios agudos e tremolos faziam-no rir muitíssimo. Traveler acabava aparecendo na janela para pedir que ele se calasse um pouco. Mas outras vezes Oliveira achava uma certa paz nas atividades manuais, como endireitar pregos ou desmanchar um fio de sisal para construir com suas fibras um delicado labirinto que grudava na luminária e que Gekrepten qualificava como elegante. Talvez o amor fosse o mais alto enriquecimento, um doador de ser; mas somente frustrando-o seria possível evitar seu efeito bumerangue, deixá-lo correr para o esquecimento e equilibrar-se, de novo sozinho, nesse novo degrau da realidade aberta e porosa. Matar o objeto amado, essa velha suspeita do homem, era o preço de não se deter na escala, assim como a súplica de Fausto ao instante que passava não poderia ter um sentido se ao mesmo tempo esse instante não fosse abandonado como se deposita na mesa o copo vazio. E coisas do estilo, e mate amargo.

48.

Teria sido tão fácil organizar um esquema coerente, uma ordem de pensamento e de vida, uma harmonia. Bastava a hipocrisia de sempre, bastava elevar o passado a valor de experiência, tirar partido das rugas do rosto, do ar vivido que há nos sorrisos ou nos silêncios de mais de quarenta anos. Depois o sujeito vestia um terno azul, penteava as têmporas prateadas e entrava nas exposições de pintura, na Sade ou no café Richmond, reconciliado com o mundo. Um ceticismo discreto, um ar de estar de regresso, uma entrada cadenciosa na maturidade, no casamento, no sermão paterno na hora do churrasco ou do boletim com notas insatisfatórias. Digo-lhe isso porque vivi muito. Eu que sou viajado. Quando eu era jovem. São todas iguais, garanto, che. Falo por experiência própria, filho. Você ainda não conhece a vida.

48.

E tudo isso assim ridículo e gregário podia ser pior ainda em outros planos, na meditação sempre ameaçada pelos *idola fori*, nas palavras que falseiam as intuições, nas petrificações simplificantes, nos cansaços em que lentamente se vai tirando do bolso do colete a bandeira da rendição. Podia ocorrer que a traição se consumasse numa perfeita solidão, sem testemunhas nem cúmplices: mano a mano, acreditando-se aquém dos compromissos pessoais e dos dramas dos sentidos, aquém da tortura ética de saber-se ligado a uma raça ou no mínimo a um povo e a uma língua. Na mais completa liberdade aparente, sem ter que prestar contas a ninguém, abandonar o jogo, sair da encruzilhada e enveredar por qualquer dos caminhos da circunstância, proclamando-o o necessário ou o único. A Maga era um desses caminhos, a literatura era outro (queimar imediatamente o caderno, mesmo que Gekrepten re-tor-ces-se as mãos), a preguiça era outro, e a meditação sobre porra nenhuma outro. De pé diante de uma pizzaria da Corrientes lá pelo número mil e trezentos, Oliveira se fazia as grandes perguntas: "Então, é preciso ficar como o cubo da roda no meio da encruzilhada? De que adianta saber ou achar que se sabe que todo caminho é falso se não avançamos com um propósito que não seja apenas o caminho em si? Não somos Buda, che, aqui não existem árvores onde a gente possa sentar na posição do lótus. De repente aparece um tira e você vira presunto".

Avançar com um propósito que não fosse apenas o caminho em si. De tanto lero-lero (que letra, o L, mãe da lama, do ludu e do látego) não sobrava mais nada além dessa entrevisão. Sim, era uma fórmula meditável. Assim a visita ao Cerro, afinal, teria tido um sentido, assim a Maga deixaria de ser um objeto perdido para se tornar a imagem de uma possível reunião — mas não mais com ela e sim mais para cá ou mais para lá dela; por ela, mas não ela. E Manú, e o circo, e a incrível ideia do hospício de que tanto falavam naqueles dias, tudo podia ser significativo desde que extrapolado, hinevitável hextrapolação na hora metafísica, sempre fiel ao encontro marcado, esse vocábulo cadencioso. Oliveira começou a morder a pizza, queimando as gengivas como sempre lhe acontecia por ser glutão, e sentiu-se melhor. Mas quantas vezes havia completado o mesmo ciclo em montões de esquinas e cafés de tantas cidades, quantas vezes havia chegado a conclusões semelhantes, tinha se sentido melhor, tinha achado que podia começar a viver de outra maneira, por exemplo uma certa tarde em que inventara de assistir a um concerto insensato, e depois... Depois tinha chovido tanto, para que ficar revirando o assunto? Era como com Talita, quanto mais revirasse, pior. Aquela mulher estava começando a sofrer por causa dele, não por alguma coisa grave, só que ele estava ali e tudo parecia mudar entre Talita e Traveler, montões dessas pequenas coisas que se davam por certas e consolidadas e que de repente se enchiam de fios e o que começava sendo um cozido à espanhola acabava num arenque à Kierkegaard, para não ir mais longe. A tarde da tábua tinha sido uma volta à ordem, mas Traveler havia deixado passar a ocasião de dizer o que deveria ser dito para que naquele mesmo dia Oliveira se mandasse do bairro e da vida deles, não somente não disse nada como lhe arranjou o emprego no circo, prova de que. Nesse caso, apiedar-se teria sido tão idiota quanto naquela outra vez: chuva, chuva. Berthe Trépat continuaria tocando piano?

48.

(-111)

49.

Talita e Traveler falavam enormemente de loucos célebres e de outros mais secretos, agora que Ferraguto havia se decidido a comprar a clínica e ceder o circo com gato e tudo a um tal Suárez Melián. Eles achavam, principalmente Talita, que a mudança do circo para a clínica era uma espécie de passo à frente, mas Traveler não via com muita clareza a razão desse otimismo. À espera de um melhor entendimento, andavam muito excitados e continuamente saíam às suas janelas ou à porta da rua para trocar impressões com a senhora de Gutusso, d. Bunche, d. Crespo e até com Gekrepten, se ela estivesse por ali. O problema era que naqueles dias falava-se muito em revolução, dizia-se que a guarnição de Campo de Mayo ia se rebelar, e as pessoas achavam que isso parecia muito mais importante do que a aquisição da clínica da Calle Trelles. No fim Talita e Traveler tentavam encontrar um pouco de normalidade num manual de psiquiatria. Como de costume, qualquer coisa os excitava, e no dia do pato, não se sabia por quê, as discussões atingiram um tal grau de violência que Cien Pesos enlouquecia em sua gaiola e d. Crespo esperava que qualquer conhecido passasse para iniciar um movimento de rotação com o dedo indicador da mão esquerda apoiado na têmpora do mesmo lado. Nessas ocasiões, espessas nuvens de plumas de pato começavam a sair pela janela da cozinha, e havia um bater de portas e uma dialética cerrada e sem trégua que só cedia na hora do almoço, oportunidade em que o pato desaparecia até o último tegumento.

Na hora do café com aguardente Mariposa, uma tácita reconciliação os aproximava de textos venerados, de números esgotadíssimos de revistas esotéricas, tesouros cosmológicos que sentiam necessidade de assimilar como uma espécie de prelúdio à nova vida. De pirados falavam muito, porque tanto Traveler como Oliveira haviam condescendido em puxar velhos papéis e exibir parte de sua coleção de fenômenos, iniciada por ambos no momento em que incorriam numa bem esquecida Faculdade e depois prosseguida pelos dois separadamente. O estudo desses documentos os levava a boas sobremesas, e Talita tinha conquistado o direito de participação graças a seus números da *Renovigo* (*Periódiko Rebolusionário Bilíngue*), publicação mexicana no idioma ispamerikano da Editora Lumen, onde um montão de loucos trabalhava, com resultados exaltantes. Só de vez em quando tinham notícias de Ferraguto, porque o circo já estava praticamente nas mãos de Suárez Melián, mas tudo indicava que lhes entregariam a clínica por meados de março. Uma ou duas vezes Ferraguto tinha aparecido no circo para ver o gato calculador, do qual evidentemente teria dificuldade de se separar, e a cada vez tinha se referido à iminência da grande negociação e às-pesadas-responsabilidades que recairiam sobre todos eles (suspiro). Parecia ter quase certeza de que confiariam a farmácia a Talita, e a coitada estava nervosíssima estudando anotações do tempo da Sé de Braga. Oliveira e Traveler se divertiam enormemente às custas dela, mas quando voltavam ao circo os dois andavam tristes e olhavam as pessoas e o gato como se um circo fosse uma coisa incomensuravelmente bizarra.

— Por aqui todos estão muito mais loucos — dizia Traveler. — Não dá nem para comparar, che.

Oliveira dava-de-ombros, incapaz de dizer que no fundo não fazia diferença, e olhava para o alto da lona, perdia-se tolamente em cavilações incertas.

— Você, claro, zanzou de um lado para outro — resmungava Traveler. — Eu também, mas sempre aqui, neste meridiano...

Estendia o braço, mostrando vagamente uma geografia de Buenos Aires.

— As mudanças, você sabe... — dizia Oliveira.

Depois de falar assim durante algum tempo, morriam de rir e o público olhava para eles meio de banda, porque eles desviavam a atenção.

Nos momentos de confidência, os três admitiam que estavam admiravelmente preparados para as novas funções. Por exemplo, coisas como a chegada do *La Nación* dos domingos provocavam uma tristeza apenas comparável à produzida pelas filas de pessoas nos cinemas e pela tiragem da *Reader's Digest*.

— Os contatos estão falhando cada vez mais — dizia Traveler sibilinamente. — É preciso dar um grito terrível.

— O coronel Flappa já deu ontem à noite — respondia Talita. — Consequência: estado de sítio.

— Aquilo não é grito, filha, é só um estertor. Eu me refiro às coisas com que sonhava Irigoyen, apiceações históricas, as prometizações augurais, essas esperanças da raça humana que andam tão caidinhas por estas bandas.

— Você fala que nem o outro — dizia Talita, olhando preocupada para ele, mas dissimulando a olhadela característica.

49.   O outro continuava no circo, dando uma última mão a Suárez Melián e se assustando de vez em quando com o fato de que tudo lhe fosse tão indiferente. Tinha a sensação de ter passado seu resto de *mana* a Talita e a Traveler, que cada vez ficavam mais excitados pensando na clínica; quanto a ele, a única coisa que gostava de verdade naqueles dias era de brincar com o gato calculador, que tinha desenvolvido um carinho enorme por ele e fazia contas exclusivamente para seu prazer. Como Ferraguto dera instruções para que ninguém levasse o gato para a rua a não ser numa cestinha e com um colar de identificação idêntico aos da batalha de Okinawa, Oliveira compreendia os sentimentos do gato e nem bem estavam a duas quadras do circo enfiava o cestinho numa queijaria de confiança, tirava a coleira do pobre animal, e os dois iam zanzar por aí olhando latas vazias nos terrenos baldios ou mordiscando capim, ocupação deleitável. Depois desses passeios higiênicos, ficava quase tolerável para Oliveira participar das tertúlias do pátio de d. Crespo, da ternura de Gekrepten empenhada em tricotar coisas de inverno para ele. A noite em que Ferraguto telefonou para a pensão para avisar Traveler da data iminente do grande acordo, os três estavam aperfeiçoando suas noções da língua ispamerikana, extraídas com infinito regozijo de um exemplar da *Renovigo*. Ficaram quase tristes, pensando que na clínica o que os esperava era a seriedade, a ciência, a abnegação e todas essas coisas.

— Kê bida não é trajédia? — leu Talita em excelente ispamerikano.

E assim prosseguiram até a senhora de Gutusso chegar com as últimas notícias radiofônicas sobre o coronel Flappa e seus tanques, finalmente alguma coisa real e concreta que os dispersou em seguida, para surpresa da informante, embriagada de sentimento pátrio.

(-118)

50.

Do ponto de ônibus até a Calle Trelles não era mais que um passo, ou seja, três quarteirões e pouco. Ferraguto e a Cuca já estavam com o administrador quando Talita e Traveler chegaram. A grande negociação ocorria numa sala do primeiro andar, com duas janelas que davam para o pátio-jardim onde os enfermos passeavam e onde se via o sobe e desce de um pequeno repuxo numa fonte de cimento. Para chegar até a sala, Talita e Traveler tiveram de percorrer vários corredores e cômodos do primeiro andar, onde damas e cavalheiros os haviam interpelado em perfeito castelhano para mendigar a entrega benévola de um ou outro maço de cigarros. O enfermeiro que os acompanhava parecia achar esse intermédio perfeitamente natural, e as circunstâncias não favoreceram um primeiro interrogatório de ambientação. Foi quase sem nenhum cigarro que os dois chegaram à sala da grande negociação, onde Ferraguto os apresentou ao administrador com palavras vistosas. Na metade da leitura de um documento ininteligível apareceu Oliveira e foi preciso explicar a ele entre sussurros e sinais de truco que tudo ia perfeitamente bem, e que ninguém estava entendendo grande coisa. Quando Talita sussurrou sucintamente para ele sua subida ch ch, Oliveira olhou para ela espantado porque ao entrar se achou num patamar que dava para uma porta, aquela. Quanto ao Diretor, vestia rigoroso negro.

O calor que estava fazendo era do tipo que engloba mais a fundo a voz dos locutores, que a cada hora repassavam primeiro o boletim meteorológico e segundo os desmentidos oficiais sobre o levante do regimento do Campo de Mayo e as adustas intenções do coronel Flappa. O administrador havia interrompido a leitura do documento às cinco para as seis para ligar seu transistor japonês e manter-se, conforme afirmou depois de prévio pedido de desculpas, em contato com os fatos. Frase que provocou em Oliveira a imediata aplicação do gesto clássico dos que esqueceram alguma coisa no vestíbulo (e que ao fim e ao cabo, pensou, o administrador teria que aceitar como outra forma de contato com os fatos) e apesar dos olhares fulminantes de Traveler e Talita se mandou sala afora pela primeira porta ao alcance e que não era a mesma por onde havia entrado.

50.

De um par de frases do documento ele tinha inferido que a clínica era composta de térreo mais quatro andares, e ainda de um pavilhão ao fundo do pátio-jardim. A melhor coisa seria dar uma volta pelo pátio-jardim, se encontrasse o caminho, mas não teve ocasião porque nem bem andou cinco metros um homem jovem em mangas de camisa se aproximou sorrindo, pegou-o pela mão e o levou, balançando o braço como as crianças, até um corredor onde havia não poucas portas e uma coisa que devia ser a boca de um monta-cargas. A ideia de conhecer a clínica pela mão de um louco era sumamente agradável, e a primeira coisa que Oliveira fez foi oferecer cigarros a seu companheiro, um rapaz de ar inteligente que aceitou um e assoviou satisfeito. Depois se verificou que ele era um enfermeiro e que Oliveira não era um louco, desses mal-entendidos usuais em casos assim. O episódio era barato e pouco promissor, mas entre um andar e outro Oliveira e Remorino ficaram amigos e a topografia da clínica foi se mostrando de dentro para fora com anedotas, alfinetadas ferozes no resto do pessoal e alertas de amigo para amigo. Estavam no quarto onde o dr. Ovejero guardava suas cobaias e uma foto de Monica Vitti, quando um rapaz vesgo apareceu correndo para indagar de Remorino se aquele senhor que estava com ele era o sr. Horacio Oliveira et cetera. Com um suspiro, Oliveira desceu dois andares e voltou para a sala da grande negociação, onde o documento se arrastava rumo ao fim entre os rubores menopáusicos de Cuca Ferraguto e os bocejos descorteses de Traveler. Oliveira ficou pensando na silhueta vestida num pijama cor-de-rosa que havia entrevisto ao dobrar um cotovelo do corredor do terceiro andar, um homem já velho que caminhava grudado na parede acariciando uma pomba que parecia adormecida em sua mão. Exatamente no momento em que Cuca Ferraguto soltava uma espécie de berro.

— Como é isso de ter que assinar o o.k.?

— Quieta, querida — disse o Dire. — O que o senhor quer dizer...

— Está bem claro — disse Talita, que sempre tinha se entendido bem com a Cuca e queria ajudá-la. — A transferência exige o consentimento dos enfermos.

— Mas é uma loucura — disse a Cuca muito ad hoc.

— Veja, senhora — disse o administrador ajeitando o jaleco com a mão livre. — Aqui os doentes são muito especiais, e a lei Méndez Delfino é bem clara a esse respeito. Fora uns oito ou dez cujas famílias já deram o o.k., os outros passaram a vida de manicômio em manicômio, se me permite o termo, e ninguém responde por eles. Nesse caso, a lei faculta ao administrador que, nos períodos lúcidos desses indivíduos, consulte-os para saber se estão de acordo em que a clínica passe a um novo proprietário. Aqui estão os artigos sublinhados — acrescentou, mostrando-lhe um livro encadernado em vermelho do qual saíam alguns recortes do *La Razón Quinta*. — Leia e acabou-se.

— Pelo que entendi — disse Ferraguto —, esse trâmite deveria ser concluído de imediato.

— E acham que convoquei os senhores aqui para quê? O senhor como proprietário e esses senhores como testemunhas: vamos chamando os doentes e tudo fica resolvido esta tarde mesmo.

— A questão — disse Traveler — é os envolvidos estarem no que o senhor chamou de período lúcido.

O administrador olhou para ele penalizado e tocou uma campainha. Entrou Remorino de jaleco, piscou para Oliveira e depositou um enorme registro sobre uma mesinha. Instalou uma cadeira diante da mesinha e cruzou os braços como um verdugo persa. Ferraguto, que tinha se apressado a examinar o registro com ares de entendido, perguntou se o o.k. ficaria registrado ao pé da ata, e o administrador disse que sim, e que para isso chamaria os doentes por ordem alfabética e pediria a eles que imprimissem os respectivos jamegões mediante uma rotunda esferográfica azul. Apesar de tão eficientes preparativos, Traveler se encarniçou em insinuar que talvez um dos doentes se negasse a assinar ou cometesse algum ato extemporâneo. Embora sem ousar apoiá-lo abertamente, a Cuca e Ferraguto não-perdiam-uma-só-de-suas-palavras.

50.

(-119)

51.

E nesse instante vindo do nada apareceu Remorino com um ancião que parecia bastante assustado, e que ao reconhecer o administrador cumprimentou-o com uma espécie de reverência.

— De pijama! — disse a Cuca estupefata.

— Você os viu ao entrar — disse Ferraguto.

— Não estavam de pijama. Parecia mais uma espécie de...

— Silêncio — disse o administrador. — Aproxime-se, Antúnez, e assine aí onde o Remorino está mostrando.

O velho examinou atentamente o registro, enquanto Remorino lhe estendia a esferográfica. Ferraguto pegou o lenço e secou a testa com pancadinhas suaves.

— Esta é a página oito — disse Antúnez —, e eu acho que preciso assinar na página um.

— Aqui — disse Remorino, mostrando um lugar na página do registro. — Vamos lá, que seu café com leite vai esfriar.

Antúnez assinou floridamente, cumprimentou a todos e se foi em passinhos amaneirados, que encantaram Talita. O segundo pijama era muito mais gordo, e depois de circum-navegar a mesinha foi estender a mão ao administrador, que a apertou sem vontade e apontou o registro com um gesto seco.

— O senhor já está informado, então assine e volte para o seu quarto.

— Não varreram meu quarto ainda — disse o pijama gordo.

A Cuca anotou mentalmente a falta de higiene. Remorino tentava pôr a esferográfica na mão do pijama gordo, que retrocedia lentamente.

— Vão varrer agora mesmo — disse Remorino. — Assine, d. Nicanor.

— Jamais — disse o pijama gordo. — É uma armadilha.

— Que armadilha que nada — disse o administrador. — O dr. Ovejero já explicou a vocês do que se trata. Vocês assinam e a partir de amanhã dose dupla de arroz-doce.

— Eu não assino se d. Antúnez não estiver de acordo — disse o pijama gordo.

— Pois justamente ele acaba de assinar antes do senhor. Veja.

— Não dá para entender essa assinatura. Essa não é a assinatura de d. Antúnez. Os senhores deram choque elétrico nele para ele assinar. Mataram d. Antúnez.

— Vá buscá-lo — ordenou o administrador a Remorino, que saiu voando e voltou com Antúnez. O pijama gordo soltou uma exclamação de alegria e foi apertar a mão dele.

— Diga a ele que está de acordo e que assine sem medo — disse o administrador. — Vamos, que está ficando tarde.

— Assine sem medo, filho — disse Antúnez ao pijama gordo. — Dá no mesmo, no fim a gente sempre leva na cabeça.

O pijama gordo largou a esferográfica. Resmungando, Remorino apanhou a caneta no chão e o administrador se levantou feito fera. Refugiado atrás de Antúnez, o pijama gordo tremia e torcia as mangas. Bateram secamente na porta e antes que Remorino pudesse abrir entrou sem a menor cerimônia uma senhora de quimono cor-de-rosa que avançou direto para o registro e o examinou por todos os lados como se fosse um leitão assado. Empertigando-se satisfeita, pôs a mão aberta sobre o registro.

— Juro — disse a senhora — dizer toda a verdade. O senhor não me deixará mentir, d. Nicanor.

O pijama gordo se agitou afirmativamente e de repente aceitou a esferográfica que Remorino estendia para ele e assinou em qualquer lugar, sem dar tempo a nada.

— Que animal — ouviram o administrador murmurar. — Veja aí se ele assinou num lugar bom, Remorino. Ainda bem. E agora a senhora, sra. Schwitt, por favor, já que está aqui. Mostre o lugar para ela, Remorino.

— Se não melhorarem o ambiente social não assino nada — disse a sra. Schwitt. — É preciso abrir portas e janelas para o espírito.

— Quero duas janelas no meu quarto — disse o pijama gordo. — E d. Antúnez quer ir até a Franco-Inglesa comprar algodão e sei lá mais o quê. Este lugar é tão escuro.

Girando um pouco a cabeça, Oliveira viu que Talita estava olhando para ele e sorriu para ela. Os dois sabiam que o outro estava pensando que tudo aquilo era uma comédia idiota, que o pijama gordo e todos os outros estavam tão malucos quanto eles. Maus atores, eles nem chegavam a se esforçar para parecer alienados decentes na frente deles, que tinham lido muito bem seu manual de psiquiatria ao alcance de todos. Ali, por exemplo, perfeitamente dona de si, apertando a bolsa com as duas mãos e muito sentadinha em sua poltrona, a Cuca parecia bem mais louca que os três signatários, que agora haviam começado a reclamar de algo como a morte de um cachorro sobre o qual a sra. Schwitt discorria com exuberância de gestos. Nada era demasiado imprevisível, a casualidade mais pedestre continuava regendo aquelas relações volúveis e loquazes, em que os bramidos do administrador funcionavam como baixo contínuo para os desenhos repetidos das queixas e das reivindicações e da Franco-Inglesa. E assim viram sucessivamente como Remorino levava Antúnez e o pijama gordo, como a sra. Schwitt assinava desdenhosamente o registro, como entrava um gigante esquelético, uma espécie de labareda desbotada vestindo flanela cor-de-rosa, e atrás um jovenzinho de cabelo completamente branco e olhos verdes de uma beleza maligna. Estes últimos assinaram sem maiores resistências, mas coincidiram em querer ficar até o fim do ato. Para evitar mais confusão, o administrador mandou os dois para um canto e Remorino foi buscar outros dois doentes, uma moça de quadris volumosos e um homem com cara de chinês que não tirava os olhos do chão. Surpreendentemente, ouviram falar outra vez da morte de um cachorro. Quando os doentes assinaram, a moça cumprimentou com um gesto de bailarina. Cuca Ferraguto respondeu com uma amável inclinação de cabeça, coisa que provocou em Talita e Traveler um monstruoso ataque de riso. Já havia dez assinaturas no registro e Remorino continuava trazendo gente, havia cumprimentos e uma e outra controvérsia que se interrompia ou mudava de protagonista; a cada tanto, uma assinatura. Já eram sete e meia e a Cuca puxava um estojinho e ajeitava a maquiagem com um gesto de diretora de clínica, alguma coisa entre madame Curie e Edwige Feuillère. Novas contorções de Talita e Traveler, nova preocupação de Ferraguto, que consultava alternadamente os avanços no registro e na expressão do administrador. Às sete e quarenta uma doente declarou que não assinaria enquanto não matassem o cachorro. Remorino prometeu matar, piscando um olho na direção de Oliveira, que apreciava a confiança. Já haviam passado vinte doentes e faltavam apenas quarenta e cinco. O administrador se aproximou para informar que os casos mais complicados já estavam carimbados (foi o que disse) e que o melhor era fazerem o quarto intervalo, com cerveja e noticiário. Durante o leve repasto falaram de psiquiatria e de política. A revolução havia sido sufocada pelas forças do Governo, os cabeças se rendiam em Luján. O dr. Nerio Rojas estava num congresso em Amsterdam. A cerveja, formidável.

Às oito e meia se completaram quarenta e oito assinaturas. Anoitecia, e a sala estava pegajosa de fumaça de cigarro e de gente pelos cantos, e da tosse que de vez em quando se manifestava em alguns dos presentes. Oliveira teria gostado de sair para a rua, mas o administrador era de uma severidade sem fissuras. Os três últimos doentes que assinaram acabavam de reivindicar modificações no regime de alimentação (Ferraguto fazia sinais para a Cuca tomar nota, claro, claro, em sua clínica as refeições seriam impecáveis) e a morte do cachorro (a Cuca juntava italianamente os dedos da mão e os mostrava a Ferraguto, que balançava a cabeça perplexo e olhava para o administrador, que estava cansadíssimo e se abanava com o panfleto de uma confeitaria). Quando chegou o velho com a pomba no oco da mão, acariciando-a devagar como se quisesse fazê-la dormir, houve uma longa pausa em que todos se dedicaram a contemplar a pomba imóvel na mão do doente, e era quase uma lástima que o doente tivesse que interromper sua carícia rítmica no dorso da pomba para empunhar desajeitado a esferográfica que Remorino lhe oferecia. Depois do velho vieram duas irmãs de braços dados, que reclamaram logo de saída a morte do cachorro e exigiram outras melhorias no estabelecimento. A história do cachorro fazia Remorino rir, mas no fim Oliveira teve a sensação de que havia alguma coisa acumulada na altura de seu baço, e levantando-se disse a Traveler que ia dar uma volta e que regressaria em seguida.

— O senhor precisa ficar — disse o administrador. — Testemunha.

— Estou na casa — disse Oliveira. — Veja a lei Méndez Delfino, está previsto.

— Vou com você — disse Traveler. — Voltamos em cinco minutos.

— Não se afastem do recinto — disse o administrador.

— De jeito nenhum — disse Traveler. — Vamos, irmão, parece que por este lado se chega ao jardim. Que decepção, não acha?

— A unanimidade é chata — disse Oliveira. — Nenhum deles enfrentou o do jaleco. Viu como estão passados com a morte do cachorro? Vamos sentar perto da fonte, o repuxo tem um ar lustral que nos fará bem.

— Tem cheiro de gasolina — disse Traveler. — Muito lustral mesmo.

— Na verdade, a gente estava esperando o quê? Você viu que no fim todos assinam, não há diferença entre eles e nós. Nenhuma diferença. Vamos nos sentir estupendamente bem aqui.

— Bom — disse Traveler —, tem uma diferença, e é que eles andam vestidos de rosa.

— Olhe — disse Oliveira, apontando para os andares altos. Já era quase noite e nas janelas do segundo e do terceiro andar as luzes se acendiam e se apagavam ritmadamente. Luz numa janela e sombra na do lado. Vice-versa. Luz num andar, sombra no de cima, vice-versa.

— Pronto — disse Traveler. — Muita assinatura, mas já começam a mostrar a que vieram.

51. Decidiram acabar de fumar ao lado do repuxo lustral, falando de coisa nenhuma e olhando as luzes que se acendiam e se apagavam. Foi quando Traveler falou das mudanças, e depois de um silêncio ouviu Horacio rir baixinho na sombra. Insistiu, querendo alguma certeza e sem saber como abordar um assunto que escorregava de suas palavras e ideias.

— Como se fôssemos vampiros, como se um mesmo sistema circulatório nos unisse, ou seja, nos desunisse. Às vezes você e eu, às vezes nós três, não vamos nos enganar. Não sei quando começou, mas assim é e temos que abrir o olho. Eu acho que a gente não veio até aqui só porque o Dire trouxe a gente. Era simples ficar no circo com Suárez Melián, a gente conhece o trabalho e eles gostam da gente. Mas não, era preciso entrar aqui. Os três. O primeiro culpado sou eu, porque não queria que Talita achasse... Enfim, que eu ia descartar você nessa história para me livrar de você. Questão de amor-próprio, entende.

— Na verdade — disse Oliveira —, não tenho por que aceitar. Volto para o circo, ou de repente vou-me embora de uma vez. Buenos Aires é grande. Já lhe falei uma vez.

— É, mas você vai embora depois desta conversa, ou seja, vai por minha causa, e é justamente o que eu não quero.

— Seja como for, me explique essa história das mudanças.

— Sei lá, e se tentar explicar me confundo ainda mais. Veja, é mais ou menos isto: se estou com você não tem problema, mas é só eu ficar sozinho que tenho a sensação de que você está me pressionando, por exemplo lá do seu quarto. Pense no outro dia, quando você me pediu uns pregos. Talita sente a mesma coisa, ela olha para mim e eu tenho a impressão de que o olhar dela é para você, mas quando estamos os três juntos as horas se passam sem que ela se dê conta da sua presença. Imagino que você tenha percebido.

— Sim. Continue.

— Só isso, e por isso mesmo não acho bom contribuir para que você decida se vai ou não vai embora. Você mesmo tem que resolver essa questão, e agora que fiz a besteira de tocar no assunto, você não terá nem mesmo a liberdade de decidir, porque vai encarar a coisa na perspectiva da responsabilidade e com isso estamos ferrados. No caso, a atitude ética é indultar um amigo, e isso eu não aceito.

— Ah — disse Oliveira. — Quer dizer que você não me deixa ir embora e eu não posso ir embora. É uma situação ligeiramente pijama rosa, você não acha?

— Na verdade, é.

— Veja que coisa engraçada.

— O quê?

— Todas as luzes se apagaram ao mesmo tempo.

— Vai ver, chegaram à última assinatura. A clínica é do Dire, viva Ferraguto.

— Suponho que agora vai ser preciso atendê-los e matar o cachorro. É incrível a bronca que eles têm.

— Não é bronca — disse Traveler. — Aqui nem as paixões parecem muito violentas, pelo menos por enquanto.

— Você tem uma necessidade de soluções radicais, velho. Comigo foi igual durante muito tempo, mas depois...

Começaram a andar de volta, com cuidado porque o jardim estava muito escuro e eles não lembravam onde estavam os canteiros. Quando pisaram o jogo da amarelinha, já perto da entrada, Traveler riu em voz baixa e erguendo um pé começou a saltar de casa em casa. No escuro, o desenho de giz fosforescia debilmente.

— Uma noite dessas — disse Oliveira — lhe conto como é lá. Não me agrada, mas talvez seja a única forma de ir matando o cachorro, por assim dizer.

Traveler pulou fora do jogo da amarelinha e nesse momento as luzes do segundo andar se acenderam de repente. Oliveira, que ia acrescentar alguma coisa, viu o rosto de Traveler sair da sombra, e no instante em que durou a luz antes de ela tornar a se apagar surpreendeu nele uma careta, um ricto (do latim *rictus*, abertura de boca: contração dos lábios, semelhante ao sorriso).

— Falando em matar o cachorro — disse Traveler —, não sei se você percebeu que o médico principal se chama Ovejero. Ovelheiro. Tem isso.

— Não é isso que você queria me dizer.

— Olhe quem se queixa dos meus silêncios ou das minhas substituições — disse Traveler. — Claro que não é isso, mas e daí? É uma coisa que não dá para falar. Se você quiser fazer um teste... Mas algo me diz que já ficou meio tarde, che. A pizza esfriou, não tem jeito, não tem volta. É melhor a gente começar a trabalhar agora mesmo, vai ser uma distração.

Oliveira não respondeu, e subiram até a sala da grande negociação, onde o administrador e Ferraguto tomavam uma aguardente dupla. Oliveira se aboletou em seguida, mas Traveler foi se instalar no sofá onde Talita lia um romance com cara de sono. Depois da última assinatura, Remorino sumira com os registros juntamente com os doentes que haviam assistido à cerimônia. Traveler percebeu que o administrador tinha apagado a luz do teto, substituindo-a por uma lâmpada de escrivaninha; tudo era suave e verde, falava-se em voz baixa e satisfeita. Ouviu combinarem planos para um prato de dobradinha à genovesa num restaurante do centro. Talita fechou o livro e olhou para ele sonolenta, Traveler passou a mão pelo cabelo dela e se sentiu melhor. De todo jeito a ideia da dobradinha àquela hora e com aquele calor era insensata.

51.

(-69)

52.

Porque na verdade ele não podia *contar* nada a Traveler. Se começasse a puxar o fio do novelo viriam metros de lã, lãnada, lãnagnórese, lãnatúrner, lãnapurna, lãnatomia, lãnata, lãnatalidade, lãnacionalidade, lãnaturalidade, lã até lãnáusea, mas nunca o novelo. Bem que gostaria de fazer Traveler desconfiar que o que havia contado a ele não tinha sentido direto (mas que sentido tinha?), e que tampouco era uma espécie de figura de linguagem ou de alegoria. A diferença era irremediável, um problema de categorias que não tinha nada a ver com a inteligência ou a informação, uma coisa era jogar truco ou discutir John Donne com Traveler, tudo transcorria num território de aspecto trivial; e outra era ser uma espécie de macaco entre os homens, querer ser um macaco por razões que nem o próprio macaco seria capaz de explicar, começando pelo fato de que de razões não tinham nada e sua força estava justamente nisso, e assim sucessivamente.

As primeiras noites na clínica foram tranquilas; o pessoal que ia sair ainda desempenhava suas funções e os novos se limitavam a olhar, recolher experiência e se reunir na farmácia onde Talita, vestida de branco, redescobria emocionada as emulsões e os barbitúricos. O problema era se livrar de Cuca Ferraguto, instalada feito estátua de ferro no apartamento do administrador, porque a Cuca parecia decidida a impor sua férula à clínica e o próprio Dire ouvia respeitoso o *new deal* resumido em termos como higiene, disciplina, deuspátriaefamília, pijamas cinza e chá de tília. Aparecendo a todo momento na farmácia, a Cuca prestava um-ouvido-atento aos supostos diálogos profissionais da nova equipe. Talita merecia certa confiança porque a moça tinha seu diploma dependurado ali, mas o marido e o cupincha eram suspeitos. O problema da Cuca era que, apesar de tudo, sempre tinha achado os dois horrivelmente simpáticos, o que a obrigava a debater cornelianamente o dever e as paixonites platônicas, enquanto Ferraguto organizava a administração e se habituava pouco a pouco a ter esquizofrênicos em lugar de engolidores de espada e ampolas de insulina em lugar de fardos de capim. Os médicos, em número de três, apareciam pela manhã e não incomodavam grande coisa. O interno, um sujeito dado ao pôquer, já tinha virado íntimo de Oliveira e Traveler; em seu consultório do terceiro andar se armavam potentes sequências reais, e cacifes de entre dez e cem mangos passavam de mão em mão que te la voglio dire.

Os doentes melhor, obrigado.

(-89)

53.

E numa quinta-feira, zás, todos instalados lá pelas nove da noite! À tarde o pessoal tinha ido embora batendo as portas (risos irônicos de Ferraguto e a Cuca, firmes na decisão de não arredondar as indenizações), e uma delegação de doentes havia se despedido dos que iam embora com gritos de "O cachorro morreu, o cachorro morreu!", coisa que não os impediu de apresentar a Ferraguto uma carta com cinco assinaturas exigindo chocolate e o jornal da tarde e reclamando da morte do cachorro. Ficaram os novos, ainda meio despistados, e Remorino, que se comportava como um sujeito cheio de cancha e dizia que tudo correria às mil maravilhas. Pela Rádio El Mundo o espírito esportivo dos portenhos era alimentado com boletins sobre a onda de calor. Batidos todos os recordes, todos podiam suar patrioticamente à vontade, e Remorino já havia recolhido cinco pijamas jogados pelos cantos. Ele e Oliveira convenciam os proprietários a vesti-los novamente, pelo menos a calça. Antes de se enroscar num pôquer com Ferraguto e Traveler, o dr. Ovejero autorizou Talita a distribuir limonada sem medo, com exceção do 6, do 18 e da 31. Isso tinha provocado um ataque de choro na 31, e Talita dera a ela uma dose dupla de limonada. Já era tempo de proceder motu proprio, morte ao cachorro.

Como começar a viver aquela vida assim tranquilamente, sem muito estranhamento? Quase sem preparação prévia, porque o manual de psiquiatria adquirido na livraria de Tomás Pardo não era exatamente propedêutico para Talita e para Traveler. Sem experiência, sem vontade de verdade, sem nada: o homem era verdadeiramente o animal que se acostuma até a não estar acostumado. Por exemplo, o necrotério: Traveler e Oliveira ignoravam sua existência e eis que de repente na terça-feira à noite Remorino subiu para chamá-los cumprindo ordens de Ovejero. O 56 tinha acabado de morrer como esperado no segundo andar, era preciso dar uma mão ao maqueiro e distrair a 31, que tinha uns pressentimentos telepáticos impressionantes. Remorino explicou aos dois que o pessoal que havia saído era muito reivindicativo e estava trabalhando em operação tartaruga desde que tomara conhecimento do assunto das indenizações, e que por isso não havia remédio a não ser dar duro, e além do mais para eles seria ótimo ir pegando prática.

53·

Que coisa mais estranha que no inventário lido no dia da grande negociação ninguém tivesse mencionado o necrotério. Mas che, em algum lugar é preciso guardar os presuntos até a família chegar ou a prefeitura mandar o furgão. Vai ver que no inventário se falava de uma câmara de depósito, ou uma sala de trânsito, ou um ambiente frigorífico, esses eufemismos, ou simplesmente se mencionavam as oito geladeiras. Necrotério, afinal das contas, não era uma coisa bonita de se escrever num documento, pensava Remorino. E para que oito geladeiras? Ah, isso... Alguma exigência do Departamento Nacional de Higiene, ou coisa do ex-administrador por ocasião das licitações, mas tão ruim não era porque às vezes havia surtos, como no ano em que o San Lorenzo tinha ganhado (em que ano havia sido? Remorino não se lembrava, mas fora no ano em que o San Lorenzo tinha dado um banho), de repente quatro doentes empacotaram, um golpe de foice daqueles. Verdade que pouco frequente, o 56 não tinha jeito, o que é que se vai fazer. Por aqui, falem baixo para não despertar as almas penadas. E você que me aparece a esta hora, já para a cama, e depressa. É um bom garoto, vejam só como obedece. À noite inventa de sair para o corredor, mas não pensem que é por causa das mulheres, essa questão a gente resolveu muito bem. Sai porque é louco, só isso, como qualquer um de nós, pensando bem.

Oliveira e Traveler achavam que Remorino era boa gente. Um sujeito evoluído, estava na cara. Ajudaram o maqueiro, que quando não estava carregando a maca era só o 7 e ponto-final, um caso curável, de modo que podia colaborar nos trabalhos leves. Desceram a maca pelo monta-cargas, um pouco amontoados e sentindo muito de perto o volume do 56 debaixo do lençol. A família viria buscá-lo na segunda-feira, eram de Trelew, coitados. Até agora ninguém viera buscar o 22, o cúmulo. Gente de dinheiro, achava Remorino: os piores, uns abutres, sem sentimento. E a prefeitura permitia que o 22...? O expediente devia estar andando por aí, essas coisas. Acaba que os dias iam passando, duas semanas, e assim viram a vantagem de ter muitas geladeiras. E entre coisa e loisa já eram três, porque havia ainda a 2, uma das fundadoras. Uma coisa tremenda, a 2 não tinha família mas o departamento de funerais havia avisado que o furgão passaria em quarenta e oito horas. Remorino fez a conta para dar risada, já eram trezentas e seis horas, quase trezentas e sete. Dizia fundadora porque era uma velhinha dos primeiros tempos, de antes do doutor que tinha vendido o local a d. Ferraguto. Pelo jeito d. Ferraguto era um ótimo sujeito, não era mesmo? E pensar que fora dono de um circo, que coisa.

53.

O 7 abriu o monta-cargas, puxou a maca e saiu pelo corredor pilotando que era uma beleza, até que Remorino freou-o em seco e se adiantou com uma chave yale para abrir a porta metálica enquanto Traveler e Oliveira puxavam ao mesmo tempo seus cigarros, esses reflexos... Na verdade, o que deveriam ter feito era trazer os sobretudos, porque no necrotério não havia notícia da onda de calor, necrotério esse que aliás parecia um depósito de bebidas com uma mesa comprida de um lado e na outra parede um refrigerador que ia até o teto.

— Pegue uma cerveja — ordenou Remorino. — Vocês não sabem de nada, está bem? Aqui, o regulamento às vezes é exagerado... Melhor não dizer nada a d. Ferraguto, afinal a gente só toma uma cervejinha de vez em quando.

O 7 foi até uma das portas do refrigerador e tirou uma garrafa. Enquanto Remorino abria a cerveja com um dispositivo do qual seu canivete estava munido, Traveler olhou para Oliveira, mas o número 7 falou antes.

— É melhor a gente guardar ele antes, o senhor não acha?

— Você... — começou Remorino, mas parou com o canivete aberto na mão. — Tem razão, garoto. Valeu. Essa ali está livre.

— Não — disse o número 7.

— Vai dizer para mim?

— O senhor me perdoe e desculpe — disse o 7. — Mas a que está livre é esta aqui.

Remorino ficou olhando para ele e o 7 sorriu para ele e com uma espécie de saudação se aproximou da porta em litígio e abriu. Saiu uma luz brilhante como uma aurora boreal ou algum outro meteoro hiperbóreo, no meio da qual se delineavam claramente uns pés bastante grandes.

— É o 22 — disse o 7. — Não falei? Conheço todos eles pelos pés. Ali está a 2. O senhor está brincando comigo? Olhe, se não acredita em mim. E então, convencido? Muito bem, então vamos colocá-lo nessa que está livre. Vocês aí me ajudem, cuidado que é preciso entrar de cabeça.

— Ele é um campeão — disse Remorino para Traveler em voz baixa.

— Realmente não sei por que o Ovejero segura ele aqui. Bom, che, não tem copo, então vai ter que ser no gargalo.

Traveler tragou a fumaça do cigarro até os joelhos antes de aceitar a garrafa. Foram passando-a de mão em mão, e a primeira piada de sacanagem quem contou foi Remorino.

(-66)

53·

54.

Da janela do seu quarto no segundo andar Oliveira via o pátio com a fonte, o repuxo, o jogo da amarelinha do 8, as três árvores que davam sombra ao canteiro de gerânios e grama e o altíssimo muro de taipa que ocultava as edificações da rua. Quase todas as tardes o 8 brincava de amarelinha, era imbatível, o 4 e a 19 bem que teriam querido tomar dele o Céu mas era inútil, o pé do 8 era uma arma de precisão, um tiro por quadrado, a pedrinha sempre ia parar na posição mais favorável, era extraordinário. À noite a amarelinha tinha uma espécie de débil fosforescência, e Oliveira gostava de olhar para ela da janela. Na cama, cedendo aos efeitos de um centímetro cúbico de hipnosal, o 8 estaria dormindo feito uma cegonha, mentalmente em pé sobre uma perna só, jogando a pedrinha com golpes secos e infalíveis, à conquista de um céu que parecia desencantá-lo assim que conquistado. "Você é de um romantismo insuportável", pensava Oliveira de si mesmo, cevando o mate. "Quando terá seu pijama rosa?" Tinha sobre a mesa uma cartinha de Gekrepten inconsolável, quer dizer que só deixam você sair aos sábados, mas isso não é vida, querido, não me conformo a passar tanto tempo sozinha, se você visse o nosso quartinho. Apoiando a cuia no parapeito da janela, Oliveira tirou uma esferográfica do bolso e respondeu à carta. Primeiro, havia o telefone (escreveu o número); segundo, estavam muito ocupados, mas a reorganização não levaria mais do que duas semanas, e então poderiam se ver pelo menos nas quartas-feiras, nos sábados e nos domingos. Terceiro, sua erva estava acabando. "Escrevo como se tivesse sido trancafiado", pensou, enquanto assinava. Eram quase onze da noite, logo deveria render Traveler, de plantão no terceiro andar. Cevando outro mate, releu a carta e fechou o envelope. Preferia escrever, o telefone era um instrumento confuso nas mãos de Gekrepten, ela não entendia nada do que lhe explicavam.

54.

No pavilhão da esquerda a luz da farmácia se apagou. Talita saiu para o pátio, fechou a porta à chave (dava para vê-la muito bem à luz do céu estrelado e quente) e se aproximou indecisa da fonte. Oliveira assoviou baixinho para ela, mas Talita continuou olhando a água do repuxo e até aproximou um dedo experimental e o manteve um instante na água. Depois atravessou o pátio, pisoteando fora da ordem o jogo da amarelinha, e desapareceu debaixo da janela de Oliveira. Tudo fora um pouco como nas pinturas de Leonora Carrington, a noite com Talita e o jogo da amarelinha, um entrecruzamento de linhas que se ignoravam, um repuxo em uma fonte. Quando a figura vestida de rosa saiu de algum lugar e se aproximou lentamente do jogo da amarelinha, sem se atrever a pisar no desenho, Oliveira compreendeu que tudo voltava à ordem, que necessariamente a figura de rosa escolheria uma pedrinha chata entre as muitas que o 8 amontoava na beira do canteiro, e que a Maga, porque era a Maga, dobraria a perna esquerda e com a ponta do sapato projetaria a pedrinha para a primeira casa do jogo da amarelinha. De cima via o cabelo da Maga, a curva dos ombros e como ela erguia os braços até a metade do corpo para manter o equilíbrio, enquanto aos pulinhos entrava na primeira casa, empurrava a pedrinha até a segunda (e Oliveira tremeu um pouco porque a pedra quase saiu da casa, uma irregularidade das lajotas a deteve exatamente no limite da segunda casa), entrava com leveza e ficava um segundo imóvel, como um flamingo rosa na penumbra, antes de aproximar pouco a pouco o pé da pedrinha, calculando a distância para fazê-la passar para a terceira casa.

Talita ergueu a cabeça e viu Oliveira na janela. Demorou a reconhecê-lo, e enquanto isso oscilava sobre uma das pernas, como se estivesse se amparando no ar com as mãos. Olhando para ela com um desencanto irônico, Oliveira reconheceu seu erro, viu que o rosa não era rosa, que Talita vestia uma blusa cinza e uma saia provavelmente branca. Tudo (por assim dizer) estava explicado: Talita havia entrado e tornado a sair, atraída pelo jogo da amarelinha, e essa ruptura de um segundo entre a passagem e o reaparecimento tinha sido suficiente para enganá-lo como naquela outra noite na proa do navio, como talvez em várias outras noites. Mal respondeu ao aceno de Talita, que agora baixava a cabeça se concentrando, calculava, e a pedrinha saía com força da segunda casa e entrava na terceira, endireitando-se, pondo-se de perfil, saindo do traçado da amarelinha, uma ou duas lajes fora dele.

— É preciso treinar mais — disse Oliveira — se quer ganhar do 8.

— O que você está fazendo aí?

— Calor. Plantão às onze e meia. Correspondência.

— Ah — disse Talita. — Que noite.

— Mágica — disse Oliveira, e Talita riu brevemente antes de desaparecer porta adentro. Oliveira ouviu-a subir a escada, passar diante de sua porta (mas quem sabe estivesse subindo pelo monta-cargas), chegar ao terceiro andar. "Vamos admitir que é muito parecida", pensou. "Com isso, e sendo eu um cretino, tudo fica bem explicado." Mas ainda assim ficou olhando o pátio por alguns instantes, o jogo da amarelinha deserto, como para se convencer. Às onze e dez Traveler chegou para buscá-lo e lhe passou o relatório. O 5 bastante inquieto, avisar Ovejero se ele começar a perturbar; os outros dormiam.

O terceiro andar estava na mais perfeita paz, e até o 5 se tranquilizara. Aceitou um cigarro, fumou aplicadamente e explicou a Oliveira que a conspiração dos editores judeus estava atrasando a publicação de sua grande obra sobre os cometas; prometeu-lhe um exemplar com dedicatória. Oliveira deixou a porta entreaberta para ele porque conhecia suas manhas, e começou a ir e vir pelo corredor, olhando de vez em quando pelos olhos mágicos instalados graças à astúcia de Ovejero, o administrador, e à casa Liber & Finkel: em cada quarto um diminuto Van Eyck, exceto a 14, que, como sempre, tinha grudado um adesivo na lente. À meia-noite Remorino chegou com várias genebras ainda não inteiramente assimiladas; falaram de cavalos e de futebol, e depois Remorino foi dormir um pouco no térreo. O 5 havia se acalmado totalmente e o calor apertava no silêncio e na penumbra do corredor. A ideia de que alguém tentasse matá-lo não ocorrera a Oliveira até aquele momento, mas bastou um desenho instantâneo, um esboço que tinha mais de calafrio que de outra coisa, para ele se dar conta de que não era uma ideia nova, que não vinha da atmosfera do corredor com suas portas fechadas e a sombra do monta-cargas ao fundo. A mesma coisa poderia ter ocorrido a ele num meio-dia no armazém do Roque, ou no metrô às cinco da tarde. Ou muito antes, na Europa, em alguma noite de vagabundagem pelas zonas francas, pelos terrenos baldios onde uma lata velha podia servir para rasgar uma garganta, por menos que uma e outra mostrassem boa vontade. Parando ao lado do vão do monta-cargas, olhou para o fundo negro e pensou nos Campos Flégreos, outra vez no acesso. No circo ocorrera o contrário, um buraco lá no alto, a abertura se comunicando com o espaço aberto, figura de consumação, agora estava junto ao poço, o vão de Elêusis, a clínica envolta em vapores de calor acentuava a passagem negativa, os vapores de enxofre, a descida. Dando meia-volta viu a linha reta do corredor estendendo-se até o fundo, com a débil luz das lâmpadas roxas no batente das portas brancas. Fez uma coisa boba: encolhendo a perna esquerda, avançou a pequenos saltos

54.

pelo corredor, até a altura da primeira porta. Quando tornou a apoiar a perna esquerda no linóleo verde, estava banhado de suor. A cada salto havia repetido entre dentes o nome de Manú. "E pensar que eu tinha pensado em uma passagem", disse para si mesmo, se apoiando na parede. Impossível objetivar a primeira fração de um pensamento sem achá-lo grotesco. Passagem, por exemplo. E pensar que ele havia esperado. Esperado uma passagem. Deixando o corpo escorregar, sentou-se no chão e olhou fixamente para o linóleo. Passagem para onde? E por que a clínica tinha que servir de passagem para ele? De que tipo de templos andava precisando, de que tipo de intercessores, de que hormônios psíquicos ou morais que o projetassem para dentro ou para fora de si?

Quando Talita chegou trazendo um copo de limonada (essas ideias dela, esse seu lado professorinha dos trabalhadores e catequista de crianças), imediatamente tocou no assunto com ela. Talita não se surpreendia com nada; sentando-se diante dele olhou como ele bebia a limonada de um só gole.

— Se a Cuca nos visse jogados no chão teria um chilique. Que maneira de montar guarda, essa sua. Eles estão dormindo?

— Sim. Acho. A 14 tampou o olho mágico, vai saber o que ela está fazendo. Me dá um negócio abrir a porta dela, che.

— Você é a delicadeza em pessoa — disse Talita. — Mas eu, de mulher para mulher...

Voltou quase em seguida, e dessa vez se instalou ao lado de Oliveira para se apoiar na parede.

— Dorme castamente. O coitado do Manú teve um pesadelo horroroso. Sempre acontece a mesma coisa, ele volta a dormir, mas eu fico tão transtornada que acabo me levantando. Achei que você devia estar com calor, você ou Remorino, então fiz limonada para vocês. Que verão, e com essas paredes aí fora que cortam o ar. Quer dizer então que eu me pareço com essa outra mulher.

— Um pouco, parece — disse Oliveira —, mas não tem nenhuma importância. O que eu gostaria mesmo de saber é por que vi você vestida de rosa.

— Influências do ambiente, você a identificou aos outros.

— Pois é, pensando bem, isso até que seria fácil. E você, por que começou a jogar amarelinha? Também se identificou?

— Você tem razão — disse Talita. — Por que comecei a jogar? Na verdade, nunca gostei de jogar amarelinha. Mas não venha com uma das suas teorias de possessão, não sou zumbi de ninguém.

— Não há a menor necessidade de gritar.

— De ninguém — repetiu Talita baixando a voz. — Vi o desenho do jogo da amarelinha quanto passei, tinha uma pedrinha... joguei e fui embora.

— Você perdeu na terceira casa. Com a Maga teria acontecido o mesmo, ela é incapaz de perseverar, não tem a menor noção das distâncias, nas mãos dela o tempo vira pó, anda aos tropeções com o mundo. E graças a isso, aliás, é absolutamente perfeita em sua maneira de denunciar a falsa perfeição dos outros. Mas eu estava é falando do monta-cargas, acho.

— É, você falou alguma coisa e depois tomou a limonada. Não, espera, você tomou a limonada antes.

— Provavelmente me chamei de infeliz, quando você chegou eu estava em pleno transe xamânico, a ponto de me jogar no poço para acabar de uma vez com as conjecturas, essa palavra esbelta.

— O buraco acaba no porão — disse Talita. — Tem baratas, se você quer saber, e trapos coloridos pelo chão. Tudo está úmido e escuro e um pouco mais à frente começam os mortos. Manú me contou.

— Manú está dormindo?

— Está. Teve um pesadelo, gritou alguma coisa sobre uma gravata perdida. Já lhe contei.

— É uma noite de grandes confidências — disse Oliveira, olhando para ela, devagar.

— Muito grandes — disse Talita. — A Maga era apenas um nome, e agora já tem um rosto. Parece que ainda se engana com a cor da roupa.

— A roupa é o de menos, quando eu tornar a vê-la sabe lá o que estará vestindo. Talvez esteja nua, ou ande com o menino nos braços cantando para ele "Les Amants du Havre", uma canção que você não conhece.

— Você é que pensa — disse Talita. — Tocavam sem parar na Rádio Belgrano. Lá-lá-lá, lá-lá-lá…

Oliveira esboçou uma bofetada suave, que acabou em carícia. Talita jogou a cabeça para trás e acabou batendo na parede do corredor. Fez uma careta e esfregou a nuca, mas continuou cantarolando a melodia. Ouviu-se um clique e depois um zumbido que parecia azul na penumbra do corredor. Ouviram o monta-cargas subir, e mal se olharam antes de se levantar de um salto. Àquela hora, quem poderia… Clique, a passagem pelo primeiro andar, o zumbido azul. Talita recuou e se pôs atrás de Oliveira. Clique. Distinguia-se perfeitamente o pijama rosa no cubo de vidro engradado. Oliveira correu até o monta-cargas e abriu a porta. Saiu uma lufada de ar frio. O velho olhou para ele como se não o conhecesse e continuou acariciando a pomba, era fácil compreender que algum dia a pomba tinha sido branca, que a carícia contínua do velho tinha feito a pomba ficar acinzentada. Imóvel, com os olhos revirados, ela descansava no côncavo da mão que a segurava à altura do peito, enquanto os dedos passavam uma e outra vez do pescoço à cauda, do pescoço à cauda.

— Vá dormir, d. López — disse Oliveira, respirando com força.

— Muito quente na cama — disse d. López. — Olhe como ela fica contente quando a levo para passear.

— Está muito tarde, vá para o seu quarto.

— Levo uma limonada geladinha para o senhor — prometeu Talita Nightingale.

D. López acariciou a pomba e saiu do monta-cargas. Ouviram-no descer pela escada.

54.

— Aqui, cada um faz o que quer — murmurou Oliveira fechando a porta do monta-cargas. — Numa dessas vai haver uma degola geral. Dá para sentir no ar, que coisa mais estranha. Essa pomba parecia um revólver.

— A gente devia avisar o Remorino. O velho estava subindo do porão, é esquisito.

— Escute, fique aqui um pouco vigiando que eu vou até o porão dar uma olhada, só falta algum outro estar lá fazendo besteira.

— Eu desço com você.

— Está bem, já que estes daqui estão dormindo tranquilos.

Dentro do monta-cargas a luz era vagamente azul e se descia com um zumbido de science fiction. No porão não havia ninguém vivo, mas uma das portas do refrigerador estava um pouco aberta e pela fresta saía um jorro de luz. Talita se posicionou diante da porta com uma mão cobrindo a boca enquanto Oliveira se aproximava. Era o 56, lembrava-se muito bem, a família devia estar chegando a qualquer momento. De Trelew. E enquanto isso o 56 tinha recebido a visita de um amigo, dava para imaginar a conversa com o velho da pomba, um desses pseudodiálogos em que o interlocutor não se importa nem um pouco se o outro fala ou não fala, desde que haja alguma coisa ali na frente, qualquer coisa, um rosto, uns pés saindo do gelo. Exatamente como ele acabara de contar a Talita narrando o que havia visto, contando que sentia medo, falando o tempo todo em buracos e passagens, a Talita ou a qualquer outro, a um par de pés saindo do gelo, a qualquer aparência antagônica capaz de escutar e assentir. Mas enquanto fechava a porta da geladeira e se apoiava sem saber por quê na borda da mesa, um vômito de memória começou a se apossar dele, disse para si mesmo que não mais que um ou dois dias antes tinha achado que era impossível chegar a contar alguma coisa a Traveler, um macaco não podia contar coisas a um homem, e de repente, sem saber como, se ouvira falando com Talita como se ela fosse a Maga, sabendo que não era, mas falando-lhe do jogo da amarelinha, do medo no corredor, da atração do buraco. Então (e Talita estava ali, a quatro metros, atrás dele, esperando) aquilo era como um fim, um apelo à piedade alheia, o reingresso na família humana, a esponja caindo com um estalo repugnante no centro do ringue. Sentia como se estivesse partindo de si mesmo, abandonando-se para se atirar — filho (da puta) pródigo — nos braços da fácil reconciliação, e a partir daí a volta ainda mais fácil ao mundo, à vida possível, ao tempo de seus anos, à razão que guia as ações dos argentinos bons e do bicho humano em geral. Estava em seu pequeno e cômodo Hades refrigerado, mas não havia nenhuma Eurídice para buscar, além do que tinha descido tranquilamente pelo monta-cargas e agora, enquanto abria uma geladeira e pegava uma garrafa de cerveja, pedra livre para qualquer coisa contanto que acabasse com aquela comédia.

54.

— Venha tomar alguma coisa — ofereceu. — Muito melhor que a sua limonada.

Talita deu um passo e parou.

— Não seja necrófilo — disse. — Vamos sair daqui.

— É o único lugar fresco, reconheça. Acho até que vou trazer uma cama para cá.

— Você está pálido de frio — disse Talita, se aproximando. — Venha, não gosto que você fique aqui.

— Não gosta? Eles não vão sair dali para me comer, os lá de cima são piores.

— Venha, Horacio — insistiu Talita. — Não quero que você fique aqui.

— Você… — disse Oliveira olhando enfurecido para ela, e se interrompeu para abrir a cerveja com um golpe de mão contra a borda de uma cadeira. Estava vendo com tanta clareza um boulevard debaixo da chuva, mas em vez de ir levando alguém pelo braço, falando para esse alguém com compaixão, era a ele que levavam, compassivamente alguém tinha lhe dado o braço e falava com ele para que ficasse contente, sentia tanta pena dele que era positivamente uma delícia. O passado se invertia, trocava de sinal, no fim se verificaria que não havia liquidação na La Piedad. Aquela mulher jogadora de amarelinha estava com pena dele, era tão claro que chegava a queimar.

— Podemos continuar conversando no segundo andar — disse ilustrativamente Talita. — Leve a garrafa e eu tomo um pouco.

— Oui madame, bien sûr madame — disse Oliveira.

— Até que enfim você fala alguma coisa em francês. Manú e eu achávamos que você tinha feito uma promessa. Nunca…

— Assez — disse Oliveira. — Tu m'as eu, petite, Céline avait raison, on se croit enculé d'un centimètre et on l'est déjà de plusieurs mètres.

Talita olhou para ele com a expressão de quem não entende nada, mas sua mão subiu sem que ela a sentisse subir, e se apoiou por um instante no peito de Oliveira. Quando a retirou, ele se pôs a olhar para ela como quem olha de baixo, com olhos que vinham de algum outro lugar.

— Vai saber — disse Oliveira para alguém que não era Talita. — Vai saber se não é você que esta noite cospe em mim tanta pena. Vai saber se no fundo não é preciso chorar de amor até encher quatro ou cinco bacias. Ou que chorem quatro ou cinco bacias por você, como estão chorando agora.

Talita virou as costas para ele e andou até a porta. Quando se deteve para esperá-lo, desconcertada e ao mesmo tempo precisando esperá-lo porque afastar-se dele naquele instante seria como deixá-lo cair no poço (com baratas, com trapos coloridos), viu que ele estava sorrindo mas que nem mesmo o sorriso era para ela. Nunca o tinha visto sorrir assim, desditosamente e ao mesmo tempo com o rosto inteiro aberto e de frente, sem a ironia habitual, aceitando alguma coisa que devia chegar-lhe do centro da vida, desse outro poço (com baratas, com trapos coloridos, com um rosto flutuando numa água suja?), aproximando-se dela no ato de aceitar aquela coisa inominável que o fazia sorrir. E tampouco seu beijo era para ela, não acontecia ali grotescamente ao lado de uma geladeira cheia de mortos, a tão pouca distância de Manú dormindo. Chegavam um ao outro como se viessem de outro lugar, com outra parte de si mesmos, e não era deles que se tratava, era como se estivessem pagando ou cobrando alguma coisa no lugar de outras pessoas, como se fossem os golems de um encontro impossível entre seus amos. E os Campos Flégreos, e o que Horacio havia murmurado sobre o descenso, uma insensatez tão absoluta que Manú e tudo o que era Manú e estava no nível de Manú não podia participar da cerimônia, porque o que começava ali era como a carícia na pomba, como a ideia de levantar-se para fazer uma limonada para um vigia, como dobrar uma perna e empurrar uma pedrinha da primeira para a segunda casa, da segunda para a terceira. De alguma maneira eles haviam penetrado em outra coisa, naquele algo onde era possível estar de cinza e ser cor-de-rosa, onde se podia ter morrido afogada num rio (e isso ela já não estava pensando) e aparecer numa noite de Buenos Aires para repetir no jogo da amarelinha a própria imagem do que acabavam de atingir, a última casa, o centro da mandala, o Ygdrassil vertiginoso por onde se saía para uma praia aberta, para uma extensão sem limites, para o mundo debaixo das pálpebras que os olhos virados para dentro reconheciam e acatavam.

(-129)

55.

Mas Traveler não estava dormindo, depois de uma ou duas tentativas o pesadelo continuava a rondá-lo e acabou se sentando na cama e acendendo a luz. Talita não estava, essa sonâmbula, essa falena de insônias, e Traveler bebeu um copo de aguardente e vestiu o paletó do pijama. A poltrona de vime parecia mais fresca que a cama, e era uma noite boa para ficar lendo. A cada tanto se ouviam passos no corredor, e Traveler espiou duas vezes pela porta que dava para a ala administrativa. Não havia ninguém, e nem a ala, Talita devia ter ido trabalhar na farmácia, era incrível o entusiasmo dela com o reingresso na ciência, com as pequenas balanças, os antipiréticos. Traveler se pôs a ler um tempinho, entre uma e outra dose de aguardente. De todo modo era estranho Talita não ter voltado da farmácia. Quando reapareceu, com um ar apavorante de fantasma, a garrafa de aguardente estava tão comprometida que para Traveler quase não fez diferença vê-la ou deixar de vê-la, e conversaram um pouco sobre tantas coisas, enquanto Talita desdobrava uma camisola e diversas teorias, quase todas toleradas por Traveler, que àquela altura tendia à benevolência. Depois Talita adormeceu de barriga para cima, com um sono intranquilo entrecortado por um agitar de braços e resmungos bruscos. Era sempre a mesma coisa, Traveler custava a adormecer quando Talita estava inquieta, mas assim que era vencido pelo cansaço ela acordava e num minuto estava completamente desperta porque ele reclamava ou se contorcia em sonhos, e assim passavam a noite como num sobe e desce. Para piorar, a luz tinha ficado acesa e era complicadíssimo chegar ao interruptor, razão pela qual acabaram acordando de vez e então Talita apagou a luz e se apertou um pouco contra Traveler, que suava e se contorcia.

— Horacio viu a Maga esta noite — disse Talita. — Viu no pátio, faz duas horas, quando você estava de plantão.

— Ah — disse Traveler, estendendo-se de costas e procurando os cigarros pelo método Braille. Acrescentou uma frase confusa saída de suas últimas leituras.

55. — A Maga era eu — disse Talita, apertando-se mais contra Traveler. — Não sei se você entende.

— Acho que entendo.

— Algum dia tinha que acontecer. O que me espanta é ele ter ficado tão surpreso com o equívoco.

— Ah, você sabe, o Horacio arma as confusões e depois fica olhando para elas com o mesmo ar dos cachorros quando fazem cocô e ficam contemplando a própria obra estupefatos.

— Eu acho que aconteceu no próprio dia em que fomos buscá-lo no porto — disse Talita. — Não tem explicação, porque ele nem mesmo me olhou e vocês dois me expulsaram feito um cão, com o gato debaixo do braço.

Traveler mastigou uma frase ininteligível.

— Ele me confundiu com a Maga — insistiu Talita.

Traveler a ouvia falar, aludir como todas as mulheres à fatalidade, à inevitável concatenação das coisas, e teria preferido que ela se calasse mas Talita resistia febrilmente, se apertava contra ele e se empenhava em contar, em se contar e, naturalmente, em contar para ele. Traveler se deixou levar.

— Primeiro veio o velho da pomba, e então descemos até o porão. O Horacio ficava falando o tempo todo do descenso, desses buracos que o preocupam. Estava desesperado, Manú, dava medo ver como ele parecia tranquilo e, no entanto... Descemos pelo monta-cargas, e ele foi fechar uma das geladeiras, uma coisa muito horrível.

— Quer dizer que você desceu — disse Traveler. — Está bem.

— Era diferente — disse Talita. — Não era como descer. A gente conversava, mas minha sensação era de que o Horacio estava em outro lugar, falando com outra pessoa, com uma mulher afogada, por exemplo. Agora isso me ocorre, mas ele ainda não tinha dito que a Maga tinha se afogado no rio.

— Não se afogou coisíssima nenhuma — disse Traveler. — Pelo que me consta, embora eu admita que não faço a menor ideia. Para quem conhece o Horacio.

— Ele acha que ela está morta, Manú, e ao mesmo tempo a sente perto e esta noite fui eu. Ele também me disse que a viu no navio, e debaixo da ponte da Avenida San Martín... Não diz como se falasse de uma alucinação, e também não espera que você acredite. Simplesmente diz, e é verdade, é uma coisa que está ali. Quando ele fechou a geladeira e eu fiquei com medo e falei sei lá o quê, ele começou a olhar para mim e era para a outra que estava olhando. Eu não sou o zumbi de ninguém, Manú, não quero ser o zumbi de ninguém.

Traveler passou-lhe a mão pelo cabelo, mas Talita o repeliu com impaciência. Tinha se sentado na cama e ele sentia que estava trêmula. Com aquele calor, tremendo. Contou para ele que Horacio a havia beijado, e tentou explicar o beijo, mas como não encontrava as palavras ia tocando Traveler no escuro, suas mãos caíam como pedaços de pano sobre o rosto dele, sobre seus braços, escorregavam pelo seu peito, se apoiavam em seus joelhos, e daquilo tudo nascia uma espécie de explicação que Traveler era incapaz de repelir, um contágio que vinha de mais longe, de algum lugar no fundo ou no alto ou em qualquer lugar que não fosse aquela noite e aquele quarto, um contágio que passando por Talita também ia tomando conta dele, um balbuciar que era como um anúncio intraduzível, a suspeita de que estava diante de algo que podia ser um anúncio, mas a voz que o trazia estava quebrada e quando transmitia o anúncio utilizava um idioma ininteligível, e contudo isso era a única coisa necessária ali, ao alcance da mão, reclamando o conhecimento e a aceitação, debatendo-se contra uma parede esponjosa, de fumaça e cortiça, impalpável e se oferecendo, nu, entre os braços mas como se fosse de água, acabando entre lágrimas.

"A dura crosta mental", Traveler chegou a pensar. Ouvia confusamente que o medo, que Horacio, que o monta-cargas, que a pomba; um sistema comunicável voltava a entrar pouco a pouco em seu ouvido. De modo que o pobre infeliz tinha medo de que ele o matasse, só mesmo rindo.

— Ele disse isso de verdade? Difícil acreditar, você sabe como ele é orgulhoso.

— É outra coisa — disse Talita, pegando o cigarro dele e tragando com uma espécie de avidez de filme mudo. — Eu acho que o medo que ele sente é como um último refúgio, a grade onde prende as mãos antes de se atirar. Ele está tão feliz por sentir medo esta noite, eu sei que ele está feliz.

— Isso — disse Traveler, respirando como um verdadeiro iogue — a Cuca não entenderia, pode ter certeza. E eu devo estar especialmente inteligente esta noite, porque essa coisa do medo alegre é meio dura de engolir, garota.

Talita deslizou um pouco na cama e se apoiou em Traveler. Sabia que estava outra vez ao lado dele, que não tinha se afogado, que ele a estava mantendo na superfície e que no fundo era uma pena, uma maravilhosa pena. Os dois sentiram isso no mesmo momento, e escorregaram um na direção do outro como se quisessem cair neles mesmos, no território comum onde as palavras e as carícias e as bocas os envolviam como a circunferência envolve o círculo, essas metáforas tranquilizadoras, essa velha tristeza de voltar a ser o de sempre, de prosseguir, de se manter à tona contra ventos e marés, contra o chamado e a queda.

55.

56.

De onde viria o costume de andar sempre com barbantes nos bolsos, de juntar fios coloridos e metê-los entre as páginas dos livros, de fabricar todo tipo de figuras usando essas coisas e goma arábica? Enquanto enrolava um barbante preto no trinco, Oliveira se perguntou se a fragilidade dos fios não provocava nele uma espécie de satisfação perversa, e admitiu que maybe peut-être quem sabe. A única coisa certa era que os barbantes e os fios o alegravam, que para ele nada parecia mais edificante que armar por exemplo um gigantesco dodecaedro transparente, tarefa de muitas horas e muita complicação, para depois aproximar um fósforo e ver como a chamazinha de nada ia e vinha enquanto Gekrepten con-tor-cia-as-mãos e dizia que era uma vergonha queimar uma coisa tão bonita. Era difícil explicar a ela que quanto mais frágil e perecível a trama, maior a liberdade para fazê-la e desfazê-la. Oliveira achava que os fios eram o único material justificável para seus inventos, e só muito de vez em quando, se o encontrasse na rua, animava-se a usar um pedaço de arame ou de fita metálica. Gostava que tudo o que fazia estivesse o mais cheio possível de espaço livre, e que o ar entrasse e saísse, e sobretudo que saísse; coisas semelhantes lhe aconteciam em relação aos livros, as mulheres e as obrigações, e não pretendia que Gekrepten ou o cardeal primaz entendessem essas celebrações.

Aquilo de enrolar um barbante preto no trinco começou quase um par de horas depois, porque entrementes Oliveira fez diversas coisas em seu quarto e fora dele. A ideia das bacias era clássica e não se sentiu nem um pouco orgulhoso em acatá-la, mas no escuro uma bacia aquosa no chão configura uma série de valores defensivos bastante sutis: surpresa, talvez terror, em último caso a cólera cega que sucede a consciência de ter enfiado um sapato da Fanacal ou da Tonsa na água, e como se não bastasse a meia também, e que de tudo isso escorra água enquanto o pé completamente perturbado se agita na meia, e a meia no sapato, como um rato se afogando ou um daqueles pobres coitados que os sultões ciumentos jogavam no Bósforo dentro de um saco cosido (com barbante, naturalmente: tudo acabava convergindo, era bastante divertido que a bacia com água e os barbantes se encontrassem no fim do raciocínio e não no princípio, mas aqui Horacio se permitia conjecturar que a ordem dos raciocínios não tinha a) que seguir o tempo físico, o antes e o depois, e b) que talvez o raciocínio tivesse se completado inconscientemente para levá-lo da noção de barbante à da bacia aquosa). Definitivamente, mal analisava um pouco e já caía em graves suspeitas de determinismo; o melhor era continuar se entrincheirando sem dar muita importância às razões ou às preferências. E de todo modo, o que vinha primeiro, o barbante ou a bacia? Como execução, a bacia, mas o barbante havia sido decidido antes. Não valia a pena continuar se preocupando quando o que estava em jogo era a vida; a obtenção das bacias era muito mais importante, e a primeira meia hora consistiu numa cautelosa exploração do segundo andar e de parte do térreo, da qual voltou com cinco bacias de tamanho médio, três escarradeiras e uma lata vazia de doce de batata-doce, tudo isso agrupado sob a classificação geral de "bacia". O 18, que estava acordado, se empenhou em fazer companhia a ele, e Oliveira acabou aceitando, decidido a expulsá-lo assim que as operações defensivas atingissem certa envergadura. Para a parte dos fios o 18 acabou sendo muito útil, porque nem bem Oliveira informou sucintamente das necessidades estratégicas, ele arregalou os olhos verdes de uma beleza maligna e disse que a 6 tinha gavetas cheias de barbantes coloridos. O único problema era que a 6 ficava no térreo, na ala de Remorino, e se Remorino acordasse ia ser um bafafá daqueles. O 18 garantia ainda que a 6 era louca, o que complicava a incursão aos seus aposentos. Arregalando os olhos verdes de uma beleza maligna, propôs a Oliveira montar guarda no corredor enquanto ele tirava os sapatos e procedia à tarefa de apoderar-se dos barbantes, mas Oliveira achou que era ir longe demais e optou por assumir pessoalmente a responsabilidade de entrar no quarto da 6 àquela hora da noite. Era bastante divertido pensar em responsabilidade enquanto invadia o dormitório de uma moça que roncava de barriga para cima, exposta aos piores contratempos; com os bolsos e as mãos cheios de rolinhos de barbante e de linhas coloridas, Oliveira ficou um instante olhando para ela, mas depois deu de ombros para que o macaquinho da responsabilidade pesasse menos. O 18, que esperava por ele em seu quarto contemplando as bacias empilhadas sobre a cama, achou que Oliveira não pegara barbantes em quantidade suficiente. Arregalando os olhos verdes de uma beleza maligna, argumentou que para completar eficazmente os preparativos de defesa seria preciso contar com uma boa quantidade de rolimãs e de uma Heftpistole. Oliveira achou boa a ideia dos rolimãs, embora não tivesse uma noção muito precisa do que elas pudessem ser, mas descartou de saída a Heftpistole. O 18 abriu os olhos verdes de uma beleza maligna e disse que a Heftpistole não era o que o doutor imaginava (dizia "doutor" no tom apropriado para que todos percebessem que só dizia aquilo para incomodar), mas que diante da sua negativa tentaria conseguir só os rolimãs. Oliveira deixou-o ir na esperança de que não voltasse porque estava com vontade de ficar sozinho. Às duas Remorino sairia da cama para rendê-lo e era preciso inventar alguma coisa. Se não o encontrasse no corredor, Remorino viria procurá-lo em seu quarto e isso não era conveniente, a não ser que fosse para fazer o primeiro teste das defesas à custa dele. Rejeitou a ideia porque as defesas haviam sido concebidas na previsão de um determinado ataque, e Remorino entraria vindo de um ponto de vista completamente diferente. Agora sentia cada vez mais medo (e quando sentia medo olhava o relógio de pulso e o medo aumentava com a hora); começou a fumar, estudando as possibilidades defensivas do quarto, e às dez para as duas foi pessoalmente acordar Remorino. Transmitiu-lhe um relatório que era uma joia, com sutis alterações dos gráficos de temperatura, da hora dos calmantes e das manifestações sindromáticas e eupépticas dos pensionistas do primeiro andar, de tal modo que Remorino teria que passar quase o tempo todo ocupado com eles, enquanto os do segundo andar, de acordo com o mesmo relatório, dormiam placidamente e só precisavam que ninguém fosse sacudi-los durante a noite. Remorino se lembrou de indagar (sem muita ênfase) se esses cuidados e esses descuidos provinham da alta autoridade do dr. Ovejero, e Oliveira respondeu hipocritamente com o advérbio monossilábico de afirmação adequado à circunstância. Depois do que se separaram amistosamente e Remorino subiu um andar bocejando enquanto Oliveira subia dois tremendo. Mas de nenhuma maneira ia aceitar a ajuda de uma Heftpistole, bastava ter consentido quanto aos rolimãs.

Ainda teve um momento de paz, porque o 18 não chegava e era preciso ir enchendo as bacias e as escarradeiras, dispondo-as numa primeira linha de defesa um pouco mais atrás da primeira barreira de fios (ainda teórica mas já perfeitamente planejada), e ensaiando as possibilidades de avanço, a eventual queda da primeira linha e a eficácia da segunda. Entre duas bacias, Oliveira encheu a pia de água fria e mergulhou o rosto e as mãos, encharcou o pescoço e os cabelos. Fumava o tempo todo, mas não chegava nem à metade do cigarro e já ia até a janela jogar a guimba e acender outro. As guimbas caíam sobre o jogo da amarelinha e Oliveira fazia cálculos para que cada olho brilhante ardesse um momento sobre diferentes casas; era divertido. Àquela hora lhe acontecia de ele se encher de pensamentos alheios, *dona nobis pacem, que el bacán que te acamala tenga pesos duraderos*, coisas assim, e também de repente era tomado por farrapos de uma matéria mental, algo entre noção e sentimento, por exemplo que entrincheirar-se era a última das baixezas, que a única coisa insensata e portanto experimentável e talvez eficaz teria sido atacar em vez de se defender, assediar em vez de ficar ali tremendo e fumando e esperando que o 18 voltasse com os rolimãs; mas isso durava pouco, quase tanto quanto os cigarros, e suas mãos tremiam e ele sabia que não lhe restava nada além daquilo, e de repente outra recordação que era como uma esperança, uma frase na qual alguém dizia que as horas do sono e da vigília ainda não haviam se fundido na unidade, e a isso sucedia uma risada que ele escutava como se não fosse sua, e um trejeito no qual se demonstrava condizentemente que aquela unidade estava longe demais e que nada do sono lhe serviria na vigília ou vice-versa. Atacar Traveler como a melhor defesa era uma possibilidade, mas significava invadir o que ele sentia cada vez mais como uma massa negra, um território onde as pessoas estavam dormindo e ninguém esperava em absoluto ser atacado àquela hora da noite e por causas inexistentes em termos de massa negra. Mas enquanto sentia isso, Oliveira não gostava de ter formulado a questão em termos de massa negra, o sentimento era uma espécie de massa negra mas por culpa dele e não do território onde Traveler dormia; por isso era melhor não usar palavras negativas como massa negra, chamá-lo simplesmente de território, já que sempre acabamos chamando nossos sentimentos de alguma coisa. Vale dizer que logo na frente do seu quarto começava o território, e atacar o território era desaconselhável uma vez que os motivos do ataque deixavam de ter inteligibilidade ou possibilidade de ser intuídos pelo território. Já se ele se entrincheirasse em seu quarto e Traveler decidisse atacá-lo, ninguém poderia dizer que Traveler ignorava o que estava fazendo, e o atacado, por sua vez, estava perfeitamente a par e tomava suas medidas, suas precauções e seus rolimãs, fossem o que fossem estes últimos.

Entrementes era possível ficar na janela fumando, estudando a disposição das bacias aquosas e dos fios, e pensando na unidade tão posta à prova pelo conflito do território versus o quarto. Doeria sempre em Oliveira não poder ter nem sequer uma noção dessa unidade que outras vezes chamava de centro, e que na falta de contorno mais preciso se reduzia a imagens como a de um grito negro, um kibutz do desejo (tão distante já, aquele kibutz de madrugada e vinho tinto) e até uma vida digna desse nome porque (sentiu-o enquanto atirava um cigarro na casa cinco do jogo da amarelinha) havia sido suficientemente infeliz para imaginar a possibilidade de uma vida digna depois de diversas indignidades minuciosamente levadas a cabo. Impossível pensar em qualquer dessas coisas, que em compensação se faziam sentir em termos de contração de estômago, território, respiração profunda ou espasmódica, suor na palma das mãos, acendimento de mais um cigarro, repuxão nas tripas, sede, gritos silenciosos que arrebentavam como massas negras na garganta (sempre havia alguma massa negra nesse jogo), vontade de dormir, medo de dormir, ansiedade, a imagem de uma pomba que já havia sido branca, panos coloridos no fundo do que poderia ter sido uma passagem, Sirius no alto de uma lona, e chega, che, por favor chega; mas era bom ter se sentido profundamente ali durante um tempo imensurável, sem pensar nada, sendo apenas aquilo que estava ali com uma tenaz presa ao estômago. *Isso* contra o território, a vigília contra o sono. Mas dizer: a vigília contra o sono já era reingressar na dialética, era corroborar uma vez mais que não havia a mais remota esperança de unidade. Por isso a chegada do 18 com os rolimãs funcionava como um excelente pretexto para reencetar os preparativos de defesa, às três e vinte em ponto mais ou menos.

56.

O 18 arregalou os olhos verdes de uma beleza maligna e desatou uma toalha onde trazia os rolimãs. Disse que havia dado uma espiada em Remorino e que Remorino estava tendo tanto trabalho com a 31, o 7 e a 45, que nem pensaria em subir para o segundo andar. O mais provável era que os doentes tivessem resistido indignados às novidades terapêuticas que Remorino pretendia aplicar neles, e que a distribuição de pílulas ou injeções tomasse um tempão. Em todo caso Oliveira achou melhor não perder mais tempo, e depois de instruir o 18 a dispor os rolimãs da maneira mais conveniente, começou a ensaiar a eficácia das bacias aquosas, e com esse objetivo foi até o corredor dominando seu medo de sair do quarto e entrar na luz roxa do corredor, e tornou a entrar com os olhos fechados, imaginando-se Traveler e andando com os pés um pouco para fora como Traveler fazia. Ao dar o segundo passo (mesmo sabendo) enfiou o sapato esquerdo numa escarradeira aquosa e ao retirá-lo um golpe despachou a escarradeira pelos ares, que por sorte caiu em cima da cama e não fez o menor ruído. O 18, que estava debaixo da escrivaninha semeando os rolimãs, ergueu-se de um salto e arregalando os olhos verdes de uma beleza maligna aconselhou um amontoamento de rolimãs entre as duas linhas de bacias a fim de completar a surpresa da água fria com a possibilidade de um escorregão dos diabos. Oliveira não disse nada mas deixou-o à vontade, e depois de recolocar a escarradeira aquosa em seu lugar, começou a enrolar um barbante preto no trinco. Esticou esse barbante até a escrivaninha e amarrou-o no espaldar da cadeira; colocando a cadeira sobre dois pés, apoiada de canto na borda da escrivaninha, era só querer abrir a porta para que ela caísse no chão. O 18 saiu para o corredor com o objetivo de ensaiar, e Oliveira segurou a cadeira para evitar o barulho. Começava a incomodá-lo a presença amistosa do 18, que de vez em quando arregalava os olhos verdes de uma beleza maligna e queria contar a história de seu ingresso na clínica. Ciente de que bastava pôr um dedo na frente da boca para que ele se calasse envergonhado e ficasse cinco minutos com as costas apoiadas na parede, Oliveira mesmo assim deu a ele um maço novo de cigarros e lhe disse que fosse dormir sem deixar que Remorino o visse.

56.

— Eu fico aqui com o senhor, doutor — disse o 18.

— Não, vai lá. Vou me defender muito bem.

— O senhor precisava de uma Heftpistole, eu bem que avisei. A pistola prega ganchinhos em toda parte e é melhor para prender os barbantes.

— Eu me viro, velho — disse Oliveira. — Vá dormir, obrigado mesmo assim.

— Bom, doutor, então boa sorte.

— Tchau, durma bem.

— Preste atenção nos rolimãs, vai ver que não tem erro. É só o senhor deixar do jeito que estão e vai ver só.

— Está bem.

— Se acabar querendo a Heftpistole é só me avisar, o 16 tem uma.

— Obrigado. Tchau.

Às três e meia Oliveira acabou de colocar os barbantes. O 18 tinha levado as palavras, ou pelo menos aquela coisa de um olhar para o outro de vez em quando ou oferecer um cigarro. Quase no escuro, porque tinha envolvido a lâmpada da escrivaninha num pulôver verde que ia se chamuscando pouco a pouco, era estranho bancar a aranha indo de um lado para outro com os barbantes, da cama até a porta, da pia até o armário, estendendo cinco ou seis barbantes de cada vez e retrocedendo com muito cuidado para não pisar nos rolimãs. No fim ficaria encurralado entre a janela, um lado da escrivaninha (posicionada no canto da parede, à direita) e a cama (colada na parede da esquerda). Entre a porta e o último barbante se estendiam sucessivamente os fios anunciadores (do trinco até a cadeira inclinada, do trinco até um cinzeiro de vermute Martini pousado sobre a borda da pia, e do trinco até uma gaveta do armário cheia de livros e papéis, preso só na beiradinha), as bacias aquosas em forma de duas linhas defensivas irregulares, mas orientadas em geral da parede da esquerda para a da direita, ou seja, a primeira linha ia da pia até o armário e a segunda dos pés da cama até os pés da escrivaninha. Restava só um metro livre entre a última linha de bacias aquosas, sobre a qual se estendiam múltiplos barbantes, e a parede onde se abria a janela que dava para o pátio (dois andares abaixo). Sentando-se na borda da escrivaninha, Oliveira acendeu outro cigarro e se pôs a olhar pela janela; num dado momento tirou a camisa, que enfiou embaixo da escrivaninha. Agora não podia mais beber, mesmo que sentisse sede. Ficou assim, de camiseta, fumando e olhando o pátio, mas com a atenção fixa na porta embora de vez em quando se distraísse ao jogar a guimba na amarelinha. Até que não estava tão mal acomodado, embora a borda da escrivaninha fosse dura e o cheiro de queimado do pulôver lhe desse asco. Acabou apagando a lâmpada e pouco a pouco viu formar-se uma risca roxa ao pé da porta, ou seja, quando Traveler chegasse seus sapatos de borracha interromperiam aquela risca em dois pontos, sinal involuntário de que ia começar o ataque. Quando Traveler abrisse a porta aconteceriam várias coisas e poderiam acontecer muitas outras. As primeiras eram mecânicas e inevitáveis, dentro da estúpida obediência do efeito à causa, da cadeira ao barbante, do trinco à mão, da mão à vontade, da vontade a... E daí se passava às outras coisas que poderiam ou não acontecer conforme a pancada da cadeira no chão, o despedaçamento em cinco ou seis cacos do cinzeiro Martini e a queda da gaveta do armário repercutissem de uma ou de outra maneira em Traveler e até no próprio Oliveira, porque agora, enquanto ele acendia outro cigarro na guimba do anterior e arremessava a guimba de modo que ela caísse na nona casa da amarelinha e a via cair na oitava e saltar para a sétima, guimba de merda, agora talvez fosse o momento de se perguntar o que faria quando a porta abrisse e meio dormitório fosse para o caralho e se ouvisse a surda exclamação de Traveler, caso fosse uma exclamação e caso fosse surda. No fundo fora um idiota ao recusar a Heftpistole, porque além do abajur que não pesava nada, e da cadeira, no canto da janela não havia absolutamente o menor arsenal defensivo, e com o abajur e a cadeira ele não iria muito longe se Traveler conseguisse ultrapassar as duas linhas de bacias aquosas e se salvar de patinar nos rolimãs. Mas ele não conseguiria, toda a estratégia estava justamente nisso; as armas da defesa não podiam ter a mesma natureza das armas da ofensiva. Os barbantes, por exemplo, iam produzir em Traveler uma impressão horrorosa quando ele avançasse no escuro e sentisse crescer como que uma sutil resistência contra seu rosto, seus braços e suas pernas, e fosse tomado por aquele asco insuperável do homem que se enreda numa teia de aranha. Supondo que em dois saltos ele arrancasse todos os fios, supondo que não enfiasse um sapato numa bacia aquosa e que não patinasse num rolimã, chegaria finalmente ao setor da janela e apesar da escuridão reconheceria a silhueta imóvel na borda da escrivaninha. Era remotamente provável que

56.

ele chegasse até ali, mas se chegasse, não havia dúvida de que para Oliveira seria completamente inútil uma Heftpistole, não tanto pelo fato de o 18 ter falado em ganchinhos, mas porque não iria haver um encontro como talvez Traveler tivesse imaginado e sim uma coisa completamente diferente, que era incapaz de imaginar mas que sabia com tanta certeza como se a estivesse vendo ou vivendo, um deslizar da massa negra que vinha de fora contra aquilo que ele sabia sem saber, um desencontro incalculável entre a massa negra de Traveler e aquilo que estava ali na borda da escrivaninha fumando. Algo como a vigília contra o sono (as horas de sono e a vigília, alguém tinha dito algum dia, ainda não haviam se fundido na unidade), mas dizer vigília contra sono era admitir até o fim que não existia esperança alguma de unidade. Em compensação podia ocorrer que a chegada de Traveler fosse uma espécie de ponto extremo a partir do qual tentar uma vez mais o salto do um no outro e ao mesmo tempo do outro no um, mas justamente esse salto seria o contrário de um choque, Oliveira estava seguro de que o território Traveler não conseguiria chegar até ele mesmo que fosse para cima dele, batesse nele, estraçalhasse sua camiseta, cuspisse em seus olhos e em sua boca, torcesse seus braços e o jogasse pela janela. Se uma Heftpistole era completamente ineficaz contra o território, já que segundo o 18 não passava de uma pistola de aparafusar ou algo do tipo, qual seria a utilidade de uma faca Traveler ou de uma porrada Traveler, pobres Heftpistoles inadequadas para superar a insuperável distância de um corpo a corpo no qual um corpo começasse por negar o outro, ou o outro o um? Se de fato Traveler podia matá-lo (e por alguma razão sua boca estava seca e as palmas de suas mãos suavam abominavelmente), tudo o levava a negar essa possibilidade num plano em que sua efetiva ocorrência só tivesse confirmação para o assassino. Mas melhor ainda era sentir que o assassino não era um assassino, que o território nem sequer era um território, apequenar e minimizar e subestimar o território para que de tanto drama e tanto cinzeiro se arrebentando no chão não restasse mais que ruído e consequências irrisórias. Caso se afirmasse (lutando contra o medo) nesse total estranhamento com relação ao território, a defesa seria então o melhor dos ataques, a pior punhalada nasceria do cabo e não da lâmina. Mas o que é que ele ganhava com metáforas àquela hora da noite, quando a única coisa sensatamente insensata era deixar que os olhos vigiassem a faixa violácea ao pé da porta, aquela risca termométrica do território?

Às dez para as quatro Oliveira endireitou o corpo, movendo os ombros para se desintumescer, e foi se sentar no parapeito da janela. Achava graça ao pensar que se tivesse tido a sorte de ficar maluco naquela noite, a liquidação do território Traveler teria sido absoluta. Solução em nada de acordo com sua soberba e sua intenção de resistir a todo tipo de entrega. De todo modo, imaginar Ferraguto anotando seu nome no registro de pacientes, pondo um número em sua porta e um olho mágico para espiá-lo à noite... E Talita preparando-lhe carimbos na farmácia, passando pelo pátio com muito cuidado para não pisar na amarelinha, para nunca mais pisar na amarelinha. Sem falar em Manú, coitado, terrivelmente desconsolado com sua inépcia e sua absurda tentativa. De costas para o pátio, embalando-se perigosamente no parapeito da janela, Oliveira sentiu que o medo começava a ir embora, e que isso era ruim. Não tirava os olhos da risca de luz, mas cada respiração o enchia de um contentamento finalmente sem palavras, que nada tinha a ver com o território, e a alegria era justamente aquilo, sentir como começava a ceder o território. Não importava até quando, a cada inspiração o ar quente do mundo se reconciliava com ele como já havia acontecido uma vez ou outra em sua vida. Não sentia falta nem de fumar, por alguns minutos fizera as pazes consigo mesmo e isso equivalia a abolir o território, a vencer sem luta e a finalmente querer adormecer no despertar, nesse fio onde a vigília e o sono misturavam as primeiras águas e descobriam que não havia águas diferentes; mas isso era ruim, claro, claro que tudo isso precisava ser interrompido pela brusca interposição de dois setores negros a meia distância da risca de luz violácea, e um arranhar comportadinho na porta. "Você é que foi atrás disso", pensou Oliveira escorregando o corpo até colar na escrivaninha. "A verdade é que se eu tivesse continuado assim por mais algum tempo caía de cabeça na amarelinha. Entre de uma vez, Manú, afinal ou você não existe ou eu é que não existo, ou então somos os dois tão imbecis que acreditamos nisto e vamos nos matar, irmão, desta vez é tudo ou nada e não tem conversa."

— Pode entrar — repetiu em voz alta, mas a porta não se abriu. Continuavam arranhando de leve, vai ver era pura coincidência que lá embaixo houvesse alguém ao lado da fonte, uma mulher de costas, de cabelo comprido e braços caídos, absorta na contemplação do repuxo. Àquela hora e com aquela escuridão, tanto podia ser a Maga como Talita como qualquer uma das loucas, até Pola, pensando bem. Nada o impedia de olhar a mulher de costas, já que se Traveler se decidisse a entrar as defesas funcionariam automaticamente e haveria tempo de sobra para parar de olhar o pátio e enfrentá-lo. Mas ainda assim era bastante estranho que Traveler continuasse arranhando a porta como se quisesse ter certeza de que ele estava dormindo (não podia ser Pola, porque Pola tinha o pescoço mais curto e as cadeiras mais definidas), a menos que também de seu lado tivesse construído um sistema especial de ataque (podia ser tanto a Maga como Talita, as duas eram tão parecidas, ainda mais à noite e vistas de um segundo andar) destinado a deixá-lo-fora-da-casinha (pelo menos da uma à oito, porque não havia conseguido ir além da oito, nunca chegaria ao Céu, nunca entraria em seu

56.

kibutz). "O que você está esperando, Manú?", pensou Oliveira. "De que nos serve isso tudo?" Era Talita, claro, que agora olhava para cima e ficava de novo imóvel quando ele pôs o braço nu para fora da janela e moveu-o cansadamente de um lado para o outro.

— Aproxime-se, Maga — disse Oliveira. — Daqui a semelhança é tanta que até dá para trocar seu nome.

— Feche essa janela, Horacio — pediu Talita.

56.   — Impossível, está um calor danado e seu marido está ali arranhando a porta que dá medo. É o que chamam de conjunto de circunstâncias adversas. Mas não se preocupe, apanhe uma pedrinha e tente de novo, vai ver que numa dessas...

A gaveta, o cinzeiro e a cadeira despencaram no chão ao mesmo tempo. Agachando-se um pouco, Oliveira olhou, ofuscado, o retângulo roxo que ocupava o lugar da porta, a mancha negra se movendo, ouviu a imprecação de Traveler. O barulho devia ter acordado todo mundo.

— Olha só, pedaço de infeliz — disse Traveler imóvel na porta. — Mas você quer que o Dire demita todo mundo?

— Ele está me dando uma bronca — Oliveira informou a Talita. — Sempre foi como um pai para mim.

— Feche a janela, por favor — disse Talita.

— Nada mais necessário do que uma janela aberta — disse Oliveira. — Ouça só o seu marido, se vê que enfiou um pé na água. Aposto que está com a cara cheia de barbantes, que não sabe o que fazer.

— Puta que o pariu — dizia Traveler gesticulando na escuridão e arrancando barbantes por tudo que é lado. — Acenda essa luz, caralho.

— Ainda não foi ao chão — informou Oliveira. — Os rolimãs não deram certo.

— Não se pendure desse jeito! — gritou Talita, erguendo os braços. De costas para a janela, com a cabeça virada para vê-la e falar com ela, Oliveira se inclinava cada vez mais para trás. Cuca Ferraguto saía correndo para o pátio, e só nesse momento Oliveira se deu conta de que já não era noite, a túnica da Cuca era da cor das pedras do pátio, das paredes da farmácia. Permitindo-se fazer um reconhecimento do front de guerra, olhou para a escuridão e notou que apesar das dificuldades ofensivas Traveler tinha optado por fechar a porta. Ouviu, entre duas imprecações, o ruído da tranca.

— Assim que eu gosto, che — disse Oliveira. — Sozinhos no ringue feito dois homenzinhos.

— Vá para a puta que o pariu — disse Traveler enfurecido. — Estou com um chinelo ensopado, que é a coisa que mais me dá asco no mundo. Pelo menos acenda a luz, não dá para ver nada.

— A surpresa de Cancha Rayada foi um treco parecido — disse Oliveira. — Você haverá de entender que não vou sacrificar as vantagens da minha posição. E agradeça por eu estar respondendo, porque nem isso eu deveria fazer. Também frequentei o Tiro Federal, irmão.

Ouviu a respiração pesada de Traveler. Fora batiam portas, a voz de Ferraguto se misturava a outras perguntas e respostas. A silhueta de Traveler se tornava cada vez mais visível; tudo entrava em ordem e ia para seu lugar, cinco bacias, três escarradeiras, dezenas de rolimãs. Já quase podiam olhar-se naquela luz que era como a pomba entre as mãos do louco.

56.

— Afinal de contas — disse Traveler erguendo a cadeira caída e sentando-se contrariado. — Será que você pode me explicar que zona é esta?

— Vai ser meio difícil, che. Falar, você sabe...

— Você arruma cada hora estranha para falar... — disse Traveler furioso. — Inacreditável. Quando não estamos montados em duas tábuas a uma temperatura de quarenta e cinco graus à sombra, você me pega com um pé na água e esses barbantes asquerosos.

— Mas sempre em posições simétricas — disse Oliveira. — Como dois gêmeos brincando numa gangorra, ou simplesmente como qualquer um na frente do espelho. Isso não chama a sua atenção, *doppelgänger*?

Sem responder, Traveler puxou um cigarro do bolso do pijama e o acendeu, enquanto Oliveira puxava outro e o acendia quase ao mesmo tempo. Os dois se olharam e começaram a rir.

— Você está completamente maluco — disse Traveler. — Desta vez é sem volta. E pensar que imaginou que eu...

— Deixe a palavra "imaginação" em paz — disse Oliveira. — Limite-se a observar que tomei minhas precauções, mas que você veio. Não outro. Você. Às quatro da manhã.

— Talita me disse, e eu achei... Mas você acredita mesmo...?

— Vai ver, no fundo é necessário, Manú. Você imagina que se levantou para vir me acalmar, dar-me seguranças. Se eu estivesse dormindo você teria entrado sem inconveniente, como qualquer um que se aproxima do espelho sem dificuldades, claro, chega perto do espelho tranquilamente com o pincel de barba na mão, e digamos que em vez do pincel fosse isso que você tem aí no pijama...

— Ando sempre com ele, che — disse Traveler indignado. — Ou você acredita que isto aqui é um jardim de infância? Se você anda desarmado é porque é um inconsciente.

— Seja como for — disse Oliveira, sentando-se outra vez na borda da janela e fazendo um aceno para Talita e a Cuca —, o que eu acredito disso tudo importa muito pouco ao lado do que tem que ser, quer a gente goste, quer a gente não goste. Faz tanto tempo que somos o mesmo cão dando voltas e mais voltas atrás do rabo. Não é que a gente se odeie, pelo contrário. Tem outras coisas que nos usam para jogar, o peão branco e o peão escuro, ou coisa parecida. Digamos duas maneiras, necessitadas de que uma fique abolida na outra e vice-versa.

— Eu não odeio você — disse Traveler. — Só que você me encurralou a um ponto em que já não sei o que fazer.

56.

— *Mutatis mutandis*, você me esperou no porto com uma coisa que parecia um armistício, uma bandeira branca, uma triste incitação ao esquecimento. Eu também não odeio você, irmão, mas denuncio você, e é isso que você chama de encurralar.

— Eu estou vivo — disse Traveler olhando-o nos olhos. — Estar vivo sempre dá a impressão de ser o preço de alguma coisa. E você não quer pagar nada. Nunca quis. Uma espécie de cátaro existencial, um puro. Ou César ou nada, esse tipo de alternativas radicais. Você imagina que eu não admiro você à minha maneira? Imagina que não admiro você por não ter se suicidado? O verdadeiro *doppelgänger* é você, porque está como que desencarnado, você é uma vontade em forma de cata-vento, aí em cima. Quero isso, quero aquilo, quero o norte e o sul e tudo ao mesmo tempo, quero a Maga, quero Talita, e aí o senhor vai visitar o necrotério e planta um beijo na mulher do seu melhor amigo. Tudo porque suas realidades e suas lembranças se misturam de um jeito sumamente não euclidiano.

Oliveira deu de ombros mas olhou para Traveler para que ele sentisse que não era um gesto de desprezo. Que era um jeito de transmitir a ele algo daquilo que no território em frente chamavam um beijo, um beijo em Talita, um beijo dele para a Maga ou para Pola, esse outro jogo de espelhos como o jogo de virar a cabeça para a janela e olhar a Maga ali parada junto ao jogo da amarelinha enquanto a Cuca e Remorino e Ferraguto, amontoados perto da porta, pareciam esperar que Traveler chegasse à janela para anunciar que estava tudo bem e que um envelope de Nembutal ou quem sabe uma camisa de força durante algumas horas até o rapaz sair do surto. As pancadas na porta também não contribuíam para facilitar a compreensão. Se pelo menos Manú fosse capaz de perceber que nada do que estava pensando fazia sentido do lado da janela, que só valia do lado das bacias e dos rolimãs, e se quem batia na porta com os dois punhos parasse quieto um minuto apenas, talvez então... Mas não dava para fazer outra coisa senão olhar a Maga tão bonita junto ao jogo da amarelinha, e desejar que ela empurrasse a pedrinha de uma casa para a outra, da terra para o Céu.

— ... sumamente não euclidiana.

— Esperei por você esse tempo todo — disse Oliveira, cansado. — Você há de entender que eu não ia me deixar fritar assim tão fácil. Cada um sabe o que tem de fazer, Manú. Se você quer uma explicação para o que aconteceu lá embaixo... só que não vai ter nada a ver, e você sabe disso. Você sabe, *doppelgänger*, você sabe. Para você o beijo não tem a menor importância, para ela também não. Ao fim e ao cabo o assunto é entre vocês.

— Abram! Abram já!

— Estão levando isto a sério — disse Traveler, se levantando. — Abrimos? Deve ser o Ovejero.

— Por mim...

— Ele vai querer dar uma injeção em você, tenho certeza de que Talita tumultuou o hospício.

— As mulheres são a morte — disse Oliveira. — Olhe só para ela, toda faceirinha ao lado da amarelinha... Melhor não abrir, Manú, a gente está tão bem do jeito que está.

Traveler foi até a porta e aproximou a boca da fechadura. Bando de cretinos, por que não paravam de encher o saco com esses gritos de filme de terror. Tanto ele como Oliveira estavam perfeitamente bem, e abririam a porta quando chegasse a hora. Eles que fossem preparar café para todo mundo, impossível viver naquela clínica.

Era bastante audível que Ferraguto não estava nem um pouco convencido, mas a voz de Ovejero se sobrepôs à dele com um sábio ronronar persistente, e afinal deixaram a porta em paz. No momento o único sinal de inquietação eram as pessoas no pátio e as luzes do terceiro andar, que se acendiam e apagavam incessantemente, alegre costume do 43. Logo depois Ovejero e Ferraguto reapareceram no pátio, e de lá olharam para Oliveira sentado na janela, que cumprimentou os dois pedindo desculpas por estar de camiseta. O 18 havia se aproximado de Ovejero e estava explicando algo sobre a Heftpistole, e Ovejero parecia muito interessado e olhava para Oliveira com atenção profissional, como se tivesse deixado de ser seu melhor adversário de pôquer, coisa que Oliveira achou muito divertida. Quase todas as janelas do primeiro andar haviam sido abertas, e vários doentes participavam com suma vivacidade de tudo o que se passava, e que aliás não era grande coisa. A Maga tinha levantado o braço direito para atrair a atenção de Oliveira, como se isso fosse necessário, e estava lhe pedindo que chamasse Traveler até a janela. Oliveira explicou com extrema clareza que isso era impossível porque a área da janela correspondia exclusivamente à defesa, mas que talvez fosse possível acertar uma trégua. Acrescentou que o gesto de chamá-lo erguendo o braço o fazia se lembrar de atrizes do passado, principalmente cantoras de ópera como Emmy Destynn, Melba, Marjorie Lawrence, Muzio, Bori, e por que não Theda Bara e Nita Naldi, ia soltando nomes para ela com enorme prazer e Talita baixava o braço e depois tornava a erguê-lo supli-

56.

cando, Eleonora Duse, naturalmente, Vilma Bánky, exatamente Garbo, mas claro, e uma foto de Sarah Bernhardt que quando menino ele tinha colado num caderno, e a Karsavina, a Boronova, as mulheres, esses gestos eternos, essa perpetuação do destino embora naquele caso não fosse possível aceder ao amável pedido.

56. Ferraguto e a Cuca vociferavam manifestações um tanto contraditórias quando Ovejero, que com sua cara de adormecido escutava tudo, fez sinais para que se calassem a fim de que Talita conseguisse se entender com Oliveira. Operação que não serviu para nada porque Oliveira, depois de escutar pela sétima vez o pedido da Maga, lhes deu as costas e o viram (embora não pudessem ouvi-lo) dialogar com o invisível Traveler.

— Olhe, estão querendo que você apareça.

— Então me deixe aparecer só por um segundo. Posso passar por baixo dos barbantes.

— Nem pensar, che — disse Oliveira. — Eles são a última linha de defesa, se você a transpõe entramos num infighting declarado.

— Tudo bem — disse Traveler sentando-se na cadeira. — Continue amontoando palavras inúteis.

— Não são inúteis — disse Oliveira. — Se você quer vir até aqui, não precisa pedir licença. Acho que isso está claro.

— Jura que não vai se jogar?

Oliveira ficou olhando para ele como se Traveler fosse um panda gigante.

— Até que enfim — disse. — A tampa da panela foi aberta. Ali embaixo a Maga pensa a mesma coisa. E eu que achava que apesar de tudo vocês me conheciam um pouco.

— Não é a Maga — disse Traveler. — Você sabe perfeitamente que não é a Maga.

— Não é a Maga — disse Oliveira. — Sei perfeitamente que não é a Maga. E você é o porta-bandeira, o arauto da rendição, da volta para casa e da volta à ordem. Começo a sentir pena de você, velho.

— Me esqueça — disse Traveler, amargo. — Quero é que você me dê a sua palavra de que não vai fazer essa idiotice.

— Pense bem: se eu me jogar — disse Oliveira —, vou cair justo no Céu.

— Venha para o lado de cá, Horacio, e me deixe falar com o Ovejero. Posso ajeitar as coisas, amanhã ninguém se lembra disto.

— Aprendeu isso no manual de psiquiatria — disse Oliveira, quase admirado. — É um aluno com grande capacidade de retenção.

— Ouça — disse Traveler. — Se você não me deixar aparecer na janela vou ter que abrir a porta para eles e vai ser pior.

— Para mim dá no mesmo, uma coisa é eles entrarem, outra é chegarem até aqui.

— Você está querendo dizer que se tentarem te pegar, você se joga.

— Pode ser que aí do seu lado o que estou dizendo signifique isso.

— Por favor — disse Traveler, dando um passo à frente. — Você não percebe que isto é um pesadelo? Vão achar que você está mesmo louco, vão achar que eu queria mesmo matar você.

Oliveira se debruçou um pouco mais para fora, e Traveler se deteve na altura da segunda linha de bacias aquosas. Embora tivesse feito dois rolimãs voarem com um pontapé, parou de avançar. Em meio ao alarido da Cuca e de Talita, Oliveira endireitou lentamente o corpo e fez um sinal tranquilizador para as duas. Como combatente vencido, Traveler aproximou um pouco a cadeira e se sentou. Tornavam a bater na porta, com menos força que antes.

— Não fique aí quebrando a cabeça — disse Oliveira. — Por que procurar tanta explicação? A única diferença real entre mim e você neste momento é que estou sozinho. Por isso é melhor você descer e se reunir aos seus, e continuamos falando pela janela como bons amigos. Minha intenção é me mandar lá pelas oito, Gekrepten ficou de me esperar com bolinhos fritos e mate.

— Você não está sozinho, Horacio. Você gostaria de estar sozinho por pura vaidade, para bancar o Maldoror portenho. Você falava em um *doppelgänger*, não é? Pois já está vendo que alguém segue você, que alguém é como você, mesmo estando do outro lado dos seus malditos barbantes.

— É uma pena — disse Oliveira — você ter uma ideia tão pacata de vaidade. Essa é a questão, você ter alguma ideia sobre qualquer coisa, custe o que custar. Então não é capaz de intuir só por um segundo que talvez as coisas não sejam bem assim?

— Digamos que sou. Mas nem por isso você parou de se balançar ao lado de uma janela aberta.

— Se você realmente desconfiasse que isto talvez não seja bem assim, se realmente chegasse ao coração da alcachofra… Ninguém está lhe pedindo que negue o que está vendo, mas se pelo menos você fosse capaz de empurrar um pouquinho, entende, com a ponta do dedo…

— Se fosse fácil assim — disse Traveler —, se tudo se limitasse a pendurar uns barbantes idiotas… Não digo que você não tenha dado seu empurrão, mas veja só os resultados.

— O que eles têm de errado, che? Pelo menos estamos com a janela aberta e respiramos este amanhecer fabuloso, sinta só a fresca que se ergue neste horário. E lá embaixo todo mundo passeia pelo pátio, é extraordinário, estão fazendo exercício sem se dar conta. Veja só a Cuca, e o Dire, aquela

56.

espécie de marmota pegajosa. E a mulher dele, que é a vadiagem em pessoa. E você não vai negar para mim que nunca esteve tão acordado quanto agora. E quando digo acordado você entende, não é?

— Me pergunto se não será o oposto, velho.

— Ah, essas são as soluções fáceis, contos fantásticos para antologias. Se você conseguisse ver a coisa pelo outro lado talvez quisesse sair daí. Se passasse do território, digamos, da casa um para a dois, ou da dois para a três...

56. É tão difícil, *doppelgänger*, passei a noite inteira atirando guimbas e só fui até a casa oito. Todos nós gostaríamos de chegar ao reino milenar, uma espécie de Arcádia onde talvez fôssemos muito mais infelizes do que aqui, porque não se trata de felicidade, *doppelgänger*, mas lá não haveria esse imundo jogo de substituições que nos ocupa cinquenta ou sessenta anos, e onde nos déssemos a mão de verdade em vez de repetir o gesto do medo e de querer saber se o outro tem uma faca escondida entre os dedos. E por falar em substituições, pra mim não seria nada estranho você e eu sermos a mesma pessoa, um de cada lado. Como você diz que eu sou um vaidoso, parece que escolhi para mim o lado mais favorável, mas vai saber, Manú. Só sei uma coisa, e é que já não posso mais estar do seu lado, tudo se desmancha entre as minhas mãos, faço cada barbaridade que dava para ficar louco supondo que fosse assim tão fácil. Mas você, que está em harmonia com o território, não quer entender esse ir e vir, dou um empurrão e acontece alguma coisa comigo, então cinco mil anos de genes desperdiçados me puxam para trás e volto a cair no território, chapinho por duas semanas, dois anos, quinze anos... Um dia enfio um dedo no costume, e é incrível como o dedo afunda no costume e sai pelo outro lado, parece que finalmente vou chegar à última casa, e de repente uma mulher se afoga, digamos, ou tenho um surto, um surto de piedade ao deus-dará, porque essa questão da piedade... Falei das substituições, não falei? Que imundície, Manú. Consulte Dostoiévski para essa questão das substituições. Enfim, cinco mil anos me puxam de novo para trás e é preciso tornar a começar. Por isso eu sinto que você é meu *doppelgänger*, porque passo o tempo indo e vindo do seu território para o meu, se é que chego ao meu, e nessas passagens lastimáveis tenho a sensação de que você é minha forma, que fica ali me olhando com pena, você é os cinco mil anos humanos amontoados num metro e setenta, olhando para este palhaço que quer sair de sua casa. Tenho dito.

— Parem de encher o saco — gritou Traveler aos que batiam na porta outra vez. — Che, neste hospício é impossível conversar em paz.

— Você é o máximo, irmão — disse Oliveira comovido.

— De todo modo — disse Traveler, aproximando um pouco a cadeira —, você não vai me negar que desta vez está perdendo a mão. As transubstanciações e outras ervas estão todas muito bem, mas essa sua brincadeira vai custar o emprego de todos nós e eu lamento principalmente por Talita. Você vai poder falar tudo o que quiser da Maga, mas para a minha mulher quem dá de comer sou eu.

— Você tem toda a razão — disse Oliveira. — A gente se esquece de que está empregado e coisas do tipo. Quer que eu fale com o Ferraguto? Lá está ele, ao lado da fonte. Me desculpe, Manú, eu não queria que a Maga e você...

— Agora está chamando ela de Maga de propósito? Não minta para mim, Horacio.

— Eu sei que é a Talita, mas agora há pouco era a Maga. Ela é as duas, do mesmo jeito que nós.

— O nome disso é loucura — disse Traveler.

— Tudo tem um nome, você escolhe e vai em frente. Se me der licença, vou atender um pouco o pessoal lá de fora, porque estão que não aguentam mais.

— Estou indo — disse Traveler.

— É melhor mesmo — disse Oliveira. — É muito melhor que você vá embora e daqui mesmo eu falo com você e com os outros. É muito melhor que você vá embora e não dobre os joelhos como está fazendo, porque vou lhe explicar exatamente o que vai acontecer, e você, como todo filho dos cinco mil anos, adora explicações. Assim que você saltar em cima de mim impulsionado por sua amizade e seu diagnóstico, saio para um lado, porque não sei se você se lembra de quando eu fazia judô com a rapaziada da Calle Anchorena, e o resultado é que você vai continuar a viagem por esta janela e vai virar meleca na casa número quatro, e isso se tiver sorte, porque o mais provável é que nem passe da número dois.

Traveler olhava para ele, e Oliveira viu que seus olhos se enchiam de lágrimas. Fez um gesto para ele como se de longe acariciasse seu cabelo.

Traveler esperou mais um segundo, depois foi até a porta e a abriu. Assim que Remorino quis entrar (atrás dele dava para ver outros dois enfermeiros), agarrou-o pelos ombros e o empurrou para trás.

— Deixe ele em paz — ordenou. — Daqui a pouco vai estar bem. É preciso deixar ele sozinho, que merda!

Prescindindo do diálogo rapidamente promovido a tetrálogo, hexálogo e dodecálogo, Oliveira fechou os olhos e pensou que tudo estava tão bem do jeito que estava, que Traveler era realmente seu irmão. Ouviu a pancada da porta ao fechar-se, as vozes que se afastavam. A porta tornou a se abrir coincidindo com suas pálpebras, que trabalhosamente se erguiam.

— Passe a tranca — disse Traveler. — Não confio muito neles.

56.

— Obrigado — disse Oliveira. — Desça para o pátio, Talita está muito aflita.

Foi por baixo dos poucos barbantes sobreviventes e passou a tranca. Antes de voltar para a janela enfiou o rosto na água da pia e bebeu feito um animal, engolindo e lambendo e bufando. Lá embaixo ouviam-se as ordens de Remorino, que mandava os doentes para seus quartos. Quando tornou a aparecer, refrescado e tranquilo, viu que Traveler estava ao lado de Talita e havia passado o braço pela sua cintura. Depois do que Traveler tinha acabado de fazer, tudo era como um maravilhoso sentimento de conciliação e não podia violar essa harmonia insensata mas vívida e presente, já não dava para falsear nada, no fundo Traveler era o que ele deveria ter sido com um pouco menos de maldita imaginação, era o homem do território, o incurável erro da espécie desencaminhada, mas quanta beleza no erro e nos cinco mil anos de território falso e precário, quanta beleza naqueles olhos que haviam se enchido de lágrimas e naquela voz que tinha aconselhado: "Passe a tranca, não confio muito neles", quanto amor naquele braço que apertava a cintura de uma mulher. "Vai ver", pensou Oliveira enquanto respondia aos gestos amistosos do dr. Ovejero e de Ferraguto (um pouco menos amistoso), "a única maneira possível de escapar do território era mergulhar nele até o pescoço." Sabia que assim que insinuasse isso (uma vez mais, isso) haveria de entrever a imagem de um homem levando pelo braço uma velha por ruas chuvosas e geladas. "Vai saber", disse para si mesmo. "Vai saber se não terei ficado na borda, e quem sabe houvesse uma passagem. Manú a teria encontrado com certeza, mas o idiota é que Manú nunca irá atrás, enquanto eu, em compensação…"

— Escute aqui, Oliveira, por que você não desce para tomar café? — sugeria Ferraguto para visível desagrado de Ovejero. — Já ganhou a aposta, não acha? Olhe só para a Cuca, está mais preocupada…

— Não se aflija, senhora — disse Oliveira. — Com sua experiência do circo, não vá se abater por uma tolice dessas.

— Ah, Oliveira, o senhor e o Traveler são terríveis — disse a Cuca. — Por que não faz o que meu esposo está dizendo? Eu estava justamente pensando que poderíamos tomar o café todos juntos.

— Isso, che, desça daí — disse Ovejero, como por acaso. — Eu gostaria de consultá-lo sobre algumas coisas de uns livros em francês.

— Dá para ouvir muito bem daqui — disse Oliveira.

— Está bem, velho — disse Ovejero. — Desça quando quiser, agora nós vamos tomar o café da manhã.

— Com croissants fresquinhos — disse a Cuca. — Vamos fazer o café, Talita?

— Não seja idiota — disse Talita, e no silêncio extraordinário que se seguiu à bronca, o encontro dos olhares de Traveler e Oliveira foi como se dois pássaros se chocassem em pleno voo e caíssem enroscados na casa nove, ou pelo menos foi assim que os interessados apreciaram a coisa. Enquanto isso a Cuca e Ferraguto respiravam agitados, e no fim a Cuca abriu a boca para gemer: "Mas o que significa essa insolência?", enquanto Ferraguto estufava o peito e media Traveler da cabeça aos pés e Traveler, do seu lado, olhava para a mulher com uma mescla de admiração e censura, e disse secamente: "Histeria matinensis yugulata, vamos entrar que darei umas pílulas para vocês", ao mesmo tempo que o 18, infringindo ordens de Remorino, saía para o pátio para anunciar que a 31 estava passando mal e que alguém estava telefonando de Mar del Plata. Sua expulsão violenta operada por Remorino contribuiu para que os administradores e Ovejero esvaziassem o pátio sem excessiva perda de prestígio.

56.

— Ai, ai, ai — disse Oliveira, balançando na janela —, e eu que achava que as farmacêuticas eram tão educadas.

— Viu só? — disse Traveler. — Ela estava gloriosa.

— Se sacrificou por mim — disse Oliveira. — A outra não vai perdoá-la nem no leito de morte.

— Que diferença faz, para mim — disse Talita. — "Com croissants fresquinhos", vê se tem cabimento...

— E o Ovejero, então? — disse Traveler. — Livros em francês! Che, só faltou tentarem enganar você com uma banana. O que me surpreendeu foi você não ter mandado todos à merda.

Era assim, incrível como a harmonia durava, não havia palavras para retribuir a bondade daqueles dois lá embaixo, olhando para ele e falando com ele de dentro do jogo da amarelinha, porque Talita estava, sem perceber, parada na casa três, e Traveler estava com um pé na seis, de modo que a única coisa que ele podia fazer era mover um pouco a mão direita numa saudação tímida e ficar olhando para a Maga, para Manú, e dizendo para si mesmo que no fim das contas existia algum encontro, embora ele não pudesse durar mais que aquele instante terrivelmente doce no qual a melhor coisa a fazer, sem dúvida alguma, era inclinar-se um pouquinho para fora e deixar-se ir, paft, e acabou-se.

***

(-135)

DE OUTROS LADOS
(*Capítulos prescindíveis*)

57.

— Estou refrescando algumas noções para quando Adgalle chegar. O que acha de eu levá-la ao Clube uma noite? Etienne e Ronald vão adorar, ela é tão louca.

— Leva.

— Você também teria gostado dela.

— Por que você fala como se eu tivesse morrido?

— Não sei — disse Ossip. — Não sei de verdade. Mas você está com uma cara...

— Hoje de manhã fiquei contando para Etienne uns sonhos muito bonitos. Agora mesmo eles estavam se misturando com outras lembranças, enquanto você dissertava sobre o enterro com palavras tão sentidas. Deve ter sido realmente uma cerimônia emotiva, che. É muito raro poder estar em três lugares ao mesmo tempo, mas esta tarde está acontecendo comigo, deve ser a influência de Morelli. Sim, sim, já vou contar. Pensando bem, em quatro lugares ao mesmo tempo. Estou me aproximando da ubiquidade, e daí a enlouquecer... Você tem razão, provavelmente não conhecerei a Adgalle, vou empacotar muito antes.

— O zen explica justamente as possibilidades de uma pré-ubiquidade parecida com o que você sentiu, se é que sentiu.

— Senti sem dúvida, che. Volto de quatro lugares simultâneos: do sonho desta manhã, que continua vivo e saltitante. De uns interlúdios com Pola, de que vou poupar você, de sua descrição tão vistosa do enterro do menino, e agora percebo que ao mesmo tempo eu estava respondendo ao Traveler, um amigo de Buenos Aires que nunca na vida entendeu uns versos meus que começavam assim, preste atenção: "Eu entressonho, escafandrista de pias". E é tão fácil, prestando atenção quem sabe você compreende. Quando você acorda com os restos de um paraíso vislumbrado em sonhos e que agora escorrem como o cabelo de um afogado: uma náusea terrível, ansiedade, sentimento do precário, do falso, sobretudo do inútil. Você vai para dentro, enquanto escova os dentes você é verdadeiramente um escafandrista de pias, é como se a pia branca o absorvesse, como se você fosse escorregando por aquele buraco por onde saem seu tártaro, seus ranhos, suas melecas, as escamas da caspa, a saliva, e você vai se deixando ir com a esperança de talvez voltar ao outro, àquilo que você era antes de despertar e que ainda flutua, ainda está em você, é você mesmo, mas começa a ir embora... Sim, por um momento você cai para dentro, até que as defesas da vigília, ah, que expressão bonita, ah, linguagem, se encarregam de interromper tudo.

— Experiência tipicamente existencial — disse Gregorovius, petulante.

— Sem dúvida, mas tudo depende da dose. No meu caso, a pia me chupa de verdade, che.

(-70)

58.

— Você fez muito bem em vir — disse Gekrepten, trocando a erva. — Aqui em casa você está muito melhor, pra não mencionar o ambiente, é ou não é? Você devia pegar uns dois ou três dias de descanso.

— É verdade — disse Oliveira. — E muito mais que isso, velha. Os bolinhos fritos estão sublimes.

— Que bom que você gostou. Mas não coma muito para não ficar empanturrado.

— Sem problema — disse Ovejero, acendendo um cigarro. — E agora a senhora me faça o favor de dormir uma boa sesta, para hoje à noite estar em condições de mandar uma sequência real e vários pôqueres de ases.

— Não se mova — disse Talita. — É incrível como você não sabe ficar quieto.

— Minha esposa está tão desgostosa — disse Ferraguto.

— Pegue outro bolinho — disse Gekrepten.

— Para ele, só suco de frutas — determinou Ovejero.

— Corporação nacional dos doutos em ciências do idôneo e suas casas de Ciências — debochou Oliveira.

— Falando sério, che, não coma nada até amanhã — disse Ovejero.

— Este aqui, com bastante açúcar — disse Gekrepten.

— Trate de dormir — disse Traveler.

— Che, Remorino, fique perto da porta e não deixe o 18 vir chatear — disse Ovejero. — Entrou numa tremenda piração e só fala numa pistola sei lá o quê.

— Se quiser dormir eu fecho a persiana — disse Gekrepten —, e aí você não ouve o rádio de d. Crespo.

— Não, pode deixar — disse Oliveira. — Estão tocando uma coisa do Falú.

— Já são cinco horas — disse Talita. — Não quer dormir um pouco?

— Troque de novo a compressa — disse Traveler —, dá para perceber que ele fica aliviado.

58.
— Já está meio lavado — disse Gekrepten. — Quer que eu desça para comprar *Noticias Gráficas*?

— Está bem — disse Oliveira. — E um maço de cigarros.

— Demorou para dormir — disse Traveler —, mas agora vai viajar a noite inteira, Ovejero deu uma dose dupla para ele.

— Se comporte, tesouro — disse Gekrepten —, volto logo. Ontem à noite comemos churrasco de costela, quer?

— Com salada mista — disse Oliveira.

— Respira melhor — disse Talita.

— E vou fazer um arroz-doce para você — disse Gekrepten. — Você estava com uma cara péssima quando chegou.

— Meu bonde estava lotado — disse Oliveira. — Sabe como é uma parada de bonde às oito da manhã, e com esse calor.

— Você acha mesmo que ele vai continuar dormindo, Manú?

— Na medida em que ouso achar alguma coisa, sim.

— Então vamos subir para ver o Dire, que está nos esperando para mandar a gente embora.

— Minha esposa está tão desgostosa — disse Ferraguto.

— Mas o que significa essa insolência? — gritou a Cuca.

— Eram boa gente — disse Ovejero.

— Gente assim é coisa rara — disse Remorino.

— Ele não quis acreditar quando eu disse que ele precisava de uma Heft-pistole — disse o 18.

— Já para o seu quarto ou mando fazer uma lavagem em você — disse Ovejero.

— Morte ao cão — disse o 18.

(-131)

59.

Então, para passar o tempo, pescam peixes não comestíveis; para impedir que apodreçam, ao longo das praias foram distribuídos cartazes que ordenam aos pescadores que os enterrem na areia tão logo tirados d'água.

Claude Lévi-Strauss, *Tristes Tropiques*

(-41)

60.

Morelli tinha pensado numa lista de acknowledgments que jamais chegou a incorporar à sua obra publicada. Deixou vários nomes: Jelly Roll Morton, Robert Musil, Daisetz Teitaro Suzuki, Raymond Roussel, Kurt Schwitters, Vieira da Silva, Akutagawa, Anton Webern, Greta Garbo, José Lezama Lima, Buñuel, Louis Armstrong, Borges, Michaux, Dino Buzzati, Max Ernst, Pevsner, Gilgamesh (?), Garcilaso, Arcimboldo, René Clair, Piero di Cosimo, Wallace Stevens, Isak Dinesen. Os nomes de Rimbaud, Picasso, Chaplin, Alban Berg e outros tinham sido riscados com um traço muito fino, como se fossem demasiado óbvios para serem citados. Mas afinal de contas todos deviam ser, porque Morelli decidiu não incluir a lista em nenhum volume.

(-26)

61.

Anotação inacabada de Morelli:

Nunca poderei renunciar à sensação de que aqui, grudada na minha cara, entrelaçada em meus dedos, há uma espécie de deslumbrante explosão para a luz, irrupção de mim para o outro e do outro em mim, algo infinitamente cristalino que poderia coagular e resolver-se em luz total sem tempo nem espaço. Como uma porta de opala e diamante a partir da qual se começa a ser aquilo que verdadeiramente se é, e que não se quer ou não se sabe ou não se consegue ser.

Nenhuma novidade nessa sede e nessa suspeita, mas sim uma perplexidade cada vez maior diante dos ersatz que essa inteligência do dia e da noite me oferece, desse arquivo de dados e recordações, dessas paixões onde vou deixando pedaços de tempo e de pele, dessas aparições tão por debaixo e tão distantes dessa outra aparição aí ao lado, grudada em meu rosto, previsão que já se mistura à visão, denúncia dessa liberdade fingida em que me movo pelas ruas e pelos anos.

Posto que sou apenas este corpo já podre num ponto qualquer do tempo futuro, estes ossos que escrevem anacronicamente, sinto que este corpo se reclama, reclama à sua consciência a operação ainda inconcebível pela qual deixaria de ser podridão. Este corpo que sou eu tem a presciência de um estado no qual ao negar-se a si mesmo enquanto tal, e ao negar simultaneamente o correlato objetivo enquanto tal, sua consciência acederia a um estado fora do corpo e fora do mundo que seria o verdadeiro acesso ao ser. Meu corpo será não o meu Morelli, não eu que em mil novecentos e cinquenta já estou podre em mil novecentos e oitenta, meu corpo será porque por trás da porta de luz (como chamar essa ameaçadora certeza grudada na cara?) o ser será outra coisa que não corpos *e*, que não corpos e almas *e*, que não eu e o demais, que não ontem e amanhã. Tudo depende de… (uma frase riscada).

61.
Final melancólico: Um *satori* é instantâneo e resolve tudo. Mas para chegar até ele seria preciso desandar a história de fora e a de dentro. Trop tard pour moi. Crever en italien, voire em occidental, c'est tout ce qui me reste. Mon petit café-crème le matin, si agréable…

(-33)

62.

Houve um tempo em que Morelli havia pensado um livro que acabou em notas soltas. A que melhor o resumia é esta: "Psicologia, palavra com ar de velha. Um sueco trabalha numa teoria química do pensamento.[1] Química,

---

[1] *L'Express*, Paris, sem data.
Há dois meses um neurobiólogo sueco, Holger Hyden, da Universidade de Gotemburgo, apresentou aos especialistas mais destacados do mundo, reunidos em San Francisco, suas teorias sobre a natureza química dos processos mentais. Para Hyden, o fato de pensar, recordar, sentir ou adotar uma decisão se manifesta pelo surgimento, no cérebro e nos nervos que o vinculam aos outros órgãos, de certas moléculas particulares que as células nervosas elaboram em função da excitação exterior. [...] A equipe sueca conseguiu fazer a delicada separação dos dois tipos de células em tecidos ainda vivos de coelhos, pesou-as (em milionésimos de milionésimo de grama) e determinou mediante análise como essas células utilizam seu combustível em diferentes casos.
Uma das funções essenciais dos neurônios é transmitir os impulsos nervosos. Essa transmissão ocorre por meio de reações eletroquímicas quase instantâneas. Não é fácil surpreender uma célula nervosa em funcionamento, mas parece que os suecos conseguiram fazê-lo por meio do acertado emprego de diversos métodos.
Comprovou-se que o estímulo se traduz por um incremento, nos neurônios, de certas proteínas cuja molécula varia segundo a natureza da mensagem. Ao mesmo tempo, a quantidade de proteínas das células-satélite diminui, como se sacrificassem suas reservas em benefício do neurônio. A informação contida na molécula de proteína se transforma, segundo Hyden, no impulso que o neurônio envia a seus vizinhos.

eletromagnetismo, fluxos secretos da matéria viva, tudo torna a evocar estranhamente a noção do *mana*; assim, à margem das condutas sociais, seria possível supor a existência de uma interação de outra natureza, um bilhar que alguns indivíduos suscitam ou de que padecem, um drama sem Édipos, sem Rastignacs, sem Fedras, drama *impessoal* na medida em que a consciência e as paixões dos personagens só se veem comprometidas a posteriori. Como se os níveis subliminares fossem os que atam e desatam o novelo do grupo comprometido no drama. Ou para agradar o sueco: como se certos indivíduos incidissem sem pretendê-lo na química profunda dos demais e vice-versa, de modo a acontecerem as mais curiosas e inquietantes reações em cadeia, fissões e transmutações.

62.

"Sendo assim, basta uma amável extrapolação para postular um grupo humano que acredita reagir psicologicamente no sentido clássico dessa velha, velha palavra, mas que não representa outra coisa senão uma instância desse fluxo da matéria animada, das infinitas interações daquilo que antigamente chamávamos de desejos, simpatias, vontades, convicções, e que aqui aparecem como algo irredutível a toda razão e a toda descrição: forças habitantes, estrangeiras, que avançam em busca de seu direito de cidadania; uma busca superior a nós mesmos como indivíduos e que nos usa para seus fins, uma obscura necessidade de evadir o estado de homo sapiens para... que homo?

As funções superiores do cérebro — a memória e a faculdade de raciocinar — se explicam, para Hyden, pela forma específica das moléculas de proteína correspondente a cada tipo de excitação. Cada neurônio do cérebro contém milhões de moléculas de ácidos ribonucleicos diferentes, que se diferenciam pela disposição de seus elementos constituintes simples. Cada molécula específica de ácido ribonucleico (RNA) corresponde a uma proteína bem definida, tal como uma chave se adapta com exatidão a uma fechadura. Os ácidos nucleicos ditam ao neurônio a forma da molécula de proteína a ser formada. Essas moléculas são, segundo os pesquisadores suecos, a tradução química dos pensamentos.

A memória corresponderia, então, à ordenação das moléculas de ácidos nucleicos no cérebro, que desempenham o papel dos cartões perfurados nos computadores modernos. Por exemplo, o impulso que corresponde à nota "mi" captada pelo ouvido desliza rapidamente de um neurônio para outro até atingir todos os que contêm as moléculas de ácido RNA correspondente àquela excitação específica. As células fabricam de imediato moléculas da proteína correspondente regida por aquele ácido, e realizamos a audição da referida nota.

A riqueza e a variedade do pensamento decorrem do fato de que um cérebro médio contém cerca de dez bilhões de neurônios, cada um dos quais encerra vários milhões de moléculas de diferentes ácidos nucleicos; o número de combinações possíveis é astronômico. Essa teoria tem, por sua vez, a vantagem de explicar por que não foi possível descobrir no cérebro zonas claramente definidas e específicas a cada uma das funções cerebrais superiores; como cada neurônio dispõe de vários ácidos nucleicos, ele pode participar de processos mentais diferentes e evocar pensamentos e recordações variados.

Porque sapiens é outra velha, velha palavra, dessas que é preciso lavar muito bem lavada antes de pretender usá-la com algum sentido.

"Se escrevesse esse livro, as condutas-padrão (inclusive as mais insólitas, sua categoria de luxo) seriam inexplicáveis com o instrumental psicológico disponível. Os atores pareceriam insanos ou totalmente idiotas. Não que se mostrassem incapazes dos *challenge and response* correntes: amor, ciúme, piedade e assim por diante, mas porque neles algo que o homo sapiens guarda no subliminar abriria penosamente caminho como se um terceiro olho[2] pestanejasse penosamente debaixo do osso frontal. Tudo seria uma espécie de inquietude, um desassossego, um desenraizar contínuo, um território onde a causalidade psicológica cederia desconcertada, e esses fantoches se destruiriam ou se amariam ou se reconheceriam sem suspeitar demasiadamente de que a vida trata de trocar o código em e através de por eles, de que uma tentativa apenas concebível nasce no homem como em outro tempo foram nascendo o código-razão, o código-sentimento, o código-pragmatismo. De que a cada derrota sucessiva há uma aproximação à mutação final, e de que o homem não é senão o que procura ser, planeja ser, agitando as mãos entre palavras e comportamento e alegria salpicada de sangue e outras retóricas do tipo."

(-23)

___

[2] Anotação de Wong (a lápis): "Metáfora deliberadamente escolhida para insinuar a direção para a qual aponta".

63.

— Não se mova — disse Talita. — Até parece que em vez de uma compressa fria apliquei ácido sulfúrico em você.

— Tem uma espécie de eletricidade — disse Oliveira.

— Pare de besteira.

— Vejo todo tipo de fosforescência, parece coisa de Norman McLaren.

— Levante um pouquinho a cabeça, o travesseiro é baixo demais, vou trocar.

— Seria melhor você deixar o travesseiro em paz e trocar minha cabeça — disse Oliveira. — A cirurgia ainda engatinha, é preciso admitir.

(-88)

64.

Numa das vezes em que se encontraram no bairro latino, Pola estava olhando a calçada e meio mundo olhava a calçada. Foi preciso parar e contemplar um Napoleão de perfil, ao lado de uma excelente reprodução de Chartres, e um pouco mais adiante uma égua com seu potrinho num campo verde. Os autores eram dois rapazes louros e uma moça indochinesa. A caixa de giz estava cheia de moedas de dez e vinte francos. De vez em quando um dos artistas se agachava para aperfeiçoar algum detalhe, e era fácil perceber que naquele momento aumentava o número de doações.

— Eles aplicam o método Penélope, mas sem desmanchar antes — disse Oliveira. — Aquela senhora, por exemplo, não afrouxou os cordões da bolsinha de moedas enquanto a pequena Tsong Tsong não se atirou no chão para retocar a loura de olhos azuis. O trabalho os emociona, é um fato.

— Ela se chama Tsong Tsong? — perguntou Pola.

— Sei lá. Só sei que tem tornozelos lindos.

— Tanto trabalho, e hoje à noite chegam os varredores de rua e acabou-se.

— Pois aí é que está o bom dessa história. Do giz colorido como figura escatológica, tema de tese. Se os varredores municipais não eliminassem tudo isso ao amanhecer, a própria Tsong Tsong viria com um balde d'água. Só o que recomeça a cada manhã termina de verdade. As pessoas jogam moedas sem saber que estão sendo enganadas, roubadas, porque na verdade esses quadros não foram apagados nunca. Mudam de calçada ou de cor, mas já estão feitos numa mão, numa caixa de giz, num astuto sistema de movimentos. A rigor, se um desses jovens passasse a manhã agitando os braços no ar, teria tanto direito a merecer dez francos quanto ao desenhar Napoleão. Mas necessitamos provas. Ali estão. Jogue vinte francos para eles, não seja avarenta.

— Já dei, antes de você chegar.

— Admirável. No fundo, a gente põe essas moedas na boca dos mortos, o óbolo propiciatório. Homenagem ao efêmero, a que essa catedral seja um simulacro de giz que um jato d'água levará num segundo. A moeda está aí, e a catedral renascerá amanhã. Pagamos a imortalidade, pagamos a duração. *No money, no cathedral*. Você também é feita de giz?

Mas Pola não respondeu, e ele pôs o braço sobre os ombros dela e caminharam Boul'Mich abaixo e Boul'Mich acima, antes de tomar lentamente o rumo da Rue Dauphine. Um mundo de giz colorido girava ao redor e os misturava em sua dança, batatas fritas de giz amarelo, vinho de giz vermelho, um pálido e doce céu de giz azul-claro com uma ponta de verde pelos lados do rio. Uma vez mais jogariam a moeda na caixa de charutos para deter a fuga da catedral, e com esse mesmo gesto a condenariam a se apagar para tornar a ser, a ir embora com o jato de água para voltar giz após giz negro e azul e amarelo. A Rue Dauphine de giz cinza, a escada aplicadamente gizes pardos, o quarto com suas linhas de fuga astutamente estendidas com giz verde-claro, as cortinas de giz branco, a cama com seu poncho no qual todos os gizes Viva México!, o amor, seus gizes famintos de um fixador que os cravasse no presente, amor de giz perfumado, boca de giz alaranjado, tristeza e exaustão de giz sem cor girando num pó imperceptível, pousando nos rostos adormecidos, no giz angustiado dos corpos.

— Tudo se desmancha quando você segura, inclusive quando você olha — disse Pola. — Você parece um ácido terrível, tenho medo de você.

— Você dá importância demais a umas poucas metáforas.

— Não é só o que você diz, é uma maneira de… Sei lá, parece um funil. Às vezes tenho a sensação de que vou escorregar entre seus braços e cair num poço. É pior do que sonhar que se cai no vazio.

— Talvez — disse Oliveira — você não seja um caso totalmente perdido.

— Ah, me deixe em paz. Você sabe que eu sei viver. Vivo muito bem do meu jeito. Aqui, com as minhas coisas e os meus amigos.

— Faça a lista, faça a lista. Isso ajuda. Se agarre nos nomes, assim você não cai. Ali está a mesinha de cabeceira, a cortina não se moveu da janela, Claudette continua no mesmo número, DAN-ton 34 sei lá o quê, e a mãe dela continua escrevendo lá de Aix-en-Provence. Está tudo bem.

— Você me dá medo, monstro americano — disse Pola se apertando contra ele. — A gente tinha combinado que na minha casa não se falaria de…

— Giz colorido.

— Disso tudo.

Oliveira acendeu um Gauloise e olhou o papel dobrado em cima da mesinha de cabeceira.

— É o pedido dos exames?

— É. Ele quer que eu faça logo. Toque aqui, está pior que na semana passada.

Era quase noite e Pola parecia uma figura de Bonnard, estendida na cama que a última luz da janela envolvia num verde-amarelado. "A varredora do amanhecer", pensou Oliveira inclinando-se para beijar-lhe um seio, exatamente no ponto que ela acabava de apontar com um dedo indeciso. "Mas não sobem até o quarto andar, não se conhece nenhuma varredora ou regadora que suba até um quarto andar. Sem contar que amanhã viria o desenhista e repetiria exatamente a mesma coisa, esta curva tão fina na qual alguma coisa…" Conseguiu parar de pensar, conseguiu por um instante apenas beijá-la sem ser nada além de seu próprio beijo.

64.

(-155)

65.

Modelo de ficha do clube.
Gregorovius, Ossip.
Apátrida.
Lua cheia (lado oposto, invisível naquela época pré-Sputnik): crateras, mares, cinzas?
Tende a se vestir de preto, de cinza, de marrom. Nunca foi visto com um terno completo, colete e tudo. Há quem afirme que tem três mas que combina invariavelmente o paletó de um com as calças de outro. Não seria difícil verificar isso.
Idade: diz ter quarenta e oito anos.
Profissão: intelectual. Tia-avó manda mesada módica.
Carte de séjour AC 3456923 (validade seis meses, renovável. Já foi renovada nove vezes, cada vez com maior dificuldade).
País de origem: nascido em Borzok (certidão de nascimento provavelmente falsa, segundo declaração de Gregorovius à polícia de Paris. As razões dessa suposição constam do prontuário).
País de origem: no ano de seu nascimento, Borzok pertencia ao império austro-húngaro. Origem magyar evidente. Ele gosta de insinuar que é tcheco.
País de origem: provavelmente Grã-Bretanha. Gregorovius tinha nascido em Glasgow, de pai marinheiro e mãe terrícola, resultado de uma escala forçada, um encontro fugaz e precário, *stout ale* e complacências xenofílicas excessivas de parte de Miss Marjorie Babington, 22 Stewart Street.

Gregorovius gosta de estabelecer uma picaresca pré-natal e difama suas mães (tem três, conforme a bebedeira) atribuindo-lhes costumes licenciosos. Herzogin Magda Razenswill, que aparece com o uísque ou o conhaque, era uma lésbica autora de um tratado pseudocientífico sobre a *carezza* (tradução em quatro idiomas). Miss Babington, que se ectoplasmiza em gim, acabou como puta em Malta. A terceira mãe é um problema constante para Etienne, Ronald e Oliveira, testemunhas de sua nebulosa aparição via Beaujolais, Côtes du Rhône ou Bourgogne Aligoté. Conforme o caso, chama-se Galle, Adgalle ou Minti, vive livremente na Herzegovina ou em Nápoles, viaja aos Estados Unidos com uma companhia de vaudeville, é a primeira mulher a fumar na Espanha, vende violetas na saída da Ópera de Viena, inventa métodos anticoncepcionais, morre de tifo, está viva porém cega em Huerta, desaparece junto com o chofer do tsar em Tsarskoie-Selo, extorque o filho nos anos bissextos, cultiva a hidroterapia, tem relações suspeitas com um padre de Pontoise, morreu quando nasceu Gregorovius, que aliás seria filho de Santos Dumont. De modo inexplicável, as testemunhas perceberam que essas versões sucessivas (ou simultâneas) da terceira mãe estão sempre acompanhadas de referências a Gurdiaeff, que Gregorovius admira e detesta de maneira pendular.

65.

(-11)

66.

Facetas de Morelli, seu lado Bouvard et Pécuchet, seu lado compilador de almanaque literário (em algum momento chama de "Almanaque" a reunião de sua obra).

Ele gostaria de *desenhar* certas ideias, mas é incapaz disso. Os desenhos que aparecem nas margens de suas anotações são péssimos. Repetição obsessiva de uma espiral trêmula, com um ritmo semelhante ao das que adornam a *stupa* de Sanchi.

Projeta um dos muitos finais de seu livro inacabado, e deixa uma maquete. A página contém uma única frase: "No fundo sabia que não se pode ir além porque não há um além". A frase se repete ao longo de toda a página, dando a impressão de um muro, de um impedimento. Não há pontos nem vírgulas nem margens. Na verdade, um muro de palavras ilustrando o sentido da frase, o choque contra uma barreira atrás da qual não há nada. Mas abaixo e à direita, numa das frases falta a palavra "um". Um olho sensível descobre o buraco entre os tijolos, a luz que passa.

(-149)

67.

Estou amarrando os sapatos, contente, assoviando, e de repente a infelicidade. Mas desta vez pesquei você, angústia, senti você *antes* de qualquer organização mental, ao primeiro juízo de negação. Como uma cor cinza que fosse uma dor e fosse o estômago. E *quase* ao mesmo tempo (mas depois, desta vez você não me engana) abriu caminho o repertório inteligível, com uma primeira ideia explicativa: "E agora, vamos viver outro dia etc.". De onde prossegue: "Estou angustiado *porque*... etc.".

As ideias à vela, impulsionadas pelo vento primordial que sopra de baixo (mas embaixo é apenas uma localização física). Basta uma mudança de brisa (*mas o que é que a faz mudar de quadrante?*) e num segundo estão aqui os barquinhos felizes, com suas velas coloridas. "Afinal de contas não há motivo para queixas, velho", esse estilo.

Acordei e vi a luz do amanhecer nos vãos da persiana. Eu saía tão de dentro da noite que tive uma espécie de vômito de mim mesmo, o espanto de abordar um novo dia com sua apresentação própria, sua indiferença mecânica de sempre: consciência, sensação de luz, abrir os olhos, persiana, o alvorecer.

Nesse segundo, com a onisciência do entressonho, medi o horror daquilo que tanto maravilha e encanta as religiões: a perfeição eterna do cosmos, a revolução interminável do globo sobre seu eixo. Náusea, sensação insuportável de coação. *Sou obrigado a tolerar que o sol saia todos os dias.* É monstruoso. *É desumano.*

Antes de tornar a adormecer imaginei (vi) um universo de plástico, cambiante, cheio de maravilhoso acaso, um céu elástico, um sol que de repente se ausenta ou fica fixo ou muda de forma.

Ansiei pela dispersão das duras constelações, essa suja propaganda luminosa do Truste Divino Relojoeiro.

67.

(-83)

68.

Mal ele lhe amalaba o noema, ela se deixava abater pelo clémiso e caíam em hidromúrias, em ambônios selvagens, em seguraís exasperantes. Toda vez que ele tentava relamar as incopelusas, se enroscava num grimado choramingas e tinha que emulsionar-se diante do nóvulo, sentindo como pouco a pouco as argulas se refespelhavam, como iam se apeltronando, reduplimindo, até ficar esticado feito o trimalciato de ergomanina a que deixaram cair algumas fílulas de cariaconcia. E no entanto era só o começo, porque num dado momento ela tordulava os bugalhios, permitindo que ele aproximasse suavemente suas orfelúnias. E assim que se entreplumavam, algo semelhante a um ulucórdio os encrestoriava, os extrajustava e paramovia, de repente era o clínon, a esterfurosa convulcante das mátricas, o arfeolante embocachuva do orgúmio, os esproêmios do merpasmo numa sobrepamonhífera agopausa. Evoé! Evoé! Volposados na crista do murélio, sentiam-se balparamar, perlinos e márulos. O troc tremia, venciam-se as marioplumas, e tudo se resolvirava num profundo pínice, em niolamas de argutendias grazes, em carínias quase cruéis que os ordopenavam até o limite das gúnfias.

(-9)

69.

(*Renovigo, n. 5*)

OUTRO SUISSIDA

Ingrata surpresa foi ler em "Ortográfiko" a notísia de aver falicido em San Luis Potosí no 1º de marso último, o tenente-quoronel (promovidu a quoronel para retirar-lo do servisso), Adolfo Abila Sanhes. Surpresa foi purque não tínhamos notíssia de que estiveçe de kama. Além do mais, já faiz tempo que tínhamos catalogado ele entre nossos amigos os suissidas, e numa ocazião se refiriu "Renovigo" a certus sintomas nele obiservados. Somente qui Abila Sanhes não eskolheu o revólver feitu o iscritor anticlericau Guilhermi Delora, nem a corda como o esperantista francez Eujenio Lanti.

Abila Sanhes foi um homi meressedor de atenssão e de apresso. Soldado pundonorozo onrou sua instituissão na teoria i na prática. Tevi um alto conceitu da lealdadi e foi até o campo de batalia. Homi di cultura, ensinô ciência a jovens e adultus. Pensador, escreveo bastante para jornaes e deixô algumas obras inéditas, entre elas *Máximas de cuartel*. Poeta, versificava com grandi fassilidadi em diferentis gênerus. Artista do lápiz e da pluma, nos presentiou vareas vezis com suas criaçõis. Lingüista, era muito afeito a traduzir suas propias produssões para o ingleis, o esperantu e outros idiomas.

Concretamente, Abila Sanhes foi homi de pensamentu e acção, de moral e di cultura. Estes são os saldos a seu favor.

Na otra coluna da sua conta, tem cagadas variadas, e é natural titubiar antes de levantá o vel da sua vida privada. Mas como não a teim um homi público e Abila Sanhes o foi, encorreríamos na fauta que antes açinalamos escondendu o reversu da medalia. Em nosso caráter de biógrafus e istoriadoris devemus rompê com os escrúpolos.

Conhecemos pessoalmente em pessoa Abila Sanhe lá pur 1936 em Linares, NL, e dispois em Monterrei estivemus com ele em seu lar, qui parecia prósperu e felis. Anos depois de que o visitamus em Samora, a impressão foi totaumente oposta, notamus que o lar dismoronava, e assim foi semanas mais tardi, abandonou-o primero a isposa e dispois us filho si dispersaram. Posteriormente, em San Luis Potosí, encontrô uma jovem bondoza que lhe tevi simpatia e aceitô cazar com ele: pur isso criô uma segunda família, que abinegadamente o suportô mais que a primera e não chegô a abandonar-lo.

Que aconteseu primero em Abila Sanhes, o desarranjo mental ou o alcolismo? Não sabemos, mas ambos os dois, combinados, foram a ruína da sua vida e a cauza di sua morti. Um doente em seus últimos anos, nós já tínhamus posto ele de lado sabendo qui era um suissida caminhandu rápidu na diressão de seu inevitaveu fim. O fatalismo se impõi cuando a jente obiserva pessoas tão claramenti dirijidas rumo a um próssimo i trájico ocasu.

O dezaparecido acriditava na vida futura. Se confirmô isso, que nela esista a felissidade, embora com diferentis caraterísticas, é o qui desejamos todus nóis os umanos.

69.

(-52)

70.

Quando estava eu em minha primeira causa, eu não tinha Deus...; queria a mim mesmo e não queria nada mais; era o que eu queria, e queria o que eu era, e estava livre de Deus e de todas as coisas... Por isso suplicamos a Deus que nos livre de Deus, e que concebamos a verdade e gozemos dela eternamente, lá onde os anjos supremos, a mosca e a alma são semelhantes, lá onde eu estava e onde queria isso que era e era isso que eu queria...

Meister Eckhardt, sermão *Beati pauperes spiritu*

(-147)

71.

Morelliana.

O que é no fundo essa história de encontrar um reino milenar, um éden, um outro mundo? Tudo o que se escreve nos tempos que correm e que vale a pena ler está voltado para a nostalgia. Complexo da Arcádia, retorno ao grande útero, back to Adam, le bon sauvage (e por aí vai...), *Paraíso perdido, perdido por buscar-te, eu, sem luz para sempre...* E dá-lhe com as ilhas (cf. Musil) ou com os gurus (caso se tenha dinheiro para o voo Paris-Bombaim) ou simplesmente segurando uma xicrinha de café e olhando para ela por todos os lados, não mais como uma xícara mas como um testemunho da imensa burrada em que todos nós estamos metidos, achar que esse objeto não passa de uma xicrinha de café quando o mais idiota dos jornalistas encarregados de resumir os quanta para nós, Planck e Heisenberg, tem o maior trabalhão nos explicando em três colunas que tudo vibra e treme e está como um gato à espera de dar o enorme salto de hidrogênio ou de cobalto que nos deixará a todos nós com as pernas para cima. Grosseiro modo de expressar-se, realmente.

A xicrinha de café é branca, o bom selvagem é marrom, Planck era um alemão formidável. Por trás de tudo isso (sempre é por trás, é preciso convencer-se de que essa é a ideia-chave do pensamento moderno) o Paraíso, o outro mundo, a inocência pisoteada que obscuramente se procura chorando, a terra de Hurqalyã. De uma forma ou de outra todos procuram por ela, todos querem abrir a porta para ir brincar. E não pelo Éden, não tanto pelo Éden em si, mas somente para deixar para trás os aviões a jato, a cara de Nikita ou de Dwight ou de Charles ou de Francisco, o despertar a sineta, o ajustar-se a termômetro e ventosa, a aposentadoria na base do pé na bunda (quarenta anos encolhendo o rabo para que doa menos, mas dói do mesmo jeito, do mesmo jeito a ponta do sapato entra um pouco mais a cada vez, a cada pontapé arromba um pouco mais o pobre rabo do caixeiro ou do subtenente ou do professor de literatura ou da enfermeira), e dizíamos que o homo sapiens

71. não procura a porta para entrar no reino milenar (embora não fosse má ideia, nem um pouco má ideia, na verdade), mas só para poder fechá-la atrás de si e abanar o rabo feito um cão satisfeito por saber que o sapato da vida de merda ficou para trás, estourando contra a porta fechada, e que já se pode ir afrouxando com um suspiro o pobre botão do cu, endireitar-se e começar a andar entre as florzinhas do jardim e sentar-se para olhar uma nuvem durante nada mais que cinco mil anos, ou vinte mil se possível e se ninguém se aborrecer e se existir alguma chance de ficar no jardim olhando as florzinhas.

De vez em quando em meio à legião dos que andam com o cu na mão tem algum que não só gostaria de fechar a porta para se proteger dos chutes das três dimensões tradicionais, sem contar as que vêm das categorias do entendimento, do mais que ultrapassado princípio de razão suficiente e outras babaquices infinitas, como além disso esses sujeitos acham, eles e outros loucos, que não estamos neste mundo, que nossos pais gigantes nos enfiaram numa corrida na contramão da qual será preciso sair se não quisermos acabar virando estátua equestre ou transformados em avós exemplares, e que nada está perdido se tivermos finalmente a coragem de anunciar que tudo está perdido e que é preciso começar de novo, como os famosos operários que em 1907 perceberam em certa manhã de agosto que o túnel do monte Brasco estava mal traçado e que acabariam saindo a mais de quinze metros do túnel que os operários iugoslavos que vinham de Dublivna estavam escavando. O que fizeram os famosos operários? Os famosos operários deixaram seu túnel do jeito que estava, saíram para a superfície, e depois de vários dias e noites de deliberação em diversas cantinas do Piemonte começaram a escavar por sua conta e risco em outro ponto do Brasco, e foram em frente sem se preocupar com os operários iugoslavos, chegando depois de quatro meses e cinco dias à parte sul de Dublivna, para não pouca surpresa de um professor primário aposentado que os viu surgir no banheiro da sua casa. Exemplo louvável que os operários de Dublivna deveriam ter seguido (embora seja preciso reconhecer que os famosos operários não tinham comunicado a eles suas intenções), em vez de insistir em conectar-se com um túnel inexistente, como é o caso de tantos poetas que aparecem com mais de meio corpo para fora da janela da sala de estar, altas horas da noite.

E assim se consegue rir e acreditar que não se está falando sério, só que estamos, sim, falando sério, o riso sozinho cavou mais túneis úteis que todas as lágrimas da Terra, embora pouco saibam disso os engomadinhos que teimam em acreditar que Melpômene é mais fecunda que a Rainha Mab. De uma vez por todas seria bom chegarmos a um desacordo sobre esse tema. Talvez exista uma saída, mas essa saída deveria ser uma entrada. Talvez exista um reino milionário, mas não é fugindo de um ataque inimigo que se toma de assalto uma fortaleza. Até agora este século foge de um montão de coisas, procura as portas e às vezes as arromba. O que acontece depois não se sabe, alguns devem ter conseguido ver e pereceram, extintos instantaneamente pelo grande esquecimento negro, outros se conformaram com a escapada pequena, a casinha no subúrbio, a especialização literária ou científica, o turismo. As fugas são planejadas, são tecnologizadas, são montadas com o Modulor ou com a Régua de Nylon. Há imbecis que continuam acreditando que a bebedeira pode ser um método, ou a mescalina ou a homossexualidade, qualquer coisa magnífica ou inane *em si*, mas estupidamente erigida em sistema, em chave do reino. Pode ser que haja outro mundo dentro deste, mas não o encontraremos recortando sua silhueta no tumulto fabuloso dos dias e das vidas, não o encontraremos nem na atrofia nem na hipertrofia. Esse mundo não existe, é preciso criá-lo como a fênix. Esse mundo existe neste, mas como a água existe no oxigênio e no hidrogênio, ou como nas páginas 78, 457, 3, 271, 688, 75 e 456 do dicionário da Academia Española está o que é necessário para escrever um certo endecassílabo de Garcilaso. Digamos que o mundo é uma figura, é preciso lê-la. Por lê-la entendamos gerá-la. E quem se importa com o dicionário pelo dicionário em si? Se de delicadas alquimias, osmoses e misturas simples surge enfim Beatriz às margens do rio, como não suspeitar maravilhadamente o que por sua vez poderia nascer dela? Que inútil tarefa a do homem, cabeleireiro de si mesmo, repetindo até a náusea o corte quinzenal, pondo a mesma mesa, refazendo a mesma coisa, comprando o mesmo jornal, aplicando os mesmos princípios às mesmas conjunturas. Pode ser que exista um reino milenar, mas se alguma vez chegarmos a ele, se somos ele, ele já não terá esse nome. Enquanto não tirarmos do tempo sua chibata de história, enquanto não acabarmos com o inchaço de tantos *enquanto*, continuaremos tomando a beleza por um fim em si, a paz por um desideratum, sempre do lado de cá da porta onde na verdade nem sempre estamos mal, onde muita gente encontra uma vida satisfatória, perfumes agradáveis, bons salários, literatura de alta qualidade, som estereofônico, e por que então se inquietar se provavelmente o mundo é finito, a história se aproxima do ponto ótimo, a raça humana sai da Idade Média para ingressar na era cibernética? Tout va très bien, madame La Marquise, tout va très bien, tout va très bien.

De resto é preciso ser imbecil, é preciso ser poeta, é preciso estar com a cabeça na lua para perder mais do que cinco minutos com essas nostalgias perfeitamente liquidáveis no curto prazo. Cada reunião de gerentes internacionais, de homens-de-ciência, cada novo satélite artificial, cada hormônio ou reator atômico esmaga um pouco mais essas falazes esperanças. O reino deve ser de material plástico, é um fato. E não que o mundo tenha de virar um pesadelo orwelliano ou huxleyano; será muito pior, será um mundo delicioso, na medida de seus habitantes, sem nenhum mosquito, sem nenhum analfabeto, com galinhas de enorme tamanho e provavelmente dezoito coxas, todas elas deliciosas, com banheiros telecomandados, água de diferentes cores conforme o dia da semana, delicada atenção do serviço nacional de higiene,

com televisão em cada quarto, por exemplo grandes paisagens tropicais para os habitantes de Reykjavík, vistas de iglus para os de Havana, compensações sutis que conformarão todas as rebeldias,

et cetera.

Ou seja, um mundo satisfatório para pessoas razoáveis.

E ficará nele alguém, um só, que não seja razoável?

Em algum rincão, um vestígio do reino esquecido. Em alguma morte violenta, o castigo por ter se lembrado do reino. Em algum riso, em alguma lágrima, a sobrevivência do reino. No fundo não parece que o homem acabe matando o homem. Ele vai escapar, vai agarrar o timão da máquina eletrônica, do foguete sideral, vai passar uma rasteira nele e depois ninguém segura. Dá para matar tudo menos a nostalgia do reino, nós a temos na cor dos olhos, em cada amor, em tudo aquilo que profundamente atormenta e desata e engana. *Wishful thinking*, talvez; mas essa é outra definição possível do bípede implume.

(-5)

72.

— Você fez bem em vir para casa, amor, se estava tão cansado.

— There's not a place like home — disse Oliveira.

— Tome mais um mate, está recém-cevado.

— Com os olhos fechados parece ainda mais amargo, que maravilha. Se você me deixasse dormir um pouquinho enquanto lê alguma revista...

— Sim, querido — disse Gekrepten secando as lágrimas e pegando *Idílio* por pura obediência, embora lhe tivesse sido impossível ler fosse o que fosse.

— Gekrepten.

— Sim, amor.

— Não se preocupe com isso, velha.

— Claro que não, amorzinho. Espere que ponho outra compressa fria em você.

— Daqui a pouco levanto e vamos dar uma volta por Almagro. Quem sabe tem algum musical colorido passando.

— Amanhã, amor, agora veja se descansa. Você chegou com uma cara...

— É a profissão, o que se há de fazer. Não precisa se preocupar. Ouça como canta o Cien Pesos, lá embaixo.

— Devem estar trocando o alpiste dele, animalzinho de Deus — disse Gekrepten. — É um jeito de agradecer...

— Agradecer — repetiu Oliveira. — Imagine só, agradecer a quem o engaiola.

— Os animais não se dão conta.
— Os animais — repetiu Oliveira.

(-77)

72.

73.

Sim, mas quem nos curará do fogo surdo, do fogo sem cor que corre ao anoitecer pela Rue de la Huchette, saindo dos portais carcomidos, dos vestíbulos mofinos, do fogo sem imagem que lambe as pedras e espreita nos vãos das portas, como faremos para nos lavarmos de sua queimadura doce que prossegue, que busca abrigo para durar aliada ao tempo e à memória, às substâncias pegajosas que nos seguram do lado de cá, e que nos arderá docemente até nos calcinar? Então, é melhor acatar como os gatos e os musgos, travar amizade imediata com as zeladoras de vozes roucas, com as crianças pálidas e sofridas que espreitam nas janelas brincando com um galho seco. Ardendo assim sem trégua, aguentando a queimadura central que avança como a madureza paulatina no fruto, ser o pulso de uma fogueira neste emaranhado de pedra interminável, caminhar pelas noites de nossa vida com a obediência do sangue em seu circuito cego.

Quantas vezes me pergunto se isto não passa de escrita, num tempo em que corremos para o erro entre equações infalíveis e máquinas de conformismos. Mas perguntar-se se seremos capazes de encontrar o outro lado do hábito ou se é melhor deixar-se levar por sua alegre cibernética não seria uma vez mais literatura? Rebelião, conformismo, angústia, alimentos terrestres, todas as dicotomias: o Yin e o Yang, a contemplação ou a *Tätigkeit*, flocos de aveia ou perdizes *faisandées*, Lascaux ou Mathieu, que rede de palavras, que dialética de bolso com tormentas de pijama e cataclismos de living room. O mero fato de interrogar-se sobre a possível escolha vicia e turva o escolhível. *Esta sim, esta não, nessa idade...* Até parece que uma escolha não pode ser dialética, que sua formulação a empobrece, ou seja, a falseia, ou seja, a transforma em outra coisa. Entre o Yin e o Yang, quantos éons? Do sim ao não, quantos talvezes? Tudo é escrita, ou seja, fábula. Mas de que nos serve a verdade que tranquiliza o proprietário honesto? Nossa verdade possível tem que ser *invenção*, ou seja, escrita, literatura, pintura, escultura, agricultura, piscicultura, todas as turas deste mundo. Os valores, turas, a santidade, uma tura, a sociedade, uma tura, o amor, pura tura, a beleza, tura das turas. Num de seus livros Morelli fala do napolitano que passou anos sentado à porta da sua casa olhando um parafuso no chão. À noite o recolhia e punha debaixo do colchão. O parafuso foi primeiro riso, deboche, irritação comunal, junta de vizinhos, sinal de violação dos deveres cívicos, por fim um dar de ombros, a paz, o parafuso foi a paz, ninguém podia passar pela rua sem olhar de viés para o parafuso e perceber que ele era a paz. O sujeito morreu de uma síncope e o parafuso desapareceu assim que acudiram os vizinhos. Um deles o guarda, talvez o pegue em segredo e olhe para ele, volte a guardá-lo e vá para a fábrica sentindo algo que não compreende, uma obscura reprovação. Só se acalma quando pega o parafuso e olha para ele, fica olhando para ele até ouvir passos e ter que guardá-lo às pressas. Morelli achava que o parafuso devia ser outra coisa, um deus ou coisa parecida. Solução fácil demais. Talvez o erro estivesse em aceitar que aquele objeto era um parafuso pelo fato de ter forma de parafuso. Picasso pega um carrinho de brinquedo e o transforma no queixo de um cinocéfalo. Vai ver que o napolitano era um idiota, mas também pode ter sido o inventor de um mundo. Do parafuso a um olho, de um olho a uma estrela... Por que entregar-se ao Grande Costume? É possível escolher a tura, a invenção, ou seja, o parafuso ou o carrinho de brinquedo. É assim que Paris nos destrói devagar, deliciosamente, triturando-nos entre flores velhas e toalhas de papel manchadas de vinho, com seu fogo sem cor que corre ao anoitecer saindo de portais carcomidos. Queima-nos um fogo inventado, uma incandescente tura, um dispositivo da raça, uma cidade que é o Grande Parafuso, a horrível agulha com seu olho noturno por onde corre o fio do Sena, a máquina de torturas como acabamento, agonia numa gaiola atopetada de andorinhas enfurecidas. Ardemos em nossa obra, fabulosa honra mortal, alto desafio da fênix. Ninguém nos curará do fogo surdo, do fogo sem cor que corre ao anoitecer pela Rue de la Huchette. Incuráveis, perfeitamente incuráveis, escolhemos como tura o Grande Parafuso, nos inclinamos sobre ele, entramos nele, tornamos a inventá-lo a cada dia, a cada mancha de vinho na toalha, a cada beijo do mofo nas madrugadas da Cour de Rohan, inventamos nosso incêndio, ardemos de dentro para fora, talvez essa seja a escolha, talvez as palavras envolvam isso como o guardanapo envolve o pão e dentro esteja a fragrância, a farinha sendo peneirada, o sim sem o não, ou o não sem o sim, o dia sem Manes, sem Ormuz *ou* Ariman, de uma vez por todas e em paz e basta.

(-1)

73.

74.

O inconformista visto por Morelli, numa nota presa com um alfinete numa conta de lavanderia: "Aceitação do seixo e de Beta do Centauro, do puro-por-anódino ao puro-por-desmedida. Esse homem se move nas mais baixas e mais altas frequências, desdenhando deliberadamente as intermediárias, ou seja a zona corrente da aglomeração espiritual humana. Incapaz de liquidar a circunstância, trata de dar as costas a ela; inepto para se somar aos que lutam para acabar com ela, pois acredita que essa liquidação será uma mera substituição por outra igualmente parcial e intolerável, afasta-se dando de ombros. Para os amigos, o fato de que encontre sua satisfação no insignificante, no pueril, num pedaço de barbante ou num solo de Stan Getz, indica um lamentável empobrecimento; não sabem que há também o outro extremo, os achegos a uma soma que se recusa e vai se desfiando e escondendo, mas que a caçada não tem fim e que não se encerrará nem mesmo com a morte desse homem, porque sua morte não será a morte da zona intermediária, das frequências que se escutam com os ouvidos que escutam a marcha fúnebre de Siegfried".

Talvez para corrigir o tom exaltado dessa anotação, um papel amarelo rabiscado a lápis: "Seixo e estrela: imagens absurdas. Mas o comércio íntimo com os seixos rolados às vezes aproxima de uma passagem; entre a mão e o seixo vibra um acorde fora do tempo. Fulgurante... (palavra ilegível)... de que também isso é Beta do Centauro; os homens e as magnitudes cedem, se dissolvem, deixam de ser o que a ciência pretende que sejam. E assim se chega a algo que puramente é (o quê? o quê?): mão que treme envolvendo uma pedra transparente que também treme". (Mais abaixo, a tinta: "Não se trata de panteísmo, ilusão deliciosa, queda para cima num céu incendiado à beira do mar".)

Em outro lugar, este esclarecimento: "Falar de frequências baixas e altas é ceder uma vez mais aos *idola fori* e à linguagem científica, ilusão do Ocidente. Para meu inconformista, fabricar alegremente uma pipa e empiná-la para alegria das crianças presentes não representa uma ocupação menor (baixo relativamente ao alto, pouco relativamente ao muito etc.), mas uma coincidência com elementos puros, daí uma harmonia passageira, uma satisfação que o ajuda a suportar o resto. Da mesma maneira, os momentos de estranhamento, de alienação ditosa que o precipitam a brevíssimas percepções de algo que poderia ser seu paraíso, não representam para ele uma experiência mais elevada que o fato de fabricar a pipa; é como um fim, mas não acima ou além. E tampouco é um fim entendido temporalmente, uma adesão que é a culminância de um processo de despojamento, enriquecedor; pode acontecer com você sentado no W.C., e sobretudo acontece entre coxas de mulheres, entre nuvens de fumaça e no meio de leituras habitualmente mal cotadas pelos cultos rotogravados de domingo.

74·

"Num plano de fatos cotidianos, a atitude do meu inconformista se traduz em sua recusa de tudo o que cheire a ideia recebida, a tradição, a estrutura gregária baseada no medo e nas vantagens falsamente recíprocas. Ele poderia ser Robinson sem maiores dificuldades. Não é misantropo, mas só aceita de homens e mulheres a parte que não foi plastificada pela superestrutura social; ele próprio tem meio corpo enfiado no molde e sabe disso, mas seu saber é ativo e não a resignação daquele que marca o passo. Com a mão livre esbofeteia o próprio rosto a maior parte do dia, e nos momentos livres esbofeteia o rosto dos demais, que retribuem triplicado. Ocupa assim o seu tempo com encrencas monstruosas que envolvem amantes, amigos, credores e funcionários, e nos poucos momentos livres que lhe restam faz de sua liberdade um uso que assombra os demais e que acaba sempre em pequenas catástrofes irrisórias, na medida dele e de suas ambições realizáveis; outra liberdade mais secreta e evasiva o trabalha, mas somente ele (e nada além disso) poderia dar conta de seus jogos."

(-6)

75.

Tinha sido tão bonito, nos velhos tempos, sentir-se instalado num estilo imperial de vida que autorizava os sonetos, o diálogo com os astros, as meditações nas noites de Buenos Aires, a serenidade goethiana na tertúlia do Colón ou nas conferências dos mestres estrangeiros. Ainda o rodeava um mundo que vivia assim, que se queria assim, deliberadamente belo e elegante, arquitetônico. Para sentir a distância que o isolava agora desse columbário, Oliveira só precisava arremedar, com um sorriso amargo, as frases decantadas e os ritmos luxuosos do ontem, os modos áulicos de dizer e calar. Em Buenos Aires, capital do medo, tornava a sentir-se rodeado pelo discreto alisamento de arestas que se costuma chamar bom senso e, para completar, pela afirmação de suficiência que impostava as vozes dos jovens e dos velhos, sua aceitação do imediato como sendo verdadeiro, do vicário como sendo o, como sendo o, como sendo o (diante do espelho, com o tubo de dentifrício no punho que se fechava, Oliveira uma vez mais soltava uma risada diante do próprio rosto e em vez de enfiar a escova na boca a aproximava de sua imagem e minuciosamente untava a falsa boca de dentifrício rosa, desenhava um coração em plena boca, mãos, pés, letras, obscenidades, passava a escova pelo espelho e a golpes de dentifrício, se contorcendo de rir, até Gekrepten entrar desolada com uma esponja, et cetera).

(-43)

76.

Com Pola foram as mãos, como sempre. Há o entardecer, há o cansaço de haver perdido tempo nos cafés, lendo jornais que são sempre o mesmo jornal, há como uma tampa de garrafa de cerveja apertando suavemente na altura do estômago. Estamos disponíveis para qualquer coisa, poderíamos cair nas piores armadilhas da inércia e do abandono, e de repente uma mulher abre a bolsa para pagar um café-crème, os dedos brincam um instante com o fecho sempre imperfeito da bolsa. Temos a impressão de que o fecho defende o ingresso a uma casa zodiacal, que quando os dedos daquela mulher descobrirem como deslizar a fina tramela dourada e que com uma meia-volta imperceptível se desprenda aquele fecho, uma irrupção deslumbrará a clientela embebida em pernod e no Tour de France, ou melhor, vai engoli-la, um funil de veludo roxo arrancará o mundo do seu eixo, o Luxemburgo inteiro, a Rue Soufflot, a Rue Gay-Lussac, o café Capoulade, a Fontaine de Médicis, a Rue Monsieur-le-Prince, vai engolir tudo num gorgolejar final que não deixará nada além de uma mesa vazia, a bolsa aberta, os dedos da mulher que extraem uma moeda de cem francos e a entregam ao Père Ragon, enquanto naturalmente Horácio Oliveira, vistoso sobrevivente da catástrofe, se prepara para dizer o que se diz por ocasião dos grandes cataclismos.

— Ah, o senhor sabe — respondeu Pola. — O medo não é o meu forte.

Disse: *Oh, vous savez*, um pouco como deve ter falado a esfinge antes de apresentar o enigma, quase que se desculpando, recusando um prestígio que sabia ser enorme. Falou como as mulheres de tantos romances em que o romancista não quer perder tempo e põe o melhor da descrição nos diálogos, unindo assim o útil ao agradável.

— Quando eu digo medo — observou Oliveira, sentado no mesmo e comprido banco de veludo vermelho, à esquerda da esfinge — penso principalmente nos avessos. A senhora estava movendo aquela mão como se estivesse tocando um limite depois do qual começava um mundo ao contrário no qual por exemplo eu podia ser sua bolsa e a senhora, o Père Ragon.

76.   Esperava que Pola risse e que as coisas desistissem de ser tão sofisticadas, mas Pola (depois soube que se chamava Pola) não achou que a possibilidade fosse tão absurda. Ao sorrir mostrava uns dentes pequenos e muito regulares contra os quais se apertavam um pouco os lábios pintados de um laranja intenso, mas Oliveira ainda estava nas mãos, como sempre o atraíam as mãos das mulheres, sentia necessidade de tocá-las, de passear seus dedos por cada falange, explorar com um movimento semelhante ao do cinesiólogo japonês a rota imperceptível das veias, informar-se quanto ao estado das unhas, adivinhar quiromanticamente linhas nefastas e montes propícios, ouvir o fragor da lua apoiando na orelha a palma de uma pequena mão um pouco úmida pelo amor ou por uma xícara de chá.

(-101)

77.

— Você compreenderá que depois do que aconteceu...

— Res, non verba — disse Oliveira. — São oito dias a mais ou menos setenta pesos diários, oito vezes setenta, quinhentos e sessenta, vamos dizer quinhentos e cinquenta e com os outros dez o senhor paga uma coca-cola aos doentes.

— Faça-me o favor de retirar imediatamente seus pertences pessoais.

— Sim, entre hoje e amanhã, mais provavelmente amanhã.

— Aqui está o dinheiro. Assine o recibo, por favor.

— Por favor não. Assino e pronto. *Ecco*.

— Minha esposa está tão aborrecida — disse Ferraguto, dando-lhe as costas e removendo o cigarro de entre os dentes.

— É a sensibilidade feminina, a menopausa, essas coisas.

— É a dignidade, senhor.

— Exatamente o que eu estava pensando. E por falar em dignidade, obrigado pelo arranjo no circo. Era divertido e a gente tinha pouca coisa para fazer.

— Minha esposa não consegue entender — disse Ferraguto, mas Oliveira já estava à porta. Um dos dois abriu os olhos, ou fechou. A porta também tinha alguma coisa de olho que se abria ou se fechava. Ferraguto acendeu de novo o cigarro e enfiou as mãos nos bolsos. Pensava no que ia dizer àquele exaltado inconsciente assim que ele aparecesse diante dele. Oliveira deixou que pusessem a compressa em sua testa (ou seja, era ele quem fechava os olhos) e pensou no que ia dizer a Ferraguto quando ele mandasse chamá-lo.

(-131)

78.

A intimidade dos Traveler. Quando me despeço deles no vestíbulo ou no café da esquina, de repente é como um desejo de ficar perto, vendo os dois viver, voyeur sem apetites, amistoso, um pouco triste. Intimidade, que palavra, de repente dá vontade de aplicar o agá fatídico. Mas que outra palavra poderia *intimar* (na primeira acepção) a própria pele do conhecimento, a razão epitelial para que Talita, Manolo e eu sejamos amigos. As pessoas acham que são amigas porque coincidem algumas horas por semana num sofá, num filme, às vezes numa cama, ou porque acontece de fazerem o mesmo trabalho no escritório. Na mocidade, no café, quantas vezes a ilusão da identidade com os camaradas nos deixou felizes? Identidade com homens e mulheres de quem só conhecíamos um modo de ser, um jeito de se entregar, um perfil. Lembro, com uma nitidez fora do tempo, dos cafés portenhos onde por algumas horas conseguíamos nos livrar da família e das obrigações, entrávamos num território de fumaça e confiança em nós mesmos e nos amigos, acedíamos a uma coisa que nos reconfortava no precário, nos prometia uma espécie de imortalidade. E ali, aos vinte anos, dissemos nossa palavra mais lúcida, soubemos de nossos afetos mais profundos, fomos como deuses da Cristal de meio litro e do cubano seco. Cielito do café, cielito lindo. A rua, depois, era como uma expulsão, sempre, o anjo com a espada flamígera dirigindo o tráfego na esquina da Corrientes com a San Martín. Para casa que já é tarde, para os protocolos, para a cama conjugal, para o chá de tília da velha, para o exame de depois de amanhã, para a namorada ridícula que lê Vicki Baum e com quem vamos nos casar, não tem jeito.

(Estranha mulher, a Talita. Dá a impressão de andar com uma vela acesa na mão, mostrando um caminho. E isso que ela é a modéstia em pessoa, coisa rara numa argentina diplomada, aqui onde basta um título de agrimensor para que qualquer um se tome a sério. Pensar que era balconista numa farmácia é ciclópeo, é verdadeiramente aglutinante. E se penteia de um jeito tão bonito.)

78.

Agora acabo de descobrir que Manolo se chama Manú na intimidade. Talita acha tão natural chamar Manolo de Manú que não se dá conta de que para os amigos isso é um escândalo secreto, uma ferida que sangra. Mas eu, com que direito... O do filho pródigo, pelo menos. Aliás, diga-se de passagem, o filho pródigo vai ter que procurar trabalho, o último espasmo foi verdadeiramente espeleológico. Se aceito os requebros da pobre da Gekrepten, que faria qualquer coisa para ir para a cama comigo, tenho quarto garantido e camisas etc. A ideia de sair por aí vendendo cortes de tecido é tão idiota quanto qualquer outra, questão de experimentar, mas o mais divertido seria entrar no circo com Manolo e Talita. Entrar no circo, bela fórmula. No começo foi um circo, e aquele poema de Cummings que diz que para a criação o Velho encheu os pulmões de ar feito uma barraca de circo. Não dá para dizer em espanhol. Quer dizer, dá, mas seria preciso dizer: coletou uma lona de circo de ar. Aceitaremos a oferta de Gekrepten, que é uma menina excelente, e isso nos permitirá viver mais perto de Manolo e Talita, uma vez que topograficamente estaremos separados apenas por duas paredes e uma fina fatia de ar. Com um puteiro clandestino ao alcance da mão, o armazém perto, a feira logo ali. Pensar que Gekrepten *me esperou*. É incrível que coisas assim aconteçam com os outros. Todos os atos heroicos deveriam ficar pelo menos na família da pessoa, mas hentão hacontece que de repente essa menina andou se informando na casa dos Traveler sobre minhas derrotas ultramarinas, e enquanto isso tricotava e destricotava o mesmo pulôver roxo esperando seu Odisseu e trabalhando numa loja da Calle Maipú. Seria ignóbil não aceitar as propostas de Gekrepten, negar-se à sua infelicidade total. E de cinismo em cinismo/ você vai virando você mesmo. Hodioso. Hodisseu.

Não, mas pensando francamente, o mais absurdo dessas vidas que pretendemos viver é seu falso contato. Órbitas isoladas, de vez em quando duas mãos que se estreitam, uma conversa de cinco minutos, um dia no jóquei, uma noite na ópera, um velório no qual todos se sentem um pouco mais unidos (e é verdade, mas tudo acaba na hora de fechar o caixão). E ao mesmo tempo a gente vive convencido de que os amigos estão perto, de que o con-

78.

tato existe, de que os acordos ou desacordos são profundos e duradouros. A que ponto nos odiamos todos, sem saber que o carinho é a forma presente desse ódio, e a que ponto a razão do ódio profundo é essa excentração, o espaço intransponível entre mim e você, entre isto e aquilo. Todo carinho é uma unhada ontológica, velho, uma tentativa de se apoderar do inapoderável, e eu gostaria de entrar na intimidade dos Traveler com o pretexto de conhecê-los melhor, de chegar a ser verdadeiramente o amigo, embora na realidade o que eu quero é me apoderar do maná de Manú, do duende da Talita, de suas maneiras de ver, de seus presentes e de seus futuros diferentes dos meus. E por que essa mania de apoderamentos espirituais, Horacio? Por que essa nostalgia de anexações, você, que acaba de romper amarras, de semear a confusão e o desânimo (talvez eu devesse ter ficado um pouco mais em Montevidéu, procurando melhor) na ilustre capital do espírito latino? Eis que de um lado você deliberadamente se desconectou de um vistoso capítulo da sua vida e nem mesmo se dá o direito de pensar na doce língua na qual tanto gostava de se expressar uns meses atrás; e ao mesmo tempo, ó hidiota contraditório, você literalmente se arrebenta para entrar na hintimidade dos Traveler, ser os Traveler, hinstalar-se nos Traveler, circo hincluído (mas o Diretor não vai querer me dar trabalho, de modo que será preciso pensar seriamente em usar um disfarce de marinheiro e sair vendendo cortes de gabardine para as senhoras). Ó babaca. Vamos ver se vai sair outra vez semeando confusão nas fileiras, se vai aparecer para escangalhar a vida de pessoas tranquilas. Aquela vez que me contaram do sujeito que pensava que era Judas, razão pela qual levava uma vida de cão nos melhores círculos sociais de Buenos Aires. Não sejamos vaidosos. Inquisidor carinhoso, no máximo, como tão bem me chamaram certa noite. Veja só, senhora, que corte. Para a senhora faço por sessenta e cinco pesos o metro. Seu ma... seu esposo, perdão, vai ficar tão contente quando voltar da... do trabalho, perdão. Vai subir pelas paredes, acredite, palavra de marinheiro do *Rio Belén*. Pois é, um pequeno contrabando para arredondar o salário, meu menino está com raquitismo, minha mu... minha esposa costura para uma confecção, é preciso ajudar um pouco, a senhora entende.

(-40)

79.

Anotação pedantíssima de Morelli: "Tentar o 'roman comique' no sentido de que um texto consiga insinuar outros valores e colabore assim para essa antropofania que continuamos acreditando ser possível. Até parece que o romance usual malogra a busca ao limitar o leitor a seu âmbito, tanto mais definido quanto melhor for o romancista. Detenção forçosa nos diversos graus do dramático, do psicológico, do trágico, do satírico ou do político. Tentar, ao contrário, um texto que não prenda o leitor mas que o torne obrigatoriamente cúmplice ao murmurar-lhe, por debaixo da trama convencional, outros rumos mais esotéricos. Escrita demótica para o leitor-fêmea (que quanto ao mais não passará das primeiras páginas, rudemente perdido e escandalizado, maldizendo o que pagou pelo livro), com um vago avesso de escrita hierática.

"Provocar, assumir um texto desalinhado, desamarrado, incongruente, minuciosamente antirromancístico (embora não antirromanesco). Sem se proibir os grandes efeitos do gênero quando a situação exigir, mas recordando o conselho gidiano, *ne jamais profiter de l'élan acquis*. Como todos os filhotes de eleição do Ocidente, o romance se contenta com uma ordem fechada. Decididamente contra, buscar também aqui a abertura, e para tanto cortar pela raiz toda construção sistemática de personagens e situações. Método: a ironia, a autocrítica incessante, a incongruência, a imaginação a serviço de ninguém.

"Uma tentativa dessa ordem parte de um repúdio à literatura; repúdio parcial, pois que se apoia na palavra, mas que deve estar presente em cada operação empreendida por autor e leitor. Assim, utilizar o romance como se utiliza um revólver para defender a paz, trocando o sinal. Tomar da literatura o que é ponte viva de homem para homem, e que o tratado ou o ensaio só permitem entre especialistas. Uma narrativa que não seja pretexto para a transmissão de uma 'mensagem' (não há mensagem, há mensageiros, e a mensagem é isso, assim como o amor é aquele que ama); uma narrativa que atue como coagulante de vivências, como catalisadora de noções confusas e mal-entendidas, e que incida antes de mais nada sobre quem a escreve, e para tanto é preciso escrevê-la como antirromance porque toda ordem fechada deixará sistematicamente de lado esses anúncios que podem nos transformar em mensageiros, nos aproximar de nossos próprios limites dos quais tão longe estamos quando frente a frente.

"Estranha autocriação do autor por sua obra. Se desse magma que é o dia, a submersão na existência, queremos potenciar valores que por fim anunciem a antropofania, que fazer então com o puro entendimento, com a altiva razão raciocinante? Dos eleatas até o presente o pensamento dialético teve tempo de sobra para nos oferecer seus frutos. Nós os estamos comendo, são deliciosos, fervem de radioatividade. E no final do banquete — por que estamos tão tristes, irmãos de mil novecentos e cinquenta e tantos?"

Outra anotação aparentemente complementar:

"Situação do leitor. Em geral todo romancista espera de seu leitor que o compreenda, participando de sua própria experiência, ou que receba determinada mensagem e a encarne. O romancista romântico quer ser compreendido por si mesmo ou por meio de seus heróis; o romancista clássico quer ensinar, deixar uma pegada no caminho da história.

"Possibilidade terceira: a de fazer do leitor um cúmplice, um companheiro de viagem. Simultaneizá-lo, visto que a leitura abolirá o tempo do leitor e o transportará para o do autor. Assim, o leitor poderia tornar-se copartícipe e copadecedor da experiência pela qual passa o romancista, *no mesmo momento e da mesma forma*. Todo ardil estético é inútil para obter isso: só o que vale é a matéria em gestação, a imediatez vivencial (transmitida pela palavra, é verdade, mas uma palavra o menos estética possível; daí o romance 'cômico', os *anticlímax*, a ironia, outras tantas setas indicativas que apontam na direção do outro).

"Para esse leitor, *mon semblable, mon frère*, o romance cômico (e o que é *Ulysses?*) deverá transcorrer como esses sonhos nos quais à margem de um acontecimento trivial pressentimos uma carga mais grave que nem sempre conseguimos desentranhar. Nesse sentido o romance cômico deve ser de um pudor exemplar; não engana o leitor, não o monta a cavalo sobre essa ou aquela emoção ou intenção, mas dá a ele algo como uma argila significativa, um início de modelagem, com marcas de algo que talvez seja coletivo, humano, e não individual. Melhor, dá a ele uma espécie de fachada, com portas e janelas por trás das quais ocorre um mistério que o leitor cúmplice deverá procurar (daí a cumplicidade) e talvez não encontre (daí o copadecimento). O que o autor de tal romance tiver obtido para si mesmo se repetirá (agigantando-se, talvez, e isso seria maravilhoso) no leitor cúmplice. Quanto ao leitor-fêmea, esse ficará com a fachada e sabemos que algumas delas são muito bonitas, muito *trompe l'oeil*, e que diante delas é possível continuar representando satisfatoriamente as comédias e tragédias do *honnête homme*. E com isso todo mundo sai contente, e quem reclamar que pegue beribéri."

79.

(-22)

80.

Quando acabo de cortar as unhas ou de lavar a cabeça, ou simplesmente agora que, enquanto escrevo, ouço um borbulhar no estômago,

volta a sensação de que meu corpo ficou para trás de mim (não reincido em dualismos, mas faço uma distinção entre mim e minhas unhas)

e de que o corpo começa a funcionar mal, de que ele nos falta ou nos sobra (depende).

Em outras palavras: já merecíamos uma máquina melhor. A psicanálise mostra como a contemplação do corpo cria complexos precoces. (E Sartre, que no fato de a mulher ser "esburacada" vê implicações existenciais que comprometem sua vida inteira.) Dói pensar que andamos adiante deste corpo, mas que a dianteira já é erro e obstáculo e provável inutilidade, porque estas unhas, este umbigo,

quero dizer outra coisa, quase impalpável: que a "alma" (meu eu-não-unhas) é a alma de um corpo que não existe. A alma talvez tenha empurrado o homem em sua evolução corporal, mas está cansada do esforço e sozinha vai em frente. Mal dá dois passos

rompe-se a alma porque seu verdadeiro corpo não existe e a deixa cair plaf. A coitada volta para casa etc., mas não é isso o que eu Enfim.

Longa conversa com Traveler sobre a loucura. Falando dos sonhos, demo-nos conta quase ao mesmo tempo de que certas estruturas sonhadas seriam formas correntes de loucura por pouco que se mantivessem na vigília. Sonhando nos é dado exercitar gratuitamente nossa aptidão para a loucura. Suspeitamos ao mesmo tempo que toda loucura é um sonho que se fixa.

Sabedoria do povo: "É um pobre louco, um sonhador...".

(-46)

80.

81.

É próprio do sofista, de acordo com Aristófanes, inventar razões novas.
Procuremos inventar paixões novas, ou reproduzir as velhas com idêntica intensidade.

Analiso uma vez mais esta conclusão, de origem pascaliana: a verdadeira crença está entre a superstição e a libertinagem.

José Lezama Lima, *Tratados en la Habana*

(-74)

82.

Morelliana.

Por que escrevo isto? Não tenho ideias claras, nem sequer tenho ideias. Há fiapos, impulsos, bloqueios, e tudo busca uma forma, então entra em jogo o ritmo e eu escrevo dentro desse ritmo, escrevo por ele, movido por ele e não por aquilo que chamam de pensamento e que faz a prosa, literária ou outra. Há primeiro uma situação confusa, que só pode se definir na palavra; dessa penumbra eu parto, e se o que quero dizer (se o que quer *dizer-se*) tem suficiente força, imediatamente começa o *swing*, um balancear rítmico que me puxa para a superfície, ilumina tudo, conjuga essa matéria confusa e aquele que a padece numa terceira instância clara e como que fatal: a frase, o parágrafo, a página, o capítulo, o livro. Esse balancear, esse *swing* no qual vai se informando a matéria confusa, é para mim a única certeza da sua necessidade, porque assim que ele cessa compreendo que já não tenho nada a dizer. E também é a única recompensa do meu trabalho: sentir que o que escrevi é como o dorso de um gato debaixo da carícia, com centelhas e um arquear-se cadenciado. Assim pela escrita desço até o vulcão, me aproximo das Mães, me conecto com o Centro — seja ele o que for. Escrever é desenhar minha mandala e ao mesmo tempo percorrê-la, inventar a purificação purificando-se; tarefa de pobre xamã branco em cueca de náilon.

(-99)

83.

A invenção da alma pelo homem se insinua toda vez que surge o sentimento do corpo como parasita, como verme aderido ao eu. Basta sentir-se viver (e não apenas viver como aceitação, como coisa-que-está-bem-que-aconteça) para que mesmo o mais próximo e querido do corpo, por exemplo a mão direita, seja de repente um objeto que participa repugnantemente da dupla condição de não ser eu e de estar aderido a mim.

Tomo a sopa. Depois, no meio de uma leitura, penso: "A sopa está *em mim*, eu a tenho dentro dessa bolsa que não verei jamais, meu estômago". Apalpo com dois dedos e sinto o volume, o revolver da comida lá dentro. E eu sou isso, um saco com comida dentro.

Então nasce a alma: "Não, eu não sou isso".

Agora que (sejamos honestos por uma vez)

sim, eu sou isso. Com um subterfúgio muito bonito para uso de delicados: "Eu sou *isso também*". Ou um degrauzinho a mais: "Eu sou *nisso*".

Leio *The Waves*, essa renda cinerária, fábula de espumas. Trinta centímetros abaixo de meus olhos uma sopa se move lentamente em meu saco estomacal, um pelo cresce em minha coxa, um cisto sebáceo surge imperceptível nas minhas costas.

No fim do que Balzac teria chamado de orgia, certo indivíduo nada metafísico, achando que contava uma piada, me disse que defecar lhe provocava uma sensação de irrealidade. Eu me lembro de suas palavras: "Você se levanta, se vira e olha, e então diz: *Mas eu que fiz isso?*".

(Como o verso de Lorca: "Não tem jeito, meu filho, vomita! Não tem jeito". E creio que Swift também, louco: "Mas, Celia, Celia, Celia defeca".)

Sobre a dor física como aguilhão metafísico abunda a escrita. A mim toda dor ataca com arma dupla: faz sentir como nunca o divórcio entre meu eu e meu corpo (e sua falsidade, sua invenção consoladora) e ao mesmo tempo me aproxima do meu corpo, *propõe meu corpo* como dor. Sinto-o mais meu que o prazer ou a mera cinestesia. É realmente um *vínculo*. Se eu soubesse desenhar mostraria alegoricamente a dor afugentando a alma do corpo, mas ao mesmo tempo daria a impressão de que tudo é falso: meros modos de um complexo cuja unidade é não possuí-la.

83.

(-142)

84.

Vagando pelo Quai des Célestins piso em folhas secas e quando apanho uma delas e a examino bem vejo que está cheia de pó de ouro velho, e debaixo umas terras profundas como o perfume musgoso que fica grudado em minha mão. Por tudo isso trago as folhas secas para o meu quarto e prendo-as todas no chapéu de um abajur. Ossip aparece, fica duas horas e nem olha para o abajur. No dia seguinte aparece Etienne, e com a boina ainda na mão, *Dis donc, c'est épatant, ça!*, e pega o abajur, estuda as folhas, se entusiasma, Dürer, as nervuras et cetera.

Uma mesma situação e duas versões... Fico pensando em todas as folhas que não verei, no recolhedor de folhas secas, em tanta coisa que deve haver no ar e que estes olhos não veem, pobres morcegos de romance e filme e flores dissecadas. Por toda parte haverá abajures, haverá folhas que não verei.

E assim, *de feuille en aiguille*, penso nos estados excepcionais em que por um instante se adivinham as folhas e os abajures invisíveis, percebidos num ar que está fora do espaço. É muito simples, toda exaltação ou depressão me empurra para um estado propício a

chamarei de paravisões

quer dizer (o problema é esse, dizer)

uma aptidão instantânea para sair-me, para de repente apreender-me de fora, ou de dentro só que em outro plano,

como se eu fosse alguém que está me olhando

(melhor ainda — porque na verdade não me vejo —: como alguém que está me vivendo).

Não demora nada, dois passos na rua, o tempo de respirar profundamente (às vezes ao despertar demora um pouco mais, só que nesse caso é fabuloso)

e neste instante *sei que o sou* porque estou exatamente sabendo *o que não sou* (isso que em seguida ignorarei astutamente). Mas não há palavras para uma matéria entre palavra e visão pura, como um bloco de evidência. Impossível objetivar, precisar essa defectividade que aprisionei no instante e que era *clara ausência* ou claro erro ou clara insuficiência, mas

sem saber *de quê, quê.*

84.

Outra maneira de tentar dizê-lo: Quando é isso, já não estou olhando na direção do mundo, de mim para o que é outro, mas por um segundo sou o mundo, o plano de fora, *o demais olhando para mim.* Eu me vejo como os outros podem me ver. É inestimável: por isso quase não dura. Meço minha defectividade, percebo tudo aquilo que, por ausência ou defeito, nunca vemos em nós. Vejo o que não sou. Por exemplo (isso eu armo de novo, mas vem daí): há enormes zonas às quais nunca cheguei, e aquilo que não se conheceu é o que não se é. Ansiedade por desatar a correr, entrar numa casa, numa loja, pular num trem, devorar o Jouhandeau inteiro, saber alemão, conhecer Aurangabad... Exemplos localizados e lamentáveis mas que podem dar uma ideia (uma *ideia?*).

Outra maneira de querer dizê-lo: Sente-se o defectivo mais como uma pobreza intuitiva do que como uma simples falta de experiência. Realmente não me aflige grande coisa o fato de não ter lido Jouhandeau inteiro, no máximo a melancolia de uma vida demasiado curta para tantas bibliotecas etc. A falta de experiência é inevitável, se leio Joyce estou automaticamente sacrificando outro livro e vice-versa etc. A sensação de falta é mais aguda em

É um pouco assim: há linhas de ar nas laterais da sua cabeça, do seu olhar,

zonas de detenção de seus olhos, seu olfato, seu sabor,

ou seja, você anda com seu limite *por fora*

e além desse limite você não consegue chegar quando imagina que apreendeu plenamente alguma coisa, a coisa tal como um iceberg tem um pedacinho de fora e lhe mostra, o resto enorme está além do seu limite e foi assim que o *Titanic* afundou. Hesse Holiveira sempre com seus hexemplos.

Sejamos sérios. Ossip não viu as folhas secas no abajur simplesmente porque o limite dele está para cá do que significava aquele abajur. Etienne viu as folhas perfeitamente, mas em compensação seu limite não permitiu que ele visse que eu estava amargo e sem saber o que fazer por causa de Pola. Ossip se deu conta na hora e o demonstrou para mim. E assim vamos todos.

Imagino o homem como uma ameba que lança pseudópodos para chegar até seu alimento e envolvê-lo. Existem pseudópodos longos e pseudópodos curtos, movimentos, rodeios. Um dia isso se *fixa* (o que chamam maturidade, o homem feito e acabado). Por um lado chega longe; por outro não vê um abajur a dois passos. E não há mais nada a fazer, como dizem os réus, somos os favoritos disso ou daquilo. Desse modo o sujeito vai vivendo bastante convencido de que não está perdendo nada interessante, até que um momentâneo deslizamento para um dos lados lhe mostra por um segundo, sem que ele infelizmente tenha tempo de *saber o quê,*

lhe mostra seu parcelado ser, seus pseudópodos irregulares,
a suspeita de que mais adiante, onde agora vejo o ar limpo,
ou nesta indecisão, na encruzilhada da opção,
eu mesmo, no restante da realidade que ignoro,
espero por mim inutilmente.

84.

(Suíte)

Indivíduos como Goethe não devem ter passado por muitas experiências desse tipo. Por pendor ou determinação (o gênio é decidir-se genial e *acertar*) estão com os pseudópodos estendidos ao máximo em todas as direções. Envolvem com um diâmetro uniforme, seu limite é sua pele projetada espiritualmente a enorme distância. Aparentemente não têm necessidade de desejar o que tem início (ou prossegue) para lá da sua enorme esfera. Por isso são clássicos, che.

Da ameba *uso nostro* o desconhecido se aproxima por todos os lados. Posso saber muito ou viver muito num determinado sentido, mas nisso *o outro* se avizinha pelo lado das minhas carências e coça minha cabeça com sua unha fria. O ruim é que me coça quando não sinto coceira, e na hora da comichão — quando eu gostaria de conhecer —, tudo o que me rodeia está tão plantado, tão localizado, tão completo e maciço e rotulado, que chego a acreditar que era sonho, que estou bem como estou, que me defendo bastante e que não devo me deixar levar pela imaginação.

(Última suíte)

Elogiou-se demais a imaginação. A coitada não pode ir um centímetro além do limite dos pseudópodos. Do lado de cá, grande variedade e vivacidade. Mas no outro espaço, lá onde sopra o vento cósmico que Rilke sentia passar sobre sua cabeça, Dame Imagination não corre. *Ho detto.*

(-4)

85.

As vidas que terminam como os artigos literários de jornais e revistas, tão faustosos na primeira página e arrematando numa cauda esvaída, lá pela página trinta e dois, entre anúncios de leilões e de tubos de dentifrício.

(-150)

86.

Os do Clube, com duas exceções, garantiam que era mais fácil entender Morelli pelas suas citações do que pelos seus meandros pessoais. Até ir embora da França (a polícia não quis renovar sua *carte de séjour*), Wong insistiu que não valia a pena continuar se incomodando para champollionizar as rosettas do velho, uma vez localizadas as duas citações seguintes, ambas de Pauwels e Bergier:

Talvez exista um lugar no homem a partir do qual seja possível apreender a realidade como um todo. Esta hipótese parece delirante. Auguste Comte declarava que a composição química de uma estrela jamais seria conhecida. No ano seguinte, Bunsen inventava o espectroscópio.

....

A linguagem, tal como o pensamento, procede do funcionamento aritmético binário de nosso cérebro. Classificamos usando sim e não, positivo e negativo [...]. Minha linguagem comprova unicamente a lentidão de uma visão de mundo limitada ao binário. Essa insuficiência da linguagem é evidente e vivamente deplorada. Mas que dizer da insuficiência da própria inteligência binária? A existência interna, a essência das coisas lhe escapa. Ela pode descobrir que a luz é ao mesmo tempo contínua e descontínua, que a molécula do benzeno estabelece relações duplas porém reciprocamente excludentes entre os seus seis átomos; admite esses fatos, mas não pode compreendê-los, não tem como integrar à sua própria estrutura a realidade das estruturas profundas que examina. Para consegui-lo teria de mudar de estado, seria preciso que outras máquinas diferentes das usuais começassem a funcionar no cérebro, que o raciocínio binário fosse substituído por uma consciência analógica que assumisse as formas dos ritmos inconcebíveis dessas estruturas profundas e os assimilasse...

Le Matin des magiciens

86.

(-78)

87.

Em 32, Ellington gravou "Baby When You Ain't There", um de seus temas menos elogiados, e ao qual o fiel Barry Ulanov não dedica menção especial. Com voz curiosamente seca Cootie Williams canta os versos:

I get the blues down North,
The blues down South,
Blues anywhere,
I get the blues down East,
Blues down West,
Blues anywhere.
I get the blues very well
O my baby when you ain't there
Ain't there ain't there —

Por que, em certas ocasiões, é tão necessário dizer "Amei isso"? Amei um blues, uma imagem na rua, um pobre rio seco do norte. Dar testemunho, lutar contra o nada que nos varrerá. Assim permanecem no ar da alma essas pequenas coisas, um pardalzinho que foi de Lésbia, um blues que ocupa na memória o lugar miúdo dos perfumes, dos selos e dos pesos de papel.

(-105)

88.

— Mas che, se você mexe a perna desse jeito vou cravar a agulha nas suas costelas — disse Traveler.

— Continue contando essa coisa do colorado do amarelo — disse Oliveira. — De olhos tapados é como um caleidoscópio.

— O colorado do amarelo — disse Traveler, esfregando a coxa dele com um algodão — é o responsável pela corporação nacional de agentes comissionados nas espécies correspondentes.

— Animais de pelo amarelo, vegetais de flor amarela e minerais de aspecto amarelo — recitou obedientemente Oliveira. — Por que não? Ao fim e ao cabo aqui a quinta-feira é o dia da moda, no domingo não se trabalha, as metamorfoses entre a manhã e a tarde do sábado são extraordinárias, e todo mundo tão tranquilo. Você está me fazendo sentir uma dor pavorosa. É algum metal de aspecto amarelo ou o quê?

— Água destilada — disse Traveler. — Para que você pense que é morfina. Você tem toda a razão, o mundo de Ceferino só pode parecer esquisito para quem acredita nas próprias instituições e prescinde das alheias. É só pensar em tudo o que se modifica assim que você deixa o meio-fio da calçada e dá três passos no asfalto...

— Como passar do colorado do amarelo para o colorado do pampa — disse Oliveira. — Isso dá um pouco de sono, che.

— A água é soporífera. Se fosse por mim eu teria injetado nebiolo em você, e você estaria despertíssimo.

— Me explique uma coisa, antes que eu adormeça.
— Duvido que você adormeça, mas diga lá.

(-72)

88.

89.

Havia duas cartas do dr. Juan Cuevas, mas a ordem em que deveriam ser lidas era matéria de polêmica. A primeira constituía a exposição poética do que ele denominava "soberania mundial"; a segunda, também ditada a um datilógrafo do portal de São Domingos, se vingava do recato forçado da primeira:

Podem tirar da presente carta todas as cópias que se desejem, especialmente para os membros da ONU e governos do mundo, que são uns rematados porcos uns e tremendos chacais internacionais. Por outro lado, o portal de São Domingos é a tragédia dos ruídos, mas por outro lado me agrada, porque aqui venho jogar as maiores pedras da história.

Entre as pedras figuravam as seguintes:

O Papa Romano é o maior porco da história, mas de maneira nenhuma o representante de Deus; o clericalismo romano é a pura merda de Satanás; todos os templos clericais romanos devem ser completamente arrasados, para que resplandeça a luz de Cristo não apenas nas profundezas dos corações humanos, mas transluzida na luz universal de Deus, e digo tudo isso porque a carta anterior eu fiz diante de uma senhorita muito amável, que por isso não pude dizer certos disparates porque ela me olhava com um olhar muito lânguido.

Cavalheiresco, o doutor! Inimigo acérrimo de Kant, insistia em "humanizar a filosofia atual do mundo", após o que decretava:

E que o romance seja sobretudo psicopsiquiátrico, ou seja, que os elementos realmente espirituais da alma se constituam como elementos científicos da verdadeira psiquiatria universal...

89.   Abandonando por momentos um considerável arsenal dialético, entrevia o reino da religião mundial:

Mas sempre que a humanidade enveredar pelos dois mandamentos universais; e até as pedras duras do mundo se tornam cera sedosa de luz iluminada...

Poeta, e dos bons.

As vozes de todas as pedras do mundo ressoam em todas as cataratas e todos os barrancos do mundo, com fiapinhos de vozes de prata, ocasião infinita de amar as mulheres e Deus...

De repente, a visão arquetípica invadindo e se derramando:

O Cosmos da Terra, interior como a imagem mental universal de Deus, que mais tarde se tornaria matéria condensada, está simbolizado no Antigo Testamento por aquele arcanjo que vira a cabeça e vê um mundo indistinto de luzes, claro que literalmente não consigo me lembrar de parágrafos do Antigo Testamento, porém a coisa é mais ou menos o seguinte: é como se o rosto do Universo se tornasse a própria luz da Terra e ficasse como órbita de energia universal ao redor do sol... Da mesma forma a Humanidade inteira e seus povos haverão de virar seus corpos, suas almas e suas cabeças... É o universo e a Terra inteira que se viram para o Cristo, depondo a seus pés todas as leis da Terra...

E então,

... resta apenas como uma luz universal de lâmpadas iguais, iluminando o coração mais profundo dos povos...

O problema era que, de repente,

Senhoras e senhores: estou compondo a presente carta em meio a um barulho tremendo. E no entanto vamos tocando; é que vocês ainda não se dão conta de que para que a SOBERANIA MUNDIAL seja escrita (?) de uma maneira mais perfeita e realmente tenha alcances universais de entendimento, pelo menos hei de merecer dos senhores que me ajudem amplissimamente para que cada parágrafo e cada letra esteja em seu lugar, e não essa bagunça de filhos de filhos de filho da puta de todas as putas que os pariu; que todos os barulhos se dirijam à puta que os pariu.

Mas e daí? No parágrafo seguinte era outra vez o êxtase:

89.

Que prestância de universos! Que florescem como luz espiritual de rosas encantadoras no coração de todos os povos...

E a carta ia terminar floralmente, embora com curiosos enxertos de último minuto:

... Parece que o universo inteiro se clarifica, como luz de Cristo universal, em cada flor humana, de pétalas infinitas que alumbram eternamente por todos os caminhos da Terra; assim fica clarificada na luz da SOBERANIA MUNDIAL, dizem que você já não me ama porque tem outras manhas. — Atenciosamente. México, DF, 20 setembro 1956. — 5 de maio 32, ap. 111 — Edif. Paris. DR. JUAN CUEVAS.

(-53)

90.

Naqueles dias andava caviloso, e o mau hábito de ruminar longamente cada coisa era penoso mas inevitável. Tinha estado dando voltas em torno da grande questão, e o desconforto em que vivia por culpa da Maga e de Rocamadour o incitava a analisar com crescente violência a encruzilhada em que sentia ter se metido. Nessas ocasiões Oliveira pegava uma folha de papel e escrevia as grandes palavras pelas quais ia deslizando seu ruminar. Escrevia, por exemplo, "O grande hassunto", ou "a hencruzilhada". Era suficiente para que começasse a rir e preparasse outro mate com mais vontade ainda. "A hunidade", hescrevia Holiveira. "O hego e o houtro." Usava os agás como outros a penicilina. Depois voltava à questão com mais calma, sentia-se melhor. "O himportante é não se hencher", dizia Holiveira para si mesmo. A partir desses momentos sentia-se capaz de pensar sem que as palavras fizessem jogo sujo com ele. Era só um avanço metódico, porque a grande questão continuava invulnerável. "Quem diria, rapaz, que você acabaria metafísico?", interpelava-se Oliveira. "É preciso resistir ao guarda-roupa de três portas, che, conforme-se com a mesinha de cabeceira da insônia cotidiana." Ronald tinha vindo propor a ele que o acompanhasse numas confusas atividades políticas, e durante toda a noite (a Maga ainda não tinha trazido Rocamadour do campo) haviam discutido como Árjuna e o Cocheiro, a ação e a passividade, as razões para pôr em risco o presente em nome do futuro, a parcela de chantagem em toda ação com fim social, na medida em que o risco corrido serve ao menos para acalmar a má consciência individual, as canalhices pessoais de todos os dias. Ronald acabou indo embora cabisbaixo, sem convencer Oliveira de que era necessário apoiar a ação dos rebeldes argelinos. O mau gosto na boca de Oliveira tinha durado o dia todo, porque fora mais fácil dizer não a Ronald que a si mesmo. Só de uma coisa ele estava bastante seguro, e era que não podia renunciar sem traição à passiva espera à qual vivia entregue desde sua chegada a Paris. Ceder à generosidade fácil e sair por aí colando cartazes clandestinos nas ruas lhe parecia antes uma explicação mundana, um acerto de contas com os amigos que apreciariam sua coragem, do que uma verdadeira resposta às grandes questões. Medindo a coisa a partir do temporal e do absoluto, sentia que errava no primeiro caso e acertava no segundo. Fazia mal em não lutar pela independência argelina ou contra o antissemitismo ou o racismo. Fazia bem em negar-se à droga fácil da ação coletiva e manter-se sozinho diante do mate amargo, pensando na grande questão, revirando-a como se fosse um novelo do qual não se vê a ponta ou no qual existem quatro ou cinco pontas.

90.

Estava bem, sim, mas ao mesmo tempo era preciso reconhecer que seu caráter era como um pé que esmagava toda dialética da ação, à maneira do *Bhagavadgita*. Entre cevar o mate ele próprio e deixar que a Maga o fizesse não havia possibilidade de dúvida. Mas tudo era cindível e admitia em seguida uma interpretação antagônica: a caráter passivo correspondia uma máxima liberdade e disponibilidade, a preguiçosa ausência de princípios e convicções tornava-o mais sensível à condição axial da vida (o tal sujeito volúvel), capaz de recusar por pura preguiça, mas ao mesmo tempo de preencher o vazio da recusa com um conteúdo livremente escolhido por uma consciência ou um instinto mais abertos, mais ecumênicos, por assim dizer.

"Mais hecumênicos", anotou prudentemente Oliveira.

Além disso, qual era a verdadeira moral da ação? Uma ação social como a dos sindicalistas se justificava de sobra no plano histórico. Felizes os que viviam e dormiam na história. Uma abnegação se justificava quase sempre como uma atitude de raiz religiosa. Felizes os que amavam o próximo como a si mesmos. Em todo caso Oliveira rejeitava essa saída do eu, essa invasão magnânima do curral alheio, bumerangue ontológico destinado a enriquecer em última instância aquele que o lançava, a dar-lhe mais humanidade, mais santidade. Sempre se é santo às custas de outro etc. Não tinha nada a objetar a essa ação em si, mas a afastava desconfiado de sua conduta pessoal. Suspeitava haver traição assim que cedesse aos cartazes nas ruas ou às atividades de caráter social; uma traição travestida de trabalho satisfatório, de alegrias cotidianas, de consciência satisfeita, de dever cumprido. Conhecia de sobra alguns comunistas de Buenos Aires e de Paris, capazes das piores vilanias mas redimidos em sua própria opinião pela "luta", por ter que levantar-se no meio do jantar para correr para uma reunião ou concluir uma tarefa. Nessas pessoas a ação social lembrava muito um álibi, como os filhos costumam ser o álibi das mães para não fazerem nada que valha a pena nesta vida, como a erudição de antolhos serve para não tomar conhecimento de que na prisão do quarteirão ao lado continuam guilhotinando sujeitos que não deveriam ser guilhotinados. A falsa ação era quase sempre a mais espetacular, a que desencadeava o respeito, o prestígio e as hestátuas hequestres. Fácil de calçar como um par de chinelos, podia inclusive chegar a ser meritória ("ao fim e ao cabo seria tão bom que os argelinos conquistassem a independência e que todos ajudássemos um pouco", dizia Oliveira para si mesmo); a traição era de outra ordem, era como sempre a renúncia ao centro, a instalação na periferia, a maravilhosa alegria da irmandade com outros homens engajados na mesma ação. Ali, onde determinado tipo humano podia realizar-se como herói, Oliveira se sabia condenado à pior das comédias. Sendo assim, mais valia pecar por omissão do que por comissão. Ser ator significava renunciar à plateia, e ele parecia nascido para ser espectador de primeira fila. "O problema", dizia Oliveira para si mesmo, "é que além do mais pretendo ser um espectador ativo, e aí é que a coisa começa."

90.

Hespectador hativo. Hera preciso hanalisar o assunto com calma. No momento certos quadros, certas mulheres, certos poemas davam-lhe alguma esperança de chegar algum dia a um ponto a partir do qual pudesse aceitar-se com menos asco e desconfiança que naquele momento. Tinha a vantagem nada desprezível de que seus piores defeitos tendiam a servir-lhe naquilo que não era um caminho mas a busca de uma pausa prévia a qualquer caminho. "Minha força está em minha fraqueza", pensou Oliveira. "As grandes decisões eu tomei sempre como máscaras de fuga." A maioria de suas empreitadas (de suas hempreitadas) culminavam not with a bang, but a whimper; as grandes rupturas, os bang sem volta, eram mordidinhas de rato acuado e nada mais. O demais girava cerimoniosamente, resolvendo-se em tempo ou em espaço ou em comportamento, sem violência, por cansaço — como o fim das suas aventuras sentimentais — ou por uma lenta retirada, como quando se começa a visitar um amigo cada vez menos, ler cada vez menos um poeta, ir cada vez menos a um café, dosando suficientemente o nada para não se ferir.

"Comigo na verdade não pode acontecer nem metade disso", pensava Oliveira. "Jamais um vaso vai cair no meu coco." Por que então a inquietação, se não era a repisada atração dos contrários, a nostalgia da vocação e da ação? Uma análise da inquietação, na medida do possível, sempre aludia a um descolocamento, a uma excentração relativamente a uma espécie de ordem que Oliveira era incapaz de definir. Sabia-se espectador à margem do espetáculo, como estar num teatro com os olhos vendados: às vezes lhe chegava o sentido oculto de alguma palavra, de alguma música, enchendo-o de ansiedade porque era capaz de intuir que aquele era o verdadeiro sentido. Nesses momentos se sabia mais próximo do centro do que muitos que viviam convencidos de ser o eixo da roda, mas a dele era uma proximidade inútil, um instante tantálico que nem sequer adquiria a qualidade de suplício. Já acreditara no amor como enriquecimento, exaltação das potências intercessoras. Um dia percebeu que seus amores eram impuros porque pressupunham essa esperança, enquanto que o verdadeiro amante amava sem esperar nada além do amor, aceitando cegamente que o dia se tornasse mais azul e a noite mais suave e o bonde menos incômodo. "Até da sopa faço uma operação dialética", pensou Oliveira. De suas amantes acabava fazendo amigas, cúmplices em uma especial contemplação da circunstância. As mulheres começavam por adorá-lo (realmente o hadoravam), por admirá-lo (uma hadmiração hilimitada), depois alguma coisa as fazia adivinhar o vazio, davam marcha a ré e ele facilitava sua fuga, abria a porta para que elas fossem brincar em outro lugar. Em duas ocasiões estivera a ponto de sentir compaixão e deixar nelas a ilusão de que o compreendiam, mas alguma coisa o fazia ver que sua compaixão não era autêntica, que era antes um recurso barato de seu egoísmo e de sua preguiça e de seus hábitos. "A Piedade está em liquidação", dizia Oliveira para si mesmo e as deixava partir, esquecia-se delas num instante.

90.

(-20)

91.

Os papéis soltos na mesa. Uma mão (de Wong). Uma voz lê devagar, errando, os *l* feito ganchos, os *e* inqualificáveis. Anotações, fichas nas quais há uma palavra, um verso em um idioma qualquer, a cozinha do escritor. Outra mão (Ronald). Uma voz grave que sabe ler. Cumprimentos em voz baixa para Ossip e Oliveira que chegam contritos (Babs foi abrir a porta, recebeu-os com uma faca em cada mão). Conhaque, luz de ouro, a lenda da profanação da hóstia, um pequeno De Staël. Os impermeáveis podem ser deixados no quarto. Uma escultura de (talvez) Brancusi. No fundo do quarto, perdida entre um manequim vestido de hussardo, e uma pilha de caixas com arames e papelões. Não há cadeiras que cheguem, mas Oliveira traz dois banquinhos. Faz-se um desses silêncios comparáveis, segundo Genet, ao guardado pelas pessoas bem-educadas ao perceber de repente, num salão, o odor de um peido silencioso. Só então Etienne abre a pasta e tira os papéis.

— Achamos melhor esperar você chegar para fazer a classificação — diz. — Enquanto isso demos uma olhada em algumas folhas soltas. Essa destrambelhada jogou um ovo belíssimo no lixo.

— Estava podre — diz Babs.

Gregorovius põe uma mão que treme visivelmente sobre uma das pastas de cartolina. Deve estar muito frio na rua, então um conhaque duplo. A cor da luz os aquece, a pasta verde, o Clube. Oliveira olha o centro da mesa, a cinza de seu cigarro começa a somar-se à que enche o cinzeiro.

(-82)

92.

Agora percebia que nos momentos mais altos do desejo não tinha sabido meter a cabeça na crista da onda e passar através do fragor fabuloso do sangue. Amar a Maga havia sido como que um rito do qual já não se espera a iluminação; palavras e atos haviam se sucedido com uma inventiva monotonia, uma dança de tarântulas sobre um chão enluarado, uma viscosa e prolongada manipulação de ecos. E o tempo todo ele havia esperado daquela alegre embriaguez algo como um despertar, um ver melhor o que o cercava, fossem os papéis pintados dos hotéis, fossem as razões de qualquer um de seus atos, sem querer compreender que limitar-se a esperar abolia toda possibilidade real, como se antecipadamente se condenasse a um presente estreito e insignificante. Tinha passado da Maga para Pola num só ato, sem ofender a Maga nem se ofender, sem dar-se ao trabalho de acariciar a rosada orelha de Pola com o nome excitante da Maga. Fracassar em Pola era a repetição de inúmeros fracassos, um jogo que se perde no fim mas que foi belo jogar, enquanto que da Maga começava a retirar-se ressentido, de consciência pesada e com um cigarro cheirando a madrugada num canto da boca. Por isso levou Pola ao mesmo hotel da Rue Valette, encontraram a mesma velha que os cumprimentou com indulgência, que mais se poderia fazer naquele tempo horroroso? O lugar continuava com jeito largado, cheirando a sopa, mas tinham limpado a mancha azul do tapete e havia lugar para novas manchas.

— Por que aqui? — disse Pola, surpresa. Fitava o cobertor amarelo, o quarto sem graça e cheirando a mofo, o lustre de franja rosa pendurado no alto.

— Aqui, ou em outro lugar...

— Se é questão de dinheiro, era só dizer, querido.

— Se é questão de nojo, é só se mandar, meu bem.

— Não é por nojo. É só que é feio. Quem sabe...

Tinha sorrido para ele, como se procurasse entender. Vai ver... Sua mão encontrou a de Oliveira quando os dois se inclinaram ao mesmo tempo para retirar o cobertor. Toda aquela tarde ele voltou a assistir, uma vez mais, uma de tantas vezes mais, testemunha irônica e comovida de seu próprio corpo, às surpresas, aos encantos e às decepções da cerimônia. Habituado sem se dar conta aos ritmos da Maga, de repente um novo mar, uma maré diferente o arrancava dos automatismos, o confrontava, parecia denunciar obscuramente sua solidão entremeada de simulacros. Encanto e desencanto de passar de uma boca para outra, de buscar com os olhos fechados um pescoço onde a mão dormiu encolhida e sentir que a curva é diferente, uma base mais espessa, um tendão que se crispa brevemente com o esforço de erguer-se para beijar ou morder. Cada momento de seu corpo diante de um desencontro delicioso, ter que se espichar um pouco mais, ou baixar a cabeça para encontrar a boca que antes estava ali tão perto, acariciar um quadril mais estreito, incitar uma réplica e não encontrá-la, insistir, distraído, até perceber que é preciso inventar tudo outra vez, que o código não foi instituído, que os códigos e os números vão nascer de novo, que serão diferentes, que responderão a outra coisa. O peso, o odor, o tom de um riso ou de uma súplica, os tempos e as precipitações, nada coincide embora sendo igual, tudo nasce de novo sendo imortal, o amor brinca de se inventar, foge de si mesmo para voltar em sua espiral assombrosa, os seios cantam de outro modo, a boca beija mais profundamente ou como de longe, e num momento em que antes havia uma espécie de cólera e angústia há agora a pura brincadeira, a carícia incrível, ou ao contrário, na hora em que antes se caía no sono, o balbuciar de doces coisas tolas, agora há uma tensão, algo incomunicado mas presente que tem de tomar forma, algo semelhante a uma raiva insaciável. Só o prazer em seu espasmo derradeiro é o mesmo; antes e depois o mundo se despedaçou e é preciso voltar a nomeá-lo, dedo por dedo, lábio por lábio, sombra por sombra.

A segunda vez foi no quarto de Pola, na Rue Dauphine. Se algumas frases talvez tivessem lhe dado uma ideia do que ia encontrar, a realidade foi muito além do imaginável. Tudo estava em seu lugar e havia um lugar para cada coisa. A história da arte contemporânea se inscrevia modicamente em cartões-postais: um Klee, um Poliakoff, um Picasso (já com certa condescendência bondosa), um Manessier e um Fautrier. Pregados artisticamente, com um bom cálculo de distâncias. Em pequena escala nem o Davi da Signoria incomoda. Uma garrafa de pernod e outra de conhaque. Na cama, um poncho mexicano. Às vezes Pola tocava violão, lembrança de um amor dos altiplanos. Em seu quarto ela lembrava uma Michèle Morgan decididamente morena. Duas estantes de livros incluíam o quarteto alexandrino de Durrell, muito lido e anotado, traduções de Dylan Thomas manchadas de ruge, números de *Two Cities*, Christiane Rochefort, Blondin, Sarraute (com as páginas ainda grudadas) e algumas NRF. O resto gravitava em torno da cama, onde Pola chorou um pouco enquanto recordava uma amiga suicida (fotos, a página arrancada de um diário íntimo, uma flor seca). Depois Oliveira não estranhou que Pola se mostrasse perversa, que fosse a primeira a abrir o caminho às complacências, que a noite os encontrasse como que jogados numa praia cuja areia vai cedendo lentamente à água cheia de algas. Foi a primeira vez que a chamou de Pola Paris, de brincadeira, e que ela gostou e repetiu, e mordeu sua boca murmurando Pola Paris, como se assumisse o nome e quisesse merecê-lo, polo de Paris, Paris de Pola, a luz esverdeada do neon acendendo e apagando sobre a cortina de ráfia amarela, Pola Paris, Pola Paris, a cidade nua com o sexo em sintonia com a palpitação da cortina, Pola Paris, Pola Paris, cada vez mais sua, seios sem surpresa, a curva do ventre percorrida com precisão pela carícia, sem o leve desconcerto ao chegar ao limite antes ou depois, boca já encontrada e definida, língua menor e mais aguda, saliva mais parca, dentes sem fio, lábios que se abriam para que ele tocasse suas gengivas, entrasse e percorresse cada prega morna onde se cheirava um pouco a conhaque e a tabaco.

92.

(-103)

93.

Mas *o amor, essa palavra*... Moralista Horacio, temeroso de paixões sem uma razão de águas profundas, desconcertado e arisco na cidade onde o amor se chama com todos os nomes de todas as ruas, de todas as casas, de todos os andares, de todos os quartos, de todas as camas, de todos os sonhos, de todos os esquecimentos ou recordações. Meu amor, não te amo por você nem por mim nem pelos dois juntos, não te amo porque o sangue me leve a te amar, te amo porque você não é minha, porque está do outro lado, aí para onde me convida a saltar sem que eu consiga dar o salto, porque no mais profundo da posse você não está em mim, não te alcanço, não passo do seu corpo, da sua risada, tem horas em que me atormenta que você me ame (como você gosta de usar o verbo "amar", com que cafonice o vai deixando cair sobre os pratos e os lençóis e os ônibus), me atormenta seu amor que não me serve de ponte, porque uma ponte não se sustenta só de um lado, jamais Wright ou Le Corbusier fariam uma ponte sustentada só de um lado, e não me olhe com esses olhos de pássaro, para você a operação do amor é tão simples, estará curada antes de mim e isso que você me ama como eu não amo você. Claro que você vai se curar, porque você vive na saúde, depois de mim será qualquer outro, isso se troca como um sutiã. Tão triste ouvindo o cínico Horacio que quer um amor passaporte, amor balaclava, amor chave, amor revólver, amor que lhe dê os mil olhos de Argos, a ubiquidade, o silêncio a partir do qual a música é possível, a raiz desde onde se poderia começar a tecer uma língua. E é bobo porque tudo isso dorme um pouco em você, não seria preciso mais que imergi-la num copo de água como uma flor japonesa e pouco a pouco começariam a brotar as pétalas coloridas, se inflariam as formas curvas, cresceria a beleza. Doadora de infinito, não sei receber, me perdoe. Você me estende uma maçã e eu deixei os dentes sobre a mesa de cabeceira. Stop, já está bem assim. Também posso ser grosseiro, sabe? Mas repare bem, porque não é gratuito.

Por que stop? Por medo de começarem as fabulações, são tão fáceis. Você tira uma ideia dali, um sentimento da outra estante, amarra os dois com a ajuda das palavras, cadelas negras, e acaba que te amo. Total parcial: gosto de você. Total geral: amo você. Assim vivem muitos amigos meus, sem contar um tio e dois primos, convencidos do amor-que-sentem-por-suas-esposas. Da palavra aos atos, che; em geral, sem *verba* não há *res*. O que muita gente chama de amar consiste em escolher uma mulher e se casar com ela. Escolhem, juro, eu vi. Como se se pudesse escolher no amor, como se não fosse um raio que te arrebenta os ossos e te deixa estacado no meio do pátio. Você dirá que a escolhem porque-a-amam, eu acho que é o avesso. A Beatriz não se escolhe, a Julieta não se escolhe. Você não escolhe a chuva que vai te encharcar até os ossos na saída de um concerto. Mas estou sozinho no meu quarto, caio em artifícios de escriba, as cadelas negras se vingam do jeito que podem, me mordiscam por baixo da mesa. Como se diz, por baixo ou debaixo? Igual, te mordem. Por quê, por quê, pourquoi, why, warum, perchè esse horror às cadelas negras? Olha elas aí nesse poema de Nashe, transformadas em abelhas. E aí, nos versos de Octavio Paz, coxas do sol, recintos do verão. Mas um mesmo corpo de mulher é Maria e a Brinvilliers, os olhos que se enevoam ao ver um belo crepúsculo são a mesma óptica que se regala com as contorções de um enforcado. Tenho medo desse proxenetismo, de tinta e de vozes, mar de línguas lambendo o cu do mundo. Há mel e leite debaixo da sua língua… Sim, mas também se diz que as moscas mortas dão mau cheiro ao perfume do perfumista. Em guerra com a palavra, em guerra, tudo o que for necessário mesmo que seja preciso renunciar à inteligência, limitar-se ao mero pedido de batatas fritas e aos telegramas da Reuter, às cartas do meu nobre irmão e aos diálogos do cinema. Curioso, muito curioso que Puttenham sentisse as palavras como se fossem objetos e até criaturas com vida própria. Também eu, às vezes, creio estar engendrando rios de formigas ferozes que devorarão o mundo. Ah, se em silêncio no ninho fosse chocado o Roc… Logos, *faute éclatante!* Conceber uma raça que se expressasse pelo desenho, pela dança, pelo macramê ou por uma mímica abstrata. Seriam evitadas as conotações, raiz do engano? *Honneur des hommes* etc. Sim, mas uma honra que se desonra a cada frase, como um bordel de virgens, se a coisa fosse possível.

93.

Do amor à filologia, você está muito metido, Horacio. A culpa é do Morelli, que te obceca, sua insensata tentativa faz você entrever uma volta ao paraíso perdido, pobre pré-adamita de snack-bar, de idade de ouro embrulhada em celofane. *This is a plastic's age, man, a plastic's age.* Esqueça as cadelas. Fora, matilha, temos que pensar, pensar para valer, ou melhor, sentir, situar-se e confrontar antes de permitir a passagem da mais mínima oração principal ou subordinada. Paris é um centro, entende, uma mandala que é preciso percorrer sem dialética, um labirinto onde as fórmulas pragmáticas só servem para confundir. Então um *cogito* que seja como respirar Paris, entrar nele deixando-o entrar, neuma e não logos. Argentino convencido, desembarcando com a arrogância de uma cultura meia-boca, entendido em tudo, em dia com tudo, com um bom gosto aceitável, sabendo bem a história da raça humana, os períodos artísticos, o românico e o gótico, as correntes filosóficas, as tensões políticas, a Shell Mex, a ação e a reflexão, o compromisso e a liberdade, Piero della Francesca e Anton Webern, a tecnologia bem catalogada, Lettera 22, Fiat 1600, João XXIII. Muito bem, muito bem. Era uma pequena livraria da Rue du Cherche-Midi, era um ar suave de giros pausados, era a tarde e a hora, era a estação florida do ano, era o Verbo (no princípio), era um homem que se acreditava um homem. Que burrada gigantesca, mãe do céu. E ela saiu da livraria (só agora me dou conta de que era como uma metáfora, ela saindo nada menos que de uma livraria) e trocamos duas palavras e fomos tomar uma taça de *pelure d'oignon* num café de Sèvres-Babylone (por falar em metáforas, eu delicada porcelana recém-desembarcada, HANDLE WITH CARE, e ela Babilônia, raiz de tempo, coisa anterior, *primeval being*, terror e delícia dos começos, romantismo de Atala só que com um tigre autêntico esperando atrás da árvore). E assim Sèvres foi com Babylone tomar uma taça de *pelure d'oignon*, nos olhávamos e acho que já começávamos a nos desejar (mas isso foi mais tarde, na Rue Réaumur) e se seguiu um diálogo memorável, completamente repleto de mal-entendidos, de desencontros que se resolviam em vagos silêncios, até que as mãos começaram a esculpir, era doce acariciar as mãos um do outro olhando-se e sorrindo, acendíamos os Gauloises um na guimba do outro, nos roçávamos com os olhos, concordávamos tanto em tudo que era uma vergonha, Paris dançava lá fora esperando por nós, mal havíamos chegado, mal começávamos a viver, tudo estava ali sem nome e sem história (sobretudo para Babylone, e o pobre Sèvres fazia um esforço enorme, fascinado por aquele jeito Babylone de olhar o gótico sem lhe pôr etiquetas, de andar pelas margens do rio sem ver emergirem os drakens normandos). Ao nos despedirmos éramos como duas crianças que se tornaram estrepitosamente amigas numa festa de aniversário e continuam se olhando enquanto os pais as puxam pela mão e as arrastam, e é uma dor suave e uma esperança, e se sabe que um se chama Tony e a outra Lulú, e não é preciso mais para que o coração seja como um morango, e...

Horacio, Horacio.

Merde, alors. Por que não? Falo daquele tempo, de Sèvres-Babylone, não deste balanço elegíaco no qual já sabemos que o jogo está jogado.

(-68)   93·

94.

Morelliana.

Uma prosa pode se corromper como um bife de filé. Assisto há anos aos sinais de podridão na minha escrita. Como eu, tem suas anginas, suas icterícias, suas apendicites, mas me antecede no caminho da dissolução final. Afinal de contas, apodrecer significa terminar com a impureza dos compostos e restituir os direitos do sódio, do magnésio, do carbono quimicamente puros. Minha prosa apodrece sintaticamente e avança — com tanto trabalho — para a simplicidade. Acho que é por isso que já não sei escrever com "coerência"; um empacamento verbal me deixa a pé poucos passos depois. *Fixer les vertiges*, ótimo. Mas eu sinto que deveria fixar elementos. O poema serve para isso, bem como certas situações de romance ou conto ou teatro. O resto é questão de recheio e não faço direito.

— Pois é, mas os elementos são o essencial? Fixar o carbono é menos importante que fixar a história dos Guermantes.

— Acho obscuramente que os elementos para os quais aponto são um termo da *composição*. Inverte-se o ponto de vista da química escolar. Quando a composição chegou ao seu limite extremo, abre-se o território do elementar. Fixá-los e, se possível, sê-los.

(-91)

95.

Em uma ou outra anotação, Morelli tinha se mostrado curiosamente explícito quanto a suas intenções. Dando mostras de um estranho anacronismo, interessava-se por estudos ou desestudos tais como o zen-budismo, que naquela época era a urticária da *beat generation*. O anacronismo não estava nisso, mas no fato de Morelli parecer muito mais radical e jovem em suas exigências espirituais do que os jovens californianos embriagados de palavras sânscritas e cerveja em lata. Uma das anotações aludia suzukianamente à linguagem como uma espécie de exclamação ou grito surgido diretamente da experiência interior. Seguiam-se vários exemplos de diálogos entre mestres e discípulos, completamente ininteligíveis para o ouvido racional e para toda lógica dualista e binária, bem como de respostas dos mestres às perguntas de seus discípulos, consistentes de modo geral com aplicar-lhes uma bengalada na cabeça, atirar-lhes uma jarra d'água, expulsá-los da casa aos safanões ou, na melhor das hipóteses, repetir a pergunta na cara deles. Morelli parecia se mover à vontade nesse universo aparentemente demencial e dar por certo que essas condutas magistrais constituíam a verdadeira lição, o único *modo* de abrir o olho espiritual do discípulo e revelar-lhe a verdade. Achava essa violenta irracionalidade *natural*, no sentido de que abolia as estruturas constitutivas da especialidade do Ocidente, os eixos em torno dos quais gira o entendimento histórico do homem, e que têm no pensamento discursivo (e inclusive no sentimento estético e até poético) o instrumento escolhido.

95.

O tom das anotações (apontamentos voltados para a construção de uma mnemotécnica ou para um fim não muito bem explicado) parecia indicar que Morelli se dedicava a uma aventura análoga na obra que penosamente viera escrevendo e publicando ao longo daqueles anos. Para alguns de seus leitores (e para ele mesmo), acabava sendo irrisória a intenção de escrever uma espécie de romance que prescindisse das articulações lógicas do discurso. Acabava-se por adivinhar algo como uma transação, um procedimento (embora se mantivesse o absurdo de escolher uma narração para fins que não pareciam narrativos).*

(-146)

* Por que não? A pergunta era formulada pelo próprio Morelli num papel quadriculado em cuja margem havia uma lista de legumes, provavelmente um *memento buffandi*. Os profetas, os místicos, a noite escura da alma: utilização frequente do relato em forma de apólogo ou visão. Claro que um romance… Mas esse espanto nascia mais da mania genérica e classificatória do símio ocidental que de uma verdadeira contradição interna.**

** Sem contar que, quanto mais violenta fosse a contradição interna, mais eficácia ela poderia dar a uma, digamos, técnica à la zen. Em lugar da bengalada na cabeça, um romance absolutamente antirromance, com o consequente espanto e o consequente choque, e talvez com uma abertura para os mais avisados.***

*** Como esperança deste último ponto, outro papelzinho retomava a citação suzukiana no sentido de que a compreensão da estranha linguagem dos mestres significa a compreensão de si mesmo pelo discípulo, e não a do significado dessa linguagem. Contrariamente ao que poderia deduzir o astuto filósofo europeu, a linguagem do mestre zen transmite ideias e não sentimentos ou intuições. Por isso não serve enquanto linguagem em si, mas, visto que a escolha das frases cabe ao mestre, o mistério se dá na região que é própria a este, e o discípulo se abre para si mesmo, se compreende, e a frase banal se transforma em senha.****

**** Por isso Etienne, que havia estudado analiticamente os truques de Morelli (coisa que para Oliveira teria parecido uma garantia de fracasso), acreditava reconhecer em certas passagens do livro, inclusive em capítulos inteiros, uma espécie de gigantesca ampliação *ad usum homo sapiens* de certas bofetadas zen. Morelli chamava essas partes do livro de "arquepítulos" e "capetipos", aberrações verbais em que se adivinhava uma mistura não por acaso joyciana. Com relação ao que os arquétipos teriam a fazer ali, isso era tema de desassossego para Wong e Gregorovius.*****

***** Observação de Etienne: De maneira alguma Morelli parecia querer subir na árvore de Bodhi, no monte Sinai ou em qualquer plataforma revelatória. Não se propunha atitudes magistrais a partir das quais guiar o leitor rumo a novas e verdejantes pradarias. Sem servilismo (o velho era de origem italiana e é preciso dizer que se lançava facilmente ao dó de peito), escrevia como se ele próprio, numa tentativa desesperada e comovedora, imaginasse o mestre que deveria iluminá-lo. Soltava sua frase zen, ficava a ouvi-la — às vezes ao longo de cinquenta páginas, aquele tremendo crânio —, e teria sido absurdo e de má-fé imaginar que aquelas páginas estivessem orientadas para um leitor. Se Morelli as publicava era em parte devido a seu lado italiano ("Ritorna vincitor!"), em parte porque estava encantado por serem tão vistosas.******

****** Etienne via em Morelli o perfeito ocidental, o colonizador. Concluída sua modesta colheita de papoulas búdicas, ele voltava com as sementes para o Quartier Latin. Se a derradeira revelação talvez fosse o que o deixava mais esperançoso, era preciso reconhecer que seu livro consistia antes de mais nada num empreendimento literário, justamente por se apresentar como uma destruição de formas (de fórmulas) literárias.*******

******* Ele também era ocidental, que seja dito em seu louvor, devido à convicção cristã de que não existe salvação individual possível e de que os erros de um maculam a todos e vice-versa. Talvez por isso (palpite de Oliveira) escolhia a forma romance para suas andanças, e além disso publicava o que ia encontrando ou desencontrando.

95.

96.

A notícia correucomoumrastilhodepólvora, e praticamente o Clube inteiro estava lá às dez da noite. Etienne portador da chave, Wong inclinando-se até o chão para neutralizar a furiosa recepção da zeladora, mais qu'est-ce qu'ils viennent fiche, non mais vraiment ces étrangers, écoutez, je veux bien vous laisser monter puisque vous dites que vous êtes des amis du vi... de monsieur Morelli, mais quand même il aurait fallu prévenir, quoi, une bande qui s'amène à dix heures du soir, non, vraiment, Gustave, tu devrais parler au syndic, ça devient trop con etc., Babs armada do que Ronald chamava the alligator's smile, Ronald entusiasmado e dando tapinhas nas costas de Etienne, empurrando-o para que andasse logo, Perico Romero amaldiçoando a literatura, primeiro andar RODEAU, FOURRURES, segundo andar DOCTEUR, terceiro andar HUSSENOT, era incrível demais, Ronald cravando um cotovelo nas costelas de Etienne e falando mal de Oliveira, the bloody bastard, just another of his practical jokes I imagine, dis donc, tu vas me foutre la paix, toi, Paris é sempre isso, caralho, uma porra de uma escadaria atrás da outra, eu estou mais farto disso que do quinto do caralho. Si tous les gars du monde... Wong encerrando a marcha, Wong sorriso para Gustave, sorriso para a zeladora, bloody bastard, coño, ta gueule, salaud. No quarto andar a porta da direita se abriu uns três centímetros e Perico viu um rato gigante de camisola branca espiando com um dos olhos e o nariz inteiro. Antes que ela pudesse fechar de novo a porta, calçou-a com um sapato para dentro e recitou para ela aquela história de que entre as serpentes, o basilisco criou a natura tão peçonhento e conquistador de todas as outras, que com seu silvo as assombra e com sua chegada as afugenta e dispersa, com seu olhar as mata. Madame René Lavalette, née Francillon, não entendeu grande coisa mas respondeu com uma bufada e um empurrão, Perico tirou o sapato 1/8 de segundo antes, PLAF. No quinto ficaram olhando Etienne introduzir solenemente a chave.

— Não pode ser — repetiu Ronald pela última vez. — Estamos sonhando, como dizem as princesas da Tour et Taxis. Você trouxe bebida, Babsie? Um óbolo para Caronte, sabe. Agora a porta vai se abrir e terão início os prodígios, espero qualquer coisa desta noite, há uma espécie de atmosfera de fim de mundo.

— Aquela bruxa de merda quase me arrebenta o pé — disse Perico olhando o sapato. — Abra de uma vez, homem, não aguento mais tanta escada.

Mas a chave não funcionava, embora Wong insinuasse que nas cerimônias iniciáticas os movimentos mais simples veem-se travados por Forças que

	devem ser vencidas com Paciência e Astúcia. A
Babs	luz apagou. Que alguém aí acenda um isqueiro,
	caralho. Tu pourrais quand même parler fran-
Ronald	çais, non? Ton copain l'argencul n'est pas là pour
Etienne	piger ton charabia. Um fósforo, Ronald. Maldita
	chave, enferrujou, o velho guardava dentro de
Etienne	um copo com água. Mon copain, mon copain,
Wong	c'est pas mon copain. Acho que ele não vem.
	Você não conhece ele. Melhor que você. Que
PERICO	nada. Wanna bet something? Ah merde, mais
Ronald	c'est la tour de Babel, ma parole. Amène ton bri-
PERICO	quet, Fleuve Jaune de mon cul, la poisse, quoi.
	Nos dias do Yin é preciso se armar de Paciência.
Wong	Dois litros mas do bom. Por Deus, não vá deixar
Babs	cair na escada. Eu me lembro de uma noite, no
ETIENNE	Alabama. Eram as estrelas, meu amor. How
ETIENNE	funny, you ought to be in the radio. Pronto, está
	começando a girar, estava engastalhada, o Yin, é
Babs Ronald	claro, stars fell in Alabama, deixou meu pé
Babs Babs	direito feito uma merda, outro fósforo, não dá pra
Ronald	ver quase nada, où qu'elle est, la minuterie? Não
Ronald	funciona. Tem alguém passando a mão na minha
	bunda, meu amor... Psst... Psst... O Wong entra
ETIENNE	primeiro para exorcizar os demônios. Ah, de jeito
& chorus	nenhum. Dá um empurrão nele, Perico, afinal
	ele é chinês.

96.

— Calados — disse Ronald. — Isto é outro território, sério. Se alguém veio até aqui para se divertir, pode se mandar. Passe as garrafas, tesouro, elas sempre acabam caindo quando você fica emocionada.

— Não gosto que fiquem me apalpando no escuro — disse Babs olhando para Perico e Wong.

Etienne passou lentamente a mão pelo batente interno da porta. Todos esperaram calados que ele encontrasse o interruptor. O apartamento era pequeno e empoeirado, as luzes baixas e domesticadas o envolviam num ar dourado no qual o Clube primeiro suspirou aliviado e depois foi olhar o resto da casa e intercambiou impressões em voz baixa: a reprodução da tabuleta de Ur, a lenda da profanação da hóstia (Paolo Uccello *pinxit*), as fotos de Pound e de Musil, o quadrinho de De Staël, a enormidade de livros pelas paredes, no chão, nas mesas, no banheiro, na minúscula cozinha onde havia um ovo frito entre podre e petrificado, belíssimo para Etienne, lixeira para Babs, ergo discussão sibilada enquanto Wong abria respeitoso o *Dissertatio de morbis a fascino et fascino contra morbos*, de Zwinger, Perico no alto de um banquinho como era sua especialidade conferia um setor de poetas espanhóis do século de ouro, examinava um pequeno astrolábio de estanho e marfim, e Ronald diante da mesa de Morelli se imobilizava, uma garrafa de conhaque debaixo de cada braço, fitando a pasta de veludo verde, o lugar perfeito para Balzac e não Morelli se sentar para escrever. Então era verdade, o velho tinha morado ali, a dois passos do Clube, e o maldito editor declarando que ele estava na Áustria ou na Costa Brava toda vez que pedíamos suas direções pelo telefone. As pastas à direita e à esquerda, entre vinte e quarenta, de todas as cores, vazias ou cheias, e no meio delas um cinzeiro que era como outro arquivo de Morelli, um amontoamento pompeiano de cinza e fósforos queimados.

— Ela jogou a natureza-morta no lixo — disse Etienne, furioso. — Se a Maga estivesse aqui não deixaria nem um fio de cabelo na cabeça dela. Mas você, o marido...

— Olhe — disse Ronald, apontando a mesa para acalmá-lo. — E além disso Babs disse que ele estava podre, para que essa teimosia? A sessão está aberta. Etienne preside, fazer o quê. E o argentino?

— Estão faltando o argentino e o transilvano, Guy, que está no campo, e a Maga, que não se sabe por onde anda. Seja como for, há quórum. Wong, redator das atas.

— Vamos esperar um pouco por Oliveira e Ossip. Babs, tesoureira.

— Ronald, secretário. Responsável pelo bar. Sweet, get some glasses, will you?

— Hora do intervalo — disse Etienne, sentando-se num lado da mesa. — O Clube está reunido esta noite para atender a um desejo de Morelli.

Enquanto Oliveira não chega, se é que ele vem, vamos beber para que o velho volte a sentar-se aqui um dia desses. Mãe do céu, que espetáculo penoso. Parecemos um pesadelo que talvez Morelli esteja sonhando no hospital. Horrível. Que conste em ata.

— Mas enquanto isso vamos falar dele — disse Ronald, que estava com os olhos cheios de lágrimas naturais e lutava com a rolha do conhaque. — Nunca haverá outra sessão como esta, eu estava fazendo o noviciado havia anos e não sabia. Você também, Wong, você também, Perico. Todos. Damn it, I could cry. É assim que a gente deve se sentir quando chega ao topo de uma montanha ou bate um recorde, esse tipo de coisa. Sorry.

Etienne pôs a mão no ombro dele. Todos foram se sentando ao redor da mesa. Wong apagou as luzes, exceto a que iluminava a pasta verde. Era quase uma cena para Eusapia Palladino, pensou Etienne, que respeitava o espiritismo. Começaram a falar dos livros de Morelli e a beber conhaque.

96.

(-94)

97.

Gregorovius, agente de forças heteróclitas, tinha se interessado por uma anotação de Morelli: "Internar-se numa realidade ou num modo possível de uma realidade e sentir como aquilo que numa primeira instância parecia o absurdo mais desaforado, passa a valer, a articular-se com outras formas, absurdas ou não, até que do tecido divergente (em relação ao desenho estereotipado de cada dia) surja e se defina um desenho coerente que só por comparação temerosa com o outro pareça insensato ou delirante ou incompreensível. No entanto, não estarei pecando por excesso de confiança? Negar-se a fazer *psicologias* e ousar ao mesmo tempo pôr um leitor — um certo leitor, é verdade — em contato com um mundo *pessoal*, com uma vivência e uma reflexão pessoais... Esse leitor carecerá de toda ponte, de toda ligação intermediária, de toda articulação causal. As coisas em estado bruto: condutas, resultantes, rupturas, catástrofes, irrisões. No local onde deveria haver uma despedida há um desenho na parede; em vez de um grito, uma vara de pescar; uma morte é decidida num trio para bandolins. E isso é despedida, grito e morte, mas quem estará disposto a deslocar-se, a desaforar-se, a descentrar-se, a descobrir-se? As formas exteriores do romance mudaram, mas seus heróis continuam sendo as reencarnações de Tristão, de Jane Eyre, de Lafcadio, de Leopold Bloom, pessoas da rua, de casa, da alcova, *personagens*. Para um herói como Ulrich (*more* Musil) ou Molloy (*more* Beckett), há quinhentos Darley (*more* Durrell). No que me diz respeito, eu me pergunto se algum dia conseguirei dar a saber que o verdadeiro e único personagem que me interessa é o leitor, na medida em que algo do que escrevo deveria contribuir para mudá-lo, deslocá-lo, causar-lhe estranhamento, alheá-lo". Apesar da tácita confissão de derrota da última frase, Ronald via nessa anotação uma arrogância que lhe desagradava.

(-18)

97.

98.

E assim é que os que nos iluminam são os cegos.

Assim é que alguém, sem saber, lhe mostra irrefutavelmente um caminho que ele mesmo seria incapaz de seguir. A Maga não saberá jamais como seu dedo apontava para o fino traço que trinca o espelho, até que ponto certos silêncios, certas atenções absurdas, certas corridas de centopeia deslumbrada eram o santo e senha para meu sólido estar em mim mesmo, que não era estar em algum lugar. Enfim, isso do traço fino… Se queres ser feliz como me dizes/ não poetizes, Horacio, não poetizes.

Visto objetivamente: Ela era incapaz de me mostrar fosse o que fosse dentro do meu terreno, inclusive no dela girava desconcertada, tateando, apalpando. Um morcego frenético, o desenho da mosca no ar do quarto. De repente, para mim sentado ali olhando para ela, um indício, um pressentimento. Sem que ela soubesse, a razão de suas lágrimas ou a ordem das suas compras ou sua maneira de fritar batatas eram *signos*. Morelli falava de algo parecido quando escrevia: "Leitura de Heisenberg até o meio-dia, anotações, fichas. O filho da zeladora traz minha correspondência e falamos de um modelo de avião que ele está montando na cozinha da casa dele. Enquanto me conta, dá dois pulinhos sobre o pé esquerdo, três sobre o direito, dois sobre o esquerdo. Pergunto por que dois e três e não dois e dois ou três e três. Ele olha para mim surpreso, não compreende. Sensação de que Heisenberg e eu estamos do outro lado de um território, enquanto o menino ainda está montado a cavalo, com um pé de cada lado, sem saber, e que logo estará somente do nosso lado e toda comunicação terá se perdido. Comunicação com quê, para quê? Enfim, vamos continuar lendo; quem sabe Heisenberg...".

(-38)

98.

99.

— Não é a primeira vez que ele menciona o empobrecimento da linguagem — disse Etienne. — Eu poderia citar vários momentos em que os personagens desconfiam de si mesmos na medida em que se sentem desenhados por seu pensamento e seu discurso e temem que o desenho seja enganoso. Honneur des hommes, Saint Langage… Estamos longe disso.

— Não tão longe — disse Ronald. — O que Morelli quer é devolver à linguagem os seus direitos. Fala em expurgá-la, castigá-la, trocar "abaixar" por "descer" como medida higiênica; mas no fundo o que ele quer é devolver ao verbo "abaixar" todo o seu brilho, para que ele possa ser usado como eu uso os fósforos, e não como fragmento decorativo, como um lugar-comum.

— É, mas esse combate se dá em vários planos — disse Oliveira saindo de um prolongado mutismo. — Nisso aí que você acaba de ler para nós fica bem claro que Morelli condena na linguagem o reflexo de uma óptica e de um *Organum* falsos ou incompletos, que nos mascaram a realidade, a humanidade. No fundo ele não se importa tanto com a linguagem, a não ser no plano estético. Mas essa referência ao *ethos* é inequívoca. Morelli entende que o mero escrever estético é um disfarce e uma mentira, que ele acaba suscitando o leitor-fêmea, o sujeito que não quer problemas e sim soluções, ou falsos problemas alheios que lhe permitem sofrer comodamente sentado em sua poltrona, sem se envolver no drama que também deveria ser dele. Na Argentina, se é que o Clube me permite incorrer em localismos, esse tipo de disfarce nos manteve muito contentes e satisfeitos durante um século.

— Feliz daquele que encontra seus pares, os leitores ativos — recitou Wong. — Está neste papelzinho azul, pasta 21. Quando li Morelli pela primeira vez (em Meudon, um filme secreto, amigos cubanos) achei que o livro inteiro era a Grande Tartaruga de pernas para o ar. Difícil de entender. Morelli é um filósofo extraordinário, embora às vezes sumamente idiota.

— Que nem você — disse Perico descendo do banquinho e abrindo espaço a cotoveladas no círculo da mesa. — Todas essas fantasias de corrigir a linguagem são vocações de acadêmico, garoto, para não dizer de gramático. Abaixar ou descer, a verdade é que o personagem despencou escada abaixo e acabou-se.

— Perico — disse Etienne — nos salva de um confinamento excessivo, de ir atrás de abstrações que Morelli às vezes adora.

— Olhe — disse Perico, cominatório. — Para mim, essa história de abstrações...

O conhaque queimou a garganta de Oliveira, que deslizava agradecido para a discussão na qual ainda poderia se perder por um tempinho. Num trecho qualquer (não sabia exatamente qual, seria preciso procurar) Morelli dava algumas pistas sobre um método de composição. Seu problema prévio era sempre o ressecamento, um horror mallarmeano diante da página em branco, coincidente com a necessidade de abrir caminho a qualquer custo. Inevitável que uma parte de sua obra fosse uma reflexão sobre o problema de escrevê-la. E assim ia se afastando cada vez mais da utilização profissional da literatura, precisamente do tipo de contos ou poemas que lhe haviam valido seu prestígio inicial. Em outro trecho Morelli afirmava ter relido com nostalgia e até com assombro textos seus de anos anteriores. Como essas invenções haviam podido brotar, esse desdobramento maravilhoso mas tão fácil e tão simplificativo de um narrador e sua narração? Naquele tempo era como se o que escrevia já estivesse estendido diante dele, escrever era passar uma Lettera 22 por cima de palavras invisíveis mas presentes, como o diamante pelo sulco do disco. Agora só conseguia escrever laboriosamente, examinando a cada passo o possível contrário, a oculta falácia (seria preciso reler, pensou Oliveira, um curioso trecho que fazia as delícias de Etienne), suspeitando que toda ideia clara fosse sempre erro ou meia verdade, desconfiando das palavras que tendiam a se organizar eufônica, ritmicamente, com o ronronar feliz que hipnotiza o leitor depois de transformar o próprio escritor em sua primeira vítima. ("Sim, mas o verso...", "Sim, mas aquela anotação em que ela fala do *swing* que desencadeia o discurso..."). Havia vezes em que Morelli optava por uma conclusão amargamente simples: já não tinha nada a dizer, os reflexos condicionados da profissão confundiam necessidade com rotina, caso típico dos escritores de mais de cinquenta anos e dos grandes prêmios. Mas ao mesmo tempo sentia que jamais estivera tão desejoso, tão necessitado de escrever. Reflexo, rotina, essa ansiedade deliciosa de travar batalha consigo mesmo, linha a linha? Por que, em seguida, um contragolpe, o trajeto descendente do pistão, a dúvida ansiosa, a aridez, a renúncia?

— Che — disse Oliveira —, onde estava aquela passagem da palavra única de que você gostava tanto?

— Sei de cor — disse Etienne. — É a preposição "se" seguida de uma nota de pé da página, que por sua vez tem uma nota de pé de página que por sua vez tem outra nota de pé da página. Eu estava dizendo ao Perico que as teorias de Morelli não são exatamente originais. O que o torna fascinante é sua prática, a força com que se dedica a desescrever, como ele diz, para conquistar o direito (e conquistá-lo de todos) de tornar a entrar com o pé direito na casa do homem. Uso as próprias palavras dele, ou outras muito semelhantes.

— Para surrealistas dá e sobra — disse Perico.

— Não se trata de um projeto de libertação verbal — disse Etienne. — Os surrealistas acreditavam que a verdadeira linguagem e a verdadeira realidade estavam censuradas e relegadas pela estrutura racionalista e burguesa do Ocidente. Tinham razão, como todo poeta sabe, só que a coisa não passava de um momento no complicado processo de descascar a banana. Resultado: mais de um comeu a banana com casca e tudo. Os surrealistas se penduraram nas palavras em vez de se soltar delas de vez, como Morelli teria gostado de fazer a partir da própria palavra. Fanáticos do verbo em estado puro, pitonisos frenéticos, eles aceitaram tudo aquilo que não parecesse excessivamente gramatical. Não desconfiaram suficientemente que a criação de toda uma linguagem, mesmo atraiçoando seu sentido no fim, demonstra irrefutavelmente a estrutura humana, seja ela a de um chinês ou a de um pele-vermelha. Linguagem quer dizer residência numa realidade, vivência numa realidade. Embora seja verdade que a linguagem que utilizamos nos trai (e Morelli não é o único a apregoar isso aos quatro ventos), não basta querer libertá-la de seus tabus. É preciso re-vivê-la, não re-animá-la.

— O tom é soleníssimo.

— Está em qualquer bom tratado de filosofia — disse timidamente Gregorovius, que tinha folheado entomologicamente as pastas de cartolina e parecia meio adormecido. — Não dá para reviver a linguagem se não começarmos a intuir de outra maneira quase tudo o que constitui nossa realidade. Do ser ao verbo, e não do verbo ao ser.

— Intuir — disse Oliveira — é uma dessas palavras que são pau para toda obra. Não vamos atribuir a Morelli os problemas de Dilthey, de Husserl ou de Wittgenstein. A única coisa clara em tudo o que o velho escreveu é que se continuarmos utilizando a linguagem em sua chave corrente, com suas finalidades correntes, morreremos sem ter sabido o verdadeiro nome do dia. É quase tolo repetir que nos vendem a vida, como dizia Malcolm Lowry, que nos fornecem a vida pré-fabricada. Morelli também é quase tolo ao insistir nisso, mas Etienne acerta na mosca: graças a sua prática, o velho mostra a saída, tanto para nós como para si mesmo. De que serve um escritor se não for para destruir a literatura? E nós, que não queremos ser leitores-fêmea, de que servimos se não for para contribuir tanto quanto possível para essa destruição?

— Tudo bem, mas e depois, o que vamos fazer depois? — perguntou Babs.

— É o que eu me pergunto — disse Oliveira. — Até uns vinte anos atrás havia a grande resposta: a Poesia, menina, a Poesia. Tapavam sua boca com a grande palavra. Visão poética do mundo, conquista de uma realidade poética. Mas depois da última guerra você deve ter percebido que isso acabou. Restam poetas, ninguém vai negar isso, mas ninguém lê o que eles escrevem.

— Não diga besteira — disse Perico. — Eu leio um montão de poemas.

— Claro, eu também. Mas o que importa não são os poemas, che, o que importa é aquilo que os surrealistas e todo poeta deseja e busca, a famosa realidade poética. Acredite, querido, desde mil novecentos e cinquenta estamos em plena realidade tecnológica, pelo menos estatisticamente falando. Muito mal, uma pena, será preciso arrancar os cabelos, mas a verdade é essa.

— Pois não estou nem aí para a tecnologia — disse Perico. — Frei Luis, por exemplo...

— Estamos em mil novecentos e cinquenta e tantos.

— Eu sei, caralho.

— Não parece.

— Mas será que você acha que vou entrar numa babaquíssima posição historicista?

— Não, mas acho que você devia ler os jornais. Gosto tanto da tecnologia quanto você, só que percebo a que ponto o mundo mudou nos últimos vinte anos. Qualquer sujeito com mais de quarenta primaveras precisa se dar conta, por isso a pergunta de Babs põe Morelli e a gente contra a parede. Tudo bem atacar com todas as forças a linguagem prostituída, a literatura, por assim dizer, feita em nome de uma realidade que acreditamos verdadeira, que acreditamos conquistável, que acreditamos estar em alguma parte do espírito, com o perdão da palavra. Mas o próprio Morelli não vê mais que o lado negativo de sua guerra. Sente que é obrigado a travá-la, como você e como todos nós. E daí?

— Sejamos metódicos — disse Etienne. — Deixemos o "e daí" em paz. A lição de Morelli é suficiente como primeira etapa.

— Não dá para falar em etapas sem pressupor uma meta.

— Chame então de hipótese de trabalho, algo do tipo. O que Morelli procura é alterar os hábitos mentais do leitor. Como você vê, uma coisa muito modesta, nada comparável à travessia dos Alpes por Aníbal. Até agora, pelo menos, não há tanta metafísica em Morelli, fora o fato de que você, Horacio Curiacio, é capaz de encontrar metafísica numa lata de molho de tomate. Morelli é um artista com uma ideia especial da arte, que consiste basicamente em botar abaixo as formas sacramentadas, coisa corriqueira em todo bom artista. Por exemplo, ele não suporta o romance tipo rolo chinês. O livro que se lê do começo ao fim como um bom menino. Você já deve ter observado que ele cada vez se preocupa menos com a ligação entre as partes, com aquela história de que uma palavra puxa outra... Quando leio Morelli tenho a sensação de que ele busca uma interação menos mecânica, menos causal dos elementos que maneja; dá para sentir que o já escrito condiciona pouco o que ele está escrevendo, principalmente porque o velho, depois de centenas de páginas, já nem se lembra direito do que fez.

99.

— Razão pela qual — disse Perico — acontece de uma anã da página vinte ter dois metros e cinco na página cem. Notei isso mais de uma vez. Há cenas que começam às seis da tarde e terminam às cinco e meia. Um horror.

— E com você não acontece de ser anão ou gigante conforme seu estado de espírito? — disse Ronald.

— Me refiro ao soma — disse Perico.

— Ele acredita no soma — disse Oliveira. — O soma no tempo. Acredita no tempo, no antes e no depois. O coitado não encontrou em gaveta nenhuma uma carta sua escrita há vinte anos, não a releu, não se deu conta de que nada se sustenta se não estiver escorado com farelo de tempo, se não inventamos o tempo para não enlouquecer.

— Tudo isso é ofício — disse Ronald. — Mas por trás, por trás...

— Um poeta — disse Oliveira, sinceramente comovido. — Você deveria se chamar Behind ou Beyond, meu querido americano. Ou Yonder, que é uma palavra tão linda.

— Nada disso teria sentido se não houvesse um por trás — disse Ronald. — Qualquer best-seller escreve melhor que Morelli. Se nós o lemos, se estamos aqui esta noite, é porque Morelli tem o que o Bird tinha, o que de repente têm Cummings ou Jackson Pollock, enfim, chega de exemplos. E por que chega de exemplos? — gritou Ronald enfurecido, enquanto Babs olhava para ele admirada e bebendosuaspalavrasdeumsógole. — Vou citar tudo o que me der na telha. Qualquer um percebe que Morelli não complica a própria vida por gosto, e além do mais seu livro é uma provocação descarada como todas as coisas que valem a pena. Nesse mundo tecnológico do qual você estava falando, Morelli quer salvar alguma coisa que está morrendo, mas para salvá-la é preciso antes matar essa coisa, ou pelo menos fazer tamanha transfusão de sangue que funcione como uma ressurreição. O erro da poesia futurista — disse Ronald, para imensa admiração de Babs — foi querer comentar o maquinismo, imaginar que assim se salvariam da leucemia. Mas na minha opinião não será falando literariamente do que acontece em cabo Canaveral que vamos entender melhor a realidade.

— Sua opinião manda — disse Oliveira. — Continuemos em busca do Yonder, há montões de Yonders para irmos abrindo um depois do outro. Para começar, eu diria que essa realidade tecnológica aceita hoje em dia pelos homens de ciência e pelos leitores do *France-Soir*, esse mundo de cortisona, raios gama e elução do plutônio tem tão pouco a ver com a realidade quanto o mundo do *Roman de la Rose*. E se o mencionei ainda há pouco ao nosso Perico foi para fazê-lo ver que seus critérios estéticos e sua escala de valores estão, na verdade, liquidados, e que o homem, depois de esperar tudo da inteligência e do espírito, agora está como que traído, obscuramente consciente de que suas armas se voltaram contra ele, de que a cultura, a civiltà, o trouxeram até este beco sem saída onde a barbárie da ciência não passa de uma reação muito compreensível. Perdão pelo vocabulário.

— Isso tudo já foi dito por Klages — disse Gregorovius.

— Não almejo nenhum copyright — respondeu Oliveira. — A ideia é que a realidade, seja ela a da Santa Sé, a de René Char ou a de Oppenheimer, é sempre uma realidade convencional, incompleta e parcelada. A admiração de alguns indivíduos diante de um microscópio eletrônico não me parece mais fecunda que a das zeladoras diante dos milagres de Lourdes. Acreditar no que denominam matéria, acreditar no que denominam espírito, viver em Emmanuel ou fazer cursos de zen, considerar o destino humano um problema econômico ou um puro absurdo, a lista é longa, a escolha é múltipla. Mas o mero fato de ser possível haver escolha e de a lista ser longa basta para demonstrar que estamos na pré-história e na pré-humanidade. Não sou otimista, duvido muito que algum dia tenhamos acesso à verdadeira história da verdadeira humanidade. Vai ser difícil chegar ao famoso Yonder de Ronald, porque ninguém há de negar que o problema da realidade precisa ser proposto em termos coletivos, não na mera salvação de alguns eleitos. Homens realizados, homens que deram o salto para fora do tempo e se integraram numa soma, por assim dizer ... Sim, suponho que eles tenham existido e que ainda existam. Mas não basta, sinto que minha salvação, supondo que eu consiga obtê-la, precisa ser também a salvação de todos, até o último dos homens. E isso, velho... Já não estamos nos campos de Assis, já não podemos esperar que o exemplo de um santo semeie a santidade, que cada guru seja a salvação de todos os discípulos.

99.

— Volte de Benarés — aconselhou Etienne. — Tenho a impressão de que estávamos falando de Morelli. E para engatar com o que você estava dizendo, penso que esse famoso Yonder não pode ser imaginado como futuro no tempo ou no espaço. O que Morelli parece estar querendo dizer é que se continuarmos limitados às categorias kantianas não sairemos jamais do atoleiro. O que chamamos de realidade, a verdadeira realidade que também chamamos de Yonder (às vezes facilita dar muitos nomes a uma entrevisão, pelo menos se evita que a noção se feche e se engesse), essa verdadeira realidade, repito, não é algo que está por vir, uma meta, o último degrau, o fim de uma evolução. Não: é algo que já está aqui, em nós. Dá para senti-la, é só ter a coragem de estender a mão no escuro. Eu a sinto quando estou pintando.

99.

— Pode ser o Tinhoso — disse Oliveira. — Pode ser uma mera exaltação estética. Mas também poderia ser ela. Sim, também poderia ser ela.

— Ela está aqui — disse Babs tocando a própria testa. — Eu a sinto quando estou um pouco bêbada, ou quando...

Soltou uma gargalhada e tapou o rosto. Ronald lhe deu um empurrão carinhoso.

— Não está — disse Wong, muito sério. — É.

— Por esse caminho a gente não vai longe — disse Oliveira. — O que a poesia nos dá, além dessa entrevisão? Você, eu, Babs... O reino do homem não nasceu graças a umas poucas centelhas isoladas. Todo mundo teve seu instante de visão, mas o problema é a recaída no *hinc* e no *nunc*.

— Ora, você não entende nada se não for em termos de absoluto — disse Etienne. — Deixa eu concluir o que eu estava querendo dizer. Morelli acredita que se os liróforos, como diz nosso Perico, conseguissem avançar por meio das formas petrificadas e periclitadas, seja um advérbio de modo, um sentido do tempo ou o que você quiser, então eles estariam fazendo algo útil pela primeira vez na vida. Dando fim ao leitor-fêmea, ou pelo menos neutralizando-o gravemente, estariam ajudando a todos aqueles que de alguma forma trabalham para chegar ao Yonder. A técnica narrativa de caras como ele não passa de uma incitação a sair da trilha.

— Sim, para afundar no barro até o pescoço — disse Perico, que às onze da noite era contra qualquer coisa.

— Heráclito — disse Gregorovius — afundou na merda até o pescoço e se curou da hidropisia.

— Deixe o Heráclito em paz — disse Etienne. — Toda essa babaquice já está me dando sono, mas de todo jeito quero dizer o seguinte, dois-pontos: Morelli parece convencido de que se o escritor continuar submetido à linguagem que venderam a ele junto com a roupa que veste e com o nome e o batismo e a nacionalidade, o único valor de sua obra será o estético, valor esse que o velho parece desprezar cada vez mais. Em algum lugar ele é bastante explícito: na opinião dele não se pode denunciar coisa alguma se o fazemos no interior do sistema ao qual pertence o denunciado. Escrever contra o capitalismo com a bagagem mental e o vocabulário que derivam do capitalismo é perda de tempo. Serão obtidos resultados históricos como o marxismo e o que você quiser, mas o Yonder não é exatamente história, o Yonder é como as pontas dos dedos que sobressaem das águas da história procurando onde se agarrar.

99.

— Estultícias — disse Perico.

— E é por isso que o escritor precisa incendiar a linguagem, acabar com as formas coaguladas e ir ainda mais além, pôr em dúvida a possibilidade de que essa linguagem continue em contato com o que ele pretende desqualificar. Não mais as palavras em si, porque isso não é tão importante, mas a estrutura total de um idioma, de um discurso.

— E para tudo isso ele utiliza um idioma sumamente claro — disse Perico.

— É evidente, Morelli não acredita nos sistemas onomatopaicos nem nos letrismos. Não se trata de substituir a sintaxe pela escrita automática ou qualquer outro truque em voga. O que ele quer é transgredir o fato literário total, o livro, se você quiser. Às vezes na palavra, às vezes no que a palavra transmite. Age como um guerrilheiro, explode o que consegue explodir, o resto segue seu caminho. Não pense que ele não é um homem de letras.

— A gente devia começar a pensar em ir embora — disse Babs, que estava com sono.

— Diga o que quiser — irritou-se Perico —, mas nenhuma revolução de verdade é feita contra as formas. O que conta é o fundo, rapaz, o fundo.

— Temos dezenas de séculos de literatura de fundo — disse Oliveira — e todo mundo está vendo os resultados. Por literatura, como você sabe, entendo tudo o que é falável e tudo o que é pensável.

— Isso sem contar que a cisão entre fundo e forma é falsa — disse Etienne. — Faz anos que todo mundo sabe disso. Vamos estabelecer diferenças entre elemento expressivo, ou seja, a linguagem em si, e a coisa expressada, ou seja, a realidade se fazendo consciência.

— Como queira — disse Perico. — O que eu gostaria de saber é se essa ruptura proposta por Morelli, quer dizer, a ruptura disso que você denomina elemento expressivo para melhor atingir a coisa expressável, tem de fato algum valor a esta altura.

— Provavelmente não vai servir para nada — disse Oliveira —, mas nos faz sentir um pouco menos sozinhos nesse beco sem saída a serviço da Grande-Enfatuação-Idealista-Espiritualista-Materialista do Ocidente, S.A.

— Você acha que alguém mais poderia abrir caminho através da linguagem até chegar às raízes? — perguntou Ronald.

— Talvez. Morelli não tem o gênio ou a paciência necessários. Aponta um caminho, dá uns golpes de picareta... Deixa um livro. Não é muito.

— Vamos indo — disse Babs. — Ficou tarde e o conhaque acabou.

— E tem outra coisa — disse Oliveira. — O que ele persegue é absurdo na medida em que ninguém sabe senão o que sabe, ou seja, uma circunscrição antropológica. Wittgensteinianamente, os problemas se encadeiam *para trás*, ou seja, o que um homem sabe é o saber de um homem, mas quanto ao homem propriamente dito já não se sabe tudo o que se deveria saber para que a noção que *ele* tem da realidade fosse aceitável. Os gnoseólogos se propuseram o problema e até acreditaram ter encontrado um terreno firme a partir do qual retomar a corrida para diante, rumo à metafísica. Mas o higiênico retrocesso de um Descartes hoje nos parece parcial e até insignificante, porque neste mesmo minuto há um sr. Wilcox, de Cleveland, que com eletrodos e outros artefatos está comprovando a equivalência do pensamento e de um circuito eletromagnético (coisas que por sua vez acredita conhecer muito bem pelo fato de conhecer muito bem a linguagem que as define etc.). Como se não bastasse, um sueco acaba de lançar uma teoria muito vistosa sobre a química cerebral. Pensar é o resultado da interação de certos ácidos cujo nome não quero recordar. *Acido, ergo sum.* Você pinga uma gota em suas meninges e quem sabe Oppenheimer ou o dr. Petiot, assassino eminente. Você está percebendo como o *cogito*, a Operação Humana por excelência, hoje está situado em uma região bastante vaga, um tanto eletromagnética e um tanto química, e provavelmente não se diferencia tanto como imaginávamos de coisas como a aurora boreal ou uma foto com raios infravermelhos. Lá se vai seu *cogito*, elo do vertiginoso fluxo de forças cujos degraus em 1950 se denominam *inter alia* impulsos elétricos, moléculas, átomos, nêutrons, prótons, pótirons, microbótons, isótopos radioativos, pitadas de cinábrio, raios cósmicos: Words, words, words, *Hamlet*, segundo ato, acho. Sem contar — acrescentou Oliveira suspirando — que vai ver é ao contrário, e na verdade a aurora boreal é um fenômeno *espiritual*, e aí sim estamos como o diabo gosta...

— Com um niilismo desses, harakiri — disse Etienne.

— Mas é claro, maninho — disse Oliveira. — Mas voltando ao velho, se o que ele persegue é absurdo, considerando que é como bater com uma banana em Sugar Ray Robinson, considerando que se trata de uma insignificante ofensiva em meio à crise e à ruptura total da ideia clássica de homo sapiens, não podemos esquecer que você é você e eu sou eu, ou que pelo menos é o que a gente acha, e que embora não tenhamos a menor certeza sobre tudo o que nossos pais gigantes aceitavam como irrefutável, nos resta a amável possibilidade de viver e agir *como se*, escolhendo hipóteses de trabalho, atacando como Morelli o que nos parece mais falso em nome de alguma obscura sensação de certeza, que provavelmente será tão incerta quanto todo o resto, mas que nos faz erguer a cabeça e contar as Cabritas, ou procurar uma vez mais as Plêiades, esses animais de infância, esses vaga-lumes insondáveis. Conhaque.

— Acabou — disse Babs. — Vamos, estou caindo de sono.

— No final, como sempre, um ato de fé — disse Etienne, rindo. — Continua sendo a melhor definição do homem. Agora, voltando ao assunto do ovo frito...

99.

(-35)

100.

Pôs a ficha na ranhura, discou o número lentamente. Naquela hora Etienne devia estar pintando e ele detestava que lhe telefonassem no meio do trabalho, mas mesmo assim precisava telefonar. O telefone começou a tocar do outro lado, num ateliê perto da Place d'Italie, a quatro quilômetros da agência de correios da Rue Danton. Uma velha com jeito de ratazana tinha se plantado na frente da cabine de vidro e olhava dissimuladamente para Oliveira sentado no banco lá dentro, com a cara grudada no aparelho telefônico, e Oliveira sentia que a velha estava olhando para ele, que implacavelmente começava a contar os minutos. Os vidros da cabine estavam limpos, coisa rara: as pessoas iam e vinham no correio, ouvia-se o golpe surdo (e fúnebre, não se sabia por quê) dos carimbos inutilizando os selos. Etienne falou alguma coisa do outro lado e Oliveira apertou o botão niquelado que abria a comunicação e engolia definitivamente a ficha de vinte francos.

— Você bem que podia parar de encher meu saco — resmungou Etienne, que aparentemente reconhecera Oliveira logo de cara. — Você sabe que neste horário estou trabalhando feito um louco.

— Eu também — disse Oliveira. — Liguei justamente porque tive um sonho enquanto estava trabalhando.

— Como assim, enquanto estava trabalhando?

— Pois é, lá pelas três da manhã. Sonhei que ia até a cozinha, pegava pão e cortava uma fatia. Era um pão diferente dos daqui, um pão francês dos de Buenos Aires, sabe, que não tem nada de francês mas se chama pão francês. Entende, é um pão meio grosso, claro, com muito miolo. Um pão para passar manteiga e geleia, sabe?

— Sei — disse Etienne. — Comi na Itália.

— Você está louco. Nada a ver. Um dia faço um desenho para você ver a diferença. Olhe, tem o formato de um peixe largo e curto, quinze centímetros no máximo mas bem gordo no meio. O pão francês de Buenos Aires.

— O pão francês de Buenos Aires — repetiu Etienne.

— Pois é. Mas a coisa se passava na cozinha da Rue de la Tombe Issoire, antes de eu ir morar com a Maga. Eu estava com fome e peguei o pão para cortar uma fatia. Aí escutei o pão chorando. É, claro que era um sonho, mas o pão chorava quando eu enfiava a faca nele. Um pão francês qualquer, e chorava. Acordei sem saber o que ia acontecer, acho que ainda estava com a faca cravada no pão quando acordei.

— *Tiens* — disse Etienne.

— Agora pense bem, a gente desperta de um sonho desses, sai para o corredor, enfia a cabeça debaixo da torneira, se deita de novo, passa a noite inteira fumando... Sei lá, achei melhor falar com você, e além do mais a gente podia combinar de ir visitar aquele velhinho do acidente que lhe contei.

— Você fez bem em ligar — disse Etienne. — Parece sonho de criança. As crianças ainda conseguem sonhar coisas desse tipo, ou imaginar. Meu sobrinho uma vez me disse que tinha estado na lua. Perguntei o que ele tinha visto. Respondeu: "Tinha um pão e um coração". Viu só? Percebe que depois dessas experiências de padaria já dá para encarar uma criança sem ficar com medo.

— Um pão e um coração — repetiu Oliveira. — É, mas eu só vejo um pão. Enfim. Ali fora tem uma velha que está começando a me olhar feio. Quantos minutos a pessoa pode falar nestas cabines?

— Seis. Depois ela vai bater no vidro. Só tem uma velha?

— Uma velha, uma mulher vesga com um menino, e uma espécie de caixeiro-viajante. Deve ser caixeiro-viajante porque além de ter uma caderneta que está folheando feito doido, no bolso de cima do paletó dele dá pra ver a ponta de três lápis.

— Vai ver que é um cobrador.

— Agora chegaram mais dois, um garoto de uns catorze anos de dedo no nariz e uma velha com um chapéu extraordinário, perfeito para um quadro de Cranach.

— Você já está começando a se sentir melhor — disse Etienne.

— É verdade, esta cabine é muito agradável. Pena que tenha tanta gente esperando. Já falamos seis minutos?

— De jeito nenhum — disse Etienne — Uns três, talvez nem isso.

— Então a velha não tem o menor direito de bater no vidro, não é?

— Ela que vá para o inferno. Claro que não tem direito. Você dispõe de seis minutos para me contar todos os sonhos que quiser.

— Era só isso mesmo — disse Oliveira —, mas o problema não é o sonho. O problema é isso que chamam de acordar... Você não acha que na realidade é agora que eu estou sonhando?

— Quem é que disse? Mas esse é um assunto batido, velho, o filósofo e a borboleta, são coisas que todo mundo sabe.

— Sei, mas desculpe se eu insisto um pouco. Eu gostaria que você imaginasse um mundo onde é possível cortar um pão em fatias sem que ele se queixe.

— Realmente, é difícil de acreditar — disse Etienne.

— Não, sério, che. Com você não acontece às vezes de acordar com a noção exata de que naquele momento está tendo início um incrível equívoco?

— Em meio a esse equívoco — disse Etienne — eu pinto quadros magníficos e para mim tanto faz ser uma borboleta ou Fu Manchu.

— Não tem nada a ver. Parece que graças a diversos equívocos Colombo chegou a Guanahani ou seja lá como se chame a ilha. Por que esse critério grego de verdade e erro?

— Mas não fui eu — disse Etienne, magoado. — Foi você quem falou em incrível equívoco.

— Também era só uma imagem — disse Oliveira. — O mesmo que chamar de sonho. Não dá para classificar, justamente o equívoco é que não se pode nem mesmo dizer que se trata de um equívoco.

— A velha vai arrebentar o vidro — disse Etienne. — Dá para ouvir daqui.

— Ela que vá para o inferno — disse Oliveira. — Não é possível que já tenham se passado seis minutos.

— Mais ou menos. E além disso, lembre-se da cortesia sul-americana, sempre tão louvada.

— Não deu seis minutos. Ainda bem que lhe contei o sonho, e quando a gente se encontrar...

— Apareça quando quiser — disse Etienne. — Esta manhã não pinto mais, você me ferrou.

— Você está percebendo como ela bate no meu vidro? — disse Oliveira. — Não é só a velha com cara de ratazana, tem também o garoto e a vesga. Num minuto aparece um funcionário.

— E você vai sair na porrada, claro.

— Não, que nada. A grande jogada é fazer de conta que não entendo uma palavra de francês.

— Na verdade você não entende grande coisa — disse Etienne.

— Não. O triste é que para você isto é uma piada e na realidade não é nenhuma piada. A verdade é que não quero entender nada, se para entender é preciso aceitar aquilo que a gente chamava de equívoco. Che, abriram a porta, tem um sujeito batendo no meu ombro. Tchau, obrigado por me escutar.

— Tchau — disse Etienne.

Ajeitando o paletó, Oliveira saiu da cabine. O funcionário gritava na orelha dele o repertório regulamentar. "Se eu estivesse agora com a faca na mão", pensou Oliveira, pegando os cigarros, "esse cara desandaria a cacarejar ou viraria um ramo de flores." Mas as coisas se petrificavam, duravam terrivelmente, era preciso acender o cigarro tomando cuidado para não se queimar porque até a sua mão tremia, e continuar ouvindo os gritos do sujeito que se afastava, virando-se a cada dois passos para olhar para ele e fazer gestos, e a vesga e o caixeiro-viajante olhavam para ele com um olho enquanto com o outro haviam começado a vigiar a velha, para que ela não passasse dos seis minutos, a velha dentro da cabine era exatamente uma múmia quéchua do Museu do Homem, dessas que se iluminam quando a gente aperta um botãozinho. Mas ao contrário, como em tantos sonhos, a velha lá dentro apertava o botãozinho e começava a falar com alguma outra velha enfurnada em qualquer das águas-furtadas do imenso sonho.

100.

(-76)

101.

Erguendo de leve a cabeça Pola via o almanaque do PTT, uma vaca cor-de-rosa num campo verde com um fundo de montanhas violeta debaixo de um céu azul, quinta-feira 1, sexta-feira 2, sábado 3, domingo 4, segunda-feira 5, terça-feira 6, Saint Mamert, Sainte Solange, Saint Achille, Saint Servais, Saint Boniface, lever 4h12, coucher 19h23, lever 4h10, coucher 19h24, lever coucher, lever coucher, levercoucher, coucher, coucher, coucher.

Grudando o rosto no ombro de Oliveira beijou uma pele suada, tabaco e sono. Com uma mão distantíssima e livre acariciava seu ventre, ia e vinha pelas coxas, brincava com os pelos, enredava os dedos e puxava um pouco, suavemente, para que Horacio se zangasse e a mordesse de brincadeira. Na escada se arrastavam uns chinelos, Saint Ferdinand, Saint Pétronille, Saint Fortuné, Sainte Blandine, un, deux, un, deux, direita, esquerda, direita, esquerda, bem, mal, bem, mal, para a frente, para trás, para a frente, para trás. Uma mão percorria suas costas, descia lentamente, brincando de aranha, um dedo, outro, outro, Saint Fortuné, Sainte Blandine, um dedo aqui, outro ali, outro em cima, outro embaixo. A carícia penetrava nela devagar, vinda de outro plano. A hora do luxo, do surplus, morder-se devagar, buscar o contato com delicadeza de exploração, com titubeios fingidos, apoiar a ponta da língua em uma pele, cravar lentamente uma unha, murmurar, coucher 19h24, Saint Ferdinand. Pola ergueu um pouco a cabeça e olhou para Horacio, que estava de olhos fechados. Perguntou-se se ele também faria isso com a amiga, a mãe do bebê. Ele não gostava de falar na outra, exigia uma espécie de respeito ao só se referir a ela por necessidade. Quando perguntou, abrindo um dos olhos dele com dois dedos e beijando irritada a boca que se negava a responder, o único consolo naquela hora era o silêncio, ficarem assim um contra o outro, ouvindo-se respirar, viajando de vez em quando com um pé ou uma mão até o outro corpo, percorrendo itinerários macios e sem consequências, restos de carícias perdidas na cama, no ar, espectros de beijos, miúdas larvas de perfumes ou de costumes. Não, ele não gostava de fazer aquilo com a amiga, só Pola era capaz de compreender, de se subme- **101.** ter tão bem aos caprichos dele. Tão na medida que era extraordinário. Até quando gemia, porque em dado momento havia gemido, quisera livrar-se mas já era tarde demais, o laço estava fechado e sua rebeldia só tinha servido para aprofundar o gozo e a dor, o duplo mal-entendido que tinham que supe- rar porque era falso, não podia ser que num abraço, a menos que sim, a menos que tivesse que ser assim.

(-144)

102.

Sumamente formiga, Wong acabou descobrindo na biblioteca de Morelli um exemplar com dedicatória de *Die Verwirrungen des Zöglings Törless*, de Musil, com a seguinte passagem energicamente sublinhada:

Quais são as coisas que me parecem estranhas? As mais triviais. Sobretudo os objetos inanimados. O que vejo de estranho neles? Algo que não conheço. Mas é justamente isso! De onde diabos tiro essa noção de "algo"? Sinto que está aí, que existe. Produz um efeito em mim, como se tentasse falar. Eu me exaspero, como quem se esforça para ler nos lábios contorcidos de um paralítico, sem conseguir. É como se tivesse um sentido adicional, um mais que os outros, só que esse sentido não se desenvolveu completamente, é um sentido que está ali e é perceptível, mas que não funciona. Para mim o mundo está cheio de vozes silenciosas. Isso significa que sou vidente, ou que tenho alucinações?

Ronald encontrou esta citação de *A carta de Lord Chandos*, de Hofmannsthal:

Assim como havia visto certo dia com uma lente de aumento a pele do meu dedo mínimo, semelhante a uma planície com sulcos e ribanceiras, via agora os homens e suas ações. Já não conseguia percebê-los com o olhar simplificador habitual. Tudo se decompunha em fragmentos que por sua vez se fragmentavam; nada conseguia captar por meio de uma noção definida.

(-45)

103.

Pola também não teria compreendido por que de noite ele retinha a respiração para ouvi-la dormir, espiando os rumores do seu corpo. Deitada de costas, saciada, ela respirava pesadamente e poucas vezes, a partir de algum sonho incerto, agitava uma mão ou soprava levantando o lábio inferior projetando o ar contra o nariz. Horacio se mantinha imóvel, a cabeça um pouco erguida ou apoiada na mão, o cigarro dependurado. Às três da manhã a Rue Dauphine se calava, a respiração de Pola ia e vinha, e então havia como que um leve deslizar, um miúdo torvelinho momentâneo, um agitar-se interior como se fosse uma segunda vida, Oliveira erguia o corpo devagar e aproximava a orelha da pele nua, apoiava-se contra o curvo tambor tenso e morno, escutava. Rumores, descensos e quedas, arfares e murmúrios, passo de caranguejos e lesmas, um mundo negro e apagado deslizando sobre feltro, explodindo aqui e acolá e dissimulando-se outra vez (Pola suspirava, movia-se um pouco). Um cosmos líquido, fluido, em gestação noturna, plasmas subindo e descendo, a máquina opaca e lenta movendo-se desleixadamente, e de repente um rangido, uma corrida vertiginosa quase à flor da pele, uma fuga e um gorgolejo de contenção ou de filtro, o ventre de Pola um céu negro com estrelas gordas e pausadas, cometas fulgurantes, rodar de imensos planetas vociferantes, o mar com um plâncton de sussurro, suas murmuradas medusas, Pola microcosmo, Pola resumo da noite universal em sua pequena noite fermentada na qual o iogurte e o vinho branco se mesclavam com a carne e os legumes, centro de uma química infinitamente rica e misteriosa e remota e contígua.

(-108)

104.

A vida, como um *comentário* de outra coisa que não alcançamos, e que está logo ali ao alcance do salto que não damos.

A vida, um balé sobre um tema histórico, uma história sobre um fato vivido, um fato vivido sobre um fato real.

A vida, fotografia do número, possessão nas trevas (mulher, monstro?), a vida, proxeneta da morte, esplêndido baralho, tarô de chaves esquecidas que mãos reumáticas rebaixam a triste paciência.

(-10)

105.

Morelliana.

Penso nos gestos esquecidos, nos múltiplos trejeitos e palavras dos avós, pouco a pouco perdidos, não herdados, caídos um após outro da árvore do tempo. Esta noite encontrei uma vela sobre uma mesa, e de brincadeira acendi a vela e andei com ela pelo corredor. O ar do *movimento* ia apagá-la, então vi minha mão esquerda levantar-se sozinha, curvar-se levemente, proteger a chama como uma cobertura viva que afastava o ar. Enquanto o fogo outra vez se endireitava, alerta, pensei que esse gesto fora o de todos nós (pensei *nós* e pensei bem, ou senti bem) durante milhares de anos, durante a Idade do Fogo, até que a trocaram pela luz elétrica. Imaginei outros gestos, o das mulheres erguendo a barra das saias, o dos homens procurando a empunhadura da espada. Como as palavras perdidas da infância, ouvidas pela última vez da boca dos velhos que iam morrendo. Na minha casa ninguém mais diz "a cômoda de cânfora", ninguém mais fala das "trempes" — dos trípodes. Como as músicas do momento, as valsas dos anos vinte, as polcas que enterneciam os avós.

Penso nesses objetos, nessas caixas, nesses utensílios que às vezes aparecem em celeiros, cozinhas ou esconderijos, *e cujo uso ninguém mais é capaz de explicar*. Vaidade de acreditar que compreendemos as obras do tempo: ele enterra seus mortos e guarda as chaves. Só em sonhos, na poesia, na brincadeira — acender uma vela, andar com ela pelo corredor — nos aproximamos, às vezes, do que fomos antes de ser isto que sabe lá se somos.

(-96)

106.

Johnny Temple:

> *Between midnight and dawn, baby we may ever have to part*
> *But there's one thing about it, baby, please remember I've*
> *[always been your heart.*

The Yas Yas Girl:

Well it's blues in my house, from the roof to the ground,
And it's blues everywhere since my good man left town.
Blues in my mail-box 'cause I can't get no mail,
Says blues in my bread box 'cause my bread got stale.
Blues in my meal-barrel and there's blues upon my shelf
And there's blues in my bed, 'cause I'm sleepin' by myself.

(-13)

107.

Escrito por Morelli no hospital:

A melhor qualidade dos meus antepassados é estarem mortos; espero modesta mas orgulhosamente o momento de herdá-la. Tenho amigos que não deixarão de me erguer uma estátua na qual me representarão jogado de barriga para baixo no ato de me aproximar de um charco com rãzinhas autênticas. Quem puser uma moeda numa ranhura me verá cuspir na água, e as rãzinhas se agitarão alvoroçadas e coaxarão durante um minuto e meio, tempo suficiente para que a estátua perca todo interesse.

(-113)

108.

— La cloche, le clochard, la clocharde, clocharder. Se inclusive apresentaram uma tese na Sorbonne sobre a psicologia dos clochards.

— Pode ser — disse Oliveira. — Mas não têm nenhum Juan Filloy que escreva *Caterva* para eles. O que será do Filloy, che?

Naturalmente a Maga não teria como saber, para começo de conversa porque ignorava a existência dele. Foi preciso explicar a ela por que Filloy, por que *Caterva*. A Maga apreciou muito o argumento do livro, a ideia de que os sem-teto crioulos estavam na linha dos clochards. Ficou firmemente convencida de que era um insulto confundir um sem-teto crioulo com um mendigo, e sua simpatia pela clocharde da Pont des Arts passou a ter razões que agora lhe pareciam científicas. Principalmente naqueles dias em que haviam descoberto, caminhando pelas margens do Sena, que a clocharde estava apaixonada, a simpatia e o desejo de que tudo terminasse bem eram para a Maga algo como o arco das pontes, que sempre a emocionavam, ou aqueles pedaços de latão ou de arame que Oliveira recolhia cabisbaixo, ao sabor dos passeios.

— Filloy, porra — dizia Oliveira olhando as torres da Conciergerie e pensando em Cartouche. — Que distante está o meu país, che, é incrível que possa haver tanta água salgada neste mundo de loucos.

— Em compensação tem menos ar — dizia a Maga. — Trinta e duas horas, só isso.

— Ah. É verdade. E o que você me diz da grana?

— E da vontade de ir. Porque eu não tenho.

— Nem eu. Mas digamos. Não tem jeito, irrefutavelmente.

— Você nunca falava em voltar — disse a Maga.

— Ninguém fala, morro dos ventos uivantes, ninguém fala. É só a consciência de que tudo vai às mil maravilhas para quem não tem grana.

— Paris é de graça — citou a Maga. — Você disse isso no dia em que nos conhecemos. Ir ver a clocharde é de graça, fazer amor é de graça, dizer que você é cruel é de graça, não amar você... Por que você foi para a cama com a Pola?

108.

— Uma questão de perfumes — disse Oliveira sentando-se numa barra de ferro à beira da água. — Achei que ela cheirava a cântico dos cânticos, a canela, a mirra, essas coisas. Era verdade, aliás.

— A clocharde não vai aparecer esta noite. Ela já devia estar aqui, quase nunca falta.

— Às vezes, metem todos eles na prisão — disse Oliveira. — Para acabar com os piolhos, acho, ou para que a cidade durma tranquila às margens de seu impassível rio. Um clochard é motivo de mais escândalo do que um ladrão, como é sabido; no fundo não podem com eles, têm de deixá-los em paz.

— Me conte da Pola. De repente a clocharde aparece.

— Vai caindo a noite, os turistas americanos se lembram de seus hotéis, seus pés doem, compraram um monte de porcarias, já completaram seus Sade, seus Miller, seus *Onze Mille Verges*, as fotos artísticas, as gravuras libertinas, os Sagan e os Buffet. Olha como a paisagem vai clareando pelos lados da ponte. E deixe a Pola em paz, essas coisas a gente não conta. Bom, o pintor está fechando seu cavalete, ninguém mais para e fica olhando. É incrível a nitidez da visão, o ar está lavado feito o cabelo daquela garota correndo, olhe, aquela de roupa vermelha.

— Me conte da Pola — repetiu a Maga, batendo no ombro dele com o dorso da mão.

— Pura pornografia — disse Oliveira. — Você não vai gostar.

— Mas com certeza você contou a ela sobre a gente.

— Não. Só em linhas gerais. O que eu posso contar a ela? A Pola não existe, você sabe. Onde está ela? Me mostra.

— Sofismas — disse a Maga, que tinha aprendido o termo nas discussões de Ronald e Etienne. — Ela pode não estar aqui, mas está na Rue Dauphine, isso eu sei.

— Mas onde fica a Rue Dauphine? — disse Oliveira. — Tiens, la clocharde qui s'amène. Che, ela está deslumbrante.

Descendo a escadaria, bambeando debaixo do peso de uma trouxa enorme de onde sobressaíam mangas de sobretudos esfarrapados, cachecóis rasgados, calças recolhidas nas latas de lixo, pedaços de tecido e até um rolo de arame escurecido, a clocharde chegou ao nível mais baixo do cais e soltou uma exclamação que era alguma coisa entre um balido e um suspiro. Sobre um fundo indecifrável no qual deviam se acumular camisolas coladas à pele, blusas herdadas e um sutiã capaz de conter seios ameaçadores, iam se somando dois, três, talvez quatro vestidos, o guarda-roupa completo, e por cima de tudo um paletó de homem com uma manga quase arrancada, um cachecol preso por um broche de latão com uma pedra verde e outra vermelha, e no cabelo incrivelmente tingido de louro uma espécie de fita verde de gaze que pendia para um lado.

108.

— Ela está maravilhosa — disse Oliveira. — Vem para seduzir todos esses da ponte.

— Dá para ver que ela está apaixonada — disse a Maga. — E como se pintou!, repare só os lábios. E o rímel, usou tudo o que tinha.

— Parece uma versão piorada de Grock. Ou algumas figuras de Ensor. É sublime. Como é que esses dois vão se arranjar para fazer amor? Porque não me diga que eles se amam à distância.

— Conheço um canto perto do hotel de Sens onde os clochards se encontram para isso. A polícia deixa. Madame Léonie me disse que sempre tem algum dedo-duro da polícia no meio deles, porque nessa hora eles acabam abrindo os segredos. Parece que os clochards sabem muita coisa da ladroagem.

— Ladroagem, que palavra — disse Oliveira. — Sim, claro que sabem. Estão na margem social, na borda do funil. E também devem saber muita coisa sobre os agiotas e os padres. Uma boa conferida nas latas de lixo...

— Lá vem o clochard. Está mais bêbado que nunca. Coitadinha, como ela espera por ele, olhe só como largou a trouxa no chão para fazer sinais para ele, está tão emocionada.

— Por mais que você me fale do hotel de Sens, eu me pergunto como é que eles fazem — murmurou Oliveira. — Com essa roupa toda... Porque ela não tira mais que uma ou duas peças de roupa quando faz menos frio, mas por baixo tem mais cinco ou seis, e isso para não falar do que chamam de roupa íntima. Você consegue imaginar o que pode ser isso, e num terreno baldio? Para o sujeito é mais fácil, calça é uma coisa tão manejável...

— Eles não se despem — especulou a Maga. — A polícia não deixaria. E com chuva, pense só... Eles se enfiam nos cantos, no tal terreno baldio tem uns poços de meio metro, com pedras nas beiradas, onde os peões de obra jogam lixo e garrafas. Imagino que eles fazem amor de pé.

— Com essa roupa toda? Mas é inconcebível. Quer dizer que o sujeito nunca viu ela nua? Deve ser péssimo.

— Olhe como eles se amam — disse a Maga. — Se olham de um jeito.

— Tem vinho saindo pelos olhos do sujeito, che. Ternura de onze graus e muito tanino.

— Eles se amam, Horacio, se amam. O nome dela é Emmanuèle, era puta no interior. Chegou de péniche, ficou pelos embarcadouros. Uma noite em que eu estava triste nós conversamos. Fede que é um horror, não aguentei por muito tempo. Sabe o que eu perguntei a ela? Perguntei quando é que trocava de roupa. Que bobagem perguntar isso. Ela é muito boa, está bem louca, naquela noite achava que estava vendo flores do campo nos paralelepípedos, ia dizendo o nome delas uma a uma.

— Como Ofélia — disse Horacio. — A natureza imita a arte.

— Ofélia?

— Perdão, sou um pedante. E o que ela respondeu quando você perguntou da roupa?

— Começou a rir e bebeu metade da garrafa de uma vez só. Disse que a última vez que tinha despido alguma coisa tinha sido por baixo, puxando dos joelhos para o chão. Que tudo ia saindo aos pedaços. No inverno eles sentem muito frio, vestem tudo que encontram.

— Eu não gostaria de ser enfermeiro e que numa noite qualquer chegassem com ela numa maca. Um preconceito como qualquer outro. Pilares da sociedade. Estou com sede, Maga.

— Vai lá na casa da Pola — disse a Maga, olhando a clocharde, que trocava carícias com o namorado debaixo da ponte. — Preste atenção, agora ela vai dançar, sempre dança um pouco neste horário.

— Parece um urso.

— É tão feliz — disse a Maga pegando uma pedrinha branca e examinando-a por todos os lados.

Horacio tirou a pedra das mãos dela e lambeu. Tinha gosto de sal e de pedra.

— É minha — disse a Maga, querendo recuperá-la.

— É, mas olhe a cor dela quando está comigo. Comigo ela se ilumina.

— Comigo ela fica mais contente. Dê aqui, é minha.

Os dois se olharam. Pola.

— Bom... — disse Horacio. — Agora ou em outro momento, dá no mesmo. Você é tão tonta, mocinha, devia saber que pode dormir tranquila.

— Dormir sozinha, tremenda graça. Você está vendo? Eu não choro. Pode continuar falando, não vou chorar. Sou como ela, veja como dança, veja, é como a lua, é mais pesada que uma montanha e dança, encardida desse jeito e dança. É um exemplo. Dê aqui a pedrinha.

— Tome. Sabe? É tão difícil falar: eu te amo. Tão difícil, agora.

— Pois é, parece que você está me passando uma cópia em papel-carbono.

— Estamos falando como duas águias — disse Horacio.

— Muito engraçado — disse a Maga. — Se quiser eu empresto um pouquinho, enquanto durar a dança da clocharde.

— Está bem — disse Horacio, aceitando a pedra e lambendo-a outra vez. — Por que é preciso falar da Pola? Ela está doente e sozinha, vou visitá-la, ainda fazemos amor, mas chega, não quero transformá-la em palavras, nem mesmo com você.

— A Emmanuèle vai cair na água — disse a Maga. — Está mais bêbada que o sujeito.

— Não, tudo vai terminar na sordidez de sempre — disse Oliveira, levantando-se da barra de ferro. — Está vendo ali o nobre representante da autoridade se aproximando? Vamos embora, é triste demais. A coitada só estava com vontade de dançar...

— Alguma velha puritana deve ter feito escândalo lá em cima. Se a encontrarmos, você dá um pontapé na bunda dela.

— Combinado. E você pede desculpas por mim, explicando que às vezes minha perna dispara por causa do obus que me acertou quando eu estava defendendo Stalingrado.

— E aí você fica em posição de sentido e bate continência.

— Sou mestre nisso, che, aprendi em Palermo. Vem, vamos beber alguma coisa. Não quero olhar para trás, ouça como o tira xinga a coitada. O problema todo está nisso. Será que eu não devia voltar lá e dar um chute nele? Ah, Árjuna, me aconselhe. E debaixo dos uniformes está o odor da ignomínia dos civis. *Ho detto*. Venha, vamos cair fora de novo. Estou mais sujo que sua Emmanuèle, é um encardido que começou há tantos séculos, *Persil lave plus blanc*, seria preciso um detergente incrível, mocinha, uma ensaboada cósmica. Você gosta de palavras bonitas? Salut, Gaston.

— Salut messieurs dames — disse Gaston. — Alors, deux petits blancs secs comme d'habitude, hein?

— Comme d'habitude, mon vieux, comme d'habitude. Avec du Persil dedans.

Gaston olhou para ele e se afastou balançando a cabeça. Oliveira se apoderou da mão da Maga e contou atentamente seus dedos. Depois colocou a pedrinha sobre a palma, foi dobrando os dedos um a um, e por cima de tudo pôs um beijo. A Maga viu que ele tinha fechado os olhos e parecia ausente. "Palhaço", pensou enternecida.

(-64)

109.

Em algum lugar Morelli procurava justificar suas incoerências narrativas afirmando que a vida dos outros, tal como nos chega na assim chamada realidade, não é cinema, e sim fotografia, ou seja, só podemos apreender a ação por meio de seus fragmentos eleaticamente recortados. Existem unicamente os momentos em que estamos com esse outro cuja vida achamos que entendemos, ou quando nos falam dele, ou quando ele nos conta o que lhe aconteceu ou projeta diante de nós o que tem a intenção de fazer. No fim o que sobra é um álbum de retratos, de instantes fixos: jamais o devir se realizando na nossa frente, a passagem do ontem para o hoje, a primeira agulha do esquecimento na recordação. Por isso não havia nada de estranho no fato de ele falar de seus personagens da maneira mais espasmódica imaginável; dar coerência à série de fotografias para que passassem a ser cinema (como teria agradado tão imensamente ao leitor que ele chamava de leitor-fêmea) significava preencher com literatura, suposições, hipóteses e invenções os hiatos entre uma foto e outra. Às vezes as fotos mostravam umas costas, uma mão apoiada em uma porta, o final de um passeio no campo, a boca que se abre para gritar, sapatos no guarda-roupa, pessoas andando pelo Champ de Mars, um selo usado, o aroma de *Ma Griffe*, coisas assim. Morelli achava que a vivência daquelas fotos, que procurava apresentar com toda a acuidade possível, deveria dar ao leitor condições de aventurar-se, de quase participar do destino de seus personagens. O que o leitor ficava conhecendo dos personagens pela via imaginativa se concretizava imediatamente em ação, sem nenhum artifício destinado a integrá-lo ao já escrito ou ao por escrever. As pontes entre uma e outra instância dessas vidas tão vagas e pouco caracterizadas deveriam ser inventadas ou presumidas pelo leitor, e isso ia desde a maneira de pentear-se, caso Morelli não a tivesse mencionado, até as razões de uma conduta ou inconduta, quando parecesse insólita ou excêntrica. O livro devia ser como esses desenhos apresentados pelos psicólogos da Gestalt, e assim certas linhas induziriam o observador a traçar na imaginação as que completavam a figura. Mas às vezes as linhas ausentes eram as mais importantes, as únicas que realmente contavam. A vaidade e a petulância de Morelli nesse terreno não tinham limite.

109.

Lendo o livro, tinha-se por momentos a impressão de que Morelli havia esperado que o acúmulo de fragmentos se cristalizasse bruscamente em uma realidade total. Sem precisar inventar pontes ou coser os diferentes pedaços da tapeçaria, que de repente houvesse cidade, houvesse tapeçaria, houvesse homens e mulheres na perspectiva absoluta de seu devir, e que Morelli, o autor, fosse o primeiro espectador maravilhado daquele mundo que ingressava na coerência.

Mas não era o caso de esperar, porque coerência no fundo queria dizer assimilação ao espaço e ao tempo, ordenação ao gosto do leitor-fêmea. Morelli não teria consentido nisso, parecia mais bem buscar uma cristalização que, sem alterar a desordem na qual circulavam os corpos de seu pequeno sistema planetário, permitisse a compreensão ubíqua e total de suas razões de ser, fossem elas a própria desordem, a inanidade ou a gratuidade. Uma cristalização na qual nada ficasse subsumido, mas em que um olho lúcido pudesse olhar pelo caleidoscópio e entender a grande rosa policromática, entendê-la como uma figura, *imago mundis* que por fora do caleidoscópio se resolvia no living room de estilo provençal ou no grupo de senhoras tomando chá com bolachinhas Bagley.

(-27)

110.

O sonho era composto como uma torre formada por camadas sem fim que alçaram voo e se perderam no infinito, ou desceram em círculos perdendo-se nas entranhas da Terra. Quando ele me arrastou em suas ondas a espiral começou, e essa espiral era um labirinto. Não havia nem teto nem fundo, nem paredes nem regresso. Mas havia temas que se repetiam com exatidão.

Anaïs Nin, *Winter of Artifice*

(-48)

111.

Esta narrativa foi feita por sua protagonista, Yvonne Guitry, para Nicolás Díaz, amigo de Gardel em Bogotá.

"Minha família pertencia à classe intelectual húngara. Minha mãe era diretora de um seminário feminino onde se educava a elite de uma cidade famosa cujo nome prefiro não dizer. Quando chegou a época turva do pós-guerra, com o desmoronamento de tronos, classes sociais e fortunas, eu não sabia que rumo tomar na vida. Minha família ficou sem fortuna, vítima das fronteiras do Trianon (*sic*) como milhares e milhares de outros. Minha beleza, minha juventude e minha educação não me permitiam transformar-me em humilde datilógrafa. Surgiu então em minha vida o príncipe encantado, um aristocrata das altas esferas cosmopolitas, dos *resorts* europeus. Casei-me com ele com toda a ilusão da juventude, apesar da oposição da minha família, por ser eu tão jovem e ele estrangeiro.

Viagem de núpcias. Paris, Nice, Capri. E em seguida, o fracasso da ilusão. Eu não sabia aonde ir nem ousava contar à minha gente a tragédia do meu casamento. Um marido que jamais poderia me tornar mãe. Já estou com dezesseis anos e viajo como uma peregrina sem rumo, tratando de dissipar minha pena. Egito, Java, Japão, o Império Celestial, o Extremo Oriente inteiro, num carnaval de champagne e de falsa alegria, com a alma destroçada.

Passam-se os anos. Em 1927 nos radicamos definitivamente na Côte d'Azur. Sou uma mulher da alta sociedade e o mundo cosmopolita dos cassinos, dos dancings, dos clubes hípicos me reverencia.

Num belo dia de verão tomei a resolução definitiva: a separação. A natureza inteira estava em flor: o mar, o céu, os campos se abriam numa canção de amor e festejavam a juventude.

A festa das mimosas em Cannes, o carnaval florido de Nice, a primavera sorridente de Paris. Assim abandonei lar, luxo e riquezas e parti sozinha pelo mundo...

Eu estava com dezoito anos e vivia sozinha em Paris, sem rumo definido. Na Paris de 1928. Na Paris das orgias e do champanhe a rodo. Na Paris do franco desvalorizado. Paris, paraíso do estrangeiro. Repleta de ianques e de sul-americanos, reizinhos do ouro. A Paris de 1928, onde todo dia surgia um novo cabaré, uma nova febre para esvaziar a carteira do estrangeiro.

111.

Dezoito anos, loura, olhos azuis. Sozinha em Paris.

Para amenizar minha desgraça, me entreguei plenamente aos prazeres. Nos cabarés, chamava a atenção porque sempre ia sozinha, esbanjava champagne com os bailarinos e distribuía gorjetas fabulosas aos serviçais. Não tinha noção do valor do dinheiro.

Uma vez, um daqueles elementos que sempre circulam nesses ambientes cosmopolitas descobre meu mal secreto e me recomenda o remédio para o esquecimento... Cocaína, morfina, drogas. Comecei então a procurar lugares exóticos, dançarinos de aspecto estranho, sul-americanos de tez morena e bastas cabeleiras.

Na época um recém-chegado, cantor de cabaré, colecionava sucessos e aplausos. Estava debutando no Florida e cantava canções estranhas num idioma estranho.

Usando um traje exótico desconhecido naquelas paragens até então, cantava tangos, rancheras e zambas argentinas. Era um rapaz mais para o magro, um tanto moreno, de dentes brancos, e as belas de Paris o cobriam de atenções. Era Carlos Gardel. Seus tangos chorões, que ele cantava com toda a alma, capturavam o público sem que se soubesse por quê. Suas canções da época — 'La chacareira', 'Caminito', 'Aquel tapado de armiño', 'Queja indiana', 'Entre sueños' — não eram tangos modernos, mas canções da velha Argentina, a alma pura do gaúcho dos pampas. Gardel estava na moda. Não havia jantar elegante ou recepção elegante a que não fosse convidado. Seu rosto moreno, seus dentes brancos, seu sorriso fresco e luminoso, brilhavam em todo lugar. Cabarés, teatros, music-halls, hipódromos. Era um frequentador permanente de Auteuil e Longchamps.

Mas Gardel gostava, acima de tudo, de se divertir à sua maneira, entre sua gente, no círculo de seus íntimos.

Na época havia em Paris um cabaré chamado Palermo, na rua Clichy, frequentado quase exclusivamente por sul-americanos... Foi onde nos conhecemos. Gardel se interessava por todas as mulheres, mas eu não me interessava por nada além da cocaína... e champanhe. Claro que minha vaidade feminina ficava lisonjeada com o fato de eu ser vista em Paris com o homem do dia, o ídolo das mulheres, mas meu coração estava indiferente.

Aquela amizade se reafirmou em outras noites, outros passeios, outras confidências, sob a pálida lua parisiense, através dos campos floridos. Passaram-se muitos dias de interesse romântico. Aquele homem ia entrando na minha alma. Suas palavras eram de seda, suas frases iam cavando a rocha de minha indiferença. Fiquei louca. Meu apartamentinho luxuoso mas triste estava agora cheio de luz. Não voltei aos cabarés. Em minha bela sala gris, à luz fulgurante das lâmpadas elétricas, uma cabecinha loura se acoplava a um firme rosto de morenos matizes. Minha alcova azul, que conheceu todas as nostalgias de uma alma sem rumo, era agora um verdadeiro ninho de amor. Era meu primeiro amor.

O tempo voou precipitado e fugaz. Não sei dizer quanto tempo se passou. A loura exótica que deslumbrava Paris com suas extravagâncias, com seus toiletts dernière cri (*sic*), com suas festas galantes nas quais o caviar russo e o champanhe eram o prato de resistência cotidiana, havia desaparecido.

Meses depois, os habitués eternos do Palermo, do Florida e do Garón ficavam sabendo pelos jornais que uma bailarina loura, de olhos azuis que já contava vinte anos, enlouquecia os rapazes bem-postos da capital platense com suas danças etéreas, seu descaramento inaudito, com toda a voluptuosidade da sua juventude em flor.

Era IVONNE GUITRY.

(Etc.)"

La escuela gardeleana,
Editorial Cisplatina, Montevidéu

(-49)

111.

112.

Morelliana.

Estou revisando um conto que gostaria que fosse o menos literário possível. Tarefa desesperadora já a partir do primeiro passo, na revisão saltam de imediato as frases insuportáveis. Um personagem chega a uma escada: "Ramón encetou o descenso...". Risco e escrevo: "Ramón começou a descer...". Deixo a revisão de lado para me perguntar uma vez mais pelas verdadeiras razões dessa repulsa pela linguagem "literária". *Encentar o descenso* não tem nada de errado a não ser sua facilidade; mas *começar a descer* é exatamente a mesma coisa, só que mais cru, *prosaico* (ou seja, mero veículo de informação), enquanto que a outra forma já parece unir o útil ao agradável. Em suma, o que me desagrada em "encetou o descenso" é o uso decorativo de um verbo e um substantivo que não empregamos quase nunca na fala corrente; em suma, me desagrada a linguagem literária (na minha obra, entenda-se). Por quê?

Caso persista essa atitude, que empobrece vertiginosamente quase tudo o que escrevi nos últimos anos, não tardarei em me sentir incapaz de formular a menor ideia, de tentar a mais simples das descrições. Se minhas razões fossem as de Lord Chandos de Hofmannsthal, não haveria razão de queixa, mas se essa rejeição da retórica (porque no fundo é disso que se trata) só se deve a um ressecamento verbal, correlativo e paralelo a outro vital, então seria preferível renunciar de vez a toda escrita. Reler os resultados do que escrevo atualmente me aborrece. Mas ao mesmo tempo, por trás dessa

112. pobreza deliberada, por trás desse "começar a descer" que substitui o "encetar o descenso", entrevejo algo que me anima. Escrevo muito mal, mas alguma coisa passa. O "estilo" de antes era um espelho para os leitores-cotovia; eles se olhavam, se deleitavam, se reconheciam, como esse público que aguarda, reconhece e desfruta as réplicas de um Salacrou ou de um Anouilh. É muito mais fácil escrever assim que escrever ("desescrever", quase) como eu gostaria de escrever agora, porque já não há diálogo ou encontro com o leitor, há somente esperança de um certo diálogo com um certo e remoto leitor. O problema, claro, se situa num plano *moral*. Talvez a arteriosclerose, o avançar da idade acentuem essa tendência — temo que um pouco misantrópica — a explicar o *ethos* e descobrir (no meu caso, uma descoberta bem tardia) que as ordens estéticas são mais um espelho que uma passagem para a ansiedade metafísica.

Continuo tão sedento de absoluto quanto era aos vinte anos, mas a delicada crispação, a delícia ácida e mordente do ato criador ou da simples contemplação da beleza já não me parecem um prêmio, um acesso a uma realidade absoluta e satisfatória. Só existe uma beleza que ainda pode me dar esse acesso: aquela que é um fim e não um meio, e que o é porque seu criador identificou em si mesmo seu sentido da condição humana com seu sentido da condição de artista. O plano meramente estético, em compensação, me parece isto: meramente. Não consigo me explicar melhor.

(-154)

113.

Nódulos de uma viagem a pé da Rue de la Glacière até a Rue du Sommerard:

— Até quando vamos continuar usando a datação "d.C."?

— Documentos literários vistos dentro de duzentos anos: coprólitos.

— Klages tinha razão.

— Morelli e sua lição. De vez em quando, imundo, horrível, lamentável. Tantas palavras para lavar-se de outras palavras, tanta sujeira para deixar de feder a Piver, a Caron, a Carven, a d.C. Talvez seja preciso passar por tudo isso para recuperar um direito perdido, o uso original da palavra.

— O uso original da palavra (?). Provavelmente uma frase vazia.

— Pequeno ataúde, caixa de charutos, Caronte soprará levemente e você cruzará o charco balançando como um berço. O barco é só para adultos. Senhoras e crianças grátis, um empurrãozinho e pronto, já estão do outro lado. Uma morte mexicana, caveira de açúcar; *Totenkinder lieder*...

— Morelli olhará para Caronte. Um mito diante de outro. Que viagem imprevisível pelas águas negras!

— Uma amarelinha na calçada: giz vermelho, giz verde. CÉU. A calçada, lá em Burzaco, a pedrinha tão amorosamente escolhida, o breve empurrão com a ponta do sapato, devagar, devagar, embora o Céu esteja perto, a vida inteira pela frente.

— Um xadrez infinito, tão fácil propor. Mas o frio entra por uma sola furada, na janela daquele hotel um rosto semelhante ao de um palhaço faz caretas por trás do vidro. A sombra de uma pomba roça um excremento de cachorro: Paris.

— Pola Paris. Pola? Ir visitá-la, faire l'amour. *Carezza*. Como larvas preguiçosas. Mas larva também significa máscara, Morelli escreveu isso em algum lugar.

(-30)

113.

114.

4 de maio de 195... (A. P.) Apesar dos esforços dos advogados, e de um último recurso de apelação interposto no dia 2 do corrente, Lou Vincent foi executado esta manhã na câmara de gás da prisão de San Quentin, estado da Califórnia.

... as mãos e os tornozelos amarrados à cadeira. O carcereiro-chefe ordenou aos quatro ajudantes que saíssem da câmara, e depois de um tapinha no ombro de Vincent, também saiu. O condenado ficou sozinho no cômodo, enquanto cinquenta e três testemunhas observavam através dos visores.

... jogou a cabeça para trás e aspirou profundamente.

... dois minutos mais tarde seu rosto se cobriu de suor, enquanto os dedos se moviam como se quisessem se libertar das correias.

... seis minutos, as convulsões se repetiram, e Vincent jogou a cabeça para a frente e para trás. Um pouco de espuma começou a sair da sua boca.

... oito minutos, a cabeça caiu sobre o peito, depois de uma última convulsão.

... Às dez e doze minutos, o dr. Reynolds anunciou que o condenado acabara de morrer. As testemunhas, entre as quais havia três jornalistas do...

(-117)

115.

Morelliana.

Baseando-se numa série de anotações soltas, muitas vezes contraditórias, o Clube deduziu que Morelli via na narrativa contemporânea um avanço rumo à mal denominada abstração. "A música perde melodia, a pintura perde figuração, o romance perde descrição." Wong, mestre em *collages* dialéticas, adicionava aqui esta passagem: "O romance que nos interessa não é o que vai colocando os personagens em situação, mas o que instala a situação nos personagens. Em decorrência os mesmos deixam de ser personagens para tornar-se pessoas. Há uma espécie de extrapolação mediante a qual eles saltam para nós, ou nós para eles. O K. de Kafka tem o nome de seu leitor, ou o oposto". E a isso deveríamos acrescentar uma anotação bastante confusa, na qual Morelli tramava um episódio em que deixaria em branco o nome dos personagens, para que em cada caso essa suposta abstração obrigatoriamente se resolvesse numa atribuição hipotética.

(-14)

116.

Numa passagem de Morelli, esta epígrafe de *L'Abbé C*, de Georges Bataille: "Il souffrait d'avoir introduit des figures décharnées, qui se déplaçaient dans un monde dément, qui jamais ne pourraient convaincre".

Uma anotação a lápis, quase ilegível: "Sim, sofre-se de vez em quando, mas é a única saída decente. Chega de romances hedônicos, pré-mastigados, com *psicologias*. É preciso estender-se ao máximo, ser *voyant*, como queria Rimbaud. O romancista hedônico não passa de *voyeur*. Por outro lado, chega de técnicas puramente descritivas, de romances 'de comportamento', meros roteiros de cinema sem o apoio das imagens".

A relacionar com outra passagem: "Como *contar* sem cozinha, sem maquiagem, sem piscadelas para o leitor? Talvez renunciando à suposição de que uma narração é uma obra de arte. Senti-la como sentiríamos o gesso que derramamos sobre um rosto para fazer uma máscara. Mas o rosto deveria ser o nosso".

E também esta anotação solta: "Lionello Venturi, falando de Manet e sua *Olympia*, observa que Manet prescinde da natureza, da beleza, da ação e das intenções morais para concentrar-se na imagem plástica. Assim, sem que ele saiba, está operando uma espécie de retorno da arte moderna à Idade Média. Esta havia entendido a arte como uma série de imagens, substituídas durante o Renascimento e a época moderna pela representação da realidade. O próprio Venturi (ou será Giulio Carlo Argan?) acrescenta: 'Quis a ironia da história que no momento mesmo em que a representação da realidade se tornava objetiva, e consequentemente fotográfica e mecânica, um brilhante parisiense que queria fazer realismo tenha sido impulsionado por seu formidável gênio a devolver a arte a sua função de criadora de imagens...'".

Morelli acrescenta: "Acostumar-se a empregar a expressão *figura* em vez de *imagem*, para evitar confusões. Sim, tudo coincide. Mas não se trata de uma volta à Idade Média nem nada disso. Erro de postular um tempo histórico absoluto: Há tempos diferentes *embora* paralelos. Nesse sentido, um dos tempos da chamada Idade Média pode coincidir com um dos tempos da chamada Idade Moderna. E esse tempo é o percebido e habitado por pintores e escritores que se recusam a apoiar-se na circunstância, a ser 'modernos' no sentido em que os contemporâneos entendem o que é moderno, o que não significa que optem por ser anacrônicos: simplesmente estão à margem do tempo superficial de sua época, e a partir desse outro tempo no qual tudo alcança a condição de *figura*, no qual tudo vale como signo e não como tema de descrição, tentam uma obra que pode parecer alheia ou antagônica ao seu tempo e à sua história circundantes, e que ainda assim os inclui, os explica, e em última instância os orienta para uma transcendência em cujo termo está esperando o homem".

(-3)

117.

Vi um tribunal pressionado e até ameaçado para que condenasse à morte dois meninos, desafiando a ciência, desafiando a filosofia, desafiando o humanitarismo, desafiando a experiência, desafiando as melhores e mais humanas ideias da época.

Por que razão meu amigo Mr. Marshall, que exumou de entre as relíquias do passado precedentes que fariam um selvagem corar de vergonha, não leu esta frase de Blackstone:

"Se um menino de menos de catorze anos, mesmo julgado incapaz de culpa prima facie, for, na opinião do tribunal e do júri, capaz de culpa e discernimento entre o bem e o mal, ele pode ser preso e condenado à morte"?

Assim, uma menina de treze anos foi queimada por ter matado a professora.

Um menino de dez e outro de onze anos que haviam matado seus colegas foram condenados à morte, e o de dez, enforcado.

Por quê?

Porque sabia a diferença entre o que está certo e o que está errado. Aprendera na escola dominical.

Clarence Darrow, *Defesa de Leopold e Loeb*, 1924

(-15)

118.

Como o assassinado convencerá seu assassino de que não será uma aparição para ele?

Malcolm Lowry, *Under the Volcano*

(-50)

119.

PERIQUITO AUSTRALIANO IMPOSSIBILITADO DE ABRIR AS ASAS!

Um inspetor da RSPCA entrou numa casa e encontrou o pássaro numa gaiola de apenas 8 polegadas de diâmetro! O dono do pássaro teve que pagar uma multa de 2 libras. Para proteger as criaturas indefesas necessitamos de algo além da sua ajuda moral. A RSPCA precisa de ajuda econômica. Dirigir-se à Secretaria etc.

The Observer, Londres

(-51)

120.

na hora da sesta todos dormiam, era fácil sair da cama sem que sua mãe acordasse, engatinhar até a porta, sair devagar farejando com avidez a terra úmida do chão, escapar pela porta até as pastagens ao fundo; os salgueiros estavam cheios de bichos-de-cesto, Ireneo escolhia um bem grande, sentava-se ao lado de um formigueiro e começava a apertar pouco a pouco o casulo até que a larva punha a cabeça para fora do colarinho sedoso, e então era preciso pegá-la delicadamente pela pele do pescoço como se pega um gato, puxar sem muita força para não machucá-lo, e a larva estava nua, contorcendo-se comicamente no ar; Ireneo então colocava o bicho ao lado do formigueiro e se instalava à sombra, deitado de bruços, esperando; àquela hora as formigas negras trabalhavam furiosamente, cortando capim e carregando bichos mortos ou vivos de tudo quanto era lado, não demorava e uma exploradora avistava a larva a contorcer-se grotescamente, tateava com as antenas como se não acreditasse em tamanha sorte, corria de um lado para outro roçando as antenas das outras formigas, e um minuto depois a larva estava cercada, escalada, retorcia-se inutilmente querendo se livrar das pinças que se cravavam na sua pele enquanto as formigas puxavam na direção do formigueiro, arrastando-a, e Ireneo se divertia principalmente com a perplexidade das formigas ao não conseguir fazer a larva passar pela entrada do formigueiro, a brincadeira consistia em escolher uma larva mais grossa que a entrada do formigueiro, as formigas eram estúpidas e não entendiam, puxavam por todos os lados querendo enfiar a larva mas a larva se contorcia furiosamente, devia ser horrível o que ela sentia, as patas e as pinças das formigas por todo o corpo, nos olhos e na pele, debatia-se querendo se libertar e era pior porque vinham mais formigas, algumas realmente iradas, que lhe cravavam as pinças e não soltavam enquanto não conseguiam que a cara da larva se enterrasse um pouco no poço do formigueiro, e outras que vinham do fundo deviam estar puxando com todas as forças para enfiar o bicho, e Ireneo bem que gostaria de estar também lá dentro do formigueiro para ver como as formigas puxavam a larva enfiando as pinças em seus olhos e na boca e puxando com todas as forças até enfiá-la inteira, até levá-la para as profundezas e matá-la e comê-la.

120.

(-16)

121.

Com tinta vermelha e manifesta complacência, Morelli tinha copiado numa caderneta o final de um poema de Ferlinghetti:

Yet I have slept with beauty
in my own weird way
and I have made a hungry scene or two
with beauty in my bed
and so spilled out another poem or two
and so spilled out another poem or two
upon the Bosch-like world.

(-36)

122.

As enfermeiras iam e vinham falando de Hipócrates. Com um mínimo de trabalho, todo recorte de realidade podia vergar-se diante de um verso ilustre. Mas para que propor enigmas a Etienne, que tinha puxado sua caderneta e desenhava alegremente uma fuga de portas brancas, catres grudados nas paredes e janelões por onde entrava uma matéria cinza e sedosa, um esqueleto de árvore com duas pombas de papos burgueses. Ele teria gostado de contar outro sonho a ele, era tão curioso ter passado a manhã obcecado pelo sonho do pão, e zás, na esquina de Raspail e Montparnasse o outro sonho tinha despencado em cima dele feito uma parede, ou melhor, como se a manhã inteira ele tivesse sido esmagado pela parede do pão queixando-se e de repente, como num filme de trás para a frente, a parede tivesse saído de cima dele, endireitando-se num salto para deixá-lo cara a cara com a lembrança do outro sonho.

— Quando você quiser — disse Etienne, guardando a caderneta. — Quando for melhor para você, não há pressa. Espero viver ainda uns quarenta anos, de modo que...

— Time present and time past — recitou Oliveira — are both perhaps present in time future. Está escrito que hoje tudo vai dar nos versos de T.S. Eu estava pensando num sonho, che, perdão. Vamos indo, agora mesmo.

— É, porque o assunto do sonho já deu. A gente aguenta, aguenta, mas no fim...

— Na verdade se trata de outro sonho.

— Misère! — disse Etienne.

— Não contei por telefone porque naquela hora eu não estava me lembrando.

— E tinha a questão dos seis minutos — disse Etienne. — No fundo as autoridades são sábias. A gente caga nelas o tempo inteiro, mas é preciso reconhecer que elas sabem o que fazem. Seis minutos...

— Se eu tivesse me lembrado naquela hora, era só sair da cabine e entrar na cabine ao lado.

— Está bem — disse Etienne. — Você me conta o sonho e depois a gente desce por aquela escada e vai tomar um vinhozinho em Montparno. Eu troco o seu famoso velho do hospital por um sonho. As duas coisas juntas são demais para mim.

— Acertou em cheio! — disse Oliveira, olhando para ele com interesse. — O problema é saber se essas coisas são intercambiáveis. Aquilo que você me dizia ainda hoje: borboleta ou Chiang Kai-shek? Vai ver que ao propor a troca do velho por um sonho, você na verdade está trocando um sonho pelo velho.

— Para falar a verdade, não estou nem um pouco interessado na questão.

— Pintor — disse Oliveira.

— Metafísico — disse Etienne. — E por falar nisso, aquela enfermeira está começando a se perguntar se nós dois somos um sonho ou uma dupla de desocupados. O que vai acontecer? Se ela vier nos expulsar, será que estaremos sendo expulsos por uma enfermeira ou seremos dois filósofos sonhando com um hospital onde entre outras coisas há um velho e uma borboleta enfurecida?

— Era muito mais simples — disse Oliveira, escorregando um pouco no banco e fechando os olhos. — Olhe, era só a casa da minha infância e o quarto da Maga, as duas coisas juntas no mesmo sonho. Não me lembro de quando o sonhei, tinha esquecido completamente e esta manhã, pensando na história do pão...

— A história do pão você já me contou.

— De repente volta o outro e o pão vai para o diabo, porque não dá para comparar. O sonho do pão pode ter inspirado... Inspirado, olhe só que palavra.

— Não tenha vergonha de falar, se é o que imagino.

— Você pensou no garoto, claro. Associação inevitável. Mas não tenho nenhum sentimento de culpa, che. Não matei o bebê.

— As coisas não são assim tão fáceis — disse Etienne, incomodado. — Vamos visitar o velho, chega de sonhos idiotas.

— Na verdade quase não consigo contar — disse Oliveira, resignado. — Imagine que ao chegar em Marte um sujeito pedisse a você para descrever a cinza. É mais ou menos isso.

— Vamos ou não vamos visitar o velho?

— Para mim é completamente indiferente. Já que estamos aqui... Cama dez, acho. A gente podia ter trazido alguma coisa para ele, é chato chegar assim. Quem sabe você dá um desenhinho para ele.

— Meus desenhos são feitos para serem vendidos — disse Etienne.

(-112)

122.

123.

O verdadeiro sonho estava situado numa zona imprecisa, do lado do despertar mas sem que ele estivesse verdadeiramente desperto; para falar nisso teria sido necessário recorrer a outras referências, eliminar aqueles rotundos *sonhar e despertar* que não queriam dizer nada, situar-se mais bem naquela área onde mais uma vez aparecia a casa da infância, a sala e o jardim num presente nítido, com cores como as que se veem aos dez anos, vermelhos tão vermelhos, azuis de divisórias de vidros coloridos, verde de folhas, verde de fragrância, odor e cor uma só presença à altura do nariz e dos olhos e da boca. Mas no sonho a sala com duas janelas que davam para o jardim era ao mesmo tempo o quarto da Maga; o esquecido povoado da província de Buenos Aires e a Rue du Sommerard se associavam sem violência, não justapostos nem imbricados, mas fundidos, e na contradição abolida sem esforço havia a sensação de estar na coisa, no essencial, como quando se é criança e não se duvida que a sala vai durar a vida toda: um pertencimento inalienável. De modo que a casa de Burzaco e o quarto da Rue du Sommerard eram *o lugar*, e no sonho era preciso escolher a área mais tranquila do lugar, a razão do sonho parecia ser apenas essa, escolher uma área tranquila. No lugar havia outra pessoa, sua irmã, que o ajudava sem palavras a escolher a área tranquila, como se intervém em alguns sonhos sem nem sequer estar neles, dando por certo que a pessoa ou a coisa estão ali e intervêm; uma potência sem manifestações visíveis, algo que é ou age através de uma presença que pode prescindir de aparência. De modo que ele e a irmã escolhiam a sala como a área mais tranquila do lugar, e era uma boa escolha porque no quarto da Maga não era possível tocar piano nem ouvir rádio depois das dez da noite porque imediatamente o velho do andar de cima começava a bater no teto ou os moradores do quarto andar delegavam a uma anã vesga a tarefa de subir para se queixar. Sem uma única palavra, já que nem mesmo pareciam estar ali, ele e a irmã escolhiam a sala que dava para o jardim, descartando o quarto da Maga. Nesse momento do sonho Oliveira tinha acordado, talvez porque a Maga tinha passado uma perna entre as dele. No escuro a única coisa sensível era o fato de ter estado até aquele instante na sala da infância com a irmã, além de uma tremenda vontade de urinar. Empurrando sem cerimônia a perna da Maga, levantou-se e saiu para o corredor, tateando acendeu a luz ruim do banheiro e sem se incomodar em fechar a porta começou a mijar apoiando-se à parede com uma das mãos, fazendo força para não dormir e cair naquela porcaria de privada, completamente submerso na aura do sonho, olhando sem ver o jorro que saía por entre seus dedos e se perdia no buraco ou errava vagamente pelas bordas de louça escurecida. Talvez o verdadeiro sonho tenha surgido para ele naquele momento em que se sentiu acordado e mijando às quatro da manhã num quinto andar da Rue du Sommerard e soube que a sala que dava para o jardim em Burzaco era a realidade, soube-o como se sabem umas poucas coisas indesmentíveis, como se sabe que somos de fato nós mesmos, que ninguém a não ser nós mesmos estamos pensando aquilo, soube sem nenhum assombro ou escândalo que sua vida de homem desperto era uma fantasia se comparada à solidez e à permanência da sala embora depois ao voltar para a cama não houvesse nenhuma sala mas apenas o quarto da Rue du Sommerard, soube que a área tranquila era a sala de Burzaco com o cheiro dos jasmins do Cabo entrando pelas duas janelas, a sala com o velho piano Blüthner, com seu tapete cor-de-rosa e suas poltroninhas afundadas e sua irmã também afundada. Fez um esforço violento para sair da aura, renunciar ao lugar que o estava enganando, suficientemente acordado para deixar entrar a noção de engano, de sono e de vigília, mas enquanto sacudia umas últimas gotas e apagava a luz e esfregando os olhos cruzava o corredor para tornar a entrar no quarto, tudo era menos, era sinal de menos, menos corredor, menos porta, menos luz, menos cama, menos Maga. Respirando com esforço, murmurou: "Maga", murmurou: "Paris", talvez tenha murmurado: "Hoje". Ainda soava a coisa distante, a vazio, a realmente não vivido. Tornou a dormir como quem procura seu lugar e sua casa depois de um longo caminho sob a água e o frio.

123.

(-145)

124.

Era preciso propor-se, segundo Morelli, um movimento à margem de toda *graça*. Na parcela que ele já realizara desse movimento, era fácil perceber o quase vertiginoso empobrecimento de seu universo literário, manifesto não apenas na inópia quase simiesca dos personagens como também no mero curso de suas ações e principalmente de suas inações. Acabava não acontecendo nada com eles, que giravam em um comentário sarcástico da própria inanidade, fingiam adorar ídolos ridículos que presumiam ter descoberto. Morelli devia considerar isso importante, porque havia multiplicado suas anotações sobre uma suposta exigência, um recurso final e desesperado para desprender-se das pegadas da ética imanente e transcendente, em busca de uma nudez que chamava de axial e às vezes de *o umbral*. Umbral do quê, rumo a quê? Deduzia-se uma incitação a algo como virar-se do avesso à maneira de uma luva, de modo a receber esfoladamente um contato com uma realidade sem a interposição de mitos, religiões, sistemas e retículas. Era curioso que Morelli abraçasse com entusiasmo as mais recentes hipóteses de trabalho da ciência física e da biologia, se mostrasse convencido de que o velho dualismo havia se trincado ante a evidência de uma comum redução da matéria e do espírito a noções de energia. Como consequência, seus macacos sábios pareciam querer retroceder cada vez mais na direção de si mesmos, anulando de um lado as quimeras de uma realidade mediatizada e atraiçoada pelos supostos instrumentos cognitivos, e anulando ao mesmo tempo sua própria força mitopoiética, sua "alma", para acabar numa espécie de encontro *ab ovo*, de encolhimento supremo, até o ponto em que se irá perder a última centelha de (falsa) humanidade. Parecia propor — embora nunca tenha chegado a formular essa proposta — um caminho que começasse a partir dessa liquidação externa e interna. Mas ficara quase sem palavras, sem gente, sem coisas, e potencialmente, claro, sem leitores. O Clube suspirava, entre deprimido e exasperado, e era sempre a mesma coisa, ou quase.

(-128)   **124.**

125.

A ideia de ser como um cão entre os homens: matéria de desolada reflexão ao longo de duas aguardentes e uma caminhada pelos subúrbios, suspeita crescente de que só o alfa cria o ômega, de que toda obstinação numa etapa intermediária — épsilon, lambda — equivale a girar com um pé cravado no chão. A flecha vai da mão ao alvo: não há metade do caminho, não há século XX entre o X e o XXX. Um homem deveria ser capaz de se isolar da espécie dentro da própria espécie, e optar pelo cão ou pelo peixe original como ponto inicial da marcha rumo a si mesmo. Não há passagem para o doutor em letras, não há abertura para o alergista eminente. Incrustrados na espécie, serão o que devem ser ou senão não serão nada. Muito meritórios, nada a dizer, mas sempre épsilon, lambda ou pi, nunca alfa ou ômega. O homem de quem estamos falando não aceita essas pseudorrealizações, a grande máscara apodrecida do Ocidente. O sujeito que chegou andando à toa até a ponte da Avenida San Martín e fuma numa esquina, olhando uma mulher ajeitar a meia, tem uma ideia completamente insensata do que ele chama de realização, e não lamenta isso porque alguma coisa lhe diz que na insensatez está a semente, que o latido do cão está mais perto do ômega que de uma tese sobre o gerúndio em Tirso de Molina. Que metáforas idiotas! Mas ele continua travado, é o caso de dizer. O que procura? Procura a si mesmo? Não se procuraria se já não tivesse se encontrado. Quer dizer que se encontrou (mas isso já não é insensato, ergo há que desconfiar. É só você deixá-la solta que A Razão emite um boletim especial, arma o primeiro silogismo de uma série que não o leva a lugar nenhum fora um diploma ou um chalezinho californiano e os bebês brincando no tapete para imenso encantamento da mamãe). Vamos ver, calma: o que é que esse sujeito procura? Procura a si mesmo? Procura a si mesmo enquanto indivíduo? Enquanto indivíduo pretensamente intemporal, ou como ente histórico? Se for este último, tempo perdido. Se porém ele se procura à margem de toda contingência, talvez a coisa do cão até que não é tão absurda. Mas vamos devagar (ele adora falar assim, como um pai para o filho, para depois dar-se o enorme prazer de todo filho, que é chutar o velho do ninho), vamos piano piano, investigar que história é essa da procura. Bom, a procura não *é*. Sutil, hein? Não é procura porque já se encontrou. Só que o encontro não encaixa. Há carne, batatas e alho-poró, mas não há cozido. Ou seja, já não estamos com os demais, já deixamos de ser um cidadão (por alguma razão me fazem sair disparado de tudo que é canto, Lutécia que o diga), mas tampouco soubemos sair do cão para chegar a isso que não tem nome, digamos, a essa conciliação, a essa reconciliação.

125.

Terrível tarefa, a de chapinhar num círculo cujo centro está em toda parte e cuja circunferência está em parte alguma, para falar de maneira escolástica. O que se procura? O que se procura? Repetir isso quinze mil vezes, como marteladas na parede. O que se procura? O que é essa conciliação sem a qual a vida não passa de uma gozação obscura? Não a conciliação do santo, porque se na noção de descer ao cão, de recomeçar a partir do cão ou do peixe ou da imundície e da feiura e da miséria e de qualquer outro desvalor há sempre uma espécie de nostalgia de santidade, a sensação que se tem é de que almejamos uma santidade não religiosa (e aí começa a insensatez), a um estado *sem diferença*, sem santo (porque o santo é sempre de alguma maneira tanto o santo como os que não são santos, e isso escandaliza um pobre coitado como o que admira a perna da moça absorta em ajeitar a meia torta), ou seja, se existe conciliação ela não pode ser um estado de santidade, estado excludente logo de saída. Tem que ser algo imanente, sem sacrifício do chumbo pelo ouro, do celofane pelo cristal, do menos pelo mais; ao contrário, a insensatez exige que o chumbo valha o ouro, que o mais esteja no menos. Uma alquimia, uma geometria não euclidiana, uma indeterminação *up to date* para as operações do espírito e seus frutos. Não se trata de *subir*, velho ídolo mental desmentido pela história, velha cenoura que já não engana o burro. Não se trata de aperfeiçoar, decantar, resgatar, escolher, livre-arbitrar, ir do alfa até o ômega. *Já se está*. Qualquer um já está. O disparo está na pistola; mas é preciso apertar o gatilho e acontece que o dedo está fazendo sinais para parar o ônibus, ou coisa que o valha. Como fala, quanto fala esse fumante desocupado de subúrbio! A moça já ajeitou a meia, pronto. Viu só? Formas da conciliação. *Il mio supplizio...* Vai ver tudo é tão simples, um puxãozinho na malha, um dedinho molhado com saliva passando pela parte que correu. Vai ver que bastaria pegar o nariz e colocá-lo na altura da orelha, desacomodar um nadinha a circunstância. E não, também não é assim. Nada mais fácil que jogar a culpa no que ficou de fora, como se fosse inquestionável que o fora e o dentro são as duas vigas mestras da casa. Mas é que está tudo errado, a história lhe diz isso, e o próprio fato de estar pensando isso em vez de o estar vivendo prova a você que está errado, que nos metemos numa desarmonia total que todos os nossos recursos disfarçam com o edifício social, com a história, com o estilo jônico, com a alegria do Renascimento, com a tristeza superficial do romantismo, e assim vamos e ninguém nos se segura.

(-44)

126.

— Por que, com teus encantamentos infernais, me arrancaste da tranquilidade da minha primeira vida... O sol e a lua brilhavam para mim sem artifício; eu despertava entre pensamentos serenos, e ao amanhecer dobrava minhas folhas para fazer minhas orações. Não via nada de mau, pois não tinha olhos; não escutava nada de mau, pois não tinha ouvidos; mas me vingarei!

Discurso da Mandrágora, em *Isabel do Egito*, de Achim von Arnim

(-21)

127.

E assim os monstros davam pontapés no ninho da Cuca para que ela saísse da farmácia e os deixasse em paz. Ao mesmo tempo, e muito mais a sério, discutiam o sistema de Ceferino Piriz e as ideias de Morelli. Como na Argentina Morelli era quase desconhecido, Oliveira passou os livros para eles e lhes falou de algumas anotações esparsas que conhecera em outros tempos. Descobriram que Remorino, que ia continuar trabalhando como enfermeiro e sempre aparecia na hora do mate e da aguardente, era um grande entendido em Roberto Arlt, fato que produziu neles uma comoção considerável, razão pela qual durante uma semana só se falou de Arlt e de como ninguém tinha conseguido superar o seu poncho num país onde se preferia tapete. Mas falavam principalmente de Ceferino com grande seriedade, e a cada tanto lhes ocorria olhar-se de um modo especial, por exemplo levantando a vista ao mesmo tempo e percebendo que os três estavam fazendo a mesma coisa, ou seja, olhar-se de uma maneira especial e inexplicável, como certos olhares no jogo de truco ou quando um homem que ama desesperadamente tem que encarar um chá com pão doce e várias senhoras e até um coronel da reserva que lhe explica as causas pelas quais tudo anda tão mal no país, e afundado em sua cadeira o homem olha do mesmo jeito para todos, para o coronel e para a mulher que ama e para as tias da mulher que ama, olha afavelmente para eles porque na realidade sim, é uma vergonha que o país esteja na mão de uma quadrilha de criptocomunistas, então pão doce com creme, o terceiro à esquerda da bandeja, e da colherinha virada para cima sobre a toalha bordada pelas tias o olhar afável se ergue por um instante e por cima dos criptocomunistas e se enlaça no ar com o outro olhar, que subiu do açucareiro de material plástico verde-nilo e tudo o mais desaparece, uma consumação fora do tempo se transforma num dulcíssimo segredo, e se os homens de hoje fossem homens de verdade, jovem, e não uns maricas de merda ("Mas Ricardo! "Está bem, Carmen, mas é que me revolta, me re-vol-ta o que está acontecendo com o país"), *mutatis mutandis* era um pouco o olhar dos monstros quando uma ou outra vez acontecia de os dois se olharem com um olhar ao mesmo tempo furtivo e total, secreto e muito mais claro do que quando se olhavam por um longo tempo, mas não é à toa que se é um monstro, como dizia a Cuca ao marido, e os três desandavam a rir e ficavam extremamente envergonhados por terem se olhado assim sem estar jogando truco e sem ter amores culposos. A menos que.

127.

(-56)

128.

Nous sommes quelques-uns à cette époque à avoir voulu attenter aux choses, créer en nous des espaces à la vie, des espaces qui n'étaient pas et ne semblaient pas devoir trouver place dans l'espace.

Artaud, *Le Pèse-nerfs*

(-24)

129.

Mas Traveler não estava dormindo, depois de uma ou duas tentativas o pesadelo continuava a rondá-lo, e acabou se sentando na cama e acendendo a luz. Talita não estava, essa sonâmbula, essa falena de insônias, e Traveler bebeu um copo de aguardente e vestiu o paletó do pijama. A poltrona de vime parecia mais fresca que a cama, e era uma noite boa para continuar estudando Ceferino Piriz.

Dans cet annonce ou carte — dizia textualmente Ceferino — ye reponds devant ou sur votre demande de suggérer idées pour Unesco et écrit en le journal *El Diario* de Montevideo.

Ceferino afrancesado! Mas não havia perigo, *A luz da paz do mundo*, cujos excertos Traveler possuía como preciosamente, estava escrito em admirável castelhano, como por exemplo a introdução:

Neste anúncio apresento algumas partes extraídas de uma obra recentemente escrita por mim e intitulada *A luz da paz do mundo*. Tal obra foi ou está sendo inscrita num concurso internacional... mas ocorre que não posso enviar a referida obra inteira aos senhores já que durante algum tempo a referida Revista não permite que a referida obra seja entregue em sua formulação completa a nenhuma pessoa que não faça parte da referida Revista...

Assim é que, neste anúncio, me limito somente a enviar alguns trechos da referida obra, os quais, estes que irão a seguir, não devem ser publicados por enquanto.

Muitíssimo mais claro que um texto equivalente de Julián Marías, por exemplo. Com dois copos de aguardente se estabelecia o contato, e vamos lá. Traveler começou a gostar de ter se levantado e de que Talita andasse por aí esbanjando romantismo. Pela décima vez ingressou lentamente no texto de Ceferino:

129.

> Neste livro se faz a apresentação do que poderíamos chamar de "grande fórmula em prol da paz mundial". Tanto é assim que na referida fórmula grande entram uma Sociedade de Nações ou uma ONU, onde essa Sociedade tem tendência no sentido de valores (preciosos etc.) e raças humanas; e finalmente, como exemplo indiscutido ou no plano internacional, entra um país que é verdadeiramente exemplar, já que o mesmo é composto por 45 CORPORAÇÕES NACIONAIS ou ministérios do simples, e de 4 Poderes nacionais.

Tal qual: um ministério do simples. Ah, Ceferino, filósofo natural, herborista de paraísos uruguaios, nefelibata...

> Por outro lado, essa fórmula grande, em sua medida dela, não ignora, respectivamente, o mundo dos videntes; a natureza dos princípios INFANTIS; as medidas naturais que, numa fórmula que se dê por si, não admitem nenhuma alteração na referida fórmula dada por si etc.

Como sempre, o sábio parecia sentir falta da vidência e da intuição, mas às primeiras manifestações de mudança a mania classificatória do homo occidentalis entrava a mil no ranchinho de Ceferino, e entre um mate e outro organizava para ele a civilização em três etapas:

> Etapa primeira de civilização

> É possível conceber uma etapa primeira de civilização a contar de tempos desconhecidos no passado, até 1940. Etapa que consistia em que tudo se inclinava na direção da Guerra Mundial de lá por 1940.

> Etapa segunda de civilização

> Também se pode conceber uma segunda etapa de civilização, a contar de 1940 até 1953. Etapa que consistiu em que tudo se inclinou para a paz mundial ou reconstrução mundial.

(Reconstrução mundial: fazer que no mundo cada qual fique com o que é seu; reconstruir eficazmente tudo o antes desfeito: edifícios, direitos humanos, equilíbrios universais de preços etc. etc.)

Etapa terceira de civilização

Também hoje em dia ou atualmente é possível conceber uma etapa terceira de civilização, contando a partir de 1953 até o futuro ano 2000. Etapa que consiste em que tudo marche firmemente rumo ao acordo eficaz das coisas.

129.

Evidentemente, para Toynbee... Mas a crítica emudecia diante da proposta antropológica de Ceferino:

Pois bem, eis os humanos diante das mencionadas etapas:

A) Os humanos viventes na etapa segunda mesmamente, naqueles mesmos dias, não atinavam grandemente de pensar na etapa primeira.

B) Os humanos viventes, ou que somos viventes nesta etapa terceira de hoje em dia, nestes mesmos tempos não atinam, ou não atinamos, mormente em pensar na etapa segunda. E

C) No amanhã que há de estar depois, ou a partir de 2000, os humanos desses dias, e nesses dias, eles não atinarão mormente em pensar na etapa terceira: a da hoje em dia.

A questão de não pensar prioritariamente — grandemente — era bastante correta, *beati pauperes spiritu*, e à maneira de Paul Rivet Ceferino logo se mandava ribanceira abaixo de uma classificação que teria sido a delícia das tardes no pátio de d. Crespo, a saber:

No mundo, podemos contar até seis raças humanas: a branca, a amarela, a parda, a negra, a vermelha e a pampa.

RAÇA BRANCA: são de tal raça todos os habitantes de pele branca, tais como os dos países bálticos, nórdicos, europeus, americanos etc.

RAÇA AMARELA: são de tal raça todos os habitantes de pele amarela, tais como chineses, japoneses, mongóis, a maioria dos hindus etc.

RAÇA PARDA: são de tal raça todos os habitantes de pele parda por natureza, tais como os russos pardos propriamente ditos, os turcos de pele parda, os árabes de pele parda, os ciganos etc.

RAÇA NEGRA: são de tal raça todos os habitantes de pele negra, tais como os habitantes da África Oriental na sua grande maioria etc.

RAÇA VERMELHA: são de tal raça todos os habitantes de pele vermelha, tais como grande parte de etíopes de pele avermelhada-escura, entre os quais NEGUS, rei da Etiópia, é um exemplar vermelho; uma grande parte dos hindus de pele avermelhado-escura ou de "cor café"; grande parte de egípcios de pele avermelhado-escura etc.

RAÇA PAMPA: são de tal raça todos os habitantes de pele da cor variada do pampa, tais como todos os índios das três Américas.

129. — O Horacio tinha que estar aqui — disse Traveler para si mesmo. — Essa parte ele comentaria muito bem. Afinal de contas, por que não? O coitado do Cefe tropeça com as clássicas dificuldades da Etiqueta Engomada e faz o que pode, como Lineu com os quadros sinópticos das enciclopédias. O ponto da raça parda é uma solução genial, é preciso reconhecer.

Ouviam-se passos no corredor e Traveler foi até a porta, que dava para a ala administrativa. Como teria dito Ceferino, a primeira porta, a segunda porta e a terceira porta estavam fechadas. Talita decerto havia voltado para sua farmácia, era incrível o entusiasmo dela com o reingresso na ciência, com as pequenas balanças, os antipiréticos.

Alheio a essas miudezas, Ceferino passava a explicar sua Sociedade de Nações modelo:

Uma sociedade que seja fundada em qualquer lugar do mundo, mesmo sendo o melhor lugar a Europa. Uma Sociedade que funcione permanentemente, consequentemente em todos os dias úteis. Uma sociedade cujo grande local ou palácio disponha de pelo menos sete (7) câmaras ou recintos bem grandes. Etc.

Pois bem, das sete referidas câmaras do palácio da referida Sociedade, uma primeira câmara haverá de ser ocupada pelos Delegados dos países de raça branca, com seu Presidente da mesma cor; uma segunda câmara haverá de ser ocupada pelos Delegados dos países de raça amarela, com seu Presidente da mesma cor; uma terceira...

E assim todas as raças, ou seja, que era possível saltar a enumeração, *mas não era a mesma coisa* depois de quatro copinhos de aguardente (Mariposa e não Ancap, uma pena, porque a homenagem patriótica teria valido a pena); não era em absoluto a mesma coisa, porque o pensamento de Ceferino era cristalográfico, se encaixava com todas as arestas e pontos de intersecção, regido pela simetria e pelo *horror vacui*, ou seja que

... uma terceira câmara haverá de ser ocupada pelos Delegados dos países de raça parda, com seu Presidente da mesma cor; uma quarta câmara haverá de ser ocupada pelos Delegados dos países de raça negra, com seu Presidente da mesma cor; uma quinta câmara haverá de ser ocupada pelos países de raça vermelha, com seu Presidente da mesma cor; uma sexta câmara haverá de ser ocupada pelos Delegados dos países de raça pampa, com seu Presidente da mesma cor; e uma — a — sétima câmara haverá de ser ocupada pelo "Estado--Maior" de toda a referida Sociedade de Nações.

Traveler sempre ficava fascinado com esse " — a — " que interrompia a rigorosa cristalização do sistema, como o misterioso *jardim* da safira, aquele misterioso ponto da pedra preciosa que talvez determinasse a coalescência do sistema e que nas safiras irradiava sua transparente cruz celeste como uma energia congelada no coração da pedra. (E por que se chamava *jardim*, a não ser que se imaginasse os jardins de pedras preciosas das fábulas orientais?)

Cefe, muito menos deliquescente, explicava em seguida a importância da questão:

> Mais detalhes sobre a mencionada sétima câmara: na referida sétima câmara do palácio da Sociedade das Nações, haverão de estar o Secretário-geral de toda a referida Sociedade, e o Presidente-geral, mas tal Secretário-geral ao mesmo tempo também haverá de ser o Secretário direto do referido Presidente-geral.
>
> Mais detalhes ainda: bem; na câmara primeira haverá de estar seu correspondente Presidente, o qual sempre haverá de presidir a referida câmara primeira; se falarmos a respeito da câmara segunda, idem; se falarmos a respeito da câmara terceira, idem; se falarmos a respeito da câmara quarta, idem; se falarmos a respeito da câmara quinta, idem; e se falarmos a respeito da câmara sexta, idem.

Traveler se enternecia ao pensar que esse "idem" devia ter sido bastante difícil para Ceferino. Era uma condescendência extraordinária para com o leitor. Mas ele já havia chegado ao fundo da questão e passava para a etapa de enumerar o que denominava: "Primoroso compromisso da Sociedade de Nações modelo", *i.e.*:

> 1) Ver (para não dizer fixar) o valor ou os valores do dinheiro em sua circulação internacional; 2) designar as diárias dos operários, os salários dos empregados etc.; 3) designar valores em prol do internacional (dar ou fixar preço para todo artigo vendável, e dar valor ou mérito a outras coisas: quantas armas de guerra deverá ter um país; a quantas crianças uma mulher haverá de dar à luz, por convenção internacional etc.); 4) designar quanto deverá perceber monetariamente em razão de aposentadoria um aposentado, um pensionista etc.; 5)

designar até quantas crianças haverá de dar à luz cada mulher do mundo; 6) designar as distribuições equitativas no âmbito internacional etc.

Por que, perguntava-se sagazmente Traveler, essa repetição em matéria de liberdade de ventres e demografia? Na anotação 3) a questão era entendida como um valor, mas na 5) como assunto concreto de competência da Sociedade. Curiosas infrações à simetria, ao rigor implacável da enumeração consecutiva e ordenada, que talvez traduzissem uma inquietação, a suspeita de que a ordem clássica era como sempre um sacrifício da verdade à beleza. Mas Ceferino se recuperava desse romantismo que Traveler suspeitava que ele tivesse e procedia a uma distribuição exemplar.

Distribuição das armas de guerra

Já é sabido que cada país do mundo conta com seus correspondentes quilômetros quadrados de território.

Pois bem, eis um exemplo:

O país que tem, digamos, 1000 quilômetros quadrados, haverá de dispor de 1000 canhões; o país que tem, digamos, 5000 quilômetros quadrados, haverá de dispor de 5000 canhões etc.

(Nisso se haverá de compreender 1 canhão por quilômetro quadrado.)

O país que tem, digamos, 1000 quilômetros quadrados, haverá de dispor de 2000 fuzis; o país que tem, digamos, 5000 quilômetros quadrados, haverá de dispor de 100000 fuzis etc.

(Nisso se haverá de compreender 2 fuzis por quilômetro quadrado.) Etc.

Esse exemplo haverá de compreender todos os respectivos países que existem: a França tem 2 fuzis por quilômetro; a Espanha, idem; a Bélgica, idem; a Rússia, idem; a América do Norte, idem; o Uruguai, idem; a China, idem etc.; e também haverá de compreender todas os tipos de armas de guerra que existem: a) tanques; b) metralhadoras; c) bombas horripilantes; fuzis etc.

(-139)

130.

RISCOS DO FECHO ECLER

O *British Medical Journal* informa sobre um novo tipo de acidente que os meninos podem sofrer. O referido acidente é causado pelo emprego do fecho ecler no lugar de botões na braguilha das calças (escreve nosso repórter de medicina).

O perigo é que o prepúcio fique preso no fecho. Já foram registrados dois casos. Em ambos foi preciso praticar a circuncisão para liberar o menino.

O acidente tem mais possibilidades de acontecer quando o menino vai sozinho ao banheiro. Ao tentar ajudá-lo, os pais podem piorar as coisas puxando o fecho no sentido errado, pois o menino não estará em condições de explicar se o acidente aconteceu ao puxar o fecho para cima ou para baixo. Se o menino já for circuncidado, o dano pode ser muito mais grave.

O médico sugere que cortando a parte inferior do fecho com alicate ou tesoura é possível separá-lo facilmente em duas metades. Mas será preciso aplicar uma anestesia local para extrair a parte incrustada na pele.

The Observer, Londres

(-151)

131.

— O que você acha de entrarmos na corporação nacional dos monges da oração do pelo-sinal?

— Entre isso aí e entrar no orçamento nacional...

— Teríamos ocupações formidáveis — disse Traveler, observando a respiração de Oliveira. — Eu me lembro perfeitamente, nossas obrigações seriam rezar ou benzer pessoas, objetos, e essas regiões tão misteriosas que Ceferino chama de lugares de paragens.

— Este deve ser um — disse Oliveira como falando longe. — Típico lugar de paragem, maninho.

— E também benzeríamos as lavouras de vegetais, e os namorados amaldiçoados por um rival.

— Chame o Cefe — disse a voz de Oliveira vinda de algum lugar de paragem. — Como eu gostaria de... Che, agora que estou me dando conta, o Cefe é uruguaio!

Traveler não respondeu nada e olhou para Ovejero, que entrava e se inclinava para medir o pulso da histeria matinensis yugulata.

— Monges que haverão de combater sempre todo mal espiritual — disse pausadamente Oliveira.

— Ahá — disse Ovejero para estimulá-lo.

(-58)

132.

E enquanto alguém como sempre explica alguma coisa, não sei por que estou no café, em todos os cafés, no Elephant & Castle, no Dupont Barbès, no Sacher, no Pedrocchi, no Gijón, no Greco, no Café de la Paix, no Café Mozart, no Florian, no Capoulade, no Les Deux Magots, no bar que puxa as cadeiras até a praça do Colleone, no café Dante a cinquenta metros da tumba dos Escalígeros e o rosto que parece queimado pelas lágrimas de Santa Maria Egipcíaca num sarcófago cor-de-rosa, no café que fica na frente da Giudecca, com marquesas anciãs empobrecidas, que bebem um chá minucioso e encompridado com falsos embaixadores empoeirados, no Jandilla, no Floccos, no Cluny, no Richmond da Suipacha, no El Olmo, na Closerie des Lilas, no Stéphane (que fica na Rue Mallarmé), no Tokio (que fica em Chivilcoy), no café Au Chien qui Fume, no Opern Café, no Dôme, no Café du Vieux Port, nos cafés de qualquer lugar onde

> *We make our meek adjustments,*
> *Contented with such random consolations*
> *As the wind deposits*
> *In slithered and too ample pockets.*

Hart Crane *dixit*. Mas são mais que isso, são o território neutro para os apátridas da alma, o centro imóvel da roda de onde a gente pode alcançar-se a si mesmo em plena corrida, ver-se entrar e sair como um maníaco, embrulhado em mulheres ou notas promissórias ou teses epistemológicas, e enquanto mexe o café na xicrinha que vai de boca em boca ao longo dos dias, pode desapegadamente tentar a revisão e o balanço, igualmente distanciado do eu que entrou faz uma hora no café e do eu que sairá daqui a meia hora. Autotestemunha e autojuiz, autobiógrafo irônico entre dois cigarros.

132.
Nos cafés eu me lembro dos sonhos, um *no man's land* suscita outro; agora me lembro de um, mas não, só me lembro de que devo ter sonhado algo maravilhoso e que no final me sentia expulso (ou indo embora, mas à força) do sonho que irremediavelmente ficava para trás de mim. Não sei nem se uma porta se fechava atrás de mim, acho que sim; mas de fato se estabelecia uma separação entre o já sonhado (perfeito, esférico, concluído) e o agora. Só que eu continuava dormindo, a questão da expulsão e da porta se fechando também foi sonhada por mim. Uma certeza solitária e terrível dominava aquele instante de trânsito dentro do sonho: saber que irremissivelmente aquela expulsão comportava o esquecimento total da maravilha anterior. Suponho que a sensação de porta se fechando era isso, o esquecimento fatal e instantâneo. O mais assombroso é recordar também ter sonhado que me esquecia do sonho anterior, e que esse sonho *tinha* que ser esquecido (eu expulso de sua esfera concluída).

Tudo isso terá, imagino, uma raiz edênica. Talvez o Éden, como querem por aí, seja a projeção mitopoiética dos bons momentos fetais que perduram no inconsciente. De repente compreendo melhor o espantoso gesto do Adão de Masaccio. Ele cobre o rosto para proteger sua visão, a última coisa que foi dele; guarda naquela pequena noite manual a última paisagem do seu paraíso. E chora (porque o gesto é também o que acompanha o pranto) quando entende que é inútil, que a verdadeira condenação é isso que já começou: o esquecimento do Éden, ou seja, a conformidade bovina, a alegria barata e suja do trabalho e do suor da própria fronte e as férias remuneradas.

(-61)

133.

Claro que, como Traveler pensou em seguida, o que importava eram os resultados. E, no entanto, por que tanto pragmatismo? Cometia uma injustiça com Ceferino, pois seu sistema geopolítico não tinha sido ensaiado como muitos outros igualmente insensatos (e, portanto, promissores, era preciso reconhecer isso). Impertérrito, Cefe se mantinha no terreno teórico e quase de imediato entrava em outra demonstração esmagadora:

As diárias dos trabalhadores no mundo

De acordo com a Sociedade das Nações, será ou haverá de ser que se por exemplo um trabalhador francês, um ferreiro digamos hipoteticamente, ganha uma diária situada entre uma *base mínima* de $ 8,00 e uma *base máxima* de $ 10,00, então há de ser que um ferreiro italiano também haverá de ganhar igual, entre $ 8,00 e $ 10,00 por jornada; mais: se um ferreiro italiano ganha o agora mencionado, entre $ 8,00 e $ 10,00 por jornada, então o trabalhador espanhol também há de ganhar entre $ 8,00 e $ 10,00 por jornada; mais: se um ferreiro espanhol ganha entre $ 8,00 e $ 10,00 por jornada, então um ferreiro russo também haverá de ganhar entre $ 8,00 e $ 10,00 por jornada; mais: se um ferreiro russo ganha entre $ 8,00 e $ 10,00 por jornada, então um ferreiro norte-americano haverá de ganhar entre $ 8,00 e $ 10,00 por jornada etc.

— Qual é a razão — monologou Traveler — desse "etc.", para que em um dado momento Ceferino pare e opte por esse et cetera tão penoso para ele? Não pode ser apenas o cansaço da repetição, porque é evidente que ele gosta (estava pegando o estilo). O fato era que o "etc." deixava Ceferino um tanto nostálgico. Ceferino, cosmólogo obrigado a conceder um reader's digest irritante. O coitado se vingava acrescentando a seguir a continuação da sua lista de ferreiros:

133.

(Além do mais, nesta tese, para continuar falando, cabem ou caberiam, é claro, todos os países respectivamente, ou melhor, todos os ferreiros de todo respectivo país.)

"Enfim", pensou Traveler, servindo-se de outra aguardente e suavizando-a com água com gás, "que estranho a Talita não voltar." Era melhor ver o que que estava acontecendo. Sentia pena de sair do mundo de Ceferino em plena negociação, justo quando Cefe desandava a enumerar as 45 Corporações Nacionais que deveriam compor um país ideal:

1) CORPORAÇÃO NACIONAL DO MINISTÉRIO DO INTERIOR (todas as dependências e empregados em geral do Ministério do Interior). (Ministração de toda estabilidade de todo estabelecimento etc.); 2) CORPORAÇÃO NACIONAL DO MINISTÉRIO DA FAZENDA (todas as dependências e empregados em geral do Ministério da Fazenda). (Ministração à maneira de patrocínio, de todo bem (toda propriedade) dentro de território nacional etc.); 3)

E assim, corporações em número de 45, entre as que se destacavam por direito próprio a 5, a 10, a 11 e a 12:

5) CORPORAÇÃO NACIONAL DE MINISTÉRIO DA PRIVANÇA CIVIL (todas as dependências e empregados em geral do referido Ministério). (Instrução, Ilustração, Amor de um próximo para com outro, Controle, Registro (livros de), Saúde, Educação Sexual etc.) (Ministração ou Controle e Registro (letrado...) que haverá de suprir os "Tribunais de Instrução", os "Tribunais Cíveis", o "Conselho da Criança", o "Juizado de Menores", os "Registros": nascimentos, óbitos etc.) (Ministração que haverá de compreender tudo aquilo que seja Privança Civil: MATRIMÔNIO, PAI, FILHO, VIZINHO, DOMICÍLIO, INDIVÍDUO, INDIVÍDUO DE BOA OU MÁ CONDUTA, INDIVÍDUO DE IMORALIDADE PÚBLICA, INDIVÍDUO COM ENFERMIDADES RUINS, LAR (FAMÍLIA E), PESSOA INDESEJÁVEL, CHEFE DE FAMÍLIA, CRIANÇA, MENOR DE IDADE, NOIVO, CONCUBINATO etc.).

10) CORPORAÇÃO NACIONAL DE FAZENDAS (todos os estabelecimentos rurais da Criação Maior de animais e de todos os empregados em geral dos referidos estabelecimentos). (Criação Maior ou criação de animais corpulentos: bois, cavalos, avestruzes, elefantes, camelos, girafas, baleias etc.);

11) CORPORAÇÃO NACIONAL DE GRANJAS (todas as granjas agrícolas ou chácaras grandes, e todos os empregados em geral dos referidos estabelecimentos). (Plantações de toda respectiva classe de vegetais, exceto hortaliças e árvores frutíferas);

133·

12) CORPORAÇÃO NACIONAL DE CASAS-CRIADORAS DE ANIMAIS (todos os estabelecimentos de Criação Menor de animais, e todos os empregados em geral dos referidos estabelecimentos). (Criação Menor ou criação de animais não corpulentos: porcos, ovelhas, bodes, cães, tigres, leões, gatos, lebres, galinhas, patos, avelhas, peixes, borboletas, camundongos, insetos, micróbios etc.).

Enternecido, Traveler se esquecia da hora e de como ia baixando o nível da garrafa de aguardente. Por que as hortaliças e as árvores frutíferas ficavam de fora? Por que a palavra "avelha" tinha algo de diabólico? E aquela visão quase edênica de uma chácara onde os bodes eram criados ao lado de tigres, camundongos, borboletas, leões e micróbios... Sufocado de riso, saiu para o corredor. O espetáculo quase tangível de uma fazenda onde os empregados-do-referido-estabelecimento se debatiam tratando de criar uma baleia se sobrepunha à austera visão do corredor escuro. Era uma alucinação digna do lugar e da hora, parecia uma perfeita bobagem perguntar-se o que Talita estaria fazendo na farmácia ou no pátio, quando a ordenação das Corporações continuava se oferecendo como uma lâmpada.

25) CORPORAÇÃO NACIONAL DE HOSPITAIS E CASAS AFINS (todos os hospitais de todos os tipos, as oficinas de consertos e arranjos, casas de curtume de couro, cavalariças das de cuidar de cavalos, clínicas dentárias, barbearias, casas de poda de vegetais, casas de conserto de expedientes intrincados etc., e também todos os empregados em geral dos referidos estabelecimentos).

— Aí está! — disse Traveler. — Uma ruptura que prova a perfeita saúde central de Ceferino. Horacio tem razão, não há por que aceitar as ordens do jeito que papai quer. Para o Cefe, o fato de arrumar alguma coisa vincula o dentista aos expedientes intrincados; os acidentes valem tanto quanto as essências... Mas é pura poesia, irmão. Cefe rompe a dura crosta mental, como dizia sei lá quem, e começa a ver o mundo de um ângulo diferente. Claro que é a isso que chamam pirar.

Quando Talita entrou, ele estava na vigésima oitava Corporação:

28) CORPORAÇÃO NACIONAL DOS DETETIVES CIENTÍFICOS NO QUE SE RE-
FERE AO ANDANTE E ÀS SUAS CASAS DE CIÊNCIAS (todas as instalações e
escritórios de detetives e/ou investigadores policiais, todas as instalações de
exploradores (percorredores) e todas as instalações de exploradores científicos,
e todos os empregados em geral dos mesmos referidos estabelecimentos). (Todos os mencionados empregados haverão de pertencer a uma classe que haverá de denominar-se ANDANTE.)

133.

Dessa parte Traveler e Talita gostavam menos, era como se Ceferino se
abandonasse depressa demais a uma inquietação persecutória. Mas talvez os
detetives científicos do andante não fossem meros xeretadores, aquela coisa
de "andante" lhe dava um ar quixotesco que Cefe, talvez dando-o por entendido, não se dera ao trabalho de destacar.

29) CORPORAÇÃO NACIONAL DOS DETETIVES CIENTÍFICOS NO QUE SE RE-
FERE À PETIÇÃO E ÀS SUAS CASAS DE CIÊNCIAS (todas as instalações de detetives e/ou policiais da Investigação, e todas as instalações de exploradores, e
todos os empregados em geral dos mesmos referidos estabelecimentos). (Todos
os mencionados empregados haverão de pertencer a uma classe que se haverá
de denominar PETIÇÃO, e as instalações e os empregados dessa classe haverão
de ser separados dos de outras classes, como a já mencionada ANDANTE.)

30) CORPORAÇÃO NACIONAL DOS DETETIVES CIENTÍFICOS NO QUE SE RE-
FERE À ANOTAÇÃO A FIM E SUAS CASAS DE CIÊNCIAS (todas as instalações
de detetives e/ou policiais da Investigação, e todas as instalações de exploradores, e todos os empregados em geral dos mesmos referidos estabelecimentos).
(Todos os mencionados empregados haverão de pertencer a uma classe que se
haverá de denominar ANOTAÇÃO, e as instalações e os empregados dessa classe haverão de permanecer à parte dos de outras classes, como as já mencionadas ANDANTE e PETIÇÃO.)

— É como se ele desse ordens de cavalaria — disse Talita convicta. —
Mas o estranho é que nessas três corporações de detetives a única coisa que
ele menciona são as instalações.

— Isso por um lado; e por outro, o que significa "anotação a fim"?
— Deve ser uma palavra só, "afim". Mas não resolve nada. Não importa.
— Não importa — repetiu Traveler. — Você tem toda a razão. O bonito
é que exista a possibilidade de um mundo onde haja detetives andantes, de
petição e de anotação. Por isso me parece bastante natural que agora Cefe
passe da cavalaria às ordens religiosas, com um intervalo que vem a ser uma

concessão ao espírito cientificista (algum nome a gente precisa dar à coisa...) destes tempos. Leio para você:

31) CORPORAÇÃO NACIONAL DOS DOUTOS EM CIÊNCIAS DO IDÔNEO E DE SUAS CASAS DE CIÊNCIAS (todas as casas ou instalações de comunidade de doutos em ciências do idôneo, e todos os referidos doutos). (Doutos em ciências do idôneo: médicos, homeopatas, curandeiros (todo e qualquer cirurgião), parteiras, técnicos, mecânicos (todo tipo de técnico), engenheiros de segunda ordem ou arquitetos em todo respectivo ramo (todo executor de planos já traçados de antemão, tal como seria um engenheiro de segunda ordem), classificadores em geral, astrônomos, astrólogos, espiritistas, doutores completos em todos os ramos da lei ou leis (todo perito), classificadores em espécies genéricas, contadores, tradutores, professores de escolas Primárias (todo compositor), rastreadores — homens — de assassinos, baqueanos ou guias, enxertadores de vegetais, cabeleireiros etc.)

133.

— O que você me diz disso? — disse Traveler, entornando o copinho de aguardente de só gole. — É absolutamente genial!

— Seria um grande país para os cabeleireiros — disse Talita, jogando-se na cama e fechando os olhos. — Que pulo que eles dão na escala! O que eu não entendo é os rastreadores de assassinos precisarem ser homens.

— Ninguém nunca ouviu falar em uma rastreadora — disse Traveler —, e vai ver que para o Cefe isso parece pouco apropriado. Você deve ter se dado conta de que em matéria sexual ele é um tremendo puritano, dá para notar o tempo todo.

— Está quente, quente demais — disse Talita. — Você reparou como ele inclui os classificadores com tanto gosto que até repete o nome deles? Bom, vamos ao salto místico que você ia ler para mim...

— Anote aí — disse Traveler.

32) CORPORAÇÃO NACIONAL DOS MONGES DA ORAÇÃO DO PELO-SINAL E SUAS CASAS DE CIÊNCIAS (todas as casas de comunidade de monges e todos os monges). (Monges ou homens abençoadores, que não haverão de pertencer a todo culto estranho, única e tão somente ao mundo da palavra e aos mistérios curativos e de "vencimento" da mesma.) (Monges que haverão de combater sempre todo mal espiritual, todo dano adquirido ou posto para dentro de bens ou corpos etc.) (Monges penitentes e anacoretas que haverão de orar ou abençoar com o pelo-sinal, seja pessoas, seja objeto, seja lugar de paragem, seja plantação de vegetais, seja um noivo amaldiçoado por um rival etc.)

33) CORPORAÇÃO NACIONAL DOS BEATOS GUARDADORES DE COLEÇÕES E SUAS CASAS DE COLEÇÃO (todas as casas de coleção, e idem, casas — depósitos, armazéns, arquivos, museus, cemitérios, cárceres, asilos, institutos para cegos etc., e também todos os empregados em geral dos referidos estabelecimentos). (Coleções: exemplos: um arquivo guarda uma coleção de expedientes; um cemitério guarda uma coleção de cadáveres; um cárcere guarda uma coleção de presos etc.)

133.

— Nem Espronceda teve essa ideia do cemitério — disse Traveler. — Você há de concordar que a associação entre a Chacarita e um arquivo... Ceferino adivinha as relações, e isso no fundo é a verdadeira inteligência, você não acha? Depois de tais preâmbulos, sua classificação final não tem nada de estranho, muito pelo contrário. Seria o caso de experimentar um mundo assim.

Talita não disse nada, mas ergueu o lábio superior como quem sobe uma cortina e projetou um suspiro que vinha daquilo que chamam de primeiro sono. Traveler bebeu outra aguardente e entrou nas Corporações finais e definitivas:

40) CORPORAÇÃO NACIONAL DOS AGENTES COMISSIONADOS EM ESPÉCIES COLORADAS DO COLORADO DO VERMELHO E CASAS DE LABOR ATIVO PRÓ--ESPÉCIES COLORADAS DO VERMELHO (todas as casas de comunidade de agentes comissionados em espécies genéricas do colorado do vermelho, ou Escritórios grandes dos referidos agentes e também todos os mesmos referidos agentes). (Espécies genéricas do colorado do vermelho: animais de pelagem colorada do vermelho; vegetais de flor colorada do vermelho e minerais de aspecto colorado do vermelho.)

41) CORPORAÇÃO NACIONAL DOS AGENTES COMISSIONADOS EM ESPÉCIES COLORADAS DO NEGRO E CASAS DE LABOR ATIVO PRÓ-ESPÉCIES COLORADAS DO NEGRO (todas as casas de comunidade de agentes comissionados em espécies genéricas do negro, ou Escritórios grandes dos referidos agentes e também todos os mesmos referidos agentes). (Espécies genéricas do colorado do negro ou simplesmente do negro: animais de pele negra, vegetais de flor negra e minerais de aspecto negro.)

42) CORPORAÇÃO NACIONAL DOS AGENTES COMISSIONADOS EM ESPÉCIES COLORADAS DO PARDO E CASAS DE LABOR ATIVO PRÓ-ESPÉCIES GENÉRICAS DO PARDO (todas as casas de comunidade de agentes comissionados em espécies genéricas do colorado do pardo, ou Escritórios grandes dos referidos

agentes e também todos os mesmos referidos agentes). (Espécies genéricas do colorado do pardo ou do pardo, simplesmente: animais de pele parda, vegetais de cor parda, minerais de aspecto pardo.)

43) CORPORAÇÃO NACIONAL DOS AGENTES COMISSIONADOS EM ESPÉCIES COLORADAS DO AMARELO E CASAS DE LABOR ATIVO PRÓ-ESPÉCIES COLORADAS DO AMARELO (todas as casas de comunidade de agentes comissionados em espécies genéricas do colorado do amarelo, ou Escritórios grandes dos referidos agentes e também todos os mesmos referidos agentes). (Espécies genéricas do colorado do amarelo ou do amarelo simplesmente: animais de pele amarela, vegetais de flor amarela e minerais de aspecto amarelo.)

44) CORPORAÇÃO NACIONAL DOS AGENTES COMISSIONADOS EM ESPÉCIES GENÉRICAS DO BRANCO E CASAS DE LABOR ATIVO PRÓ-ESPÉCIES GENÉRICAS DO COLORADO DO BRANCO (todas as casas de comunidade de agentes comissionados em espécies genéricas do colorado do branco, ou Escritórios grandes dos referidos agentes e também os mesmos referidos agentes). (Espécies genéricas do colorado do branco: animais de pele branca, vegetais de flor branca, minerais de aspecto branco.)

45) CORPORAÇÃO NACIONAL DE AGENTES COMISSIONADOS EM ESPÉCIES GENÉRICAS DO PAMPA E CASAS DE LABOR ATIVO PRÓ-ESPÉCIES GENÉRICAS DO COLORADO DO PAMPA (todas as casas da comunidade de agentes comissionados em espécies genéricas do colorado do pampa ou Escritórios grandes dos referidos agentes e também todos os mesmos referidos agentes). (Espécies genéricas do colorado do pampa ou do pampa simplesmente: animais de pelo cor pampa, vegetais de flor pampa e minerais de aspecto pampa).

Romper a dura crosta mental... Como será que Ceferino *via* o que tinha escrito? Que realidade deslumbrante (ou não) lhe mostrava cenas em que os ursos polares se moviam em imensos cenários de mármore, em meio a jasmins-do-cabo? Ou corvos aninhando em despenhadeiros de carvão, com uma tulipa negra no bico... E por que "colorado do negro", "colorado do branco"? Não seria "colorido"? Mas então, por que "colorado do amarelo ou amarelo simplesmente"? Que cores eram essas que nenhuma marihuana michauxina ou huxleyana traduzia? As anotações de Ceferino, úteis para desorientar um pouco mais (se é que isso era útil), não iam muito longe. Seja como for:

Sobre a já mencionada cor pampa: a cor pampa é toda cor que seja variada, ou que esteja ou seja formada por duas ou mais tonalidades.

E um esclarecimento eminentemente necessário:

Sobre os já aludidos ou mencionados agentes em espécies genéricas: os referidos agentes haverão de ser Governadores, que por meio deles nunca chegue a extinguir-se do mundo nenhuma das espécies genéricas; que as espécies genéricas, em suas categorias, não se cruzem, seja uma categoria com outra, seja um tipo com outro, seja uma raça com outra, seja uma cor de espécie com outra cor de outra espécie etc.

133.

Purista, racista Ceferino Piriz! Um cosmos de cores puras, mondrianesco até não dar mais! Perigoso Ceferino Piriz, sempre possível candidato a deputado, talvez a presidente! Em guarda, Banda Oriental do Uruguai! E outra aguardente antes de ir dormir, enquanto Cefe, bêbado de cores, se permitia um último poema no qual como num imenso quadro de Ensor explodia tudo o que fosse explosivo em matéria de máscaras e antimáscaras. Bruscamente irrompia o militarismo em seu sistema e era de ver o tratamento entre macarrônico e trismegístico que o filósofo uruguaio reservava a ele. Ou seja:

Com relação à anunciada obra A *luz da paz do mundo*, trata-se de que nela se explica algo detalhado sobre o militarismo, mas agora, em breve explicação, diremos a ou as seguintes versões sobre militarismo:

A *Guarda* (tipo "Metropolitana") *para os militares nascidos sob o signo zodiacal Áries; os Sindicatos do antigoverno não fundamental, para os militares nascidos sob o signo zodiacal Touro; a Diretoria e auspícios de festejos e reuniões sociais* (bailes, reuniões de saraus, acertos de noivado: formalizar casais de namorados etc.) *para os militares nascidos sob o signo zodiacal Gêmeos; a Aviação* (militar) *para os militares nascidos sob o signo zodiacal Câncer; a Pluma pró-governo fundamental* (jornalismo militar e das magias políticas em prol de todo Governo fundamental e nacional) *para os militares nascidos sob o signo zodiacal Leão; a Artilharia* (armas pesadas em geral e bombas) *para os militares nascidos sob o signo zodiacal Virgem; Auspícios e representações práticas de festas públicas e/ou pátrias* (uso de disfarces adequados por parte dos militares, nos momentos de encarnar seja em um desfile militar, seja em um desfile de carnaval, seja em um corso carnavalesco, seja em uma festa da "colheita" etc.) *para os militares nascidos sob o signo zodiacal Escorpião; a Cavalaria* (cavalarias comuns e cavalarias motorizadas, com as respectivas participações, seja de fuzileiros, seja de lanceiros, seja de batedores: caso comum: "Guarda Republicana", seja de espadachins et cetera) *para os militares nascidos sob o signo zodiacal Capricórnio; e os Serviçais militares práticos* (mensageiros, estafetas, missioneiros práticos, serventes de práticos etc.) *para os militares nascidos sob o signo zodiacal Aquário.*

Sacudindo Talita, que acordou indignada, Traveler leu para ela a parte do militarismo e os dois tiveram que enfiar a cabeça debaixo do travesseiro para não acordar a clínica inteira. Mas antes concordaram que a maioria dos militares argentinos havia nascido sob o signo zodiacal Touro. Tão bêbado estava Traveler, nascido sob o signo zodiacal Escorpião, que se declarou disposto a apelar de imediato para sua condição de subtenente da reserva para que o autorizassem a fazer uso de disfarces adequados por parte dos militares.

— Organizaremos enormes festas do tipo colheitas — dizia Traveler, tirando a cabeça de debaixo do travesseiro e tornando a enfiá-la assim que acabava a frase. — Você comparecerá com todas as suas congêneres da raça pampa, porque não há a menor dúvida de que você é uma pampa, ou seja, que é formada por duas ou mais tonalidades.

— Eu sou branca — disse Talita. — E é uma pena que você não tenha nascido sob o signo zodiacal Capricórnio, porque eu adoraria que você fosse espadachim. Ou pelo menos mensageiro, ou estafeta.

— Os mensageiros são Aquário. Horacio é Câncer, não é?

— Se não for, merece — disse Talita fechando os olhos.

— Cabe a ele, modestamente, a aviação. É só imaginar o Horacio pilotando um teco-teco desses e imediatamente despencando na Confeitaria Águila na hora do chá com bolinhos. Seria fatal.

Talita apagou a luz e se apertou um pouco contra Traveler, que suava e se contorcia, envolvido por diversos signos do zodíaco, corporações nacionais de agentes comissionados e minerais de aspecto amarelo.

— Horacio viu a Maga esta noite — disse Talita, meio dormindo. — Viu no pátio, faz duas horas, quando você estava de plantão.

— Ah — disse Traveler, estendendo-se de costas e procurando os cigarros pelo método Braille. — A gente devia mandar o Horacio morar com os beatos guardadores de coleções.

— A Maga era eu — disse Talita, apertando-se mais contra Traveler. — Não sei se você entende.

— Acho que entendo.

— Algum dia tinha que acontecer. O que me espanta é ele ter ficado tão surpreso com o equívoco.

— Ah, você sabe, o Horacio arma as confusões e depois fica olhando para elas com o mesmo ar dos cachorros que fazem cocô e ficam contemplando a própria obra estupefatos.

— Eu acho que aconteceu no próprio dia em que fomos buscá-lo no porto — disse Talita. — Não tem explicação, porque ele nem me olhou e vocês dois me expulsaram feito um cão, com o gato debaixo do braço.

— Criação de animais não corpulentos — disse Traveler.

133.

— Ele me confundiu com a Maga — insistiu Talita. — Todo o resto precisava continuar como se nas enumerações do Ceferino, uma coisa atrás da outra.

— A Maga — disse Traveler, tragando o cigarro até seu rosto se iluminar no escuro — também é uruguaia. Como você pode ver, há uma certa ordem.

— Me deixe falar, Manú.

— Melhor não. Para quê?

133.   — Primeiro veio o velho da pomba, e então nós descemos até o porão. O Horacio ficava falando o tempo todo do descenso, desses buracos que o preocupam. Estava desesperado, Manú, dava medo ver como ele parecia tranquilo, e no entanto... Descemos pelo monta-cargas, e ele foi fechar uma das geladeiras, uma coisa muito horrível.

— Quer dizer que você desceu — disse Traveler. — Está bem.

— Era diferente — disse Talita. — Não era como descer. A gente conversava, mas minha sensação era de que o Horacio estava em outro lugar, falando com outra pessoa, com uma mulher afogada, por exemplo. Agora isso me ocorre, mas ele ainda não tinha dito que a Maga tinha se afogado no rio.

— Não se afogou coisíssima nenhuma — disse Traveler. — Pelo que me consta, embora eu admita que não faço a menor ideia. Para quem conhece o Horacio.

— Ele acha que ela está morta, Manú, e ao mesmo tempo a sente perto e esta noite fui eu. Ele também me disse que a viu no navio, e debaixo da ponte da Avenida San Martín... Não diz como se falasse de uma alucinação, e também não espera que você acredite. Simplesmente diz, e é verdade, é uma coisa que está ali. Quando ele fechou a geladeira e eu fiquei com medo e falei sei lá o quê, ele começou a olhar para mim e era para a outra que estava olhando. Eu não sou o zumbi de ninguém, Manú, não quero ser o zumbi de ninguém.

Traveler passou-lhe a mão pelo cabelo, mas Talita o repeliu com impaciência. Tinha se sentado na cama e ele sentia que ela estava trêmula. Com aquele calor, tremendo. Contou para ele que Horacio a havia beijado e tentou explicar o beijo, mas como não encontrava as palavras ia tocando Traveler no escuro, suas mãos caíam como pedaços de pano sobre o rosto dele, sobre seus braços, escorregavam pelo seu peito, se apoiavam em seus joelhos, e daquilo tudo nascia uma espécie de explicação que Traveler era incapaz de repelir, um contágio que vinha de mais longe, de algum lugar no fundo ou no alto ou em qualquer lugar que não fosse aquela noite e aquele quarto, um contágio que passando por Talita também ia tomando conta dele, um balbuciar que era como um anúncio intraduzível, a suspeita de que estava diante de algo que podia ser um anúncio, mas a voz que o trazia estava quebrada e quando transmitia o anúncio utilizava um idioma ininteligível, e contudo isso era a única coisa necessária ali, ao alcance da mão, reclamando o conhecimento e a aceitação, debatendo-se contra uma parede esponjosa, de fumaça e cortiça, impalpável e se oferecendo, nu, entre os braços mas como se fosse de água, acabando entre lágrimas.

"A dura crosta mental", Traveler chegou a pensar. Ouvia confusamente que o medo, que Horacio, que o monta-cargas, que a pomba; um sistema comunicável voltava a entrar pouco a pouco em seu ouvido. De modo que o pobre infeliz tinha medo de que ele o matasse, só mesmo rindo.

— Ele disso isso de verdade? Difícil acreditar, você sabe como ele é orgulhoso.

— É outra coisa — disse Talita, pegando o cigarro dele e tragando com uma espécie de avidez de filme mudo. — Eu acho que o medo que ele sente é como um último refúgio, a grade onde prende as mãos antes de se atirar. Ele está tão feliz por sentir medo esta noite, eu sei que ele está feliz.

— Isso — disse Traveler, respirando como um verdadeiro iogue — a Cuca não entenderia, pode ter certeza. E eu devo estar especialmente inteligente esta noite, porque essa coisa do medo alegre é meio dura de engolir, garota.

Talita deslizou um pouco na cama e se apoiou em Traveler. Sabia que estava outra vez ao lado dele, que não tinha se afogado, que ele a estava mantendo na superfície e que no fundo era uma pena, uma maravilhosa pena. Os dois sentiram isso no mesmo momento, e escorregaram um na direção do outro como se quisessem cair neles mesmos, no território comum onde as palavras e as carícias e as bocas os envolviam como a circunferência envolve o círculo, essas metáforas tranquilizadoras, essa velha tristeza satisfeita de voltar a ser o de sempre, de prosseguir, de se manter à tona contra ventos e marés, contra o chamado e a queda.

(-140)

134.

O JARDIM DE FLORES

Convém saber que um jardim planejado de maneira muito rigorosa, no estilo dos "parques à francesa", composto de touceiras, canteiros e muretas dispostos geometricamente, exige grande competência e muitos cuidados.

Pelo contrário, num jardim de tipo inglês, os fracassos do amador ficarão dissimulados com mais facilidade. Alguns arbustos, um retângulo gramado e uma única platibanda de flores mescladas que se destaquem claramente, ao abrigo de uma parede ou de uma cerca viva bem orientada, são os elementos essenciais de um conjunto muito decorativo e muito prático.

Se por desgraça alguns exemplares não derem o resultado previsto, será fácil substituí-los mediante transplantes; e nem por isso se perceberá imperfeição ou descuido no conjunto, pois as outras flores, dispostas em manchas de superfície, altura e cor diferentes, sempre formarão um grupo satisfatório à vista.

Essa maneira de plantar, muito apreciada na Inglaterra e nos Estados Unidos, é designada pelo nome de *mixed border*, ou seja, "canteiro misturado". As flores assim dispostas, que se mesclam, confundem e transbordam umas sobre as outras como se tivessem crescido espontaneamente, darão ao seu jardim um aspecto campestre e natural, enquanto as plantações alinhadas, em quadrados e círculos, têm sempre um caráter artificial e exigem perfeição absoluta.

Assim, por razões tanto práticas como estéticas, cabe aconselhar a proposta de *mixed border* ao jardineiro amador.

Almanaque Hachette

(-25)

134.

135.

— Estão deliciosos — disse Gekrepten. — Já comi dois enquanto fritava, são uma verdadeira espuma, acredite...

— Faça outro mate para mim, querida — disse Oliveira.

— Agora mesmo, amor. Mas primeiro vou trocar sua compressa de água fria.

— Obrigado. É muito estranho comer bolinhos fritos de olhos tapados... Deve ser assim que treinam os sujeitos que vão descobrir o cosmos para nós.

— Aqueles que vão até a lua voando naqueles aparelhos, não é? Eles são enfiados numa cápsula ou coisa parecida, não é?

— É isso mesmo, e ganham bolinhos fritos e mate.

(-63)

136.

A mania das citações na obra de Morelli:
"Eu teria dificuldade para explicar a publicação, num mesmo livro, de poemas e de uma denegação da poesia, do diário de um morto e das anotações de um prelado amigo meu..."

Georges Bataille, *Haine de la poésie*

(-12)

137.

Morelliana.

Se o volume ou o tom da obra podem levar a crer que o autor tentou uma soma, apressar-se a indicar a ele que está diante da tentativa contrária, a de uma *subtração* implacável.

(-17)

138.

Com a Maga e comigo acontece de às vezes profanarmos nossas recordações. Depende de tão pouco, do mau humor de uma tarde, da angústia do que pode acontecer se começarmos a nos olhar nos olhos. Pouco a pouco, ao acaso de um diálogo que é como um pano em farrapos, começamos a nos lembrar. Dois mundos distantes, alheios, quase sempre inconciliáveis, entram em nossas palavras, e como de comum acordo surge a zombaria. Eu é que costumo começar, evocando com desprezo meu antigo culto cego aos amigos, lealdades mal compreendidas e muito mal retribuídas, de estandartes levados com humilde obstinação a feiras políticas, palestras intelectuais, amores fervorosos. Faço troça de uma honradez suspeita que tantas vezes serviu para a desgraça própria ou alheia, enquanto por baixo as traições e as desonestidades teciam suas teias sem que eu pudesse impedir, simplesmente consentindo que outros, diante de mim, fossem traidores ou desonestos sem que eu fizesse coisa alguma para impedir, duplamente culpado. Zombo de meus tios de acrisolada decência, afundados na merda até o pescoço, no qual ainda brilha o colarinho duro imaculado. Eles cairiam de costas se soubessem que estão nadando em plena bosta, convencidos, um em Tucumán e o outro em Nueve de Julio, de que são um modelo de argentinidade acrisolada (são as palavras que eles usam). E no entanto tenho boas lembranças deles. E no entanto pisoteio essas lembranças nos dias em que a Maga e eu estamos com bode de Paris e queremos ferir um ao outro.

Quando a Maga para de rir para me perguntar por que digo essas coisas dos meus dois tios, eu gostaria que eles estivessem ali, ouvindo atrás da porta como o velho do quinto andar. Preparo com cuidado a explicação, porque não quero ser injusto nem exagerado. Quero também que sirva de alguma coisa para a Maga, que nunca foi capaz de entender as questões morais (como Etienne, mas de uma forma menos egoísta; simplesmente porque só acredita na responsabilidade no presente, no exato instante em que é preciso ser bom, ou nobre; no fundo, por razões tão hedônicas e egoístas quanto as de Etienne).

138.

Então explico a ela que meus dois honradíssimos tios são uns argentinos perfeitos como se entendia em 1915, época zenital de suas vidas entre agropecuárias e burocráticas. Quando se fala dos tais "crioulos de outros tempos", fala-se de antissemitas, de xenófobos, de burgueses atrelados a uma nostalgia de estância acolhedora com criadinhas cevando mate por dez pesos mensais, com sentimentos pátrios do mais puro azul e branco, grande respeito por tudo o que seja militar e expedição ao deserto, com camisas engomadas às dúzias, embora o salário não seja suficiente para no fim do mês pagar a esse ser abjeto que a família inteira chama de "o russo" e que é tratado a gritos, ameaças e, no melhor dos casos, frases injuriosas. Quando a Maga começa a compartilhar essa visão (da qual pessoalmente nunca teve a menor ideia) me apresso a demonstrar-lhe que dentro desse quadro geral meus dois tios e suas respectivas famílias são pessoas cheias de excelentes qualidades. Pais e filhos abnegados, cidadãos que comparecem aos comícios e leem os jornais mais ponderados, funcionários diligentes e muito queridos por seus chefes e colegas, gente capaz de passar noites inteiras cuidando de uma pessoa doente, ou de dar uma boa ajuda a quem quer que seja. A Maga me olha perplexa, temendo que eu zombe dela. Tenho que insistir, explicar por que gosto tanto dos meus tios, por que só às vezes, quando estamos fartos das ruas ou do tempo, dou para lavar a roupa suja e enxovalhar as lembranças que ainda me restam deles. Então a Maga se anima um pouco e começa a falar mal da mãe dela, a quem ama e detesta em proporções que dependem do momento. Às vezes me aterroriza ver como ela pode voltar a se referir a um episódio da infância que em outras ocasiões me contou rindo como se fosse uma coisa muito engraçada, e que de repente vira um nó sinistro, uma espécie de pântano de sanguessugas e carrapatos que se perseguem e sugam uns aos outros. Nesses momentos o rosto da Maga parece o de uma raposa, as aletas do nariz se estreitam, ela empalidece, fala entrecortadamente, retorcendo as mãos, ofegante, e de uma espécie de bola enorme e obscena de chewing-gum começam a aparecer o rosto balofo da mãe, o corpo malvestido da mãe, a rua suburbana onde a mãe permaneceu como uma escarradeira velha num terreno baldio, a miséria onde a mãe é uma mão passando um trapo engordurado nas panelas. O ruim é que a Maga não consegue continuar por muito tempo, não demora e desanda a chorar, esconde o rosto em mim, sua aflição chega a um ponto inacreditável, é preciso preparar chá, esquecer-se de tudo, sair passeando por aí ou fazer amor, sem os tios nem a mãe fazer amor, quase sempre isso ou dormir, mas quase sempre isso.

(-127)   138.

139.

As notas do piano (lá, ré, mi bemol, dó, si, si bemol, mi, sol), a do violino (lá, mi, si bemol, mi), as dos sopros (lá, si bemol, lá, si bemol, mi, sol) representam o equivalente musical dos nomes de Arnold schoenberg, Anton webern, Alban berG (de acordo com o sistema alemão segundo o qual H representa o si, B o si bemol e S (es) o mi bemol). Não há nenhuma novidade nessa espécie de anagrama musical. Lembremos que Bach utilizou o próprio nome de maneira similar e que o mesmo procedimento era propriedade comum dos maestros polifonistas do século xvi [...]. Outra analogia significativa com o futuro *Concerto para violino* consiste na estrita simetria do conjunto. No *Concerto para violino* o número-chave é o dois: dois movimentos separados, cada um deles dividido em duas partes, além da divisão violino-orquestra no conjunto instrumental. No *Kammerkonzert* destaca-se, em compensação, o número três: a dedicatória representa o Maestro e seus dois discípulos; os instrumentos estão agrupados em três categorias: piano, violino e uma combinação de instrumentos de sopro; sua arquitetura é uma construção em três movimentos encadeados, cada um dos quais revela em maior ou menor medida uma composição tripartite.

Do comentário anônimo sobre o *Concerto de câmara para violino, piano e 13 instrumentos de sopro*, de Alban Berg (gravação Pathé Vox pl 8660)

(-133)

140.

À espera de algo mais excitante, exercícios de profanação e estranhamento na farmácia, entre meia-noite e duas da manhã, depois que a Cuca foi dormir-um-sono-reparador (ou antes, para que ela se vá: a Cuca persevera, mas o trabalho de resistir com um sorriso altivo, como a fazer frente às ofensivas verbais dos monstros, cansa-a hediondamente. Vai dormir cada vez mais cedo, e os monstros sorriem amavelmente ao desejar-lhe boa-noite. Mais neutra, Talita cola etiquetas ou consulta o Index Pharmacorum Gottinga).

Exercícios-modelo: Traduzir com inversão maniqueísta um famoso soneto:

O deflorado, morto e espantoso passado
haverá de restaurar-nos com seu sóbrio esvoaçar?

Leitura de uma página da caderneta de Traveler: "Esperando minha vez na barbearia, dar com uma publicação da Unesco e tomar conhecimento dos seguintes termos: Opintotoveri/ Työläisopiskelija/ Työväenopisto. Parece que são títulos de revistas pedagógicas finlandesas. Irrealidade total para o leitor. Isso existe? Para milhões de louros, Opintotoveri significa Monitor da Educação Comum. Para mim… (Ira). Mas eles não sabem o que quer dizer *cafisho* (satisfação portenha). Multiplicação da irrealidade. Pensar que os tecnólogos preveem que pelo fato de chegar em algumas horas a Helsinque graças ao Boeing 707… Consequências a extrair pessoalmente. Prepare para mim um drinque americano, Pedro".

140. Formas linguísticas de estranhamento. Talita pensativa diante de Genshiryoku Kokunai Jijo, que não lhe parece de jeito nenhum o desenvolvimento de atividades nucleares no Japão. Vai se convencendo por superposição e diferenciação quando o marido, maligno fornecedor de materiais recolhidos em salões de beleza, mostra-lhe a variante Genshiryoku Kaigai Jijo, ao que parece desenvolvimento das atividades nucleares no exterior. Entusiasmo de Talita, convencida analiticamente de que Kokunai = Japão, e Kaigai = Exterior. Desconcerto de Matsui, tintureiro da Calle Lascano, diante de uma exibição poliglótica de Talita, que se vira, coitada, com o rabo entre as pernas.

Profanações: partir de pressupostos como o famoso verso: "A perceptível homossexualidade de Cristo", e montar um sistema coerente e satisfatório. Postular que Beethoven era coprófago etc. Defender a inegável santidade de Sir Roger Casement, tal como se deduz de *The Black Diaries*. Assombro da Cuca, crismada e comungante.

Do que no fundo se trata é de alienar-se por pura abnegação profissional. Ainda riem sem parar (não acredito que Átila colecionava selos), mas esse *Arbeit macht Frei* dará seus resultados, acredite, Cuca. Por exemplo, a violação do bispo de Fano vem a ser um caso de...

(-138)

141.

Não era preciso muitas páginas para perceber que Morelli apontava para outra coisa. Suas alusões às camadas profundas do *Zeitgeist*, os trechos em que a ló(gi)ca acaba se enforcando com os cordões dos sapatos, incapaz até mesmo de rejeitar a incongruência erigida em lei, evidenciavam a intenção espeleológica da obra. Morelli avançava e retrocedia numa violação tão escancarada do equilíbrio e dos princípios que caberia chamar de *morais* do espaço, que bem podia acontecer (embora de fato não acontecesse, mas não era possível garantir coisa alguma) que os acontecimentos que relatara ocorreram em cinco minutos capazes de atrelar a batalha de Actium ao *Anschluss* da Áustria (os três A possivelmente tivessem algo a ver na escolha ou mais provavelmente na aceitação desses momentos históricos), ou que a pessoa que tocava a campainha de uma casa da Calle Cochabamba à altura do mil e duzentos passasse o umbral para sair num pátio da casa de Menandro em Pompeia. Tudo isso era mais bem trivial e Buñuel, e os do Clube percebiam muito bem seu valor de mera incitação ou de parábola aberta a outro sentido mais profundo e escabroso. Graças a esses exercícios de funambulismo, semelhantíssimos aos que tornam tão vistosos os Evangelhos, os Upanixades e outros materiais carregados de trinitrotolueno xamânico, Morelli se dava o prazer de continuar fingindo uma literatura que em seu foro íntimo minava, reminava e ridicularizava. De repente as palavras, um idioma inteiro, a superestrutura de um estilo, uma semântica, uma psicologia e uma facticidade se precipitavam em arrepiantes harakiris. Banzai! Até nova ordem, ou sem garantia alguma: no fim havia sempre um fio estendido mais adiante, extrapolando o volume, apontando para um talvez, para um pensando bem ou para um quem sabe, que deixava em suspenso toda visão petrificante da obra. E aquilo que desesperava Perico Romero, homem necessitado de certezas, fazia Oliveira tremer de delícia, exaltava a imaginação de Etienne, de Wong e de Ronald, e obrigava a Maga a dançar descalça com uma alcachofra em cada mão.

141.   No decorrer de discussões manchadas de Calvados e tabaco, Etienne e Oliveira haviam se perguntado por que Morelli odiava a literatura, e por que a odiava a partir da própria literatura em vez de repetir o *Exeunt* de Rimbaud ou exercitar em sua têmpora esquerda a notória eficácia de um Colt 32. Oliveira estava inclinado a acreditar que Morelli havia intuído a natureza demoníaca de toda escrita recreativa (e que literatura não o era, mesmo que fosse só como excipiente para fazer engolir uma gnosis, uma práxis ou um ethos dos muitos que andavam soltos por aí ou podiam ser inventados?). Depois de sopesar as passagens mais incitantes, acabara por tornar-se sensível a um tom especial que tingia a escritura de Morelli. A primeira classificação possível desse tom era o desencanto, mas por baixo era possível perceber que o desencanto não estava relacionado às circunstâncias e aos acontecimentos narrados no livro, mas à maneira de narrá-los, que — Morelli tinha disfarçado o máximo possível — refluía definitivamente sobre o contado. A eliminação do pseudoconflito entre fundo e forma aparecia novamente na medida em que o velho denunciava, utilizando-o à sua maneira, o material formal; ao duvidar de suas ferramentas, desqualificava no mesmo ato os trabalhos realizados com elas. O que o livro contava não servia para nada, não era nada, porque estava mal contado, simplesmente porque estava contado, era literatura. Uma vez mais voltava-se à irritação do autor para com sua escrita e a escrita em geral. O aparente paradoxo estava no fato de Morelli acumular episódios imaginados e focalizados das formas mais diversas, procurando atacá-los e resolvê-los com todos os recursos de um escritor senhor de seu ofício. Ele não parecia propor uma teoria, não era nada forte para a reflexão intelectual, mas se desprendia de tudo o que havia escrito com uma eficácia infinitamente maior que a de qualquer enunciado ou qualquer análise, a corrosão profunda de um mundo denunciado como falso, o ataque por acumulação e não por destruição, a ironia quase diabólica que podia ser intuída no sucesso das grandes passagens de bravura, nos episódios rigorosamente construídos, na aparente sensação de felicidade literária que havia anos vinha fazendo sua fama entre os leitores de contos e romances. Um mundo suntuosamente orquestrado era resolvido, para os olfatos finos, no nada; mas o mistério começava ali, porque ao mesmo tempo que se pressentia o niilismo total da obra, uma intuição mais acurada

poderia suspeitar não ser essa a intenção de Morelli, que a autodestruição virtual de cada fragmento do livro era como a busca do metal nobre em plena ganga. Aqui era preciso se deter, por medo de errar de porta e ser vítima da própria esperteza. A essa altura, as discussões mais ferozes de Oliveira e Etienne se armavam de sua esperança, porque os dois tinham pavor de estar se enganando, de ser um par de perfeitos cretinos obstinados em acreditar que não dá para erguer a torre de Babel para que no fim ela não sirva para nada. Nessa hora, a moral do Ocidente aparecia-lhes como uma proxeneta, insinuando uma a uma todas as ilusões de trinta séculos inevitavelmente herdados, assimilados e mastigados. Era duro renunciar a crer que uma flor pode ser bela para nada; era amargo aceitar que se pode dançar na escuridão. As alusões de Morelli à inversão dos signos, a um mundo visto com outras, e a partir de outras dimensões, como preparação inevitável para uma visão mais pura (e tudo isso numa passagem resplandecentemente escrita, e ao mesmo tempo suspeita de engodo, de gelada ironia diante do espelho), exasperava-os ao estender a eles o gancho de uma quase esperança, de uma justificativa, mas negando-lhes ao mesmo tempo a segurança total, mantendo-os numa ambiguidade insuportável. Se algum consolo lhes restava era pensar que também Morelli se movia nessa mesma ambiguidade, orquestrando uma obra cuja legítima primeira audição deveria ser, talvez, o mais absoluto dos silêncios. Assim avançavam pelas páginas, maldizendo e fascinados, e a Maga sempre terminava enroscada feito um gato na poltrona, cansada de incertezas, olhando como amanhecia sobre os telhados de ardósia, através de toda aquela fumaça que podia caber entre um par de olhos e uma janela fechada e uma noite ardorosamente inútil.

141.

(-60)

142.

1. — Não sei como ela era — disse Ronald. — Nunca saberemos. Dela, conhecíamos os efeitos nos outros. Éramos um pouco o espelho dela, ou ela o nosso espelho. Não tem como explicar.

2. — Ela era tão tonta — disse Etienne. — Louvados sejam os tontos et cetera. Juro que falo a sério, que cito a sério. A bobeira dela me irritava, Horacio insistia que era só falta de informação, mas estava enganado. É bem conhecida a diferença entre o ignorante e o tonto, e qualquer um sabe dela menos o tonto, para sorte dele. Ele acreditava que o estudo, esse famoso estudo, lhe daria inteligência. Confundia saber com entender. A coitada entendia tão bem muitas coisas que nós ignorávamos à força de sabê-las.

3. — Não vá incorrer em ecolalia — disse Ronald. — Todo esse baralho de antinomias, de polarizações. Para mim, a bobeira dela era o preço de ser tão vegetal, tão caracol, tão colada às coisas mais misteriosas. Aí está, veja: ela não era capaz de acreditar nos nomes, precisava encostar o dedo na coisa para só então admitir. Desse jeito ninguém vai longe. É como dar as costas ao Ocidente inteiro, às Escolas. É ruim para viver numa cidade, para ter que ganhar a vida. E isso a devorava.

4. — Sim, sim, mas em compensação ela era capaz de felicidades infinitas, eu fui testemunha invejosa de algumas. Por exemplo: a forma de um copo. E o que mais eu busco na pintura, me diga? Me matando, exigindo de mim mesmo itinerários sufocantes para desembocar num garfo, em duas azeitonas. O sal e o centro do mundo têm que estar ali, naquele pedaço da toalha de

mesa. Ela chegava e captava isso. Uma noite, subi para o meu estúdio e lá estava ela na frente de um quadro que eu havia acabado naquela manhã. Ela estava chorando como só ela sabia chorar, de rosto inteiro, horrível e maravilhosa. Olhava o meu quadro e chorava. Não fui homem o suficiente para dizer a ela que naquela manhã eu também tinha chorado. Pensar que se tivesse feito isso teria lhe dado muita tranquilidade, você sabe como ela duvidava, como se sentia pouca coisa rodeada pelas nossas brilhantes espertezas.

5. — A gente chora por muitas razões — disse Ronald. — Isso não prova nada.

142.

6. — Prova, pelo menos, um contato. Quantos outros, diante dessa tela, a apreciaram com frases polidas, citaram influências, todos os comentários possíveis *em torno* da tela. Entende, era preciso chegar a um nível em que fosse possível reunir as duas coisas. Eu acho que já estou nesse nível, mas sou dos poucos.

7. — De poucos será o reino — disse Ronald. — Qualquer coisa serve para você fazer propaganda de si mesmo.

6. — Eu sei que é assim — disse Etienne. — Isso eu sei mesmo. Mas a vida me levou a juntar as duas mãos, a esquerda com seu coração, a direita com seu pincel e seu esquadro. No começo eu era dos que olhavam para Rafael pensando em Perugino, saltando feito um gafanhoto em cima de Leon Battista Alberti, conectando, soldando, Pico por aqui, Lorenzo Valla por ali, mas veja bem, Burckhardt diz, Berenson nega, Argan acha, esses azuis são de Siena, esses panos vêm de Masaccio. Não me lembro quando, foi em Roma, na galeria Barberini, eu estava analisando um Andrea del Sarto, analisando profundamente, e numa dessas vi. Não me peça para explicar nada. Vi (e não o quadro todo, apenas um detalhe do fundo, uma figurinha num caminho). Explodi em lágrimas, e isso é tudo o que posso lhe dizer.

5. — Isso não prova nada — disse Ronald. — A gente chora por muitas razões.

4. — Nem vale a pena eu responder. Ela teria compreendido muito melhor. Na verdade, vamos todos pelo mesmo caminho, só que alguns de nós começam pela esquerda e outros pela direita. Às vezes, exatamente no meio, alguém vê o pedaço de toalha com o copo, o garfo, as azeitonas.

3. — Fala com figuras — disse Ronald. — É sempre a mesma coisa.

2. — Não existe outra maneira de se aproximar de tudo o que foi perdido, daquilo de que sentimos falta. Ela estava mais perto e sentia isso. Seu único erro era querer uma prova de que essa proximidade valia todas as nossas retóricas. Ninguém podia dar essa prova a ela, primeiro porque somos incapazes de concebê-la, e segundo porque de uma maneira ou de outra estamos bem instalados e satisfeitos em nossa ciência coletiva. É sabido que o

Littré nos faz dormir tranquilos, está logo ali ao alcance da mão, com todas as respostas. E é verdade, mas só porque já não sabemos fazer as perguntas que o liquidariam. Quando a Maga perguntava por que as árvores se cobriam no verão... mas é inútil, velho, melhor calar a boca.

1. — É, não dá para explicar nada disso — disse Ronald.

(-34)

142.

143.

Pela manhã, ainda agarrados à sonolência que o ruído horripilante do despertador não conseguia transformar em afiada vigília, um contava ao outro fielmente os sonhos da noite. Cabeça contra cabeça, acariciando-se, misturando pernas e mãos, esforçavam-se para traduzir em palavras do mundo de fora tudo o que haviam vivido nas horas de treva. Traveler, um amigo de juventude de Oliveira, ficava fascinado com os sonhos de Talita, com sua boca crispada ou sorridente conforme o relato, com os gestos e as exclamações com que o acentuava, com suas ingênuas conjecturas sobre a razão e o sentido de seus sonhos. Depois era a vez de ele contar os seus, e às vezes no meio de um relato as mãos deles começavam a acariciar-se e eles passavam dos sonhos ao amor, adormeciam de novo, chegavam tarde a todos os lugares.

Ouvindo Talita, sua voz um pouco pegajosa de sono, olhando seu cabelo espalhado sobre o travesseiro, Traveler ficava assombrado por tudo ser do jeito que era. Espichava um dedo, tocava a fronte, a testa de Talita. ("E aí minha irmã era a minha tia Irene, mas não tenho certeza"), comprovava a barreira a tão poucos centímetros da sua própria cabeça ("E eu estava nu num matagal alagado e observava o rio lívido subindo, uma onda gigantesca..."). Tinham dormido com as cabeças encostadas e ali, naquela imediatez física, na coincidência quase total das atitudes, das posições, da respiração, o mesmo quarto, o mesmo travesseiro, a mesma escuridão, o mesmo tic-tac, os mesmos estímulos da rua e da cidade, as mesmas irradiações magnéticas, a mesma marca de café, a mesma conjuntura estrelar, a mesma noite para os dois, ali, estreitamente abraçados, haviam sonhado sonhos diferentes, haviam vivido aventuras dissimilares, um havia sorrido enquanto a outra fugia apavorada, um voltara a prestar um exame de álgebra enquanto a outra chegava a uma cidade de pedras brancas.

No relato matinal Talita punha prazer ou tristeza, mas Traveler insistia secretamente em procurar correspondências. Como era possível que a companhia diurna desembocasse inevitavelmente naquele divórcio, naquela solidão inadmissível do sonhador? Às vezes a imagem dele fazia parte dos sonhos de Talita, ou a imagem de Talita compartilhava o horror de um pesadelo de Traveler. Mas *eles* não sabiam disso, era preciso que o outro contasse ao despertar: "E então você segurava a minha mão e me dizia...". E Traveler descobria que enquanto no sonho de Talita ele havia segurado a mão dela e falado com ela, em seu próprio sonho estava deitado com a melhor amiga de Talita ou conversando com o diretor do circo Las Estrellas, ou nadando em Mar del Plata. A presença de seu fantasma no sonho alheio o rebaixava a mero material de trabalho, sem prevalência nenhuma sobre os manequins, as cidades desconhecidas, as estações de trem, as escadarias, todos os objetos cenográficos dos simulacros noturnos. Unido a Talita, envolvendo o rosto e a cabeça dela com os dedos e os lábios, Traveler sentia a barreira intransponível, a distância vertiginosa que nem o amor podia superar. Durante muito tempo esperou por um milagre, que o sonho que Talita lhe contaria pela manhã fosse também o que ele havia sonhado. Aguardou-o, incitou-o, provocou-o apelando para todas as analogias possíveis, procurando semelhanças que bruscamente o levassem a um reconhecimento. Só uma vez, sem que Talita desse a menor importância ao fato, sonharam sonhos análogos. Talita mencionou um hotel aonde costumava ir com a mãe e onde cada um deveria entrar levando a própria cadeira. Traveler então recordou seu sonho: um hotel sem banheiros, o que o obrigava a atravessar uma estação de trem com uma toalha para ir tomar banho em algum lugar impreciso. Disse a Talita: "Quase sonhamos o mesmo sonho, estávamos num hotel sem cadeiras e sem banheiros". Ela riu, divertida, já estava na hora de levantar, que vergonha serem os dois tão preguiçosos.

Traveler continuou confiando e esperando cada vez menos. Os sonhos voltaram, cada um pelo seu lado. As cabeças dormiam encostadas e em cada uma a cortina se erguia sobre um cenário diferente. Traveler pensou ironicamente que eles pareciam os cinemas contíguos da Calle Lavalle, e afastou totalmente sua esperança. Não tinha a menor fé em que o que desejava viesse a acontecer, e sabia que sem fé nada aconteceria. Sabia que sem fé não acontece nada do que deveria acontecer, e que com fé quase sempre também não.

(-100)

144.

Os perfumes, os hinos órficos, as algálias na primeira e na segunda acepção... Aqui, você cheira a sardônica. Aqui, a crisópraso. Aqui, espere um pouco, aqui é como salsinha, mas muito de leve, um pedacinho perdido numa pele de camurça. Aqui você começa a cheirar a você mesma. Que estranho, não é?, que uma mulher não possa se cheirar como a cheira um homem. Aqui, exatamente. Não se mova, me deixe fazer o que estou fazendo. Você cheira a geleia real, a mel num pote de tabaco, a algas, embora dizer isso seja lugar-comum. Há tantas algas, a Maga cheirava a algas frescas, arrancadas do último vaivém do mar. Cheirava à própria onda. Havia dias em que seu cheiro de alga se misturava com uma cadência mais espessa, e então eu tinha que apelar para a perversidade — mas era uma perversidade palatina, entende, um luxo de bulgaróctono, de senescal rodeado de obediência noturna — para aproximar os lábios dos dela, tocar com a língua aquela ligeira chama rosada que tremelicava rodeada de sombra, e depois, como é que eu faço agora com você?, ia afastando muito devagar as coxas dela, estendia-a um pouco de lado e respirava-a interminavelmente, sentindo como sua mão, sem que eu o pedisse, começava a me desprender de mim mesmo como a chama começa a arrancar seus topázios de um papel de jornal amarrotado. Então os perfumes cessavam, maravilhosamente cessavam, e tudo era sabor, mordedura, sumos essenciais que escorriam pela boca, a queda nessa sombra, the primeval darkness, o cubo da roda das origens. Sim, no instante da animalidade mais agachada, mais próxima da excreção e de seus aparelhos indescritíveis, ali se desenham as figuras iniciais e finais, ali na caverna viscosa de seus alívios cotidianos Aldebarã está tremendo, saltam os genes e as constelações, tudo se resume alfa e ômega, coquille, cunt, concha, con, coño, milênio, Armagedon, terramicina, oh cale-se, não comece aí em cima com suas aparências desprezíveis, seus espelhos fáceis. Que silêncio a sua pele, que abismos onde giram dados de esmeralda, mosquitos e fênixes e crateras...

144. (-92)

145.

Morelliana.

Uma citação:

Estas, pois, são as fundamentais, capitais e filosóficas razões que me induziram a construir a obra sobre uma base de peças soltas — conceituando a obra como uma partícula da obra — e tratando o homem como uma fusão de partes de corpo e partes de alma — enquanto trato a Humanidade inteira como uma mistura de partes. Mas se alguém me fizesse tal objeção: que essa concepção parcial minha não é, na verdade, nenhuma concepção, mas zombaria, chacota, gozação e engodo, e que eu, em vez de me sujeitar às severas regras e cânones da Arte, estou tratando de burlá-las com irresponsáveis chungas, desafios e trejeitos, responderia que sim, que é verdade, que são justamente esses os meus propósitos. E, por Deus — não vacilo em confessar —, desejo me esquivar tanto da vossa Arte, senhores, quanto dos senhores mesmos, pois não posso suportar os senhores bem como àquela Arte, os senhores com vossas concepções, vossa atitude artística e todo o vosso meio artístico!

Gombrowicz, *Ferdydurke*, cap. IV.
Prefácio ao Filidor vestido de criança

(-122)

146.

Carta ao *Observer*

Prezado senhor:
Algum de seus leitores terá apontado a escassez de borboletas este ano? Nesta região habitualmente prolífica quase não as vi, exceto alguns enxames de papílios. De março para cá só observei um Cigeno, nenhuma Etérea, muito poucas Teclas, uma Quelônia, nenhum Olho de Pavão, nenhuma Catocala, e nem mesmo um Almirante Vermelho no meu jardim, que no verão passado estava cheio de borboletas.
Me pergunto se essa escassez é geral, e, em caso afirmativo, a que se deve?

M. Washbourn.
Pitchcombe, Glos.

(-29)

147.

Por que tão longe dos deuses? Talvez por perguntar isso.

E daí? O homem é o animal que pergunta. No dia em que verdadeiramente soubermos perguntar, haverá diálogo. Por enquanto as perguntas nos afastam vertiginosamente das respostas. Que *epifania* podemos esperar, se estamos nos afogando na mais falsa das liberdades, a dialética judaico-cristã? Faz-nos falta um *Novum organum* de verdade, é preciso abrir as janelas de par em par e jogar tudo na rua, mas sobretudo é preciso jogar também a janela, e nós com ela. É a morte, ou sair voando. É preciso fazê-lo, de alguma maneira é preciso fazê-lo. Ter a coragem de entrar no meio das festas e pôr sobre a cabeça da relampejante dona da casa um belo sapo verde, presente da noite, e assistir sem horror à vingança dos lacaios.

(-31)

148.

Da etimologia que Gabio Basso dá à palavra "persona".

Sábia e engenhosa explicação, e dou fé, a de Gabio Basso, em seu tratado *Da origem dos vocábulos*, sobre a palavra "persona", máscara. Acredita ele que tal vocábulo tem origem no verbo *personare*, reter. Eis como explica sua opinião: "Não tendo a máscara que cobre por completo o rosto mais que uma abertura no lugar da boca, a voz, em vez de se derramar em todas as direções, estreita-se para escapar por uma única saída, e dessa forma adquire som mais penetrante e forte. Assim, pois, porque a máscara torna a voz humana mais sonora e vibrante, deu-se-lhe o nome "persona" e, como consequência da forma dessa palavra, é longa, nela, a letra *o*".

Aulo Gélio, *Noites áticas*

(-42)

149.

Meus passos nesta rua
Ressoam
                    Em outra rua
Onde
          Ouço meus passos
Passarem por esta rua
Onde
Apenas a névoa é real.

Octavio Paz

(-54)

150.

Inválidos.

Do Hospital do Condado de York informam que a Duquesa viúva de Grafton, que fraturou uma perna no último domingo, teve ontem um dia bastante bom.

The Sunday Times, Londres

(-95)

151.

Morelliana.
Basta olhar por um momento com os olhos de todos os dias o comporta-mento de um gato ou de uma mosca para sentir que essa nova visão à qual tende a ciência, essa desantropomorfização que os biólogos e os físicos pro-põem urgentemente como única possibilidade de ligação com fatos tais como o instinto ou a vida vegetal, não é outra coisa além da remota, isolada, insis-tente voz com que certas linhas do budismo, do vedanta, do sufismo, da mís-tica ocidental nos incitam a renunciar de uma vez por todas à imortalidade.

(-152)

152.

ABUSO DE CONSCIÊNCIA

Esta casa onde moro se parece em tudo com a minha: disposição dos cômodos, cheiro do vestíbulo, móveis, luz oblíqua pela manhã, atenuada ao meio-dia, encoberta à tarde; tudo é igual, inclusive as veredas e as árvores do jardim, e esta velha porta meio corroída e as lajes do pátio.

Também as horas e os minutos do tempo que passa são semelhantes às horas e aos minutos da minha vida. No momento em que eles giram ao meu redor, digo para mim mesmo: "Parecem mesmo. Como se parecem com as verdadeiras horas que vivo neste momento!".

De minha parte, embora tenha suprimido em minha casa toda superfície de reflexão, quando apesar de tudo o vidro inevitável de uma janela se empenha em me devolver meu reflexo, vejo nele alguém que se parece comigo. Sim, que se parece muito, reconheço!

Mas que ninguém pretenda que sou eu! O que é isso? Tudo aqui é falso. Quando tiverem me devolvido *minha* casa e *minha* vida, então encontrarei meu verdadeiro rosto.

Jean Tardieu

(-143)

153.

— Por portenho que seja, logo lhe lançam injúrias, se não toma cuidado.

— Vou tratar de me cuidar, então.

— Fará bem.

Cambaceres, *Música sentimental*

(-19)

154.

Seja lá como for, os sapatos estavam pisando uma matéria linoleosa, as narinas sentiam o cheiro de uma pulverização asséptica e agridoce, na cama estava o velho muito instalado sobre dois travesseiros, o nariz parecendo um gancho pendurado no ar para mantê-lo sentado. Lívido, com orelhas monstruosas. Zigue-zague extraordinário no gráfico da temperatura. E por que se incomodavam com ele?

Falaram que não era nada, o amigo argentino tinha sido testemunha casual do acidente, o amigo francês era pintor, todos os hospitais a mesma infinita porcariada. Morelli, sim, o escritor.

— Não pode ser — disse Etienne.

Por que não, edições-pedra-na-água: plop, não se fica sabendo mais nada. Morelli se deu ao trabalho de dizer-lhes que haviam sido vendidos (e oferecidos) uns quatrocentos exemplares. E, isso mesmo, dois na Nova Zelândia, detalhe emocionante.

Oliveira tirou um cigarro com uma mão trêmula e olhou para a enfermeira, que fez um sinal afirmativo para ele e saiu, deixando-os entre os dois biombos amarelecidos. Sentaram-se aos pés da cama, depois de recolher alguns dos caderninhos e rolos de papel.

— Se tivéssemos visto a notícia nos jornais — disse Etienne.

— Saiu no *Figaro* — disse Morelli. — Embaixo de uma notícia sobre o abominável homem das neves.

— Imagine só — conseguiu murmurar Oliveira. — Mas por outro lado é melhor, suponho. Cada velha bunduda que teria aparecido por aqui com o álbum de autógrafos e um pote de geleia feita em casa...

— De ruibarbo — disse Morelli. — É a melhor. Mas melhor mesmo é não vir nenhuma...

— Quanto a nós — engrenou Oliveira, realmente preocupado —, se estivermos incomodando é só dizer. Haverá outras oportunidades et cetera. A gente se entende, não é?

— Vocês vieram sem saber quem eu era. Pessoalmente, acho que vale a pena ficarem um pouco. O aposento é tranquilo, o mais gritão se calou esta noite, às duas da madrugada. Os biombos são perfeitos, uma solicitude do médico que me viu escrevendo. Por um lado proibiu que eu continuasse, mas as enfermeiras instalaram os biombos e ninguém me aborrece.

154.

— Quando vai poder voltar para casa?

— Nunca — disse Morelli. — Os ossos ficam aqui, rapazes.

— Bobagem — disse Etienne, respeitoso.

— Questão de tempo. Mas eu me sinto bem, acabaram-se os problemas com a zeladora. Ninguém me traz a correspondência, nem a que chega da Nova Zelândia, com aqueles selos tão bonitos. Quando se publica um livro que nasce morto, o único resultado é uma correspondência pequena mas fiel. A senhora da Nova Zelândia, o garoto de Sheffield. Franco-maçonaria delicada, voluptuosidade por serem tão poucos os que participam de uma aventura. Mas agora, realmente...

— Nunca me ocorreu escrever ao senhor — disse Oliveira. — Alguns amigos e eu conhecemos a sua obra, nos parece tão... Vou me poupar desse tipo de palavreado, acho que de todo jeito dá para entender. A verdade é que passamos noites inteiras discutindo, e mesmo assim nunca imaginamos que o senhor estivesse em Paris.

— Até um ano atrás eu morava em Vierzon. Vim para Paris porque queria explorar um pouco algumas bibliotecas. Vierzon, claro... O editor tinha ordens de não dar meu endereço. Vai saber como esses poucos admiradores ficaram sabendo. Sinto muita dor nas costas, rapazes.

— Se o senhor prefere, nós vamos embora — disse Etienne. — Voltaremos amanhã, em todo caso.

— Sem vocês minhas costas vão doer do mesmo jeito — disse Morelli. — Vamos fumar, aproveitando que me proibiram.

Tratava-se de encontrar uma linguagem que não fosse literária.

Quando a enfermeira passava, Morelli enfiava o cigarro na boca com uma habilidade diabólica e olhava para Oliveira com ar de garotinho disfarçado de velho que era uma delícia.

154. ... partindo um pouco das ideias centrais de um Ezra Pound, mas sem o pedantismo e a confusão entre símbolos periféricos e significações primordiais.

Trinta e oito e dois. Trinta e sete e meio. Trinta e oito e três. Radiografia (sinal incompreensível).

... saber que uns poucos podiam se aproximar dessas tentativas sem achar que fossem um novo jogo literário. *Benissimo*. O problema era ainda faltar tanto, e ia morrer sem acabar o jogo.

— Jogada vinte e cinco, as pretas abandonam — disse Morelli, jogando a cabeça para trás. De repente, parecia muito mais velho. — Pena, a partida estava ficando interessante. É verdade que existe um xadrez índio com sessenta peças de cada lado?

— É postulável — disse Oliveira. — A partida infinita.

— Ganha quem conquistar o centro. Dali se dominam todas as possibilidades, e não faz sentido o adversário se empenhar em continuar jogando. Mas o centro poderia estar numa casa lateral, ou fora do tabuleiro.

— Ou num bolso do colete.

— Figuras — disse Morelli. — Tão difícil escapar delas, de tão belas que são. Mulheres mentais, na verdade. Eu bem que gostaria de entender melhor Mallarmé, seu sentido da ausência e do silêncio era muito mais que um recurso extremo, um *impasse* metafísico. Um dia, em Jerez de la Frontera, ouvi um canhonaço a vinte metros e descobri outro sentido do silêncio. E esses cães que ouvem um apito inaudível para nós... O senhor é pintor, creio.

As mãos se moviam ao lado dele, recolhendo uma a uma as cadernetinhas, alisando algumas folhas amassadas. De vez em quando, sem parar de falar, Morelli dava uma espiada em uma das páginas e a intercalava nas cadernetinhas presas com clipes. Uma ou duas vezes tirou um lápis do bolso do pijama e numerou uma folha.

— O senhor escreve, suponho.

— Não — disse Oliveira. — Que escrevo que nada, para isso é preciso ter alguma certeza de ter vivido.

— A existência precede a essência — disse Morelli sorrindo.

— Pode ser. Não é exatamente assim, no meu caso.

— O senhor está ficando cansado — disse Etienne. — Vamos, Horacio, se você desanda a falar… Conheço ele, senhor, é terrível.

Morelli continuava sorrindo e juntava as páginas, olhava para elas, parecia identificá-las e compará-las. Ajeitou-se um pouco, buscando melhor apoio para a cabeça. Oliveira levantou-se.

154.

— É a chave do meu apartamento — disse Morelli. — Eu gostaria, realmente.

— Vai dar uma confusão danada — disse Oliveira.

— Que nada, é menos difícil do que parece. As pastas vão ajudá-los, existe um sistema de cores, números e letras. Dá para entender na hora. Por exemplo, esta cadernetinha vai para a pasta azul, para uma parte que eu chamo de mar, mas isso é outra coisa, um jogo para me entender melhor. Número 52: é só colocar no lugar, entre o 51 e o 53. Numeração arábica, a coisa mais fácil do mundo.

— Mas o senhor mesmo vai poder fazer isso pessoalmente daqui a alguns dias — disse Etienne.

— Durmo mal. Eu também estou fora da caderneta. Me ajudem, já que vieram me visitar. Ponham tudo isso em seu devido lugar e eu me sentirei muito bem aqui. É um hospital formidável.

Etienne olhava para Oliveira, e Oliveira et cetera. A surpresa imaginável. Uma verdadeira honra, tão imerecida.

— Depois, vocês empacotam tudo e mandam para Pakú. Editor de livros de vanguarda, Rue de l'Arbre Sec. Sabiam que Pakú é o nome acádio de Hermes? Eu sempre achei… Mas outro dia a gente fala nisso.

— Vai que a gente erra — disse Oliveira — e acaba armando uma confusão fenomenal. No primeiro volume havia uma complicação terrível, esse aí e eu discutimos horas se não teriam se enganado ao imprimir os textos.

— Não tem a menor importância — disse Morelli. — Meu livro pode ser lido conforme a vontade de cada um. Liber Fulguralis, folhas mânticas, e por aí vai. O máximo que eu faço é armá-lo do jeito que eu mesmo gostaria de reler. E no pior dos casos, se vocês se enganarem, quem sabe o livro fica perfeito. Uma brincadeira de Hermes Pakú, alado fazedor de artimanhas e ninharias. Vocês gostam dessas palavras?

— Não — disse Oliveira. — Nem de artimanha nem de ninharia. Acho as duas muito podres.

— É preciso tomar cuidado — disse Morelli, fechando os olhos. — Todos nós andamos atrás da pureza, arrebentando velhas bexigas borradas. Um dia José Bergamín quase caiu duro quando me permiti desinflar duas de suas páginas, provando a ele que... Mas cuidado, amigos, quem sabe o que chamamos de pureza...

154.
— O quadrado de Maliévitch — disse Etienne.

— *Ecco*. Dizíamos que é preciso pensar em Hermes, deixar que jogue. Peguem, organizem tudo isto, já que vieram me visitar. Talvez eu possa ir até lá dar uma olhada.

— A gente volta amanhã, se o senhor quiser.

— Bom, mas já terei escrito outras coisas. Vou deixar vocês loucos, pensem bem. Tragam Gauloises para mim.

Etienne passou seu maço para ele. Com a chave na mão, Oliveira não sabia o que dizer. Estava tudo errado, aquilo não tinha que ter acontecido naquele dia, era uma jogada nojenta do xadrez de sessenta peças, a alegria inútil no meio da pior tristeza, ter que repeli-la como se fosse uma mosca, preferir a tristeza quando a única coisa que chegava às suas mãos era aquela chave para a alegria, um passo rumo a algo que admirava e de que necessitava, uma chave que abria a porta de Morelli, do mundo de Morelli, e no meio da alegria sentir-se triste e sujo, com a pele cansada e os olhos remelentos, cheirando a noite sem sono, a ausência culposa, a falta de distância para entender se havia feito direito tudo o que andara fazendo ou deixando de fazer naqueles dias, ouvindo o soluço da Maga, as pancadas no teto, aguentando a chuva gelada no rosto, o amanhecer sobre a Pont Marie, os arrotos azedos de um vinho misturado com aguardente e vodca e mais vinho, a sensação de carregar no bolso uma mão que não era a sua, uma mão de Rocamadour, um pedaço de noite escorrendo baba, molhando suas coxas, a alegria tão tarde ou talvez cedo demais (um consolo: vai ver, cedo demais, ainda imerecida, mas então, talvez, vielleicht, maybe, forse, peut-être, ah, merda, merda, até amanhã mestre, merda merda infinitamente merda, sim, no horário de visita, interminável obstinação da merda pela cara e pelo mundo, mundo de merda, vamos trazer frutas, arquimerda da supermerda, sobremerda da inframerda, remerda da rerremerda, dans cet hôpital Laennec découvrit l'auscultation: vai ver, ainda... Uma chave, figura inefável. Uma chave. Ainda, quem sabe, dava para sair na rua e ir andando, uma chave no bolso. Vai ver ainda uma chave Morelli, uma volta de chave e entrar em outra coisa, quem sabe ainda.

— No fundo é um encontro póstumo, mais dia menos dia — disse Etienne no café.

— Cai fora — disse Oliveira. — É muito ruim largar você desse jeito, mas cai fora. Avise o Ronald e o Perico, nos encontramos às dez na casa do velho.

— Hora ruim — disse Etienne. — A zeladora não vai deixar a gente entrar.

Oliveira tirou a chave, a fez girar debaixo de um raio de sol, e entregou-a ao outro como se rendesse uma cidade.

154.

(-85)

155.

É incrível, de uma calça pode sair qualquer coisa, lanugens, relógios, recortes, aspirinas carcomidas, numa dessas você mete a mão para pegar um lenço e o que vem seguro pelo rabo é um rato morto, são coisas perfeitamente possíveis. Enquanto você ia buscar Etienne, ainda abalado pelo sonho do pão e por outra lembrança de sonho que de repente aparecia como aparece um acidente na rua, de repente zás!, nada a ser feito, Oliveira tinha metido a mão no bolso da calça de veludo marrom justo na esquina do Boulevard Raspail com Montparnasse, meio que olhando ao mesmo tempo para o sapo gigantesco retorcido em seu robe de chambre, Balzac Rodin ou Rodin Balzac, mistura inextricável de dois relâmpagos em seu bronze helicoidal, e a mão saíra com um recorde de farmácias de plantão em Buenos Aires e outro que era uma lista de anúncios de videntes e cartomantes. Era divertido saber que a sra. Colomier, vidente húngara (bem que podia ser uma das mães de Gregorovius) morava na Rue des Abbesses e que tinha *secrets des bohèmes pour retour d'affections perdues*. Dali podia-se passar galhardamente à grande promessa: *Désenvoûtements*, e depois disso a referência à *voyance sur photo* parecia ligeiramente irrisória. Etienne, orientalista amateur, teria gostado de saber que o professor Minh *vs offre le vérit. Talisman de l'Arbre Sacré de l'Inde. Broch. c. 1 NF timb. BP 27, Cannes.* E como não se assombrar com a existência de Mme. Sanson, *Medium-Tarots, prédict. étonnantes, 23 Rue Hermel* (principalmente porque Hermel, que talvez tivesse sido zoólogo, tinha nome de alquimista), e descobrir com orgulho sul-americano o pronunciamento de Anita, *cartes, dates précises*, de Joana-Jopez (sic), *secrets indiens, tarots espagnols*, e de Mme. Juanita, *voyante par domino, coquillage, fleur*. Seria preciso ir sem falta com a Maga ver Mme. Juanita. Coquillage, fleur! Mas não com a Maga, não mais. A Maga bem que gostaria de conhecer o destino das flores. *Seule MARZAK pouvre retour affection*. Mas qual a necessidade de provar alguma coisa? É coisa que se sabe em seguida. Melhor o tom científico de Jane de Nys, *reprend ses VISIONS exactes sur photogr. cheveux, écrit. Tour magnétiste intégral*. À altura do cemitério de Montparnasse, depois de fazer uma bolinha, Oliveira calculou atentamente e mandou as adivinhas se juntarem a Baudelaire do outro lado do muro, com Devéria, Aloysius Bertrand, pessoas dignas de que as videntes lessem suas mãos, que Mme. Frédérika, *la voyante de l'élite parisienne et internationale, célèbre par ses prédictions dans la presse et la radio mondiales, de retour de Cannes*. Che, e com Barbey d'Aurevilly, que teria mandado queimar todas elas se pudesse, e também, claro que sim, Maupassant, oxalá a bolinha de papel tivesse caído sobre a tumba de Maupassant ou de Aloysius Bertrand, mas, aqui do lado de fora, não dava para saber essas coisas.

155.

Etienne acha uma estupidez Oliveira ir aborrecê-lo àquela hora da manhã, embora o tivesse esperado com três quadros novos que queria mostrar a ele, mas Oliveira imediatamente disse que era melhor aproveitarem o sol fabuloso que estava pendurado sobre o Boulevard de Montparnasse e descessem até o hospital Necker para visitar o velhinho. Etienne blasfemou em voz baixa e fechou o estúdio. A zeladora, que gostava muito deles, disse que os dois estavam com cara de desenterrados, de homens do espaço, e foi assim que eles descobriram que Madame Bobet lia *science fiction* e acharam o máximo. Quando chegaram ao Chien qui Fume tomaram dois vinhos brancos, discutindo os sonhos e a pintura como possíveis recursos contra a Otan e outros temas desagradáveis do momento. Para Etienne, o fato de Oliveira ir visitar um sujeito que não conhecia não era assim tão esquisito, e os dois concordaram que acabava sendo mais cômodo et cetera. Na recepção, uma senhora fazia uma veemente descrição do entardecer em Nantes, onde, segundo contou, vivia sua filha. Etienne e Oliveira escutavam atentamente palavras como sol, brisa, grama, lua, corvos, paz, a poesia, Deus, seis mil e quinhentos francos, a névoa, azaleias, velhice, sua tia, celeste, tomara que não se esqueça, vasos. Depois admiraram a nobre placa: DANS CET HÔPITAL, LAENNEC DÉCOUVRIT L'AUSCULTATION, e os dois pensaram (e disseram um ao outro) que a auscultação devia ser uma espécie de serpente ou salamandra escondidíssima no hospital Necker, perseguida sabe lá por quais estranhos corredores e porões até se render, ofegante, ao jovem sábio. Oliveira fez averiguações, e foram encaminhados para a sala Chauffard, segundo andar à direita.

— Talvez ninguém venha visitá-lo — disse Oliveira. — E veja só a coincidência, ele se chama Morelli.

— Sabe lá se ele não morreu — disse Etienne, olhando a fonte com peixes vermelhos no pátio aberto.

— Teriam me dito. O sujeito só me olhou. Não quis perguntar se alguém veio antes da gente.

— Pode ser que tenham vindo sem passar pela recepção.

155. Et cetera. Há momentos em que por asco, por medo ou porque é preciso subir dois andares e cheira a fenol o diálogo se torna contidíssimo, como quando temos que consolar alguém cujo filho morreu e inventamos as conversas mais estúpidas, sentados ao lado da mãe, abotoamos seu penhoar que estava um pouco aberto, e dizemos: "Vamos fechar isto, você não pode passar frio". A mãe suspira: "Obrigada". Dizemos: "Não parece, mas nesta época começa a esfriar mais cedo". A mãe diz: "Pois é, é verdade". E a gente oferece: "Quer um xale?". Não. Capítulo abrigo exterior concluído. Passa-se então ao capítulo abrigo interior: "Vou preparar um chazinho para você". Mas não, não está com vontade. "Mas você precisa tomar alguma coisa. Não pode passar tantas horas sem tomar nada." Ela não sabe que horas são. "Oito, passadas. Desde as quatro e meia você não toma nada. E hoje de manhã, mal provou uma coisinha ou outra. Você precisa comer alguma coisa, nem que seja uma torrada com geleia." Não está com vontade. "Faça por mim, você vai ver que é só começar e pronto." Um suspiro, nem sim nem não. "Viu só, claro que você está com vontade. Vou preparar um chá agora mesmo." Se não der certo, restam os assentos. "Você está sentada de mau jeito, vai acabar tendo cãibras." Não, está bem do jeito que está. "Não pode ser, você deve estar com as costas tortas, a tarde inteira nessa poltrona dura. É melhor ir se deitar um pouco." Ah, não, isso é que não. Misteriosamente, a cama passa a ser uma espécie de traição. "Vai sim, de repente você dorme um pouco." Dupla traição. "Você deve estar precisando, vai ver só como descansa. Eu fico lá com você." Não, está muito bem do jeito que está. "Bom, então vou buscar uma almofada para as suas costas." Bom. "Suas pernas vão inchar, vou pôr um banquinho para você ficar com os pés mais elevados." Obrigada. "E daqui a pouco, cama. Você vai me prometer." Suspiro. "É isso mesmo, nada de bancar a mimada. Se o doutor mandasse, você ia ter que obedecer." Enfim. "Você precisa dormir, querida." Variantes ad libitum.

— *Perchance to dream* — murmurou Etienne, que tinha ruminado as variantes na média de uma por degrau.

— A gente devia ter comprado uma garrafa de conhaque — disse Oliveira. — Você, que tem dinheiro.

— Mas a gente nem conhece ele. E vai ver ele morreu mesmo. Olhe só essa ruiva, eu me deixaria massagear com o maior prazer. Às vezes tenho fantasias com doenças e enfermeiras. Você não?

— Aos quinze anos, che. Uma coisa terrível. Eros armado com uma injeção intramuscular que era uma verdadeira seta, meninas maravilhosas que me lavavam de cima até embaixo, eu morrendo nos braços delas.

— Masturbador, para resumir numa palavra.

— E daí? Por que sentir vergonha de se masturbar? Uma arte menor ao lado da outra, mas seja como for, com sua divina proporção, suas unidades de tempo, ação e lugar e todas as demais retóricas. Aos nove anos eu me masturbava debaixo de um umbuzeiro, era realmente patriótico.

— Um umbuzeiro?

— Uma espécie de baobá — disse Oliveira —, mas vou confiar um segredo se você jurar que não vai contar para nenhum outro francês. O umbuzeiro não é uma árvore, é um arbusto.

— Ah, bom, então não era tão grave.

— Che, como os meninos franceses se masturbam?

— Não me lembro.

— Lembra perfeitamente. Nós, lá, temos sistemas formidáveis. Martelinho, guarda-chuvinha… Entendeu? Não consigo ouvir certos tangos sem me lembrar da minha tia tocando.

— Não vejo a menor relação — disse Etienne.

— Porque você não está vendo o piano. Havia um vão entre o piano e a parede, e eu me escondia ali para bater punheta. Minha tia tocava "Milonguita" ou "Flores negras", uma coisa tão triste, me ajudava nos meus sonhos de morte e sacrifício. A primeira vez que gotejei o assoalho foi horrível, achei que a mancha não ia sair. Eu não tinha nem lenço nem nada. Tirei depressa uma meia e esfreguei feito louco. Minha tia tocava "La payanca", se você quiser assovio para você, é de uma tristeza…

— Não se assovia num hospital. Mas dá para sentir a tristeza do mesmo jeito. Você está um nojo, Horacio.

— Eu me viro, malandro. Rei morto, rei posto. Se você está achando que por causa de uma mulher… Umbuzeiro ou mulher, no fundo é tudo arbusto, che.

— Barato — disse Etienne. — Barato demais. Cinema ruim, diálogos pagos por centímetro, a gente já sabe o que é isso. Segundo andar, stop. Madame…

— *Par là* — disse a enfermeira.

— Ainda não encontramos a auscultação — informou Oliveira.

— Não seja estúpido — disse a enfermeira.

— Aprenda — disse Etienne. — Muito sonhar com um pão que se queixa, muito foder meio mundo, e depois não se consegue nem fazer uma gracinha. Por que não vai passar uns tempos no interior? Estou falando sério, irmão, você está com a maior cara de Soutine...

— No fundo — disse Oliveira —, o que deixa você louco é eu ter ido arrancar você de suas punhetas cromáticas, seus cinquenta pontos cotidianos, e se obrigado por uma questão de solidariedade a vagar comigo por Paris no dia seguinte ao do enterro. Amigo triste é preciso distrair. Amigo telefona, é preciso se resignar. Amigo fala em hospital, tudo bem, vamos lá.

— Para falar a verdade — disse Etienne —, eu me importo cada vez menos com você. Eu devia mesmo é estar passeando com a coitada da Lucía. Ela sim precisa.

— Engano seu — disse Oliveira, sentando-se num banco. — A Maga tem Ossip, tem distrações, Hugo Wolf, essas coisas. No fundo, a Maga tem uma vida pessoal, embora eu mesmo tenha levado um tempão para perceber isso. Já eu estou vazio, uma liberdade enorme para sonhar e andar por aí, todos os brinquedos rotos, nenhum problema. Me passa o fogo.

— Não pode fumar no hospital.

— *We are the makers of manners*, che. Faz muito bem para a auscultação.

— A sala Chauffard está aí — disse Etienne. — Não vamos ficar o dia inteiro neste banco.

— Espere eu acabar de fumar.

(-123)

TEXTOS COMPLEMENTARES

A história de *O jogo da amarelinha* nas cartas de Julio Cortázar

Terminei um longo romance chamado *Os prêmios* e espero que vocês o leiam algum dia. Quero escrever outro, mais ambicioso, que será, temo eu, bastante ilegível; quero dizer que não será o que em geral se entende por romance, e sim uma espécie de resumo de muitos desejos, de muitas ideias, muitas esperanças e também, por que não, de muitos fracassos. Mas ainda não enxergo com suficiente clareza o ponto de ataque, o momento de arranque; isso é sempre o mais difícil, ao menos para mim.

De uma carta a Jean Barnabé, 17 de dezembro de 1958.

O senhor acha que posso, quem sabe, chegar a ser romancista. Falta-me, como me diz, *un peu de souffle pour aller jusqu'au bout.** Mas aqui, Jean, outras razões intervêm, e estas são estritamente intelectuais e estéticas. A verdade, a triste ou bela verdade, é que cada vez gosto menos de romances, da arte romanesca tal como é praticada nestes tempos. O que estou escrevendo agora será (se algum dia eu terminar) algo assim como um antirromance, uma tentativa de romper os moldes em que esse gênero está petrificado. Penso que o romance "psicológico" chegou a seu fim, e que, se havemos de continuar escrevendo coisas que valham a pena, é preciso arrancar em outra direção. O surrealismo, em seu momento, indicou alguns caminhos, mas ficou na fase pitoresca. É verdade que não podemos ainda prescindir da psicologia, dos personagens explorados com minúcia; mas a técnica de um Michel Butor e de uma Nathalie Sarraute me entedia profundamente. Fica na psicologia superficial, embora eles julguem ir

---

* "Um pouco de inspiração para ir até o fim." (N. T.)

muito a fundo. A profundeza de um homem é o que ele faz de sua liberdade. É por aí que se alcançam a ação e a visão, o herói e o místico. Não estou dizendo que o romance deve se propor a essa classe de personagens, porque os únicos heróis e místicos interessantes são os viventes, não os inventados por um romancista. O que penso é que a realidade cotidiana em que acreditamos viver é apenas a fronteira de uma fabulosa realidade reconquistável, e que o romance, como a poesia, o amor e a ação, deve se propor a adentrar essa realidade. Ora, pois bem, e isto é o importante: para quebrar essa casca de costumes e de vida cotidiana, os instrumentos literários comuns já não servem. Pense na linguagem que um Rimbaud teve que usar para abrir passagem em sua aventura espiritual. Pense em certos versos de *Les Chimères*, de Nerval. Pense em alguns capítulos de *Ulysses*. Como escrever um romance, quando primeiro seria preciso des-escrever, des-aprender, começar *à neuf*, do zero, em uma condição pré-adamita, por assim dizer? Meu problema hoje em dia é um problema de escritura, porque as ferramentas com as quais escrevi meus contos já não me servem para isso que eu gostaria de fazer antes de morrer. E por isso — é justo que o senhor saiba desde já — muitos leitores que apreciam meus contos haverão de ter uma amarga decepção, caso eu termine e publique isso em que agora estou metido. Um conto é uma estrutura, mas agora tenho que me desestruturar para tentar alcançar, não sei como, outra estrutura mais real e verdadeira; um conto é um sistema fechado e perfeito, é a serpente mordendo o próprio rabo; e eu quero acabar com os sistemas e as relojoarias para ver se consigo descer ao laboratório central e participar, se tiver forças, da raiz que prescinde de ordens e de sistemas. Em suma, Jean, renuncio a um mundo estético para tentar entrar em um mundo poético. Estarei me iludindo e acabarei escrevendo um livro ou vários livros que serão sempre meus, ou seja, terão o meu tom, meu estilo, minhas invenções? Pode ser. Mas terei jogado com lealdade, e o resultado assim será porque não consigo fazer outra coisa. Se hoje eu continuasse escrevendo contos fantásticos, me sentiria um perfeito vigarista; modéstia à parte, eles já se tornaram fáceis demais para mim, *je tiens le système*,* como diria Rimbaud. Por isso "O perseguidor" é diferente, e o senhor deve ter pensado nele ao ler estas linhas tão confusas. Quando o escrevi, já andava em busca da outra porta. Mas é tudo tão obscuro, e sou tão pouco capaz de romper com tanto hábito, tanta comodidade mental e física, tanto mate às quatro, e cinema às nove... Para subir na *Santa María* e apontar para o mistério é preciso

---

* "Eu domino a estrutura." (N. T.)

começar jogando a erva fora. E com esse anacronismo ruim encerro este capítulo, que no entanto estou feliz de ter lhe escrito, como uma confidência e um anúncio.

De uma carta a Jean Barnabé, 27 de junho de 1959.

Escrevo muito, mas de um jeito retorcido. Não sei o que vai sair de uma extensa aventura à qual creio ter feito alusão em alguma outra carta. Não é um romance, e sim uma história muito longa que definitivamente terminará sendo a crônica de uma loucura. Eu o comecei por várias partes ao mesmo tempo, e sou ao mesmo tempo leitor e autor do que vai saindo. Quero dizer que, como às vezes escrevo episódios que corresponderão vagamente ao fim (umas mil páginas, mais ou menos, quando tudo estiver feito), o que escrevo depois e que corresponde ao começo ou ao meio modifica o que já foi escrito, e então tenho que voltar a escrever o fim (ou ao contrário, porque o fim também altera o começo). A coisa é terrivelmente complicada, porque me acontece de escrever duas vezes um mesmo episódio, em um caso com certos personagens, e em outro com personagens diferentes, ou os mesmos, mas mudados pelas circunstâncias correspondentes a um terceiro episódio. Penso em deixar *as duas histórias* desses episódios, porque cada vez me convenço mais de que nada se passa de uma determinada maneira, e sim que cada coisa é ao mesmo tempo muitíssimas coisas. Isso, que qualquer bom romancista sabe, tem sido em geral enfocado como fez Wilkie Collins em *The Moonstone*, isto é, um mesmo episódio "visto" por vários espectadores, que o vão contando cada um a seu modo. Mas acho que vou um pouco mais longe, porque não mudo de espectador, e sim o faço repetir o episódio... e sai diferente. Não lhe acontece de, ao contar algo a um amigo, o senhor se dar conta, naquele momento, de que as coisas eram diferentes do que achava que eram? No meio da história, uma mudança de leme desvia o barco. O justo, nesse caso, é apresentar as duas versões. Mas como o leitor se aborreceria se tivesse que ler duas vezes seguidas uma mesma história, na qual as alterações seriam sempre poucas em relação ao todo, fabriquei uma série de procedimentos mais ou menos astutos, que seria um pouco longo lhe contar agora. Basta dizer que o livro se passa metade em B. A. e metade em Paris (acredito já ter bastante perspectiva de ambas as cidades para fazer isso), mas que com frequência os episódios se cumprem numa *no man's land* que a sensibilidade do leitor deverá situar, se puder. Na verdade, proponho-me a começar pelo fim e mandar o leitor buscar em diferentes partes do livro, como na lista telefônica, mediante um sistema de remissões que será a tortura do pobre operador da gráfica… isso se um livro assim encontrar editor, do que duvido.

De uma carta a Jean Barnabé, 30 de maio de 1960.

Por carta é sempre difícil dizer algumas coisas, mas quero que saiba o quanto valorizo sua opinião sobre o que escrevo. Eu já lhe disse, acho, em minha primeira carta, mas agora o senhor volta a empregar palavras que me comovem profundamente, não pelo elogio que encerram, e sim porque quem as diz é um crítico que não faz concessões. Um dia lhe pedirei que leia o que estou fazendo agora, e que é impossível explicar por carta, sem falar que eu mesmo não entendo. Ignoro como e quando vou terminar; são cerca de quatrocentas páginas que abarcam pedaços do fim, do começo e do meio do livro, mas que talvez desapareçam diante da pressão de outras quatrocentas ou seiscentas que terei que escrever entre este ano e o ano que vem. O resultado será uma espécie de almanaque, não encontro palavra melhor (a não ser "baú turco"). Uma narração feita a partir de múltiplos ângulos, com uma linguagem às vezes tão brutal que eu mesmo repudio sua leitura e duvido que ouse mostrar a alguém, e outras vezes tão pura, tão pouco literária… Sei lá o que vai sair disso. Apenas uma coisa é certa, já não sei escrever contos, e *Os prêmios* ficou tão para trás que vai me custar horrores corrigir as provas. Conto-lhe tudo isso como uma forma um pouco menos desajeitada que as outras de lhe dizer quanta confiança tenho em sua amizade; e a alegria que me dá poder confiar-lhe, pelo menos como uma primeira impressão, o que estou fazendo e o que queria fazer.

De uma carta a Paco Porrúa, 9 de agosto de 1960.

Aproveitei Viena para terminar a primeira versão de *O jogo da amarelinha* e quando voltar das férias vou trabalhar nele a fundo, para que esteja pronto, se possível, antes do fim do ano. O que o senhor me falar sobre ele será muito importante para mim; oxalá encontre uma maneira de copiá-lo à máquina para lhe enviar um texto em novembro ou dezembro. Prepare-se, são umas setecentas páginas. Mas acho que ali dentro há tanta carga explosiva que talvez não demore tanto para ser lido. De ilusões assim se vai vivendo.

De uma carta a Paco Porrúa, 22 de maio de 1961.

O jogo da amarelinha? Mas se estou só na casa três, e a todo instante jogo a pedrinha para fora. Não haverá livro antes do fim do ano, mas aí sim o enviarei e veremos. (Não imagino a Sudamericana publicando *isso*. Vão se decepcionar terrivelmente, aquele Cortázar que-ia-tão-bem...) Terminei o trabalho grosso do livro, e o estou pondo em ordem, ou seja, o estou desordenando de acordo com leis especiais cuja eficácia logo se verá, quando eu tiver coragem de reler de uma só vez as seiscentas páginas.

De uma carta a Paco Porrúa, 14 de agosto de 1961.

Estou quase terminando *O jogo da amarelinha,* o longo romance do qual te falei várias vezes. Como é uma espécie de livro infinito (no sentido de que a pessoa pode sempre continuar acrescentando partes novas até morrer), acho que é melhor me separar dele brutalmente. Vou lê-lo mais uma vez e enviar o condenado artefato ao meu editor. Se te interessa saber o que penso desse livro, te direi com minha habitual modéstia que será uma espécie de bomba atômica no cenário da literatura latino-americana.

De uma carta a Paul Blackburn, 15 de maio de 1962.

Você não imagina o medo que tenho de que o pacote com *O jogo da amarelinha* se perca. Tenho uma cópia, mas seria trágico ter que tirar outra a partir dessa. Estou vendo se algum conhecido vai nesses dias, para deixar com ele o pacote, mas receio que terei que mandar por avião. Acontece que com as confusões que há agora na Argentina o correio pode estar meio atrapalhado.* O que acha? Quem sabe você não tem uma ideia melhor; nesse caso, me escreva prontamente, ainda que não sejam mais que duas linhas.

De uma carta a Paco Porrúa, 19 de maio de 1962.

Do livro em si não te digo nada. Vamos deixá-lo falar ele próprio, e se saiu mudo, paciência. Mas preciso da sua crítica, e sei que ela será como você

---

* Em 29 de março de 1962, o presidente argentino Arturo Frondizi sofreu um golpe de Estado, fruto de uma ação civil-militar. Frondizi se enfraquecera depois da majoritária vitória peronista nas eleições das províncias do país. (N. T.)

é. O livro tem só um leitor: Aurora. Por conselho seu, traduzi para o espanhol longas passagens que no começo eu tinha decidido deixar em inglês e em francês. A opinião dela sobre o livro, talvez eu possa resumi-la se te contar que ela desatou a chorar quando chegou ao fim. É verdade que, segundo Mark Twain, um general do Exército norte-americano também desatou a chorar no dia em que ele lhe mostrou o plano de umas fortificações que tinha acabado de desenhar. Mas, modéstia à parte, me parece que esse pranto (o de Aurora) significava outra coisa.

De uma carta a Paco Porrúa, 30 de maio de 1962.

Pensei muito em você nestes últimos tempos, porque meu próximo livro, que se chamará O *jogo da amarelinha* e será publicado — if we are lucky — lá pelo fim do ano, vai ser o livro no qual me conhecerá a fundo, dentro do qual nós dois temos dialogado muitas vezes, sem que você soubesse. Não é que você seja um personagem da obra, mas seu humor, sua enorme sensibilidade poética, e sobretudo sua sede metafísica se refletem na do personagem central. Por sorte não há nada de autobiográfico nesse livro (exceto episódios dos meus primeiros dois anos em Paris), mas em compensação pus nele tudo o que sinto diante deste fracasso total que é o homem ocidental. Ao contrário de você, o personagem central não crê que pelos caminhos do Ocidente seja possível encontrar uma salvação pessoal. Acredita, antes (e nisto se parece com Rimbaud), que *il faut changer la vie,** mas sem sair dela. Ele entrevê essa velha suspeita de que o céu está na terra, mas é muito pesado, muito infeliz, muito nada para encontrar a passagem. Tudo isso se mistura com episódios que vão mostrando o que neste mundo acontece a um tipo que pretende ser consequente com essas ideias.

Você me diz que já sou um clássico, mas está enganado. Ninguém é clássico se não quiser. Os professores podem colocar a etiqueta na pessoa, mas ela (e seus livros) cospe em cima disso. Eu sou sempre o mesmo desconcertado cronópio que anda olhando as babas do diabo no ar, e que só quando chega aos vinte mil quilômetros descobre que não tinha soltado o freio de mão.

De uma carta a Fredi Guthmann, 6 de junho de 1962.

* "É preciso mudar a vida." (N. T.)

Bom, claro que tudo o que você me diz em sua carta sobre *O jogo da amarelinha* me deixou tão comovido que não vou sequer tentar explicar. O que acontece é simplesmente isto (mas *isto* é tudo, é a única coisa que conta de verdade para mim): a sua reação diante do livro é minha própria vivência de tudo isso. Aquelas palavras que você usa, "um enorme funil", "o buraco negro de um enorme funil", é exatamente isso que *O jogo da amarelinha* é, é o que eu tenho vivido todos esses anos e quis tentar dizer — com o terrível problema de que, assim que essas coisas são *ditas*, vem o mal-entendido, todo o horror da linguagem ("as cadelas negras" — as palavras) que preocupa Morelli. Veja, Paco, para mim não é tão importante que você tenha achado o livro bom — ainda que isso tenha uma enorme importância para mim, sem dúvida —; o que realmente conta é que você tenha ficado tão desconcertado, tão "remexido", tão desvairado e tão à beira de um limite como está o pobre do Oliveira, como eu quando me pegava aos socos com Oliveira em cada capítulo do livro. Eu disse para a Aurora: "Agora posso morrer, porque do lado de lá existe um homem que sentiu o que eu precisava que o leitor sentisse". O resto será mal-entendidos, idiotices, elogios, a festa de sempre. Nada importante. O que no fundo eu mais gostei é que você teve vontade de atirar o livro na minha cabeça. Mas, claro, Paco. Poucas vezes foi possível ser tão insuportável, tão exasperante como acho que sou em alguns momentos. Sei bem disso, e me atenho às consequências.

Mais para a frente, se o livro for editado, vou querer suas críticas concretas, e sei que você não vai escamotear nada do que pensa. Agora fico com o enorme alívio de saber que quatro anos de trabalho serviram para alguma coisa.

De uma carta a Paco Porrúa, 25 de julho de 1962.

Tudo o que você me diz de *O jogo da amarelinha* me comove até um ponto que apenas, quem sabe, uma conversa com café e tabaco poderia transmitir. Como conheço muito bem a sua sensibilidade e inteligência (e juro que neste caso faço uma abstração de toda a amizade), cada nova referência ao meu livro que vou encontrando em suas cartas vai me mostrando de fora — esse dificílimo de fora que poucas vezes me foi dado com tanta intensidade — a forma e a figura definitivas do meu livro. Me expresso muito mal, mas quero te dizer que a sua maneira de entender *O jogo da amarelinha* me devolve o livro já liberado de mim, objetivado em um leitor que me deixa ver a imagem disso que eu trazia misturado comigo em uma confusa batalha da qual foram saindo capítulos, situações e suspeitas. Quando você diz: "O que me emudece é esse mundo que Oliveira cria com uma liberdade absoluta, esticando barbantes ou estendendo tábuas, e que no fim é a realidade do mundo", sinto que isso é mais que uma opinião, é uma espécie de encontro no qual nem você nem eu nem o livro têm nenhuma importância, mas em compensação há como que uma *prova* de que não estamos equivocados, e que vemos sabe lá que coisas com nossos olhos cegos.

De uma carta a Paco Porrúa, 8 de outubro de 1962.

Talvez te interesse saber como eu reagi diante do livro impresso. Bem, tive o handicap de lê-lo sabendo-o de cor, e só nas provas de correção poderei voltar a ter a impressão total da coisa. Suprimi alguns trechos repetitivos, e tive que subtrair do pobre Morelli uma de suas ideias, a de fazer um livro com as páginas soltas, pois nesse ínterim saiu aqui um livro em forma de pasta (e por desgraça ele me pareceu ruim, já que o sistema tem possibilidades prodigiosas, acho). Não sei, lendo as passagens fora da ordem de leitura correspondente, perde-se toda a tensão. Consideradas individualmente, acho que cada uma está bastante boa.

Na verdade tenho tantas coisas para te dizer que não sei por onde começar. Eu mesmo me sinto sufocado pela ambição do livro, e pelo que em alguns momentos ele chega a alcançar. É realmente um desses alvoroços que surgem somente de tempos em tempos, não acha? Tive que vigiar com cuidado minhas reações enquanto o corrigia, porque mais de uma vez senti que o livro sairia ganhando se eu o enxugasse ou suprimisse determinados capítulos ou trechos. Mas a todo momento me dava conta de que, ao pensar nisso, quem o pensava era "o homem velho", ou seja, era, outra vez, uma reação estética, literária. Uma reação em nome de certos valores formais que fazem a grande literatura. E você já conhece Morelli o suficiente para saber que o que o velho quer é triturar esses valores, por lhe parecerem a máscara podre de uma ordem de coisas ainda mais apodrecida.

Assim se dá o paradoxo de que não posso nem quero eliminar muitíssimas imperfeições, embora me doam e me incomodem. Acho que nunca se escreveu um livro tão a contrapelo, tão a contralivro.

De uma carta a Paco Porrúa, 5 de janeiro de 1963.

Antes de ir à Itália, acabei de corrigir as últimas provas do meu romance, e as enviei ao editor por avião. Se chegaram sãs e salvas, o livro será publicado em meados de julho, e então algum dia o senhor poderá me dizer se o que espera de mim, essa explosão à qual se refere em sua carta, se produziu, ou se continuo fechado e um pouco distante. Fiquei surpreso ao saber que prefere *Os prêmios* ao conjunto dos meus contos, porque me parece muito inferior a eles. Não estará o senhor reincidindo, talvez inconscientemente, na típica atitude do leitor francês, para quem na verdade só o romance conta? Pessoalmente, acredito não ter escrito nada melhor que "O perseguidor"; no entanto, em *O jogo da amarelinha* rompi tal quantidade de diques, de muros, me fiz, eu mesmo, em pedaços de tantas e tão variadas maneiras, que, no que diz respeito à minha pessoa, não me importaria morrer agora mesmo. Sei que dentro de alguns meses pensarei que ainda tenho outros livros para escrever, mas hoje, ainda sob a atmosfera de *O jogo da amarelinha*, tenho a impressão de ter ido até o limite de mim mesmo, e de que seria incapaz de ir além. Espero que as inovações "técnicas" do romance não o incomodem; o senhor não vai demorar em adivinhar (além do mais há fragmentos que o explicam muito claramente) que esses aparentes caprichos têm por objetivo exasperar o leitor e transformá-lo numa espécie de *frère ennemi*,* um cúmplice, um colaborador da obra. Estou farto disso que um personagem do meu livro chama de "leitor-fêmea", aquele senhor (ou senhora) que compra os livros com a mesma atitude com que contrata um serviçal ou se senta na plateia de um teatro: para que o divirtam ou para que o sirvam. O ruim do romance tradicional é isto: em poucas páginas cria uma atmosfera que envolve, afaga, seduz o leitor, e o leitor deixa-se transportar por trezentas páginas e oito horas, sentado em uma nuvem (rosada ou negra, a depender do caso) até chegar à palavra FIM, que é uma espécie de Orly da literatura. Eu quis escrever um livro que possa ser lido de duas maneiras: do jeito que agrada o leitor-fêmea e como agrada a mim, lápis na mão, brigando com o autor, mandando-o para o inferno ou abraçando-o...

De uma carta a Jean Barnabé, 3 de junho de 1963.

Espero que você tenha recebido meu telegrama, digno de Júlio César por sua concisão; mas a verdade é que, por cabo, qualquer frase de mais de duas palavras soa horrivelmente brega. Imagine que eu teria escrito CHEGOU AMARELINHA STOP MUITO COMOVIDO STOP. Ou então: ACUSO RECEBIMENTO TIJOLO STOP EU ESCREVI ISSO? STOP ESPANTADO COM PESO DO ARTEFATO STOP. De modo que optei pelo caminho do pudor, mas não quis

---

* "Inimigo íntimo." (N. T.)

que passasse mais tempo sem você saber que finalmente (quantos anos, minha nossa!) o círculo tinha se fechado e esta velha mão que escreveu essas velhas páginas apalpava quase incredulamente um volume de capa preta.

Quisera eu estar em Buenos Aires para tomarmos um vinho juntos e então, vagando por alguma rua, à noite, te dizer do meu jeito tudo o que aqui se esfria e se ordena em linhazinhas horizontais e se transforma em idioma. A gratidão é incômoda, como dizia não sei quem; não é que seja incômoda em si, é que fica quase impossível, entre homens, transmiti-la senão com um desses gestos quase imperceptíveis, oferecendo um cigarro ou mal tocando um ombro, ou permanecendo calado na hora em que os manuais de boa educação mandam dizer as frases exatas. Mas por sorte você e eu nos vimos o bastante nesta vida para saber que muito do que não nos dizemos fica dito para sempre. Para mim já é suficiente que você tenha certeza disso.

De uma carta a Paco Porrúa, 26 de julho de 1963.

Muito obrigado pelos recortes e pelos minuciosos comentários que os acompanham. Claro, nada de tudo isso tem a menor relação com a crítica: ou é o ditirambo radiofônico de Gudiño (muito simpático, aliás) ou é a estupidez da *Primera Plana*,* mas em nenhum dos dois casos há um sim ou um não profundo, algo que prove que o livro se cumpriu. Olha, as pessoas têm a literatura comum de tal maneira introjetada na cabeça, que muito poucos vão entender o sentido de "contrarromance" que você apontou na orelha. É incrível que nem sequer as esquisitices — vamos chamar assim — formais do livro tirem esses tipos de sua atitude habitual, que é, grosso modo, a de ler bovinamente o livro e depois dizer (e escrever): a) se é romance, conto ou novela; b) se se passa na Argentina ou em Uppsala; c) se é erótico, católico ou neorrealista; d) se é bom, regular ou ruim. Et cetera. São tipos daqueles que mesmo estando com um unicórnio brilhante na frente do nariz o classificariam como uma espécie de bezerro branco. Olha, até agora a única coisa que para mim tem sentido é o que você viu no meu livro, além de, nesses dias, duas cartas de garotos de lá, desconhecidos, que chegaram ao fim da leitura como que mortos a pancadas e que me contam seu desconcerto, sua gratidão (misturada com ódio e amor e ressentimento). Você capta muito bem quando se queixa da "falta total de paixão": aí você acerta o alvo e confirma o que eu te dizia mais acima sobre a "indústria" de fazer resenhas. Esses

---

* Revista semanal argentina fundada em 1962 e que teve sua última edição em 1973. (N. T.)

tipos pegam um livro por duas razões: para "se divertir" ou por obrigação profissional. E daí, che? A amarelinha vai sendo jogada em veredas muito estranhas, algumas delas ainda sem calçamento.

De uma carta a Paco Porrúa, 13 de setembro de 1963.

Não pense que sou preguiçoso, mas sua carta chegou nos dias em que estávamos em Viena trabalhando, e acabo de encontrá-la na minha volta. Tampouco pense que sou hiperbólico se te digo que sua carta foi uma das maiores alegrias da minha vida. Mas como te descrever essa alegria? Não é o contentamento vulgar de quem recebe boas notícias, nem o elogio feito o afago ou a cosquinha de quem se sente compreendido e apreciado naquilo que faz. Minha alegria é outra, é como um encontro longamente esperado, ou como uma árvore que se viu de muito longe, na linha do horizonte, e à qual se chega por último depois de caminhar e caminhar, e a árvore é a cada passo mais verde e mais bonita. Olha, desde que meu livro foi lançado em Buenos Aires recebi muitas cartas, sobretudo de gente jovem e desconhecida, e nelas me dizem coisas que seriam suficientes para me sentir justificado como escritor. Mas as cartas dos jovens são sempre atos de fé, impulsos de entusiasmo ou de cólera ou de angústia. Comprovam que O *jogo da amarelinha* tem as qualidades de emético que eu quis lhe dar e que é como uma feroz sacudida pela gola, um grito de alerta, um apelo à desordem necessária. Mas você, que por uma simples questão de maturidade intelectual e de técnica profissional leu o livro um pouco como eu o escrevi, ou seja, no fim de um longo caminho, de uma imensa biblioteca lida e vivida e decantada, você, tão serena e segura em suas opiniões, você me escreve uma carta que é como uma respiração profunda, que está cheia de rumores e coisas dificilmente ditas e movimentos encontrados, uma carta que no fundo não se diferencia muito das cartas que me escreveram tantos rapazes, e que ao mesmo tempo está a uma altura infinitamente superior a elas, e isso é o que me comove, que você tenha escrito algo que é como um balbucio (e meu livro é isso, porque o que se quer dizer verdadeiramente não pode ser dito) e ao mesmo tempo dá para sentir e saber que você foi até o fundo das coisas, as pesou e analisou e as achou boas ou ruins ou alguma outra coisa, mas por um milagre pelo qual nunca vou te agradecer o suficiente, todo esse trabalho de sondagem e toda essa perícia sutil que fazem de você a crítica e a pessoa que é não conseguiram petrificar o outro, o que chamo balbucio, na falta de um nome melhor, e então sua carta é como uma pomba ou uma bola de cristal, algo no qual continuamente passam reflexos e murmúrio, e a vida. Sabe, não pense que nessa dicotomia que parece se deduzir disso (crítica-balbucio) há um juízo pejorativo em relação à crítica. De que serve um balbucio quando sai da boca de um idiota? O espantoso para mim, sempre, é esse raro equilíbrio que só os grandes alcançam (penso em Curtius, em alguns textos de Burckhardt, coisas assim) e que em última instância permite à inteligência romper seus estreitos limites e comungar com esse outro reino misterioso onde coisas indizíveis se movem na realidade profunda e são, talvez, a única coisa necessária. Mas haqui, como diria Holiveira, paro em seco. Assez bavardé.*

De uma carta a Ana María Barrenechea, 21 de outubro de 1963.

Muito antes de começar esta avalanche de resenhas a favor e contra, de cartas de gente jovem que me chegam de todos os cantos do país e da América, você me mandou um testemunho que me fez transbordar, não porque tenha gostado do livro (ainda que isso também tenha sido uma maravilha para mim), mas também porque suas palavras, algumas coisas que disse, me deram a prova de que eu não trabalhei tantos anos em vão, e que me bastaria ter apenas um único leitor (e além disso mulher, e além disso tão linda e tão inteligente) para sentir que meu livro não era inútil. Perla, talvez eu esteja te dando a sensação de que estou escrevendo um pouco de brincadeira; sim, mas esse é o meu jeito, quando quero dizer as coisas que contam. *O jogo da amarelinha* também é uma gigantesca piada, mas você já conhece a dilaceração que existe aí dentro. Por meio do humor (com H maiúsculo, não as piadas e brincadeiras) chega-se às vezes ao mais profundo; assim fizeram e comprovaram os escritores que mais admiro, e é um caminho que pouco se conhece na Argentina e pelo qual é necessário transitar, se queremos começar a sair do buraco em que estamos metidos. Agora, por exemplo, Murena** me ataca com unhas e dentes em *Cuadernos*, e basta ler seu ataque para perceber, embora possa ter razão em muitas coisas, que ele não entendeu o essencial, que sua conhecida e tristíssima carência de sentido do humor fechou-lhe o caminho que você, como se estivesse brincando, percorreu desde o primeiro dia. Entende o que quero dizer, assim, escrevendo com toda a pressa e sem pensar muito? O mais admirável para mim são as cartas dos jovens, porque são eles que sofreram meu livro como uma ferida, como algo necessariamente doloroso, uma ferida de bisturi, e não de faca. Que importância pode ter, então, que por outros lados,

---

* "Já falei bastante." (N. T.)
** Héctor A. Murena (1923-1975), escritor e tradutor argentino, colaborador da revista *Sur*, entre outros meios culturais, e difusor de pensadores alemães na Argentina. (N. T.)

e por razões que têm a ver com coisas alheias ao livro (Cuba, entre outras, ainda que tenham cautela em dizer), haja gente que lhe nega suas intenções essenciais? Estou tão contente, Perla, tão contente. *O jogo da amarelinha* queria isso, era agressivo e polêmico e procurava o embate; e o vai encontrando, mas eu teria preferido um embate mais elevado e mais digno de todos.

De uma carta a Perla Rotzait, 17 de novembro de 1963.

Mister Blackburn, cavalheiro! Envio-lhe, registrado, um bonito exemplar de *O jogo da amarelinha*. Como o mencionado exemplar pesa umas cinco libras e não sou rico o suficiente para mandá-lo por correio aéreo, tenha a bondade de esperar alguns dias e o correio marítimo lhe apresentará esta produção imortal. Que, diga-se de passagem, foi contratada pela Gallimard. E que, como eu disse à Sara um tempo atrás, está causando um alvoroço terrível nos países da América Latina. O que era justamente a minha intenção, imagine como estou eufórico.

De uma carta a Paul e Sara Blackburn, 14 de dezembro de 1963.

Não sei quando chegará o dia em que vou poder te escrever uma carta que não tenha nada a ver com meus livros. Não será desta vez, pelo menos; estimulados pelas festas de fim de ano, dezenas e dezenas de cronópios de toda a América me mandaram baús de cartas, muitas das quais merecem ao menos algumas linhas. E aqui estou eu, com uma pilha de envelopes diante da máquina, e um humor do cão. Entre todas as cartas, não resta dúvida de que a mais gloriosa é a de uma senhorita de Mendoza que, depois de anunciar duramente que não pensa em ler *O jogo da amarelinha*, pois lhe disseram que é um livro indecente, continua me pedindo, em nome de minha obra do passado (que hadmira henormemente), que me abstenha de "escrever livros de escândalos, best-sellers que provam minha cumplicidade com o editor (sic)". Você compreenderá que com coisas assim tem-se finalmente a recompensa que se esperou por toda a vida. Claro que as cartas que respondo não são estas, e sim as de gente que apresenta meu livro como uma espécie de soco no queixo; a esses não posso deixar de responder, e acredite que faço isso com gosto, mas os dias passam, não tenho tempo para ler nem para divagar, e tomo tanto mate que Aurora prevê que eu tenha uma cirrosis paraguayensis. Veremos se no fim também eu vou perder minha vida *par délicatesse...*

De uma carta a Paco Porrúa, 5 de janeiro de 1964.

A busca do "outro". Sim, é o tema central e a razão de ser de *O jogo da amarelinha*. O livro todo gira em torno desse sentimento de falta, de ausência, e embora o protagonista esteja longe de alcançar a meta que vagamente entrevê, sua "epopeia cômica", como a senhora a define com muito acerto, não é mais do que essa espécie de busca de um Graal no qual já não há o sangue de um deus, senão talvez o próprio deus; mas esse deus seria o homem, aqui embaixo, o homem livre de tudo que o condiciona e o deforma, começando pelos próprios deuses.

Crítica à cultura ocidental. Bem, eu não a critico em bloco, não a rejeito ingenuamente como, digamos, Rousseau rejeitava a civilização por achar que o "bom selvagem" era mais perfeito. O que denuncio em nossa cultura é a monstruosa hipertrofia de algumas possibilidades humanas (a razão, por exemplo) em detrimento de outras, menos definíveis por estarem situadas justamente à margem da órbita racional. Mas não pense em mim como um inimigo da razão, porque seria pueril. O que me inquieta é comprovar cotidianamente os efeitos desse desequilíbrio resultante de um "humanismo" de raiz grega, que definitivamente põe em relevo o *sapiens* mais que o *homo*. A senhora tem razão: meus ataques são hiperintelectuais, o que se revelaria contraditório. Mas, como muitas vezes acontece, a senhora não tem toda a razão. Não a tem, porque creio que o ataque profundo a esses modelos de vida viciados e falsos em que nos movimentamos, em *O jogo da amarelinha* não são feitos com armas intelectuais. Faço uso destas últimas nas discussões, no aparato teórico, por assim dizer; mas o que dá ao *Jogo da amarelinha*, acho, sua eficácia última, o impacto por vezes terrível que teve em muitos leitores, é outra coisa: é o que vem de baixo, os episódios irracionais, as aproximações a dimensões nas quais a inteligência é como um nadador sem água. Mas isso eu já não posso explicar; a senhora saberá se o sentiu como eu o senti ao escrever o livro. A verdade é que sem essas subjacências, que para mim são a única coisa que conta de verdade no livro, eu teria escrito um outro romance "inteligente". E vai saber se eles existem...

De uma carta a Graciela de Sola, 7 de janeiro de 1964.

Que notícias maravilhosas trazem as cartas de vocês! Então quer dizer que *O jogo da amarelinha* passou na prova?* Estou muito, muito feliz e Aurora e eu dançamos trégua e dançamos catala até que os vizinhos puse-

---

* A editora norte-americana Pantheon tinha decidido publicar o romance. (N. E.)

ram a boca no mundo. Mas quem se importa? Empunhei meu flamante trompete e lancei um solo tal que seis copos de vidro viraram pó e Aurora foi projetada para debaixo da mesa. Depois disso ela apareceu armada com uma frigideira e tive que interromper minha bela inspiração. Nós, artistas, sempre fomos uns incompreendidos, como se sabe.

De uma carta a Sara e Paul Blackburn, 13 de fevereiro de 1964.

À noite me entregaram a sua carta de 3 de junho (quanto tempo, céus!) e me senti tão emocionado e tão feliz com o que você me diz que entrei como que num transe, em uma casa zodiacal incrivelmente fasta e próspera. Ainda não saí dela, e te escrevo sob essa impressão maravilhosa de que um poeta como você, que além do mais é um amigo, tenha encontrado em O *jogo da amarelinha* tudo o que nele coloquei ou tentei colocar, e que o livro tenha sido uma ponte entre mim e você e que agora, depois da sua carta, eu te sinta tão perto de mim e tão amigo. Não sei se quando te escrevi, alguns meses atrás, para falar dos seus poemas, soube expressar bem o que eu sentia. Você, na sua carta, me diz tantas coisas em umas poucas linhas que é como se tivesse me mandado um sinal fabuloso, um desses anéis míticos que chegam às mãos do herói ou do rei depois de incontáveis mistérios e façanhas, e ali está tudo condensado, mais para cá da palavra e das meras razões; algo que é como um encontro para sempre, um pacto para fazer cair as barreiras do tempo e da distância.

Olha, claro que o que você pôde encontrar de bom no livro me faz muito feliz; mas acho que no fundo o que mais me estremeceu foi esta maravilhosa frase, esta pergunta que resume tantas frustrações e tantas esperanças: "De modo que se pode escrever *assim* por um de nós?". Acredite, não tem nenhuma importância que tenha sido eu que escrevera assim, talvez pela primeira vez. A única coisa que importa é que estejamos chegando a um tempo americano no qual se possa começar a escrever assim (ou de outro modo, mas assim, ou seja, com toda a conotação dada por você ao destacar a palavra). Faz alguns meses, Miguel Ángel Asturias se alegrava de que um livro meu e um dele estivessem no topo das listas de best-sellers em Buenos Aires. Alegrava-se pensando que se fazia justiça a dois escritores latino-americanos. Eu lhe disse que isso era bom, mas que havia algo muito mais importante: a presença, pela primeira vez, de um público leitor que distinguia seus próprios autores em vez de relegá-los e deixar-se levar pela mania das traduções e pelo esnobismo do escritor europeu ou ianque da moda. Continuo acreditando que há aí um feito transcendental, inclusive para um país onde as coisas vão tão mal como no meu. Quando eu tinha vinte anos, um escritor argentino chamado Borges vendia apenas quinhentos exemplares de algum maravilhoso volume de contos. Hoje qualquer bom romancista ou contista rio-platense tem a certeza de que um público inteligente e numeroso vai lê-lo e julgá-lo. Isso quer dizer que os sinais de maturidade (dentro dos equívocos, dos retrocessos, das incapacidades horríveis de nossas políticas sul-americanas e de nossas economias semi-coloniais) se manifestam de alguma maneira, e, neste caso, de maneira particularmente importante, por meio da grande literatura. Por isso não é tão estranho que já tenha chegado a hora de escrever assim, Roberto, e você logo verá que junto com meu livro ou depois dele vão aparecer muitos que te encherão de alegria. Meu livro tem tido grande repercussão, sobretudo entre os jovens, porque se deram conta de que ele os convida a acabar com as tradições literárias sul-americanas que, até mesmo em suas formas mais vanguardistas, sempre responderam a nossos complexos de inferioridade, a isto de "sermos, nós, tão pobres", como você diz a propósito do elogio de Rubén a Martí. Ingenuamente, um jornalista mexicano escreveu que *O jogo da amarelinha* era a declaração de independência do romance latino-americano. A frase é boba, mas encerra uma clara alusão a essa inferioridade que temos tolerado de forma tão estúpida por tanto tempo, e da qual sairemos como saem todos os povos quando chega a sua hora. Não me ache muito otimista; conheço o meu país, e muitos outros que o rodeiam. Mas há sinais, há sinais... Estou feliz de ter começado a fazer o que cabia a mim, e que um homem como você o tenha sentido e tenha me dito.

De uma carta a Roberto Fernández Retamar, 17 de agosto de 1964.

Quer ouvir uma anedota? *O jogo da amarelinha* [*Rayuela*] não ia se chamar assim. Ia chamar-se *Mandala*. Até quase terminado o livro, para mim continuava se chamando desse jeito. De repente compreendi que eu não tinha o direito de exigir dos leitores que conheçam o esoterismo búdico ou tibetano. E ao mesmo tempo me dei conta de que *O jogo da amarelinha*, título modesto e que qualquer um entende na Argentina, era *a mesma coisa*; porque uma amarelinha [*rayuela*] é uma mandala dessacralizada. Não me arrependo da mudança.

De uma carta a Manuel Antín, 19 de agosto de 1964.

Em um boletim do Fondo de Cultura Económica fiquei sabendo que numa mesa-redonda disseram que, dentro das letras latino-americanas, *O* *século das luzes** era a criação e O *jogo da amarelinha,* o apocalipse. A gente fica tão desconcertado, não acha?

De uma carta a Paco Porrúa, 15 de janeiro de 1965.

Tenho que ajudar simultaneamente uma italiana, uma francesa e um ianque que estão traduzindo *O jogo da amarelinha.* Se você folheou esse livro, vai admitir que sua versão em outra língua apresenta tremendos problemas; mal acabei de resolver uma rodada de dificuldades em italiano, recebo cinquenta páginas em inglês... e assim vamos. Claro que não me queixo, já que é a minha terra escolhida (não sei se prometida); mas de fato esse trabalho consome muitos dias.

De uma carta a Amparo Dávila, 23 de fevereiro de 1965.

Quando alguém recebe uma carta como a sua, sente que em todos os casos vale a pena escrever alguns livros capazes de lhe trazer tão alta recompensa. *O jogo da amarelinha* tem provocado centenas de críticas e de cartas, muitas delas sensíveis e inteligentes; mas o senhor — e não é a primeira vez que isso acontece — tem um jeito especial de reagir aos meus livros, seja contra ou a favor (ou nesta instância mais alta onde prós e contras resolvem-se em algo mais rico e valioso), e por isso sua apreciação conta muito para mim. Como eu imaginava, o senhor leu *O jogo da amarelinha* com a atitude vigilante que o livro pede a seus leitores (e que poucos adotam, pois as pessoas leem passivamente ou, no máximo, com critérios de mera "crítica literária", ao estilo das resenhas que tornam tão tediosas a maioria de nossas revistas).

Sua atitude diante de meu livro foi justamente tão ativa, tão exasperada, tão polêmica, que nada poderia ter me alegrado mais. Isso se nota sobretudo no começo de sua carta, quando me previne sobre a peça que isso que o senhor generosamente classifica de "excesso de inteligência" pode me pregar. *Depuis la première page jusqu'à la dernière, je me suis surpris à dialoguer avec vous, à réagir, à m'irriter souvent...*** Tanto Horacio como

---

* O mais famoso romance do cubano Alejo Carpentier, lançado em 1962. (N. T.)

** "Da primeira à última página me peguei falando com você, reagindo, me irritando com frequência..." (N. T.)

Morelli, acredite, sorriram, felizes. Porque isto, e sobretudo isto, é o que querem de seus leitores: um diálogo violento, exasperado, com insultos, se for necessário, com amor, se também for necessário, mas em todos os casos com liberdade, com independência, em uma luta fraternal e necessária. Agora, por sua vez, eles lhe respondem: É verdade que o hiperintelectualismo do livro pode me pregar uma peça, e levo isso muito em conta e talvez não reincida nunca mais nele (ou o projete a outras sínteses onde haja menos referências, citações, comentários, para preferir as substâncias aos acidentes). Mas também é verdade que o Rio da Prata e especialmente Buenos Aires — "capital do medo", como a nomeia alguém por aí, no livro — precisavam que alguém lhes deixasse claro até não poder mais o terrível risco de ser tomado por um pedante, um "culto", um rato de biblioteca, um amateur-erudito, se é que essa simbiose é possível. A verdade, Jean, é que em meu país somos muito hipócritas nesse terreno. Sempre vou me recordar de quando um amigo argentino chegou a Paris, ano passado, e veio me ver; durante uma hora falou de temas altamente intelectuais: todo o cinema, todos os livros, a música, a filosofia e a poesia que podem ser desfilados em um diálogo entre dois homens que não se viam havia muito tempo e querem pôr em dia tudo o que lhes interessa. Depois, quase sem transição, acrescentou que acabara de ler *O jogo da amarelinha*, e que embora tivesse adorado, achava que as conversas dos personagens pecavam pelo excesso de intelectualidade. Disse isso depois de ter passado uma hora cometendo o mesmo pecado com infinito deleite, e quando, com um sorriso, eu o fiz notar o fato, ficou confuso e acabou reconhecendo que sua censura não caía muito bem depois daquela demonstração do que são os argentinos do nosso meio. A hipocrisia (nada grave, aliás) está nessa espécie de pudor que consiste em ser hiperculto no plano oral, mas tendo o bom cuidado de não levar isso ao plano da escritura. Já quando *Os prêmios* foi publicado, me disseram que os diálogos eram exageradamente sofisticados; e no entanto esses diálogos são apenas um reflexo daqueles que eu e meus amigos temos sustentado ao longo de toda a vida. Claro que o erro imperdoável estaria em fazer com que *todos* os personagens se mostrassem intelectuais, mas isso acho que consegui evitar. A Maga não é intelectual, e Talita tampouco. Os outros (Horacio, Etienne, Ronald, às vezes Traveler) são como meus amigos e como eu mesmo, gente que não tem vergonha de demonstrar cultura na medida em que tentam utilizá-la como algo vivo, e não como uma série de fichas de biblioteca. Compreendo perfeitamente que para o senhor a ironia de *O jogo da amarelinha* satisfaça muito mais que as especulações intelectuais, porque acontece a mesma coisa comigo, e acho que concordamos que a segunda parte do livro é mais densa e se aproxima mais do centro, justamente porque todo o artifício intelectual ficou para trás e se está diante de uma realidade que cede suas chaves apenas ao humor, à zombaria, a essa impiedosa ironia que, no fundo, é o mais valioso que nos resta depois de assimilar uma cultura. Comove-me muito que o senhor tenha sido tão sensível à *descente aux abîmes** da parte final do livro, porque é lá que eu pus tudo o que possuo, e fui até onde podia chegar naquele momento. E no entanto (não estou me defendendo, e sim buscando uma explicação) cheguei a me perguntar se poderia ter vivido (e então escrito) essa segunda parte sem a preparação mental e moral que supõe a primeira. [...] Compreendo e lamento que tenha exagerado na dose de intelectualismo. Mas se o senhor tivesse me visto e escutado em meus primeiros anos de Paris, com as pessoas que me rodeavam, e com a vida que fazíamos todos! Paris exaspera todas as potências quando se entra em sua grande rosa negra; e os sul-americanos, subdesenvolvidos e ressentidos e com complexos de inferioridade cultural, sentem que ali podem ter uma experiência libertadora, e alguns — Vallejo, por exemplo, ou Picasso, esse sul-americano de Málaga — a realizam. O pobre Horacio não vai muito mais além de um palmo diante do nariz, porque desconfia inclusive da confiança; mas naquele momento tentou, ainda que dolorosamente, encontrar-se consigo mesmo em Paris. Suas ferramentas eram sobretudo mentais, e bem que a Maga reparou. Tudo o que se seguiu era consequência forçosa dessa salvação pela metade. Em Buenos Aires, Horacio é mais autêntico porque se entregou a seu destino. Já não se fala de zen-budismo nem se cita Heráclito. Literariamente, a situação é mais nobre, mais humana, menos pedante. Mas continuo me perguntando se a segunda parte teria algum sentido sem essa longa, enfadonha, exasperante introdução parisiense.

Claro que o senhor acerta quando vê a culminação do livro nessa busca pessoal de um *centro*. *O jogo da amarelinha* foi imaginado por isso e para isso; tudo o que envolve e muitas vezes oculta essa busca lhe é secundário. [...] quero acrescentar que o senhor não se engana quando acha que o fim definitivo do meu livro é essa tentativa de entabular contato com um "centro". Inclusive é um fim explícito em muitos momentos; a única coisa que pode despistar é que o próprio centro é confuso, porque Horacio não sabe, não pode saber, o que há nisso que de vez em quando ele chama de seu kibutz do desejo, sua conciliação última. *Incandescence figée,*** como o senhor o chama, e é uma bela expressão.

---

* "Descida ao abismo." (N. T.)
** "Incandescência aprisionada." (N. T.)

Também creio que o senhor tem razão quando analisa a atitude amorosa de Oliveira. Mas claro que a Maga não é uma mulher. Um homem que procura numa mulher o que Horacio parece procurar automaticamente a inviabiliza, a destrói como mulher; as catástrofes físicas e morais subsequentes são um acontecimento fatal e irremediável. Além do mais, Horacio sabe disso, e por isso seus diálogos com a Maga têm o tempo todo uma ironia amarga, um sabor de coisa morta. Mas ao mesmo tempo, por Horacio ser um grande infeliz — no duplo sentido que damos à palavra na Argentina —,* está apaixonado por essa mulher que ele transformou num fantasma. Horacio usa a Maga como se fosse outro instrumento em sua tentativa de salto no absoluto. Qualquer um que tenha tido a menor relação com as mulheres está cansado de saber que esse é o único uso condenado ao fracasso absoluto. A mulher pode despertar em nós o sentimento e a nostalgia do absoluto, mas ao mesmo tempo nos retém na relatividade com uma energia quase feroz. Pedir-lhe que salte conosco é provocar a dupla catástrofe. Horacio pede isso, a seu modo. A Maga responde, também a seu modo. O monstruoso paradoxo do amor é que, como se diz por aí, é "doador de ser", enriquece ontologicamente, mas ao mesmo tempo reclama por um *hic et nunc*** encarniçado, prefere a existência à essência.

De uma carta a Jean Barnabé, 8 de maio de 1965.

Fico realmente feliz que *O jogo da amarelinha* signifique algo para o senhor, porque, para mim, isso é a prova de que essa tentativa produziu frutos, pelo menos parcialmente. Pouco ou nada me importa o juízo "crítico" em duas ou três colunas, seja ele favorável ou negativo; algumas cartas de gente jovem, alguns testemunhos inesperados e comoventes, e agora esta sua carta, me pagam com juros um trabalho de anos. Penso que o senhor o compreenderá muito bem, porque nos sinalizou um grande rumo com seu *Adán*...;*** e porque sem dúvida passou por experiências análogas.

Me diverte pensar que Horacio Oliveira, numa noite qualquer, se juntou ao grupo de portenhos que vagam pelos subúrbios, e que o receberam como a um amigo. Me diverte e me comove imaginá-lo com eles, assistindo ao glorioso encontro do bamba Flores com o valentão Di Pasquo, saboreando até

---

* Pessoa triste, sem alegria, mas também alguém de pouca sorte. (N. T.)
** "Aqui e agora", em latim. (N. T.)
*** *Adán Buenosayres*, romance de Leopoldo Marechal publicado em 1948. (N. T.)

as lágrimas o sapateado do mal-encarado Rivera na cabeça de Samuel Tesler. Não é qualquer um, acho, que tem as portas abertas no velório do pisador de barro. Eu agradeço em nome de Horacio, e olho por sobre seu ombro.

De uma carta a Leopoldo Marechal, 12 de julho de 1965.

Escreveram-me dizendo que na Casa de las Américas* aconteceu o que chamam de "conversatório" (espécie de mesa-redonda) sobre *O jogo da amarelinha*. Bateram todos os recordes de público e de entusiasmo, a tal ponto que vão repetir o evento nos próximos dias. Me encheu de alegria saber que duas das pessoas que apresentavam e comentavam o livro eram Lezama Lima e Fernández Retamar. Você sabe que, para mim, Lezama é um dos monumentos do barroco americano; que ele tenha gostado do meu livro me parece uma recompensa como poucas.

De uma carta a Paco Porrúa, 20 de julho de 1965.

Para responder à sua curiosa pergunta: de certo modo fui eu quem desenhou a amarelinha [da capa da edição original], mas a coisa é mais sutil. Primeiro pedi a uma pequena conhecida (oito anos, trancinhas, com um dente faltando, chamada Marisandra) que desenhasse uma amarelinha na calçada, o que ela fez, e eu subi numa árvore para fotografá-la. Minha ideia era imprimir o desenho na capa, mas a fotografia saiu desfocada, sem força. Então decidi utilizar a amarelinha da Marisandra como modelo, e a entreguei a Julio Silva, um pintor argentino que desenhou o conjunto da capa.

De uma carta a Sara Blackburn, 26 de setembro de 1965.

Me alegro muito de que os suecos tenham comprado *O jogo da amarelinha*. Suponho que se chamará SMORREBROD ou algo assim. O que aconteceu com os japoneses? Em Roma vi a edição de um dos romances de Calvino, e era tão bonita que me deu vontade de me imaginar em japonês.

De uma carta a Paco Porrúa, 2 de novembro de 1965.

---

* Fundação cubana criada em 1959, logo após a Revolução, para promover o intercâmbio cultural com outros países da América Latina. (N. T.)

Nesses meses li um monte de bons estudos sobre *O jogo da amarelinha*; nos EUA quase nunca entendem a intenção do livro, e me acusam de "europeizante". Subconscientemente, os ianques queriam que um argentino ou um chileno fizesse apenas romances com gauchos e mate e sweet señoritas. Mal abrimos o diafragma e nos censuram. E Scott Fitzgerald, e Gertrude Stein, e Hemingway, isso sem falar em Henry James, o que eles teriam escrito sem sua experiência europeia? Entretanto, na essência continuam sendo profundamente norte-americanos.

De uma carta a Eduardo Jonquières, 3 de agosto de 1966.

Levei quatro anos para escrever *O jogo da amarelinha*; em seguida começou um ano de controle e revisão da versão americana; assim que terminei, caiu em cima de mim a tarefa de cuidar da versão francesa, que acaba de sair em Paris. E quando eu achava que receberia só de vez em quando alguma resenha ou comentário, me aparece o começo da versão italiana, que vai representar outro ano de consultas, um vaivém de cartas, la prego di spiegarme come si dice "babaca de merda" in italiano etc. Menos mal que terminam aqui os idiomas conhecidos.

De uma carta a Guillermo Cabrera Infante, 10 de março de 1967.

Já li muitas centenas de páginas sobre *O jogo da amarelinha*, em todos os idiomas que sou capaz de entender, e a coisa parece estar longe de acabar, a cada nova tradução chovem as interpretações e as analogias.

De uma carta a Lida Aronne de Amestoy, 1º de agosto de 1970.

Eu me lembro muito bem de que enquanto escrevia, a relação Oliveira-Maga para mim era também, o tempo todo, uma relação Oliveira-leitor, não porque eu escrevia deliberadamente pensando no futuro leitor, e sim porque esse leitor era meu antagonista íntimo, como é o ser amado, e também porque exigia dele uma atitude de contato crítico, um arremesso de pratos na minha cabeça, como eu os estava arremessando na cabeça dele; acho que nesse sentido consegui o que queria, porque os pratos continuam voando na América Latina e na Europa (um dia desses recebi uma carta de uma leitora polonesa que de Cracóvia me manda umas páginas que são ao mesmo tempo uma mensagem de amor e uma longa série de insultos, as duas coisas igualmente deliciosas, porque provam até que ponto a tradução polonesa guardou os valores que, no livro, são os que contam para mim).

De uma carta a Lida Aronne de Amestoy, 18 de agosto de 1971.

A Europa, a seu modo, foi a coautora dos meus livros, sobretudo de *O jogo da amarelinha*, que, digo isto sem a menor falsa modéstia, pôs diante dos olhos de uma geração jovem e angustiada uma série de interrogações e uma série de possíveis aberturas que tocavam no mais fundo da problemática existencial latino-americana; e a tocavam porque além de tudo era uma problemática europeia (para não dizer ocidental, e assim abarca países como os Estados Unidos, onde *O jogo da amarelinha* continua sendo lido pelos jovens).

De uma carta a Saúl Sosnowski, 29 de setembro de 1972.

Que bom que você me contou, rompendo por um instante o clima mais severo da sua interrogação, como conheceu *O jogo da amarelinha*; com muitas pessoas também aconteceu assim, com ínfimas diferenças, e sei disso através da incrível correspondência que recebi nos anos seguintes à publicação; eram sempre jovens, em todos os casos *O jogo da amarelinha* os tinha feito se deslocar brutalmente, me injuriavam me amando ou me amavam me injuriando, em muitas cartas era difícil saber se o livro tinha destruído seu leitor ou se o havia transformado em outro; talvez o ponto máximo tenha sido alcançado por uma moça norte-americana que me escreveu uma carta maravilhosa contando que seu amante a tinha abandonado, que tinha dezenove anos, que não conseguia suportar essa ausência e que estava decidida a se matar na noite em que alguém, em uma *drugstore*, lhe deu a edição de bolso em inglês de *O jogo da amarelinha*, e ela a levou para a cama sem saber exatamente por quê; semanas depois ela estava me escrevendo, reconciliada com a vida, entendendo admiravelmente cada página do livro, decidida a recomeçar e a procurar.

De uma carta a Lida Aronne de Amestoy, 29 de outubro de 1972.

O jogo de amarelinha*

Haroldo de Campos

Não faz muito, em artigo panorâmico sobre o romance latino-americano de expressão espanhola, o bem informado suplemento literário do *Times* de Londres apontava o argentino Julio Cortázar como "o maior escritor surgido na América Espanhola na última década" e seu livro *Rayuela* (1963) como "o primeiro grande romance hispano-americano".

Quando li o romance anterior de Cortázar, *Los premios* (1960), vi logo que estava diante de um escritor que não se sujeitava ao estatuto colonial de ser um simples fornecedor de matéria-prima (do exótico, do típico, da "cor local") no concerto daquela *literatura universal* que Marx e Engels já prefiguravam como um corolário forçoso da era da comunicação acelerada, mas sim de um autor para o qual os problemas da técnica do escrever e do destino da forma romanesca em nosso tempo eram cogitações fundamentais. Tal como o seu mestre Borges, cuja influência, como renovador da prosa e exportador de técnicas, se pode encontrar em autores europeus tão significativos como o francês Robbe-Grillet ou o alemão Arno Schmidt. Tal como, entre nós, Guimarães Rosa, que soube assumir, numa circunstância brasileira, aquilo que de mais radical há no legado de James Joyce: sua revolução da palavra.

É verdade que *Los premios* é ainda uma obra de preparação, com muito de costumbrismo em sua marcação de personagens e seu debuxo duma atmosfera portenha. Mas a obra logo extrapola do quadro do realismo convencional para atingir um plano simbólico, de parábola absurda e tenebrosa, carregada inclusive de implicações sociais e contextuais. Todo um grupo heterogêneo de pessoas embarca, por graça de um sorteio de loteria, numa viagem-prêmio, com destino desconhecido. No navio, estabelece-se logo uma enigmática interdição entre o mundo dos passageiros de ocasião e a ordem constituída (o

---

* Publicado originalmente no *Correio da Manhã*, Rio de Janeiro, 30 jul. 1967.

comandante e seus subordinados). Após uma série de peripécias que culminam num princípio de insurreição, a viagem é cancelada e o navio retorna ao porto de Buenos Aires, como se nada tivesse acontecido. Da tentativa de motim resultara um passageiro morto e um tripulante ferido, mas os remanescentes são persuadidos a aceitar a versão oficial de que tudo não passou de um lamentável surto de tifo. Apesar dos protestos de alguns recalcitrantes ("el grupo de los malditos"), o "partido da paz", com a aprovação das senhoras, conclui um pacto de silêncio sobre as ocorrências com o inspetor da Diretoria de Fomento, representante da ordem. A circularidade viciosa dos eventos, desde a reunião dos passageiros premiados num café portenho, através dos incidentes da "viagem-que-não-houve", até ao arreglo final e ao desembarque nas docas platinas, é contrastada pela ágil movimentação dos diálogos, com vivos registros, por vezes deliberadamente paródicos, da fala dos personagens, segundo sua extração social e sua conformação ideológica. Até aí, porém, o desenvolvimento da narrativa pouco teria de particularmente inovador, não fora a intervenção a espaços, entre os capítulos marcados por algarismos romanos, de excursos em itálico, assinalados por alíneas, onde o autor, através do personagem Persio, medita em linguagem onírico-metafórica, de nítida vertente surrealista, sobre o acaso e o destino, tematizando o próprio jogo de azar que deu motivo à viagem-prêmio (a situação dos passageiros embarcados para o cruzeiro cujo rumo desconhecem é comparada à "perfeita disponibilidade das peças de um *puzzle*"). Ao mesmo tempo, é sobre o romance que ele reflexiona, fazendo inclusive críticas ao realismo de pendor imitativo: "Quando os maus leitores de romance insinuam a conveniência da verossimilitude, assumem sem remédio a atitude do idiota que, depois de vinte dias de viagem a bordo do vapor *Claude Bernard*, pergunta, apontando para a proa: *"C'est-par-là-qu'on-va-en-a vant?"*. Nesse sentido, *Los premios* começa programaticamente com um personagem, o intelectual Carlos López, pensando: "A marquesa saiu às cinco. Onde diabo li isto?" (trata-se, é bom recordar, da célebre frase com que Valéry se escusava de escrever romances, invocada hoje pelos novos romancistas franceses para escrever antirromances...). De outro lado, em nota final, o próprio romancista entra em cena, referindo em tom irônico, de ficção borgiana, como nasceu e evoluiu seu livro, e desautorizando, mais provocativa do que convincentemente, quaisquer interpretações alegóricas ou éticas daquilo que chama de meros "jogos dialéticos cotidianos", desprovidos de transcendência.

Em *Rayuela* (*O jogo de amarelinha*), Cortázar radicaliza seus processos e se lança de corpo inteiro à aventura do romance como invenção da própria estrutura do fabular, que caracteriza a mais consequente novelística de nosso tempo. *Los premios* era dividido em um prólogo, um epílogo e três jornadas ("dias"), as quais formavam como que os raios dessa peripécia circular em torno de um entrecho que termina em cavilosa negação de si ("estranho pretexto de uma saga também ela confusa que talvez em vão se conte ou não se conte"). Agora, o romancista intervém na própria sintaxe de seu raconto, que se propõe fisicamente como obra aberta. As *unidades sintagmáticas* (episódios) são dispostas de 1 a 56 de modo a comporem um primeiro livro, dividido em dois conjuntos ("Del lado de allá", capítulos 1 a 36; "Del lado de acá", capítulos 37 a 56), segundo um critério que diz respeito às *unidades paradigmáticas* (personagens). Estas são manipuladas paralelisticamente: no primeiro conjunto, temos o par dominante Oliveira-Maga, ele argentino, ela uruguaia, movendo-se num cenário de exílio voluntário, Paris; no segundo, o mesmo par é substituído por Traveler e Talita, com a permanência de Oliveira como uma espécie de *relais* entre ambas as duplas, pois Traveler (cujo nome significa "viajante"), numa paródia pela negação, é uma espécie de retrato de Oliveira se este tivesse permanecido em Buenos Aires, ancorado no cotidiano portenho, ao invés de se ter despaisado por longos anos europeus. Num "Tablero de Dirección" que abre o volume, o autor adverte que o primeiro livro se conclui com o capítulo 56, e que o leitor poderá deixar de parte sem remorso o que segue. Seguem, sob o título geral "De otros lados" (ou "capítulos prescindibles"), 99 episódios, que devem ser lidos entremeadamente com os demais, segundo uma ordem de encadeamento prefixada pelo romancista. O eixo sintagmático é, assim, perturbado por um segundo romance optativo, que se encorpa dentro do primeiro, encaixado nos seus vazios, como uma roda dentada em outra, e oferecendo uma variante a seu desfecho. Realmente, no capítulo 56, Oliveira, da janela de um hospital de loucos, está a ponto de se atirar sobre uma *rayuela* desenhada a giz no pátio, diante dos olhares do par Traveler/Talita. No capítulo 131, último na segunda ordem de leitura, Oliveira parece já ter sido contido em seus propósitos suicidas, e está num quarto de hospital, conversando em tom de burla com Traveler, e sob cuidados médicos. Aqui o autor propõe ainda um pequeno círculo vicioso, pois o capítulo 131 remete ao 58 — onde Oliveira aparece convalescendo, sempre no mesmo diapasão zombeteiro, porém já não se sabe se em sua casa, se no próprio sanatório — e o capítulo 58 devolve o leitor ao 131. Para que se entenda a função fabuladora desse agenciamento estrutural, é preciso que se saiba que, no primeiro conjunto de capítulos (1 a 36), Oliveira é um intelectual *raté*, vivendo em Paris na busca metafísica de algo indefinido; um metafórico *kibutz del deseo*, espécie de paraíso do imanente ou paradisíaca reconciliação com o mundo, cujo símbolo é o "céu" desenhado a giz, com o qual é recompensado quem culmina o percurso do "jogo de amarelinha". La Maga é sua amante, sem cultura livresca mas toda instinto, com quem se encontra ou desencontra ao sabor do acaso, e com a qual afinal acaba rompendo, com medo de se envisgar na rotina cotidiana e de se fechar ao "céu", Graal de sua busca. A morte do bebê de La Maga (Rocamadour), para a qual Oliveira concorre por omissão, assinala no capítulo 28 (metade virtual do primeiro livro) a ruptura dessa união, menos de circunstância do que parecia a Oliveira, pois a perda da Maga será seu tema amoroso obsedante, desde então, confundindo-se com o da busca. No segundo conjunto (37 a 56), Traveler (ou Manú) é o amigo de juventude de Oliveira, também um intelectual não consumado, que não fez nenhuma viagem mas em compensação mudou seguidamente de emprego (vemo-lo como funcionário de um circo e em seguida como auxiliar de direção de um hospital de loucos). Talita, absurdamente diplomada em farmácia, é sua mulher, como ele de tipo intelectual. Mas é no plano amoroso que ambos conseguem aquele "ciclo" de "*rayuela*" — a realização pessoal, que mesmo neste plano é negada a Oliveira. Daí este último procurar em Talita a reencarnação da Maga e tentar de certa maneira disputá-la ao amigo. No capítulo 56, Oliveira, depois de uma estranha cena com Talita-Maga no hospital de loucos onde todos trabalham — uma tentativa de sedução amorosa que não se completa —, imagina uma vindita potencial do amigo, para assim, a pretexto de armar um complicado sistema de defesa, animar-se ao passo que lhe permitiria afinal sair vencedor, ainda que por um momento fugaz, no "jogo de amarelinha": o suicídio, último lance. Este romance número 1 termina como que em *suspense* cinematográfico:

> Era assim, a harmonia durava incrivelmente, não havia palavras para responder à bondade desses dois ali embaixo, olhando-o e falando-lhe de dentro da quadra de amarelinha, pois Talita estava parada sem dar por isso na casa 3, e Traveler tinha um pé metido na 6, de modo que a única coisa que podia fazer era mover um pouco a mão direita num aceno tímido e ficar olhando para a Maga, para Manu, dizendo-lhes que ao fim e ao cabo algum encontro havia, ainda que não pudesse durar mais do que este instante terrivelmente doce em que o melhor, sem sombra de dúvida, teria sido inclinar-se apenas para fora e deixar-se ir, paf, acabou-se.

O segundo livro contesta e ironiza o primeiro, trivializando o *páthos* de seu possível desfecho herói-trágico, apenas entrevisto. Mas não é só. Neste livro número 2 intervém muita coisa nova, desde capítulos acessórios que desenvolvem o entrecho dos anteriores, como ainda material aparentemente desconectado, introduzido no todo por um processo de *bricolage* (poemas, extratos de livros, recortes de jornais etc.). E se esboça também uma estória dentro da estória (ou das estórias): o velho escritor Morelli (que aparece no capítulo 22 do primeiro livro como um anônimo cujo atropelamento é assistido casualmente por Oliveira) planeja seu antirromance de estrutura probabilística, fazendo reflexões sobre o romance ("A música perde melodia, a pintura perde anedota, o romance perde descrição"; "O romance que nos interesse não é o que vai colocando os personagens em situação, mas o que instala a situação nos personagens"; "Meu livro pode ser lido por alguém da maneira que lhe dê vontade. Liber Fulguralis, folhas mânticas, e assim vai. O mais que faço é arrumá-lo da maneira como eu gostaria de relê-lo"). Um projeto mallarmeano, como se vê. O "horror mallarmeano frente à página branca" vem aliás expressamente citado no capítulo 99.

Uma observação especial quanto à linguagem de *Rayuela*. A matéria dialogada e os excursos onírico-metafóricos de *Los premios* continuam aqui a ter papel de relevo. Só que o tema dos diálogos é geralmente muito mais intelectualizado (conversas literárias, verdadeiras conversas-ensaios, como por exemplo as que se travam entre os amigos cosmopolitas de Oliveira, reunidos sob a sigla de Clube da Serpente num *atelier* parisiense). As experiências léxicas propriamente ditas não são frequentes, mas aqui e ali ocorrem, como no capítulo 68, inteiramente escrito em "glíglico", código amoroso-infantil usado entre La Maga e Oliveira. A paródia é um recurso mais insistente, manejado com vigor (no capítulo 34, as leituras banais da Maga são "presentificadas" através de um contraponto, linha a linha, de um excerto de romance folhetinesco com os comentários de Oliveira). Por vezes, mais do que um humor de palavra, é um humor de contexto, de aura de significados, que prevalece, como no capítulo 23, onde Oliveira consola uma pianista velha e fracassada, tentando a comunhão com o "outro" (a "outridade"), e quase passa depois por um vexame público, dada a imprevista reação desta; ou no capítulo 36, quando uma repugnante *clocharde* pratica a *fellatio* no inerme Oliveira, disposto a descer aos infernos da autopunição (como o velho Heráclito mergulhado até o pescoço em fezes para curar-se de hidropisia), a fim de ter acesso ao seu "kibutz do desejo". Humor negro aqui, redução ao absurdo do absurdo cotidiano pela sua exponenciação.

Estes apontamentos, limitados pela circunstância jornalística, nos mostram que estamos diante de um romancista realmente criador, o único da América Latina de hoje que se pode ombrear com o nosso Guimarães Rosa (embora os textos de um e de outro pouco tenham em comum), isto para não falarmos desse mestre da prosa renovada que é o sexagenário Borges. E aqui ocorre mencionar, com endereço aos êmulos caboclos do camarada Jdanov, que apesar de seu "cosmopolitismo" e de seu "formalismo", apesar das visíveis e confessas influências literárias que recebeu do conservador e "reacionário" Borges, o autor de *Rayuela* está, politicamente, em posição oposta à do escritor das *Ficciones*. Seu "jogo de amarelinha" não trata aparentemente de heróis positivos, nem canta os bons sentimentos do povo, como exigiria algum catecúmeno de chapinha numerada na botoeira, mas antes se abisma em "rios metafísicos" e nos dramas mentais, altamente sofisticados, de um quase suicida obcecado pela mandala búdica, e que, entre outras coisas, recusa-se à ação política (pregar cartazes em favor da Argélia, capítulo 90), por entender que seria uma solução escapista, de *alibi*, para sua inquietação interior. Mas no plano humano, Cortázar é um escritor militante, membro do Conselho de Redação da revista cubana *Casa de Las Américas*, em cujo número 15/16 (1962-3) defende teses como estas:

> Contrariamente ao estreito critério de muitos que confundem literatura com pedagogia, literatura com ensino, literatura com doutrinação ideológica, um escritor revolucionário tem todo o direito de dirigir-se a um leitor muito mais complexo, muito mais exigente em matéria espiritual do que o imaginam os escritores e os críticos improvisados pelas circunstâncias e convencidos de que seu mundo pessoal é o único mundo existente, de que as preocupações do momento são as únicas válidas.

> [...] Cuidado com a fácil demagogia de exigir uma literatura acessível a todo o mundo! Muitos dos que a apoiam não têm outra razão para fazê-lo senão sua evidente incapacidade para compreender uma literatura de maior alcance. Clamam por temas populares, sem suspeitar que muitas vezes o leitor, por mais simples que seja, distinguirá instintivamente entre um conto popular mal escrito e um conto mais difícil e complexo, mas que o obrigará a sair por um momento de seu pequeno mundo circundante, e lhe mostrará outra coisa, seja o que for, porém diferente.

> [...] Sem dúvida, seria ingênuo crer que toda grande obra pode ser compreendida e admirada pelas pessoas simples; não é assim, nem pode sê-lo. Mas a admiração que provocam as tragédias gregas ou as de Shakespeare, o interesse apaixonado que despertam muitos contos e romances nada simples e acessíveis, deveria fazer suspeitar aos partidários da mal denominada "arte popular" que sua noção do povo é parcial, injusta e, em última análise, perigosa. Não se faz nenhum favor ao povo se lhe propõe uma literatura como quem assiste a um filme de *cowboys*. O que se deve fazer é educá-lo, e esta é primacialmente uma tarefa pedagógica, não literária.

Posição em muitos pontos semelhante à de Maiakóvski num artigo de 1928 ("Os operários e os camponeses não vos compreendem"), expressa também no poema "Incompreensível para as massas" (1927).

A atualidade de *O jogo da amarelinha*[*]

Julio Ortega

No momento de fazer um balanço, o consenso literário já não aponta para a resignação das sobras, e sim para as somas do entusiasmo: todos concordamos em datar o começo da inovação narrativa da língua espanhola no ano de 1963, com a publicação de *O jogo da amarelinha*, de Julio Cortázar. Não à toa esse é o primeiro grande romance sem uma narrativa obrigatória: a narrativa se deve à criatividade de felizes associações, pelas quais sua prosa circula com ânimo dialógico e prazer verbal; propõe-se uma obra posterior à obra, refazendo os repertórios das vanguardas e da atualidade que questionam, de forma tão festiva quanto programática, a crítica das representações miméticas; e faz da leitura o eixo do tempo associativo, cuja oralidade irônica desconstrói as autoridades da enunciação. Se o sujeito moderno se define por seu lugar no exílio, pela recriação da experiência do exílio, *O jogo da amarelinha* é lido hoje como a poética do fluxo migratório, entre os desterros forçados de deslocados e refugiados. Nesse romance, os falantes (e o próprio romance como sujeito do jogo fáustico) assumem o discurso do exílio, esse espaço sem limites que propicia uma linguagem ilimitada. Ainda está por se fazer a história do exílio em espanhol a partir da perspectiva das formações nacionais e estatais que, desde o século XIX, têm repetido um projeto homogeneizante, quase sempre baseado na exclusão e sustentado pelo dinheiro. O fluxo social das migrações de chegada e de saída, assim como a ruptura cultural das perseguições e dos desterros, hoje torna dramática a situação dos deslocados e migrantes, como aconteceu com os espanhóis da Guerra Civil, em grupos bastante eloquentes, ainda que carentes de discurso. São duas faces do mesmo fenômeno constitutivo de nossa nacionalidade con-

[*] Extraído de *Rayuela* (*Edición conmemorativa de la Real Academia Española y la Asociación de Academias de la Lengua Española*). Madri: RAE, mar. 2019.

flitiva: há uma nação migrante, mais moderna e mais heterogênea que o Estado ditatorial que desde os anos 1980 tem expulsado a classe média ilustrada. Essa pós-nacionalidade fez as alternâncias e o revezamento do nomadismo em espanhol, não só preservando a memória da comunidade mas também se encarregando de seu lugar no mundo; e, atualmente, em um mundo sem mundo, feito de muros e fronteiras.

Se na noção de exílio há dois espaços interpostos — aquele que é deixado ou perdido e aquele que se busca ou se encontra —, na experiência do exílio e na narrativa que dá conta dela há outro lugar: o território forjado por suas linguagens. Esse território da língua, logo cruzado por novos registros, é, definitivamente, o espaço que *O jogo da amarelinha* cartografa a fim de reconhecer não as suas fronteiras, e sim seus cenários, mesclas e processos. A metáfora da amarelinha (que em alguns países se chama "mundo") é um exercício contra as fronteiras. O exílio seria, primeiro, esse mapa transfronteiriço onde se lê a escala, ou, através de mediações, onde se leem seus sintomas. Para os exilados espanhóis que cruzavam o Atlântico em direção ao continente americano, o horizonte era um idioma familiar; mas eles descobririam, na Cidade do México ou em Buenos Aires, que, além de os nomes não poderem ser outros, sua própria linguagem podia aludir às províncias dos anos 1930; ali, onde se falava uma língua regional e o idioma nacional era um padrão castelhano abstrato. Esses exilados espanhóis, todos eles de formidável eloquência, fundaram a linguagem do exílio moderno: sua veemência, sua ênfase e suas demandas. O exilado costumava ilustrar sua língua regional, e embora às vezes esse afincar-se nos parecesse um leve anacronismo, podemos hoje entendê-lo como uma reafirmação do bem perdido. Não é estranho que seja assim: o exilado, por mais que se reestabeleça, leva a marca da renomeação.

É provável que tenha sido Jorge Guillén o primeiro a resolver o dilema do poeta do exílio: não falar regionalmente, mas fazer falar o próprio idioma. Com a democracia, com os regressos, muitos deles revelariam os desajustes; em uma Espanha que exigia atualizar-se, eles davam memória à atualidade. Por um momento, a racionalidade do novo Estado parecia uma forma de justiça poética, e a longa reparação gerada pelo exílio republicano se cumpria ao recobrar suas figuras e vozes na cultura da transição espanhola. Embora Cortázar, tanto quanto seu Oliveira, tenha sido um exilado por vocação, que transformou o mercado de pulgas cultivado pelo surrealismo em um espaço mais amplo e casual, sua língua do exílio soma várias regras, inclusive a literal, de Perico, o espanhol do grupo. As políticas da memória, no entanto, a todo momento são assediadas pelas políticas do esquecimento. Ernest Renan alertara que a nação se constitui graças a suas memórias, mas também a seus esquecimentos; só que, como sabemos, há esquecimentos que custam o preço da memória.[1] A significação crítica de *Cem anos de solidão* é a seguinte: se a linguagem for esquecida, não é o passado que se perde, e sim o presente, transformado em um estado de bem-estar bovino. *O jogo da amarelinha* luta justamente para nomear o presente, para que ele se demore.

O castelhano era a língua regional dos livros da Geração de 98,* que ninguém mais falava. Na etapa final do franquismo, Juan Goytisolo disse que em Madri até os motoristas de táxi falavam como Unamuno. No entanto, o memorável romance *El Jarama* (1955), de Rafael Sánchez Ferlosio,[2] propunha o castelhano madrilenho como um diálogo gerado pelas línguas regionais da península. Sua magnífica síntese não é um mapa, é uma celebração do presente escrita em espanhol pleno. A migração interna dos idiomas da Espanha confluía, nesse romance, como um diálogo castelhano polifônico, repleto de vozes regionais. Hoje Sánchez Ferlosio teria que incluir termos e palavras equatorianos, colombianos, peruanos e marroquinos. Desde Ramón María del Valle-Inclán, talvez, que a língua castelhana não era um palco da vida social espanhola. Sem dizer que em *Tirano Banderas* (1926) os personagens falam uma língua americana, "tropical", forjada pelo autor como um mapa político da América Latina.[3] Alguns poetas (como Jaime Gil de Biedma, José Ángel Valente e Ángel González) optaram pelas formas do colóquio peneirado pelo diálogo interior com outros idiomas, buscando tornar dizível um espanhol mais verdadeiro, cuja síntese de fala empírica e inteligência mundana fez do poema um espaço verbal sem raízes; como se o espanhol mais lúcido fosse capaz de inventar uma Espanha menos doméstica e mais comunicativa. No território linguístico do exílio, a tradução foi uma encruzilhada definitiva, tanto para os exilados republicanos na Cidade do México e em Buenos Aires como, depois, para os hispano-americanos em Madri ou Barcelona.

Os latino-americanos que nos anos 1970 estavam em Barcelona trabalhando com tradução — eu incluído — depararam com o dilema perpétuo desse idioma: qual norma espanhola usar na tradução de diálogos. Não parecia apropriado fazer uso da língua regional da cidade de origem de cada um de nós, mas tampouco havia um "padrão nacional", ou seja, um espanhol que

---

[1] Ernest Renan, "Qu'est-ce qu'une nation?", conferência na Sorbonne, 11 mar. 1882. In: *Oeuvres completes*, v. 1. Paris: Calmann-Lévy, 1947-61, pp. 887-907.

* Grupo de escritores e poetas espanhóis cujas obras foram marcadas pelo pessimismo histórico, fruto do contexto político-militar da Espanha, que em 1898 enfrentou os Estados Unidos e perdeu territórios. Entre seus integrantes estavam Pío Baroja, Azorín e Miguel de Unamuno. (N. T.)

[2] Rafael Sánchez Ferlosio, *El Jarama*. Barcelona: Destino, 1956.

[3] Gonzalo Díaz Migoyo, *Guía de "Tirano Banderas"*. Madri: Fundamentos, 1985.

se pudesse aceitar como comum e médio. Acabávamos traduzindo para um espanhol que ninguém falava, provavelmente. Traduzir teatro, dada sua oralidade, era construir uma cena quase jardielponcelesca:* os personagens falavam demais e usavam normas linguísticas variadas. Como traduzir, de fato, qualquer língua coloquial ao enfático vernáculo madrilenho de então? Cortázar relembrou com humor as traduções dos livros de nossa adolescência, romances de Verne ou Dumas, nos quais os personagens soltavam a torto e a direito palavras como "evoé", *pardiez*, "*voto a bríos*".** Lembro-me de que, em uma tradução do inglês na qual tentei algo como "*Eres una cualquiera*", o corretor de estilo preferiu "*Eres una golfa de tres por medio*".*** Conta-se por aí que uma vez o censor sugeriu a Vargas Llosa que, em um de seus romances, em vez de dizer que determinado general parecia "uma baleia", o que era insultante, dissesse que parecia "um cachalote"... Os anos de ditadura tinham separado a linguagem pública da linguagem privada, a escrita da fala; e era justamente o processo de ampliar o registro oral da escrita que dava conta das transformações sociais e das novas delimitações políticas. A melhor literatura espanhola do começo dos anos 1970 permanecia alheia às normas coloquiais ou fazia do coloquial algo seu de forma estilizante, às vezes em pastiches de cor local populista, provavelmente seguindo Camilo José Cela.

O fato é que nos falta formular uma história cultural do colóquio, da interlocução e do diálogo (das alternâncias do falante e do ouvinte na comunicação como diagrama social); história que revelaria, em nossos países, a qualidade da cidadania como forma de nacionalidade. No Peru, por exemplo, os romances de José María Arguedas, nos quais um homem não pode falar livremente com outro porque a comunicação vertical é sempre uma espoliação da fala, essa qualidade é um gênero de má consciência, e essa forma cindida revela a complicada divisão da nação. Nos livros de Mario Vargas Llosa, a fala é uma autodegeneração, e os falantes se suicidam moralmente negando a si mesmos, repetidas vezes, sua humanidade. Nas obras de Alfredo Bryce Echenique, o mal-estar da recusa nacional do Outro é exorcizado por meio do humor, aliviado em uma sociabilidade irônica, talvez até histriônica, e culminando na celebração de excessos do diálogo e no ques-

---

* Enrique Jardiel Poncela (1901-52), dramaturgo espanhol que renovou o teatro de comédia no pós-guerra, aproximando-se do teatro do absurdo. (N. T.)
** A interjeição *pardiez* é uma fórmula de juramento resultante de "*par Dios*", "por Deus"; "*voto a bríos*" equivale a "juro por Deus", em que *bríos* é uma deformação de "Deus", no castelhano antigo. (N. T.)
*** "Você é uma qualquer"; "Você é uma vagabunda de três pela metade". (N. T.)

tionamento da autoridade do monólogo. Foram poucas as refutações tão radicais dos poderes que regulamentam a comunicação (da Retórica à Internet, do Arquivo à Doutrina) como esses faustos da digressão. Fazendo sua a lição de Julio Cortázar — apropriar todas as línguas no espaço nômade dela mesma —, Bryce Echenique *peruanizou* a fala espanhola do exílio, dando à cultura da transumância latino-americana a intimidade de uma história de bar. No princípio de tudo, Carlos Fuentes atribuiu a O *jogo da amarelinha* o início de uma liberdade, de um novo sopro, que impulsionou os narradores emergentes a ir mais além de sua língua local. Juan Goytisolo foi outro narrador animado pela informalidade cortazariana: em cada romance, desdobrou um novo sistema, buscando uma fluidez tão livre quanto crítica. Nesse mesmo espaço de inovações, Julián Ríos, Enrique Vila-Matas, Mario Levrero, Diamela Eltit, Gonzalo Celorio, Antonio López Ortega, Fernando Ampuero, Rodrigo Fresán e Carmen Boullosa prolongam e diversificam as tramas geradoras de forma aberta, tais quais as vozes de um colóquio que não cessa de encarnar as vozes de um tempo, em espanhol, mais nosso.

As línguas do exílio são um espanhol de passagem, disputado pela discórdia da história e pelo fratricídio da política. Traz, por isso, seu valor de moeda nova: de um lado, remete à perda, a esse baixo valor de câmbio que a sociedade do bem-estar concede ao migrante; por outro, afirma seu valor maior, a riqueza cultural de uma comunidade forjada na ironia e na mistura.[4]

O sujeito de O *jogo da amarelinha* já não é o artista em posse de sua arte, e sim o artista do exílio, que escuta as vozes migrantes cuja sobrevivência se transforma em sobrevida: perdeu seu lugar de pertença, mas constrói seu espaço de afiliação. E mesmo se a volta ao seu país se torna mais difícil, não deixa de brigar por sua história nem de confrontar sua política. A cultura do exílio se reconfigurou em uma consciência do novo internacionalismo, aquele que se sustenta não no poder dos Estados, e sim nos direitos civis. Não à toa o migrante é o primeiro habitante do século XXI, século ao qual ele se opõe pontualmente a partir de seu tempo escasso e precário.

Se no século XIX o escritor porto-riquenho Eugenio de Hostos ouviu pelas ruas noturnas de Madri o som solitário de seus passos como um sinal de sua estranheza, no século XX o chileno Federico Schopf se vê como outro ao caminhar pelas ruas de Berlim: "Parecia-lhe que as ruas mudavam de nome tão logo ele as abandonava".[5] O primeiro percebe as sílabas de uma linguagem fantasmática; o segundo deambula como um fantasma, entre nomes

[4] William Rowe; Teresa Whitfield, "Thresholds of Identity: Literature and Exile in Latin America", *Third World Quarterly*, Londres, v. 9, n. 1, jan. 1987, pp. 229-45.
[5] Federico Schopf, "Panorama del exilio", *Eco*, Bogotá, n. 205, 1978, pp. 67-83.

perdidos e na direção contrária. Mas foram poucos os que, como Alejandro Rossi, construíram um espaço de exílio pós-fronteiriço. Em seus contos não estão representadas cidades nem países latino-americanos, e sim algo anterior e mais íntimo: as regiões como lugares da memória, que são espaços de fala, da ordem da fábula. Por isso, nesses contos, como também em seus ensaios e crônicas, Rossi deu-lhes uma forma interior ao nomadismo tão nosso: a linguagem é o verdadeiro terreno ambulante; e seu mapa se estende entre trajetos de assombro.[6]

A arte moderna, como disse Edward Said, identifica-se com o exílio — "*Modern Western culture is in large part the work of exiles, émigrés, refugees*";[7] e a obra de Joyce é com certeza a que melhor ilustra a ideia, e a de Nabokov sua melhor paródia. Vale lembrar que o deslocamento não se traduz sempre em desagregação e que um mapa do exílio pressupõe também princípios de articulação. O melhor exemplo continua sendo o de Dante, cujo *De vulgari eloquentia* faz do exílio uma alegoria não apenas da queda e da peregrinação, mas também da política, porque o nomadismo do poeta ilustra a dispersão geopolítica, e a língua vernácula se transforma no espaço transcendente.[8] A língua recupera o território ampliado, mas também o modela, num nível intermediário, mais além das localidades.

Em suas *Etimologias*, antecipando as categorias da fundação espanhola, Isidoro de Sevilha enunciara que o exílio é composto tanto da expulsão como do regresso: "É chamado exilado aquele que está *extra solum*, fora de sua própria terra. Assim também são chamados aqueles que voltam do espaço *extra solum* para reassumir seus deveres de cidadão". O *Diccionario etimológico latino-español*, de Santiago Segura Munguía, explica que o termo *exilio* aparece até 1220-50, mas que é "raro até 1939"; seu uso vem do francês; em castelhano tínhamos à mão o termo *desterro*, de larga ilustração. *Extranjero* [estrangeiro], que implica *extraño* [estranho], também nos chega via francês, desde o século XIV, embora *extranjería* [estraneidade] seja do século XVII. Na França (onde "francês" queria dizer "católico, apostólico e romano"), a noção de "estrangeiro" é um legalismo que servia aos judeus e protestantes

---

[6] Alejandro Rossi, *Manual del distraído*. Barcelona: Anagrama, 1980; *Fábula de las regiones*. Barcelona: Anagrama, 1997.

[7] "A cultura ocidental moderna é, em grande parte, o trabalho de exilados, *émigrés*, refugiados." Edward W. Said, *Reflections on Exile and Other Essays*. Cambridge: Harvard University Press, 2000. [Ed. bras.: *Reflexões sobre o exílio e outros ensaios*. Trad. de Pedro Maia Soares. São Paulo: Companhia das Letras, 2003.]

[8] Maranne Shapiro, *De vulgari eloquentia, Dante's Book of Exile*. Lincoln: University of Nebraska Press, 1990.

ricos da Alsácia; mas não só na França a definição de estrangeiros delimita a identidade nacional. Nesse sentido, a exclusão dos imigrantes, reconhecidos como "ilegais", pouco menos que "invasores", e às vezes inclusive "delinquentes", é uma inculcada política estatal. O mesmo ocorre hoje nos Estados Unidos, onde a migração tem sido criminalizada. A imigração gera neuroses defensivas, que, por sua vez, abrem espaço a preconceitos e estereótipos, ódios e violência. A paranoia do racismo é uma enfermidade do corpo nacional. Os imigrantes aparecem como o pesadelo que usurpa, com seu excesso de realidade, o horizonte do bem-estar. As leis de estraneidade ou de imigração são a boa consciência dessa *pax americana*, ou inclusive *hispanense*; mas o perigo é o autismo cultural, e até mesmo a endogamia regional.

O jogo da amarelinha antecipara o drama da narrativa do exílio, sua conceituação. Provavelmente pede-se o esforço teórico de uma nova focalização para assim reapresentá-lo não como uma frente homogênea e fatal, mecanicamente submetida à violência estrutural do sistema dominante, e sim para concebê-lo em sua natureza processual, fluida e mutável, que não apenas contradiz e põe em xeque a lógica do Estado-nação, como também se desloca, indeterminada e dinâmica, entre as fronteiras da cidadania e da nacionalidade, forjando seu próprio mapa alternativo, composto de estratégias não territorializadas. Não é por acaso que *O jogo da amarelinha* nasce de um sonho: Cortázar sonhou que abria uma janela que dava para uma avenida de Buenos Aires, embora seu apartamento ficasse em Paris. Espaços duplos e desdobrados, longínquos e somados em outro espaço, o da permanente "amarelinha" (romance) do jogo com o caminho livre para uma verdade sem preço.

Embora a perda da aura poética tenha feito Benjamin acreditar que a mercadoria fosse a nova forma da subjetividade urbana, os imigrantes que serviram de modelos a Manet e a Picasso demonstravam que o sujeito nômade habitava as margens. Vallejo enxergou isso à beira do Sena: "*parado en una piedra,/ desocupado,/ astroso, espeluznante*".*

Em suas memórias, Gabriel García Márquez recorda o "programa jornalístico do professor José Pérez Doménech, que continuava a dar notícias da Guerra Civil Espanhola doze anos depois de tê-la perdido".[9] A consciência da derrota foi outra lição política que os espanhóis republicanos construíram

---

* *O velho músico* (1862), de Manet, e *Família de saltimbancos* (1905), de Picasso, estão na National Gallery, em Washington. O poema de César Vallejo (1934-5) faz parte de *Poemas humanos* (1939). [Em tradução livre: "parado em uma pedra,/ desocupado,/ maltrapilho, horripilante".] (N. T.)

[9] *Vivir para contarla*. Buenos Aires: Sudamericana, 2002. p. 135. [Ed. bras.: *Viver para contar*. Trad. de Eric Nepomuceno. Rio de Janeiro: Record, 2003.]

e por vezes transformaram — como no caso de Juan Larrea — em utopismo culturalista; no caso de María Zambrano, foi transmutado em pensamento poético radical.[10]

> O exílio é o lugar privilegiado para que a Pátria se descubra, para que ela mesma se descubra quando o exilado tenha parado de procurá-la. [...] é reconhecível em uma só palavra do seu idioma, de seu próprio idioma, à qual dá essa presença impositiva, imperante, incontornável. A verdadeira pátria tem por virtude criar o exílio. É seu símbolo inequívoco.[11]

Paralela, ainda que de outra ordem, é a consciência da derrota que os exilados argentinos e chilenos dirimiram em face da violência da "guerra suja"* e da destruição do governo de Salvador Allende. O poeta Juan Gelman prosseguiu com sua batalha perdida muito além das piores notícias, transformando a derrota em uma causa que a excedia. Gelman perdeu o filho na "guerra suja", e a nora, grávida, desapareceu. Depois de ter sido secretário de Imprensa dos Montoneros em Roma, ele rompeu com o partido e dedicou vários anos à procura de sua neta, por fim localizada no Uruguai. O país é outro, mas a cruzada de Gelman, tanto como sua poesia, revela o luto que o exílio preserva, ferido pela infâmia. A perda, nesses casos, não é a de uma batalha, e sim a de um país, que, sendo já outro, escolhe o sonho de cura mediante o perdão e o mercado. Por isso, o lugar de fala mesmo de alguns que decidiram voltar, como o chileno Armando Uribe Arce, estava centrado na margem dos mortos. Na voz fraturada de Gelman e na voz descarnada de Uribe Arce, aparece, à flor da pele, a subjetividade do exílio latino-americano trágico: seu transbordamento verbal obsessivo, sua exasperação com a sociedade e sua inquietação com a política; sua erosão irônica, quando não satírica, do ofício literário e suas paixões supérfluas.[12] Por isso, afinal, em O jogo da amarelinha

---

[10] James Valender et al., *Homenaje a María Zambrano: Estudios y correspondencia*. México: El Colegio de México, 1998.

[11] María Zambrano, "El exiliado". In: *Los bienaventurados*. Madri: Siruela, 1990.

* "Guerra suja" foi um termo cunhado durante a ditadura civil-militar argentina (1976-83) para nomear uma série de métodos violentos utilizados pelos militares. As práticas, no entanto, foram reconhecidas pela jurisprudência atual do país como genocídio, e não como guerra. (N. T.)

[12] Gelman tentou dirimir a experiência de luto e deslocamento na sequência de reflexão poética "Bajo la lluvia ajena (notas al pie de una derrota), Roma, mayo de 1980", que está em seu *de palabra* (1994). Nele o poeta registra esta advertência contra as supostas transparências e várias simplificações do exílio [em tradução livre]: "Você seria mais suportável, exílio, sem tantos professores do exílio, sociólogos, poetas do exílio, chorões do exílio, alunos do exílio, profissionais do exílio, boas almas com uma balança nas mãos pesando o mais e o menos, a

os exilados confrontam a aposta da "volta", um retorno ao inferno da própria linguagem. Não por acaso o livro é a metáfora de um exílio que ocorre e transcorre, mas que não tem começo nem fim. É um romance que prefacia qualquer outro que pretenda projetar o trânsito e a transição.

Nas memórias de García Márquez aparece Ramon Vinyes, o poeta, autor de teatro, livreiro e "sábio catalão", a quem Gabo reconhece como "mestre" relutante; foi ele o primeiro leitor do primeiro rascunho das primeiras páginas do que até 1950 ainda não era *Cem anos de solidão*. Mas já deviam ser um indício suficiente, porque o mestre vê logo de cara o problema: o tempo narrativo. "Você tem que ter bem claro na cabeça que o drama já aconteceu e que os personagens estão ali apenas para evocá-lo, de modo que é preciso lidar com dois tempos."[13] São, certamente, os dois tempos do romance que seria escrito 25 anos depois, mas que o "sábio catalão" parecia já ter lido, talvez porque seu exílio, como mais tarde o de seu melhor discípulo (tímido), era feito de um duplo espaço temporal, no qual a memória é a do tempo histórico, mas a fábula é a do tempo circular. Os exilados espanhóis na América, no fim das contas, foram grandes leitores e propiciadores. A cena do jovem escritor dando seu primeiro texto para um exilado espanhol ler está cheia de ressonâncias: o futuro recupera o passado, as costas marítimas se aproximam uma da outra, e a leitura abre-se sem fronteiras. Todos nós lemos por sobre o ombro de Ramon Vinyes, como por sobre o ombro do último Buendía, o leitor incestuoso, feito apenas de palavras, em cuja leitura se sustenta o mundo como livro e o livro como habitat; logo desaparecidos, mundo, leitor e livros habitam agora a intempérie da genealogia, ou seja, no exílio do recomeço, onde a leitura prometida é sempre uma nova oportunidade. Aqueles que como eu conheceram Julio Cortázar estão de acordo quando o recordam situado não no passado, muito menos no futuro, e sim em um estado de disponibilidade, de pré-excitação quando em posse de um tema que o desencadeasse. *O jogo da amarelinha*, afinal, leva esse selo de autoria: tudo está por acontecer, o decurso se precipita, o cotidiano é consumido com vigor, e apenas a linguagem, a escrita, a romancização, mais que a própria narrativa, encarnam a aposta no novo, no que recomeça e renova; a narrativa da promessa poética e da precariedade do cotidiano. Trata-se de um romance sobre a poesia da iminência, adquirida, em espanhol, para a leitura criativa.

---

sobra, a divisão das distâncias, o 2×2 desta miséria./ Um homem dividido por dois não dá dois homens./ Que merda de pessoa se atreve a multiplicar minha alma por um".

[13] *Vivir para contarla*, op. cit. p. 142.

"A Espanha peregrina", escreveu Carlos Fuentes, "reanimou e muitas vezes ajudou a fundar a modernidade cultural da América Latina no exílio."[14] Paralelamente, a América peregrina revelou a consciência política da nacionalidade (com a proposta de que ela fosse mais inclusiva e abrangente) em uma Espanha que recuperava sua parcela de modernidade adiada. Essas fundações são uma narrativa que constitui a cidadania cultural atlântica. Na América Latina, ela vem de mais longe e inclui outros exílios e residências. Inclui viajantes como o barão de Humboldt, para quem as regionalidades hispano-americanas eram capítulos do mesmo cosmos humanista; e como Flora Tristán, cujas *Peregrinaciones de una paria* (1838) a livram do estigma de "filha natural" do Peru para fazer dela habitante do exílio da mulher, ou seja, filha de sua própria ironia. Rubén Darío, o primeiro em transformar o exílio em um cenário de criação cultural inclusivo, acreditava em uma "América espanhola"; Martí, que fez do exílio uma oficina da cidadania, preferiu falar a partir da "Nossa América". Carlos Fuentes, outro artesão da narrativa do exílio, afirma: "Eu acredito na Ibero-América". Talvez agora tenhamos que falar a partir de "Nossas Américas", por conta da invasão do espanhol, emancipadora de novas margens nos Estados Unidos. Cada uma dessas designações, válida em si mesma, espreita a outra costa do "espanhol transatlântico", que é de ida e de volta. Nas narrativas de um exílio acrescido da cultura nômade (nas versões de Sergio Pitol e Julio Ramón Ribeyro, de Mario Bellatin e Manuel Vilas, de Agustín Fernández Mallo e Carlos Yushimito), as nacionalidades são criadas por uma cidadania cada vez mais circulatória e transatlântica. A linguagem de desarraigamento já não é traumática; a fala é proferida por exilados eloquentes; os umbrais são de um espanhol sem fronteiras. Também por isso, os migrantes deixam de ser meros subalternos ou algozes e se tornam agentes de novas fundações e invenções, por vezes paródicas e satíricas, embora, contra todas as crises endêmicas, suas atuações sejam tão felizes quanto verdadeiras. García Márquez chamou essa narrativa coletiva de "o falatório sem fim do exílio". Essa narrativa, advertia ele, "diz uma verdade, a de que a poesia ainda é possível, e de que a alegria e a esperança, à sombra das baionetas, não estão para sempre perdidas".[15] Hoje diríamos "à sombra do neoliberalismo", cujas ilusões de desenvolvimento são o abismo dos novos exílios. Graças ao espanhol atlântico que nos deu *O jogo da amarelinha*, a literatura ibero-americana nos dará outro guia de leitura que abrirá caminho.

[14] "Iberoamérica". In: *En esto creo*. Barcelona: Seix Barral, 2002.
[15] Gabriel García Márquez, "Prólogo". In: Lizandro Chávez Alfaro, ¡Exilio!. México: Tinta Libre, 1977.

O trompete de Deyá*

Mario Vargas Llosa

Para Aurora Bernárdez

Naquele domingo de 1984, eu tinha acabado de me acomodar em minha escrivaninha para escrever um artigo quando o telefone tocou. Fiz algo que já naquela época eu nunca fazia: atendi o telefone. "Julio Cortázar morreu", disse a voz do jornalista. "Quero um comentário seu."

Pensei em um verso de Vallejo — *"Español de puro bestia"*** — e, balbuciando, fiz o que me pediu o jornalista. Mas naquele domingo, em vez de escrever o artigo, fiquei folheando e relendo alguns dos contos e páginas de romances de Cortázar que minha memória conservava bastante vivos. Fazia tempo que não sabia nada dele. Não tinha ideia nem de sua longa doença nem de sua dolorosa agonia. Mas fiquei feliz de saber que Aurora estivera a seu lado naqueles últimos meses e que, graças a ela, Cortázar teve um enterro sóbrio, sem as previsíveis palhaçadas dos urubus revolucionários que tanto tinham se aproveitado dele nos últimos anos.

Eu tinha conhecido Cortázar e Aurora um quarto de século antes, na casa de um amigo em comum, em Paris, e desde então, até a última vez que os vi juntos, em 1967, na Grécia — onde nós três trabalhávamos como tradutores, em uma conferência internacional sobre o algodão —, nunca deixei de me maravilhar com o espetáculo que era ver e ouvir Julio e Aurora conversarem, tão afinados. Todos os demais parecíamos sobrar. Tudo o que falavam era inteligente, culto, divertido, vital. Muitas vezes pensei: "Não é possível que sejam sempre assim. Eles ensaiam essas conversas em casa, para depois impressionar os interlocutores com anedotas inusitadas, citações brilhantíssimas e aquelas brincadeiras que, na hora certa, desfazem a tensão do clima intelectual".

---

* Versão revista de texto originalmente publicado no *El País*, em 28 de julho de 1991. (N. E.)
** Em tradução livre: "Espanhol puramente animal", verso do poema "Salutación angélica", de César Vallejo. (N. T.)

Passavam de um assunto a outro como dois malabaristas experientes, e ninguém nunca se entediava com eles. A cumplicidade perfeita, a inteligência secreta que parecia uni-los era algo que eu admirava e invejava no casal tanto quanto sua simpatia, seu compromisso com a literatura — que dava a impressão de ser absoluto e total — e sua generosidade com todo mundo, sobretudo com os aprendizes feito eu.

Era difícil determinar quem tinha lido mais e melhor, e qual dos dois dizia coisas mais agudas e inesperadas sobre livros e autores. O fato de que Julio escrevesse e Aurora apenas traduzisse (no caso dela, este *apenas* quer dizer o oposto do que parece) é algo que eu sempre supus ser provisório, um sacrifício transitório de Aurora para que, na família, não houvesse mais de um escritor por vez. Agora que volto a vê-la, depois de tantos anos, mordi a língua nas duas ou três vezes em que estive a ponto de lhe perguntar se ela não tem coisas escritas, se não vai finalmente decidir publicá-las... Ela ostenta cabelos grisalhos, mas, de resto, continua igual. Pequena, miúda, com aqueles olhos azuis enormes, cheios de inteligência e da mesma vitalidade atordoante de antes. Desce e sobe os penhascos maiorquinos de Deyá com uma agilidade que sempre me deixa para trás e com palpitações. Também ela, a seu modo, exibe aquela virtude cortazariana por excelência: ser um Dorian Gray.

Naquela noite do fim de 1958, puseram-me sentado ao lado de um rapaz bem alto e magro, de cabelos curtíssimos, imberbe, de umas mãos enormes que ele mexia muito ao falar. Tinha já publicado um livrinho de contos e estava para editar uma segunda coletânea, em uma pequena coleção dirigida por Juan José Arreola, no México. Eu também estava prestes a publicar um livro de contos, então trocamos experiências e projetos, como dois jovenzinhos que fazem sua velada de armas literária. Apenas quando nos despedimos é que eu soube — pasmo — que era ele o autor de *Bestiário* e de tantos textos que eu lera na revista de Borges e de Victoria Ocampo, a *Sur*, além de ser o admirável tradutor das obras completas de Poe que eu tinha devorado em dois gordos volumes publicados pela Universidade de Porto Rico. Parecia meu contemporâneo, mas, na verdade, era 22 anos mais velho que eu.

Nos anos 1960, sobretudo nos sete que vivi em Paris, Cortázar foi um de meus melhores amigos e também meio que meu modelo e mentor. Foi para ele que dei, ainda em manuscrito, meu primeiro romance e esperei seu veredicto com a ilusão de um catecúmeno. E quando recebi sua carta, generosa, com aprovação e conselhos, fiquei feliz. Acho que por muito tempo me acostumei a escrever pressupondo sua vigilância, seus olhos alentadores ou críticos por sobre meu ombro. Eu admirava a vida que ele levava, seus ritos, manias e costumes, assim como a facilidade e a limpidez de sua prosa e aquela aparência cotidiana, doméstica e risonha que os temas fantásticos adotavam em seus contos e romances. Cada vez que ele e Aurora me convidavam para jantar — primeiro no pequeno apartamento vizinho à Rue de Sèvres e depois na casinha em espiral da Rue du Général Beuret — era uma festa e uma felicidade. Eu ficava fascinado com aquele mural de recortes de notícias insólitas e com os objetos inacreditáveis que ele recolhia ou fabricava, e com aquele recinto misterioso que, segundo a lenda, existia em sua casa, e no qual Julio se fechava para tocar trompete, divertindo-se como um menino: era o seu quarto de brinquedos. Ele conhecia uma Paris secreta e mágica, que não figurava em nenhum guia de viagem, e de cada encontro com ele eu saía carregado de tesouros: filmes para ver, exposições para visitar, recantos pelos quais perambular, poetas a descobrir e até um congresso de bruxas na Mutualité, que me entediou muitíssimo, mas que ele evocaria depois, maravilhosamente, como um jocoso apocalipse.

Daquele Julio Cortázar era possível ser amigo, mas impossível ficar íntimo. A distância que ele sabia impor, graças a um sistema de gentilezas e de regras às quais era preciso se submeter para manter sua amizade, era um dos encantos do personagem: cercava-o de certo mistério, dava à sua vida uma dimensão secreta que parecia ser a fonte desse fundo inquietante, irracional e violento que por vezes transparecia em seus textos, mesmo naqueles mais travessos e risonhos. Era um homem eminentemente privado, com um mundo interior construído e preservado como uma obra de arte à qual provavelmente apenas Aurora tinha acesso, e para quem nada, além da literatura, parecia ter importância, nem mesmo parecia existir.

Isso não significa que fosse livresco, erudito, intelectual à maneira de Borges, por exemplo, que com toda a justiça escreveu: "Li muitas coisas, vivi poucas". Em Julio a literatura parecia se dissolver na experiência cotidiana e impregnar toda a vida, animando-a e enriquecendo-a com um fulgor particular, sem privá-la de seiva, de instinto, de espontaneidade. É provável que nenhum outro escritor tenha dado ao jogo a dignidade literária que Cortázar deu, nem fez do jogo um instrumento de criação e exploração artística tão maleável e proveitoso. Mas, ao falar desse modo tão sério, estou alterando a verdade: porque, na hora de fazer literatura, Julio não brincava de jogar. Para ele, escrever era jogar, divertir-se, organizar a vida — as palavras, as ideias — com a arbitrariedade, a liberdade, a fantasia e a irresponsabilidade das crianças ou dos loucos. Mas, jogando assim, a obra de Cortázar abriu portas inéditas, conseguiu mostrar certas camadas desconhecidas da condição humana e flertou com o transcendental, algo a que certamente nunca se propôs. Não por acaso — ou, se for, sim, mas naquele sentido de ordenação do acaso que ele descreveu em 62 *Modelo para armar* — o mais ambicioso de seus romances leva o título de O *jogo da amarelinha*, uma brincadeira de criança.

Tal como o romance e o teatro, o jogo é uma forma de ficção, uma ordem artificial imposta ao mundo, uma representação de algo ilusório, que ocupa o lugar da vida. Aos homens serve para que se distraiam, para que se esqueçam da verdadeira realidade e de si mesmos, vivendo, enquanto dura aquela substituição, uma vida à parte, feita de regras específicas, criadas por eles mesmos. Distração, divertimento, fabulação, o jogo é também um recurso mágico para conjurar o medo atávico que o ser humano tem da anarquia secreta do mundo, do enigma de sua origem, sua condição e seu destino. Johan Huizinga, em seu célebre *Homo ludens*, defende a ideia de que o jogo é a coluna vertebral da civilização e que a sociedade evoluiu até a modernidade de maneira lúdica, construindo suas instituições, sistemas, práticas e credos com base nessas formas elementares da cerimônia e do ritual que são os jogos infantis.

No mundo de Cortázar, o jogo recobra essa vitalidade perdida, de atividade séria e de adultos, que se valem dela para escapar da insegurança, de seu pânico diante de um mundo incompreensível, absurdo e cheio de perigos. Seus personagens se divertem brincando, é verdade, mas muitas vezes se trata de diversões perigosas, que lhes deixarão, além de um esquecimento passageiro de suas circunstâncias, algum conhecimento atroz ou a loucura ou a morte.

Em outros casos, o jogo cortazariano é um refúgio para a sensibilidade e a imaginação, o modo como seres delicados, ingênuos, se defendem dos rolos compressores sociais ou, como escreveu no mais travesso de seus livros — *Histórias de cronópios e de famas* —, "para lutar contra o pragmatismo e a horrível tendência à consecução de finalidades úteis". Seus jogos são declarações contra o pré-fabricado, contra as ideias congeladas pelo uso e pelo abuso, contra os preconceitos e, sobretudo, contra a solenidade — a besta-fera negra de Cortázar quando ele criticava a cultura e a idiossincrasia de seu país.

Falo em jogo, mas, na verdade, deveria usar o termo no plural. Porque nos livros de Cortázar joga o autor, joga o narrador, jogam os personagens e joga o leitor, compelido a isso pelas endiabradas armadilhas que o espreitam na página seguinte, quando menos se espera. E não resta dúvida de que é altamente libertador e rejuvenescedor se ver, de repente, entre as prestidigitações de Cortázar, sem saber como, parodiando as estátuas, resgatando palavras do cemitério (os dicionários acadêmicos) para incutir-lhes vida com sopros de humor ou pulando entre o céu e o inferno da amarelinha.

Quando *O jogo da amarelinha* foi publicado, em 1963, causou um efeito sísmico no mundo de língua espanhola. O romance revolveu profundamente as convicções e os preconceitos que escritores e leitores tínhamos sobre os meios e os fins da arte de narrar e ampliou as fronteiras do gênero a limites impensáveis. Graças ao livro, aprendemos que escrever era uma maneira genial de se divertir, que era possível explorar os segredos do mundo e da linguagem de um jeito muito proveitoso e que, jogando, podíamos sondar as camadas misteriosas da vida vedadas ao conhecimento racional, à inteligência lógica, abismos da experiência dos quais ninguém pode se aproximar sem correr graves riscos, como a morte e a loucura. Em *O jogo da amarelinha*, razão e desrazão, sono e vigília, objetividade e subjetividade, história e fantasia perdiam sua condição excludente, suas fronteiras se eclipsavam, deixavam de ser antinomias para se confundirem em uma só realidade, pela qual certos seres privilegiados, como a Maga e Oliveira, e os célebres pirados de seus futuros livros, podiam discorrer livremente. (Como muitos casais de leitores de *O jogo da amarelinha* dos anos 1960, Patricia e eu também começamos a falar em glíglico, a inventar um linguajar particular e a traduzir nossos delicados segredos a seus extravagantes vocábulos esotéricos.)

Junto com a noção de jogo, a de liberdade é imprescindível quando se fala de *O jogo da amarelinha* e de todas as obras de ficção de Cortázar. Liberdade para violentar as normas estabelecidas da escrita e da estrutura narrativas, para substituir a ordem convencional do conto por uma ordem subterrânea que tem a aparência de desordem, para revolucionar o ponto de vista do narrador, o tempo narrativo, a psicologia dos personagens, a organização espacial da história, sua ilação. A enorme insegurança diante do mundo, que ao longo do romance vai tomando conta de Horacio Oliveira (e confinando-o cada vez mais a um refúgio mental), é a sensação que acompanha o leitor de *O jogo da amarelinha* à medida que ele adentra esse labirinto e vai se deixando desencaminhar pelo maquiavélico narrador em meio aos meandros e às ramificações da história. Ali nada é familiar ou seguro: nem o rumo, nem os significados, nem os símbolos, nem o chão em que se pisa. O que estão contando para mim? Por que nunca consigo entender as coisas por completo? É algo tão misterioso e complexo que chega a ser inapreensível ou é uma caçoada? São ambas as coisas. Neste romance e em muitos contos de Cortázar, com frequência estão presentes a zombaria, a piada e os truques de salão, como as figurinhas de animais que certos artistas armam com as mãos ou as moedas que desaparecem entre os dedos e reaparecem na orelha ou no nariz, mas com frequência, também, como aqueles famosos episódios absurdos de *O jogo da amarelinha* protagonizados pela pianista Berthe Trépat em Paris, e a tábua sobre o vazio na qual se equilibra Talita em Buenos Aires, sutilmente se transformam numa descida aos porões do comportamento, a suas remotas fontes irracionais, a uma profundeza imutável — mágica, bárbara, ritualista — da experiência humana, que subjaz à civilização racional e, em determinadas circunstâncias, reabilita-a, na medida em que a contesta. (Esse é o tema de alguns dos melhores contos de Cortázar, como "O ídolo das Cíclades" e "A noite de barriga para cima", nos quais vemos irromper, no coração da vida moderna e sem solução de continuidade, um passado remoto e feroz de deuses sanguinários que têm de ser saciados com vítimas humanas.)

O jogo da amarelinha estimulou ousadias formais nos novos escritores hispano-americanos como poucos livros anteriores ou posteriores, mas seria injusto chamá-lo de romance experimental. Essa classificação emite um caráter abstrato e pretensioso, sugere um mundo de proveta, de retortas e lousas com cálculos algébricos, algo desencarnado, dissociado da vida imediata, do desejo e do prazer. *O jogo da amarelinha* transborda vida por todos os poros, é uma explosão de frescor e movimento, de exaltação e irreverência juvenis, uma sonora gargalhada diante daqueles escritores que, como Cortázar costumava dizer, põem colarinho e gravata para escrever. Ele escrevia sempre em mangas de camisa, com a informalidade e a alegria de quem se senta à mesa para disfrutar de uma comida caseira ou de quem escuta o disco favorito na intimidade do lar. *O jogo da amarelinha* nos mostrou que o riso não era inimigo da seriedade, deixando às claras tudo de ilusório e ridículo que se esconde na ânsia do experimentalismo quando levado muito a sério. Assim como o Marquês de Sade de certa forma esgotou antecipadamente todos os possíveis excessos da crueldade sexual, levando-a em seus romances a extremos que não podem ser repetidos, *O jogo da amarelinha* constituiu um tipo de apoteose do jogo formal depois do qual qualquer romance experimental já nascia velho e batido. Por isso, tal como Borges, Cortázar teve incontáveis imitadores, mas nenhum discípulo.

Desescrever o romance, destruir a literatura, desfazer os hábitos do "leitor-fêmea", simplificar as palavras, escrever mal etc., como insistia tanto o Morelli deste romance, são metáforas de algo muito simples: a literatura se asfixia pelo excesso de convencionalismos e de seriedade. É preciso purgá-la da retórica e dos lugares-comuns, devolver-lhe frescor, graça, insolência, liberdade. O estilo de Cortázar tem tudo isso, especialmente quando se distancia da pomposa prosopopeia taumatúrgica com que seu alter ego Morelli pontifica sobre literatura. Ou seja, em seus contos, que de modo geral são mais diáfanos e criativos que os romances, embora não exibam o exuberante foguetório que envolve estes últimos.

Os contos de Cortázar não são menos ambiciosos ou menos iconoclastas que seus textos narrativos de maior fôlego. Mas o que há neles de original e de ruptura costuma estar mais metabolizado nas histórias, e poucas vezes se revela com o virtuosismo desavergonhado que se vê em *O jogo da amarelinha*, *62 Modelo para armar* e *O livro de Manuel*, nos quais o leitor às vezes tem a sensação de ser submetido a certas provas de eficiência intelectual. Esses romances são manifestos revolucionários, mas a verdadeira revolução de Cortázar está nos contos. É mais discreta, porém mais profunda e permanente, por instigar a própria natureza da ficção, esse laço indissociável de forma-conteúdo, meio-fim, arte-técnica no qual ela se transforma quando se trata dos autores mais bem-sucedidos. Em seus contos, Cortázar não experimentou: ele encontrou, descobriu, criou algo que não perece.

Do mesmo jeito que o rótulo de escritor experimental, em Cortázar, é muito limitado, também seria pouco chamá-lo de escritor fantástico, ainda que, sem dúvida, colocando as definições na mesa, ele tivesse preferido esta à primeira. Julio amava a literatura fantástica e a conhecia dos pés à cabeça; escreveu alguns contos maravilhosos nessa direção, nos quais acontecem fatos extraordinários, como a impossível transformação de um homem numa criaturinha aquática, em "Axolotl", pequena obra-prima, ou a reviravolta que, graças à intensificação do entusiasmo, transforma uma apresentação musical corriqueira num massacre descomunal, em que um público incendiado pula no palco para devorar o maestro e os músicos ("As mênades"). Mas também escreveu notáveis contos do realismo mais ortodoxo. Por exemplo, a maravilha que é "Torito", a história da decadência de um boxeador contada pelo próprio, que é, na verdade, a história de seu modo de falar, uma festa linguística de graça, musicalidade e humor, a invenção de um estilo com sabor popular, a idiossincrasia e a mitologia do *pueblo*. Ou como "O perseguidor", narrado a partir do sutil pretérito perfeito que se dissolve no presente do leitor, evocando desse modo subliminar a gradual desintegração de Johnny, o *jazzman* genial cuja busca alucinada pelo absoluto, através do seu instrumento, chega até nós pela redução "realista" (racional e pragmática) realizada por um crítico e biógrafo de Johnny, o narrador Bruno.

Na verdade, Cortázar era ao mesmo tempo um escritor realista e fantástico. O mundo que inventou é inconfundível justamente por essa estranha simbiose, que Roger Caillois considerava a única com méritos suficientes para ser chamada de fantástica. No prólogo à *Antologia do conto fantástico*, organizada por ele, Caillois defende a ideia de que a arte verdadeiramente fantástica não nasce da vontade de seu criador, e sim escorre por entre suas intenções, por obra do acaso ou de forças ainda mais misteriosas. Assim, segundo ele, o fantástico não é resultado de uma técnica, não é um simulacro literário, e sim algo da ordem do imponderável, uma realidade que, sem premeditação, acontece de repente em um texto literário. Lembro-me de uma longa e apaixonada conversa com Cortázar, em um *bistrot* de Montparnasse, sobre essa tese de Caillois, o entusiasmo de Julio com ela e sua surpresa quando eu lhe disse com convicção que aquela teoria me parecia cair como uma luva ao que se passava em sua ficção.

No mundo cortazariano, a realidade banal começa imperceptivelmente a rachar-se e a ceder a pressões recônditas que a empurram em direção ao miraculoso, sem, no entanto, lançá-la totalmente nele, mantendo uma espécie de território intermediário, tenso e desconcertante, no qual o real e o fantástico acomodam-se juntos mas não se fundem. Esse é o mundo de "As babas do diabo", "Cartas de mamãe", "As armas secretas", "A porta condenada" e de tantos outros contos de solução ambígua, que podem ser igualmente interpretados como realistas ou fantásticos, pois o extraordinário neles talvez seja a fantasia dos personagens, ou talvez o milagre.

Essa é a famosa ambiguidade que caracteriza certa literatura fantástica clássica, exemplificada em *A outra volta do parafuso*, de Henry James, delicada história na qual o mestre do incerto soube contar de maneira tal que não há como saber se o que nela ocorre de fantástico — a aparição de fantasmas — realmente acontece ou é alucinação de um personagem. O que diferencia Cortázar de um James, de um Poe, de um Borges ou de um Kafka não é a ambiguidade nem o intelectualismo, que nele são tendências tão frequentes quanto nestes, mas sim o fato de que, nas ficções de Cortázar, as histórias mais elaboradas e cultas nunca se desencarnam e nunca transitam para o abstrato, permanecendo ancoradas no cotidiano e no concreto, mantendo a vitalidade de uma partida de futebol ou de um dia de churrasco. Os surrealistas inventaram a expressão "o maravilhoso-cotidiano" para se referir a uma realidade poética, misteriosa, deslocada da contingência e das leis científicas, que o poeta é capaz de perceber por debaixo das aparências, pelo sonho ou pelo delírio, evocadas em livros como *O camponês de Paris*, de Aragón, ou *Nadja*, de Breton. Mas creio que ela não define nenhum outro escritor de nosso tempo tão bem quanto a Cortázar, vidente que detectava o insólito no comum, o absurdo no lógico, a exceção na regra e o miraculoso no banal. Ninguém dignificou tão literariamente o previsível, o convencional e o prosaico da vida humana, que, nos malabarismos de sua pena, denotavam uma recôndita ternura ou exibiam uma face descomunal, sublime ou horripilante. A ponto de, em suas mãos, meras instruções para dar corda a um relógio ou para subir uma escada se transformarem, ao mesmo tempo, em angustiantes poemas em prosa e hilariantes textos de besteirol.

A explicação dessa alquimia que, nas ficções de Cortázar, funde a fantasia mais irreal com a vida alegre do corpo e da rua, a vida completamente livre e sem obstáculos da imaginação com a vida limitada do corpo e da história, é o estilo. Um estilo que simula maravilhosamente bem a oralidade, a soltura fluente da fala cotidiana, a expressão espontânea, sem adornos nem petulâncias, do homem comum. Trata-se de uma ilusão, claro, porque o homem comum se expressa de forma complicada, cheia de repetições e de confusões que não resistiriam se transportadas para a escrita. A língua de Cortázar é também uma ficção primorosamente fabricada, um artifício tão eficaz que parece natural, uma fala reproduzida a partir da vida, que jorra para o leitor diretamente dessas bocas e línguas animadas de homens e mulheres de carne e osso, uma língua tão transparente e plana que se confunde com aquilo que nomeia, com as situações, as coisas, os seres, as paisagens, os pensamentos, para assim mostrá-los melhor, como um discreto brilho que os iluminaria de dentro, em sua autenticidade e verdade. A esse estilo é que a ficção de Cortázar deve sua poderosa verossimilhança, o sopro de humanidade que pulsa em todos os seus textos, mesmo naqueles mais intrincados. A funcionalidade de seu estilo é tamanha que os melhores textos do autor parecem falados.

A limpidez do estilo, no entanto, frequentemente nos engana, fazendo-nos acreditar que o conteúdo dessas histórias é, do mesmo modo, diáfano, um mundo sem sombras. Trata-se de outra prestidigitação, porque, na verdade, seu mundo está carregado de violência; o sofrimento, a angústia e o medo acossam sem trégua seus habitantes, que, não raro, para escapar de sua condição insuportável, refugiam-se (como Horacio Oliveira) na loucura ou em algo muito semelhante. Desde O *jogo da amarelinha*, os loucos ocupam um lugar central na obra de Cortázar. Mas nela a loucura se revela de maneira enganosa, sem as costumeiras reverberações de ameaças ou tragédias, e muito mais como um melindre risonho e algo terno, manifestação do absurdo essencial que se esconde do mundo por trás de suas máscaras de racionalidade e sensatez. Os pirados de Cortázar são cativantes e quase sempre bons, seres obcecados por desconcertantes projetos linguísticos, literários, sociais, políticos, éticos, para — como Ceferino Piriz — assim reordenar e reclassificar a existência segundo delirantes nomenclaturas. Entre os resquícios de suas extravagâncias, sempre deixam entrever algo que os redime e justifica: uma insatisfação com o que existe, uma busca confusa por outra vida, mais imprevisível e poética (às vezes aterrorizante) que aquela na qual estamos confinados. Um tanto infantis, um tanto sonhadores, um tanto piadistas, um tanto atores, os pirados de Cortázar exibem uma vulnerabilidade e uma espécie de integridade moral que, ao mesmo tempo que despertam uma solidariedade inexplicável de nossa parte, nos fazem sentir acusados.

Jogo, loucura, poesia, humor aliam-se como combinações químicas nas seguintes miscelâneas: A *volta ao dia em 80 mundos*, *Último round*; e no testemunho de uma disparatada peregrinação final por uma rodovia francesa, em *Os autonautas da cosmopista*, no qual Cortázar põe suas afeições, manias, obsessões, simpatias e medos com uma alegre falta de pudor adolescente. Esses três livros são outras tantas chaves de uma autobiografia espiritual e parecem marcar uma continuidade na vida e na obra do autor, em sua maneira de conceber e praticar a literatura, feito um permanente melindre, feito uma jocosa irreverência. Mas também se trata de uma miragem. Porque, no fim dos anos 1960, Cortázar protagonizou uma dessas transformações que, como diria ele, só-acontecem-na-literatura. Também nisso Julio foi um imprevisível cronópio.

A virada de Cortázar, a mais extraordinária que pude observar e que jamais vi acontecer a outro ser, uma mutação que muitas vezes cheguei a comparar com a que experimenta o narrador de "Axolotl", aconteceu, segundo a versão oficial — que ele mesmo consagrou —, no maio francês de 1968. Naqueles dias tumultuosos, ele foi visto nas barricadas de Paris, distribuindo folhas volantes de sua invenção, sendo confundido com os estudantes que queriam levar "a imaginação ao poder". Tinha 54 anos. Nos dezesseis que lhe faltavam viver, seria um escritor comprometido com o socialismo, defensor de Cuba e da Nicarágua, assinante de manifestos e habitué de congressos revolucionários, até sua morte.

Em seu caso, diferentemente de tantos colegas nossos que optaram por uma militância semelhante, só que por esnobismo ou oportunismo — um modus vivendi e uma maneira de escalar posições na seara intelectual, que era, e de certa forma continua sendo, monopólio da esquerda no mundo de língua espanhola —, essa mudança foi genuína, mais ditada pela ética do que pela ideologia (à qual permaneceu sendo alérgico) e de uma coerência total. Sua vida se organizou em função dela, e se tornou pública, quase promíscua, e boa parte de sua obra se dispersou na circunstância e na atualidade, até parecer ter sido escrita por outra pessoa, muito diferente daquela que, antes, percebia a política como algo distante e com um irônico desdém. (Lembro-me de quando eu quis apresentar Cortázar a Juan Goytisolo: "Me abstenho", ele brincou. "Ele é político demais para mim.") Nesta segunda etapa de sua vida, como na primeira, ainda que de forma distinta, ele deu mais do que recebeu, e embora eu ache que muitas vezes tenha se equivocado — como quando afirmou que todos os crimes do stalinismo eram um mero *"accident de parcours"* do comunismo —, mesmo nesses enganos havia tal inocência e ingenuidade que era difícil perder o respeito por ele. Eu não perdi nunca, tampouco perdi o carinho e a amizade, que — mesmo à distância — sobreviveram a todas as nossas discrepâncias políticas.

Mas a mudança de Julio foi muito mais profunda e abrangente que a da ação política. Tenho certeza de que começou um ano antes de 1968, quando se separou de Aurora. Em 1967, conforme contei, estivemos os três na Grécia, trabalhando juntos como tradutores. Passávamos as manhãs e as tardes sentados à mesma mesa, na sala de conferências do Hilton, e as noites nos restaurantes de Plaka, ao pé da Acrópole, onde íamos jantar infalivelmente. E juntos percorremos museus, igrejas ortodoxas, templos, e num fim de semana fomos à pequena ilha de Hidra. Quando voltei a Londres, disse a Patricia: "O casal perfeito existe. Aurora e Julio souberam realizar este milagre: um casamento feliz". Poucos dias depois, recebi uma carta de Julio em que ele anunciava sua separação. Acho que nunca me senti tão perdido.

A primeira vez que o vi depois disso, em Londres, com sua nova companheira, era outra pessoa. Tinha deixado crescer o cabelo e tinha uma barba avermelhada e imponente, de profeta bíblico. Me fez levá-lo para comprar revistas eróticas e falava de maconha, mulheres e revolução do mesmo jeito que antes falava de jazz e de fantasmas. Nele permanecia aquela simpatia terna, aquela total falta de pretensão e das poses que quase inevitavelmente se tornam insuportáveis nos escritores de sucesso a partir dos cinquenta anos, e inclusive vale dizer que estava mais remoçado e juvenil, porém achava difícil associá-lo ao Cortázar de antes. Em todas as vezes que o vi depois — em Barcelona, Cuba, Londres ou em Paris, em congressos ou mesas-redondas, em reuniões sociais ou conspiratórias —, ficava cada vez mais perplexo que a vez anterior: era ele? Era Julio Cortázar? Claro que sim, mas era como a pequena lagarta que virou borboleta ou o faquir do conto que, depois de sonhar com marajás, abriu os olhos e estava sentado num trono, rodeado de cortesãos que lhe prestavam favores.

Este outro Julio Cortázar, penso eu, como escritor foi menos autoral e menos criador que o primeiro. Mas tenho a sensação de que, de forma compensatória, teve uma vida mais intensa e, talvez, mais feliz do que aquela de antes, na qual, como ele escreveu, a existência se resumia a um livro. Pelo menos, em todas as vezes que o vi, me pareceu mais jovem, exultante, bem-disposto.

Se alguém sabe disso, deve ser Aurora, claro. De minha parte, não cometo a impertinência de lhe perguntar. Nem sequer falamos muito de Julio naqueles dias quentes do verão de Deyá, embora ele estivesse sempre ali, por trás de todas as conversas, nos trazendo o contraponto com a mesma destreza de antes. A casinha, meio escondida entre oliveiras, ciprestes, buganvílias, limoeiros e hortênsias, mantém a ordem e a limpeza mental de Aurora, naturalmente, e é um imenso prazer sentir, no pequeno terraço junto ao desfiladeiro, o cair da tarde, a brisa do anoitecer, e ver a lua despontar no alto do monte. De tempos em tempos, ouço um trompete desafinado. Não há ninguém nas proximidades. O som provém, então, daquele mural no fundo da sala, onde um garoto magrelo e imberbe, com o cabelo cortado à escovinha e uma camisa de manga curta — o Julio Cortázar que eu conheci —, joga seu jogo favorito.

Sobre o autor

Em 26 de agosto de 1914, em Bruxelas, nasce JULIO FLORENCIO COR-TÁZAR, filho de Julio José Cortázar e María Herminia Descotte, casados em Buenos Aires em 1912.

Seu pai é encarregado comercial da embaixada argentina na Bélgica e sua mãe está grávida dele quando o Kaiser lança as tropas alemãs sobre o país. "Meu nascimento foi sumamente bélico", conta o escritor. Em 1915, devido às dificuldades advindas da Primeira Guerra, a família parte para Zurique, na Suíça, onde nasce sua irmã, Ofelia. Em 1916, os Cortázar rumam a Barcelona e depois, em 1918, regressam à Argentina, instalando-se em Banfield, a dezessete quilômetros da capital.

O pai abandona o lar antes de Julio completar seis anos. Nunca mais voltarão a se ver. O garoto cresce na companhia da mãe, da irmã, de uma prima de sua mãe e da avó materna. Em 1929, ingressa na Escola Normal de Professores Mariano Acosta.

Em 1931, muda-se para o bairro Villa del Parque, em Buenos Aires. Em 1935, recebe o título de professor de letras. Em 1938, reúne 43 sonetos em seu primeiro livro, *Presencia*, sob o pseudônimo de Julio Denis. Mas, em 1944, surge "Bruja", o primeiro conto assinado por Julio F. Cortázar. Em 1945, participa da luta política em oposição ao nascente peronismo. Quando Juan Domingo Perón vence as eleições presidenciais, Cortázar abdica suas cátedras.

No mesmo ano, concebe *La otra orilla*, seu primeiro volume de contos, que permanece inédito até a incorporação póstuma à edição de 1994 dos seus *Contos completos*. É nomeado gerente da Câmara Argentina do Livro, atividade que desempenhará até 1949. Escreve, em 1946, um de seus contos mais famosos, "Casa tomada".

Em 1947, termina *Os reis*, peça que será publicada somente no ano de 1949. Em 1948, conhece a tradutora Aurora Bernárdez, irmã do poeta Francisco Luiz Bernárdez. Escreve, um ano depois, o breve romance *Diverti-*

mento, que será publicado postumamente, em 1986. Faz sua primeira viagem à Europa em 1950, passando três meses entre a Itália e a França. Seu romance *O exame* é recusado pela editora Losada — será publicado, também, apenas em 1986. Em 1951, lança seu primeiro livro de contos, *Bestiário*. Obtém uma bolsa do governo francês e viaja a Paris. Começa a trabalhar como tradutor na Unesco.

Em 1952, se instala na capital francesa ao lado de Aurora Bernárdez, com quem se casará um ano depois.

Em 1956, publica os contos de *Final do jogo* e vê chegar às livrarias sua tradução de toda a obra em prosa de Edgar Allan Poe. Em 1959, lança *As armas secretas*, coletânea de contos que inclui "O perseguidor" e "As babas do diabo". Viaja a Washington e Nova York em 1960 e no mesmo ano sai *Os prêmios*, seu primeiro romance publicado. Faz, no ano seguinte, sua primeira visita a Cuba.

É lançado em 1962 *Histórias de cronópios e de famas*, e em 1963, *O jogo da amarelinha*. O livro chama a atenção. "Sua atitude foi vista como escandalosa pelas múmias infinitas", escreveu Juan Carlos Onetti, referindo-se aos habitantes do mundo literário da época. Cinco mil exemplares foram vendidos no primeiro ano.

Todos os fogos o fogo começa a circular em 1966. Um ano depois, são editados os ensaios de *A volta ao dia em oitenta mundos*. Tem início sua relação com Ugné Karvelis.

Em 1968, separa-se de Aurora. No mesmo ano, o romance *62 Modelo para armar* é publicado.

Em 1972, chegam aos leitores a coletânea *Prosa do observatório* e o romance *Livro de Manuel*, cujos direitos são cedidos para a ajuda dos presos políticos da Argentina. Por este título, ganha o prêmio Médicis, outorgado à melhor obra estrangeira publicada na França.

Sai em 1974 o livro de contos *Octaedro*. Em Roma, participa de uma reunião do Tribunal Russell para analisar a situação política da América Latina e a violação dos direitos humanos. Publica em 1975 a história em quadrinhos *Fantomas contra os vampiros multinacionais*, cujos direitos cede ao Tribunal Russell. Realiza, em 1976, uma visita clandestina à aldeia de Solentiname, na Nicarágua.

Em 1977, publica o volume de contos *Alguém que anda por aí*. Em 1979, é a vez dos relatos de *Um tal Lucas*. Visita novamente a Nicarágua. Alguns de seus textos são usados na campanha de alfabetização do país impulsionada pela revolução sandinista. Chega ao fim sua relação com Ugné Karvelis. Viaja ao Panamá com Carol Dunlop, sua nova namorada, com quem se casará em 1981.

Os contos de *Queremos tanto a Glenda* são publicados em 1980. Faz uma série de conferências na Universidade de Berkeley, na Califórnia. Em 1981, o governo de François Mitterrand outorga a Cortázar a nacionalidade francesa. No mesmo ano, o autor sofre uma hemorragia gástrica e é diagnosticado com leucemia. Suspende o projeto de viajar a Cuba, Nicarágua e Porto Rico. No ano seguinte, viaja com Carol a Nicarágua e México. Carol adoece, e regressam a Paris.

Carol morre no dia 2 de novembro de 1982, vítima de uma aplasia medular. Cortázar publica *Deshoras*, novo livro de contos.

Em 1983, publica *Os autonautas da cosmopista*, livro que narra uma viagem feita pela rodovia entre Paris e Marselha, escrito em colaboração com Carol Dunlop e ilustrado por Stéphane Hérbert, filho de Carol. Cede seus direitos de autor ao regime sandinista da Nicarágua. É publicada a reunião de ensaios *Nicarágua tão violentamente doce*. Volta, no início de 1984, à Nicarágua, onde recebe a Ordem da Independência Cultural Ruben Darío.

Em 12 de fevereiro, Julio Cortázar morre de leucemia em Paris. É enterrado no cemitério de Montparnasse, ao lado de Carol Dunlop.

1ª EDIÇÃO [2019] 6 reimpressões

ESTA OBRA FOI COMPOSTA POR OSMANE GARCIA FILHO EM ELECTRA
E IMPRESSA PELA GEOGRÁFICA EM OFSETE SOBRE PAPEL PÓLEN DA
SUZANO S.A. PARA A EDITORA SCHWARCZ EM NOVEMBRO DE 2024

A marca FSC® é a garantia de que a madeira utilizada na fabricação do papel deste livro provém de florestas que foram gerenciadas de maneira ambientalmente correta, socialmente justa e economicamente viável, além de outras fontes de origem controlada.